dtv
premium

Harke

Ausführliche Informationen über
unsere Autoren und Bücher
www.dtv.de

ANJA JONULEIT

DAS NACHTFRÄULEIN SPIEL

ROMAN

dtv

Von Anja Jonuleit
sind bei dtv außerdem erschienen:
Novemberasche (21703)
Der andere Tod (21667)
Neunerlei (21326)
Herbstvergessene (21540)
Die fremde Tochter (eBook 41659)
Der Apfelsammler (21679)
Rabenfrauen (26104)

Figuren und Handlung in diesem
Roman sind frei erfunden.

Originalausgabe 2018

Umschlaggestaltung: Wildes Blut, Atelier für Gestaltung,
Stephanie Weischer unter Verwendung eines Fotos
von akg-images/mauritius images/Peter Cornelius
Lektorat: Beate Schäfer
S. 492: »Das Nachtfräuleinspiel« in der Fassung von Ernst Meier,
Deutsche Kinder-Reime und Kinder-Spiele aus Schwaben
Gesetzt aus der Adobe Garamond 10,75'/15',
der Grand Central Light und der French Script
Satz: Greiner & Reichel, Köln
Druck und Bindung: CPI – Ebner & Spiegel, Ulm
Printed in Germany · ISBN 978-3-423-26199-9

Für meine Tochter Laura,
die sich intensiv in diese Geschichte eingefunden hat
und der ich viele wertvolle Hinweise und Anregungen verdanke

TEIL I

Eine Mutter hat viele Kinder, die schlafen.

Liane van der Berg, Donnerstag, 6. April 2017

Liane van der Berg verbrachte die halbe Nacht lesend. Das war nichts, was sie sich selbst ausgesucht hatte, sondern ein Phänomen, mit dem man es in ihrem Alter eben zu tun bekam. Mit bald 69 war der Schlaf wie ein verzärteltes Gör, das sich schon beim ersten scharfen Ton in sein Schneckenhaus zurückzog und dort für den Rest der Nacht blieb. Verfluchter Lauf des Lebens. Sie hatte sich vor dem Schnarchkonzert ihres Mannes in Gesines altes Zimmer zurückgezogen, das nun als Gästezimmer diente, aber auch das hatte nichts genützt. Zwar war es hier im Zimmer still, aber dafür hörte sie das Geräusch des Windes nun umso lauter. Er ließ das Gerüst rings ums Haus ächzen und knacken, was für Liane fast so klang, als schliche draußen jemand herum und lauere nur darauf, dass sie das Licht löschte, um ins Haus einzudringen. Es war ihr durchaus bewusst, wie unsinnig diese Vorstellung war. Ihr Unbehagen hatte einzig und allein mit dem Anruf zu tun, den sie gestern Abend erhalten hatte. Und mit den Geistern, die dadurch ins Haus gewitscht waren. Warum hatte sie überhaupt den Hörer abgenommen? Sie wusste doch, dass Telefonate so spät am Abend sie nur aufwühlten! Und auch wenn dieses hier nur ein paar Minuten gedauert hatte, so hatte es doch ein schwindelerregendes Gedankenkarussell in Gang gesetzt, das Liane die ganze Nacht über nicht stoppen konnte.

Er habe da einen eigenartigen Brief bekommen, hatte ihr Sohn Matthias in irgendwie misstrauischem Ton gesagt. »Ein ziemlich kryptisches Geschreibsel, in dem du als seit 1968 tätige Familienzerstörerin bezeichnet wirst. Ach, was weiß ich, ich werf den Brief bei dir ein, dann kannst du ihn dir selbst ansehen.«

Nachdem Matthias aufgelegt hatte, war Liane mit dem Telefon in der Hand sitzen geblieben. Erst als ihre Füße eiskalt geworden waren, hatte sie sich daran erinnert, dass sie, als der Anruf kam, eigentlich auf dem Weg in die Badewanne gewesen war. *Seit 1968?* Was für eine seltsame Anspielung. So viel Zeit war inzwischen vergangen, so viele Jahre, in denen sie nie mehr an damals gedacht hatte. Doch jetzt hatte ihr ein einziges Telefonat klargemacht, dass nichts vergangen war, dass alles noch irgendwo existierte. Konserviert wie die Büchsenpfirsiche, dieses tote Zeug, das Carl sich während des Studiums immer einverleibt hatte. Aber vielleicht hatte dieser ominöse Brief ja auch gar nichts *damit* zu tun. Sie durfte nicht immer gleich das Schlimmste annehmen. Vielleicht stammte dieser Unfug nur von einem harmlosen Spinner, der den Artikel im *Stern* gelesen hatte. Darin war nämlich auch von ihrer Zeit in der Kommune die Rede gewesen. Solche Anwürfe von Unbekannten hatte sie schon öfter erlebt. Immerhin war sie eine Person des öffentlichen Lebens. Wer kannte sie nicht, *die Familienretterin,* die Super-Granny mit dem großen Herzen, die seit zehn Jahren die Erziehungsprobleme anderer Leute löste. Selbst diejenigen, die ihre Sendung nicht anschauten, wussten zumindest, wer sie war.

Nach dem Telefonat war sie aufgestanden und ins Bad gegangen, um die Temperatur des Badewassers zu prüfen, aber das Wasser war immer noch zu heiß gewesen. Seitdem Matthias ihnen diesen Kollektor aufs Dach hatte montieren lassen, kam das Wasser siedend heiß aus der Leitung, zumindest an sonnigen Tagen. Sie hatte etwas kaltes Wasser dazulaufen lassen und war in die Wanne gestiegen, doch die Gedanken an den Brief hatte sie nicht abschütteln können.

Jetzt, als sie sich Stunden später im Bett herumwarf, ärgerte sie sich noch immer darüber, nicht genauer nachgefragt zu haben. Sie hätte Matthias bitten sollen, ihr den Brief vorzulesen. So musste sie bis morgen warten, bis er ihr das Ding in den Briefkasten warf. Was auch mal wieder typisch war. Warum kam er nicht kurz herein, auf eine Tasse Tee oder meinetwegen auch Kaffee? Was hatte sie bitteschön an sich, dass er sie so mied? Andererseits war es ihr in diesem Fall ganz recht, dass er den Brief nur in den Kasten werfen wollte. So konnte sie vermeiden, dass Carl Wind von der Sache bekam. Zuerst einmal musste sie genau wissen, worum es überhaupt ging.

Sie richtete sich auf, knipste die Nachttischlampe an und sah auf die Uhr. Erst drei, dachte sie und arrangierte ihre Kissen um – eins links, eins rechts, eins, auf dem der Kopf zu liegen kam – und löschte wieder das Licht. Mit offenen Augen lag sie da und lauschte dem Rauschen des Windes. Was, wenn dieser Brief nicht nur das Gestammel eines Irren war? Wenn das, was da geschrieben stand, Hand und Fuß hatte? Seit der Titelgeschichte im *Stern* hatte sie so viel Aufmerksamkeit auf sich gezogen wie schon lange nicht mehr. Nicht nur auf sich, sondern auf die ganze Familie. Und damit natürlich auch auf Carl, der ebenfalls auf dem Titelbild zu sehen gewesen war. Sie schloss die Augen und atmete ein und wieder aus, tief in den Bauch. Im Geiste versuchte sie zu rekapitulieren, was genau sie in dem Interview gesagt hatte. Über ihre Ehe als *Partnerschaft auf Augenhöhe* hatte sie gesprochen und über die drei berühmten *Ks* – darüber, wie sie es geschafft hatte, Kinder, Küche und Karriere unter einen Hut zu kriegen. Aber nichts in dem Artikel hätte jemanden dazu veranlassen können, in ihrer Vergangenheit herumzuwühlen. Nein, das Interview war fantastisch, ganz und gar gelungen. Es zeichnete ein sehr persönliches Bild von ihr, ohne allzu privat zu werden. Sie hatte die Interviewerin genau in die von ihr gewünschte Richtung lenken können und es sogar geschafft, bestimmte Ereignisse elegant zu umschiffen. So war am Ende ein stimmiger Gesamteindruck entstanden, der perfekt zur öffentlichen Komposition ihres Lebens passte.

Liane seufzte. Und musste auf einmal an den Tag denken, als alles angefangen hatte, an jenen Ostermontag 1968. Wobei es für sie ja schon früher begonnen hatte, schon im Winter davor. In dem Moment, als sie ihn das erste Mal sah.

Liane, Januar 1968

Kennengelernt hatte sie Carl Ende der Sechzigerjahre in München, nach ihrer Ausbildung zur Erzieherin. Sie war damals noch ganz neu in der Stadt gewesen, ein Landei. Erst im Sommer war sie endgültig aus Lühe fortgezogen, einem Kaff im Alten Land, und damit dem Dunstkreis ihrer Familie entkommen. An jenem Wintertag machte sie, wie oft in der Mittagspause, einen Spaziergang im Englischen Garten, zusammen mit Mathilde, ihrer einfältigen Kollegin aus dem Kindergarten, mit der sie außer dem Bedürfnis nach frischer Luft und Bewegung kaum etwas gemeinsam hatte.

Der Wind wehte so eisig über die Wiesen, dass auch ihre Kapuzen gegen die Kälte wenig ausrichten konnten, daher beschlossen sie, schon früher als sonst umzukehren und zum Kindergarten zurückzugehen. Sie kamen gerade am Chinesischen Turm vorbei, als Liane ein Pärchen auffiel, offenbar Studenten. Der junge Mann war blond und kräftig und ging, eine Zigarette in der linken Hand, neben einer blonden jungen Frau her, die ein Buch in der Hand hielt und ihn abfragte. Er trug einen braunen Dufflecoat und sie einen wadenlangen Lammfellmantel, und auch wenn die beiden nicht besonders auffällig waren, konnte Liane auf einmal die Augen nicht mehr abwenden. Nicht von ihm jedenfalls, wie er so vor sich hin qualmte und mit gerunzelter Stirn die Lippen bewegte. Und vielleicht war das schon der Moment, in dem Liane beschloss, dass sie diesen Mann haben musste. Ihr jedenfalls kam es später so vor, auch wenn sie das ihm gegenüber niemals zugegeben hätte. Jedenfalls lag da eine Lässigkeit in seiner Haltung, die Lianes Blick festhielt, ein Ausdruck von Entspanntheit und großer Sicherheit, aber dazu kam auch noch etwas anderes, das Liane nicht hätte benennen können. Jedenfalls verspürte sie den albernen Wunsch, dem Mädchen das Buch aus der Hand zu reißen und selbst den Platz an seiner Seite einzunehmen. Und während die stämmige Mathilde neben ihr weiter vor sich hin plapperte, verrenkte sich Liane den Hals und konnte die Augen nicht von ihm lassen.

Von da an ging sie in jeder Mittagspause in den Park, mit oder ohne Mathilde, und drehte ihre Runden so, dass sie etliche Male am Chinesischen Turm vorbeikam. Und tatsächlich sah sie ihn dann und wann wieder, manchmal alleine, manchmal in Begleitung seiner Freundin, und nachdem sie ihn ein paarmal beobachtet hatte, wusste sie auch, woran er sie erinnerte, mit seinem windzerzausten, etwas zu langen Haar: an einen Seemann.

Wenn das Mädchen dabei war, nahm Liane auch sie genauestens unter die Lupe, blieb ein Stück weit entfernt stehen, lehnte sich an einen Baum und betrachtete sie mit tiefer Abneigung. Sie begutachtete ihre Figur, wie sie sich bewegte und wie sie sprach, und träumte sich an ihre Stelle. Manchmal, besonders wenn noch andere junge Leute dabei waren, ging sie so dicht an ihnen vorbei, dass sie Gesprächsfetzen aufschnappte, fremde Worte wie *Propädeutikum* und *Famulatur*. Zu Hause schlug sie diese Begriffe in Frau Niethammers vierundzwanzigbändigem Brockhaus nach und fand auf die Art heraus, dass er Medizin studierte.

Als er von einem Tag auf den anderen nicht mehr im Park auftauchte, verfiel sie in einen tiefen Groll. Sie verfluchte ihre Feigheit und ihre Unfähigkeit, etwas zu unternehmen, als noch Zeit dazu gewesen war. Wieso hatte sie nicht die Initiative ergriffen und ihn oder jemand anderen aus seiner Clique angesprochen! Warum hatte sie nicht dafür gesorgt, dass er auf sie aufmerksam wurde! Der Gedanke an das blonde Mädchen störte sie dabei nur am Rande. Fast am meisten ärgerte sie, dass sie sich genau so verhalten hatte, wie ihre Eltern es für richtig gehalten hätten. Ein anständiges Mädchen spricht keinen Jungen an. In ihren Träumen hatte sie schon lange eine ganz andere Vorstellung von sich selbst, aber es wollte ihr einfach nicht gelingen, sich auch entsprechend zu verhalten. Weder bei dem Fremden im Park noch bei ihrer Arbeit mit den Kindern.

Als die Entscheidung anstand, was sie nach der Schule tun sollte, war sie ganz und gar nicht sicher gewesen, ob sie zur Erzieherin taugte. Sie war keine große Kinderfreundin, auch wenn sie mit den Blagen meistens ganz gut zurechtkam. Im Grunde hatten ihre Eltern die Berufswahl für sie getroffen.

»Im Büro ist mit Lianchen ja nichts anzufangen!«, hatte ihre Mutter bei Verwandtentreffen gerne behauptet, auch wenn sie selbst Hausfrau war und nie ein Büro von innen gesehen hatte. Und Lianes Vater unterhielt die Kaffeerunde gerne mit dem humorigen Spruch: »Na ja, Hauptsache, wir haben sie von der Straße!«, was bei Onkel Ernst den immergleichen dümmlichen Lachanfall auslöste.

Liane hasste dieses Gerede und träumte davon, dem reaktionären Dunstkreis ihrer Eltern so bald wie möglich zu entkommen. Insofern war ihr die Ausbildungsstelle beim Hamburger Waldorfkindergarten am Ende doch sehr recht gewesen. Ein Gefühl, das sich verfestigt hatte, als ihr klar wurde, was Waldorfpädagogik überhaupt war. Oh, ihre Eltern wären entsetzt gewesen, wenn sie jemals begriffen hätten, was für ein – in ihren Augen – *dumm Tüch* da mit den Kindern veranstaltet wurde. Tatsächlich ging es dort ganz anders zu als in den Kindergärten auf dem Land, und das gefiel Liane genauso gut wie das Leben in der großen Stadt. So war sie letztlich doch halbwegs gerne zur Arbeit gegangen und hätte wohl auch dort weitergemacht, wenn man sie nach der Ausbildung hätte übernehmen wollen, was aber nicht der Fall gewesen war. Dieser Umstand hatte sie schier in den Wahnsinn getrieben, denn auf die Art war sie nach dem Ende der Ausbildung doch wieder zu Hause in Lühe gelandet. Dass sie schließlich ausgerechnet in München, gut achthundert Kilometer von ihrem Heimatort entfernt, eine Stelle gefunden hatte, passte ihr daher bestens. Nur handelte es sich leider um einen städtischen Kindergarten, der noch dazu außerordentlich strikt geführt wurde. Liane merkte bald, dass das strenge Regiment der Leiterin ihren Widerspruchsgeist weckte, aber sie fand keinen Weg, etwas dagegen zu tun. Frau Wiegand und auch die meisten anderen Erzieherinnen waren dermaßen fortschrittsfeindlich, dass einem Hören und Sehen verging. Mittags mussten die Kinder zwei Stunden ruhen, und wenn sie auch nur einen winzigen Muckser taten, mussten sie pro gesprochenem Wort fünf Minuten *nachschlafen*. Wenn ein Kind zu laut sprach, wurde es zum *Strafsitzen* raus auf den Gang geschickt, wo es dann stocksteif dahocken und den Finger vor die Lippen halten musste. Woher das alles kam, war Liane klar: Die Wiegand hatte natürlich die Indoktrination in der Nazizeit schon mit der Muttermilch aufgesogen. Und auch Lianes Kollegin Elfriede, die in ihrer Jugend Jungmädelscharführerin gewesen war, ließ sich nicht davon überzeugen, den Kindern mehr zuzutrauen und sie einfach mal machen zu lassen, ohne gleich einzugreifen. Diese Haltung erstickte jedes bisschen Eigenständigkeit im Keim und zwängte die Kinder schon früh in ein Gedankenkorsett, aus dem sie sich womöglich zeit ihres Lebens nicht mehr befreien würden. Im Hamburger Waldorfkindergarten dagegen schnitzten sich schon die Kleinsten Stöcke und bearbeiteten Bretter mit Sägen!

An manchen Tagen spürte Liane diese engen Grenzen auch um

sich selbst, wie eine Schraubzwinge. Sie fragte sich, ob ihr Berufsleben wohl bis zur Rente in solch tief gespurten Bahnen verlaufen würde, und beneidete den blonden Studenten und seine Freunde glühend um die Aura von Freiheit, die sie umgab.

Annamaria, Montag, 3. Februar 1986

Es ist jeden Morgen dasselbe. Wenn um drei Uhr der Wecker klingelt, würde Annamaria alles darum geben, weiterschlafen zu dürfen, besonders jetzt, wo sie schwanger ist. Aber es hilft ja alles nichts. Sie tastet nach dem Zwieback, den sie auf dem Nachttisch deponiert hat. Schnell was futtern, bevor die Morgenübelkeit sich anpirscht.

Sie mümmelt den Zwieback und denkt darüber nach, wann sie es ihm sagen wird. Ein bisschen Bammel hat sie schon. Aber dann erinnert sie sich wieder daran, dass er einmal zu ihr gesagt hat, wie sehr er sich Kinder wünscht und dass Sabine ihm diesen Wunsch nie erfüllen wird. Weil sie total auf sich und ihre Karriere fixiert ist. Das hat er wortwörtlich gesagt, und schon damals hat sie gedacht, dass irgendwann einmal *sie* diejenige sein wird, die diesen Traum für ihn wahr macht.

Natürlich ist der Zeitpunkt denkbar ungünstig. Noch ist der Markus ja ihr Lehrer, aber Gott sei Dank stehen die ersten Abiturprüfungen schon für Mitte März an, und mit ein bisschen Glück muss sie gar nicht mehr ins Mündliche. Und mit der Fahrschule ist sie auch schon so weit, dass sie sich bald zur Prüfung anmelden kann. Auch wenn sie den Führerschein natürlich erst im Juli bekommt, zu ihrem achtzehnten Geburtstag. Jedenfalls müsste alles gerade so zu schaffen sein bis zum 24. Juni. Das ist der Tag, den der Arzt ihr als Geburtstermin genannt hat. Das Zeugnis würde sie sich dann eben zuschicken lassen. Aber wie auch immer es ausgeht, ob sie nun ins Mündliche muss oder nicht: Sie hat im Leben schon ganz andere Hürden genommen. Als ehemaliges Heimkind haut sie so schnell nichts um.

Sie schlägt die Decke zurück und bleibt einen Moment lang auf der Bettkante sitzen. Die Morgenübelkeit scheint sie jedenfalls mal wieder überlistet zu haben. Und diese mürbe Schwäche, die die Schwangerschaft mit sich bringt, wird auch noch nachlassen. Das hat zumindest der Arzt gesagt.

Als sie später durch die stillen Straßen geht, friert sie und fühlt sich matt, aber wie immer versucht sie, sich in die gemeinsame Zukunft mit dem Markus hineinzuträumen. Wenn sie erst mit ihm zusammenlebt, wird alles gut sein.

Doch heute wollen die Bilder nicht recht kommen, was vielleicht am Wetter liegt, eisiger Wind und Regen, eine Kombination, die nicht zum Träumen einlädt, zumindest nicht, wenn man morgens um vier Zeitungen austrägt.

Allein zum Abholen der Zeitungen braucht sie heute eine gute Viertelstunde. Weil sie nicht mit dem Rad fahren kann, der alte Göppel hat mal wieder einen Platten. So muss sie die ganze Strecke zu Fuß zurücklegen. Seit sie den Bahnhof dichtgemacht haben, muss sie ja bis zum Senn-Bäck, weil die Zeitungen jetzt immer dort angeliefert werden. Ein Gutes hat die Sache aber: So kommt sie jeden Morgen am Haus vom Markus vorbei, und das ist wunderbar. Denn dann fühlt Annamaria sich ihm so nahe. Ein prickelndes Gefühl, unter seinem Schlafzimmerfenster entlangzugehen, sich ihn vorzustellen, wie er dort liegt und schläft. Sein ruhiger Atem, die Wärme seiner nackten Haut. Weniger prickelnd ist die Vorstellung, dass die Sabine neben ihm liegt. Aber das ist nur noch eine Frage der Zeit. Bis er es ihr sagt. Dass er ausziehen wird.

Auf dem Rückweg kommt der schönste Teil ihrer Runde, der Abstecher zum Haus der Glücklichen Familie. Meist bleibt sie, nachdem sie sich den Berg hochgekämpft und die beiden Zeitungen in die Röhre gesteckt hat, noch einen Augenblick lang stehen. Der Hellsternhof, so heißt das alte Fachwerkhaus, nach dem Märchen vom Hellsternmännle, liegt ein ganzes Stück oberhalb des Ortes. Es ist der einzige Haushalt, der nicht den *Alb-Boten* bekommt. Niemand sonst in Rosenau liest die *Frankfurter Allgemeine* und die *NZZ*. Der Mann ist Arzt an der Reutlinger Klinik, das weiß Annamaria schon länger. Und dass das Haus vor Kindern nur so wimmelt. Fünfe sollen es sein! Dabei ist die Frau trotzdem nicht nur Hausfrau. Sie heißt Liane van der Berg, ist Psychologin oder Psychiaterin – wo der Unterschied liegt, begreift Annamaria nicht so ganz – und soll ziemlich bekannt sein, hat die Oma von der Hedi gesagt. Und dass sie Bücher schreibt, über Kinder und Erziehung, und die Oma von der Hedi muss es ja wohl wissen, denn sie weiß alles über jeden im Ort. Was diese Kinder für ein Glück haben, in so einer Umgebung groß werden zu dürfen, denkt Annamaria wie jeden Morgen. Der alte Bauerngarten, das weiß sie aus helleren Tagen, ist wie ein Abenteuerspielplatz, sogar ein Baumhaus mit einer Schaukel drunter gibt es, auch ein Trampolin und eine Wippe. Und obwohl das Haus so weit abseits liegt und alles in Winterdunkel getaucht ist, hat Annamaria keine Angst. Denn sie weiß ja, dass dort, hinter diesen Fenstern, die Glückliche Familie schläft. Genau so eine Familie wird sie auch bald haben, weiß Annamaria, und ein Glücksgefühl durchströmt ihren Körper, so intensiv und stark, dass es fast nicht zum Aushalten ist. Benommen von diesem Gedanken an ihre eigene Zukunft atmet sie tief ein und wieder aus und macht sich dann auf den Rückweg. Was ist der frühe Morgen doch für eine friedliche Zeit, denkt sie. Vielleicht liegt es daran, dass die Gedanken der Menschen noch nicht in der Welt sind, dass alles ruht, auch das Böse.

Wenn sie nachts nach dem Babysitten nach Hause geht, ist es anders. Die Stille wirkt dann bedrohlicher, voll unterdrückter Triebe. Vielleicht weil sie auf dem Heimweg immer am Goldenen Ochsen vorbeikommt, und wenn sie Pech hat, trifft sie ein paar stramme Stammtischler, die wie sie auf dem Nachhauseweg sind, zum Beispiel den Cornelius und seine Kumpels. Dann kann sie sich immer diese zotigen Sprüche anhören, das mag sie gar nicht. Und jetzt, in der Fasnet, wird es noch viel ärger.

Als Annamaria bald darauf die Haustür des alten Bahnwärterhäusles aufschließt, bleibt sie kurz stehen und lauscht. Nichts zu hören aus Sibylles Schlafzimmer. Im Gegensatz zu letzter Nacht, als ihre Pflegemutter mit diesem Typen hereingetorkelt kam und die beiden einen Heidenlärm veranstaltet haben. Wahrscheinlich hat die Sibylle ihm nicht erzählt, dass sie nicht allein im Häusle sind. Jedenfalls hat Annamaria zur Sicherheit ihre Zimmertür abgeschlossen und auch noch die Kommode davorgeschoben, um keine beschissene Überraschung zu erleben. Und dann hat sie sich noch Watte in die Ohren gesteckt. Aber das hat nicht viel genützt, das fürchterliche Knarren des Lattenrosts war trotzdem noch zu hören. Noch ein paar Monate, denkt Annamaria, dann bin ich hier weg.

Sie schleicht in die Küche, schließt die Tür hinter sich und bückt sich, langt hinter den Schrank und zieht ihren Geheimvorrat Kaffee heraus. Wenn sie ihn nicht versteckt, säuft Sibylle ihn nämlich weg. Obwohl Annamaria ihn von ihrem eigenen Geld gekauft hat. Und natürlich kauft Sibylle auch keinen neuen, weil sie alles, was sie hat, in Gin umsetzt. Von Gin bekäme man keine Fahne, hat ihr jemand mal erzählt.

Annamaria dagegen spart jeden Pfennig. 1780 DM hat sie schon zusammen. Sie ist erst siebzehn, fühlt sich aber manchmal ganz schön alt. Jedenfalls älter als ihre Pflegemutter. Denn seitdem Sibylle der Mann weggelaufen ist, ist es bei ihnen umgekehrt: Nicht die Pflegemutter kümmert sich um Annamaria, sondern Annamaria um die Pflegemutter. Eigentlich müsste *sie* die Kohle vom Jugendamt bekommen, nicht Sybille. Aber sie will sich gar nicht beklagen. Denn selbst eine saufende Sybille ist tausendmal besser als das, was Annamaria vorher erlebt hat, in diesem Heim. Das war die schlimmste Zeit in ihrem Leben, und wenn sie auch nur kurz daran zurückdenkt, fängt ihr Herz sofort zu rasen an, so doll, dass sie das Klopfen bis in ihre Kehle spürt.

Annamaria setzt Wasser auf und schaufelt Kaffeepulver in den Filter, stellt sich ans Fenster und schaut hinaus. Sie ist jetzt wieder müde. Dabei fängt der Tag doch gerade erst an. Das rote Signal am Bahnübergang taucht alles in ein komisches Licht, blutig irgendwie. Annamaria sieht die Bäume hin- und herschwanken und beobachtet, wie der Winterwind an der Dachpappe des Schrebergartenhäuschens auf der anderen Seite der Schienen zerrt, mit aller Kraft, so als wollte er das Dach abdecken. Letzte Nacht, als das Gerammel im Schlafzimmer lauter wurde, hat Annamaria mit dem Gedanken gespielt, sich für eine Weile in dem Häuschen einzunisten. Dort, hat sie überlegt, hätte sie wenigstens ihre Ruhe und könnte auch gleich ein bisschen vom Markus träumen. Wie sie dort zusammen gewesen sind, im Sommer. Doch als sie jetzt sieht, wie der Wind an dem Dach reißt, ist sie froh, es nicht getan zu haben.

Da hört sie ein Geräusch im Gang. Scheiße, denkt sie, löscht das Licht und duckt sich unter den Tisch. Schritte steuern auf die Küche zu, die Küchentür geht auf. Einen Augenblick lang ist es still. Annamaria hält den Atem an. Dann, Gott sei Dank, wird die Tür wieder geschlossen und die Schritte entfernen sich. Wahrscheinlich Sibylles Saufkumpan, der das Häfele sucht. Sie wartet noch eine Weile unterm Tisch, bis die Schritte im Bad münden. Glück gehabt, denkt sie. So früh am Morgen hätte sie wirklich keine Lust gehabt, sich das Gehänge von irgendeinem Typen anzusehen, noch vor dem ersten Schluck Kaffee.

Annamaria macht wieder Licht, brüht sich den Kaffee auf und schleicht zurück in ihr Zimmer. Schiebt die Kommode wieder vor die Tür. Der erste Schluck, heiß, aber aus Rücksicht auf das Baby nicht so stark, wie sie ihn gerne hätte, ist wie Balsam. Wenn sie die Abiprüfungen hinter sich hat, wird sie das Kaffeetrinken ganz sein lassen. Aber vorher schafft sie das nicht, da braucht sie sich nichts vorzumachen.

Während die Mutter abwesend ist, kommt die alte Urschel mit ihren beiden Töchtern, den Nachtfräulein, und sie holen drei Kinder, jede eins.

Liane van der Berg, Freitag, 7. April 2017

Das Geräusch von Schritten im Kies holte Liane zurück in die Gegenwart. Sie setzte sich auf und lauschte einen Moment lang in die Dunkelheit, bevor sie auf Zehenspitzen zum Fenster schlich. Vorsichtig schob sie den Vorhang einen Spalt breit zur Seite und spähte hinaus in die vom milchigen Licht der Hoflaterne erhellte Nacht. Nachdem sie sich auch noch mit einem Blick durch das andere Fenster vergewissert hatte, dass niemand zu sehen war, knipste sie die Nachttischleuchte an. Wahrscheinlich der Zeitungsausträger, dachte sie, schließlich war es schon halb fünf Uhr morgens. Seufzend griff sie nach ihrem Morgenmantel, der auf der Polsterbank unter dem Fenster lag, und machte sich auf den Weg nach unten. Vielleicht würde eine Tasse Passionsblumentee helfen. Oder sollte sie sich womöglich eine warme Milch mit Honig gönnen? Das hatte sie schon lange nicht mehr getan, denn sie wusste ja nur zu gut, dass Milch den Körper verschleimte. Aber jetzt würde sie einmal eine Ausnahme machen – vielleicht half ihr das, zurück in den Schlaf zu finden. Wobei sie die Milch natürlich erhitzen musste, was einen zusätzlich negativen Effekt hatte. Bei über 42 Grad wurden die Enzyme zerstört und tote Materie hatte keinen Nährwert mehr. Liane atmete hörbar aus. Es gab eben immer wieder Situationen im Leben, in denen man die Regeln brechen musste.

Während sie den Herd anstellte und einen kleinen Topf aus dem Schrank holte, schaute sie auf die große Pinnwand neben der Küchentür und lenkte ihre Gedanken auf den bevorstehenden Tag. Gleich um neun hatte sie einen Telefontermin mit der Casterin von *TV Makers*, der Produktionsfirma, für die sie als *Familienretterin* vor der Kamera stand, mit der Mission, Familien bei der Kindererziehung zu helfen. Die zehnjährige Jubiläumssendung stand an, heute musste die Entscheidung fallen, welche Familie dafür die geeignetste wäre. Wenn sie es schaffte, die Vier-Millionen-Marke zu sprengen, wäre ihr die nächste Staffel sicher.

Sie nahm den Topf vom Herd, schüttete die Milch in ihren Lieblingsbecher aus blau lasiertem Ton – ein Geschenk von Gesine – und tat einen Löffel Honig dazu. Dann setzte sie sich aufs Sofa und breitete eine leichte Decke über ihre Beine, obwohl es im Wohnzimmer noch immer schön warm war. Die Erneuerung des Grundofens war den Aufwand eindeutig wert gewesen. Es hatte eben Vorteile, wenn der eigene Sohn eine Baufirma besaß. Wobei sie damals entsetzt gewesen war, als Matthias die Schule verlassen hatte und zu diesem Ofensetzer in die Lehre gegangen war. Er war schon immer ein Sturkopf gewesen; Gott allein wusste, wie sehr sie sich um diesen Jungen bemüht hatte. Doch bei ihm hatte nichts, aber auch gar nichts geholfen. Nicht das Aufzeigen der Konsequenzen, nicht die Methode der kaputten Schallplatte, noch nicht einmal der Nachdenkraum. Mit seinem Dickkopf hatte er sie an ihre Grenzen gebracht, als Mutter und auch als Pädagogin und Psychologin. Und mit Hortensie war es ähnlich gewesen. Der Älteste und die Jüngste. Sie warf einen kritischen Blick auf das Familienfoto, das in seinem schweren Rahmen aus antikem Silber auf dem Konsoltisch hinter dem Sofa stand. Dann griff sie nach dem Becher und pustete auf die Milch. Dafür hatten die drei anderen Kinder ihre Erwartungen mehr als erfüllt, dachte sie, während sie einen vorsichtigen Schluck nahm. Auf Gesine, Matthias' Zwillingsschwester, war Liane besonders stolz. Gesine war eine erfolgreiche Geigerin geworden, die sich vor lauter Anfragen gar nicht mehr retten konnte und inzwischen siebzig, manchmal sogar achtzig Konzerte im Jahr gab. Auf vielen großen Bühnen hatte sie schon gespielt, in der Royal Albert Hall in London und auch in New York und Salzburg und St. Petersburg. In dieser Spielzeit war sie *Artist in Residence* bei der Dresdner Philharmonie. Umso mehr wusste Liane es zu schätzen, dass ihre älteste Tochter einzig wegen der Fotostrecke für den *Stern* nach Hause geflogen war. Gesine begriff eben, wie wichtig gute PR-Arbeit war. Ruben konnte das als Botschaftsrat zwar auch ermessen, trotzdem hatte Liane ihn deutlich intensiver bitten müssen. Dabei war er zu der Zeit sowieso auf Heimaturlaub in Berlin gewesen. *Heimaturlaub*, dachte Liane, während sie sich die Hände an dem Becher wärmte, was für ein seltsamer Begriff. Aber so nannte man das eben beim Auswärtigen Amt, wo Ruben gleich nach dem Jurastudium die Laufbahn für den höheren Dienst eingeschlagen hatte. Seit er vor drei Jahren als Kulturattaché an die Deutsche Botschaft in Neu-Delhi versetzt worden war, hatte er sich nicht mehr zu Hause blicken lassen. Doch das nahm sie ihm nicht übel, er war eben mit Leib und Seele Diplomat. Bedauerlich nur, dass er immer noch keine nette Partnerin gefunden hatte, so gut, wie er aussah! Lilo dagegen, überlegte Liane, wobei ihr Blick zurück zu dem Familienfoto wanderte, schien alle paar Monate einen neuen *Lebensgefährten* zu haben. Der jetzige war ein rachitischer Brillenträger, der sich allen Ernstes in einem Verein für den Schutz der Großtrappe engagierte. Beruflich hatte Lilo immerhin ein glücklicheres Händchen. Als sie im letzten Jahr ihre eigene Praxis als Gynäkologin eröffnet hatte, waren Liane und Carl denn auch den weiten Weg nach Berlin gefahren, um persönlich bei der Praxiseinweihung anwesend zu sein. Wobei es Liane lieber gewesen wäre, ihre Tochter hätte sich für ein Fachgebiet entschieden, bei dem sie *nicht* hauptamtlich den Unterleib anderer Frauen begutachtete. Na ja, dachte sie, Gynäkologen brauchte man eben auch; das wusste sie als Mutter von fünf Kindern am besten. Wobei *sie* es während ihrer Schwangerschaften nicht nötig gehabt hatte, dauernd zum Frauenarzt zu rennen, so wie das heute Usus war. Nein, *sie* hatte keine Angst gehabt, der Natur ihren Lauf zu lassen. Alle ihre fünf Kinder waren auf spontane Art geboren worden und sie hatte weder eine Periduralanästhesie noch einen Kaiserschnitt benötigt. Im Unterschied zu ihrer jüngsten Tochter Hortensie, die gerade mal ein Kind auf die Welt gebracht hatte, und das natürlich per Kaiserschnitt. Dafür war die kleine Juli das einzige Enkelkind, das Liane hatte, und fürs Erste würde es wohl bei dem einen bleiben.

Liane nahm den letzten Schluck Milch und stellte den Becher ab. Eine Weile blieb sie noch so sitzen, doch als ihre Gedanken wieder zu dem Brief zurückkehrten, erhob sie sich ungeduldig, löschte das Licht und räumte den Becher in die Spülmaschine. Meine Güte, dachte sie, was bin ich dünnhäutig geworden. Das lag sicher an der bevorstehenden Jubiläumssendung. Wenn die erst einmal erfolgreich gelaufen wäre, könnte sie wieder ein wenig entspannen.

Den kümmerlichen Rest der Nacht verbrachte sie mit krausen Träumen. Als sie Rufe hörte, war sie verwirrt und begriff erst nach und nach, dass das die Bauarbeiter sein mussten, die draußen auf dem Gerüst herumturnten. Benommen blinzelte sie, sah auf die Uhr und sank zurück auf das Kopfkissen. Wieso um alles in der Welt hatte sie nur von damals geträumt, von Frau Niethammer und Mathilde und von der Studentendemo, in die sie damals geraten war?

Da fiel ihr der unselige Brief wieder ein.

Liane, Ostermontag, 15. April 1968

Bis zu jenem Tag hatten die Studentenunruhen für Liane nur im Fernsehen existiert, wenn sie bei ihrer Zimmerwirtin Frau Niethammer in der Stube saß und mit ihr, umgeben von gehäkelten Schondeckchen und Hummel-Figuren, die Tagesschau anschaute, wo junge Leute mit Plakaten durch die Straßen zogen oder sogenannte Sit-ins veranstalteten. All das war fern und unwirklich, und so traf sie der Tumult, in den sie am Ostermontag des Jahres 1968 geriet, völlig überraschend.

Sie war zu Fuß unterwegs durch Schwabing, als sie plötzlich Lärm hörte, eine laute Stimme, die zwischen den Häuserwänden widerhallte und irgendetwas über Dutschke proklamierte. Dass der Studentenführer Rudi Dutschke in Berlin niedergeschossen worden war, hatte sie in den Nachrichten gehört, und als nun sein Name ertönte, war es ihr gleich klar: Ganz in der Nähe musste eine Demonstration stattfinden, wie in den letzten Tagen seit Gründonnerstag schon so oft.

Liane drehte sich um und ging in die entgegengesetzte Richtung. Sie hatte keine Lust, in eine Rangelei zwischen Studenten und der Polizei zu geraten. Doch an der nächsten Straßenecke sah sie, dass auch hier die Straßen verstopft waren – überall junge Leute, ein paar von ihnen trugen Plakate vor sich her. Liane machte Halt, war einen Moment lang unsicher, was sie tun sollte. Wenn sie pünktlich zurück bei Frau Niethammer sein wollte, die mit belegten Stullen auf ihre Untermieterin und *Dr. Kimble auf der Flucht* wartete, musste sie wohl oder übel die Schellingstraße überqueren, also mitten durch die Menschenmenge. Liane zögerte. Von Weitem beäugte sie die Demonstranten, hielt nach einer Lücke Ausschau und fragte sich, wo sie am besten durchschlüpfen sollte, wer am harmlosesten aussah. Sie wusste nicht recht, was sie halten sollte von diesen Studenten. Faulpelze und Drückeberger seien das, hatte ihr Vater erst neulich am Telefon wieder geschimpft. Auch für Frau Niethammer waren die Demonstranten unnützes Gesindel, das den lieben langen Tag nichts Besseres zu tun hatte, als der Polizei Ärger zu machen, natürlich auf Kosten der braven Steuerzahler. Und doch konnte Liane, als sie die Leute nun so ansah, nichts besonders Auffälliges oder Gefährliches an ihnen entdecken. Zugegeben, ein paar der jungen Männer hatten vielleicht etwas zu lange Haare, aber das war auch alles.

Nach ein paar Minuten des Zögerns bahnte sie sich also ihren Weg durch die Menge. Sie war schon fast auf der anderen Straßenseite angekommen, als sie ihn sah: den Blonden aus dem Park.

Er lehnte gegen ein Schaufenster, in Jeans und seinem dunkelbraunen Dufflecoat, und drehte sich eine Zigarette. Das blonde Haar war noch länger als im Winter und er sah, wenn das überhaupt möglich war, noch windzerzauster, noch anziehender, noch betörender aus. Plötzlich war alles andere vergessen: Frau Niethammer und die Stullen, die Warnungen ihres Vaters vor dem roten Gesindel, die Schlagzeilen und Nachrichten. Es gab jetzt nur noch ihn. Liane wusste, dass das *ihre* Chance war: Der Augenblick, auf den sie schon so lange gewartet hatte, wurde ihr hier auf dem Silbertablett präsentiert. Wie ferngesteuert zwängte sie sich zwischen zwei jungen Männern mit Plakaten hindurch und kam neben dem Blonden zum Stehen. Sie lehnte sich ebenfalls gegen das Schaufenster, das, wie sie jetzt sah, zu einer Schusterei gehörte, sah aber in die andere Richtung und versuchte, so zu wirken, als nähme sie jeden Tag an einer Demonstration teil.

»Auch eine?«, hörte sie da plötzlich jemanden sagen und begriff erst mit Verzögerung, dass *er* sie angesprochen hatte. Ihr Herz fing wie doll zu schlagen an.

»Das erste Mal bei einer Demo?« Er lächelte leicht schief und hielt ihr seinen Tabaksbeutel und die Blättchen hin. Ohne weiter nachzudenken griff Liane danach und begegnete seinem Blick. Nie würde sie diesen Moment vergessen, den ironischen Ausdruck in seinen Augen, die zu einem leisen Lächeln gekräuselten Lippen, das Grau seiner Augen.

Liane hatte noch nie zuvor geraucht, geschweige denn sich selbst eine Zigarette gedreht. Das Äußerste an Ruchlosigkeit war ein Schnaps auf einem Schützenfest gewesen, und auch den hatte sie nur getrunken, weil sie nicht als Spielverderberin dastehen wollte.

Unsicher zupfte sie etwas Tabak heraus und legte ihn auf das Blättchen. War das so richtig? Sicher, sie hatte schon gelegentlich zugesehen, wie Leute sich eine Zigarette drehten, erst neulich wieder, am Bahnhof, aber sie war eine flüchtige Beobachterin und so wusste sie eigentlich nur, dass das Papier irgendwie um den Tabak gewickelt wurde. Unbeholfen presste sie den Tabak mit den Fingern zusammen.

»Das ist viel zu viel«, hörte sie den Blonden neben sich sagen. »Gib her, ich mach's für dich.«

Liane wurde rot und war heilfroh, dass er mit dem Drehen der Zigarette beschäftigt war und sie nicht ansah.

»Aber wie das mit dem Rauchen geht, das weißt du schon?«, fragte er sie und reichte ihr die fertige Zigarette mit einem frechen Grinsen. Sie hatte schon eine patzige Antwort parat, überlegte es sich aber anders und antwortete ruhig: »Es gibt für alles ein erstes Mal, nicht wahr?« Sie hielt seinem Blick stand, eine Ewigkeit, und konnte sich später an nichts mehr erinnern als an dieses überwältigende, alles verschlingende Gefühl während dieser paar Sekunden, denn mehr konnten es nicht gewesen sein.

Schließlich gab er ihr Feuer und sie sog den Rauch ein, so wie sie dachte, dass es richtig wäre. Eine Weile lang standen sie schweigend nebeneinander und rauchten, bis Liane eine sich steigernde Unruhe um sie her bemerkte. Irgendwo nicht weit entfernt hörte sie laute Stimmen, und auf einmal waren da Polizisten mit Knüppeln, die auf die Studenten eindroschen. Liane sah eine Frau, die von einem Polizisten an den Haaren gezerrt wurde. Und dann ging alles ganz schnell: Jemand schrie auf und Liane sah Steine durch die Luft fliegen. Mehr Menschen schrien, jemand rempelte sie an.

»Jetzt wird's ungemütlich«, sagte der Blonde und griff nach ihrer Hand. Er zog sie hinter sich her, in den Hauseingang neben der Schusterwerkstatt und auf der Rückseite wieder heraus in einen Hinterhof, wo die Welt auf einmal still war. Aber er blieb nicht stehen, sondern zog sie weiter mit sich, zwischen Büschen und Sträuchern hindurch, vorbei an Wellblechhütten, und half ihr durch ein Loch in einem Maschendrahtzaun. Als sie auf der anderen Seite des Häusergevierts in einem Hof herauskamen, wo zwischen Fahrrädern und Mülltonnen ein Haufen Sperrmüll herumstand, hielt er einen Moment inne und sah sich kurz zu ihr um. Dann nahm er sie wieder bei der Hand und sie liefen durch einen Hintereingang in das Haus hinein, die Treppen nach oben.

Erst als sie im zweiten Stock ankamen, wurde Liane bewusst, was sie da im Begriff war zu tun. Schwer atmend standen sie sich gegenüber, Liane an der Wand und er vor ihr, nur einen halben Schritt entfernt. Er lächelte nicht, jetzt nicht mehr, er sah sie nur an. Ihre Augen waren fast auf gleicher Höhe und seine Pupillen groß und dunkel. Liane fühlte das Adrenalin, das durch ihren Körper pumpte. Kurz dachte sie an das Mädchen, seine Freundin, die im Winter bei ihm gewesen war, doch ihr war klar, dass es keine Rolle spielte, jetzt nicht mehr. Sie war hier bei ihm und würde alles tun, um die andere auszubooten.

Da hörten sie Schritte oben im Treppenhaus. Er griff in seine Jackentasche und zog einen Schlüssel heraus. Lianes Herz schlug wie verrückt weiter. Ein Mann kam von oben, ging grußlos an ihnen vorbei, während der Blonde ihr die Wohnungstür aufhielt. Kurz zögerte Liane. Sie hätte Angst haben sollen und irgendwie hatte sie das auch, doch nichts auf der Welt hätte sie in dem Moment davon abhalten können, mit ihm in die Wohnung zu gehen. Sie sah, wie er sich bückte, sich die Schnürsenkel aufzog und die Schuhe abstreifte. Sie tat es ihm nach, öffnete die Schnallen ihrer Schuhe und betrat dann die Wohnung. Überrascht hielt sie inne.

Sie wusste nicht, was sie erwartet hatte, jedenfalls nicht das, was vor ihr lag: Links und rechts des längsten Korridors, den sie je in einer Privatwohnung gesehen hatte, standen etliche Paar Schuhe, es mussten Dutzende sein. Bei genauerem Hinsehen erkannte Liane ein buntes Sortiment von Frauen-, Männer- und Kinderschuhen. Lebte er etwa mit seiner Familie zusammen? Aus einem Zimmer kam Kindergekreische, so laut und schrill, dass Liane seinen Blick suchte. Doch er winkte ab: »Kinder und Ferien, da ist Zanken an der Tagesordnung.« Er musterte sie kurz, aber aufmerksam und sagte: »Du siehst ganz schön mitgenommen aus. Was hältst du davon, wenn ich dir erst mal einen Tee hole?«

Der Blonde verschwand durch die nächste Tür und Liane schaute ihm nach. War das eben im Treppenhaus wirklich passiert? Oder hatte sie sich das Ganze nur eingebildet? Verwirrt folgte sie ihm bis zum Türrahmen einer sehr geräumigen Küche. Der Raum wirkte zugleich prächtig und heruntergekommen, wie in einem baufälligen alten Herrschaftshaus. Liane ließ den Blick zu den Fenstern wandern, die höher waren als bei ihr daheim die Türen und sich über die gesamte Breite des Raumes verteilten. Ihr Blick fiel auf eine vollgeschriebene Wand. Stirnrunzelnd entzifferte sie, was da mit bunter Farbe kreuz und quer geschrieben stand: *Haut dem Springer auf die Finger* stand da und *Unter den Talaren Muff von tausend Jahren.*

In dem Moment hörte Liane ein Knarzen hinter sich. Sie drehte sich um und erblickte die junge Frau aus dem Park, die den Kopf zur Tür hereinsteckte und Liane kurz taxierte. Gleich darauf lief sie auf den Blonden zu, umarmte ihn von hinten und drückte ihn an sich. Liane versteifte sich. Also waren die beiden tatsächlich noch ein Paar? Wie aus weiter Ferne hörte sie ihn »Mensch, Kathi!« rufen, wobei er ein wenig von dem Tee auf dem Tisch verschüttete.

Wenn er noch mit diesem Mädchen zusammen war, überlegte Liane, wieso hatte er *ihr* dann eben an der Tür so intensiv in die Augen geschaut? Wäre der Mann von oben nicht dazwischengeplatzt, dann hätte er sie geküsst, da gab es keinen Zweifel.

»Und, wie war's?« Erwartungsvoll sah Kathi ihn an. »Habt ihr eins auf die Mütze gekriegt?« Liane dagegen ignorierte sie dermaßen auffällig, dass die dieser Ziege am liebsten die Hand hingehalten und eine Begrüßung eingefordert hätte. Trotzdem konnte sie den Blick nicht von Kathi lösen, betrachtete ihr langes blondes Haar, das ihr in seidigen Wellen über den Rücken fiel, und die ausdrucksvollen blauen Augen. Wie zierlich sie ist, dachte Liane neidvoll und kam sich mit ihren fast einsachtzig mal wieder vor wie ein Elefant.

»Ist eskaliert«, antwortete der Blonde lakonisch und drehte sich um.

»Wo sind die anderen?«, fragte Kathi und tat immer noch so, als wäre Liane gar nicht da.

Der Blonde zuckte die Achseln. »Keine Ahnung. Die Bullen sind total ausgerastet. Haben angefangen, mit Knüppeln auf uns einzudreschen.«

»Scheiße.«

»Kannst du laut sagen.«

In dem Moment waren auf dem Gang Stimmen zu hören und kurz darauf betraten zwei Männer die Küche. Der erste, ein vierschrötiger Kerl in einer braunen Cordjacke, blutete am Kopf und steuerte auf den Wasserhahn zu.

»Wo ist Erika?«, fragte der Blonde.

»Diese Faschistenschweine haben sie mitgenommen«, sagte ein großer Dünner mit Brille und ließ sich auf einen Stuhl sinken. Liane, die sich inzwischen vollkommen fehl am Platz fühlte, hätte am liebsten unauffällig den Rückzug angetreten. Wo war sie hier nur reingeraten? Zwischen den anderen entspann sich eine heftige Diskussion und sie überlegte, ob es nicht am besten wäre zu gehen, unbemerkt, solange die anderen noch redeten. Doch gerade als sie rückwärts zur Tür wollte, sah der Blonde sie an und fragte: »Wie viel Zucker nimmst du?« Zu Lianes Überraschung drehte sich Kathi fast im selben Moment zu ihr um und fragte: »Wer bist du eigentlich?«

»Zwei Löffel«, presste sie hervor und an Kathi gewandt erklärte sie betont würdevoll: »Mein Name ist Liane.« Daraufhin hob diese die Augenbrauen und meinte mit einem Seitenblick auf den Blonden: »Liane? Ist das nicht eine Schlingpflanze? Da musst du ja aufpassen, dass sie dir nicht die Luft abschnürt!«

Liane war sprachlos über so viel Unverschämtheit. Doch bevor ihr eine passende Antwort einfiel, mischte sich schon der Vierschrötige ein: »Du bist gut. Reißt hier Witze und Erika ist wer weiß was passiert!« Er lehnte sich gegen die Spüle und hielt sich ein Geschirrtuch an die Stirn.

»Halt du die Klappe, ich hab Kinderdienst!«

Auf einmal redeten alle durcheinander, bis der Dünne sagte: »Jetzt mal halblang. Wenn ihr euch streitet, hilft das niemandem.«

Kathi ließ das Thema fallen, für das sie sich gerade noch so ereifert hatte, und drehte sich unvermittelt zu Liane um. »Und was studierst du?«, fragte sie mit herausforderndem Blick.

»Ich … äh … studiere nicht«, antwortete Liane unangenehm berührt.

»Ach, Kathi, lass sie in Ruhe mit deiner Fragerei!«, fuhr der Blonde ihr über den Mund. Liane betrachtete die beiden unauffällig. So wie sie miteinander sprachen, waren sie ja vielleicht doch kein Paar mehr. Hoffnung keimte in ihr auf, und während sie noch grübelte, wie diese Leute wohl zueinander standen, ging der Blonde mit den Bechern zur Tür.

»Kommst du?«, fragte er. Verwirrt folgte Liane ihm und verließ die Küche, froh, von dort wegzukommen. Auf dem Weg durch den Korridor hörte sie wieder das Johlen der Kinder hinter einer der Türen. Aus einem anderen Zimmer, dessen Tür weit offen stand, drang Musik: die Ofarims mit *Morning of My Life* – einem ihrer Lieblingslieder.

Sein Zimmer war groß, mit hoher Decke und den gleichen hohen Fenstern, von deren Rahmen auch hier die Farbe abblätterte. Auf der Fensterbank standen drei Töpfe mit irgendwelchen vor sich hin dümpelnden Pflanzen, eine Kerze in einer leeren Weinflasche und etliche Büchsen mit Pfirsichen. An der Wand hing das Plakat dieses südamerikanischen Freiheitskämpfers, dessen Namen sie vergessen hatte. Darunter stand ein Schreibtisch, ein abgestoßenes Möbel aus dunklem Holz, darauf Bücher, Papier, Stifte, Zigarettentabak, ein überquellender Aschenbecher.

Mit einer Lässigkeit, die Liane nicht empfand, schlenderte sie zu einem der Bücherstapel neben einer Matratze mit zerwühltem Bettzeug. Sie schnappte sich das oberste Buch – *Der Steppenwolf* von Hermann Hesse – und blätterte darin herum, scheinbar versunken, obwohl sie in diesem Moment nichts weniger interessierte als dieses Buch.

»Hier«, sagte er und reichte ihr den Becher. Sie legte das Buch beiseite und stellte sich neben ihn ans Fenster. Vorsichtig nahm sie einen Schluck von dem Tee, der sehr süß war. Er ließ sie nicht aus den Augen. »Ist dir immer noch kalt?«, fragte er und sie bejahte, aber eigentlich nur, um zu rechtfertigen, dass sie hier in Mantel und Hut herumstand wie in einem Bahnhofs-Wartesaal. Aus den Augenwinkeln sah sie ihn nach einer Flasche greifen, die neben seiner Matratze auf dem Boden stand, und ehe sie sich's versah, hatte er ihr etwas in den Tee geschüttet. »Trink das mal, da wird dir warm.« Als er die Flasche wieder wegstellte, sah sie, dass es Stroh-Rum war, das Zeug, mit dem ihre Eltern sich jedes Jahr im Sommerurlaub in Österreich eindeckten. Wie ein Vogel nippte sie an dem Tee, als er plötzlich laut auflachte.

»Entschuldige, aber du stehst da wie meine verstorbene Tante Irmgard, die Mesnerin war und alles hier sehr schlimm und verwerflich gefunden hätte. Willst du nicht wenigstens den Hut absetzen?«

Sie sah sich mit seinen Augen, strumpfsockig, aber in dem bis oben hin zugeknöpften Mantel, ärgerte sich über sich selbst und zog schnell alles aus. So würde sie ihn sicher nicht beeindrucken, dachte sie und machte es sich auf dem Boden bequem. Egal, was er mit der Ziege in der Küche hatte: Sie würde diesen Mann für sich gewinnen.

Sie trank den restlichen Tee und wie durch ein Wunder fiel auf einmal alle Befangenheit von ihr ab. Völlig ungeniert zog sie die Klammern aus ihrem Haar und schüttelte es. Sie hielt ihm den leeren Becher hin und fragte keck: »Kann ich noch so einen Zaubertrank haben? Oder kriegst du dann Ärger mit deiner Freundin?«

»Hm?«, fragte er.

»Das Mädchen vorhin … diese Kathi … Sie ist doch deine Freundin?«

Jetzt lächelte er ironisch und senkte dann die Stimme: »Du meinst, wir sind einander *versprochen*? Im Sinn einer *Treuebeziehung*?«

»Was soll ich denn sonst damit meinen?« Liane legte den Kopf schief und lächelte ebenfalls.

»Die traditionelle Monogamie …«, sagte er grinsend. Dann nahm er ihr den Becher aus der Hand und verschwand Richtung Küche. Liane ließ ihren Blick durchs Zimmer wandern und lächelte. Sie spürte den Alkohol und es war ganz wunderbar. Alles, was ihr sonst im Weg stand, diese lästigen Hemmungen und Zweifel, alles war wie weggewischt.

Später musste sie noch oft an diesen Moment zurückdenken,

in dem ihr Mut, aber auch ihre Skrupellosigkeit erwacht war. Sie stand auf, ging zum Fensterbrett und zündete die Kerze an. Sie löschte das Deckenlicht, stellte sich ans Fenster und sah hinaus in das dunkle Karree des Hinterhofs. Leise summte sie vor sich hin. *I fall to pieces …* Sie kicherte. *Each time I see you again.* Wenn er das wüsste! Noch nie war sie sich einer Sache so sicher gewesen. Nie zuvor hatte sie etwas oder jemanden so sehr gewollt wie diesen Mann.

»Was singst du da?«, fragte er und trat neben sie. Er sah sie an, wieder mit diesem amüsierten Ausdruck.

»Oh, nichts … ein albernes Lied.«

Er stellte die Becher auf der Fensterbank ab, tat einen Schuss Rum hinein und reichte ihr einen. Liane setzte sich, mit dem Rücken zur Heizung. Er tat es ihr nach, und als er den Blick langsam über ihr Gesicht und über ihr Haar gleiten ließ, wurde sein Gesichtsausdruck ernst.

»Weißt du eigentlich, wie schön du bist … ohne den Gouvernantendeckel?« Liane stockte der Atem. Am liebsten hätte sie ihn gefragt, ob er das ernst meinte. Aber sie verkniff es sich, erwiderte einfach seinen Blick. Als die alte Nervosität wieder in ihr hochstieg, nahm sie einen großen Schluck Tee und fragte das Nächstbeste, das ihr einfiel: »Ihr wohnt hier also alle zusammen …«, sie überlegte, suchte nach Worten und fuhr dann fort: »du und deine Freunde?«

Doch statt zu antworten, nahm er ihr den Becher weg, legte seine Hand an ihren Hinterkopf und zog sie zu sich her, nicht allzu sanft. Einen Augenblick lang hielt er sie so, sein Gesicht dicht an ihrem, so nah, dass sie seinen Atem auf ihrer Haut spürte. Er roch ganz leicht nach Rum, aber auch nach etwas anderem, nach Holz und Wald und irgendwie fremdländisch.

»Was ist, wenn deine Freundin reinkommt?« Sie rückte ganz leicht von ihm ab.

»Als ob du darauf einen Pfennig geben würdest …« Wieder dieses Grinsen.

»Können wir nicht trotzdem abschließen?«

»Niemand schließt hier ab. Wir haben keine Schlüssel«, flüsterte er, und als er sie zu Boden drückte, war sie erstaunt über seine Kraft. So lag sie da, die Hände über dem Kopf, er über ihr. Nie zuvor hatte jemand sie so angesehen. Liane spürte ihren Körper auf eine Art, wie sie ihn noch nie gespürt hatte, ihre halb geöffneten Lippen, das Heben und Senken ihres Brustkorbs beim Atmen, das Hämmern ihres Herzens. Er legte sich auf sie, mit seinem ganzen Gewicht, und fuhr mit dem Zeigefinger ganz langsam ihre Lippen entlang. Sie schloss die Augen.

»Nein«, sagte er. »Sieh mich an!«

Sie schlug die Augen wieder auf, sah sein Gesicht dicht vor ihrem, bemerkte die kleine Narbe über seiner Oberlippe, fühlte seinen Atem auf ihrem Mund. Dann schob er ihre Bluse hoch.

Erst als sie sich Stunden später von der zerwühlten Matratze erhob, ihre Kleidung zusammenklaubte und sich draußen auf dem Korridor anzog, wurde ihr klar, dass er nicht nur ihre Frage nach seiner Freundin nicht beantwortet hatte, sondern dass sie noch nicht einmal wusste, wie er hieß.

Annamaria, Gumpiger Donnerstag, 6. Februar 1986

Eigentlich wollte Annamaria in diesem Jahr nicht zum Narrensprung gehen und schon gar nicht beim Nachtfräuleinspiel mitmachen. Da verstecken sich die Rosenauer Narren im Ried und die Jungen müssen sie suchen, mit speziellen Bändern am Handgelenk fesseln und sie dann zurückführen. Für jedes Nachtfräulein, das man findet, gibt es ein Rosenweckle und ein Freigetränk. Aber wo es ihr die ganze Woche nicht gelungen ist, mit dem Markus zu sprechen, hofft sie nun darauf, ihn bei der Fasnet zu treffen. Sie weiß ja, wie wichtig ihm das ist. Er ist schon seit Jahren bei den Nachtfräulein, der ältesten Narrenzunft der Gegend. Na ja, und außerdem will sie die Hedi und die Uli nicht enttäuschen, die freuen sich schon so lange auf den Kokolores. Also steht Annamaria jetzt hier, mitten in diesem Hexenkessel. Denn genauso fühlt sich das für sie an, so wie es um sie herum brodelt und knallt und zischt. Einer ruft »Rosenau« und wuschelt ihr Konfetti in die Haare, noch bevor sie mit »Rosenei« antwortet. Und jetzt setzt auch wieder die Lumpenkapelle ein. Bumbumbum, in der Mitte des Rathausplatzes haben sie eine Bühne aufgebaut, darauf sitzen die Musikanten und trommeln und schmettern, was das Zeug hält. Der Rhythmus geht ihr durch Mark und Bein und hat etwas Hypnotisierendes. Trotzdem braucht sie jetzt mal ein bisschen Abstand, also schiebt sie sich durch die Menge bis ganz an den Rand des Platzes. Dort bleibt sie stehen, vor dem Schaufenster vom Senn-Bäck, der zum Glück leer ist. Denn alle, der ganze Ort hat sich auf dem Platz versammelt. Der Gumpige ist ein großer Tag hier, und Rosenau hat nicht nur eine eigene Lumpenkapelle, sondern auch eine Narrenzunft mit vier Figuren, dem Linsenweible, den Donaugrieblern, den Hellsternmännle und den Nachtfräulein. Wobei die Nachtfräulein, das denkt Annamaria jedes Mal, wenn sie eines sieht, wirklich am unheimlichsten sind mit ihren dunklen Gewändern und den bleichen, zu ewigem Lächeln erstarrten Frauengesichtern. Sie findet sie schlimmer als alle anderen Masken, schlimmer als die hexenhaften Linsenweible und schlimmer als die knorrigen Donaugriebler, die einen auch schon das Fürchten lehren. Aber vielleicht liegt das ja auch an der Sage. Von den Nachtfräulein, die die Kinder holen kommen.

»Was machsch hier am Rand, komm vor zu uns!«, brüllt ihr jemand ins Ohr. Das ist die Hedi, ihre beste Freundin, eine schlechte Schülerin, aber eindeutig die mit dem größten Mundwerk. Auch mit den Kerlen ist die Hedi vorne mit dabei. Aber jetzt ist sie ja fest mit dem Cornelius zusammen. Das kann Annamaria gar nicht verstehen, so eine große Gosche, wie der hat. Ein richtiger Grobian ist der. Aber die Hedi stand ja schon immer auf die Krakeeler und die Auffälligen. Die Hedi war es auch, die ihr den Ledermini, die Kreuzkette, die Armbänder und die Netzstrümpfe geliehen hat. Und dann hat sie sie auch noch üppigst mit *My Melody* eingedieselt. Am Schluss wollte sie auch noch, dass Annamaria die blonde Perücke aufzieht, was die allerdings verweigert hat. »Dann siehst du aber gar nicht aus wie die Madonna!«, hat die Hedi da geschimpft. Doch Annamaria ist standhaft geblieben, sie will schließlich, dass der Markus sie erkennt. Außerdem will sie sich ja nicht verschlechtern. Ihre Lockenmähne ist schließlich ihr *ganzes Kapital*, wie die Hedi nicht müde wird zu betonen, mit so einem Unterton, der deutlich machen soll, dass Annamaria sonst nicht viel zu bieten hat. Manchmal hat Annamaria wirklich den Eindruck, die Hedi sei irgendwie eifersüchtig auf sie, was völliger Quatsch ist, weil die Hedi einfach super aussieht: blonde Haare, lange Beine, schmale Taille und ganz schön Holz vor der Hütte. Wahrscheinlich ist sie deshalb auch so beliebt bei den Jungs. Aber Annamaria ist halt die Exotischere, mit ihren schwarzen Locken und den dunkelbraunen Augen. Die hat sie von ihren Eltern, Cesare und Rosa De Luca, die aus Süditalien stammten. Vielleicht friert sie ja auch deshalb mehr als andere, den ganzen Winter über. Sie scheint für die Kälte nicht gemacht zu sein. Das hat sie oft gedacht und davon geträumt, dass ihr Vater sie holen kommt, aus Kalabrien oder wo auch immer er sein mochte.

Sie sieht der Hedi hinterher. Das hätte Annamaria sich nie getraut, hier als Olivia Newton-John aufzukreuzen, in einem hautengen pinken Aerobic-Outfit und mit einem Stirnband. Außerdem wäre ihr das viel zu kalt gewesen. Am Schluss hat sie sogar noch eine Wollstrumpfhose unter die Netzstrümpfe gezogen.

Wieder brüllt ihr jemand ins Ohr: »Rosenau!«

Sie zuckt zurück, zieht den Kopf ein und erwartet eine volle Ladung Konfetti. Im Augenwinkel sieht sie die Maske eines Nachtfräuleins, erkennt das dunkle Gewand und das helle Gesicht. Doch das Konfetti bleibt aus. Stattdessen schlingen sich zwei Arme fest um ihre Taille. Sie schreit »Rosenei«, versucht die Hände zu lösen und hofft, noch einmal davonzukommen. Das Häs fühlt sich rau an und riecht nach Kartoffelsack. Das Nachtfräulein packt noch fester zu. »Hab ich dich, du süßes Ding!«, raunt es und drückt sie an sich.

Markus. Das muss der Markus sein! Das ist genau seine Art, mit ihr zu reden, auch wenn seine Stimme unter der Maske ungewohnt dumpf klingt. Annamarias Herz schlägt jetzt ganz schnell und ein überwältigendes Glücksgefühl steigt in ihr auf, so eine überschäumende Euphorie, dass ihr ganz schwindlig wird. Noch nie haben der Markus und sie sich in der Öffentlichkeit berührt. Immer fand alles ganz heimlich statt, in der Schule im Kopierraum, in seinem Auto auf dem Wanderparkplatz. Im Schrebergartenhäusle an der Bahnlinie. Aber jetzt sind sie hier, zusammen, in aller Öffentlichkeit! Natürlich steckt er in seinem Kostüm und hat die Nachtfräuleinmaske überm Gesicht, und doch ist es wie ein Vorgeschmack auf die Zukunft: sie und er zusammen, in Freiheit, Arm in Arm auf der Straße, unter den Augen aller.

Da spürt sie seine Hände, die sich um ihre Pobacken schließen. Ihr wird ganz heiß bei dieser Berührung, sie fühlt sich wagemutig, übermütig, wie in einem Rausch. »Du siehst unglaublich aus«, raunt er ihr ins Ohr.

Sie freut sich, dass er das bemerkt. Immerhin hat sie ewig vor dem Spiegel gestanden, während die Hedi sich das Haar geföhnt hat.

»Aber du frierst ja«, sagt der Markus. Er löst die Hände von ihrer Taille, nestelt an seinem Häs herum, klickt den Karabiner auf, an dem seine Feldflasche hängt. Die dürfte er eigentlich gar nicht tragen, weil es gegen die Zunftordnung verstößt. Das hat die Hedi ihr gesagt, weil ausgerechnet der Cornelius auch so ein Ding besitzt, aus dem er immer wieder säuft. Jedenfalls schraubt der Markus jetzt den Deckel von der verbotenen Flasche ab und reicht sie ihr. »Hier, meine Süße!«

Bevor sie begreift, was sie da trinkt, hat sie schon einen großen Schluck genommen. »Das ist ja Peng!«, sagt sie erschrocken, Cognac-Cola, und denkt, dass man in der Schwangerschaft doch keinen Alkohol trinken darf. Aber der Markus weiß bis jetzt ja nichts davon. Sie macht eine Grimasse und hört sein gedämpftes Lachen.

»Na los, nimm ruhig noch einen Schluck, dann wird dir warm!«

Aber der eine reicht, er zieht ihr durch sämtliche Glieder und entfacht ein kleines Feuer in ihrem Magen. Auch spürt sie die Wirkung sofort im Kopf. Sie beobachtet den Markus dabei, wie er sich zum Laden umdreht, damit keiner außer ihr sein Gesicht sieht, seine Maske hochklappt und aus der Feldflasche trinkt. Sie kichert, muss auf einmal richtig lachen.

»Na warte, nachher werd ich dir schon zeigen, was es heißt …«, raunt der Markus ihr ins Ohr.

Der Rest des Satzes geht im Knattern der Ratschen unter, die die Narren und die Jungen zum Aufbruch rufen.

Annamaria hält sich die Ohren zu, doch er nimmt sie an der Hand und ruft ihr ins Ohr: »Wir treffen uns hinter den alten Bienenstöcken!«

Sie sieht ihm hinterher, wie er in der Menge verschwindet. Kurz fragt sie sich, welche Bienenstöcke er wohl meint, die in der Nähe des kleinen Weihers oder die unter den Weiden? Aber die bei den Weiden sind ja schon halb verrottet, denkt sie, also müssen es die anderen sein. Jedenfalls klingen seine Worte für sie wie Musik. Endlich wird sie mal wieder mit ihm alleine sein. Vielleicht schafft sie es sogar, ihm von der Schwangerschaft zu erzählen? Dann macht sie sich selbst auf in Richtung des Traktors, der die Kinder und Jugendlichen ins Ried, zum Nachtfräuleinspiel, bringt.

Sie kommt neben der Hedi zum Sitzen, die noch aufgedrehter wirkt als sonst. Wer weiß, was die schon getankt hat und was die im Ried so vorhat. Sie kennt die Hedi, die ist nicht gerade scharf drauf, durchs – wie sie gerne sagt – scheißöde Ried zu dackeln. Aber heute ist alles anders.

Während der Traktor unter dem Getrommel der Lumpenkapelle vom Platz tuckert und sich auf die übliche Rundfahrt begibt – die Nachtfräulein müssen ja genügend Vorsprung haben, um im Ried ein Versteck zu finden –, fängt die Hedi an zu singen, und Annamaria ist so gut drauf, dass sie mit einstimmt. *Kreuzberger Nächte* und *Rucki Zucki*. Vor der Wallfahrtskirche und auch vor dem Ochsen stehen ein paar Närrle, sie winken ihnen zu und rufen: »Rosenau!« So fahren sie eine Viertelstunde herum, bis der Traktor den Planweg in Richtung Ried einschlägt. Von Weitem, hinter einem Waldstück, schimmern die Mauern des Rosenstifts hindurch, wo Annamaria nach dem Tod ihrer Mutter hinkam, bevor die Sibylle und ihr Mann sie aufgenommen haben. Natürlich hatte das Jugendamt erst mal versucht, ihren Vater ausfindig zu machen, aber keiner wusste, wo er war.

Ihre Eltern hatten damals die erste Eisdiele in der ganzen Gegend, das hat man ihr erzählt. Aber die Geschäfte liefen schlecht, die Älbler wollten kein Eis. Also setzte sich ihr Vater wieder nach Kalabrien ab und ihre Mutter musste den Laden dichtmachen. Im Winter darauf war sie an einer Lungenentzündung gestorben.

»He, wie lang soll ich's dir noch hinhalten?«

Annamaria bemerkt, dass die anderen sie ansehen. Allen voran die Hedi, die ihr eine halb volle Flasche Obstler unter die Nase hält. Sie will schon danach greifen, aber dann fällt ihr wieder ein, dass sie ja gar nicht mehr trinken darf, in ihrem Zustand, und sie gibt die Flasche weiter an die Uli. Da funkelt die Hedi sie böse an: »Bischt dir zu fein, mit uns aus einer Flasch zu trinken, oder was?« Aber die Uli sagt: »Lass sie doch.«

Das kleine Waldstück ist längst außer Sicht, jetzt fahren sie über die Brücke, der Nebenarm der Donau liegt wie tot unter ihnen. Annamaria sieht in das braune Wasser, ein paar Stockenten treiben darauf herum. Ein ganzes Stück entfernt steht ein Graureiher, der sich nun aufschwingt und davonfliegt. Manchmal möchte sie das auch, in den Lüften verschwinden. Aber nicht heute, heute kann Annamaria es kaum erwarten, endlich anzukommen und sich auf die Suche nach dem Markus zu machen, *ihrem* Nachtfräulein.

»Ist ja echt heiß, mit einem Lehrer! Weißt du überhaupt, wie alt der ist?«, hat die Hedi sie damals gefragt, als Annamaria ihr anvertraute, dass der Markus und sie ein Paar waren. »38! Der ist sogar mir zu alt!«

Dabei hat Annamaria manchmal den Verdacht, dass die Hedi ihn in Wirklichkeit auch gut findet. So kokett, wie sie sich immer benimmt, wenn er sie aufruft. Andererseits macht die Hedi das bei allen gut aussehenden Männern, egal wie alt sie sind. Genau genommen ist die Hedi nur dann eine gute Freundin, wenn sie die Nummer eins ist, das hat Annamaria inzwischen begriffen. Sie nimmt der Hedi das nicht krumm. Weil Annamaria ja nur den einen will, nur den Markus. Alle anderen sind ihr egal.

Das Ried liegt nun offen vor ihnen. Gelb leuchtet das Schilf in den nebligen Wintertag und die alten Hexenbäume stehen am Rand Spalier, dort, wo der tote Arm der Donau verläuft.

Der Traktor hält und alle steigen ab, jeder bekommt eine Ration Bänder zugeteilt, mit denen die Nachtfräulein festgebunden werden. Die Hedi und die Uli schwanken schon ziemlich und bekommen einen Lachanfall, der jedoch im ohrenbetäubenden Lärm der Ratschen untergeht.

Die Suche ist eröffnet.

Annamaria fühlt sich gut, so gut wie nie zuvor! Der Schluck aus Markus' Flasche hat sie beflügelt, und die Aussicht, ihn gleich zu sehen, macht sie euphorisch. Sie singt laut. *Just Be Good to Me*. Das ist ihr Markus-Song, dabei muss sie immer an ihn denken. Die letzten Wochen hat sie ihn rauf und runter gehört, auf ihrem Kassettenrekorder. Hat ihn vom Radio aufgenommen. Zwar knackst das Lied am Anfang ein bisschen und die Stimme des Radiomoderators ist auch noch zu hören, aber das macht nichts.

Sie nähert sich dem Flussarm, verstummt kurz und sieht sich noch einmal um, bevor sie den Trampelpfad zur Bienenwies einschlägt. Niemand folgt ihr. In der Ferne sieht sie ein paar Kinder, aber die sind in die andere Richtung unterwegs und bald ist sie ganz allein. Hin und wieder hört sie Stimmen, Rufe, Lachen, aber irgendwann verklingen auch die. Es ist so still hier, Annamaria summt jetzt nur noch, sie will die Ruhe, diese wattige Stille um sie her nicht stören und hat das Gefühl zu schweben. Sie folgt dem Pfad, der zum Flussarm hinmäandert und wieder fort.

Nach einer Weile wird sie unsicher. Zwar kennt sie sich hier gut aus, aber der Nebel verändert alles. Vielleicht ist sie schon vorbeigelaufen? Da verzieht sich der Nebel für einen Moment und es ist, als trete sie in einen Raum aus Licht. Und dort steht ja auch der Hochsitz! Endlich weiß sie wieder, wo sie ist. Doch was ist das? Annamaria bleibt abrupt stehen. Ihr Herz rast. Auf dem Jägerstand sitzt jemand, nein *etwas:* eines der Nachtfräulein im dunklen Gewand, das Gesicht verwaschen, ein heller Fleck mit dunklen Löchern dort, wo Mund und Augen sind. Markus ist das nicht! Zuerst will sie weglaufen, rennen, so schnell sie kann. Doch dann setzt ihr Gehirn wieder ein. Dumme Kuh, denkt sie. Das ist doch nur ein Hästräger, der da oben hockt. Ein ganz normaler Typ im Kostüm! Und anscheinend hat er sie noch nicht mal gesehen.

Annamaria unterdrückt ein nervöses Kichern. Wenn sie den jetzt abschlägt, bekommt sie nachher ein Rosenweckle und ein Freigetränk. Aber das hieße, dass sie ihn zum Traktor begleiten muss, und das will sie natürlich nicht. Also zieht sie sich möglichst lautlos ins Gebüsch zurück und schleicht an ihm vorbei, hält sich ganz dicht am Ufer. Da ertönt ein lautes Gekreische und Flügelschlagen: zwei Stockenten, die sie aufgescheucht hat. Das ist hier ja wie in der Geisterbahn, denkt sie und kann nur hoffen, dass sich das Nachtfräulein auf dem Jägerstand nicht um diesen Lärm schert und einfach sitzen bleibt.

Nach einer Weile kommt sie an den Steg, der auf den Motzenweiher führt. Jetzt weiß sie, dass sie richtig ist. Bis zur Bienenwies ist es nicht mehr weit.

Inzwischen ist ihr warm geworden und sie ist froh, nicht das Schneehasenkostüm angezogen zu haben, so wie sie es eigentlich vorgehabt hatte. Auch wenn sie sich in diesem Aufzug, mit dem superkurzen Rock und den Netzstrümpfen, hier in der Natureinsamkeit vollkommen fehl am Platz fühlt. Aber die Hedi hat schon recht gehabt. »Du willst doch heiß aussehen für deinen Markus. Wirst schon sehen, der steht auf so was.« Dass alle Männer auf so was stehen, hat sie dann noch gesagt. »Auch die, die sagen: Wie siehscht du denn aus? Die erst recht!« Und die Hedi muss es ja wissen, so viele Typen, wie die schon am Start gehabt hat, bevor sie mit dem Cornelius zusammengekommen ist. Vorhin, nach der Schülerbefreiung vor dem Rathaus, haben alle zu ihnen rübergesehen, sogar der Zunftmeister, und der ist uralt, bestimmt schon fünfzig.

Sie bleibt stehen, zieht ihren kleinen runden Spiegel heraus und wischt die Wimperntusche weg, die sich unterm Auge abgesetzt hat. Sie trägt den knallroten Lippenstift auf, den ihr die Hedi geliehen hat, und dann noch den Gloss. Der Spiegel ist so winzig, dass sie immer nur einen kleinen Ausschnitt ihres Gesichts sieht. Aber das genügt.

Als sie wieder loszieht, hat sie ein bisschen Angst, dass sie vorher einem anderen Nachtfräulein begegnet, denn das würde das Aus für ihre Pläne bedeuten. Die Regel ist ganz klar: Wenn sie ein Nachtfräulein findet, muss sie es mit einem Band an ihr Handgelenk binden. Das mit dem Nachtfräulein-Binden ist fast so wie in diesem Märchen mit der Goldenen Gans, denkt Annamaria, nur dass es am Ende keine Hochzeit gibt, sondern Rosenweckle und Getränke. Früher fand sie das toll, aber in diesem Jahr sind ihr die Weckle egal.

Als Kind hat sie einmal fünf Nachtfräulein aufgestöbert und hätte als Belohnung fünf Rosenweckle und fünf Limonaden bekommen müssen. Aber dann waren nur noch drei übrig gewesen, die hatten sich wohl verzählt. Sie weiß noch, wie stolz sie zuerst war und wie enttäuscht später, als man sie einfach abwimmeln wollte. Aber dann war der Vater der Glücklichen Familie für sie eingestanden. Er hat gesagt, Gesetz ist Gesetz, das dürfe man nicht brechen, auch wenn's nur ein Fasnetsgesetz ist. Und danach ist er mit ihr zum Bäcker marschiert und hat die restlichen Rosenweckle für sie besorgt und sogar noch zwei mehr. Annamaria hat der Uli und der Hedi eins geschenkt, die restlichen hat sie zu Hause unter ihrem Bett versteckt und jeden Tag eines gegessen.

Aber die Rosenweckle sind Vergangenheit, jetzt will sie nur noch ein ganz bestimmtes Nachtfräulein finden, und zwar den Markus! Sie fragt sich, wann endlich die Bienenstöcke kommen, und kriegt Angst. Hat sie vielleicht den Abzweig verpasst? Sie bleibt stehen, sieht sich um. Ihr Blick schweift über das fahle Gelb des Schilfs und bleibt an den Hexenbäumen hängen. Gespenstisch sehen die aus, in dem dunstigen Licht. Sie muss an das Nachtfräulein im Hochsitz denken. Wie unheimlich es wäre, ein Nachtfräulein oben in so einem Baum hocken zu sehen, das Holzgesicht mit dunklen Augenlöchern auf sie gerichtet. Dieses tote Starren findet sie am schlimmsten. Man weiß nie, ob sie einen schon ins Visier genommen haben. Und noch gruseliger findet sie, dass man auch keine Ahnung hat, wer sich dahinter verbirgt. Da kann man sich richtig hineinsteigern und denkt dann an die schrecklichsten Ungeheuer. Dabei stecken in den Kostümen ja ganz normale Leute.

Aber was war das? Hat da nicht gerade was geklappert?

Sie bleibt stehen, lauscht atemlos in den Nebel hinein. Nein, sie hat sich wohl getäuscht. Also geht sie weiter. Und dann tauchen hinter ein paar Schneeballbüschen vereinzelte Farben auf, merkwürdig fern noch und durch den Nebel hindurch irgendwie unwirklich: das Gelb und Rot und Blau der Bienenkästen.

Sie geht vorbei an den Schneeballbüschen, auf die Bienenstöcke zu, und auf einmal sieht sie ihn: Da steht er, an die Bienenstöcke gelehnt, und trinkt aus seiner Feldflasche. Na warte, denkt sie, der bechert hier munter vor sich hin. Sie marschiert geradewegs auf das Nachtfräulein zu, umarmt den Markus, gibt ihm einen frechen Klaps auf den Po. Dann nimmt sie ihm einfach die Flasche aus der Hand und sieht ihn ganz provozierend an. Oder besser gesagt, sie sieht in die Löcher in seiner Maske.

Der Markus scheint vollkommen perplex zu sein, von ihrem Auftauchen, von ihrer Frechheit.

»Holla, wen haben wir denn da?«, hört Annamaria es gedämpft und sie erschrickt schier zu Tode.

Das ist gar nicht der Markus! Sie reißt die Augen auf und starrt das Nachtfräulein an. Wie konnte sie sich nur so täuschen? Getäuscht hat sie sich jedenfalls, denn das eben war definitiv nicht die Stimme vom Markus. Sie versteht das nicht, er hat doch die Feldflasche dabei, aus der sie vorhin selbst noch getrunken hat. Erst da fällt ihr ein, dass es noch einen anderen gibt, der so ein Ding am Häs trägt. Und das ist der Cornelius.

Sie weicht zurück. Was sie eben getan hat, ist ihr jetzt furchtbar peinlich. Ausgerechnet der Cornelius! Nicht dass er das der Hedi erzählt. Die denkt doch gleich, Annamaria hätte sich an ihren Freund ranmachen wollen. Außerdem mag sie den Cornelius nicht. Er glubscht sie immer so komisch an. Wobei sie sich jetzt fast wünscht, er würde die Maske vom Kopf nehmen, denn dieses Starren aus den Augenlöchern ist noch unangenehmer.

Sie macht noch einen Schritt rückwärts und zieht an ihrem

Rock, der ihr auf einmal viel zu kurz vorkommt. Und hätte sie sich nur nicht die Lippen so knallrot angemalt.

»Ich krieg ein Rosenweckle für dich!«, sagt sie betont keck, um überhaupt etwas zu sagen, obwohl ihr alles andere als keck zumute ist. Sie zieht ihre Bänder aus der Jackentasche, nimmt eines davon. Sie hört, wie das Nachtfräulein loslacht. Genau die Lache vom Cornelius, der wiehert doch immer wie ein Pferd. Und dann sagt er: »Und was krieg ich von dir?«

»Nichts, so geht das Spiel ja auch nicht.«

Kommt es nur ihr so vor oder klingt ihre Stimme auf einmal ganz kleinlaut?

Da kommt er näher. Was will der denn von ihr? Ist ihm nicht klar, dass sie das der Hedi erzählen wird? Sie starrt ihn an, versucht durch die Augenhöhlen zu schauen. Aber sie erkennt nichts. Sie tut ein paar Schritte rückwärts und sagt: »Ich geh jetzt zurück.« Doch da packt er sie am Arm.

»Lass mich los!«, fordert sie, aber seine behandschuhten Hände fühlen sich an wie Klauen.

Sie versucht sich aus dem Griff zu winden, sie hat jetzt Angst, sagt laut: »Lass mich in Ruhe, sonst schrei ich.« Aber da lacht er wieder und ihr wird ganz heiß, so heiß und elend, weil sie auf einmal merkt, wie einsam es hier bei den Bienenstöcken ist. Und dann schreit sie, sie schreit nach dem Markus, doch gleich darauf drückt der Cornelius ihr die Hand auf den Mund. Sie spürt einen Schmerz, etwas Hartes, das durch den wollenen Handschuh drückt, wahrscheinlich ein Ring. »Du bist ja eine ganz Schärrige!«, zischt er ihr ins Ohr und sie hat das Gefühl zu ersticken. Sie schnappt nach Luft, aber die Finger drängen in ihren Mund. Da beißt sie zu, sie beißt, so fest sie kann, und er schreit »Au« und »Du verdammte Hure!«, und sie schmeckt Blut.

Jetzt drückt er sie zu Boden, reißt ihr den Kopf hoch, rammt ihr die Flasche in den Mund. »Und jetzt sauf!« Reflexhaft schluckt ihr Kehlkopf, immer noch mehr, sie hat das Gefühl, sie wird mit Schnaps geflutet, sie verschluckt sich, hustet, Tränen drücken ihr aus den Augen, der Schnaps rinnt ihr das Kinn hinunter, in ihren Kragen. Sie riecht den Fusel, den Kartoffelsackgestank. Sie schließt die Augen und die Welt um sie her fängt an, sich zu drehen.

Da macht er sich an ihrer Strumpfhose zu schaffen. Ihr Kopf liegt jetzt flach auf dem Boden, sie will ihn heben, aber sie hat Angst, dass er ihr wieder die Flasche in den Mund rammt, wenn sie das tut. Plötzlich ist da kalte Luft an ihren Beinen, und erst da begreift sie, was hier mit ihr geschieht, dass es ihm nicht darum geht, sie mit Schaps abzufüllen. Sie dreht und windet sich, bäumt sich auf, aber dann spürt sie ein Gewicht auf ihren Armen, er bohrt seine Knie in ihre Oberarme. »Aua«, schluchzt sie und sieht ihn wie durch einen Schleier hindurch die Handschuhe abstreifen, sieht eine Hand mit einem fetten Ring, auf dem ein blauer Stein sitzt, sieht blutige Finger, die sich an einer Gürtelschnalle zu schaffen machen, sieht eine Hose, die heruntergezogen wird. Dann werden ihr die Schenkel auseinandergedrückt und ein scharfer Schmerz schießt durch ihren Unterleib.

*Sie führen die Kinder in ihre Höhle
und stellen sich selbst davor und bergen
sie hinter ihren ausgebreiteten Kleidern.*

Liane van der Berg, Freitag, 7. April 2017

Das Telefon klingelte, als Liane unter der Dusche stand. War das etwa schon Corinna von *TV Makers*? Sie war spät dran, hatte vor lauter Erschöpfung ewig im Bett herumgelegen und sich in Erinnerungen an jenen Ostermontag verloren, an dem sie das erste Mal in der Kommune gewesen war. Irgendwann hatte Carl durch die geschlossene Tür gerufen, er müsse jetzt los. Daraufhin war sie aufgestanden und ins Bad getappt, und während das Wasser auf sie herunterprasselte, hing sie dem absurden Gedanken nach, dass vielleicht Kathi etwas mit dem anonymen Brief zu tun haben könnte. Oder jemand anderer aus der Kommune. Aber das war unmöglich, schließlich hatten sich ihre Wege schon vor langer Zeit getrennt. Und wie hätten sie auch Matthias' Adresse herausbekommen sollen?

Nackt, wie sie war, lief Liane ins Schlafzimmer und ging ans Telefon, ohne die Nummer auf dem Display zu beachten.

»Liane van der Berg, hallo!«, meldete sie sich und sah missmutig auf die Pfütze, die sich unter ihren Füßen auf dem Parkett bildete.

Als niemand antwortete, wiederholte sie ihr Hallo, ungeduldiger diesmal, und als immer noch nichts kam, blaffte sie ins Telefon: »Nun sprechen Sie schon!« Doch statt einer Antwort hörte sie nur ein ersticktes Geräusch – vielleicht ein Lachen? – und dann wurde aufgelegt.

Mit dem Hörer in der Hand blieb sie stehen, bis das Knallen schwerer Schritte draußen sie herumfahren ließ. Ach, du meine Güte, dachte sie und konnte gerade noch unter die Bettdecke schlüpfen, bevor sich die massige Gestalt des Gipsers vor das Fenster schob. Sie hatte mal wieder vergessen, die Vorhänge zuzuziehen.

»Nun gehen Sie schon weg!«, rief sie, so laut sie konnte, aber der Mann glotzte nur, bis sie einen nackten Arm unter der Decke hervorstreckte und ihn davonwedelte. Als er verschwunden war, stieg sie sofort aus dem Bett und schloss als Erstes den Vorhang. Hoffentlich würde dieser Typ nicht herumerzählen, dass die Familienretterin um kurz vor neun immer noch in der Kiste lag, wo sie doch gerade in diesem verdammten Interview im *Stern* die Vorzüge des Frühaufstehens gepriesen hatte. Vielleicht hätte sie sich besser auf das Thema ihres neuen Buches beschränkt: *Die Harmonie in Familie und Partnerschaft.*

Rasch zog sie sich an, wischte den Boden im Schlafzimmer trocken und eilte in die Küche, wo sie sofort ihren Laptop hochfuhr und sich mit einer Tasse ihres geliebten Matcha-Tees an den Tisch setzte. Kaum hatte sie ihr Mailprogramm geöffnet, da klingelte das Telefon ein zweites Mal.

»Hallo, Liane! Corinna hier«, meldete sich die Casterin von *TV Makers*. Und ehe Liane etwas sagen konnte, fuhr Corinna fort: »Du, ich habe die perfekte Familie für die Jubiläumssendung gefunden! Schau dir mal *die* Bewerbung an, ich schick sie dir gleich rüber.«

Augenblicklich war Liane hellwach. Bei *TV SAT*, dem Sender der *Familienretterin*, galt Corinna als eine der abgebrühtesten Casterinnen überhaupt. Wenn sie so begeistert klang, musste sie allen Grund dazu haben. Mit ein paar Klicks öffnete Liane den Anhang der Mail, sah sich erst die Bilder an und las dann den dazugehörigen Kurztext. »Du liebes bisschen«, murmelte sie. »So dämlich kann man doch nicht sein.«

»Warte, bis du das Bewerbungsvideo siehst«, sagte Corinna und eine halbe Minute später hatte Liane auch das auf dem Bildschirm.

»Ich fass es nicht«, sagte sie und hatte Mühe, sich das Lachen zu verkneifen. »Wenn das die Vier-Millionen-Marke nicht sprengt, weiß ich auch nicht!«

Eine halbe Stunde später legte Liane den Hörer auf. Noch zweimal hatten sie und Corinna sich das Video der Familie angesehen und Liane hatte schon ein paar Ideen gesammelt, wo sie als Familienretterin am besten ansetzen sollte. Sie hatte sogar schon überlegt, wo die Kameras installiert werden mussten, um so brisantes Material wie möglich zu erhalten. Beim letzten Dreh war es der Crew mit einer versteckten Kamera gelungen, den Lebensgefährten der Mutter dabei zu filmen, wie er dem jüngsten Kind eine schallende Ohrfeige verpasste.

»Also sind wir uns einig?«, fragte Corinna abschließend.

»So einig, wie man nur sein kann.«

»Gut. Dann schau ich, dass wir die so schnell wie möglich unter Vertrag nehmen.«

»Am besten gestern«, sagte Liane und grinste vor sich hin.

Sie sah schon jetzt einzelne Szenen vor sich. Diese Familie war eine Goldgrube und die Sendung würde eine kleine Sensation werden.

Es war schon nach elf, als Liane der Brief wieder einfiel. Den hatte sie vor lauter Begeisterung ganz vergessen. Sie schlüpfte in ihre Gartenschuhe und begab sich auf direktem Weg zum Briefkasten. Wie so oft schien hier oben beim Hellsternhof die Sonne, während im Tal noch die Nebelschwaden über dem Ried hingen. Nur vereinzelt ragten ein paar besonders alte Weiden wie Gespenster aus dem Dunst empor. Auf dem Rückweg vom Briefkasten sah sie, dass zwei der Dachdecker auf dem Gerüst herumturnten; auch der Gipser von vorhin stand da, mit einer Kelle in der Hand, und glotzte mal wieder zu ihr her. Sie war versucht, ihn sich mal so richtig vorzuknöpfen, hatte es aber zu eilig. Noch auf dem Weg nach drinnen sah sie den Stapel Briefe durch und erkannte sofort, welcher Umschlag der richtige war: Matthias' Name und Adresse waren von Hand geschrieben, in großen Blockbuchstaben und mit einem blauen Filzstift. Der Absender fehlte. Ungeduldig öffnete sie den Umschlag und zog den Brief heraus, ein unauffälliges DIN-A4-Blatt in Weiß, entfaltete es und las: *Wissen Sie eigentlich, dass Ihre Mutter eine Lügnerin ist? Dass die Familienretterin in Wirklichkeit eine Familienzerstörerin ist, und das bereits seit 1968? Sie lügt, wenn sie den Mund aufmacht, sie hat schon immer gelogen, ihr ganzes Leben beruht auf einer Lüge. Sie lügt und lügt und lügt.*

Als sie beim letzten Satz ankam, traute sie kaum ihren Augen: *Und fragen Sie sie nach K.,* stand dort.

Ohne den Blick vom Papier zu nehmen, sank Liane auf den Küchenstuhl. Was bedeutete das? Was sollte das heißen, K.? Noch einmal las sie aufmerksam die wenigen Zeilen, Wort für Wort. Und blieb dann wieder am letzten Satz hängen, am letzten Buchstaben.

K.

War das möglich, nach all den Jahren? Gewiss, die ersten Sätze waren empörend. Sie als Lügnerin und Familienzerstörerin hinzustellen, das war feige und ungerecht und empörte sie über alle Maßen. Doch diese Zeilen waren allgemein gehalten und hätten von jedem stammen können. Und sie trafen ihre Person nur ganz im Allgemeinen, als Figur des öffentlichen Lebens und als Moderatorin der bekanntesten Erziehungsdoku Deutschlands. In den letzten Jahren waren immer wieder Leute mit Droh- und Schmähbriefen auf sie losgegangen. Allerdings war derartige Post bisher an den Sender geschickt worden und von 1968 war auch noch nie die Rede gewesen. Schon gar nicht von K.

Liane, 16. April 1968

Gleich am nächsten Morgen ging Liane noch vor dem Frühstück in Frau Niethammers Wohnzimmer, in dem der in Leder gebundene Brockhaus einen Ehrenplatz auf der Anrichte einnahm, und schlug den Begriff *Monogamie* nach. Sie wollte mehr Klarheit erlangen über den Blonden und seine Beziehung zu dieser Kathi.

Noch während sie den Brockhaus in der Hand hielt und auf das Wort starrte, rief Frau Niethammer sie zum Frühstück, und als Liane die Küche betrat, sagte der Radiosprecher gerade: »... kam es bei der Demonstration am gestrigen Ostermontag in München zu gewalttätigen Auseinandersetzungen zwischen Demonstranten und der Polizei. Zwei Personen schweben noch in Lebensgefahr.«

Liane blieb erschrocken stehen. Da habe ich ja noch mal Glück gehabt, dachte sie und warf einen verstohlenen Blick auf Frau Niethammer, die gerade das Brot in die Brotschneidemaschine legte.

»Gschwerl, elendigliches«, brummte sie missbilligend, während sie das Brot wild kurbelnd in Scheiben schnitt. »Und unsere braven Polizisten müssen den Kopf für solche hinhalten!« Sie stellte den Brotkorb auf den Tisch.

»Danke«, murmelte Liane und setzte sich. Sie war heilfroh darüber, dass die Niethammer in der letzten Nacht vergessen hatte, den Riegel an der Wohnungstür vorzuschieben. So hatte sie sich diskret auf ihr Zimmer stehlen können.

Immer noch erschrocken über die Meldung im Radio griff sie nach einer Scheibe Graubrot. Und während sie das Brot mit Butter und Pflaumenmus bestrich, versank sie wieder in ihren Erinnerungen an den Blonden. An das, was sie letzte Nacht getan hatten, obwohl sie noch nicht einmal seinen Namen wusste. Und wohl zum hundersten Mal zerbrach sie sich den Kopf, wie sie es anstellen sollte, ihn wiederzusehen. Sie konnte ja schlecht einfach so bei ihm aufkreuzen.

Aber vielleicht war diese Radiomeldung ja eine Idee! Sie könnte sie doch als Vorwand nutzen, ihn wiederzusehen. Einfach nach der Arbeit bei ihm vorbeischauen, um zu fragen, ob er die beiden Verletzten gekannt hatte und was mit dieser Erika war.

Sie biss in die Stulle und überlegte beim Kauen eine Weile hin und her, doch am Ende verwarf sie den Gedanken. Nein, dachte sie. Das macht doch einen komischen Eindruck. Sie wollte schließlich auf keinen Fall neugierig oder sensationslüstern wirken.

Mit einem unterdrückten Seufzen schenkte sie sich Kaffee nach, tat Milch dazu und rührte in ihrer Tasse.

Es war schon nach drei gewesen, als sie in der letzten Nacht in ihr Bett gestiegen war. Trotzdem hatte sie lange nicht einschlafen können. Auf einmal waren die Gedanken an zu Hause aus den Zimmerritzen gekrochen, an ihre Eltern und die Nachbarn ihrer Eltern und ihre Onkel und Tanten. Was, wenn sie jetzt schwanger war? Jedenfalls würden sich daheim in Lühe alle das Maul über sie zerreißen, wenn sie wüssten, was sie getan hatte. Wie ein leichtes Mädchen hatte sie gehandelt. Doch im Grunde war ihr das egal, sie würde nie mehr dorthin zurückkehren.

»… im Kopf haben.«

Liane blickte auf, direkt in Frau Niethammers forschende Augen.

»Ich hab gesagt, wie gut, dass Sie nicht so sind wie diese Nichtsnutze.«

Unwillkürlich wurde Liane rot. Konnte die Niethammer Gedanken lesen und wollte sie auf die Probe stellen? Hatte sie Lianes Fernbleiben in der Nacht vielleicht doch mitbekommen? Andererseits war es nicht Frau Niethammers Art, aus ihrem Herzen eine Mördergrube zu machen. Wenn sie einen Verdacht gehabt hätte, hätte Liane ihre Missbilligung ganz unmissverständlich zu spüren bekommen.

Sie beschloss deshalb, nicht weiter auf die Bemerkung einzugehen. Nachdem sie ihre Tasse geleert hatte, erhob sie sich und spülte das Geschirr. Als sie zehn Minuten später in ihren Mantel schlüpfte, bemerkte sie, dass ihr Hut fehlte, und kam darauf, dass sie ihn in der Wohnung des Blonden vergessen hatte. Sie dachte daran, wie er sich über ihren *Deckel* lustig gemacht hatte, und wurde noch in der Erinnerung daran rot. Doch als sie wenig später das Haus verließ, fühlte sie sich auf einmal fast verwegen, wie sie so ganz ohne Kopfbedeckung den Bürgersteig entlangging.

Den ganzen Tag erlebte sie in einer eigenartigen Verzückung und fand in ihrer Hochstimmung sogar den Mut, in ihrem Gruppenraum einen Jahreszeitentisch einzurichten und mit den Kindern ein paar Schütt- und Gießübungen durchzuführen, die sie aus dem Waldorfkindergarten kannte. Wann immer es möglich war, überhörte sie, wenn die Kinder einmal zu laut waren oder die Mittagsruhe nicht so strikt einhielten, und so musste an diesem Tag kein Kind nachschlafen oder mit vorgehaltenem Zeigefinger auf dem Gang sitzen und schweigen.

Auf dem Heimweg bummelte sie, entgegen ihrer sonstigen Gewohnheit, ein wenig durch die Geschäfte und kam an einem kleinen Toto-Lotto-Laden vorbei, wo ihr Blick auf ein paar hübsche, in bunt gemustertes Papier gebundene Tagebücher fiel. Spontan betrat sie den Laden und kaufte sich eines. Sie würde versuchen, den Wust von Gedanken und Gefühlen in den Griff zu kriegen, indem sie sie aufschrieb. Schließlich musste sie fast alles geheim halten, was in ihr vorging. So viel von dem, was sie empfand, passte einfach nicht in ihre Welt, und das, was sie mit dem Blonden getan hatte, schon gar nicht. Bereits im Winter hatte sie das eine oder andere Mal den Drang verspürt, jemandem von ihrer Schwärmerei zu erzählen, aber wer hätte das sein sollen, die dumme Mathilde etwa? Und es gab auch niemanden, mit dem sie sich hätte beraten können, wie sie ihre Ziele und Wünsche erreichen sollte. Vielleicht nützte es da, alles einmal aufzuschreiben, klar und ungeschönt.

Die Idee kam Liane am Freitagabend in der Küche, als sie Frau Niethammer dabei beobachtete, wie sie allerlei Lebensmittel in ihren nagelneuen Gefrierschrank räumte. Eben erst nach Hause zurückgekehrt, trug sie ihren Hut noch auf dem Kopf. Wie wäre es, wenn Liane den vergessenen *Deckel* als Grund hernähme, um wieder bei den Studenten aufzukreuzen? Oder war das einfach zu peinlich? Der Einfall arbeitete die ganze Nacht und den nächsten Tag über in ihrem Kopf.

Am späten Sonntagvormittag schließlich war sie so weit. Sie schlüpfte in ihren Mantel, rief Frau Niethammer – um eventuellen Nachfragen zu entgehen – durch die geschlossene Küchentür zu, sie wolle eine Freundin besuchen, und machte sich auf den Weg zu den Studenten. Die Haustür stand weit offen, und während Liane langsam das Treppenhaus hochstieg, kämpfte sie die letzten Zweifel in sich nieder. Kaum stand sie vor der schwarzen Wohnungstür, drückte sie schnell auf den Klingelknopf, damit ihr keine Zeit blieb, es sich anders zu überlegen und doch noch zu kneifen.

Als sich nach dem zweiten Klingeln immer noch nichts tat, war sie einerseits erleichtert, andererseits enttäuscht. Sie klingelte noch ein letztes Mal und war schon drauf und dran, den Rückweg anzutreten, aber da ging doch noch die Tür auf. Zwei kleine blonde Mädchen standen da, vielleicht vier und fünf Jahre alt, die eine barfuß und in einem Erwachsenenpullover, in dem sie fast versank, die andere in grün-rot getupfter Strumpfhose und Unterhemd.

Die beiden Mädchen führten Liane in die Küche, wo sie sich unversehens einer ganzen Tischgesellschaft gegenübersah – sechs Leute, wie Liane zählte, die alle durcheinandersprachen. Auch der Blonde war da, eingequetscht auf einer Bank zwischen der hübschen Kathi und einer Frau, deren krauses dunkles Haar unter einer Mütze mit rotem Stern hervorquoll. »He«, rief er ihr zu, als er sie entdeckte, »willst du mitessen?«

Liane erschrak. Sie hatte doch mit ihm alleine sein wollen. Doch es kam schon Bewegung in die Gesellschaft und sie konnte nicht zurück. Ein paar Leute standen auf, Stühle wurden zur Seite gerückt, und ehe Liane es sich versah, saß sie schon mit am Tisch und hatte einen Teller vor sich, auf den die Kraushaarige alle möglichen ihr unbekannten Speisen schöpfte, bevor sie sich auf dem Stuhl neben Liane niederließ.

»Probier doch wenigstens mal! Das Biryani ist das beste, das du finden kannst«, sagte sie und ergänzte augenzwinkernd: »Zumindest außerhalb von Indien. Ich bin übrigens Erika.«

»Ich bin Liane. Und war noch nie in Indien«, entgegnete Liane und grinste Erika an. Unter all diesen fremden Leuten, die wild drauflosredeten, kam sie sich mit einem Mal ungewohnt abenteuerlustig und frei vor. Wie selbstverständlich alles hier war. Man hatte sie einfach dazugesetzt. Und den Vorwand mit dem ollen Hut hatte es gar nicht gebraucht!

Sie warf ihr Haar zurück, das sie heute bewusst offen trug, und sah zu dem Blonden am anderen Ende des Tisches. Er war zwar in ein Gespräch mit dieser Kathi vertieft, warf Liane aber immer wieder lange Blicke zu.

»Ich auch nicht«, sagte Erika, »aber ich will unbedingt hin, in den Baghwan, in dem Theo war.«

Liane wusste weder was ein Baghwan noch wer Theo war, wollte aber nicht nachfragen. Sie nahm das Besteck und begann zu essen. Was auch immer man ihr da auf den Teller geschöpft hatte, es war köstlich.

»Gut, nicht wahr?«, fragte Erika und murmelte dann vor sich hin: »Da hat aber eine Probleme mit ihren Besitzansprüchen.«

»Wie bitte?«, fragte Liane und blickte Erika an.

»Na, Kathi da drüben. Die steht auf Carl. Aber der lässt sich nicht einengen.« Sie lachte.

Dann heißt er also Carl, dachte Liane und lachte mit, obwohl sie den Witz nicht recht verstand.

Der Vierschrötige, der letztes Mal an der Stirn geblutet hatte – er hieß Jens, wie sie jetzt erfuhr –, stand auf und schenkte Wein nach, und als sich alle zuprosteten, trank auch Liane mit.

Je länger das Essen dauerte, desto mehr entspannte sich Liane. Noch nie hatte sie sich in Gesellschaft von anderen so frei gefühlt.

Wieder fing sie Carls Blick auf, und als sie auch die zweite Portion aufgegessen und den Wein geleert hatte, fühlte sie sich unbekümmert genug, um Erika zu fragen: »Du, sag mal, wer von all den Leuten am Tisch wohnt eigentlich hier?«

Einen Moment lang sah Erika sie verwundert an. »Hm? Ach, du meinst, wir hätten Gäste?«

»Ist das denn nicht so?«

»Aber nein. Das ist unser wöchentliches Sonntagsessen. Ganz schön spießig, nicht wahr?«

Liane wusste nicht, was daran spießig sein sollte. Sie sah von einem zum anderen und zählte: außer ihr sechs Erwachsene und dazu zwei leere Stühle, auf denen wohl die Kinder gesessen hatten.

»Und ihr seid nicht … miteinander verwandt?«

»Die Einzigen, die miteinander verwandt sind, sind Birgit und Ulla und ihre Mutter, das ist die Kathi, die kennst du ja schon.« Also war *sie* die Mutter der beiden Mädchen, dachte Liane überrascht.

Als könnte sie Gedanken lesen, fuhr Erika fort: »Ja, so jung, wie die aussieht, denkt man das gar nicht.« Sie lachte. »Na ja, Carl kennst du ja schon, und die anderen, also das da sind Theo und Jens … Und das ist Pierre, ein Gaststudent, aber der geht schon Ende der Woche wieder zurück nach Frankreich.«

»Ehrlich«, sagte Liane nach einer Weile an Erika gewandt. »Du glaubst nicht, wie ich euch um das alles beneide! Was für eine Freiheit!«

Erika lachte nur und Liane sah von einem zum anderen, von Jens und Theo bis hin zu Carl und dieser Kathi am anderen Tischende, die Carl inzwischen fast auf dem Schoß saß und Liane feindselig anblitzte. Einen Augenblick lang verdunkelte sich Lianes Blick, doch dann kam ihr ein Gedanke.

Sie seufzte tief und senkte die Stimme. »Ich dagegen muss bei einer alten Schachtel wohnen, die die Haustür verrammelt, wenn ich nicht spätestens um zehn auf meinem Zimmer bin. Und Besuch darf ich keinen empfangen, noch nicht mal von Frauen! Es ist wirklich wie beim Kommiss. Oder im Gefängnis.«

»Ach, du Arme«, sagte Erika, und wie Liane erwartet hatte, dauerte es nicht lange, bis sie vorschlug: »Du könntest bei uns wohnen. Ich müsste das zwar vorher noch mit den anderen besprechen, aber ich denke, das würde passen. Was hältst du davon? Pierre zieht nächsten Samstag aus und wir haben noch keinen Nachmieter.«

Liane tat so, als würde dieses Angebot sie vollkommen umhauen. »Das«, sagte sie und lächelte breit, »wäre ganz großartig. Ich weiß gar nicht, was ich da sagen soll. Das wäre zu schön, um wahr zu sein.« Sie verstummte abrupt. »Aber ...«

»Aber was?«, fragte Erika und sah sie forschend an.

Liane warf einen Blick quer über den Tisch, wo gerade wilde Diskussionen liefen. »Was wird Kathi dazu sagen? Ich kann mir nicht vorstellen, dass sie damit einverstanden ist.«

Erika lachte. »Das lass mal meine Sorge sein.«

In der ersten Woche nach ihrem Einzug bei den Studenten hatte Liane das Gefühl, auf einem anderen Planeten gelandet zu sein. Hier lebten Angehörige einer Spezies, die zwar aussahen wie Menschen, sprachen wie Menschen und sich bewegten wie Menschen, deren Lebens- und Geisteswelt jedoch so weit entfernt war von Lianes bisheriger Wirklichkeit, dass sie sich immer wieder fragen musste, ob sie das tatsächlich erlebte oder ob das alles eine Fata Morgana war.

Nach dem Essen halfen alle, die da waren, den Tisch abzutragen, und jede Woche hatte ein anderer Küchendienst, egal ob Mann oder Frau. Immer wieder zog Liane Vergleiche mit zu Hause, wo die Männer nach dem Essen oder Kaffeetrinken sitzen blieben, rauchten und Korn tranken, während die Frauen und Mädchen den Tisch abdeckten und den Abwasch erledigten. In ihrer Familie hatte noch kein Mann je einen Teller oder einen Lappen in die Hand genommen.

Ein arger Wermutstropfen war allerdings Carls Verhältnis zu dieser Katharina, die alle hier Kathi nannten. Sosehr Liane auch versuchte, ihn für sich alleine zu haben, so redete und diskutierte er doch ständig mit ihr. Liane kam einfach nicht dahinter, wie die beiden zueinander standen, und sie fragte sich, ob Carl nicht hin und wieder noch mit Kathi schlief. Aus den Gesprächen wusste Liane inzwischen, dass sämtliche Mitbewohner sich der sogenannten freien Liebe verschrieben hatten. Das bedeutete offenbar, dass sie zwar in Zweierbeziehungen lebten, sich in ihrer Sexualität aber nicht einschränken wollten und auch mit anderen schliefen. Jens zum Beispiel, der eigentlich mit einer Judith zusammen war, hatte gleich am ersten Abend nach Lianes Einzug mit Katharina herumgemacht. Wobei Liane sich ziemlich sicher war, dass Kathi das nur getan hatte, um sich bei Carl in Erinnerung zu bringen. Auch Theo und Erika galten als Paar, waren aber kürzlich erst mit jemand anderem aufgekreuzt und in ihren jeweiligen Zimmern verschwunden. Carl, das jedenfalls wusste Liane, war seit ihrem Einzug in jeder einzelnen Nacht mit ihr zusammen gewesen. Was er aber trieb, wenn sie tagsüber im Kindergarten war, ob da nicht doch etwas zwischen ihm und Katharina lief, das konnte sie nicht sagen. Sie wollte ihn auch nicht danach fragen, denn sie hatte das Gespräch mit Erika noch gut im Sinn: Carl war einer, der *sich nicht einengen ließ*.

Und es gab noch einige andere Anlaufschwierigkeiten mit den Freiheiten in der Wohngemeinschaft. Am meisten Probleme machte Liane, dass keine Tür über einen Schlüssel verfügte. Zwar gab es das ungeschriebene Gesetz, die Privatsphäre der anderen zu respektieren, aber es passierte immer wieder, dass die Kinder hereingetrippelt kamen, wenn sie und Carl miteinander schliefen. Liane fand das äußerst unangenehm, Carl dagegen schien es kein bisschen zu stören. Auch fand sie es unpassend, dass die Mitbewohner die Klotür offen ließen, während sie auf der Toilette hockten. Und wenn Liane in der Badewanne lag und alle völlig unbekümmert aus und ein gingen, hätte sie sie am liebsten mit einem Fußtritt hinausbefördert.

Eines Abends lagen Carl und sie in Lianes Zimmer auf der Matratze herum, sie halb nackt und Carl vollkommen unbekleidet. Sie hatten miteinander geschlafen, doch diesmal war es irgendwie anders gewesen. Carl war ihr abwesend vorgekommen, geradezu niedergeschlagen. Und jetzt lag er nur da, auf dem Rücken, und starrte an die Decke. Schließlich hielt sie es nicht mehr aus, richtete sich auf und fragte: »Du hast doch was, willst du mir nicht sagen, was dich bedrückt?«

Er richtete seinen Blick auf sie und betrachtete sie eine Weile, sagte aber immer noch nichts.

Da lächelte sie ihn warmherzig an, nahm sein Gesicht in ihre Hände und sagte: »Ich finde, du solltest es mir sagen. Du weißt ja … geteiltes Leid und so …«

Auf einmal traten ihm Tränen in die Augen. Er schluckte und begann zu erzählen: »Es ist wegen meiner Mutter. Sie hat Diabetes und ein schwaches Herz, aber sie geht nicht gern zum Arzt. Jedenfalls mache ich mir große Sorgen um sie. Sie ist Witwe, ich meine, sie lebt allein und hat keinen, der sich um sie kümmert.«

Liane war bestürzt. »Aber warum hast du mir das denn nicht erzählt?«

»Hätte es dich denn interessiert?«

»Aber natürlich!«, empörte sich Liane.

»Da wärst du hier aber die Einzige. Sich um gebrechliche Eltern zu sorgen gilt hier nicht unbedingt als progressiv.« Er schnaubte verächtlich. »Hier kümmert sich doch jeder nur um sich selbst.«

In dem Moment wurde die Tür aufgerissen und Katharina stürmte herein.

»Hier bist du!«, schrie sie, blieb vor der Matratze stehen und funkelte Carl und Liane wütend an. »Du machst hier rum, statt dich um die Kinder zu kümmern!«

Ärgerlich sah Liane zu ihr auf. Ihr Blick huschte zu Carl. Die sollte sich besser mal einkriegen, dachte Liane, schließlich waren das ja nicht Carls Kinder.

Carl warf Liane einen vielsagenden Blick zu: »Siehst du, was ich meine?«, sagte er und verschränkte die Hände hinter dem Kopf. Dann warf er Kathi einen herausfordernden Blick zu und sagte: »Wir waren uns doch einig, dass jeder die Dienste des anderen respektiert und ihnen nicht reinredet.«

Hinter Katharina erschien Erika, mit einem ziemlich breiten Grinsen im Gesicht.

An Erika gewandt, fragte Carl: »Kannst *du* sie fragen, was sie eigentlich von mir will?« Aber Erika zuckte nur mit den Achseln und verließ das Zimmer gleich wieder.

»Mal ehrlich, Katharina«, sagte Carl jetzt, »wir wissen doch beide, dass es dir gerade überhaupt nicht um die Kinder geht.« Er machte sich nicht die Mühe, sich aufzurichten, sondern sagte von unten her fast träge: »Du musst da an dir arbeiten, das weißt du! Dieses scheiß Besitzdenken tut dir nicht gut, das musst du loswerden. Und mit den Kindern, das krieg ich schon hin.«

Da machte Katharina auf dem Absatz kehrt und stampfte davon, nicht ohne Liane vorher einen feindseligen Blick zuzuwerfen.

Das Ganze hatte nicht länger als ein, zwei Minuten gedauert. Liane, die immer noch so dalag, halb unter Carl, drückte ihn weg und setzte sich auf.

»Was ist denn mit der los? Du bist schließlich nicht der Vater? Oder doch?« Sie spürte, wie ihr das Herz in der Brust hämmerte.

»Gott bewahre«, sagte er. »Auch wenn ich später mal einen ganzen Stall Kinder haben möchte. Nein … ich habe diese Woche Kinderdienst.«

»Was muss man dabei denn überhaupt machen?«, fragte Liane, die seit ihrem Einzug in der Wohngemeinschaft noch keinen Kinderdienst hatte leisten müssen.

Carl stand auf, holte sich seinen Tabaksbeutel.

»Die Kinder zum Kindergarten bringen, diesem städtischen da in der Georgenstraße …«, sagte er und begann, sich eine Zigarette zu drehen. »Ihnen abends was zu essen geben, manchmal auch vorlesen … so was eben.«

Während Carl weiter über den Kinderdienst sprach, schweiften Lianes Gedanken ab. Einen ganzen Stall voll Kinder wollte er also. Das deckte sich zwar nicht unbedingt mit ihrer eigenen Lebensplanung, aber wenn es sein musste, würde sie das in Kauf nehmen. Und wenn sie etwas konnte, dann mit Kindern umgehen. Es sollte ein Leichtes sein, ihm und dieser blöden Kuh zu zeigen, dass sie als Mutter die weitaus geeignetere Wahl wäre. Und noch etwas war klar: Sie würde ihn nach seiner Mutter fragen, Interesse signalisieren und ihm klarmachen, dass sie ein offenes Ohr für seine Sorgen hatte. Und irgendwann würde er dann ganz ihr gehören.

Annamaria, Gumpiger Donnerstag, 6. Februar 1986

Sie blinzelt, öffnet die Augen. Durch ihre vom Alkohol benebelten Sinne sieht sie die Wolken über sich, schwer und grau und tiefhängend, und einen Moment lang glaubt sie, sie würde fahren oder fließen, über den Boden gleiten. Dann kommt sie drauf, dass nur die Wolken sich bewegen. Langsam, ganz langsam wälzt sie sich auf die Seite. Ihr Unterleib ist wie eine klaffende Wunde und ihre Oberarme tun so weh, als habe jemand mit einer Eisenstange auf sie eingeprügelt. Als die Erinnerung an das, was war, wiederkehrt, krampft sich ihr Magen zusammen, sie bäumt sich auf und würgt, würgt alles aus sich heraus. Aber es kommt nur Galle, was denn auch sonst, das Letzte, was sie gegessen hat, war das Brot zum Frühstück. Als ihr Körper auch noch das letzte bisschen herausgekotzt hat, sieht sie sich nach etwas um, mit dem sie sich den Mund abwischen kann, und entdeckt direkt neben sich etwas Schwarzes – eine tote Krähe? Es ist ihre Strumpfhose, zusammen mit den Netzstrümpfen zu einem Bündel verknäult. Sie richtet sich auf, fährt sich mit dem Handrücken über den Mund. Und da erst fällt ihr das Baby wieder ein. Das Baby in ihrem Bauch. Und wie auf ein geheimes Kommando fangen ihre Zähne an zu klappern und sie merkt, wie kalt ihr ist. Sie greift nach dem Knäuel und schafft es irgendwie, die Sachen zu entwirren und erst in das eine, dann in das andere Strumpfhosenbein zu steigen. Die Haut ihrer Beine ist eiskalt. Wie tot, denkt sie, so kalt und tot wie die Haut ihrer Mutter, als Annamaria sie ein letztes Mal sehen durfte, als sie die Hand nach ihr ausstreckte und ihre Wange berührte. Und dann laufen ihr plötzlich die Tränen übers Gesicht, der Schmerz bricht sich Bahn und sie beginnt zu schluchzen, während sie ihre Stiefel sucht, hineinsteigt und sich taumelnd auf den Weg macht. In der Ferne hört sie Krähenrufe, ansonsten ist da nur der Wind, der durchs Schilf raschelt. Und ihre Schritte. Ich bin der einzige Mensch, denkt sie. Und dass da vorhin doch noch überall der Nebel hing.

Während sie durch den grauen Abend stapft, merkwürdig steif und breitbeinig, fragt Annamaria sich zum ersten Mal, was sie nun tun soll, wo sie hinsoll. Nach Hause? Wenn sie da ihre Ruhe hätte, aber der neue Kerl ihrer Pflegemutter hat sich seit ein paar Tagen bei ihnen eingenistet.

Als sie die ersten Häuser von Rosenau erreicht, dämmert es schon. Sie kann kaum mehr laufen, hat das Gefühl, sich jetzt sofort, auf der Stelle hinsetzen zu müssen, so groggy ist sie. Der Platz vor dem Senn-Bäck ist leer bis auf zwei Typen vom Bauhof, die den Müll wegräumen. Sie beschleunigt ihre Schritte, will nicht gesehen werden, nicht in diesem Zustand. Was soll sie nur tun? Und dann kommt sie an der Telefonzelle vorbei und hat eine Idee.

In der Zelle stinkt es nach uraltem Rauch, aber auch irgendwie käsig. Annamaria spürt schon wieder, wie ihr Magen rebelliert, aber dann zieht sie sich ihren Schal über die Nase und der Geruch wird schwächer.

Mit bebenden Fingern fummelt sie zwanzig Pfennig aus ihrer Jackentasche und wählt die Nummer, die sie noch nie gewählt hat, aber schon lange, seit Monaten schon, auswendig kann. Bitte, bitte, sei da, fleht sie stumm.

»Bodenhofer«, meldet sich eine Frauenstimme. Die Stimme von der Sabine.

Obwohl Annamaria damit hätte rechnen müssen, weiß sie im ersten Moment nicht, was sie sagen soll. Am liebsten will sie auflegen. Doch heute ist alles anders, zu viel ist passiert. Und so hört sie sich selbst sagen: »Ich hätte gerne den Herrn Bodenhofer gesprochen.«

»Wer spricht denn da?« Die Sabine klingt freundlich, ganz anders, als Annamaria sie sich vorgestellt hat.

Trotzdem weiß sie nicht, was sie antworten soll. Sie spürt, wie ihre Kehle eng wird, vor Enttäuschung, vor Verzweiflung. Sie muss mit dem Markus sprechen. Er muss ihr helfen, ihr sagen, was sie tun soll.

»Wann kommt er denn zurück?«, presst Annamaria heraus, ignoriert die Frage.

»Vielleicht möchten Sie mir zuerst sagen, wer Sie sind?« Jetzt klingt die Stimme schon weniger freundlich.

Da legt Annamaria einfach auf. Was soll sie denn auch antworten? Die Hand noch immer auf dem Hörer, schluckt sie trocken. Sie muss jetzt mit jemandem reden, sie muss erzählen, was passiert ist. Und da gibt es außer dem Markus eigentlich nur noch einen Menschen, die Hedi.

Aber wird die Hedi es verstehen, wenn Annamaria ihr alles erzählt, die *ganze* Wahrheit? Wo die Hedi doch so fixiert ist auf den Cornelius. Egal, sie wird schon zu ihr halten, die Hedi ist doch ihre beste Freundin. Bitte, liebe Maria Muttergottes, lass sie daheim sein.

Und ihr Gebet wird erhört.

»Ich muss der Gotte noch bei was helfen. Aber dann kann ich … In einer halben Stund vor der Kirch!«

Als die Hedi endlich kommt, kann Annamaria sich kaum noch auf den Beinen halten.

»Wie siehst du denn aus!«, ruft die Hedi zur Begrüßung noch recht munter, doch als sie Annamaria dann von Nahem sieht, erschrickt sie und fragt: »Was ist denn passiert? Du zitterst ja …«

Und dann fasst die Hedi sie um die Schultern und führt sie weg. Führt sie durchs Städtle und sagt immer wieder: »'s ist nimmer weit.«

Beim Schrebergartenhäusle, dem verruchten Liebesnest, zieht sie den Schlüssel unter der Regentonne hervor, schließt auf und bugsiert Annamaria hinein, drückt sie auf die Bettstatt, zieht ihr die Schuh aus und breitet die muffige Decke über sie, steckt sie um sie herum fest und macht dann ein Feuer im Kanonenofen. Sie ist flink und geschickt, eine Bauerntochter, die gewohnt ist zu arbeiten. Erst als das Feuer prasselt, setzt sie sich zu Annamaria auf die Bettstatt.

»Und jetzt erzähl!«

Und Annamaria erzählt. Die Augen von der Hedi werden immer größer, und als Annamaria am Ende angelangt ist und die Hedi ihre Wut kaum mehr unterdrücken kann und fordert: »Du musst sofort zur Polizei!«, sieht Annamaria weg, auf ihre Finger mit den von der Riederde dreckigen Nägeln. Sie holt tief Luft, bevor sie sagt: »Ich glaub, der Cornelius war's.«

Da verändert sich Hedis Blick, ganz kurz sieht sie ganz blank aus, ganz jung, wie ein kleines Mädle. Doch gleich darauf flüstert sie: »Das glaub ich dir nicht!«, und ihr Gesicht wird ganz hart. Jetzt ist sie gar nicht mehr jung und kindlich, sondern hasserfüllt, und sie zischt: »Das denkst du dir nur aus, um mir alles kaputt zu machen!« Sie springt auf. »Du bist eine gemeine Lügnerin, die Uli hat's schon immer g'sagt, sie hat dir nie übern Weg getraut. Die Annamaria hat was Verschlagenes, hat sie zu mir erst heut Morgen g'sagt. Pass auf bei der. Die hat's auf deinen Conny abgesehn!« Und dann greift sie nach ihrem Schal, wickelt ihn sich um den Hals, schnappt sich ihre Jacke. Annamaria sieht wohl, wie leichenblass sie ist und dass ihre Lippen beben und sie kurz vor dem Heulen ist.

»Wie kannst du glauben, dass ich mir so was ausdenk! Ich bin mir sicher, dass er's war. Ich hab doch seine Trinkflasche erkannt. So eine hat keiner außer dem Markus und dem Cornelius!«, sagt sie und springt ebenfalls auf. Sie stehen sich gegenüber, einen Moment lang sind beide ganz still. Und dann bricht es aus der Hedi heraus: »Weil keiner, der mit mir zusammen ist, es nötig hat, sich mit so was wie dir abzugeben!«

Die Hedi spuckt die Worte förmlich aus, wie Gift. Dann dreht sie sich um, reißt die Tür des Schrebergartenhäuschens auf und springt raus. Annamaria bleibt zurück. Die Worte der Freundin haben einen Nachhall wie von einem Peitschenknall. Langsam schließt Annamaria die Tür, geht zurück zu der Pritsche und sinkt darauf nieder. Das Gespenst der Verlassenheit, das sie von früher her kennt, ist wieder da. Es ist wie damals, vor zehn Jahren, als ihre Mutter starb. Sie hat niemanden mehr auf der Welt. Sie ist allein, wieder einmal ganz allein.

Es ist spät in der Nacht, als sie es im Schrebergartenhäuschen nicht mehr aushält. Sie muss duschen. Sie muss nach Hause. Sie schleicht den Weg am Bahndamm entlang, überquert die Straße, bleibt einen Moment lang stehen und sieht zum Bahnwärterhäusle hinüber. Das Licht ist definitiv aus. Zwar ist es weit nach Mitternacht, aber bei Sibylle weiß man nie, ihre Ess- und vor allem ihre Trinkgewohnheiten kennen kein Muster. Beim Aufschließen der Haustür betet Annamaria, dass diesmal kein Besucher da ist. Denn die Badezimmertür hat keinen Schlüssel.

Im Gang bleibt sie wohl eine Ewigkeit stehen und lauscht, aber zum Glück ist da nur Stille. Also kein Kerl, denn sonst würde sie doch ein Schnarchen oder Grunzen hören. Oder das andere. Lautlos streift sie die Stiefel ab und schleicht in ihr Zimmer, ohne Licht zu machen.

Im Bad schiebt sie das Schränkchen vor die Tür, sicher ist sicher. Sie zieht die Klamotten aus und steckt sie gleich in die Waschmaschine, ein Teil nach dem anderen, auch den Schal. Und dann endlich unter die Dusche.

Das Wasser stellt sie so heiß, dass sie's gerade noch aushält. Und dann steht sie da, unter dem Strahl, und schließt die Augen. Doch kaum ist es dunkel vor ihren Lidern, ist die Fratze wieder da, das bleiche Gesicht des Nachtfräuleins, das auf ihr kniet und ihr das antut, das Unaussprechliche. Sie kneift die Augen fester zu, schüttelt den Kopf, um die grässlichen Bilder zu vertreiben. Aber sie bleiben da, in ihrem Kopf. Annamaria greift nach der Seife, beginnt sich abzuseifen, unten, oben, überall, jeden Quadratzentimeter ihres Körpers. Sie dreht das Wasser noch etwas heißer, so heiß, dass es wehtut, was aber gut ist, weil es das Nachtfräulein vertreibt, für kurze Zeit. Dann wird das heiße Wasser lauwarm, viel zu schnell, verdammter mickriger Boiler! Als es kalt ist, stellt sie das Wasser ab. Morgen, denkt sie und greift nach dem Handtuch, morgen spreche ich mit dem Markus und dann wird er mir helfen.

In ihrem Zimmer schließt sie die Tür ab. Als sie dann im Bett liegt, im Schlafanzug, mit allen Decken, die sie hat, will ihr trotzdem nicht warm werden. Sie friert, bibbert vor Kälte, doch dann wird ihr auf einmal heiß. So geht das die ganze Nacht, heiß und kalt, und immer wenn sie die Augen schließt, ist da das Nachtfräulein, sein totes Gesicht, und auch der Geruch kommt zurück, diese Mischung aus Fusel und altem Kartoffelsack. Irgendwann versinkt sie in der gnädigen Umarmung des Schlafes.

Am nächsten Tag wird ihr klar, dass sie hohes Fieber hat. Doch das macht ihr nichts aus, denn das Fieber beantwortet ihr die Frage, was zu tun ist. Erst gegen Mittag schafft sie es endlich, sich in die Küche zu schleppen. Sie füllt ein Glas mit Leitungswasser und trinkt es in gierigen Zügen. Sie ist gottfroh, dass es immer noch still im Haus ist. Sie schleicht zum Schrank, holt einen Krug heraus, füllt auch ihn mit Leitungswasser und will schon die Küche verlassen. Doch da streift ihr Blick den Tisch, fällt auf einen Zettel, der da liegt. *Liebe Annamaria*, steht da. Ein Brief für sie, von Sibylle? Das hat es noch nie gegeben. Sie liest weiter. *Ich zie zu Jochen und du kanst nicht mit. Du must allein klar kommen. Tud mir leid. Mach's gut.*

Annamaria lässt den Fresszettel auf den Tisch flattern. Sie nimmt den Krug und das Glas und schleppt sich zurück ins Bett, kriecht unter die Decken.

Das ist gut, denkt sie. Ich komm alleine besser klar. Und dann schläft sie ein.

Darauf kommt die Mutter zurück
und sieht, dass ihr drei Kinder fehlen.

Liane van der Berg, Sonntag, 9. April 2017

»Bis Mittwoch dann«, sagte Carl, umarmte sie flüchtig und machte Anstalten, die Wagentür zu öffnen.

Liane seufzte innerlich. Es war ja nicht so, dass sie überschwängliche Liebesbekundungen von Carl erwartete, so war er nicht, nie gewesen. Aber wenn einer für ein paar Tage wegfuhr, konnte man sich doch immerhin angemessen verabschieden.

Sie zog ihn zu sich her, gab ihm einen Kuss und sagte: »Ich liebe dich!«

Und während sie auf seine Antwort wartete, blitzte ein Bild in ihr auf. Sie stellte sich vor, sein Gesicht in ihre Hände zu nehmen und ihm genau vorzusprechen, was sie hören wollte: *Ich liebe dich auch.*

Und er würde sie küssen und liebevoll anlächeln, und endlich würde er sagen, was sie schon so lange nicht mehr von ihm gehört hatte: *Ich liebe dich auch.* So sollte ein Ehemann nämlich reagieren. Wenn eine Frau zu ihrem Mann sagte, dass sie ihn liebte, hatte der Mann zu antworten: *ICH LIEBE DICH AUCH.*

Doch Carl blieb stumm, er lächelte nur.

Resigniert lächelte Liane zurück. So war er nun mal. Wahrscheinlich, dachte sie nicht zum ersten Mal, lag das an seiner Kindheit. Und wohl auch am Menschenschlag. So waren sie eben, die Älbler. Nichts zu sagen war Euphorie genug.

Liane zog die Strickjacke enger um den Leib und sah ihm hinterher, wie er in seinen schwarzen Porsche stieg und davonbrauste. Sie atmete durch und ließ ihren Blick einen Augenblick lang in die Ferne schweifen, hinunter ins Tal, auf das fahle, noch immer wintermüde Rosenauer Ried.

Der Hof befand sich ein Stück oberhalb von Rosenau, auf einem weitläufigen Hügelplateau. Wenn der Ort etwa hundert Meter weiter unten noch unter dem kühlen Tuch der Morgenschatten lag, war der Hellsternhof schon von Licht überflutet. Und wenn die Abendkühle sich in den Winkeln Rosenaus einzunisten begann, fielen die letzten Sonnenstrahlen noch wärmend auf die Buchsbaumhecken des alten Bauerngartens. Was natürlich jetzt im beginnenden Frühjahr seinen besonderen Reiz hatte.

Zurück im Haus, räumte Liane das Frühstücksgeschirr in die Spülmaschine und schnappte sich den Stapel Briefe von der Anrichte, der in den letzten Tagen immer höher geworden war. Die lästige Alltagsorganisation blieb mal wieder an ihr hängen. Der Gatte fährt zu einer Fliegenfischermesse und ich sortiere Unterlagen, obwohl ich vor lauter Arbeit nicht weiß, wo mir der Kopf steht. So war es seit Jahrzehnten. Carl überließ es ihr, die Post durchzusehen, die Rechnungen zu bezahlen und die Ablage zu machen. So wie er ihr auch alles andere überlassen hatte: die Kindererziehung, das Putzen und die Gartenarbeit.

Sie ging in sein Arbeitszimmer. Nacheinander nahm sie die Blätter, lochte sie und heftete sie in den entsprechenden Ordnern ab. Zu ihrer Überraschung war der Umschlag der Allianz schon geöffnet worden. Da hätte er ihn doch gleich selbst abheften können!

Liane zog das Blatt aus dem Umschlag. Seit wann interessierte sich Carl für die Kfz-Versicherung? Doch als sie das Schreiben auseinanderfaltete, stellte sie fest, dass es sich um die Zusendung eines »außerordentlich angeforderten Kontoauszugs« ihrer Lebensversicherung handelte. Liane brummte unwillig. Wahrscheinlich war das mal wieder seine übliche Panik wegen der Baumaßnahmen – er hatte sich rückversichern wollen, dass sie genug Geld hatten. Er hatte sich furchtbar gegen den Vollwärmeschutz gesträubt, fast als fehle ihm jedes technische Verständnis. Mit Engelszungen hatte Matthias auf ihn einreden müssen, bis er endlich in die Rundumerneuerung des Hellsternhofs eingewilligt hatte.

Sie schmiss die Umschläge in den Altpapierkorb und warf einen Blick aus dem Fenster. Die Wolken hatten sich komplett verzogen, daher beschloss Liane spontan, ihren rituellen Wochenrückblick sowie die To-do-Liste für den nächsten Tag draußen auf der Bank zu schreiben und sich dazu eine zweite Tasse Matcha zu gönnen. Sie musste die Tatsache ausnutzen, dass heute am Sonntag kein Handwerker die heilige Ruhe störte!

Sie nahm das Telefon mit nach draußen, legte es neben sich auf die Bank, nahm einen Schluck Tee und beglückwünschte sich wieder einmal dazu, dass sie es endlich geschafft hatte, das Kaffeetrinken komplett aufzugeben. Gleich darauf schüttelte sie jedoch schon wieder den Kopf angesichts der leuchtend bunten Plastik-Ostereier, die ihre Enkelin Juli in die kleine Birke neben dem Eingang gehängt hatte. Das kam also dabei heraus, wenn Kinder auf eine staatliche Schule gingen. Von Nachhaltigkeit und Ressourcenschonung hatte man dort auch im Jahr 2017 noch nichts gehört!

In dem Moment klingelte das Telefon. Gedankenverloren drückte sie die grüne Taste, dummerweise ohne auf die Anruferkennung zu achten. Was, wenn es wieder dieser Gestörte war, wie so oft in den letzten Tagen? Sie war abends schon gar nicht mehr ans Telefon gegangen, woraufhin Carl ihr unterstellt hatte, paranoid zu sein. Aber er hatte gut reden. Schließlich war bisher immer nur sie am Telefon gewesen, wenn der Schweiger anrief. So hatte sie den mysteriösen Anrufer genannt, denn wenn sie sich meldete, tat er nichts weiter als zu schweigen.

»Van der Berg«, meldete sie sich nun bemüht vollmundig.

»Gott sei Dank, endlich erreiche ich dich!«

»Sara? Bist du das?«, rief Liane und schob vor lauter Erleichterung etwas zu überschwänglich nach: »Das ist ja schön, mal wieder von dir zu hören!« Dabei irritierte es sie im Grunde eher, dass sich *eine von denen* bei ihr meldete. Sie wusste genau, was diese Gutmenschen hinter ihrem Rücken über sie und ihre Sendung sagten. Und seit die Waldorfianer ihrer Enkelin Juli im letzten Jahr den Schulplatz verweigert hatten, hatte sich Liane nicht mehr bei ihnen blicken lassen. Dennoch rang sie sich nun eine höfliche Nachfrage ab. »Wie geht es euch, dir und ... deiner Mutter?«

»Letitia geht es gut«, sagte Sara. »Ich soll dich übrigens schön von ihr grüßen. Sie hat dich beim letzten Eurythmie-Abend vermisst.«

Doch wohl eher meinen gut aussehenden Ehemann, dachte Liane, antwortete aber mit gespieltem Bedauern: »Na ja, wo Juli jetzt auf eine staatliche Schule geht ...«

»Du kannst doch trotzdem ab und zu mal vorbeikommen. Schließlich warst du so viele Jahre mit der Schule verbunden ... Jedenfalls bin ich froh, dich endlich an der Strippe zu haben. Du musst entschuldigen, wenn ich dich an einem Sonntag belästige. Aber wir haben ein Problem. Übernächsten Donnerstag sollte Björn Hellmann bei uns an der Schule einen Vortrag halten, über gewaltfreie Kommunikation in der Erziehung. Jetzt hat er leider abgesagt, ein Todesfall in der Familie. Das ist wirklich ärgerlich, weil wir schon *full house* haben, ich meine, es sind waaaahnsinnig viele Voranmeldungen gekommen ... na ja ... und da hab ich mir überlegt, ich frag jetzt einfach mal dich, ob du nicht einspringen kannst. Ich weiß natürlich, dass du waaahnsinnig viel zu tun hast, mit der Sendung und so, aber du hast doch im letzten Jahr dieses Buch über gewaltfreie Kommunikation in der Familie herausgebracht und das würde sooo perfekt bei uns reinpassen. Da dachte ich, ich probier's jetzt einfach!«

Aha, dachte Liane, ich soll also den Lückenbüßer spielen. Gleichzeitig hatte sie fast so etwas wie Mitleid mit Sara, die eigentlich ganz in Ordnung war, im Gegensatz zu ihrer hinterhältigen Mutter Letitia. Und Sara klang wirklich gestresst, wie Liane fand. Einen Moment lang fühlte sie sich in die Zeit vor über dreißig Jahren zurückversetzt, als auch sie noch alle Hände voll zu tun gehabt hatte, um dieses Boot mit Kindern, Haushalt und Berufstätigkeit über Wasser zu halten. Und natürlich wusste sie nur zu gut, was es für Eltern bedeutete, ein Kind in der Waldorfschule zu haben: Engagement bis zum Umfallen. Die Arme, dachte Liane. Vermutlich hatte Sara selbst Björn Hellmann als Referenten aufgetan. Und dass er nun nicht aufkreuzte, würde man natürlich ihr ankreiden, Todesfall hin oder her. Liane kannte die Hyänen in den Gremien der Schule nur zu gut. Aber egal, beschloss sie, das ist nicht meine Baustelle. Sie wollte schon rundheraus Nein sagen, als ihr plötzlich ein Gedanke kam.

»Hm … natürlich hast du recht, bei mir ist immer so einiges los … aber ich seh mal nach. Wann, sagtest du, soll der Vortrag stattfinden?«

»Gründonnerstag. Das ist der 13. April«, antwortete Sara hastig.

Liane wusste auch ohne einen Blick in ihren Terminkalender, dass sie am Gründonnerstag nichts weiter vorhatte. Statt nachzuschauen, raschelte sie ein bisschen mit ihrer To-do-Liste und seufzte dann bedauernd.

»Ach, herrje, da hab ich natürlich schon was drinstehen.« Sie machte eine Kunstpause und murmelte vor sich hin, so als würde sie im Geiste Termine jonglieren. Dann sagte sie: »Pass mal auf. Du weißt ja, wie sehr mir die Belange der Waldorfschule am Herzen liegen. Ich werd mal ein bisschen rumtelefonieren und hören, ob ich nicht was verschieben kann. Ich ruf dich gleich zurück.« Sie machte eine kurze Pause und senkte dann die Stimme, um dem folgenden Satz das passende Gewicht zu geben: »Auch wenn ich natürlich schon sehr enttäuscht war, dass Hortensie für ihre Juli keinen Schulplatz bekommen hat.«

»Was? Ach …«, stotterte Sara. »Das wusste ich ja gar nicht!«

»Ja, das hat mich schon sehr traurig gestimmt. Du weißt doch sicher, dass alle meine Kinder in der Waldorfschule waren.« Sie brach ab, raschelte noch ein bisschen mit der Liste und fügte dann betont munter hinzu: »Aber vielleicht ist ja noch nicht aller Tage Abend, nicht wahr?«

»Nein, natürlich nicht«, rief Sara und Liane konnte förmlich hören, wie es in Saras Kopf arbeitete.

»Wie dem auch sei, was den Vortrag angeht, versuche ich mein Möglichstes. Bis in Kürze!«

Liane ging zurück ins Haus, trank ein großes Glas Wasser und machte sich daran, den Kefir abzugießen und die Zutaten für die Mangoldtaler herauszusuchen, die sie heute zum Mittagessen zubereiten wollte. Nach einer halben Stunde nahm sie das Telefon wieder zur Hand und wählte. Sara meldete sich gleich nach dem ersten Klingeln und klang auch diesmal extrem hektisch.

»Ja, hallo!«, schnappte sie ins Telefon, so dass Liane Mühe hatte, sich das Lachen zu verkneifen. Lang würde die es bei den Weltverbesserern nicht machen. Als sie selbst zu sprechen begann, wählte sie bewusst den warmen Unterton, mit dem sie als Familienretterin so viel Erfolg hatte.

»Ich kann dir grünes Licht geben. Es ist mir tatsächlich gelungen, zwei Termine zu verschieben. Ich kann den Vortrag also übernehmen.«

»Oh, Gott sei Dank!«, rief Sara. »Da rettest du jetzt auch mich!« Dann fügte sie hinzu: »Ach ja, und was den Schulplatz für deine Enkelin angeht: Gleich morgen klemme ich mich dahinter und finde heraus, was da schiefgelaufen ist. Ach, ich bin so froh, dass du es möglich machen kannst, vielen, vielen Dank!«

»Ich helfe, wo ich kann«, antwortete Liane sanft.

»Das ist wunderbar. Du bist genau die Richtige dafür, mit deiner Erfahrung als fünffache Waldorf-Mutter! Und ... darf ich noch einen Wunsch äußern?«

»Aber bitte.«

»Es wäre schön, wenn du bei dem Vortrag vielleicht auch deine eigene, ganz persönliche Geschichte einbringen könntest ... das, was du im Vorwort zu deinem Buch geschrieben hast ... Ich meine die Erfahrungen, die *dich* geprägt haben, wie du aufgewachsen bist, und dann deine Zeit in der Kommune, die beiden Erziehungsmodelle, die damals in den späten Sechzigern aufeinandergeprallt sind, der Kinderladen und all das. Und was du daraus gelernt hast.«

Liane seufzte innerlich. Als Sara aufgelegt hatte, blieb sie noch einen Moment stehen, mit dem Telefon in der Hand. Meine persönliche Erfahrung, dachte sie und war plötzlich wie vor den Kopf gestoßen. Ob das ein Zufall war? Der anonyme Brief, in dem von K. die Rede war. Und jetzt die Bitte, in ihrem Vortrag auf ihre Erfahrungen »in den späten Sechzigern« einzugehen. Mit einem Mal fühlte sich Lianes Mund trocken an. Sie schluckte und griff wieder nach dem Wasserglas, dann schüttelte sie den Kopf, wie um den Spuk der Vergangenheit zu vertreiben. Aber keine zwei Minuten später dachte sie wieder an K.

Liane, Ende Mai 1968

Die Diskussionsabende in der Kommune störten Liane ganz besonders. Das lag weniger an den Gesprächen selbst, sondern hauptsächlich daran, dass sie sich den anderen hoffnungslos unterlegen fühlte, vor allem Katharina. Im Laufe ihrer ersten Wochen überlegte sie immer wieder, was sie dagegen tun könnte.

Kathi war unglaublich wortgewandt und hatte einen scharfen Verstand, das musste Liane zugeben. Sie selbst kam sich nach Kathis Beiträgen immer dumm und ungebildet vor. Das erfüllte Liane mit Groll, aber ihr fiel einfach nicht ein, wie sie es ändern könnte. Zu vielem, was gesagt wurde, hatte sie schlichtweg keine Meinung. Und zu Hause hatte man ihr beigebracht, den Mund zu halten, wenn sie nichts zu sagen hatte.

Daher schweiften ihre Gedanken in den Diskussionen immer wieder ab. Sie begann zu träumen und hatte dann nur noch Carl im Sinn – sie schaute, wie er die Zigarette hielt und den Rauch ausstieß, lauschte seiner Stimme und hatte das Gefühl, noch immer seinen Körper auf ihrem zu spüren, seine Schwere und die Kraft seiner Hände. Manchmal drückte er ihre Handgelenke so fest zu Boden, dass sie blaue Flecken bekam. Sie mochte diese Flecken und strich oft versonnen darüber; in ihren Augen waren sie Zeichen und Beweis, dass all das tatsächlich stattfand, dass dieser Mann sie wollte, dass er sie berührte und immer wieder berühren wollte. Am liebsten wäre sie jede Minute des Tages mit ihm zusammen gewesen. Ohne diese blöde Kathi und ihr wichtigtuerisches Gerede.

»Nicht der Kapitalismus bringt den Massenmord hervor, sondern sein Kern, die Familie!«, rief Kathi am Abend von Lianes erstem Versuch, sie vom Thron zu stoßen. Alles ergab sich ganz zufällig. Lianes Mitbewohner hatten sich mal wieder in sinnlose Diskussionen über die Revolution der Lebensform und die Abschaffung der Familie hineingesteigert. Als Kathi sich in Rage redete über Kindergärten und Erziehung und über das Heranwachsen in einem System der geschlechtsspezifischen Unterdrückung, horchte Liane auf. Sie waren zu sechst, Carl, Liane und die anderen, und saßen im Wohnzimmer in einem Kreis auf dem Boden. In Lianes Schoß schmiegte sich wie immer Birgit, die kleinere von Kathis Töchtern. Sie hatte einen Narren an Liane gefressen und suchte ständig ihre Nähe. Liane ging das zwar gehörig auf die Nerven, aber nach außen bemühte sie sich, immer gut gelaunt und kompetent zu wirken: das perfekte Bild einer Frau, die es ach so gut mit Kindern verstand.

»In diesen Bilderbüchern schiebt kein Mann einen Kinderwagen und alle Frauen kochen! Das ist doch furchtbar, wie unsere Gesellschaft von Geschlechterklischees geprägt ist. Wie können wir erwarten, dass unsere Kinder sich später mal anders verhalten, wenn sie dieses Zeug immer wieder vorgebetet bekommen?«

»Rücken streicheln«, nuschelte Birgit. Liane streichelte sie gehorsam und gab sich alle Mühe, ihren wachsenden Groll zu verbergen. Voller Abneigung sah sie hinüber zu Kathi, die wieder einmal kein Ende fand.

»Ich frage mich, was das überhaupt sein soll: *typisch männlich* und *typisch weiblich*?«, sagte sie, warf ihr langes Haar in den Nacken und lächelte selbstbewusst. »Das sind doch bloß stereotype Klischees, gegen die wir uns zur Wehr setzen müssen!«

Gegen ihren Willen war Liane beeindruckt von dem, was dieser Frau einfiel und was sie sich zu sagen traute. Das hatte sie schon öfter erlebt, und wie jedes Mal zuvor ärgerte sich Liane über ihr eigenes Unvermögen. Warum gelang es ihr nicht ein einziges Mal, den Mund aufzumachen? Erst recht bei dem heutigen Thema, mit dem sie sich ja nun wirklich auskannte. Aber bevor ihr etwas einfiel, meinte Erika: »Du solltest verlangen, dass sie andere Bücher anschaffen. Sonst ändert sich nie was.«

»Ja, und alle Spielsachen sollten genauso von Jungen wie von Mädchen verwendet werden«, stimmte Carl zu.

»Aber ihr müsst doch anerkennen, dass fast überall nur Mütter Kinderwägen schieben. Das ist einfach … die Wirklichkeit«, sagte Jens. »Und die bilden diese Bücher eben ab.«

»Aber das ist es ja gerade! Diese Wirklichkeit müssen wir ändern!«, rief Kathi und blickte sich, wie Liane fand, geradezu beifallheischend um. Und Carl fiel auf diese Masche herein – zu Lianes großem Missfallen sah er Kathi eindeutig bewundernd an.

Auch wenn sich Liane bei all ihrem Ärger immer noch nicht traute, den Mund aufzumachen, war etwas anders als sonst. Heute begriff sie zumindest, worum es ging, und zum ersten Mal überhaupt hatte sie so etwas wie einen eigenen Standpunkt – einen, der nicht mit dem der anderen übereinstimmte. Natürlich traf zu, was sie sagten. Doch im Grunde war dieser Geschlechterkram doch nur ein winziger Teil. Da wusste Liane Wichtigeres, das es zu ändern galt.

Unruhig rutschte sie hin und her. Doch nun begann auch noch Theo – der Alltags-Artistoteles der WG, wie Carl ihn nannte – vor sich hin zu philosophieren und stellte die Theorie auf, man müsse jegliches geschlechtstypische und klischeebehaftete Spielzeug von Kindern fernhalten. Auf einmal fand Liane die ganze Diskussion nur noch komisch. Offenbar wusste hier wirklich niemand – und schon gar nicht die zweifache Mutter Katharina –, was in so einem städtischen Kindergarten los war. Hatte sie tatsächlich nicht den leisesten Schimmer, dass ihre beiden Kinder schon bei der kleinsten Verfehlung auf dem Gang strafsitzen mussten? Liane war so in ihre Überlegenheitsgefühle versunken, dass sie die Frage im ersten Moment gar nicht auf sich bezog.

»Jetzt sag schon, warum grinst du so?«, forderte Kathi an Liane gewandt, offenbar schon zum zweiten Mal.

Mit einem Mal waren alle Blicke auf sie gerichtet und sie errötete. Da sie in diesen Diskussionen bis jetzt nie etwas gesagt hatte und es auch nicht gewohnt war, vor so vielen anderen zu sprechen, wusste sie im ersten Moment gar nicht, was sie sagen sollte. Die eben noch so herzerwärmende Überlegenheit war jäh verschwunden. »Ja, also …«, stotterte sie und räusperte sich, um Zeit zu gewinnen. Was sollte sie denn sagen? Und wie sollte sie anfangen? Zögerlich begann sie: »Nehmt es mir nicht übel, aber ich … Ich persönlich glaube ja, dass es da erst mal Wichtigeres gibt, worum man sich kümmern muss.« Sie verstummte.

An den Blicken der anderen erkannte Liane, dass das nicht die Antwort war, die von ihr erwartet wurde. Das Schweigen zog sich in die Länge. Und wieder einmal kam sie sich so dumm vor, so ungebildet. Wie konnte es sein, dass sie noch nicht einmal zu *diesem* Thema etwas Intelligentes zu sagen hatte? Dabei war es doch sozusagen ihr täglich Brot. Unsicher sah sie von Theo zu Erika und schließlich zu Carl. Doch dann bemerkte sie, wie Katharina provozierend gähnte und ihr dann einen abschätzigen Blick zuwarf. Die Botschaft darin war klar: *Tja, da sieht man's mal wieder. Du siehst zwar gut aus, solltest aber besser nicht den Mund aufmachen.*

Und plötzlich wusste sie genau, wie sie es anstellen würde. Sie richtete sich auf und sah Kathi offen an: »Weißt du überhaupt, was deine Kinder den ganzen Tag über machen?«

»Natürlich weiß ich das!«, antwortete Katharina und zog spöttisch die Augenbrauen hoch.

»So?« Liane ließ sich nicht aus der Ruhe bringen. »Dass sie mittags schlafen müssen? Auch die älteren Kinder?«

»Sicher! Was willst du hier eigentlich andeuten?«

»Hm … wie lange schlafen sie denn mittags?«

Erika, die Liane bisher nur erstaunt angesehen hatte, richtete sich auf und sagte mit einem Stirnrunzeln: »Eine Stunde?«

Liane ignorierte Erika, die ja nicht die Mutter war, und fragte, nach wie vor an Katharina gewandt: »Was sagst *du*? Als Mutter?«

Katharina warf wieder einmal das Haar nach hinten, in einer Geste, die lässig und unbekümmert wirken sollte. Und wie Liane erwartet hatte, antwortete sie nicht direkt auf die Frage, sondern startete einen rhetorischen Gegenangriff: »Sag mal, was soll das eigentlich, dieses faschistische Kreuzverhör, dem du mich hier unterziehst! Und außerdem …«

Doch Liane ließ sich nicht beirren. Sie unterbrach sie: »Weißt du es nun oder weißt du es nicht?«

Und da geschah etwas, das Liane nicht für möglich gehalten hatte: Katharina wurde rot. Liane konnte ihr Glück kaum fassen. Die redegewandte und selbstsichere Katharina wurde rot, weil sie nicht wusste, wie lange ihre Kinder mittags schliefen.

»Zwei Stunden, auch die älteren Kinder«, beantwortete Liane lächelnd ihre eigene Frage und streichelte Birgit jetzt besonders liebevoll den Rücken. »Und wenn sie auch nur einen Muckser machen, dann können es auch mal vier Stunden sein. Nicht wahr, Biggi, so ist es doch?«

Das Kind, dem die plötzliche Aufmerksamkeit unangenehm war, steckte den Daumen in den Mund und nuckelte. Liane hingegen genoss es, im Mittelpunkt zu stehen. Alle Befangenheit war von ihr abgefallen. Sie lächelte Katharina milde an, auch als die sie anherrschte: »Und woher willst du wissen, dass das in *unserem* Kindergarten auch so ist?«

Nonchalant zuckte Liane die Achseln. »Weil ich, wie du weißt, auch in einem städtischen Kindergarten arbeite. Aber du kannst ja mal deine andere Tochter danach fragen, wenn du mir nicht glaubst.« Ruhig erwiderte sie Katharinas wütenden Blick und sah dann in die Runde. »Und wenn ein Kind in einer Gruppe zu laut ist, muss es eine halbe Stunde Strafe sitzen. In strammer Haltung auf dem Korridor, den Zeigefinger vor dem Mund, stimmt's, Biggi?« Die vierjährige Birgit nickte verdruckst, immer noch den Daumen im Mund. Dann rappelte sie sich unbeholfen auf und trippelte davon.

Auch Liane erhob sich und sagte, an Katharina gewandt: »Das ist *sehr* belastend für die Kinder!« Und mit gespielter Betroffenheit fügte sie hinzu: »Du hattest also wirklich keine Ahnung!«

Sprachlos sahen die anderen zu ihr hoch.

»Aber wenn das so ist …«, fragte Erika und schaute sie mit großen Augen an. »Wieso machst du dann da mit?«

»Genau«, ereiferte sich Katharina, die sich offenbar wieder gefasst hatte. »Das ist doch wie bei den Nazis. Wie kannst du da bloß arbeiten?«

»Ich hab versucht, etwas zu ändern«, sagte sie und warf Katharina einen vernichtenden Blick zu. Und plötzlich wurde ihr bewusst, dass sie tatsächlich Oberwasser hatte. Die anderen waren beeindruckt von ihr. Carl sah sie bewundernd an. Und so beschloss sie, noch eins draufzusetzen, indem sie herunterbetete, was sie in ihrer Ausbildung im Waldorfkindergarten gelernt hatte. Über die enorme Verantwortung des Erziehers; dass Erziehung als *schicksalsgestaltende Partnerschaft* anzusehen sei und dass daher die eigene *Veränderungsbereitschaft* und *Entwicklungsoffenheit* wesentliche Voraussetzungen für diesen Beruf seien.

»Was habe ich nicht schon alles versucht! Sogar mit ein paar Eltern habe ich gesprochen, heimlich«, log sie und setzte ein tapferes kleines Lächeln auf. »Am Ende sind diese Eltern zu meiner Chefin gegangen und ich habe eine Abmahnung bekommen. Noch so ein Vorfall und ich verliere meine Stelle.« Liane schüttelte traurig den Kopf. »Und wisst ihr, was das Erschreckendste war? Manche Eltern, mit denen ich gesprochen habe … die einen fanden die Methoden des Kindergartens in Ordnung … *So hat man es schließlich immer gemacht, Kinder müssen eben erzogen werden* und so weiter. Aber die anderen, die waren wie du, Katharina: Die haben *überhaupt nichts* gewusst, hatten keine Ahnung, was ihre Kinder da den ganzen Tag über so machen.«

Sie schüttelte den Kopf und setzte einen besonders betroffenen Blick auf. »Ich geh mal nach Biggi sehen«, sagte sie dann und verließ den Raum, in ihrer neuen Aura aus Tapferkeit und Heldenmut.

Seit ihrem heroischen Auftritt betrachteten ihre Mitbewohner Liane mit anderen Augen. Von nun an war *sie* die Erziehungsexpertin der Wohngemeinschaft, diejenige, die tagtäglich hinaus an die

Front zog und gegen einen enormen Widerstand für die Belange der Schwachen und Entrechteten kämpfte. Gleich nach dem Diskussionsabend, an dem sie sich so hervorgetan hatte, kramte sie ihre alten Unterlagen aus dem Waldorfkindergarten hervor, und in der darauffolgenden Woche ging sie in die Bibliothek, um sich neues Material zu besorgen, das sie durchackerte und zum Teil auswendig lernte, damit sie bei der nächsten Runde erneut glänzen konnte.

Doch in den folgenden Wochen ging es nur noch um die Notstandsgesetze, die trotz aller Proteste am 30. Mai verabschiedet worden waren. Liane verstand nicht, worüber sich die anderen da so aufregten, sie hatte das Thema inzwischen gründlich satt. Auch die Zutraulichkeit der Kinder, die sie inzwischen ständig am Hals hatte, fiel ihr mehr und mehr auf die Nerven. Es verging kein Tag, an dem die beiden sie nicht anbettelten, ihnen eine Geschichte vorzulesen oder irgendein blödes Katzenpuzzle zu legen. An manchen Tagen sehnte sie sich fast nach ihrem Zimmer bei Frau Niethammer und der Grabesstille, die dort geherrscht hatte. Wenn sie nach Hause kam, wollte sie einfach die Tür hinter sich zumachen und niemandem mehr Freundlichkeit und Interesse vorheucheln müssen. Schließlich hatte sie sich schon den ganzen Tag um die Blagen anderer Leute gekümmert. Aber jetzt hatte sie einen Ruf zu verlieren, also durfte sie sich auf keinen Fall verweigern.

Noch viel ärgerlicher aber war Katharinas Verhalten gegenüber Carl. Lianes Eindruck nach strich Kathi nach dem Abend, an dem sie von Liane als Rabenmutter vorgeführt worden war, nicht etwa die Segel, sondern startete im Gegenteil eine Art Verführungs-Großoffensive. So beobachtete Liane beinahe täglich, wie Kathi *rein zufällig* nackt durch die Wohnung lief – und zwar grundsätzlich dort, wo Carl sich gerade aufhielt. Zudem kreuzte Kathi immer öfter in Carls Zimmer auf, um ihm einen Joint zu bringen, wenn er viel gepaukt oder einen anstrengenden Tag an der Uni gehabt hatte. So kam es, dass sich Kathi mitunter halb nackt auf Carls Matratze fläzte und lasziv den Rauch inhalierte, während Liane in ihrem Zimmer hockte, links und rechts ein Kind neben sich, und aus einem emanzipatorisch korrekten Buch wie *Pippi Langstrumpf* vorlas.

Und als Liane schon glaubte, sehr viel mehr könne nicht kommen, ließ Katharina eines Tages vor versammelter Mannschaft die Bombe platzen. Während des gemeinsamen Sonntagsessens am großen Tisch sagte sie an Liane gewandt: »Du, ein paar Eltern und ich haben einen Kinderladen gegründet. Ab nächster Woche geht es los.« Sie warf Liane einen siegessicheren Blick zu.

Liane fiel fast das Besteck aus der Hand. Mit geheucheltem Interesse fragte sie: »Ach ja? Das ist ja interessant. Und wo wird der sein?«

»In der Türkenstraße.« Und als hätte es ihre Niederlage vor ein paar Wochen nie gegeben, setzte Katharina zu einem wohlklingenden Vortrag über Erziehung als unzulässige Manipulation und die Notwendigkeit des Wachsenlassens an. Eine neue Ära sei angebrochen und es sei höchste Zeit, endlich etwas gegen die patriarchalische und sexualunterdrückende Erziehung zu tun. Je länger sie redete, desto mehr blühte sie auf. Ihre Wangen röteten sich und Liane musste hilflos mitansehen, wie sie immer mehr Oberwasser bekam, bis sich schließlich eine lebhafte Diskussion entspann, mit Kathi als strahlendem Mittelpunkt. Und als wäre das nicht schon genug, wandte sie sich plötzlich an Liane und sagte mit feiner Stimme: »Übrigens suchen wir noch Betreuer für den Laden. Wenn es dich interessiert, rede ich mit den anderen Eltern … Ich bin sicher, dass ich da etwas machen kann. Dann musst du auch nicht mehr in den schrecklichen Nazikindergarten.«

Annamaria, Aschermittwoch, 12. Februar 1986

Als Annamaria knapp eine Woche später kurz vor dem Klingeln ins Klassenzimmer schlüpft, tut sie, als wäre alles ganz normal. Klar bemerkt sie Ulis Blick, und auch ein paar andere sehen zu ihr her, mustern sie von Kopf bis Fuß und stecken die Köpfe zusammen. Was hat die Hedi ihnen erzählt? Ohne nach links und rechts zu schauen, lässt sie sich auf ihrem Platz nieder, beginnt die Jacke aufzuknöpfen. Hinter ihr hört sie, wie die Luzi ihren Namen sagt. Die Katja antwortet mit unterdrücktem Prusten.

Die ganze letzte Woche hat Annamaria nachgedacht über das, was im Ried geschehen ist. Sie hat die Gestalt vor sich gesehen, hat aber auch überlegt, wie alles angefangen hat. Und irgendwann hat sie sich gefragt, ob sie den Typen nicht auch ermutigt hat. Bei der Erinnerung daran, wie sie ihm auf den Po geschlagen hat, wird ihr ganz anders. Ja, denkt sie, das war der Fehler. Ihr Fehler. Aber heute wird sie hoffentlich mit dem Markus reden können, ihm alles erzählen. Sonst müsste sie bis nach dem Funkenfeuer am Sonntag warten. Und so lange hält sie es nicht mehr aus. Sie muss einfach hören, was er dazu meint. Er soll ihr sagen, dass sie nichts verkehrt gemacht hat, dass der Kerl nicht das Recht gehabt hat, ihr das anzutun, auch wenn sie ihm auf den Po gehauen hat. Ja, denkt sie, der Markus wird mir helfen. Und er wird wissen, was zu tun ist. Die ganze Woche über hatte sie heimlich gehofft, dass er sich irgendwie bei ihr meldet, dass er nachschaut, wie's ihr geht, oder sie wenigstens anruft. Bis zu dem Moment, als sie das mit der Telefonleitung kapiert hat. Gestern, als sie wieder sicher auf den Beinen war, hat sie Sibylles Schlafzimmer durchsucht und einen ganzen Stapel ungeöffneter Post gefunden, auch zwei Briefe, in denen es hieß, das Telefon würde abgeschaltet, wenn sie nicht bald die Rechnungen bezahlt. Was Sibylle, wie Annamaria jetzt weiß, nicht getan hat.

Was ihr noch klar geworden ist: Jetzt, wo Sybille weg ist, bekommt sie kein Geld mehr zum Einkaufen. Natürlich hat sie noch ihr Erspartes und das, was sie beim Zeitungsaustragen und Babysitten verdient. Aber einen Teil davon braucht sie für den Führerschein, und den Rest will sie ja verwenden, um mit dem Markus ein neues Leben anzufangen. Sie will sich nach dem Abi schließlich nicht komplett von ihm aushalten lassen. Aber jetzt sieht es so aus, als müsste sie ihre sauer verdienten Kröten für ihren Lebensunterhalt ausgeben, wenn sie im Bahnwärterhäusle bleiben will. Und das will sie, so lange es irgend geht. Bloß nicht wieder ins Heim, das wäre das Schlimmste. Barfuß Strafe stehen auf dem Korridor, den Teller mit dem matschigen Gemüse in der Hand.

In den ersten beiden Stunden haben sie Englisch, und obwohl Annamaria Englisch sehr mag, muss sie sich diesmal zur Mitarbeit zwingen. Sie hat das Gefühl, belauert zu werden, und immer wieder, wenn sie etwas sagt, hört sie, wie es hinter ihr kichert oder höhnisch zischelt. Noch eine halbe Stunde, denkt sie, dann werde ich ihn endlich wiedersehen.

In der Fünf-Minuten-Pause merkt sie, dass alle zu ihr hersehen. Sie weiß nicht, was sie tun soll, mit wem reden. Außer mit der Hedi und der Uli ist sie mit niemandem aus der Stufe richtig befreundet. Beliebt ist sie auch nicht so richtig – die anderen halten sie für eine Streberin, nur weil sie gut sein will und in der großen Pause nicht dauernd auf dem Raucherplatz rumhängt.

Noch drei Minuten, die Zeit vergeht so langsam. Sie verlässt das Klassenzimmer und geht aufs Klo. Als sie zurückkommt, hat es schon geklingelt und der Markus steht am Pult. Sie huscht an ihren Platz, kann aber nicht verhindern, dass ihr Herz schneller zu schlagen beginnt, als sie ihn sieht, trotz allem, was ihr passiert ist.

»Georg Trakl«, sagt der Markus da, »wem sagt der Name was?«

Er schaut die Reihen entlang, ohne Annamaria anzusehen.

»Ein neuer Mitschüler?«, plärrt Siggi, vorlaut wie immer. Ein paar lachen.

»Nicht von euch«, antwortet der Markus trocken. Annamaria weiß natürlich, wer das war, kennt sogar zwei seiner Gedichte. Aber sie wagt nicht, sich zu melden, nicht jetzt, nicht bei ihm. Irgendwas ist mit dem Markus, das spürt sie. Warum sonst sollte er ihr noch nicht einmal einen kurzen Blick zuwerfen?

»Die nächste Klausur wird eine Gedichtinterpretation sein.« Ein Stöhnen geht durch die Klasse, Markus ignoriert es. »Und in diesem Zusammenhang werden wir uns mit der Lyrik Georg Trakls beschäftigen.«

Er klappt die Tafel auseinander, greift nach der Kreide. Und hält inne.

Mitten auf die Tafelinnenseite hat jemand ein großes Herz gemalt, *Markus + Annamaria* steht darin. Annamaria spürt, wie eine heiße Röte von ihrem Hals aufsteigt, ihr Puls beginnt zu rasen und ihr wird übel. Von der Seite erkennt Annamaria, dass auch Markus rot wird. Doch er fasst sich erstaunlich schnell wieder, sagt: »Der Tafeldienst ist auch nicht mehr das, was er mal war«, nimmt den Schwamm und wischt das Herz weg. Als wäre nichts geschehen, schreibt er in großen, zackigen Buchstaben *Georg Trakl* an die Tafel. Als er sich wieder zur Klasse dreht, sieht Annamaria, dass sein Gesicht hart geworden ist. Sie schlägt die Augen nieder, schluckt trocken.

Jetzt weiß sie, was die Hedi den anderen erzählt hat. Es hat nichts mit dem Ungeheuerlichen zu tun, nichts mit Cornelius, nichts mit dem, was im Ried geschehen ist. Die Hedi hat der ganzen Klasse verraten, was Annamaria ihr anvertraut hat, nur ihr, als einzigem Menschen auf der Welt.

In ihrem Kopf dröhnt es und sie hat Mühe, einen einzigen klaren Gedanken zu fassen. Die erste Deutschstunde zieht an ihr vorbei und sie hält still in diesem Sumpf von Schmach. Was denkt der Markus jetzt wohl von ihr? Dass sie ein loses Mundwerk hat und nichts Besseres zu tun, als das mit ihnen überall herumzuerzählen? Am liebsten würde sie aufstehen und gehen und nie mehr wiederkommen. Nie, nie mehr. Aber den Triumph will sie ihnen nicht gönnen. In der zweiten Deutschstunde hat sie sich so weit gefasst, dass sie sich am Unterricht beteiligt. Immer wieder hebt sie die Hand und will etwas sagen. Aber der Markus nimmt sie nicht dran, nicht ein einziges Mal. Er beachtet sie nicht mal, mit keinem Blick. Es ist, als wäre ihr Platz leer. Sie existiert für ihn nicht mehr.

Sie tröstet sich mit dem Gedanken, dass er ganz richtig reagiert, das einzig mögliche Verhalten zeigt auf das dümmliche Geschreibsel an der Tafel. Und doch wird sie, als das Ende des Unterrichts näherrückt, von einer gestaltlosen, sich steigernden Unruhe ergriffen. Nach der Schule werden wir endlich reden, denkt sie, immer wieder diesen Satz, nach der Schule werden wir reden.

Doch kaum ist der Unterricht beendet, nimmt der Markus seine Aktentasche und ist auch schon durch die Tür. Weg, fort, ohne ihr ein Zeichen zu geben, ohne ihr wie sonst mit einem Blick zu bedeuten: *Wir sehen uns.*

Annamaria packt ihr Heft und das Buch ein und steht auf, den Blick auf den Boden geheftet.

»So eine bischt du also«, hört sie da eine Stimme und blickt auf. Die Luzi steht da, zusammen mit der Katja, und versperrt ihr den Weg.

Annamaria blickt auf, drückt sich die Tasche an den Bauch. »Was für eine soll ich sein?«

»Eine Schlampe, die sich an verheiratete Lehrer heranschmeißt!«, sagt die Luzi mit einem fiesen Grinsen.

Annamaria weiß, dass es der Luzi scheißegal ist, wer mit irgendwem zusammen ist und wer nicht. Die Luzi hat der Hannelore ohne mit der Wimper zu zucken den Freund ausgespannt. Was der Luzi allerdings nicht egal ist, das ist ihre Note in Deutsch. Und in allen anderen Fächern. Annamaria weiß, dass die Luzi sie hasst, seit sie, Annamaria, im letzten Jahr den Preis für das beste Zeugnis bekommen hat.

»Du fantasierst ja!«, sagt Annamaria so forsch sie kann und will gehen. Aber die Luzi lässt sie nicht vorbei.

»Du denkst wohl, du kommst damit einfach so durch. Unsereins reißt sich den Arsch auf mit Lernen und du machst einfach die Beine breit!« Die Luzi tut einen Schritt auf Annamaria zu. Jetzt ist sie ganz nah an ihrem Gesicht. »Weißt du, was ich machen werde? Ich werd zum Direktor Kramer gehen und euch melden!«

»Meld, was du willst, und lass mich vorbei!«

Aber die Luzi und die Katja stellen sich ihr in den Weg. Ein paar andere stehen drumherum und gaffen.

Annamaria spürt, wie eine heiße Welle in ihr aufsteigt, eine Mischung aus Angst und Wut. Sie versucht, sich zwischen der Luzi und der Katja hindurchzuzwängen, aber die beiden lassen sie nicht, halten sie sogar am Arm fest. Da hört sie jemanden, es ist David, sagen: »Was soll der Scheiß, lasst sie durch!«

Die Luzi und die Katja lassen die Hände sinken und auch die anderen weichen zurück. Annamaria muss an sich halten, nicht davonzurennen. Sie zwingt sich, langsam zu gehen, und verlässt das Klassenzimmer, ohne sich noch einmal umzudrehen. Erst draußen verfällt sie in einen Laufschritt. Sie rennt den Korridor entlang, über den Schulhof in Richtung Parkplatz. Von Weitem kommen die Container in Sicht. Der Parkplatz hat sich schon geleert, ein Wagen biegt auf die Straße und ein anderer startet, fährt rückwärts aus einer Parklücke. Es ist der rote Golf von Markus. Annamaria rennt schneller, winkt. Hat er sie nicht gesehen? Sie winkt noch auffälliger, und weil sie in Panik gerät, dass er davonfahren könnte, läuft sie mitten in den Weg des Wagens. Markus macht eine Vollbremsung, die Reifen quietschen und Annamaria stürzt zur Fahrerseite. Markus kurbelt das Fenster runter.

»Bist du wahnsinnig!«

»Ich …«, keucht Annamaria, »ich muss mit dir sprechen.«

Doch sein Gesicht bleibt verschlossen. Annamaria bemerkt den huschenden Rundumblick. Dann sagt er: »Was da heute gelaufen ist, das ist … ungeheuerlich. Dir ist doch klar, dass jetzt Schluss sein muss!«

»Was … aber …« Annamaria starrt ihn an. Sie kann nicht glauben, was er da gerade gesagt hat. Doch ehe sie etwas darauf erwidern kann, fährt er fort: »Und ruf nie wieder bei mir zu Hause an, nie wieder, hörst du!« Seine Stimme klingt jetzt schneidend, seine Lippen sind nur mehr ein schmaler Strich. Fremd sieht er aus, gar nicht mehr wie der Mann, der so zärtlich zu ihr war, der ihr zugeflüstert hat: »Du bist das süßeste Geschöpf, das ich je gesehen habe!« Genau diese Worte hat er zu ihr gesagt, das ist noch gar nicht so lange her, höchstens einen Monat. Annamaria weiß nicht, was sie antworten soll. Sie wollte ihm doch alles erzählen, er sollte ihr doch helfen, sollte ihr sagen, was sie jetzt tun muss, sollte dieses Schwein bestrafen, das ihr das angetan hat. Sollte sie in den Arm nehmen und trösten.

Stattdessen hört sie ihn sagen: »Ich muss los.«

Und dann kurbelt er die Scheibe hoch und fährt weg. Annamaria bleibt zurück, bleibt allein auf dem Parkplatz stehen, bemerkt im Augenwinkel eine Bewegung. Wohl irgendein Lehrer, der zu seinem Wagen will. Sie wendet den Kopf, es ist Frau Marquardt, ihre Englischlehrerin. Annamaria dreht ihr den Rücken zu und geht davon.

Den ganzen Nachmittag bleibt sie im Bett. Ihr Leben ist zu Ende. Nichts hat mehr einen Sinn. Sie ist ein Nichts und ein Niemand, sie ist das Kanakenbalg, der Bankert, das Mädchen ohne Eltern, das man einfach benutzen kann und dem man einen Tritt versetzt und es in den Graben stößt, wenn es ausgedient hat. Sie kann an nichts anderes mehr denken. In diesen Stunden durchläuft sie alle schlimmen Gefühle, die in ihr stecken. Sie kommt sich vor wie auf einer endlosen Geisterbahnfahrt von Erniedrigung, Scham, Ernüchterung, Wut, Hass. Rachedurst ist auch dabei. Das Schlimmste von allem ist das Wissen, schwanger zu sein. Schwanger und ganz allein. Das Bewusstsein, keinen einzigen Menschen mehr zu haben, der ihr beisteht, raubt ihr den Atem. Noch nicht mal Sybille, die Schnapsdrossel, ist da. Was wird nun werden, wie soll es weitergehen? Friedrich der Zweite fällt ihr ein, der Stauferkaiser, und die Experimente, die er gemacht hat mit diesen Babys, diesen bedauernswerten kleinen Geschöpfen. Sie wurden von einer Amme gefüttert und gewickelt, aber sonst bekamen sie keine Zuwendung, kein Wort, keine zärtliche Geste. So bin ich, denkt Annamaria voller Angst. Ich bin wie diese armen Kinder, auch ich werde jetzt sterben, eingehen vor lauter Mangel an Zuwendung.

Als der Abend kommt und sie immer noch nicht gestorben ist und der Hunger sie irgendwann dazu treibt, die Schränke nach Essbarem zu durchwühlen, bricht sie in Tränen aus, heult eine Runde und verflucht die Tatsache, dass sterben so verdammt schwer ist. Am Ende findet sie eine Packung Suppennudeln und einen eingetrockneten Brühwürfel, der hinter eine Schublade geraten ist.

Mit dem Bauch voller Nudelsuppe bleibt sie am Küchentisch sitzen und beginnt nachzudenken, so richtig, das erste Mal seit Tagen, seit ihr am Gumpigen das Unaussprechliche widerfahren ist. Jetzt erst wird ihr klar, was da eigentlich passiert ist – dass sie es weder gewollt noch herausgefordert hat, nur weil sie versehentlich dem falschen Kerl einen Klaps gegeben und ihm die Flasche aus der Hand genommen hat. Oder weil sie einen Minirock und Netzstrümpfe getragen hat. Und dann denkt sie das erste Mal das Wort. Vergewaltigung. Dass da ein Mann über sie hergefallen ist und sie vergewaltigt hat. Sie denkt an Markus, den Mann, dessen Kind sie in sich trägt und den sie bis vor Kurzem für ihre große Liebe gehalten hat. Der ihr anfangs im Klassenzimmer lange, ernste Blicke zugeworfen hat, ihr Komplimente gemacht hat, über ihren Wortschatz zuerst, ihre Aufsätze, ihre »außerordentliche Begabung«. Der sie zu noch mehr Lektüre ermuntert hat, eine Leseliste für sie zusammengestellt und ihr immer neue Bücher geliehen hat. Bis die Komplimente eine andere Qualität bekommen haben, eine mehr körperliche. Es fing an mit vereinzelten Bemerkungen über ihre italienische Herkunft, ihre »atemberaubend wilden Haare«, ihre »Mandelaugen«. War das nicht auch der Zeitpunkt gewesen, wo er immer wieder Andeutungen über seine Einsamkeit einstreute? Dass ihm ein Mensch fehle, mit dem er über all das – die Literatur, die Lyrik, das Schreiben – sprechen könne? Und irgendwann sagte er, ihm fehle auch die körperliche Nähe zu einem anderen Menschen. In der Zeit war Annamaria selbstverständlich davon ausgegangen, dass er allein war, allein lebte. Und erst nach dem ersten Kuss im Materialraum der Schule hatte ihr die Hedi erzählt, dass er *verheiratet* war.

Annamaria steht auf, räumt den Teller und den Löffel in die Spüle und wäscht ab. Während das Wasser in den Topf läuft, wird ihr klar, wie naiv sie gewesen ist, ein dummes kleines, naives Schulmädchen, das sich in ihren Lehrer verliebt hat und alles, was er ihr vorerzählt hat, für bare Münze genommen hat, jedes Wort, jeden Liebesschwur. Aber das Schlimme, das wahrhaft Tragische war, dass sie jede Bemerkung, jede Andeutung die Zukunft betreffend für ein Versprechen gehalten hat. Aus der Frage: »Kennst du Sabaudia? Dort möchte ich mit dir im Meer baden!«, wurde für sie: »Dort werden wir beide zusammen sein.« Und der Satz: »Ich träume davon, mit dir zusammen die Uffizien zu besuchen«, wurde in ihrer Einbildung zu: »Eines Tages werden wir gemeinsam die Uffizien besuchen.« Dabei hat er die ganze Zeit nichts von alldem vorgehabt!

Sie gibt ein paar Tropfen Spülmittel, die letzten, in den Topf und bearbeitet ihn mit dem Schwamm. Er hatte niemals vor, irgendetwas davon wahr werden zu lassen. Sie war ein dummes Kind, das wird ihr in diesen Minuten klar.

Aber das andere, das, was da im Ried mit ihr passiert ist, das war nicht ihre Schuld. Annamaria hält den Topf unter klares Wasser. Und deshalb sollte sie wirklich Anzeige erstatten. Auch wenn sie Angst vor der Polizei hat, seit sie mit zwölf beim Ladendiebstahl erwischt worden ist, in dieser Drogerie. Noch immer beschleunigt sich ihr Herzschlag bei der Erinnerung an diese Schmach. Die Polizisten haben sie abgeführt wie eine Schwerverbrecherin. Eine Weile lang sieht sie zu, wie das Wasser über den Topfrand hinausfließt, erwägt das Für und Wider. »Ach, was soll's«, murmelt sie schließlich vor sich hin. Es führt ja doch kein Weg daran vorbei. Wenn ich will, dass dieses Schwein bestraft wird, muss ich es tun.

Sie fragt die Nachtfräulein: »Habt ihr meine Kinder nicht gesehn?«

Liane van der Berg, Montag, 10. April 2017

Liane erwachte vom Dröhnen der Baumaschinen. Da waren sie also wieder, die Bauarbeiter. Am liebsten hätte sie aus dem Fenster gebrüllt, dass sie abhauen und nie mehr wiederkehren sollten. Wie viel sie in dieser Nacht wohl geschlafen hatte? Vielleicht zwei, drei Stunden, wenn es hoch kam.

Mühsam richtete sie sich auf, schlug die Decke zurück und blieb noch eine Weile auf dem Bettrand sitzen. Gestern Abend hatte wieder pausenlos das Telefon geklingelt, aber wenn sie dranging, war da auch diesmal nur Schweigen gewesen. Am Ende hatte sie entnervt den Stecker aus der Wand gerissen.

Sie schlich nach unten, stellte den Wasserkocher an und war gerade auf dem Weg ins Bad, als es an der Haustür klingelte. Sie blickte an sich herunter: zwei Vogelfüße, die unter einem Nachthemd herausschauten, blass und mager, in viel zu geräumigen Birkenstockschuhen. Kurz überlegte sie, ob sie nach oben laufen und ihren Morgenmantel holen sollte, doch dann klingelte es schon ein zweites Mal und so ging Liane auf direktem Wege zur Haustür.

Vor der Tür standen zwei Männer, sicher auch sie Handwerker, obwohl Liane sie bisher noch nie gesehen hatte. *Südgas* stand auf ihren Overalls.

»Es gibt da ein Problem. Können Sie mal mitkommen?«

Liane lief nun doch nach oben, holte sich den Morgenmantel und folgte den Männern zu einem Kleinbagger, vor dem noch zwei andere Bauarbeiter warteten. Sie stellte sich neben sie und sah in das Chaos von zerwühlter Erde und gebrochenen Betonteilen, auf das der Obermacker der Bauleute zeigte.

»Da ist eine alte Sickergrube. Die muss erst weg, bevor wir die Leitung legen können.«

Liane nickte und fühlte Ungeduld in sich aufsteigen.

»Na, dann tun Sie, was Sie tun müssen!«

»Wir wollten Ihnen das nur zeigen. Weil das natürlich jetzt teurer wird.«

»Ja, ja«, sagte Liane. »Aber warum sagen Sie mir das? Rufen Sie bitte meinen Sohn an. Der managt das Ganze hier.«

»Ja, aber Sie sind die Bauherrin und müssen es bezahlen.«

Als Liane später aus der Dusche kam, fiel ihr ein, dass das Telefon ja immer noch ausgesteckt war. Kaum hatte sie den Stecker wieder an die Box angeschlossen, klingelte es auch schon. Liane zuckte zusammen und ging dran.

»Sara hier. Hallo, Liane! Endlich erreiche ich dich. Hast du Probleme mit dem Telefon?«

»Das auch«, brummte Liane, riss sich dann aber zusammen. »Ich habe die Handwerker hier. Das zerrt ein bisschen an meinen Nerven.«

»Ach, du Arme«, sagte Sara, wechselte aber sofort das Thema. »Was den Schulplatz für deine Enkelin angeht: Ich hab mich gleich heute früh dahintergeklemmt und die Frau Werner angerufen, aber die kennst du ja vielleicht noch gar nicht? Das ist unsere neue Schulsekretärin, eine gaanz Liebe.«

»Das ist ja schön«, sagte Liane und hatte Mühe, ihre Ungeduld zu zügeln. Ob die Frau Werner eine ganz Liebe war oder nicht, war Liane herzlich egal.

»Ja«, fuhr Sara fort. »Aber stell dir vor, was sie gesagt hat. Sie hat sich gleich an die Juli erinnert. Weil das ja deine Enkelin ist und so … Irgendwie muss es da ein … Kommunikationsproblem gegeben haben.«

»Ach ja? Was soll denn das heißen?« Das wäre nichts Neues, dachte Liane, dass die den Murks, den sie machen, als Kommunikationsproblem hinstellen. Doch dann traute sie kaum ihren Ohren.

»Die Juli hat sehr wohl einen Schulplatz bekommen. Als Alleinerziehende ist man der Hortensie sogar beim Schulgeld entgegengekommen. Aber dann wollte sie den Platz gar nicht. Sie hat ihre Tochter wieder abgemeldet.«

Liane, Frühsommer 1968

Es war erst Juni, trotzdem knallte die Hitze auf den Bürgersteig wie im Hochsommer. Liane war auf dem Rückweg vom Kinderarzt, wo sie mit Ulla und Biggi und ihrem Freund Sam, der heute bei ihnen übernachten würde, über eine Stunde im Wartezimmer gesessen hatte, wegen Biggis Bauchschmerzen, die inzwischen fast zur Gewohnheit geworden waren. Nervlich bedingt, hatte der Arzt gesagt und Liane gefragt, ob das Kind sonst irgendwelche Auffälligkeiten zeige. Dieses Kind und das andere auch, seitdem sie in diesen *Kinderladen* gingen, hätte Liane am liebsten gesagt, es sich im letzten Moment aber verkniffen.

Während sie ihre liebe Mühe hatte, die Kinder zur Trambahnhaltestelle zu bekommen, dachte Liane einmal mehr über diesen Kinderladen nach, den sie sich bisher immer noch nicht angeschaut hatte. Zwei Wochen war es jetzt her, dass die Mädchen dorthin gingen, und immer hatte ein anderer Mitbewohner Kinderdienst gehabt. Allerdings hatte sie im Verhalten der Kinder eine deutliche Veränderung wahrgenommen: Ulla war im Laufe dieser beiden Wochen immer frecher geworden und die kleine Biggi immer verschlossener. Daher war Liane inzwischen sogar gespannt darauf, sich diesen »Laden« endlich einmal selbst ansehen zu können. Noch immer klang ihr Katharinas ach so großmütiges Angebot im Ohr, sie, Liane, könne dort doch als Betreuerin anfangen. Das wäre ja noch schöner. Sie würde sich doch nicht ausgerechnet von Katharina eine neue Arbeitsstelle besorgen lassen!

Dass ausgerechnet Kathi unbemerkt, gewissermaßen hinter Lianes Rücken, einen Kindergarten gegründet hatte, ärgerte Liane ohne Ende. Diese Frau scheute vor nichts zurück, sie riss ihre große Klappe auf, tat, was ihr gefiel, und hatte damit auch noch Erfolg. Und wie geschickt sie es anstellte, alle Ruhmestaten für sich zu reklamieren, wobei auch hier die eigentliche Arbeit garantiert von anderen gemacht worden war. Man brauchte ja bloß in die Wohngemeinschaft zu schauen, wo alles, was die Kinder betraf, inzwischen an Liane klebte. Und nun war sie tatsächlich mit den Blagen durch die halbe Stadt gefahren, um den von Katharina vereinbarten Arzttermin wahrzunehmen, natürlich in einer Privatpraxis. Denn Kathi war ja von Beruf ein Fräulein Tochter, wie Liane erst in dieser Woche erfahren hatte. Da ließ es sich natürlich gut studieren. Und dann war die Arme passenderweise gerade heute krank geworden, also war das Ganze mal wieder an Liane, der *Kinderexpertin,* hängen geblieben!

An der Straßenbahnhaltestelle hatte Liane ihre liebe Mühe, die drei Derwische davon abzuhalten, ständig auf die Gleise zu springen.

»Mir ist heiß«, jammerte Birgit und Liane konnte gerade noch verhindern, dass sie sich an Ort und Stelle auszog.

»Wir sind ja gleich zu Hause, da füll ich euch die Regenwanne im Hof«, sagte Liane eindringlich und hoffte, dass die Kinder endlich Ruhe geben würden.

»Oh ja, plantschen!«, riefen die drei und setzten sich zu Lianes Erleichterung auf die Bank, wo sie ihre Beine baumeln ließen.

»Uns ist langweilig!«, trötete Sam. Er war schon wieder aufgesprungen und drauf und dran, Ulla mitzuziehen.

»Setz dich wieder«, sagte Liane hastig. »Dann spielen wir *Ich sehe was, was du nicht siehst.*«

»Ich fang an«, rief Ulla.

»Nein, ich!«, rief Sam wie erwartet. »Ich will anfangen!«

»Ulla fängt an«, sagte Liane in entschiedenem Ton und war froh, dass die drei ihre Entscheidung akzeptierten und auf der Stelle zu raten begannen.

Die Straßenbahn ratterte heran. »Nehmt euch an den Händen!«, sagte Liane und stand auf. Hintereinander erklommen die Kinder die Tram, und als Liane sie auf die Sitze bugsiert hatte, vertieften sie sich zum Glück gleich wieder in ihr Ratespiel. Liane sah sich gerade nach etwas Rotem um, als Sam sagte: »Die spinnt«, und auf Birgit zeigte, die links neben Liane saß. Sie wandte den Kopf und sah, dass Birgit sich ihr Kleidchen über den Kopf gezogen hatte und sich eben daranmachte, auch noch aus der Unterhose zu steigen.

»Nein, nein, nein!«, rief Liane hastig, doch Biggi hatte die Hose bereits abgestreift und warf sie zu ihrem Kleid auf den Boden. Ein Ehepaar, das auf den Sitzen gegenüber saß, schüttelte missbilligend den Kopf und Liane spürte, wie ihr der Schweiß ausbrach.

»Das geht nicht, Biggi, du musst die Sachen wieder anziehen!«

»Ich darf das.«

Die Straßenbahn bremste. »Nein, das darfst du nicht«, erwiderte Liane. Sie ging in die Knie, klammerte sich mit einer Hand am Sitz fest, damit sie nicht umfiel, und versuchte mit der anderen, Birgit die Unterhose wieder anzuziehen. Der Schweiß lief ihr übers Gesicht und sie wünschte sich, mitsamt den Kindern in Grund und Boden zu versinken.

»Das ist ja unerhört«, schimpfte eine alte Frau eine Sitzreihe weiter hinten.

»Ja, unerhört!«, mischte sich ein Mann mit einem Dackel ein.

Die Straßenbahn fuhr wieder an und Liane hatte Mühe, sich auf den Beinen zu halten. »Du ziehst das Ding jetzt sofort an«, zischte sie, »sofort!«

Doch Birgit ließ sich nicht beirren. Sie hob die Füße auf den Sitz und presste die Knie aneinander.

»Lass sie doch«, sagte Ulla. »Bei Kathi hat sie das auch gemacht. Sie darf das.«

»Wir müssen raus«, sagte Sam, stand auf und steuerte auf die Tür zu. Ulla folgte ihm und auch Birgit stellte ihre Füße wieder auf den Boden und ging nackig, wie sie war, hinterher. Der Mann mit dem Dackel sah sie entrüstet an und schüttelte den Kopf. »Also, das ist doch ...« Birgit streckte ihm die Zunge heraus. »Dummer Opa!«

Die Straßenbahn kam ruckelnd zum Stehen. Liane nahm Birgit an der Hand und hielt sie auch beim Aussteigen fest. Auf dem Trambahnsteig zog sie sie ins Wartehäuschen, kniete sich vor ihr hin und zischte völlig außer sich: »Pass mal auf. So etwas tut man einfach nicht!«

Sie hielt Birgit die Unterhose hin, aber das Kind schob trotzig die Unterlippe vor und machte keine Anstalten, den Fuß zu heben. Ein paar Sekunden lang wusste Liane nicht, was sie tun sollte, die Situation war einfach zu absurd. Sollte sie Birgit zum Anziehen zwingen, unter viel Gestrampel und Geschrei? Sie wollte nicht noch mehr Aufmerksamkeit auf sich ziehen. Am besten, sie warteten hier, bis Birgit zur Besinnung kam und sich die Klamotten wieder anzog.

Also setzte sich Liane auf die Bank, lehnte sich zurück und sagte leise: »Dann warten wir hier so lange, bis du es dir anders überlegst.«

Nach zehn Minuten stand Birgit immer noch nackt da. Dieses Kind schien nichts zu erschüttern, nicht die brütende Hitze im Wartehäuschen, nicht das Jammern und Schimpfen von Sam und Ulla, nicht die Blicke der Vorübergehenden, die mit dem Finger auf sie zeigten. Am Ende gab Liane auf. »Kommt«, seufzte sie und streckte die Hand nach Birgit aus. »Lasst uns gehen.« Während sie mit den drei Kindern – eines davon nackt – den Bürgersteig entlangging, fragte sie sich, was zum Teufel sie hier eigentlich tat. Ungläubig schüttelte sie den Kopf. Da verbrachte sie allen Ernstes ihre freie Zeit damit, sich mit außer Rand und Band geratenen Kindern abzugeben und den Mist auszubügeln, den irgendwelche durchgeknallten Studenten angerichtet hatten und – wie man an der Entwicklung der Kinder sah – täglich neu anrichteten. Sie musste so bald wie möglich diesen Kinderladen in Augenschein nehmen. Denn irgendwie, so vermutete sie, musste das hier doch damit zusammenhängen.

Liane war früh dran, das wusste sie, doch sie beeilte sich trotzdem. Erst mal musste sie den Laden schließlich finden, und da sie nicht den besten Orientierungssinn hatte und Kathis Beschreibung ziemlich verwirrend gewesen war, war sie das erste Stück mit dem Bus gefahren.

An der Straßenecke bog sie in die Türkenstraße ein und ging an einigen Hausnummern vorbei. 71, 73, 77. Weit konnte es nicht mehr sein. Ein Stück entfernt standen ein paar Leute und spähten in ein Schaufenster. Was gab es denn da zu gucken, fragte sich Liane und wollte schon vorbeigehen, als sie die Hausnummer erblickte. Da war er ja, der Kinderladen. Zögerlich trat sie hinter eine alte Frau mit Hut und sah über deren Schulter hinweg in das Schaufenster. Der Anblick, der sich ihr bot, war so grotesk, dass sie eine Weile brauchte, um zu begreifen, dass das, was sie da sah, tatsächlich stattfand: Der Ladenraum, der etwa zwanzig, fünfundzwanzig Quadratmeter umfassen mochte, war voller Kinder jeglichen Alters, die auf Stühlen und Tischen herumsprangen, wo noch die Teller vom Mittagessen standen. Sie schrien durcheinander und einige von ihnen prügelten sich zu Lianes Entsetzen sogar. Auch Ulla stand auf einem Tisch hinten an der Wand und teilte kräftig aus. Das also war der hochgepriesene Ort der Freiheit, an dem die Kinder sich zu selbstbewussten Menschen entwickeln sollten! »Die Kindergruppe reguliert sich selbst«, schoss es Liane durch den Sinn. War das nicht der Satz, den Kathi in letzter Zeit ständig vor sich hin betete? Sie fragte sich, ob die Eltern dieser Kinder wussten, was hier wirklich los war. Das konnte ja wohl kaum sein. Liane schüttelte den Kopf und ließ auf der Suche nach Birgit den Blick noch einmal durch den Raum schweifen. Da entdeckte sie ein Kleinkind in der linken Ecke des Raumes. Das Mädchen hatte seine Windel ausgezogen und war ganz darin vertieft, den bräunlichen Inhalt an die Wand zu schmieren.

Liane schnappte nach Luft. Wo waren denn bloß die Erzieher? Dann lief sie los, zog die Tür auf und betrat im Sturmschritt den Laden. Gleich hinter der Theke, mit dem Rücken zu ihr und dem Geschehen im Laden, saß ein rothaariger junger Mann, vollkommen vertieft in eine Tageszeitung. Liane stand direkt vor ihm und sah auf ihn hinunter, doch er bemerkte nichts – nicht, dass die Tür aufgegangen war, und auch nicht, dass jemand hereingekommen war. Liane riss ihm die Zeitung aus der Hand und sagte in scharfem Ton: »Haben Sie denn keine Augen und Ohren im Kopf?«

Doch statt ihr zu antworten, lächelte der junge Typ ihr über die Schulter hinweg zu und sagte lässig: »Komm mal runter, Schwester, was ist dein Problem?«

»Sind Sie hier der Erzieher? Wo sind die anderen? Sollten es nicht mindestens drei sein?«

Statt direkt zu antworten, streckte er sich und stand in aller Ruhe auf. Nach einem zufriedenen Blick auf das Chaos um ihn herum landete sein Blick wieder bei Liane. »Wer bist du überhaupt? Die Kindergarten-Gestapo?«

Liane musste sich zwingen, ruhig zu bleiben. Was war das nur für ein Idiot! Mit mühsam unterdrückter Wut sagte sie: »Ich komme Birgit und Ulla abholen. Falls Sie wissen, wer das ist.«

Er sah auf seine Armbanduhr und sagte: »Du bist früh dran. Ich bin mir nicht sicher, ob die Kinder schon nach Hause gehen wollen.« Dann grinste er breit.

Liane hätte ihn am liebsten geschüttelt. Wieder sah sie sich suchend um. Wo war Birgit? Sie versuchte sich zu erinnern, was das Mädchen heute Morgen angehabt hatte, als Carl mit den Kindern aus dem Haus gegangen war. Ihr Lieblingskleid? Schließlich entdeckte sie einen orange-gelb gemusterten Rücken und begriff, dass das tatsächlich Birgit war. Sie kauerte in einer Ecke, die Arme schützend um den Kopf gelegt, und ließ die Prügel eines deutlich älteren und stärkeren Jungen über sich ergehen. Mit ein paar Schritten war Liane bei ihr, packte den Jungen am Arm und zog ihn fort. Der Junge machte eine wehleidige Grimasse und jammerte: »Aua, aua!«

Liane ging in die Hocke und sah Birgit ins Gesicht: Ihre Augen waren verquollen vom Weinen, aber aus ihrem Mund kam kein Ton. Liane nahm sie auf den Schoß und streichelte ihren Kopf. Da hörte sie eine helle Stimme neben sich: »Du Arschloch darfst mir nichts tun!«

Liane hielt inne. Hatte sie richtig gehört? Als sie aufsah, stand da der Junge, der auf Birgit eingeprügelt hatte, und sah sie herausfordernd an. Liane, die noch immer nicht ganz begriff, was hier eigentlich los war, sah Birgit in die Augen und fragte: »Hat er das schon öfter getan?«

Birgit sah auf ihre Hände. Kaum merklich nickte sie.

»Und warum hast du mir nie etwas gesagt?«

Lautlos liefen ihr die Tränen über die Wangen. Es dauerte eine ganze Weile, bis sie kaum hörbar piepste: »Ich muss das alleine können.«

Hinter sich hörte Liane den Jungen weiter nölen: »Ich sag's dem Felix, der schlägt dich gleich, du Nazisau!«

Liane holte tief Luft. Sie setzte Birgit auf den Boden, drehte sich zu dem Jungen um und packte ihn an beiden Armen. Mit ihrem Gesicht vor seinem raunte sie: »Ich werde *dir* jetzt etwas sagen, und hör mir gut zu, denn ich sag's nur einmal: Ab jetzt wirst du Birgit nie mehr wehtun. Und wenn ich auch nur ein Mal mitbekomme, dass du sie gehauen oder sonst was gemacht hast, dann …« Liane machte eine Pause, griff noch etwas fester zu und schob ihr Gesicht noch dichter an das des Jungen. »Dann werde *ICH DIR* sehr weh tun. Hast du das verstanden?«

Während Liane gesprochen hatte, waren die Augen des Jungen immer runder und größer geworden. Nun nickte er so hastig, dass sein Kopf auf und nieder wippte wie der einer Marionette.

»Gut«, sagte Liane und fixierte ihn noch einen Moment lang. »Denn ab heute werde ich dich beobachten.«

Auf dem Rückweg war Liane in Hochstimmung. Der Kinderladen hatte ihre schlimmsten Befürchtungen übertroffen, was gut war, sehr gut sogar, denn jetzt hatte sie endlich wieder etwas gegen Kathi in der Hand. Natürlich würden die anderen das auch so sehen, immerhin ging es um das Wohl der Kinder. Genauer gesagt um Biggis Wohl – wegen des geradezu anarchistischen Umfelds, in dem sie täglich ums Überleben kämpfen musste, hatte sie inzwischen ja sogar schon Körpersymptome entwickelt. Und genau das würde Liane nun anprangern.

Noch am selben Abend berief sie eine außerordentliche Versammlung ein, doch statt der erwarteten kollektiven Empörung schlug ihr eine Atmosphäre aus Skepsis und Desinteresse entgegen.

»Kann es sein, dass du ein bisschen übertreibst?«, fragte Theo, während Katharina durch Kopfschütteln ihr Unverständnis signalisierte. Halb auf Carls Schoß liegend, sagte sie beinahe träge: »Hast du schon mal darüber nachgedacht, warum du mit der Freiheit der Kinder Probleme hast?« Sie sieht aus wie eine Katze, die gerade einen Vogel gefressen hat, dachte Liane und betrachtete Katharina missbilligend. Ihren wohlgeformten Busen unter der dünnen Bluse, das lange Haar, das ihr in seidigen Wellen über die Schultern floss. Vor lauter Abneigung hatte Liane Mühe, sich an das zu erinnern, was sie eigentlich hatte sagen wollen. In letzter Sekunde fiel es ihr zum Glück wieder ein.

»Was ich gesehen habe, hat nichts mit *Freiheit* zu tun! Der sogenannte Erzieher hockt da und liest Zeitung, während die kleineren und schwächeren Kinder verprügelt werden. Das ist ja wie bei den Hottentotten … Habt ihr das denn noch nicht bemerkt?«

»Du solltest dich mal hören«, ereiferte sich Katharina. »Merkst du eigentlich, wie konditioniert du bist? Du redest ja wie unsere Eltern! Ist dir …«

Liane betrachtete Kathi nun genauer. Wie konnte es sein, dass sie jetzt wieder vollkommen fit war? Obwohl sie den Vortag im Bett verbracht und Liane den Gang zum Kinderarzt aufgedrückt hatte, hatte Katharina an diesem Morgen trotzdem den Eindruck vermittelt, als würde sie gleich sterben. Und jetzt räkelte sie sich hier vor Carl, und sah aus wie … ja, wie eigentlich?

Schärfer als beabsichtigt fuhr sie Kathi an: »Und hast *du* verstanden, worum es hier geht? *Deine vierjährige Tochter* wird von einem Jungen verprügelt, der doppelt so stark ist wie sie, und du …«

»Stopp, stopp, stopp«, unterbrach sie Jens. »Wir wollen sachlich bleiben. Und dazu gehört auch, den anderen ausreden zu lassen.«

Liane lachte auf. »Aber *du* darfst mir ins Wort fallen!«

»Sch…«, rief da Erika. »Wollen wir nicht zum Thema zurückkehren? Es geht um die Kinder. Liane ist der Meinung, dass sie im Kinderladen nicht adäquat untergebracht sind.«

Katharina richtete sich auf und streckte sich. Immer noch mit diesem überlegenen Lächeln im Gesicht sagte sie: »Wenn ich mich recht erinnere, warst du heute das erste Mal im Kinderladen. Wenn du mitreden willst, hättest du ja schon früher ein bisschen Engagement zeigen können.«

Liane schnappte nach Luft. Das ging alles in eine völlig falsche

Richtung. Kapierten die anderen denn gar nichts? Und nun blies auch noch Erika ins selbe Horn.

»Ja«, wandte sie sich an Liane. »Da muss ich Katharina recht geben. Immerhin basiert alles, was im Kinderladen passiert, auf einem demokratischen Entscheidungsprozess …«

Da meldete sich Theo zu Wort: »Deine Reaktion zeigt doch nur deine eigene Konditionierung. Du traust den Kindern nicht zu, dass sie ihre Konflikte selbst lösen. Aber das müssen sie lernen, sonst werden sie die Verantwortung für ihr eigenes Handeln ein Leben lang an sogenannte Autoritäten abgeben und sich ihnen unterordnen. Und wozu das führt, das wissen wir ja!«

Carl sagte: »Prinzipiell bin ich auch der Meinung, dass die Kinder ihre Konflikte selbst lösen müssen – oder eben lernen, sie zu lösen. Aber vielleicht müssen wir hier trotzdem einen Kompromiss finden. Immerhin hat Birgit diese Bauchschmerzen. Ich bin dafür, dass wir sie ein wenig beobachten und dann weitersehen. Schließlich sind Kinder auch Individuen. Wir sollten nicht den Fehler machen, alle über einen Kamm zu scheren, habt ihr daran mal gedacht?«

»Aber darum geht es ja gerade!«, widersprach Katharina. »Birgit muss als Individuum ihren eigenen Weg zur Selbstbestimmung finden. Und ich glaube nicht, dass man ihr einen Gefallen tut, wenn man da zu schnell eingreift. Diese Welt ist, wie sie ist. Und je eher sie lernt, darin zurechtzukommen, desto früher findet auch die politische Emanzipation statt!«

Mit zunehmendem Unglauben sah Liane von Katharina wieder zu Carl, wobei ihr plötzlich auffiel, dass er genauso satt und zufrieden wirkte wie sie. Und auf einmal dämmerte es Liane. Konnte das wirklich wahr sein? Hatte er heute mit Kathi geschlafen, während sich Liane nun schon den zweiten Tag um Kathis Kinder gekümmert hatte?

Noch am selben Abend sprach Liane Carl darauf an. Sie tat dies fast desinteressiert, wie nebenbei, nachdem sie miteinander geschlafen hatten und während Carl auf seiner Matratze hockte und Büchsenpfirsiche in sich hineinschaufelte. Mit angehaltenem Atem wartete sie auf seine Antwort.

»Ja, ich hab mit ihr geschlafen. So wie mit anderen auch, wie du weißt. Ist das etwa ein Problem für dich?«

Carl hielt inne, die Gabel mit einem Pfirsichstück in der Hand, und sah sie an.

Liane antwortete nicht gleich. Sie griff nach Carls Gabel, steckte sich den Pfirsich in den Mund, obwohl sie das Zeug hasste, kaute gründlich und ließ dann ein kleines, wie sie hoffte, spöttisches Lachen hören.

»Seh ich so aus?«

Carl nahm ihr die Gabel wieder weg. »Nein«, sagte er und betrachtete sie forschend. »Warum fragst du dann?«

Liane wusste, dass sie vorsichtig vorgehen musste. Auf keinen Fall durfte sie sich anmerken lassen, dass sie ein »Opfer ihrer eigenen Besitzansprüche« war, wie Carl das sehen würde. Jeder sollte seine Triebe nach Belieben ausleben dürfen und dieses ganze Blabla. Und wenn jemand damit auch nur ansatzweise nicht klarkam, hackte man gleich auf ihm herum und beschimpfte ihn als Spießer und Reaktionär. Also musste sie ihm eine andere Begründung für ihre Frage liefern. Und sie wusste auch schon, welche.

»Wir alle sollten schlafen können, mit wem wir wollen«, sagte sie, bewusst den Plural wählend. »Aber ehrlich gesagt finde ich es asozial, mich erst den Kinderdienst übernehmen zu lassen, und dann geht es ihr, kaum dass ich durch die Tür bin, wie von Zauberhand wieder besser.«

Sie lächelte sphinxhaft und bemühte sich um einen entspannten Gesichtsausdruck, so als ginge es ihr tatsächlich nur um *soziale Gerechtigkeit*.

Dabei brodelte es in ihr. Was seid ihr doch alle für Spinner, dachte sie plötzlich, und dass sie am liebsten ausziehen würde. Weg von diesen ganzen verqueren Gedanken, endlosen Diskussionen um nichts und wieder nichts, von diesem Kreuz-und-quer-miteinander-Pennen, den beknackten Analysesitzungen, die sie nun auch noch eingeführt hatten, der ständigen Unordnung, diesen Kindern, die immer mehr außer Kontrolle gerieten. Aber dann würde sie ihn verlieren und Katharina würde ihre Stelle einnehmen. Das würde sie nicht ertragen. Also musste sie durchhalten.

Annamaria, Aschermittwoch, 12. Februar 1986

Der Polizist blickt von seinem Formular auf. Er heißt Josef Biermann, hat eine Halbglatze und braune Augen, die Annamaria jetzt aufmerksam ansehen.

»Am besten, du erzählst alles der Reihe nach.«

Und Annamaria erzählt.

Nach einer Woche ist es das erste Mal, dass sie versucht, das Ungeheuerliche in eine Form zu bringen, in eine Form und eine Reihenfolge. Am Anfang hat sie noch Mühe, die richtigen Worte zu finden. Ihr ist unbehaglich dabei, so viel von sich zu erzählen. Auch ist es ihr ein bisschen peinlich, so viel ungeteilte Aufmerksamkeit ist sie nicht gewohnt, jedenfalls nicht außerhalb des Unterrichts. Erst als Herr Biermann nach ihren Eltern fragt und wissen will, ob sie ihnen nichts davon gesagt hat, gerät sie ins Stocken.

»Nein«, sagt sie und überlegt, wie viel sie preisgeben soll von ihren Familienverhältnissen. »Zu Hause hab ich nichts erzählt.«

Herr Biermann nickt. Er scheint das zu verstehen. Aber dann hakt er doch nach.

»Anschließend bist du also nach Hause gegangen. Und ... da stellt sich mir die Frage, warum deine Eltern nichts gemerkt haben.

Ich meine, es hat doch bestimmt sichtbare Spuren gegeben. Haben die nicht nachgefragt?«

Annamaria wird es ganz schwummrig. Was soll sie jetzt sagen? Dass ihre Pflegemutter um diese Zeit schon abgehauen war? Dass sie sie gar nicht mehr gesehen hat?

»Wie spät war es denn, als du nach Hause gekommen bist?«

»So gegen eins oder zwei vielleicht, spät in der Nacht jedenfalls«, sagt sie wahrheitsgetreu, doch als der Beamte die Augenbrauen hochzieht, merkt sie, dass sie einen Fehler gemacht hat.

»Wo warst du denn die ganze Zeit? Du sagtest vorhin, der Mann hätte dir Alkohol eingeflößt und du hättest ein paar Stunden im Ried gelegen, ehe du zurückgegangen bist. Aber das kann doch nicht bis zwei Uhr nachts gedauert haben.«

Annamaria spürt Angst in sich aufsteigen, Angst davor, sich in Widersprüche zu verwickeln. Aber auch Angst, die ganze Wahrheit zu sagen. »Ich habe zuerst eine Freundin angerufen, die ist dann gekommen.«

»Und was habt ihr so lange gemacht?«

»Sie hat mich getröstet.«

»Hm … das war ja gut und richtig, aber was ich nicht verstehe: Warum ist keine von euch auf den Gedanken gekommen, sofort zur Polizei zu gehen? Hat dir deine Freundin da nicht zugeraten?«

»Zuerst schon …«

»Aber dann nicht mehr?«

»Nein. Dann nicht mehr.«

»Und warum nicht?«

»Weil …«, Annamaria zögert, »wir dann Streit bekommen haben.«

Der Beamte zieht wieder die Augenbrauen hoch.

»Wieso das denn?«

»Wegen … weil … also sie wollte mir plötzlich nicht mehr glauben.«

»Ach.«

Täuscht sich Annamaria oder sieht der Beamte sie auf einmal anders an?

»Und was hat ihren Sinneswandel herbeigeführt?«

»Sie hat mir nicht geglaubt, dass ich den Mann erkannt hab. An seiner Feldflasche.« Sie blickt auf. »Und an seiner Stimme«, fügt sie etwas dünn hinzu.

»Und warum?«

»Weil das ihr Freund ist.«

Der Beamte sieht jetzt tatsächlich wachsam aus, wachsam und misstrauisch. Annamaria beeilt sich zu sagen: »Sie hat geglaubt, ich erzähl das nur, um sie und den Cornelius auseinanderzubringen. Aber warum hätte ich das tun sollen? Der Cornelius hat mich doch gar nicht interessiert, ich kenne ihn ja kaum.«

»Aber doch so gut, dass du die Stimme unter der Maske erkannt hast?«

Annamaria schweigt und versucht, sich möglichst genau zu erinnern.

»Na ja«, sagt sie, plötzlich verunsichert. »Ich denke schon, dass es der Cornelius war.«

Der Beamte sieht sie durchdringend an. »Das ist eine sehr ernste Anschuldigung, die du da erhebst. Dir ist schon klar, dass du dir unbedingt ganz sicher sein musst.«

Am Ende will er ihre Adresse und die Telefonnummer haben und den Namen ihrer Eltern.

»Warum wollen Sie die denn sprechen?«, entfährt es ihr. Der Beamte blickt auf und Annamaria begreift, dass sie schon wieder einen Fehler gemacht hat.

»Gibt es damit ein Problem?«

»Nein, nein«, beeilt Annamaria sich zu sagen. »Es ist nur, mein Pflegevater ist gestorben … und meine Pflegemutter ist schwer zu erreichen. Sie arbeitet Schicht. In der Großbäckerei.«

Unter dem Tisch krampft Annamaria ihre Hände um die Riemen ihres Rucksacks. Jetzt nur nicht rot werden.

»Du lebst also bei einer Pflegemutter?«

»Ja.«

Der Beamte sieht sie noch einen Augenblick lang forschend an, dann senkt er den Blick auf sein Formular.

»Wir werden der Sache nachgehen und melden uns bei dir. Wann bist du denn am besten erreichbar?«

Annamaria fährt ein neuer Schreck durch die Glieder. Er wird sie doch wohl nicht anrufen wollen? Um Zeit zu schinden, fragt sie: »Sie meinen per Telefon?«

Der Beamte nickt.

»Das funktioniert zurzeit nicht so richtig, da gibt es Probleme mit der Leitung.«

»Da solltet ihr euch aber schnell drum kümmern«, sagt der Beamte und legt das Blatt in einen Aktendeckel und zur Seite.

Annamaria hat den Eindruck, die größte und schlechteste Lügnerin der Welt zu sein.

Im Bus ist Annamaria ganz elend vor Aufregung. Das Gefühl, einen Fehler gemacht zu haben, hat sich noch verstärkt. Was, wenn der Beamte herausfindet, dass das Telefon abgeschaltet wurde? Und dass Sibylle schon zwei Monate nicht mehr in der Bäckerei war? Was, wenn er rauskriegt, dass sie gar nicht mehr bei ihr wohnt? Und wenn der Diebstahl in der Drogerie damals doch irgendwo dokumentiert wurde, sieht Herr Biermann sie dann vielleicht in einem ganz anderen Licht?

Das ist das eine.

Das andere ist blankes Entsetzen. Darüber, dass die Polizei der Sache erst »nachgehen« muss. Glaubt er ihr etwa nicht?

Annamaria hat so gehofft, dass Cornelius auf der Stelle verhaftet wird. Er hat doch etwas sehr Schlimmes getan. Was will die Polizei denn da nachforschen, der Fall ist doch klar. Andererseits ist es ja auch verständlich, sie leben in einem Rechtsstaat, da muss alles erst gründlich geprüft werden.

Annamaria lehnt den Kopf an die Scheibe des Busses und betrachtet die wässrigen Schneeflocken, die draußen vorbeitreiben.

Ein paar Monate, denkt sie, zwei, drei Monate muss ich noch durchhalten, dann sind alle Prüfungen vorbei, auch das Mündliche. Das ist das einzig Gute an meiner Situation. Dass ich vorher, bevor das Kind auf die Welt kommt, das Abi in der Tasche haben werde. Und im Juli werde ich dann achtzehn sein, volljährig, dann kann mich auch keiner mehr ins Heim stecken! Doch bei dem Gedanken, wie es dann, mit dem Kind, weitergehen soll, wird ihr heiß und kalt zugleich. Eigentlich wollte sie ja Medizin studieren, aber wie soll das gehen, mit einem Kind? Sie lockert ihren Schal, doch kaum hat sie ihn abgelegt, friert sie auch schon wieder und schlingt ihn sich zweimal um den Hals. Die Scheibe ist beschlagen und Annamaria wischt mit dem Ärmel darüber. Bäume, schwarz wie Gerippe, ziehen vorüber. Diese blattlose Ödnis, denkt Annamaria. Wann wird es endlich Frühling?

Da fällt ihr auf einmal etwas ein, was die Hedi neulich zu ihr gesagt hat. Wie sind sie da eigentlich drauf gekommen? Jedenfalls hat sie ihr, als ihre Tage ausblieben, erzählt, sie würde *es wegmachen lassen*, falls sie schwanger wäre. Daran muss Annamaria jetzt denken. Vielleicht sollte sie das auch tun, jetzt, wo sie weiß, dass sie ganz allein sein wird mit diesem Kind.

In der Ferne sieht sie im Schneetreiben die ersten Häuser von Rosenau auftauchen, die rote Leuchtschrift vom Penny-Markt.

Aber im Grunde ihres Herzens weiß sie, dass sie das niemals tun könnte. Denn dieses Kind ist doch die einzige Familie, die sie hat, oder? Ja, denkt sie und hat plötzlich ein Gefühl, das sie noch nie gehabt hat: das Bewusstsein, dass es jemanden geben wird, und wenn es nur ein kleines Baby ist, das zu ihr gehört, und nur zu ihr.

Es wird schon alles gut werden, beschließt sie, irgendwie wird es das ja immer. Sie weiß nur nicht, wie sie das mit dem Telefon hinkriegen soll. Was, wenn die sie erreichen wollen und merken, dass der Anschluss gar nicht funktioniert? Am besten ruft sie den Beamten nach einer Weile einfach selbst an.

Sie steht auf, drückt den Halteknopf. Sie muss noch kurz einkaufen, ein bisschen Obst und Gemüse. Das Kind braucht etwas Gesundes zum Essen.

Am Tag darauf fühlt sich Annamaria ständig beobachtet. Es ist, als führe sie ein Ein-Personen-Stück mit wenig Text auf. Keine Pantomime, das nicht, denn es gibt doch immer Passagen, in denen sie ein paar Sätze spricht: mit den Lehrern und irgendwann sogar mit einigen Mitschülern. Anscheinend hat die Hedi mit ihrer Diktatur noch nicht alle unterworfen. Die Luzi allerdings kann ihre Sticheleien nicht lassen.

Es ist in der Englischstunde bei Frau Marquardt, die gerade fragt, wer die Hausaufgaben vorlesen möchte. Annamaria meldet sich; sie hat ihr Ziel, ein gutes Abi hinzulegen, nicht aufgegeben, ganz im Gegenteil. Frau Marquardt nickt Annamaria zu. Bevor sie jedoch zu lesen beginnt, hört sie hinter sich ein gemeines Zischeln, gerade laut genug, dass Annamaria es mitbekommt.

»Klar, das Lehrerflittchen darf mal wieder ran.«

Annamaria weiß nicht, was in diesem Augenblick anders ist. Bis jetzt hat sie es immer ignoriert, wenn andere auf ihr herumhacken. Doch in dem Moment beschließt sie, dass es jetzt reicht. Sie hält inne, dreht sich zu der Luzi um und sagt ganz laut und so deutlich, dass alle, auch die in der hintersten Bank, es hören können: »Warum nennst du mich ein Lehrerflittchen, Luzi?«

Stille, in der alle die Luft anhalten. Auch Frau Marquardt. Dann richtet die Lehrerin eine Frage an Luzi, in einem Tonfall, der ungläubiger nicht sein könnte.

»*Was* war das gerade, was Sie zu Annamaria gesagt haben?« So hört sich jemand an, der aus allen Wolken fällt, denkt Annamaria und wappnet sich innerlich für das, was jetzt kommt. Sie sitzt immer noch umgedreht da, mit dem Rücken zu Frau Marquardt, und sieht die Luzi geradeheraus an. So als sei sie wirklich und wahrhaftig an ihrer Antwort interessiert.

Die Luzi wird knallrot, sie beginnt zu stottern. »Hä, was, nein!«

Ihre Banknachbarin, die Katja, unterstützt sie natürlich.

»*Was* soll die Luzi gesagt haben?«

Frau Marquardt, die bis eben noch an der Tafel gestanden hat, kommt näher, macht neben Luzis Bankreihe halt. Ganz ruhig steht sie da und sieht von einer zur anderen.

»Also, Luzi, Sie haben das also nicht gesagt?« Sie fixiert die Luzi, und die wird gleich noch röter, so kommt es Annamaria jedenfalls vor.

»Nein, natürlich nicht! Die fantasiert ja!«

Frau Marquardt wird unsicher, weiß nicht recht, wem sie glauben soll.

Da hört Annamaria David sagen: »Warum kneifst du denn jetzt, Luzi? Wir wissen doch alle, dass du's gesagt hast. Und nicht das erste Mal!«

Totenstille im Klassenzimmer. Frau Marquardt sieht von David zu Luzi zu Annamaria. Dann sagt sie plötzlich fest entschlossen: »Das klären wir nach der Stunde. Sie drei kommen nachher vor.«

Kaum hat es geklingelt, steht Frau Marquardt schon wartend da. Als endlich alle drei nach vorne gekommen sind, bittet sie die anderen, vor der Klassentür zu warten.

»Nun, Luzi«, sagt sie und sieht diese auffordernd an. »Würden Sie mir bitte erklären, wie Sie dazu kommen, Ihre Mitschülerin derart zu beschimpfen?«

In der Luzi arbeitet es, das sieht Annamaria genau, fieberhaft überlegt sie, wie sie aus der Nummer wieder rauskommt. Gleichzeitig spürt Annamaria eine klamme Furcht in sich, dass ihr hier gleich alles um die Ohren fliegen könnte. Und da kommt es auch schon.

»Weil es wahr ist«, sagt die Luzi.

Frau Marquardt sieht sie an, mit einem Gesichtsausdruck, der schwer zu deuten ist.

»Was ist wahr?«

»Dass sie ein Lehrerflittchen ist!«, zischelt die Luzi da wie ein Überdruckventil.

»So. Und was soll das sein?«

»Eine, die sich an bestimmte Lehrer heranmacht, um bessere Noten zu bekommen.«

Frau Marquardt atmet hörbar aus.

»Wir wissen wohl alle, dass Annamaria eine hervorragende Schülerin ist und meiner Erinnerung nach auch schon immer war. Kann es sein, dass Sie neidisch sind?«

Vor Empörung reißt die Luzi die Augen auf, schnappt nach Luft.

»Geht's noch! Das ist ja … ich hab's wohl kaum nötig …«

»Natürlich hast du's nötig!«, schaltet sich David jetzt ein. »Seit die Annamaria im letzten Jahr den Preis kassiert hat, tust du doch alles, was geht, um sie schlechtzumachen.«

»Das ist überhaupt nicht wahr! Und außerdem hab ich mir das ja nicht ausgedacht, die Hedi hat mir erzählt, dass die heilige Annamaria mit dem Markus Bodenhofer pennt!«

Annamaria, die auf diesen Moment gewartet, sich vor ihm gefürchtet hat, kann die Luzi nur stumm ansehen. Wie sich das anhört, denkt sie. In dieser Formulierung klingt das dermaßen unglaubwürdig, dermaßen nach Dorftratsch und übler Nachrede. Und das ist der Moment, in dem sie ganz ruhig wird – man könnte es auch kaltblütig nennen. Sie wird den Teufel tun und sich hier in irgendeiner Form verteidigen oder rausreden. Sie setzt ein neutrales Gesicht auf und sagt kühl und ausgesprochen höflich: »Vielleicht sollten wir die Hedi dazubitten.«

»Das ist wahrscheinlich das Beste«, sagt Frau Marquardt, geht entschlossen zur Klassenzimmertür, öffnet sie und ruft nach der Hedi.

Diesen Gesichtsausdruck kenne ich, denkt Annamaria, als die Hedi zur Tür hereinkommt: holde Unschuld und fleißige Bauerntochter in einem.

»Wir müssen da mal etwas mit Ihnen klären, Hedi. Luzi sagt, Sie würden schlecht über Annamaria reden und ziemlich wilde Gerüchte über sie verbreiten.«

Annamaria sieht, wie die Hedi der Luzi einen giftigen Blick zuwirft, doch das ist kaum mehr als ein Schatten, der über ihr Gesicht gleitet.

»Was soll ich denn g'sagt haben?«, fragt sie ziemlich schnippisch.

»Dass Annamaria mit Herrn Bodenhofer ein …«, Frau Marquardt macht eine kleine Kunstpause, zieht die Augenbrauen hoch und sagt dann ironisch, »*Verhältnis* haben soll.«

»Um ihre Noten zu verbessern«, fügt David mit einem Grinsen hinzu.

Und auf einmal weiß Annamaria, dass sie diese Schlacht gewinnen wird. Die Maske der »holden Unschuld« fällt von der Hedi ab und dahinter wird etwas Gehässiges sichtbar. Die Hedi zischt: »Tja, leider ist das wahr. Die da«, sie deutet auf Annamaria, »hat mir das selbst erzählt, als wir noch befreundet waren.« Sie schaut triumphierend in die Runde. »Und das war auch der Grund, warum ich ihr die Freundschaft aufgekündigt hab.«

Annamaria wirft einen raschen Blick zu Frau Marquardt, die die Hedi unverwandt ansieht.

»Ihnen ist schon klar, dass das ein ziemlich schwerer Vorwurf ist. Ich werde das dem Direktor melden müssen, es wird eine Untersuchung geben, und wenn sich diese Anschuldigungen als wahr erweisen, wird Herr Bodenhofer mit ernsten Konsequenzen rechnen müssen. Sich an einer minderjährigen Schülerin zu vergreifen ist ein schweres Vergehen.«

»Aber die hat sich doch an ihn rang'macht!«, ruft da die Hedi.

Der Satz klingt nach, steht wie ein Fremdkörper im Raum. Frau Marquardt schweigt, sieht die Hedi lange an und hebt dann wieder an, etwas zu sagen. Doch Annamaria kommt ihr zuvor. In den letzten Minuten hat sie sich alles zurechtgelegt. Sie weiß jetzt, wie sie das hier handhaben muss. Während die Hedi sich immer mehr in Rage geredet hat und Annamaria mit großer Genugtuung beobachten konnte, wie das auf Frau Marquardt wirkt, ist ihr klar geworden, was sie *nicht* tun wird. Und so sagt sie ganz ruhig: »Ich denke auch, dass wir zu Herrn Direktor Kramer gehen sollten. Es muss Schluss sein mit diesen Beschimpfungen und Verleumdungen. Ich weiß nicht, wieso die Hedi solche Lügen über mich und Herrn Bodenhofer verbreitet. Vielleicht ist sie selbst heimlich in ihn verliebt, keine Ahnung. Ich kann nur eines sagen: Herr Bodenhofer hat mir, weil ich wenig Geld habe, im letzten Jahr immer wieder Bücher geliehen, insgesamt mehr als vierzig, die ich übrigens alle gelesen habe, und vielleicht hat die Hedi da ja etwas missverstanden.«

Annamaria spricht ganz ruhig. Sie wundert sich selbst, woher sie auf einmal diese Ruhe nimmt, diese Ruhe und dieses Talent zum Lügen. Alle, Frau Marquardt und David und sogar die Luzi, sehen sie an. Annamaria weiß, dass sie ihr glauben. Sie glaubt sich ja selbst. Wie überzeugend sie sein kann!

»Ich … das hab ich nicht gewusst«, stammelt da die Luzi und wirft der Hedi einen Giftblick zu, der sich gewaschen hat. »Ich hab geglaubt, was die Hedi sagt. Es … es tut mir leid!«

Eine ganze Weile lang sagt keiner ein Wort. Frau Marquardt sieht von einem zum anderen. Dann seufzt sie und meint: »Also, Hedi. Es gibt zwei Möglichkeiten: Sie bleiben bei Ihrer Behauptung, dann werden wir mit Herrn Bodenhofer zusammen einen Termin beim Direktor machen.« Frau Marquardt macht eine Kunstpause, gerade so lange, wie es dauert, damit die Worte bei der Hedi ihre ganze Wirkung entfalten. Mit Genugtuung sieht Annamaria, dass ihre ehemalige Freundin es mit der Angst zu tun bekommt. Ein gehetzter Ausdruck legt sich auf ihr Gesicht. Sie öffnet den Mund, um etwas zu sagen, um zu protestieren, um sich zu rechtfertigen. Doch Frau Marquardt bringt sie mit einer Geste zum Schweigen, bevor sie auch nur ein Wort herausgebracht hat.

»Die andere ist: Sie überdenken Ihre Haltung noch mal, und wenn Sie zu dem Schluss kommen, dass Sie sich – möglicherweise aus einem Ärger heraus – geirrt haben, entschuldigen Sie sich bei Annamaria und wir werden die Angelegenheit nicht weiterverfolgen.«

Annamaria sieht, wie es in der Hedi brodelt. Das hat sie nicht erwartet, dass sie plötzlich ganz allein dasteht und nachweisen soll, dass es stimmt, was sie sagt. Dass es nicht nur haltlose Anschuldigungen sind, leichtfertige Behauptungen, ja sogar Lügen! Annamaria schaut die Hedi mit großen Augen an und bemüht sich um einen betroffenen Gesichtsausdruck. Als sie Frau Marquardts Blick auf sich spürt, schlägt sie die Augen nieder und tut so, als wäre sie einfach nur traurig. Dabei fühlt sie einzig und allein Genugtuung. So ist das also, wenn man zurückschlägt, denkt sie. Ein gutes Gefühl.

Und dann hört sie die Hedi auf einmal sagen: »Vielleicht … hab ich mich g'irrt.«

»Nur vielleicht?«, fragt Frau Marquardt. »Das ist ein bisschen vage, finden Sie nicht? Es geht hier um ziemlich schwerwiegende Anschuldigungen … Missbrauch von Schutzbefohlenen und Vorteilsnahme … da muss schon etwas mehr kommen.« Ihre Stimme wird noch klarer und schärfer, während sie die Hedi unverwandt ansieht. Und auch die anderen sehen die Hedi jetzt an. Die Luzi mit einem Ausdruck von Wut, die sie kaum zu unterdrücken vermag. Der David mit hochgezogenen Augenbrauen und einem verächtlichen Zug um den Mund.

»Entschuldigung!«, bricht es da aus der Hedi heraus. Annamaria ist überrascht, das hat sie nicht erwartet. Dass sie die Segel streicht und es wirklich und wahrhaftig sagt. Die Hedi würde sich am liebsten in Luft auflösen, das sieht Annamaria genau. Aber Frau Marquardt ist noch nicht fertig mit ihr. Sie nimmt die Hedi noch einmal ins Visier und sagt: »Das wird Ihnen hoffentlich eine Lehre sein. Und vielleicht sollten Sie sich ja selbst einmal um ein wenig Lektüre bemühen … Es gibt da ein passendes Buch zum Thema Verleumdung. Das sollten Sie lesen, falls Sie es noch nicht kennen. Ich bin sicher, gerade Sie können viel daraus lernen!«

Dann nickt sie der Hedi ernst zu und verabschiedet sich. Annamaria sieht die Hedi noch einmal knallrot anlaufen und beobachtet, wie sie schwer schluckt, sich umdreht und davonstürzt.

Das war das, denkt sie. Und dass Lügen nicht immer kurze Beine haben.

Die Nachtfräulein breiten die Arme aus und winken abwehrend, indem sie sprechen: »Nicht da! Nicht da!« Dann geht die Mutter wieder.

Liane van der Berg, Montag, 10. April 2017

Liane kochte innerlich. Sie konnte es einfach nicht fassen. So belogen worden zu sein, von der eigenen Tochter. Wie hatte Hortensie ihr das nur antun können!

Mit zitternden Fingern wählte sie Hortensies Handynummer – den Festnetzanschluss hatte das Kind ja absurderweise gekündigt –, landete aber direkt auf der Mailbox. Sie sprach eine ungnädige Botschaft darauf und legte das Telefon beiseite. Die nächsten zehn Minuten lief sie aufgewühlt hin und her und beschloss dann, zur Beruhigung ein bisschen Yoga zu machen.

Sie holte ihre Matte, rollte sie im Wohnzimmer aus und setzte sich in den Lotussitz. Aber kaum hatte sie die Augen geschlossen, musste sie schon wieder an Hortensie denken. Es war einfach ungeheuerlich. Als sie im letzten Jahr über die Schulanmeldung gesprochen hatten, war Hortensie doch ganz erpicht darauf gewesen, für Juli einen Schulplatz in der Waldorfschule zu ergattern. Aber nachdem sie ihn dann erhalten hatte, musste irgendetwas Hortensie dazu bewogen haben, Juli trotzdem an einer staatlichen Schule anzumelden. Sie musste unbedingt mit ihr sprechen. Am besten, sie würde heute Nachmittag, auf dem Weg zum Einkaufen, bei ihr vorbeifahren.

Sie machte ihre Atemübungen und ging zum Sonnengruß über.

Aber nicht einmal der half ihr, ruhiger zu werden. Sie musste die ganze Zeit daran denken, dass Sara diese Geschichte garantiert ihrer Mutter erzählen würde. Und wenn Letitia davon Wind bekam, wussten bald alle, dass die Familienretterin Liane noch nicht einmal in ihrer eigenen Familie den Überblick hatte. Und das ausgerechnet jetzt, wo sie diesen Vortrag halten würde.

Nach dem Sonnengruß wechselte Liane zur schiefen Ebene, danach zur Kobra und beendete ihre Übungen vorzeitig mit einem stillen Namasté. Immer noch genauso unruhig wie zuvor rollte sie die Matte zusammen und setzte sich an ihren Laptop, wo sie etwa eine Stunde mit dem Beantworten von Mails verbrachte. Dann machte sie sich daran, den neuen Kombucha anzusetzen. Sie tat die Teeblätter in die große Kanne, begoss sie mit sprudelndem Wasser, holte einen Löffel aus der Schublade, rührte den Tee um und stellte die Eieruhr auf drei Minuten, all das mit schnellen, routinierten Bewegungen. Dann öffnete sie den Vorratsschrank, um den Zucker herauszuholen, griff jedoch ins Leere. Vergeblich ließ sie den Blick über sämtliche Packungen wandern, fand den Zucker jedoch nirgends. Also hatte Carl mal wieder hier herumgewirtschaftet. Ein ehemaliger Chirurg sollte allerdings in der Lage sein, das Gebrauchte wieder an Ort und Stelle zu tun! Sie zog die Schubladen auf, suchte die ganze Küche nach dem Zucker ab und fand ihn schließlich im Kühlschrank. Na, dann will ich mal hoffen, dass das nicht die ersten Anzeichen von Alzheimer sind, dachte sie, löffelte Zucker in den Tee und wandte sich der Zubereitung ihres Brokkoli-Quinoa-Salates zu. Seit sie vor einigen Jahren von der brukerschen Ernährungsweise auf Clean Eating umgestiegen war, hatte sie mehr Energie als je zuvor – und das mit bald siebzig!

Nach dem Essen hielt sie ihren halbstündigen Mittagsschlaf und machte sich im Anschluss daran, ihren bereits vorhandenen Vortrag über gewaltfreie Kommunikation für die Waldorfschule umzuarbeiten. Sie wollte diesmal zwei, drei Kurzfilme als Anschauungsmaterial integrieren und überlegte, ob ein paar besonders gelungene Sequenzen aus der *Familienretterin* dafür geeignet wären. Auch wenn die Waldorfianer, das wusste sie natürlich, über die Sendung die Nase rümpften. Zu massentauglich und quotenheischend. Dabei sprach aus diesen Menschen nach Lianes Überzeugung nur der pure Neid auf ihren Erfolg.

Gegen vier Uhr saß sie schließlich in ihrem BMW X5, Einkaufskorb und -liste auf dem Beifahrersitz, und wählte noch einmal Hortensies Nummer. Wie schon zuvor sprang sofort die Mailbox an. Dann werde ich eben bei ihr vorbeifahren, dachte sie grimmig. Mit ein bisschen Glück war Hortensie zu Hause. Als Freiberuflerin hockte sie ja ständig vor dem Computer und tippte ihre Geschichten. *Landärztin Dr. Cynthia Rowan* und die erotische Reihe *Comtesse Lucie* stammten aus ihrer Feder – Heftromane, die an Peinlichkeit kaum zu überbieten waren. Aber was sollte sie sonst auch machen? Wenn man mit zweiunddreißig Jahren nichts anderes vorweisen konnte als ein abgebrochenes Germanistikstudium, hatte man nicht viel Auswahl. Solange niemand außerhalb der Familie davon wusste, konnte Liane immerhin behaupten, ihre Tochter sei freiberufliche Journalistin, so wie neulich bei dem Interview im *Stern*.

Liane parkte neben Hortensies Schrottkarre, einem vorsintflutlichen Toyota, stieg aus dem Wagen und warf einen missbilligenden Blick auf die heruntergekommene Fassade des kleinen Bahnwärterhäuschens. Dass ihre Tochter sich ausgerechnet diese Bruchbude hatte aufhalsen müssen, war auch so eine Sache, die Liane nicht verstand. Energisch drückte sie auf die Klingel.

Als Hortensie auch nach fünfmaligem Läuten nicht reagierte, zuckte Liane resigniert mit den Schultern. Wahrscheinlich war ihre Tochter beim Joggen. Sie ging zurück zum Wagen und wollte gerade wieder einsteigen, als ihr ein Gedanke kam. Es wäre nicht das erste Mal, dass Hortensie nur so tat, als sei sie nicht zu Hause.

Nun, das lässt sich ja leicht überprüfen, dachte Liane und folgte dem unkrautüberwucherten Plattenweg ums Haus herum. Am hinteren Fenster hatte sich Hortensie ihren Arbeitsplatz eingerichtet, in einem Raum, den Liane bei sich *das Alleszimmer* nannte, weil es gleichzeitig als Ess-, Wohn-, Spiel- und Arbeitszimmer diente. Als sie sich dem Fenster näherte, verlangsamte sie ihre Schritte. Sie musste gar nicht erst hineinsehen, um zu wissen, dass sie recht gehabt hatte. Denn durch das gekippte Fenster drang das muntere Klackern einer Computertastatur.

Liane pirschte sich näher heran und baute sich vor dem Fenster auf. Bald bemerkte Hortensie die Veränderung in den Lichtverhältnissen und blickte auf – nur um gleich darauf einen kleinen Schrei auszustoßen und reflexartig den Laptop zuzuknallen.

»Mama! Was machst du da!«

Regungslos erwiderte Liane den schreckgeweiteten Blick ihrer jüngsten Tochter. Dann kehrte sie ohne ein weiteres Wort auf dem Absatz um und ging zurück zu ihrem Wagen. Sie hatte die Fahrertür schon geöffnet und war im Begriff einzusteigen, als sie Hortensie hinter sich rufen hörte: »Mama, so warte doch!«

Langsam drehte Liane sich um. Mit versteinerter Miene musterte sie ihre Tochter.

»Du weißt doch selbst, wie das ist … Ich war gerade im Flow, da wollte ich mich durch das Klingeln nicht rausreißen lassen. Außerdem muss ich den Roman heute Abend liefern.«

Verächtlich stieß Liane die Luft aus. Welchen Roman, hätte sie am liebsten gefragt, sagte aber stattdessen: »Na, dann will ich nicht weiter stören.«

»Ach, jetzt komm schon … Ich koch uns einen schönen Kaffee … äh, ich meine Tee. Ich hab noch von dem Bio-Jasmintee, den du so gerne magst.«

Mit gespieltem Widerstreben nahm Liane die Einladung an und betrat hinter Hortensie den engen Hausflur.

»Hier wird man ja klaustrophobisch«, murmelte sie und ging direkt durch in das *Alleszimmer*, wo sie am Tisch stehen blieb.

Schweigend sah sie zu, wie ihre Tochter für sich Kaffee und für sie Tee kochte. Wie oft in letzter Zeit waren Hortensies Bewegungen schnell, fast fahrig, und als sie Liane die Tasse hinstellte, schwappte der Tee auf die rot-weiß gepunktete Wachstischdecke.

»Setz dich doch«, sagte Hortensie, woraufhin Liane den Stuhl zurückschob und ihrer Tochter gegenüber Platz nahm.

Zögerlich begann Hortensie zu sprechen.

»Und … wie geht's dir … euch?«

»Gut. Papa ist auf einer Fliegenfischermesse in München.«

»Ah … Und die Baustelle? Läuft alles?«

Liane hatte genug von dem Geplänkel. Sie nippte an ihrem viel zu starken Tee, verzog das Gesicht und nahm Hortensie ins Visier.

»Warum hast du mich wegen des Schulplatzes angelogen?«

Hortensie, die gerade einen Schluck von ihrem Kaffee nahm, zuckte zusammen und starrte ihre Mutter an.

»Guck nicht wie ein verschrecktes Eichhörnchen«, raunzte Liane. »Antworte mir lieber!«

Hortensies Blick flackerte. Genau so hatte sie schon als kleines Mädchen ausgesehen, wenn sie etwas verbockt hatte und verzweifelt nach einer Ausflucht suchte. Meist war eine dicke, fette Lüge dabei herausgekommen.

Doch jetzt geschah etwas Eigenartiges. Hortensie straffte die Schultern, sah Liane direkt in die Augen und entgegnete mit fester Stimme: »Ich habe lange darüber nachgedacht und mich dann ganz bewusst gegen die Waldorfschule entschieden.«

»Wie bitte?« Diese Antwort hatte Liane nicht erwartet. Nicht in dieser Form. Nicht in dieser Offenheit. Und so brauchte sie einen Augenblick, bis sie ihre Verblüffung überwunden hatte. »Aber warum denn das, um Himmels willen?«

Hortensie holte tief Luft, wie für einen längeren Vortrag. Aber dann sagte sie nur: »Ach, das hat so viele Gründe. Ich glaube nicht, dass du sie alle hören willst.«

Liane starrte ihre Tochter an, als habe diese gerade behauptet, die sieben Zwerge wollten nachher noch vorbeikommen.

»Das will ich sehr wohl«, erwiderte Liane betont milde.

Hortensie stutzte und warf Liane einen irritierten Blick zu, fing dann aber doch zu sprechen an.

»Glaub mir ... ich hab mir die Entscheidung nicht leicht gemacht ... Ich hab mich intensiv mit der Schulwahl auseinandergesetzt und bin zu dem Schluss gekommen, dass Juli nicht unter dieser Glasglocke aufwachsen soll. Nicht unter dieser Glasglocke und auch nicht mit dieser – entschuldige, dass ich das jetzt sage – wirren Lehre. Was Steiner sich da zusammengestrickt hat, entbehrt jeder Grundlage!«

»Wenn ich mich recht entsinne, seid ihr bestens mit dieser Lehre zurechtgekommen!«

Hortensie holte tief Luft und platzte dann heraus: »Das denkst du! Ich habe das ganz anders empfunden!«

»Papperlapapp. Das redest du dir ein. Besonders *du* wärst in einer staatlichen Schule hoffnungslos untergegangen!«

»Mama!«, rief Hortensie da. »Das weißt du doch gar nicht! Außerdem scheinst du zu vergessen, dass ich damals so gern auf die Rosenauer Grundschule gegangen wäre – wie die Elli und die Moni auch. Ich wollte mit meinen *Freundinnen* zur Schule gehen. Und auch nicht jeden Tag eine halbe Stunde mit dem Auto fahren! Und genau das möchte die Juli auch nicht. Wir haben das besprochen. Und sie hat sich für unsere Grundschule hier entschieden.«

Liane schnaubte verächtlich. »Du hast das Kind das allein entscheiden lassen? Das ist ja mal wieder typisch. Diskussionen ohne ...«

»Mama!«, unterbrach Hortensie sie. »Hast du selbst eigentlich mal eine einzige Zeile von Steiners Lehre gelesen? *Ich* hab es jedenfalls getan … Und was der alles schreibt, da bleibt mir die Luft weg. Ich will diesen ganzen Unsinn nicht für meine Tochter. Ich will nicht, dass Juli nach einer wirren Kulturstufentheorie die ganze Menschheitsgeschichte wiederholt so wie wir damals. Was soll das? Mit zehn waren wir *Germanen*, dann *Griechen*, mit zwölf *Römer*. Und dann erst die Viersäftelehre! Da werden die Kinder nach ihrem Temperament eingeteilt! Was für ein Quatsch ist das eigentlich? Und ich will auch nicht, dass ein allmächtiger Klassenlehrer meiner Tochter mit zehn immer noch vorgaukelt, dass es Zwerge und Gnome gibt.«

Mit großem Erstaunen bemerkte Liane, wie ihre Tochter an Fahrt aufnahm. Immer schneller sprach sie und immer sicherer schien sie dabei zu werden. Am Ende sagte sie: »Und ich möchte auch nicht, dass meine Tochter bis zur achten Klasse von einem einzigen Klassenlehrer in allen Fächern unterrichtet wird. In einer Riesenklasse mit fast vierzig Kindern! So. Und apropos Diskussionen: Diese hier ist für mich jetzt beendet. Juli und ich, wir haben uns entschieden, und ich bitte dich, das zu respektieren.«

Liane war sprachlos. So hatte Hortensie noch nie mit ihr geredet. Überhaupt hatte sie den Eindruck, dass Hortensie sie anders als sonst ansah, mit einem eigenartigen Blick, den Liane nicht recht deuten konnte.

Mit gespielter Verletztheit sagte Liane: »Ich finde keine Worte für das, was du mir hier vorwirfst. Ich …«

»Mama. Ich werfe dir gar nichts vor. Ich möchte mein Kind nur auf meine Weise erziehen.«

Liane musterte ihre Tochter – das breite, sommersprossige Gesicht, den Glitzerstein in der Nase, das wilde rotblonde Haar, die silbernen Armreifen und Lederbänder um die Handgelenke. Wurde Hortensie denn nie erwachsen? Mit zusammengebissenen Zähnen sagte sie: »Jedenfalls hast du mich in eine unmögliche Situation gebracht. Willst du wissen, wie ich davon erfahren habe? Ich habe mich für euch engagiert, für dich und deine Tochter, und bei der Schule nachgehakt. Und musste mir dann von einer Fremden sagen lassen, dass meine eigene Tochter mich angelogen hat. Was glaubst du, wie ich mich da gefühlt habe!«

»Das tut mir leid, Mama, wirklich. Und, ja, ich hätte es dir sagen sollen. So etwas wird nicht wieder vorkommen.«

Mit Befremden registrierte Liane die aufrechte Haltung und den klaren Blick ihrer Tochter. Sie schien nicht im Mindesten eingeschüchtert zu sein. Ganz im Gegenteil, Liane bemerkte an ihr ein ungewohntes Selbstbewusstsein, die Fähigkeit, einen Konflikt auszuhalten. Das war etwas ganz Neues.

Mit eingefrorener Miene erhob sie sich. »Dann möchte ich dich nicht weiter stören«, sagte sie so gekränkt und verletzt wie möglich.

Nach einem raschen Seitenblick auf Hortensie wandte Liane sich ab und wollte eben hoch erhobenen Hauptes zur Tür hinausrauschen, als ihr Blick auf einen Umschlag fiel, der auf der Küchenanrichte neben einem Stapel Prospekte lag. Sie hielt inne und starrte den Umschlag an. Dieselbe kühne Schrift, dieselben blauen Blockbuchstaben.

Rasch überlegte Liane, wie sie reagieren sollte. Soweit sie sah, hatte Hortensie den Umschlag noch gar nicht geöffnet. Aber sie war sich nicht sicher. Und natürlich wollte sie keine schlafenden Hunde wecken. Was also tun?

Langsam ging sie weiter in Richtung Haustür. Draußen blieb sie stehen und sah sich noch einmal um, versuchte in Hortensies Gesicht die Antwort auf ihre nicht gestellte Frage zu lesen. Aber Hortensies Miene war unergründlich, was ja an sich schon verdächtig genug war. Liane musste es wissen, sie musste erfahren, was in dem Brief stand und ob es darin wieder um sie ging.

Da hatte sie einen Einfall. Lässig drückte sie die Fernbedienung ihres X5, der mit einem Aufblinken der Scheinwerfer antwortete, und sagte wie nebenher: »Ach, geht Juli eigentlich immer noch zweimal die Woche zum Fußballtraining?«

Liane sah die Überraschung in Hortensies Blick.

»Ja, Dienstag und Donnerstag, wieso fragst du?«

»Ach, nur so … Ist ja schön, wenn die Kinder eine Leidenschaft haben.«

»Ja …«, pflichtete Hortensie ihr bei, »das schon. Ist halt eine ziemliche Fahrerei, weil das Training inzwischen nicht mehr hier stattfindet, sondern in Reutlingen.«

»Ach so? Da bist du ja wirklich ganz schön unterwegs.«

Liane setzte eine bedauernde Miene auf, nahm hinterm Steuer Platz und winkte zum Abschied. Im Rückspiegel sah sie Hortensie, wie sie vor dem Haus stand und ihr hinterherblickte. Wenn sie sich recht erinnerte, fand das Training immer zwischen 16.30 Uhr und 18.00 Uhr statt. Und das bedeutete, dass Hortensie morgen spätestens um vier das Haus verlassen würde.

Liane, Anfang Juli 1968

An einem sonnenheißen Samstag hatten Lianes Mitbewohner ein paar Leute zu einer spontanen Party eingeladen. Und so machten Jens und Carl sich kurz vor sechs noch mal mit dem Bollerwagen auf, um bei Albrecht um die Ecke Wein und Bier zu besorgen, während Erika und Liane ein bisschen aufräumten und Kerzen in ein paar leere Weinflaschen steckten. Alle Fenster standen offen und die Kastanienbäume im Hinterhof ließen die Illusion von Frische aufkommen. Zum ersten Mal seit Längerem fühlte sich Liane richtig gut. Seit dem Tag, an dem Liane das erste Mal beim Kinderladen gewesen war, hatte Carl ihres Wissens mit keiner anderen mehr herumgemacht, und sie hegte wieder die Hoffnung, dass er eines Tages vielleicht doch ruhiger werden würde und sie ihm genug wäre. Gestern hatte sie sich, beflügelt von dieser Hoffnung, ein viel zu teures Sommerkleid gekauft, sehr kurz und sehr gewagt. Als sie jetzt Katharinas Blick auf sich spürte, wusste sie, dass das Geld gut angelegt war.

Als die ersten Gäste kamen – zu Lianes Zufriedenheit war Katharina nirgends zu sehen –, stand sie bei Johannes, einem Psychologiestudenten, während am Plattenspieler der übliche Zoff zwischen Erika und Jens ausgetragen wurde.

»Deine reaktionäre Scheißmusik kannst du gleich wieder ausschalten!«, hörte Liane Erika von hinten rufen, als Jens *Stand by Your Man* von Tammy Wynette aufgelegt hatte. »Das würde euch Mackern so passen. Dass wir bei euch bleiben, egal was für einen Mist ihr baut!«

»Freiheit bedeutet auch, dass jeder hören darf, was er will«, verteidigte sich Jens und stellte seine Country-Platte lauter.

Johannes lachte und fragte, ob es hier vielleicht ein behandlungsbedürftiges Aggressionsproblem gebe. »Das wäre nicht das erste Mal«, erklärte Carl, während er einen Arm um Liane legte und sie zu sich herzog. Als Johannes von seinem Studium erzählte, hörte Liane ihm aufmerksam zu. In diesem Moment schien alles perfekt: Katharina war nirgends zu sehen, Carl warf ihr immer wieder begehrliche Blicke zu, das Interesse von Johannes schmeichelte ihr und befeuerte Carl offenbar zusätzlich.

»Du solltest auch Psychologie studieren«, sagte Johannes gerade, als Liane bemerkte, wie Carls Augen zur Tür wanderten. Liane folgte seinem Blick.

Und da stand Kathi, barfuß, ungeschminkt, braun gebrannt, mit offenem, wildem Haar, und sah sich suchend um. Sie trug eine knapp abgeschnittene Jeans und ein leichtes, fast durchsichtiges Hemdchen, mal wieder ohne Büstenhalter. Und während sie nun, wie sollte es anders sein, auf Carl zusteuerte, kam sich Liane auf einmal unglaublich bieder vor, geradezu absurd aufgetakelt mit ihrem Brigitte-Bardot-Make-up, dem Minikleid und den hochhackigen Sandalen.

I Fall to Pieces, sang Patsy Cline jetzt schmachtend, und als Liane sah, wie Carl Katharina anblickte, fühlte sie sich tatsächlich wie kurz vorm Zerfallen. Glühend vor Eifersucht beobachtete sie, wie Katharina Carl einen Joint reichte und ihm dabei tief in die Augen sah.

Liane schluckte, wandte sich aber wieder Johannes zu und tat, als gehöre ihm ihre ganze Aufmerksamkeit. Dabei sah sie im Augenwinkel, wie Kathi Carl an der Hand nahm und ihn zu den Matratzen im hinteren Bereich des Zimmers bugsierte. Liane versteifte sich.

»Komm, wir setzen uns auch«, sagte Johannes. Liane nickte abwesend und folgte ihm zu dem durchgesessenen Sofa. Sie platzierte sich so, dass sie Carl und Kathi im Auge hatte.

»Willst du auch was rauchen?«, fragte Johannes, doch Liane schüttelte nur den Kopf.

»Dann vielleicht noch ein Glas Wein, ja?«

Sie nickte, sah ihm hinterher und kämpfte mit einer plötzlich aufsteigenden heißen Welle der Wut. Wieder einmal hatte ihr Kathi einen Strich durch die Rechnung gemacht. Oh, sie war es so leid, sich zu verstellen. So zu tun, als sei das alles normal, als würde ihr dieses ach so freie Leben hier einen Riesenspaß machen. Die Hände immer noch zu Fäusten geballt, sah sie zu, wie Carl Kathi leidenschaftlich küsste. Nicht mehr lange, dann würde er mit ihr in seinem Zimmer verschwinden.

»Da kann aber jemand ein kleines Weinchen gut vertragen«, sagte Johannes und hielt ihr das Glas hin. Widerwillig löste sie ihren Blick von Carl und betrachtete Johannes. Erst in diesem Moment bemerkte sie, wie gut er eigentlich aussah, groß und dunkelhaarig, mit diesen fast schwarzen Augen, die hinter seiner Nickelbrille funkelten.

»Na dann … nieder mit dem Establishment. Oder so«, sagte er mit einem ironischen Augenzwinkern und sie stießen an.

»Soll ich dir mal was verraten?«, fragte Liane und rückte ein wenig zur Seite. »Das Establishment ist mir scheißegal.«

»Und soll *ich dir* was verraten?« Er setzte sich neben sie, mit übereinandergeschlagenen Beinen.

»Was denn?«, fragte sie und sah, wie Carl und Kathi sich immer hingebungsvoller küssten und Carl seine Hände unter ihr Hemdchen schob.

»Mir auch«, sagte er mit einem schiefen Grinsen. »Dann trinken wir also auf das Establishment?«

Da musste Liane doch lachen. »Wenn das hier mal keiner hört.«

Die Musik hatte inzwischen gewechselt. Offenbar hatte sich Erika am Ende doch durchgesetzt, denn jetzt dröhnten die *Doors* aus dem Lautsprecher. »Was für ein Geschrei«, rief Liane und drehte den Kopf in Richtung Plattenspieler.

Er lachte. »Seit wann wohnst du hier?«

»Seit knapp drei Monaten. Und du? Wo wohnst du?«

»Ich? Oh … ganz allein in einer spießigen Zweizimmerwohnung in Thalkirchen.«

»Dann bist du wohl fertig mit deinem Studium?«

Er nickte. »Ja«, sagte er mit einem Blick in die Runde. »Das habe ich hinter mir.«

In dem Moment bemerkte sie, dass sich etwas in ihrem peripheren Gesichtsfeld verändert hatte. Ein kurzer Blick über Johannes' Schulter zeigte ihr, dass Carl aufgehört hatte, Kathi zu küssen, und stattdessen zu ihr hersah. Na so was, dachte sie. Auf einmal wurde ihr bewusst, dass sie sich zum ersten Mal überhaupt während einer Party auf ein Zweiergespräch mit einem anderen Mann einließ. Was Carl irgendwie zu bemerken schien. Na ja, dachte sie und warf ihr Haar zurück, das ist er eben nicht gewohnt.

Sie legte den Kopf schief und strahlte Johannes an. »Hast du vielleicht eine Zigarette?«, fragte sie, und als er den Kopf schüttelte und sagte: »Ich hasse diesen Nikotinqualm«, lachte sie schallend, weil sie noch immer Carls Augen auf sich spürte.

Und dann tat sie etwas, das sie nie für möglich gehalten hätte: Sie warf Johannes einen langen Blick zu. Einen von der Sorte, die sonst für Carl reserviert waren. Einen Moment später legte sie ihre Hand auf seinen Hinterkopf, zog ihn zu sich her und küsste ihn. Im ersten Moment fühlte es sich falsch an, doch nach einer Weile verschwand das Gefühl. Warum eigentlich nicht, dachte sie benommen, löste sich ein Stück von ihm und betrachtete ihn genauer. Sein markantes Gesicht, das dunkle Haar, die schwarzen, geheimnisvollen Augen hinter den Brillengläsern. Schließlich stand sie auf und lächelte zu ihm hinunter, griff nach seiner Hand und zog ihn hoch. Es kostete sie ein Übermaß an Selbstbeherrschung, nicht noch einmal zu Carl hinzusehen. Aber das brauchte sie nicht. Denn ihr war klar, dass er sie keinen Moment aus den Augen ließ.

In jener Nacht fand Liane keinen Schlaf. Lange nachdem Johannes gegangen war, lag sie immer noch wach, starrte in die Dunkelheit und überlegte, wie sie sich eigentlich fühlte. Ging es ihr jetzt besser? Sie wusste es nicht. Vielleicht wäre es ihr klarer, wenn sie Carls Reaktion mitbekommen hätte, ihm in die Augen geblickt und so etwas wie Wut und Eifersucht, vielleicht sogar Verletztheit darin entdeckt hätte. Aber wahrscheinlich hatte er gar nicht mehr an sie gedacht, sondern sich mit Kathi amüsiert und Liane einfach vergessen.

Sie knipste die Nachttischlampe an und sah auf die Uhr. Erst halb fünf. Noch so früh, dachte sie und sank wieder zurück auf das Kissen. Eine Weile lag sie einfach so da und stierte vor sich hin, mit von Schlaflosigkeit schweren Lidern. Doch auf einmal waren die Bilder wieder da, so frisch und schmerzhaft, als hätte es die Nacht mit Johannes gar nicht gegeben: Carl und Katharina. Liane fuhr hoch. Oh, wie deutlich sah sie die beiden wieder vor sich – wie sie dagesessen hatten mit ihrem Joint, die Blicke ineinander verhakt. Nichts und niemand um sie her hatte mehr gezählt. Lianes Körper verkrampfte sich vor Eifersucht und ihr wurde plötzlich klar, dass die vergangene Nacht nichts ändern würde. Egal mit wie vielen anderen Männern sie schlief, es würde ihr nie gelingen, Carl von Kathi loszueisen.

Sie seufzte, drehte sich um und atmete die frische Morgenluft ein, die durchs offene Fenster hereinwehte. Wie still es war, obwohl sie sich doch mitten in der Stadt befand.

In dem Moment hörte sie, wie ihre Zimmertür geöffnet und gleich darauf wieder geschlossen wurde.

Sie fuhr herum. Im grauen Morgenlicht sah sie jemanden bei der Tür stehen. »Hallo?«, fragte sie und lauschte mit klopfendem Herzen.

Die Gestalt näherte sich und Liane erkannte Carl, der sich auf dem Rand ihrer Matratze niederließ.

Er war nackt und roch nach Gras. Und nach etwas anderem: Katharinas Patchouli-Parfüm. Sie ballte die Hände zu Fäusten und hielt den Atem an.

»Ich wollte nur nachschauen, ob es dir gut geht.«

Sie schluckte, drängte die Tränen der Wut mit aller Kraft zurück. Jetzt nur nichts rauslassen, dachte sie und versuchte sich zu entspannen. Carl war hier bei ihr, das war alles, was zählte. Und sie würde einen Teufel tun und ihn mit einer Eifersuchtstirade noch weiter in die Hände dieser Schlampe treiben.

»Warum sollte es mir nicht gut gehen?«, antwortete sie mit aller Selbstbeherrschung, zu der sie fähig war. Sie brachte sogar ein Lächeln zustande, ein leicht verrutschtes zwar, aber das sah er in diesem Schummerlicht nicht.

»Ich weiß nicht. Nur so ein Gefühl.«

Seine Stimme wirkte gepresst, so als hätte er Mühe, die Fassung zu bewahren.

»Wo ist denn der Typ?«, fragte er.

So leichthin wie möglich antwortete sie: »Johannes meinst du? Er ist gerade gegangen.« Sie räkelte sich ein bisschen, um zu zeigen, wie gut es ihr ging, und ließ eine Art Schnurren hören.

»Dann war es also gut?«

Mit einem Augenaufschlag, den er im Halbdunkel leider nicht so gut sehen konnte, sah sie zu ihm hoch und seufzte zufrieden.

»Ob es gut war, will ich wissen«, sagte er plötzlich barsch und knipste die Nachttischlampe an. Sie blinzelte und drehte das Gesicht zur Seite weg.

»Was ist denn mit dir los?«, fragte sie. Als sich ihre Augen an das Licht gewöhnt hatten, richtete sie sich halb auf und betrachtete ihn. Er wirkte wie versteinert und presste die Lippen fest aufeinander.

Und da begriff sie. Er ist eifersüchtig, dachte sie, er leidet, so wie ich leide. Ein Wohlgefühl stieg in ihr auf, ein ungeahnter Jubel, den sie nicht verhindern konnte.

Plötzlich riss er ihr die Bettdecke weg.

»He, was soll das?«, fragte sie und wusste in dem Moment, dass sie gewonnen hatte.

Und dann ging alles ganz schnell. Er packte ihre Handgelenke, presste sie nach unten und wälzte sich mit seinem ganzen Gewicht auf sie.

»Du tust mir weh«, flüsterte sie und versuchte halbherzig, sich aus seinem Klammergriff zu winden.

»Du mir auch«, erwiderte er, drückte noch fester zu und starrte auf sie herunter. Zu Lianes Verwunderung war ihr der Schmerz nicht nur egal, sie genoss ihn sogar, denn er wurde eins mit dem Gefühl des Triumphs. Sie hatte die Schlacht gewonnen und würde alles dafür tun, auch in den kommenden Schlachten zu siegen.

Am Ende würde sie den Krieg für sich entscheiden. Und der erste Schritt dazu wäre, Katharina ein für alle Mal loszuwerden.

Annamaria, Freitag, 14. Februar 1986

Es ist später Freitagabend. Annamaria hat vier Stunden auf den kleinen Bastian aufgepasst. Jetzt macht sie sich auf den Heimweg, zu Fuß, weil das Fahrrad ja immer noch einen Platten hat und sie kein Geld für Flickzeug ausgeben will. Ein eisiger Wind weht ihr entgegen, als sie aus der Haustür tritt. Bastis Mutter winkt ihr nach. Die Eiskruste knirscht unter ihren Füßen, am Straßenrand hat das Räumfahrzeug ein bisschen Schnee zusammengeschoben. Jetzt kommt sie an der Telefonzelle vor der Bäckerei vorbei. Keine guten Erinnerungen, denkt sie. Kein schönes Leben. Durchhalten. Wieder einmal überlegt sie, die Schule zu wechseln, nach Reutlingen aufs Gymnasium zu gehen. Aber so kurz vor dem Abi geht das sowieso nicht. Und dann bräuchte sie auch noch eine Monatskarte für den Bus und das Geld hat sie einfach nicht.

Am Marktplatz brennen noch Lichter hinter den Fenstern und wieder einmal stellt sie sich vor, wie es wäre, dort oder dort oder dort zu Hause zu sein. Irgendwo zu Hause zu sein, bei Menschen, die zu ihr gehören, zu denen sie gehört. Das denkt sie immer, wenn sie abends unterwegs ist und in die erleuchteten Fenster sieht. Dass dort Familien leben. Dass es dort warm und freundlich ist. Und dass die Menschen dort sich mögen und miteinander lachen und den Kindern über die Köpfe streichen. Auch wenn sie weiß, dass es oft anders ist.

Sie überquert die Marktstraße, um ihre übliche Abkürzung durch die Mühlengasse zu nehmen. Doch dann zögert sie. Die Mühlengasse ist nur schlecht beleuchtet. Und seit der Sache im Ried hat sie Angst vor dunklen Ecken. Aber dann schilt sie sich selbst, biegt doch in die Gasse ein und zwingt sich, forsch auszuschreiten. Ich werd mich doch nicht zum Opfer meiner eigenen Ängste machen!

Sie ist so in diesen Gedanken vertieft, dass sie sie erst bemerkt, als sie dicht hinter ihr sind. Sie fährt herum, will schreien, aber da drückt schon eine Hand gegen ihren Mund, auch gegen ihre Nase, sodass sie kaum mehr Luft bekommt. Er ist es, schießt ihr durch den Sinn, das Nachtfräulein ist zurückgekehrt, und jetzt wird es sie umbringen. In Todesangst windet sie sich, versucht sich mit aller Kraft zu befreien. Sie bäumt sich auf, aber der Griff um ihren Mund ist viel zu fest. Es ist wie in einem Albtraum, das kann nicht real sein, denkt sie, gleich wache ich wieder auf. Aber sie wacht nicht auf. Stattdessen spürt sie zwei andere Hände, die nach ihren Haaren greifen, und kurz darauf wird etwas Klebriges an ihren Schädel gedrückt, erst an einer Stelle, dann an einer anderen. Sie versteht nicht, was da geschieht. Sie windet sich stärker, tritt um sich, tritt ins Leere. Da hört sie ein unterdrücktes Kichern, dann noch eines. Das sind gar keine Männer, merkt sie in dem Moment und schafft es endlich, die Hand von ihrem Mund zu zerren und zu schreien. Sie schreit und schreit, wie eine Irre kreischt sie. Und da lassen sie locker, lassen auf einmal von ihr ab. Sie stolpert und bemerkt, dass ein Lichtschein auf die Gasse fällt, sieht eine Silhouette in einem Fenster und jemand brüllt: »Was ischt denn da los!«

Sie richtet sich auf, hustet und will gerade antworten, als der Mann im Fenster ruft: »Schleicht euch, sonst hol ich die Polizei!« Und bevor Annamaria etwas sagen kann, wird das Fenster zugeknallt und das Licht erlischt. Annamaria steht da, in der jetzt wieder dunklen Gasse. Was soll sie tun? An der Haustür klingeln und sagen, dass sie überfallen wurde? Dass der Mann wirklich die Polizei rufen soll? Aber dann tastet sie nach ihrem Kopf und bemerkt, dass ihr Haar voller Kaugummi ist.

Da wird ihr alles klar. Die Hedi, denkt sie. Das war die Hedi.

Zu Hause betrachtet sie das Schlamassel im Spiegel. Drei Kaugummis haben sie ihr in die Haare geklebt, so dicht an den Haarwurzeln, dass da nichts mehr zu machen ist. Annamaria spürt Hass in sich aufsteigen. Einen Augenblick lang möchte sie am liebsten den Spiegel zertrümmern. Sie ballt die Hände zu Fäusten, hebt sie und lässt sie dann doch wieder sinken. Hat ja alles keinen Sinn, denkt sie und schluckt schwer. Ein letztes Mal betrachtet sie ihr Haar, diese wunderschönen Locken. Dann nimmt sie die Nagelschere und beginnt zu schneiden.

Sie schläft kaum in dieser Nacht. Immer wieder greift sie sich an den Kopf, der sich so fremd anfühlt, gerade so, als müsste sie sich vergewissern, dass sie es immer noch ist, trotz der Ein-Zentimeter-Stoppeln. Irgendwann weicht die Wut der Erschöpfung. Als die Morgendämmerung einsetzt, sinkt sie ermattet in einen traumlosen Schlaf.

Es ist nach elf, als sie es endlich schafft, sich aus dem Bett zu quälen. Sie ist wie gerädert, außerdem ist ihr wieder übel. Sie greift nach dem Zwieback, dann stemmt sie sich hoch und setzt Wasser für einen Tee auf. Während das Wasser heiß wird, steht sie am Fenster, sieht hinaus auf die Schrebergartenhäuser, die Gärten mit den Schneeresten. Und jetzt?, fragt sie sich. Bleibe ich jetzt für den Rest meines Lebens hier im Bahnwärterhäusle? In ihrem Kopf herrscht ein undurchdringlicher Nebel. Wie soll sie so in die Schule gehen? Wie ein gerupftes Huhn. Sie brüht sich den Tee auf, spinnt den Gedanken zu Ende. Sieht die lachenden Gesichter der Mitschüler. *Bischt wohl unter den Rasenmäher gekommen?* Das Beste wäre, sie würde einfach abhauen. Weit weg gehen. Sie nimmt ihre Tasse, stellt sich wieder ans Fenster, trinkt einen kleinen Schluck Tee. Aber wie soll das funktionieren?

Und dann steigt plötzlich eine Wahnsinnswut in ihr auf. Wieso lasse ich das alles mit mir machen? Wieso wehre ich mich nicht? Wieso zeige ich denen nicht, dass ich keine Angst vor ihnen habe?

Nicht vor der Hedi, nicht vor ihren hinterfotzigen Freundinnen. Und auch nicht vor dem miesen Schwein, das mir das angetan hat.

Es ist kurz vor halb sieben am Sonntagabend. Die halbe Stadt ist auf dem Weg zum Rosenauer Funken, der wie jedes Jahr auf dem Feld vom Luiseder Bauern brennen wird. Annamaria aber schleicht in Hedis Garten herum. Der Anbau ist ihr Ziel. Dort, weiß Annamaria, bewahrt Hedis Bruder übers Jahr hinweg das Ding auf, dessentwegen sie gekommen ist. Sie hofft, dass der Ersatzschlüssel noch am üblichen Ort hängt, an einem Nagel dicht unter dem Dachvorsprung. Die Hedi und sie haben ihn früher immer genommen, um sich in den Hobbyraum des Bruders zu schleichen und in seinen Sachen herumzuschnüffeln. Und natürlich ist der Bruder längst auf dem Weg zum Funken. Alle Hästräger sind jetzt dort, schließlich müssen sie zusehen, dass sie die Hex verbrannt kriegen, die sie oben auf dem Scheiterhaufen platziert haben.

Im Halbdunkel der funzeligen Straßenlaterne tastet Annamaria den Dachvorsprung entlang – und tatsächlich, da ist der Schlüssel. Annamaria nimmt ihn und schleicht sich nach hinten zur Tür von Klausis Behausung.

Das Ganze dauert nicht mehr als fünf Minuten. Allerdings ist das Ding so fett, dass es nicht in den Rucksack passt. Gut, dass sie auch noch eine große Plastiktüte dabeihat.

Sie geht außen herum, durch den Wald vom Rosenstift. Zum Glück scheint der Mond, da ist es nicht ganz so finster. Die Schatten der Bäume fallen schräg und schwarz auf den Weg, aber sie kann ihn ohne Mühe erkennen. In der Ferne schimmern die Laternen von Rosenau. Am Ende des waldigen Parks bleibt sie stehen. Von Weitem sieht sie, wie die ersten Flammen den Haufen hochzüngeln. Noch ein bisschen zu früh.

Sie wartet, sieht geduldig zu, wie die Flammen sich bis nach oben emporarbeiten, bis dorthin, wo die Hexe steht. Es ist ein schauriges

Bild, der brennende Scheiterhaufen und die schwarze Menschenmenge, die in einem Kreis drum herumsteht, gebannt von dem Schauspiel. Und jetzt lecken die Flammen an der Hexe, wusch, der Rock fängt Feuer, flammt auf, ein paar Kinder kreischen laut: »D'Hex brennt, d'Hex brennt!« Einen Moment lang ist Annamaria überwältigt von dem Spektakel, von der archaischen Grausamkeit, für das es steht. Vor fünfhundert Jahren war das da oben wirklich ein Mensch, denkt sie und fühlt Übelkeit in sich aufsteigen. Das Feuer braust jetzt, es scheint eine Stimme zu haben, wie das Meer oder wie der Sturm, es ist wie ein lebendiges Wesen, ein Ungetüm, das, einmal entfesselt, nicht mehr zu stoppen ist. Dann erwacht sie wie aus einer Trance, erinnert sich, warum sie gekommen ist. Hastig streift sie die Hose ab, stopft sie in die Tüte und läuft los. Quer übers Feld läuft sie, über den festgefrorenen Acker. Erst als sie die Menge fast erreicht hat – alle stehen mit dem Rücken zu ihr –, verlangsamt sie ihre Schritte und bleibt dann ganz stehen. Wie eine Katze, die auf eine ganz bestimmte Beute aus ist, sucht sie die Silhouette der Zuschauer ab, verweilt nur auf bestimmten Köpfen, auf denen, die herausragen. Nachdem sie die Gruppe, die ihr am nächsten steht, abgesucht hat, geht sie ein Stück weiter und ist fast ganz um das Funkenfeuer herumgelaufen, als sie ihn endlich entdeckt.

Es gibt keinen Zweifel, das ist er, der Cornelius, und er hält die Hedi im Arm. Es vergehen ein paar Minuten, in denen Annamaria noch einmal nachdenkt. Ihr ist übel und ihr Puls rast, ihre Handflächen sind feucht. Aber sie wird jetzt nicht kneifen. Sie muss es tun, muss Gewissheit erlangen. Sie ist sich sicher, dass sein Gesicht ihn verraten wird.

Sie prägt sich die Stelle ein, wo er steht, geht dann auf die gegenüberliegende Seite, drängt sich ganz nach vorne, vor alle anderen, vor die erste Reihe. Sie geht in die Knie, holt die Nachtfräulein-Maske aus der Plastiktüte und setzt sie auf. Jetzt ist es dunkel um sie und sie braucht eine Weile, um sich zu orientieren. Alles ist jetzt gedämpft, das Prasseln und Zischeln des Feuers, das Stimmengewirr. Dann geht sie aus der Hocke nach oben, verharrt einen Augenblick, holt noch einmal Luft und geht den Halbkreis zurück bis dorthin, wo er steht, und stellt sich dann vor ihn hin, mit dem Rücken zum Feuer, breitbeinig. Es dauert einen Moment, bis er sie entdeckt. Bis er versteht, wer das da ist, in diesem Aufzug. Im Minirock mit Netzstrümpfen und mit der Nachtfräuleinmaske auf dem Kopf.

Er starrt sie an, ungläubig erst. Dann bleibt ihm buchstäblich der Mund offen stehen. Die Hedi, die bis eben noch mit der Uli palavert hat, hört auf zu sprechen und auch die anderen aus der Clique starren zu ihr herüber. Aber sie sieht nur ihn an, den Cornelius, und wenn sie vorher noch einen leisen Zweifel gehabt hat, dann ist der jetzt beseitigt. Nun ist sie sich sicher, denn die Schuld in seinem Blick verrät ihn. Das ist der Anblick, der Annamaria im Gedächtnis bleiben wird, sein Gesicht im Feuerschein, wie er stumm und voller Entsetzen zu ihr herübersieht.

Die eingefrorene Szene dauert höchstens eine Minute. Dann bekommt es Annamaria mit der Angst zu tun. Angst vor der eigenen Courage und vor dem, was er tun könnte. Und bevor das Ganze aus dem Ruder laufen kann, dreht sie sich blitzschnell um und geht davon, dorthin zurück, von wo sie hergekommen ist. Sie geht, ohne sich noch einmal umzudrehen, sie kann es einfach nicht, und erst als sie die Haselhecken erreicht, die den Feldrain säumen, und sich außer Sichtweite wähnt, nimmt sie die Maske ab und dreht sich um. Nach allen Seiten wendet sie sich, aber es ist niemand zu sehen, keiner ist ihr gefolgt.

Darauf holen sie abermals drei Kinder.

Liane van der Berg, Montag, 10. April 2017

Es war nach sieben, als sie vom Einkaufen zurückkehrte und die Anhöhe zum Hellsternhof hinauffuhr. Nach der Begegnung mit Hortensie und der Entdeckung des Briefes hatte sie sich ein wenig beruhigt und zog jetzt zumindest die Möglichkeit in Betracht, der Brief könnte von einem anderen Absender stammen als das an Matthias adressierte anonyme Gestammel. Schließlich gab es noch mehr Leute, die blauen Filzstift verwendeten. Sie würde der Sache auf den Grund gehen, das auf jeden Fall. Aber es brachte nichts, sich in etwas hineinzusteigern. Also versuchte sie, ihre Aufmerksamkeit ganz bewusst nach außen zu lenken, und musterte den vor ihr liegenden Hof. Das Sonnenplateau hier oben war auch nach all den Jahren immer noch überwältigend. Besonders jetzt im Frühjahr war der Unterschied zu den Lichtverhältnissen im Tal so groß, dass man fast den Eindruck hatte, von einer Jahreszeit in die andere zu fahren. Das einzige Ärgernis, dachte Liane, als ihr Blick beim Herankommen auf das Gerüst fiel, waren die Bauarbeiter. Wenigstens machten sie pünktlich Feierabend. Jetzt fehlte nur noch die neue Haustür, und wenn dann die Dachdecker und Gipser wie geplant nächste Woche abrücken und dieses unselige Gerüst abbauen würden, fehlte nur noch der neue Gasanschluss. Sie freute sich jetzt schon auf den Anblick, der sich ihr ohne das Gerüst bieten würde:

das cremefarben gestrichene Mauerwerk, die dunkelgrünen Fensterläden und das Fachwerk, das jetzt ochsenblutrot leuchtete. Leider waren der Renoviererei ihre wunderbaren Spalierbirnen zum Opfer gefallen. Egal, dann würde sie eben neue pflanzen lassen.

Sie ging vom Gas und suchte mit der rechten Hand schon nach dem Hausschlüssel in ihrer Handtasche, als sie das Licht bemerkte. Im ersten Moment dachte sie, die untergehende Sonne müsse sich in der Scheibe spiegeln, doch das konnte nicht sein, denn die stand in einem ganz anderen Winkel. Sie bremste abrupt und sah genauer hin. Nein, dachte sie, in der Küche brannte tatsächlich Licht. War Carl etwa doch schon zurück und hatte den Porsche in die Garage gefahren?

Sie nahm den Korb mit den Einkäufen aus dem Wagen, stellte ihn vor der Haustür ab und steckte den Schlüssel ins Schloss. Die Haustür ließ sich mit nur einer Umdrehung des Schlüssels öffnen. Also war Carl da. Warum hatte er ihr denn nicht Bescheid gesagt, dass er früher nach Hause kommen würde? Dann hätte sie doch mehr eingekauft!

»Hallo!«, rief sie und öffnete die Tür zur Küche.

Aber der Raum war leer.

Einen Moment lang blieb sie stehen, den Korb in der Hand, und ließ den Blick schweifen, über die Arbeitsfläche, die Kücheninsel, die sie unlängst hatten einbauen lassen, und den großen Refektoriumstisch mit dem Frühlingsstrauß in der Mitte.

»Hallo? Carl?«, rief sie ein zweites Mal und ging durch den ganzen unteren Stock, auf der Suche nach ihrem Mann. In der Diele warf sie sogar einen Blick in den Schuhschrank, und als sie sah, dass seine Schuhe nach wie vor fehlten, kehrte sie zurück in die Küche. Kopfschüttelnd begann sie, die Einkäufe wegzuräumen. Sie war sich so sicher gewesen, das Licht gelöscht zu haben. Na ja, dachte sie und ärgerte sich ein bisschen über sich selbst. Es war wohl nicht zu leugnen, auch sie wurde langsam alt.

Sie seufzte, holte die Flasche Bio-Rioja aus dem Einkaufskorb, entkorkte sie und schenkte sich großzügig ein. Kurz kam ihr der Termin bei der Produktionsfirma in den Sinn und dass sie dafür am nächsten Morgen schon früh aufbrechen musste, doch sie schob den Gedanken beiseite. Sie wollte nicht päpstlicher sein als der Papst und der Rotwein war ohnehin die einzige Ausnahme vom Clean Eating, die sie sich gestattete. Und nun würde sie sich rasch eine Guacamole zubereiten, sich zwei oder drei Folgen einer Telenovela anschauen – etwas, das sie sich, wenn Carl zu Hause war, lieber verkniff – und dabei in Ruhe den Wein leeren. Ach, wie befreiend es war, mal wieder einen Abend für sich allein zu haben. Sie schaltete das Radio an und summte gut gelaunt mit, während sie die Zwiebeln hackte und immer wieder einen großen Schluck Wein trank.

Drei Stunden und eine dreiviertel Flasche Rioja später schaltete sie den Fernseher aus, erhob sich leicht angesäuselt und machte sich auf den Weg ins Schlafzimmer. Sie zog sich aus, ließ ihre Kleider dort, wo sie stand, auf den Boden fallen und wollte sich gerade aufs Bett plumpsen lassen, als ihr Blick auf Carls Nachttisch fiel. Mit einer ungelenken Bewegung hangelte sie sich über das Ehebett und blickte verwirrt auf einen gelben Post-it-Zettel. Carl hatte einen Smiley daraufgemalt und in Druckbuchstaben *HaHaHa* daruntergeschrieben. Irritiert blinzelte Liane. Dann erst bemerkte sie, dass der Zettel auf einer Zeitschrift klebte. Sie griff nach ihr und bemerkte, dass es die Ausgabe des *Stern* vom letzten Sommer war, die mit dem Interview. Was sollte das denn? Sie wusste zwar, dass ihm der Artikel und auch die Fotos gefallen hatten. Aber dass er sich das extra noch mal rausgeholt hatte? Sie krabbelte wieder zurück auf ihre Seite und machte es sich, ein Kissen im Rücken und die Zeitschrift auf dem Schoß, im Bett gemütlich.

Sie betrachtete das Titelbild, sah sich selbst mit verschränkten Armen dort stehen und Carl und ihre Kinder wie auf dem Cover von *Downton Abbey* in V-Formation hinter ihr aufgestellt. Ein ziemlich starkes Foto, fand sie, vielleicht ein bisschen dick aufgetragen, aber trotzdem. Einen Augenblick verlor sie sich im Anblick ihrer eigenen Person. Auch mit Ende sechzig konnte sie sich immer noch sehen lassen. Zu etwas musste diese ewige Turnerei und Joggerei ja gut sein. Und ein wenig hatte sie auch nachhelfen lassen. Die brasilianischen Chirurgen waren Meister ihres Fachs, daher sah sie heute keinen Tag älter aus als fünfzig. Natürlich wusste niemand davon, sie stand ja vor allem für Natürlichkeit. Carl hatte schon ein paar Falten mehr, aber ihm stand das. Sie hätte keinen stattlicheren Mann an ihrer Seite haben können! Und auch ihre Kinder sahen so gut aus. Angefangen bei Gesine, die mit ihren blonden Locken und den porzellanblauen Augen sowieso eine strahlende Erscheinung war. Und Ruben, der fast noch besser aussah als sein Vater, allerdings auch deutlich geschniegelter, mit seinem akkurat gestutzten Haar und in einem blassrosa Poloshirt von Ralph Lauren. Bisweilen war in Liane der Verdacht aufgekommen, er könnte schwul sein, sie hatte den Gedanken jedoch immer wieder weggedrückt. Neben Ruben stand Lilo, der wiederum ein bisschen mehr Eitelkeit gut zu Gesicht gestanden hätte. Liane erinnerte sich noch daran, wie viel Mühe es sie gekostet hatte, bis sie das Mädel davon überzeugt hatte, ihre sackartige *ökorrekte Lebenskleidung* wenigstens für den Fototermin abzulegen und in eine von Lianes weißen Blusen zu schlüpfen. Dafür war sie dann natürlich gleich nach dem Termin beleidigt abgerauscht, zurück nach Hause, zu ihrem Großtrappenretter in die Ostzone. Aber immerhin war sie überhaupt erschienen. Ja, es war ein Glücksfall gewesen, dass es Liane gelungen war, alle für dieses Foto zusammenzutrommeln, auch Hortensie und Matthias, wobei die beiden es ja weiß Gott nicht weit hatten. Beide waren sie in Rosenau geblieben, beziehungsweise in Hortensies Fall wieder auf die Alb zurückgekehrt. Als Hortensie damals das Germanistikstudium wegen einer Depression abgebrochen hatte, war Liane entsetzt gewesen. Nicht so sehr deshalb, weil Liane dieses Studium auch nur im Entferntesten als sinnvoll betrachtet hätte, Gott bewahre. Vielmehr hatte es sie konsterniert, dass Hortensie plötzlich angefangen hatte, sich gegen sie abzugrenzen und ihr die Schuld für alles Mögliche zu geben, was ihr in der Kindheit angeblich widerfahren sei. Und dann Matthias. Der war, wie sollte man es anders sagen, ein Kapitel für sich. Das einzige ihrer Kinder, das sich geweigert hatte, Abitur zu machen. Wenigstens konnte sie behaupten, er sei Bauunternehmer. Dass es sich dabei um eine Drei-Mann-Klitsche handelte, musste man ja nicht breittreten. Auf dem Foto machte er jedenfalls eine gute Figur, das musste Liane zugeben. Auch wenn er darauf bestanden hatte, ausgerechnet das Hemd mit dem Fischerkragen zu tragen, das in ihren Augen aussah, als habe man es aus ein paar Ikea-Geschirrtüchern zusammengenäht.

Gedankenverloren blätterte Liane durch die Zeitschrift. Doch als sie zu dem Interview gelangte, sog sie erschrocken die Luft ein. Was hatte Carl denn da gemacht? Sie schlug die Seiten um, bis zum Ende des Beitrags. Das ganze Interview samt Artikel sah aus wie ein Schlachtfeld, auf dem ein außer sich geratener Lektor sein Unwesen getrieben hatte. Es gab keine einzige freie Stelle, die nicht mit energischen roten Strichen durchkreuzt war. Manche Sätze schienen ihn sogar so in Rage gebracht zu haben, dass der Stift Löcher im Papier hinterlassen hatte. Doch dann stutzte sie. Nein, dachte sie, hob die Zeitschrift näher ans Licht und betrachtete das Geschriebene. Das hier war nicht Carls Schrift.

»Großer Gott!«, stöhnte Liane und vertiefte sich in die Anmerkungen am Rand. Von wem auch immer sie stammen mochten, derjenige hatte ihre Worte minutiös auseinandergenommen und am Rand mit Kommentaren versehen. In dem Interview war es um sie selbst gegangen, um ihr Leben, ihre Biografie und darum, wie sie es geschafft hatte, alles unter einen Hut zu bringen: Liebe und

Partnerschaft, Familie, Beruf. Die Journalistin hatte sie auch nach ihrer Zeit in der Kommune befragt, nach den Werten damals und wie Liane es empfunden hatte, in einer Gemeinschaft zu leben, die sich die freie Liebe auf die Fahnen geschrieben hatte. Und da Liane die Wahrheit unter keinen Umständen preisgeben wollte, hatte sie sich hinter einer Antwort versteckt, die dermaßen verklausuliert klang, dass jeder Leser erst mal zehn Minuten darüber nachdenken musste, was zur Hölle sie damit eigentlich meinte. Mit vielen Worten hatte sie über das weltanschauliche Konzept der freien Liebe fabuliert, über die begriffliche Abgrenzung zur Polyamorie, dass dieses Wort ja sowieso ein Neologismus aus den Neunzigern sei, blablabla. Pseudointellektueller Bullshit, der verhindern sollte, dass sie über ihre tatsächlichen Gefühle sprechen musste.

Sie rieb sich über die Augen und bereute es, so viel getrunken zu haben. Sie wurde das Gefühl nicht los, irgendetwas zu übersehen, doch sie war so benommen, dass sie gar nicht richtig denken konnte. Ihr Blick wanderte zurück zu den handschriftlichen Anmerkungen. Wer hatte das geschrieben? Und wieso hatte Carl das auf seinem Nachttisch liegen, ohne ein Wort darüber verlauten zu lassen?

Und in dem Moment fiel ihr ein, dass Carl ja schon gestern nach München gefahren war. Und gestern Abend – da war sie sich absolut sicher – hatte die Zeitschrift noch nicht auf seinem Nachttisch gelegen.

Ihre Gedanken purzelten durcheinander. Was geschah hier? Wer hatte sich die Mühe gemacht, dieses Interview minutiös zu analysieren und mit Geschehnissen aus ihrer Vergangenheit abzugleichen? Und die drängendste Frage von allen: Wer zur Hölle hatte die Möglichkeit gehabt, das Ding hier in ihrem Schlafzimmer auf den Nachttisch zu legen?

Liane, Mitte Juli 1968

Liane hatte alles von langer Hand vorbereitet. Ein bisschen reute sie es noch, so viel Geld ausgegeben zu haben, fast ihr gesamtes Erspartes. Aber es diente ja gewissermaßen einem guten Zweck und für ihr Ziel war kein Preis zu hoch. Jetzt musste sie nur noch einen Moment erwischen, in dem sie alleine in der Wohnung wäre, was schwieriger war als gedacht. Aber noch einen Tag krank zu machen, das konnte sie sich auf keinen Fall leisten.

Liane richtete sich im Bett auf. War das gerade die Wohnungstür gewesen? War sie endlich gegangen? Bis jetzt hatte Liane gar nicht so richtig begriffen, was diese Studenten doch für ein feines Leben hatten. Jedenfalls die, die von Beruf Sohn oder Tochter waren wie Kathi! Den ganzen gestrigen Tag hatte Liane damit zugebracht, eine Grippe zu simulieren und darauf zu warten, dass Katharina *endlich* die Wohnung verließ. Und dann hatte die bis zum Abend keinen Fuß nach draußen gesetzt.

Liane schlich zur Tür, die sie wohlweislich einen Spaltbreit offen gelassen hatte, und lauschte. Als nichts weiter zu hören war, öffnete sie die Tür und ging in die Küche. Dort blieb sie eine ganze Weile stehen und wartete. Es war tatsächlich niemand mehr da. Seit dem Morgen lag Liane schon auf der Lauer. Sie hatte genau aufgepasst, wer wann aus dem Haus gegangen war, und es sich sogar aufgeschrieben, um den Überblick zu bewahren. Und jetzt war es endlich so weit.

Sie lief zurück in ihr Zimmer, um die beiden Päckchen und das Klebeband zu holen, dann ging sie schnurstracks zu Katharinas Zimmertür und klopfte. Was absurd war, weil hier sowieso nie jemand klopfte. »Kathi!«, rief sie, und als wie erwartet keine Antwort kam, öffnete sie vorsichtig die Tür.

Meine Güte, was für ein Mief, dachte Liane und atmete flacher. Befriedigt registrierte sie die Batterie Hanfpflanzen auf dem Fensterbrett und freute sich über diesen zusätzlichen Bonus. Dann steuerte sie auf Kathis Matratze zu, die rechts an der Wand unter dem Fenster lag. Mit schnellen Bewegungen hob sie die Matratze an und klebte die beiden Päckchen auf die Unterseite, genau in die Mitte. Für den ungewöhnlichen Fall, dass Katharina gerade an diesem Wochenende das Bettzeug wechseln sollte und dafür die Matratze verschob, würden sie nicht weiter auffallen.

Zurück in ihrem Zimmer, nahm sie die Bildzeitung zur Hand, die sie extra für diesen Zweck besorgt hatte, und schnitt und klebte aus den Buchstaben eine Nachricht, die sie an die Polizeiinspektion Schwabing adressierte. Ursprünglich hatte sie die Polizei von einer Telefonzelle aus anrufen wollen. Aber weil sie annahm, dass die Anrufe aufgezeichnet wurden, hatte sie das wieder verworfen und sich für diesen Weg entschieden. Außerdem konnte sie die Nachricht auf die Art ein bisschen einfältiger klingen lassen, damit der Verdacht, falls die Sache je an die anderen durchsickern sollte, auf Herrn Obermayer im Stockwerk unter ihnen fiele. Schließlich hatte der schon oft damit gedroht, »das ganze rote Gschwerl hinter schwedische Gardinen zu bringen«. Als sie fertig war, verstaute sie den Umschlag ganz unten in ihrer Reisetasche und packte dann ein paar Kleider und ihren Kulturbeutel zusammen. Als Letztes suchte sie die Telefonnummer der Pension heraus, die sie sich aus den Gelben Seiten abgeschrieben hatte, und reservierte ein Zimmer für drei Tage. Nachdem alles erledigt war, sah sie auf die Uhr. Erst zwei. Das hatte ja wie am Schnürchen geklappt. Da blieb ihr sogar noch Zeit für eine schöne Tasse Kaffee.

In aller Ruhe zog sie sich an, kochte sich eine halbe Kanne Kaffee und holte ihre Schokolade aus dem Versteck. Gut gelaunt trug sie das Tablett in ihr Zimmer, machte es sich mit einem Kissen im Rücken auf ihrer Matratze bequem und schenkte sich Kaffee ein. Mit Hochgenuss verzehrte sie die halbe Tafel, nahm ihr Buch auf den Schoß und fing an zu lesen.

Als Carl zwei Stunden später zurückkehrte, stand sie Gewehr bei Fuß im Korridor, ein dickes baumwollenes Tuch um den Hals gewickelt, und hustete ausgiebig. Sie sah ihn an, mit einem tapferen kleinen Lächeln.

»Du wirst doch wohl in diesem Zustand nicht fahren wollen?«, fragte er, kaum dass er durch die Tür war.

»Ich habe es versprochen. Meine Eltern rechnen fest mit mir.«

»Ja, aber sicher haben sie Verständnis, wenn du krank bist!«

Liane nahm ihre Reisetasche und die Handtasche, hustete noch einmal dramatisch und sagte dann: »Du kennst meine Eltern nicht. Ich muss fahren … Außerdem … es ist ja schon am Abklingen. Bis Montag also!«

»Soll ich dich nicht wenigstens zum Bahnhof bringen?«, fragte er und sah sie so besorgt an, dass ihr ganz warm ums Herz wurde. Noch ein Beweis mehr, dass sie das Richtige tat.

»Aber nein … ich bitte dich!« Sie deutete einen Kuss an und verließ die Wohnung.

In einem Supermarkt auf der Strecke deckte sie sich mit Lebensmitteln für das Wochenende ein und fuhr von dort aus direkt ins Hasenbergl, wo sie die nächsten zwei Tage in einem heruntergekommenen Pensionszimmer verbrachte.

Als sie am Montag in die Wohnung zurückkehrte, empfing sie eine blasse, übernächtigt aussehende Runde, bestehend aus Erika, Theo und Carl. Sie hockten am Esstisch, Teegläser vor sich, und sahen Liane entgegen, die mit der Reisetasche in der Hand bei der Tür stand.

»Was ist denn mit euch los?«, fragte Liane statt einer Begrüßung und konnte die Antwort kaum abwarten. Das ganze Wochenende über hatte sie kaum still sitzen können. Immer wieder hatte sie sich gefragt, ob ihr Plan wohl aufgehen würde.

»Ach, Liane …«, seufzte Erika. »Du glaubst nicht, was hier los war. Die Polizei war hier … irgend so ein Schwein hat denen einen

Tipp gegeben. Jedenfalls haben sie in den Zimmern von Kathi und Jens Drogen gefunden.«

Liane ließ die Tasche sinken. »Was?«, fragte sie tonlos und sah von einem zum anderen. »Aber … wer macht denn so was?«

Carl zuckte mit den Achseln. »Wahrscheinlich das Nazischwein unter uns. Der hat ja schon öfters mal die Polizei gerufen.«

Liane ging zum Tisch und ließ sich auf einen Stuhl nieder. Mit gespielter Entgeisterung fragte sie: »Und was ist jetzt … mit Jens und Kathi?«

»Jens hat noch mal Glück gehabt. Der hatte nur ein bisschen Gras für den Eigenbedarf in seinem Zimmer. Aber Kathi … bei der haben sie Heroin gefunden, genug für etliche Shots. Sie sitzt in Untersuchungshaft.«

»Was?« Liane bemühte sich, das rechte Maß an Entsetzen in ihre Stimme zu legen. »Aber … ich wusste gar nicht, dass sie … harte Drogen nimmt.« Sie machte große Augen.

»Das tut sie auch nicht«, sagte Erika mit Bestimmtheit.

»Das sagst *du*!«, erwiderte Theo.

»Ich glaub das auch nicht.« Carl schüttelte den Kopf. »Da wären uns doch die Einstichstellen aufgefallen.«

»Aber was macht sie denn sonst damit? Das ergibt doch gar keinen Sinn.« Liane sah die anderen der Reihe nach an.

»Tja, wahrscheinlich handelt sie mit dem Zeug.« Theo klang, als könnte er es selbst kaum glauben. »Immerhin war *sie* es, die uns alle hier mit Hasch versorgt hat. Und seitdem ihre Alten ihr den Geldhahn zugedreht haben …«

»Das wusste ich nicht. Aber Heroin? Das ist ja wohl ein anderes Kaliber.«

»Ich glaub's trotzdem nicht«, beharrte Erika und starrte vor sich hin. Plötzlich hob sie den Kopf und blickte Liane direkt in die Augen. »Sie behauptet, jemand hätte ihr das Zeug untergeschoben.«

»Was?«, fragte Liane und riss die Augen auf. »Aber warum sollte jemand denn so was tun?«

Ein paar Sekunden sahen die beiden Frauen sich an. Dann brach Theo das Schweigen: »Tatsache bleibt, dass das Zeug unter ihrer Matratze gefunden wurde. Und dass es schlecht für sie aussieht.«

Liane schüttelte stumm den Kopf. Dann holte sie tief Luft und fragte so, als würde sie sich kaum trauen, es laut auszusprechen: »Und was ist mit den Kindern?«

»Die hat das Jugendamt abgeholt.«

»Aber die haben sie doch nicht etwa in ein Heim gesteckt?« Liane konnte nicht verhindern, dass ihre Stimme ein bisschen schrill klang. Das hatte sie natürlich nicht gewollt.

»Nein. Die sind bei den Großeltern in Grünwald. Waschechten Kapitalisten.«

Liane unterdrückte einen Seufzer der Erleichterung. Dann stand sie auf, nahm ihre Tasche und ging zur Tür.

»Das muss ich jetzt erst mal verdauen«, sagte sie und schüttelte betreten den Kopf. In ihrem Zimmer drückte sie sorgfältig die Tür hinter sich zu, atmete tief ein und führte einen stummen Freudentanz auf. Dann legte sie sich hin und sah zum Fenster hinaus.

Später kam Carl zu ihr ins Zimmer und sie gab sich schweigsam, so als würden ihr die Worte fehlen. Als er sich zu ihr auf die Matratze fallen ließ und seinen Kopf in ihren Schoß bettete, streichelte sie ihn wortlos. Gott, wie schön er ist, dachte sie. Wie oft hatte sie das schon gedacht, aber nun kam die Gewissheit dazu, wie sehr sich das alles gelohnt hatte – für ihn. Und in dem Moment wusste sie: Sie würde ihn immer und ewig lieben und jedes Hindernis, das sich jemals zwischen sie zu stellen drohte, aus dem Weg räumen. Der Zeitpunkt ist gekommen, dachte sie, beugte sich zu ihm hinunter und gab ihm einen Kuss auf die Stirn. Stockend, so als bereitete ihr das Sprechen Mühe, begann sie: »Du … ich … mach mir Sorgen um dich, weißt du das?«

Überrascht blickte er zu ihr auf.

»Du kriegst doch so eine Studienförderung, nicht wahr? Nach dem Honnefer Modell oder wie das heißt.«

Er nickte stumm und sah mit seinen wunderschönen grauen Augen zu ihr hoch.

»Was da war … mit der Razzia … dieses Mal hattest du Glück. Aber was, wenn das stimmt, was Kathi sagt? Dass ihr jemand das Zeug untergejubelt hat? Das macht mir Angst! Was ist, wenn dir dasselbe passiert, ich meine, wenn *dir* jemand Drogen unterschiebt? Und selbst wenn du bald wieder freikommst, dann streichen sie dir vielleicht das Fördergeld. Was ist dann mit deinem Medizinstudium? Und außerdem …«, sagte Liane und schlug die Augen nieder, »wäre das doch auch ganz schrecklich für deine Mutter, wenn dir so was passieren würde. Hast du daran mal gedacht?«

Annamaria, Karfreitag, 28. März 1986

Am Karfreitag, als sie die Ungewissheit nicht länger aushält, geht sie gleich morgens zur Telefonzelle vor der Bäckerei und wählt wieder einmal die Nummer des Polizisten. Die Male vorher hat sich immer ein anderer gemeldet. Es tutet und tutet, während draußen vor der Telefonzelle die Flocken vorbeitreiben und ihre Gedanken um die Frage kreisen, wann das Schwein endlich verhaftet wird. Sie fürchtet, dass es deshalb so lange dauert, weil man sie nicht erreicht.

Als sich auch diesmal ein anderer Beamter meldet, legt sie auf. Sie will einfach mit keinem sprechen außer mit Herrn Biermann. Sie nimmt sich vor, es am Nachmittag noch einmal zu versuchen, gleich nach den Nachhilfestunden, die sie über die Ostertage nun auch noch gibt wegen dem Geld.

Sie hängt den Hörer auf die Gabel und stemmt die Tür der Telefonzelle auf. Ein eisiger Wind weht ihr entgegen. Sie zieht die Kapuze ihres Parkas über den Kopf und blinzelt in die Schneeflocken, in den schmutzig grauen Himmel. Ende März und Schnee, denkt sie. So langsam könnte es doch mal gut sein mit dem Winter.

Sie geht die Hauptstraße entlang, leicht nach vorne geneigt, und überlegt, wie sie den beiden Nachhilfeschülern, die ein bisschen schwer von Kapee sind, auf die Sprünge helfen kann. Über die Ferien wird sie ihnen noch mehr Aufgaben geben. Sie überquert die Riedlinger Straße und biegt in den Weg an der Bahnlinie ein. Als sie an dem Schrebergartenhäuschen vorbeikommt, schaut sie absichtlich weg. Zu schmerzhaft ist die Erinnerung, zu frisch die Wunde, die der Verrat von Markus ihr zugefügt hat. Sie hält den Kopf gesenkt, als sie über den Bahnübergang geht. Deshalb bemerkt sie den Polizeiwagen erst im letzten Moment. Abrupt bleibt sie stehen, sieht erschrocken zu der Windschutzscheibe, in der sich jedoch das Licht bricht. Sie weiß nicht, ob sie weitergehen oder stehen bleiben soll. Oder vielleicht sogar auf dem Absatz kehrtmachen und wegrennen. Plötzlich ist sie sich sicher, dass die inzwischen Bescheid wissen und sie durch und durch für eine Lügnerin halten. Da öffnet sich die Fahrertür und ein Polizist taucht auf, ein großer, breiter Kerl, den sie schon einmal mit dem Cornelius zusammen vor dem Wirtshaus hat stehen sehen. Bevor sie mitbekommt, wer auf der anderen Seite aussteigt, dreht sie sich um und rennt weg. Sie rennt, so schnell sie kann, in die entgegengesetzte Richtung an der Bahnlinie entlang und biegt Richtung Friedhof ab. In der Ferne wird ein Motor angelassen und heult im nächsten Moment auf. Sie wagt aber nicht, sich umzusehen, sondern läuft einfach weiter, in die nächste Seitenstraße hinein. Hinter sich hört sie den Wagen näher kommen. Sie blickt nach rechts und links, doch überall sind Zäune und Hecken und Mauern. Sie rennt immer noch weiter, auch als der Wagen sie längst eingeholt hat und scharf bremst, als die Türen aufgehen und jemand nach ihr ruft. Die Stimme kommt ihr bekannt vor – ist das Herr Biermann? –, doch sie sieht sich nicht um. Jetzt hat sie den Gottesacker fast erreicht, das Friedhofstürle steht auf und sie rennt hindurch, den Hauptweg zwischen den Gräbern entlang, ist vollkommen außer sich. Da packt jemand sie von hinten am Arm, Annamaria stolpert und stürzt auf ein Grab. Als sie sich wieder aufrappelt, sieht sie, dass es der Breite ist. Kurz darauf taucht Herr Biermann auf.

»Jetzt mal ganz ruhig«, sagt er keuchend. Und dann fügt er hinzu, dass sie sich jetzt endlich einmal unterhalten müssten. Annamaria sagt gar nichts. Sie klopft sich das Laub von der Jacke und lässt sich zum Wagen begleiten. Auf der Straße vor dem Friedhofstürle steht die Oma von der Hedi neben ihrem Fahrrad und kriegt sich nicht ein vor lauter Glotzen.

Die Fahrt durch Rosenau erfolgt langsam, zu langsam für Annamarias Empfinden. Sie wünscht sich, der Breite, der am Steuer sitzt, würde mehr Gas geben. An der Ampelkreuzung in der Ortsmitte bleibt der Wagen bei Rot stehen und Annamaria dankt Gott, dass da niemand ist, den sie kennt. Auf der Polizeiwache wird sie in einen Raum gebracht, es ist das Büro neben dem vom letzten Mal.

»So, mein Frollein«, sagt Herr Biermann, als er sich ihr gegenüber niederlässt. Zum Glück ist der Breite nirgends zu sehen. Aber auch Herrn Biermanns Stimme klingt nicht mehr so freundlich wie das letzte Mal und auch sein Blick ist kühl. »Ich hab versucht, dich anzurufen.«

Er macht eine Kunstpause, um seine Worte wirken zu lassen. Vielleicht auch um Annamaria dazu zu bringen, dass sie sich verrät. Aber das wird sie bleiben lassen. Abwarten, abwarten und reagieren auf das, was die anderen tun, das ist es, was sie im Leben gelernt hat.

»Dabei habe ich so allerhand erfahren. Zum Beispiel, dass euer Telefon nicht mehr geht, weil es abgestellt wurde. Und dass es deshalb abgestellt wurde, weil die Rechnungen nicht mehr bezahlt wurden.«

Er lehnt sich mit den Unterarmen auf den Tisch, einen Bleistift in der Hand.

»Und dass die Rechnungen nicht mehr bezahlt wurden, weil deine Pflegemutter seit Monaten nicht mehr zur Arbeit erschienen ist.«

Jetzt beugt er sich zu ihr vor. Eine Ewigkeit sieht er sie schweigend an. Annamaria schluckt.

Und dann hört sie ihn fragen: »Wo ist deine Pflegemutter, Mädle?«

Annamaria erwidert seinen Blick. Seine Augenbrauen sind so buschig, denkt sie absurderweise, obwohl er doch kaum mehr Haare auf dem Kopf hat. Und dass er eigentlich gar nicht wie ein Polizist aussieht. Eher wie Räuber Hotzenplotz. Sie wendet den Blick ab, sieht auf ihre Hände und spürt auf einmal eine unglaubliche Müdigkeit.

»Sie ist weg«, antwortet sie matt.

Sie hört, wie er tief ein- und wieder ausatmet.

»Mensch, Mädle!«, sagt er schließlich und tippt mit dem Bleistift auf den Tisch. »Das musst du dem Jugendamt melden. So kannst du doch nicht leben!«

Jetzt kommen ihr die Tränen. Wütend versucht sie sie zurückzudrängen, aber es laufen ihr immer neue Tränen die Backen herunter. Wie aus weiter Ferne hört sie ihn sagen: »Ich kann dich da jedenfalls nicht wieder zurückgehen lassen. Das ist gegen das Gesetz. Du brauchst jemanden, der sich um dich kümmert. Zumindest so lange, bis du volljährig bist.«

Eine Weile weint sie schweigend vor sich hin. Herr Biermann schweigt ebenfalls. Sie weiß nicht, ob er sie ansieht, es ist ihr auch egal. Sie hat den Blick auf ihre Hände gerichtet, die wie tote Vögel in ihrem Schoß liegen. Sie hört ihn rascheln und kurz darauf schiebt er ihr ein Taschentuch zu.

Sie ignoriert es, sieht ihn stattdessen lange an und sagt schließlich: »Sie haben den Cornelius also nicht verhaftet.«

Herr Biermann schnalzt mit der Zunge, missbilligend oder ungeduldig oder ungläubig, sie weiß es nicht. Erfreut ist er jedenfalls nicht über ihre Frage. Er hält sie wohl auch für überflüssig.

»Wir haben den Cornelius Bauer befragt. Er hat ein Alibi. Zu der betreffenden Zeit war er mit zwei Kumpels vom Narrenverein zusammen. Die Aussage ist glaubhaft.«

Er sieht sie bedauernd an. Bedauernd und auch ein wenig selbstgerecht.

Annamaria erwidert seinen Blick. Dann sackt sie noch ein bisschen mehr in sich zusammen. Das hätte sie sich ja denken können, dass die Nachtfräulein sich untereinander decken. Eine ganze Weile sitzt sie einfach so da, starrt dumpf vor sich hin und wartet. Worauf?

Doch auf einmal fällt ihr das mit dem Jugendamt wieder ein und da kommt Leben in sie. Sie greift nach dem Taschentuch, reibt sich die Augen, schnaubt. Dann richtet sie sich auf, sieht ihn direkt an und sagt mit fester Stimme: »Ich bin schwanger. Und wenn ich wieder in das Heim muss, bring ich mich um.«

Lange sieht er sie daraufhin an und sie erwidert seinen Blick, ohne mit der Wimper zu zucken. Sie meint es ernst, das ist ihr selbst klar geworden in dem Moment, als sie es ausgesprochen hat. Und sie glaubt, dass er das auch begriffen hat.

Da steht er auf und geht ohne ein weiteres Wort aus dem Raum. Durch die Glaswand sieht sie, wie er den Hörer aufnimmt, wie er mit dem Stift, den er immer noch in der Hand hält, die Wählscheibe betätigt. Wie er wartet und dann zu sprechen beginnt und dabei zu ihr hersieht. Als er ihren Blick auffängt, wendet er ihr den Rücken zu. Das Gespräch geht keine zwei Minuten. Und dann ist er auch schon wieder bei ihr.

»So«, sagt er. »Ich habe jetzt jemanden angerufen, eine Frau. Sie ist Psychologin und arbeitet mit dem Jugendamt zusammen.«

Er bemerkt, wie ihre Augen sich weiten, und fügt rasch hinzu: »Rede erst mal mit ihr. Sie wird dir helfen.«

Die Mutter kommt zurück und erkundigt sich wieder bei den Nachtfräulein nach ihren Kindern und wird, wie das erste Mal, abgewiesen.

Liane van der Berg, Dienstag, 11. April 2017

Die restliche Nacht verbrachte Liane damit, nach Einbruchspuren zu fahnden, und zudem versuchte sie etliche Male, Carl zu erreichen. Vielleicht hatte *er* eine Erklärung dafür, wie der *Stern* auf seinen Nachttisch gekommen war. Doch sein Handy war ausgeschaltet und so blieb ihr nichts anderes übrig, als sich wieder ins Bett zu legen und ihre ängstlichen Gedanken kreisen zu lassen. Eigentlich gab es gar nicht viele Möglichkeiten, so überlegte sie, denn außer Matthias, ihrer Putzfrau Frau Endres und natürlich Carl und ihr selbst hatte niemand einen Schlüssel. Ob Frau Endres mit der Sache zu tun haben konnte? Nein, dachte sie, diese biedere und leicht einfältige Frau konnte ihr unmöglich einen derart üblen Streich gespielt haben. Allerdings hatte Liane, daran erinnerte sie sich auf einmal ganz dunkel, vor Jahren einen Schlüssel verloren und es damals für überflüssig gehalten, das Schloss austauschen zu lassen. Aber das war so lange her und es erschien ihr höchst unwahrscheinlich, dass der Finder von damals jetzt in ihr Haus eindrang, um ihr eine Zeitschrift auf den Nachttisch zu legen.

Um halb fünf quälte sie sich aus dem Bett, duschte kalt und zog sich sorgfältig an. Sie kochte sich eine Thermoskanne Jasmintee und schmierte sich ein Vollkornbrot mit Auberginen-Tomaten-Paste für unterwegs. Es würde ein stressiger Tag werden. Die

Autobahnfahrt, die Besprechungen bei der Produktionsfirma. Und dann musste sie natürlich unbedingt bis sechzehn Uhr wieder zurück sein. Nach der Entdeckung in der letzten Nacht war es dringender denn je zu erfahren, ob der Brief auf Hortensies Anrichte von demselben Absender stammte wie der an Matthias.

Es war vor fünf und noch immer dunkel, als sie einen Wagen auf den Hof fahren hörte. Angst fuhr ihr in die Glieder. Konnte das die Person sein, die in ihr Haus eingedrungen war? Sie sah sich um, streckte ihre Hand nach dem Messerblock aus und griff sich ein Filettiermesser, dann löschte sie das Licht. Einen Augenblick lang blieb sie so stehen, in der finsteren Küche, und hielt den Atem an, lauschte. Der einzige Lichtschimmer kam vom Hof draußen, wo der Bewegungsmelder die Laterne eingeschaltet hatte. Eine Autotür wurde zugeschlagen, dann noch eine. Also waren sie zu zweit. Ein paar Sekunden später hörte sie schwere Schritte auf der Eingangstreppe. Im nächsten Moment klingelte es. Lianes Herz raste und sie hatte das Gefühl, auf der Stelle umzukippen, einfach so, vor lauter Angst. Dann schlich sie unter Aufbietung all ihrer Kräfte zum Fenster und sah hinaus. Ein blau-silberner Mercedes stand mit dem Heck zu ihr. Aber was hatte der denn da auf dem Dach? Erst auf den zweiten Blick begriff sie, dass es sich um einen Polizeiwagen handelte. So schnell sie konnte, lief sie in die Diele, riss die Tür auf und tatsächlich standen vor ihr zwei Polizisten in Uniform: ein großer Typ mit blondem Schnauzbart und ein etwas kleinerer, kräftiger mit dunklem Haar.

»Guten Morgen. Entschuldigen Sie die Störung, sind Sie Frau ...« – der Große blickte auf das Messer in Lianes Hand, dann wanderte sein Blick über ihr Kostüm und blieb an ihren Birkenstocksandalen hängen – »Liane van der Berg?«

»Ja«, antwortete Liane hastig und hielt das Messer so, dass die Polizisten es nicht mehr sehen konnten, »das bin ich. Was ist passiert?«

Statt auf ihre Frage einzugehen, antwortete der Polizist mit einer Gegenfrage: »Wohnt hier ein Carl Winterling?«

»Das ist mein Mann, ja, aber nun sagen Sie mir schon, was passiert ist!«

»Er wurde heute Nacht stark alkoholisiert in München aufgegriffen. Wir überprüfen die Angaben, die er zu seiner Person gemacht hat. Bitte nennen Sie uns doch das Geburtsdatum Ihres Mannes.«

Wie betäubt gab Liane die gewünschte Information. Dann fragte sie mit tonloser Stimme: »Wie geht es ihm?«

»Abgesehen von den 1,7 Promille, die er im Blut hat, geht es ihm gut, soweit wir wissen.«

Als die Polizisten vom Hof fuhren, klingelte das Telefon. Es war ein kleinlauter Carl, der vom Münchner Polizeipräsidium aus anrief und sie bat, doch mit dem Zug nach München zu kommen, um sein Auto auszulösen und ihn dann mit nach Hause zu nehmen. Ihr erster Impuls war, ihn anzuschreien, was er ihr bitteschön noch alles aufhalsen wollte, doch dann dachte sie an ihren Ruf. Carl war sicher nicht allein und die Polizisten würden das Gespräch vermutlich mitbekommen. Also bat sie ihn nur, noch einen Tag länger im Hotel in München zu bleiben, denn den Termin bei der Produktionsfirma könne sie beim besten Willen nicht verschieben.

Nachdem sie das Telefon wieder in die Ladeschale gestellt hatte, blieb sie noch einen Moment lang reglos stehen. Dann begann sie langsam den Kopf zu schütteln, voller Unglauben und voller Zorn. Was war das alles nur? Was geschah da in ihrem Leben? Es war, als hätte sich die ganze Welt gegen sie verschworen.

Liane, Ende Juli 1968

Liane schritt rasch aus, trotz der Hitze, die bereits jetzt in den Straßen kauerte. Jedenfalls das richtige Wetter für das heutige Sommerfest im Kindergarten, dachte sie beschwingt. Dann konnte ja nichts mehr schiefgehen und alle Spiele und Aufführungen würden wie geplant im Garten stattfinden können. Und danach nur noch eine, eine einzige Woche Arbeit, bis der Kindergarten endlich in die Sommerpause ging und sie frei hatte, ganze vier Wochen lang! Wie freute sie sich auf diese Zeit, jetzt wo sie Carl endlich so weit hatte, aus der Wohngemeinschaft auszuziehen und sich zusammen mit ihr ein kleines Apartment zu nehmen.

Die Razzia hatte ihm einen nachhaltigen Schrecken eingejagt, und als Liane ihn später irgendwann gefragt hatte, ob er denn bei einem Verstoß gegen das Betäubungsmittelgesetz überhaupt noch Arzt werden dürfe, war er ganz blass geworden. Sie hatte dann noch ein paarmal eher nebenbei die Rede darauf gebracht, bis er am Ende selbst zu dem Schluss gekommen war, es wäre wohl sicherer für ihn und auch für sie, dieser Umgebung ein für alle Mal den Rücken zu kehren. Und so hatten sie beide angefangen, sich heimlich nach einer Wohnung umzuschauen.

Liane stieg in die Tram. Wie immer bekam sie keinen Sitzplatz, aber das machte ihr nichts aus. So wie ihr in den letzten Tagen rein gar nichts mehr etwas ausmachte. Sie hatte ja gewonnen und mit einem Schlag alles Ungemach beseitigt: Katharina war weg, die Kinder waren es auch, für immer von der Bildfläche verschwunden. Sie konnte ein Lächeln nicht unterdrücken. Dass sie Katharina Heroin untergejubelt hatte, belastete Liane nicht weiter. Auch Hasch war ja schließlich eine Droge und davon hatte Kathi immer reichlich gehabt. Und das als Mutter! Nur gut, dass diese armen Kinder dem Einfluss einer solchen Person jetzt entzogen waren. Und dass sie hier raus waren und endlich die Stabilität und Kontinuität bekamen, die Kinder brauchten, um sich zu vernünftigen Menschen zu entwickeln. Liane hatte ja mit eigenen Augen gesehen, wohin das alles führte, an jenem Nachmittag, als die Kleine sich in der Tram die Klamotten vom Leib gerissen hatte. Und nun waren sie auch diesen grauenhaften Kinderladen los! Ja, Liane hatte alles richtig gemacht. Jetzt musste sie es nur noch schaffen, Carl wirklich aus der Wohngemeinschaft zu kriegen, dann konnte sie endlich mit ihm das Leben führen, das sie sich vorstellte.

Als sie aus der Tram stieg, knallte die Sonne bereits mit solcher Kraft vom Himmel, dass einem Hören und Sehen verging. Aber für sie konnte es gar nicht heiß genug sein, wo sie bald frei hatte und den Rest des Sommers mit Carl verbringen würde. Neben der Wohnungssuche würden sie zum Sonnenbaden an die Isar gehen, vielleicht auch mal einen Ausflug an den Starnberger See machen. Was für eine herrliche Zeit vor ihnen lag!

Das Jahresabschlussfest, das heute stattfand, war der Höhepunkt des Kindergartenjahres; die Kolleginnen und sie hatten seit Wochen darauf hingearbeitet. Wie jedes Jahr gab es ein Programm mit einem Theaterstück, einem Flötenkonzert und anschließendem Kaffee und Kuchen, doch für Liane war es noch aus einem anderen Grund ein besonderer Tag: Sie hatte Carl eingeladen. Sie wollte, dass er sich die kleine Inszenierung ansah, die sie mit den Kindern einstudiert hatte. Carl sollte sie im besten Licht sehen, als eine fortschrittliche, reformorientierte Erzieherin, die ein bisschen Schwung in den verstaubten Laden brachte. Auch hoffte sie auf eine Gelegenheit, ihn ein wenig herumzuführen, ihm ihren Gruppenraum zu zeigen und natürlich die Kinder, von denen sie ihm hin und wieder erzählt hatte. Doch dann kam alles anders.

Nach der Aufführung bezog Liane ihren Posten am Kaffee- und Kuchenstand, und weil Mathilde sich in letzter Minute krankgemeldet hatte, musste Liane nicht nur kassieren, sondern auch Kaffee einschenken und Kuchenstücke auf Teller verteilen. Mit der

Zeit hatte sich an ihrem Stand eine so lange Schlange gebildet, dass Liane es nicht einmal schaffte, den Sonnenschirm zu verstellen. Und so schwitzten der ganze Stand, die Kuchen, die Kaffeesahne und sie selbst in der Sonne vor sich hin.

Zu allem Überfluss löste sich auch noch der Griff eines Kuchenmessers und sie war gezwungen, das einzige verbleibende Messer abwechselnd für die Schokotorte und den Käsekuchen zu verwenden, was hässliche Spuren am Käsekuchen hinterließ. Sie hätte eigentlich rasch in die Küche gehen und ein Ersatzmesser holen müssen, aber sie konnte hier einfach nicht weg. Als plötzlich der kleine Franz vor ihr am Stand auftauchte, um einen Kuchen zu kaufen, kam ihr ein Gedanke. Sie beugte sich zu dem Jungen und flüsterte ihm ins Ohr: »Ich brauch ganz dringend deine Hilfe! Kannst du für mich in die Küche gehen und das große Messer aus der Schublade holen? Das, was wir immer fürs Brot nehmen …«

Schon vor Wochen hatte Liane begonnen, die Kinder mehr in die Pflicht zu nehmen, ihnen mehr zuzutrauen. Den Anstoß dazu hatte ein Buch über Reformpädagogik gegeben, das ihr eine völlig neue Sichtweise auf alle möglichen Erziehungsthemen eröffnet hatte.

Franz nickte und Liane sah ihm kurz hinterher, wie er loslief, ganz eifrig und hilfsbeflissen – er rannte so schnell, dass ihm das helle Haar nur so um den Kopf flatterte.

Sie wandte sich jetzt der Frau zu, die vor ihr stand, nahm eine Münze entgegen und schenkte Kaffee in eine Tasse. Als die nächste Frau an der Reihe war, hörte Liane auf einmal jemanden schreien. Die Frau und sie wechselten einen erschrockenen Blick. Dann rannte Liane los, nach drinnen, in die Richtung, aus der das Schreien kam.

Schon von Weitem sah sie den Pulk von Leuten, der sich auf dem Gang vor einem der Gruppenräume gebildet hatte. »Wir brauchen einen Krankenwagen«, rief jemand, »schnell!«

Sie sah, wie eine einzelne Person, Frau Wiegand, sich aus dem Pulk herauslöste und in ihr Büro lief. Liane versuchte zu begreifen, was da überhaupt los war. Sie wollte helfen, irgendetwas tun. Und wer lag da überhaupt in der Mitte dieser Menschentraube? Vielleicht die uralte Dame mit dem Stock, die sich vorhin noch ermattet den Schweiß von der Stirn getupft hatte? Es war aber auch ein unglaublich heißer Tag, kein Wunder, dass den alten Leuten da der Kreislauf versagte. Liane unternahm noch einen halbherzigen Versuch, trotz des Gedrängels etwas zu erkennen, gab dann aber auf und folgte Frau Wiegand in ihr Büro. Sie bekam mit, wie Frau Wiegand die Adresse des Kindergartens durchgab und, kaum dass sie aufgelegt hatte, auf den Erste-Hilfe-Schrank an der Wand zusteuerte. Als sie Liane sah, rief sie mit einer Stimme, die sich vor lauter Aufregung gar nicht mehr wie ihre anhörte: »Suchen Sie jemanden, der Erste Hilfe leisten kann … einen Arzt, eine Krankenschwester … irgendwen … Machen Sie schnell!«

Da kam Liane ein Gedanke. Sie rannte durch den Garten, rief: »Carl, Carl!«, fand ihn und schob, kaum dass sie mit ihm im Schlepptau bei der Menschentraube angelangt war, die Leute beiseite. »Machen Sie Platz, hier ist ein Arzt.«

Als sie eine Sekunde später sah, wer da am Boden lag, hätte sie vor Schreck fast aufgeschrien. Es war Franz, in dessen Bauch ein Messer steckte. Auch Carl schnappte erschrocken nach Luft.

»Wir brauchen ein Kissen für den Kopf«, hörte sie Carl sagen und jemand reichte ihm eines, während Carl den Erste-Hilfe-Koffer öffnete und etwas herausholte.

Was dann folgte, bekam Liane nur noch am Rande mit. Frau Wiegand sagte: »Wo ist denn seine Mutter?« und »Man muss die Blutung stoppen«, eine Frau schrie: »So ziehen Sie doch endlich das Messer heraus!« Und schließlich hörte sie einen Mann sagen: »Woher hat der Junge überhaupt das Messer?«

Die nächsten zwei Tage verbrachte Liane wie in einem Vakuum. Sie konnte kaum schlafen, sah immer wieder Franz' Gesicht und den schlaffen kleinen Körper vor sich, der von den Sanitätern auf eine Liege gehoben und ins Krankenhaus gebracht worden war. Sie hatte mehrmals im Krankenhaus angerufen und sich nach Franz erkundigt, aber die Antwort war immer die gleiche: Man dürfe ihr keine Auskunft erteilen.

Als sie am Montagmorgen den Kindergarten betrat, hörte sie laute Stimmen aus dem Büro.

»… sich beruhigen … verstehe Sie ja … schrecklich, was passiert ist«, hörte sie Frau Wiegand sagen.

»… Sie anzeigen … Verletzung der Aufsichtspflicht.«

Wenn sie sich nicht täuschte, war das die Stimme der Mutter von Franz. Liane hielt die Luft an und trat ein Stück näher an die Tür.

»… Sie denn auf die Idee?«

Die Stimme der Mutter wurde lauter: »… mir erzählt, dass eine seiner Erzieherinnen, Liane van der Berg, ihm gesagt hat, er soll ihr das Messer aus der Küche bringen!«

Lianes Handflächen wurden feucht, ihr ganzer Körper verkrampfte sich. Also hatte der Junge seiner Mutter alles erzählt. Plötzlich hörte sie, wie drinnen Stühle gerückt wurden. Rasch drehte sie sich um und schaffte es gerade noch, in ihren Gruppenraum zu huschen und sich über eine Spielzeugkiste zu beugen, bevor Frau Wiegand in der Tür stand.

»Fräulein van der Berg, kommen Sie doch mal bitte!« Liane richtete sich auf und drehte sich um.

»Ja, sicher!«, sagte sie und spürte ihren Herzschlag wie ein Trommeln in ihrer Brust. Während sie Frau Wiegand folgte, überlegte sie fieberhaft, was sie sagen könnte, um das Ganze zu entkräften. Carl, dem sie die Sache noch am selben Abend gestanden hatte, fand, sie dürfe auf keinen Fall irgendetwas zugeben: »Wenn der

Junge stirbt, bist du wegen fahrlässiger Tötung dran«, hatte er gesagt. Diese Worte hallten ihr auch jetzt im Kopf herum und so nahm sie all ihre Kraft zusammen. Als sie hinter Frau Wiegand das Büro betrat und Franz' Mutter dort stehen sah, bemühte sie sich bewusst um eine aufrechte Haltung. Mit besorgter, aber keinesfalls schuldbewusster Miene sagte sie: »Ach, grüß Gott, Frau Milzner, wie geht es dem kleinen Franz?«

Liane war nicht überrascht, die Frau nun sagen zu hören: »Das fragt ja die Richtige! Sie sind doch schuld, dass mein Bub sich verletzt hat.«

Liane schnappte nach Luft. »Wie bitte? Wie kommen Sie denn *darauf*?«

»Franz geht es besser«, schaltete sich Frau Wiegand ein.

Doch Frau Milzner beachtete die Leiterin nicht. Stattdessen fuhr sie Liane an: »Jetzt streiten Sie's auch noch ab! Der Franz hat mir alles erzählt ... Sie haben ihn in die Küche geschickt, um das Messer zu holen. Wie konnten Sie ein so kleines Kind um etwas Derartiges bitten? Der Junge ist noch nicht mal vier!«

Liane spürte Frau Wiegands Blick auf sich. Die Kindergartenleiterin beobachtete sie aufmerksam und registrierte jede Regung ihres Gesichts. Liane legte Bestürzung und Empörung in ihre Stimme, als sie nun sagte: »Ich verbitte mir derartige Anschuldigungen. Wahrscheinlich lügt der Junge, weil er Angst hat, Sie würden ihn sonst bestrafen!«

»Das ist ja wohl die Höhe, mein Junge lügt nicht.«

»Da haben wir aber anderes erlebt«, kam ihr plötzlich Frau Wiegand zu Hilfe. »Unserer Erfahrung nach ...«

In dem Moment klopfte es an der Tür und zwei Mädchen aus Lianes Gruppe, noch in Sandalen und Sommerjacken, streckten den Kopf zur Tür herein: »Tante Liane? Wir sind die Ersten! Dürfen wir in die Puppenecke?«

Liane sah Frau Wiegand fragend an, und als diese ihr zunickte und sagte: »Sie können gehen«, verließ sie erleichtert das Büro. Immer noch hämmerte ihr das Herz im Leib und sie war gottfroh, endlich von Frau Milzners vorwurfsvollen Augen wegzukommen. Und von der Wiegand, deren Blick ihr wie immer durch Mark und Bein ging – die Frau schien Gedanken lesen zu können. Aber ich habe mich gut gehalten, dachte Liane. Und wenn die Wiegand mir glaubt, ist die Schlacht schon geschlagen.

Auf die Mutter würde sowieso niemand hören. Das Wort einer Alleinerziehenden hatte kein allzu großes Gewicht. Und der Junge wurde ja wieder gesund, das war die Hauptsache. Und was hatte sie denn bitteschön falsch gemacht? Sie hatte dem Jungen nur etwas zutrauen wollen. Im Grunde war an dem Unfall dieses ganze veraltete Erziehungskonzept schuld. Einerseits forderte die Wiegand Disziplin bis zum Abwinken. Die Kinder sollten dies und das können, Klappbetten aufstellen und Laken stramm ziehen und wie kleine Kindersoldaten auf Knopfdruck die Klappe halten und schlafen. Aber wenn es darum ging, sie auch nur mal einen Apfel schneiden zu lassen, dann waren sie auf einmal *viiiel zu klein*! In dem Waldorfkindergarten, in dem Liane gelernt hatte, durften die Kinder mit Schnitzmesser und Säge hantieren, sie wurden sogar dazu aufgefordert. Und in den drei Jahren, in denen Liane dort gearbeitet hatte, hatte kein Kind auch nur eine winzige Schramme davongetragen! Nein, dachte Liane, *sie* würde sich hier kein schlechtes Gewissen einreden lassen, nur weil sie versuchte, die Kinder zu eigenständigen und selbstbewussten Menschen zu erziehen.

Zurück im Gruppenraum machte sich Liane daran, die Teetassen für die Kinder herzurichten, und ging dann in die Küche, die gegenüber von Frau Wiegands Büro lag, um Hagebuttentee zu kochen.

Es dauerte keine zwei Minuten, bis die Tür des Büros aufgerissen wurde und Frau Milzner herausstürmte.

»Das ist eine Unverschämtheit, das muss ich mir nicht sagen lassen!«

Die Ruhe in Person erwiderte Frau Wiegand: »Es tut mir leid, wenn Sie das nicht hören möchten, aber es ist nun einmal so: Bei Kindergartenveranstaltungen liegt die Aufsichtspflicht bei den Eltern. Hätten Sie Ihr Kind im Auge behalten, wie alle anderen das tun, wäre das vielleicht nicht passiert.«

Ohne ein weiteres Wort rauschte Frau Milzner davon. Frau Wiegand blieb auf dem Korridor stehen und sah der Mutter mit aufeinandergepressten Lippen hinterher. Dann wanderte ihr Blick zu Liane und sie sagte fast ohne jede Regung: »Kommen Sie bitte zu mir.«

Wie schon zuvor betrat Liane das Büro der Leiterin, diesmal deutlich ruhiger. Puh, dachte sie, das ist ja noch mal gut gegangen. Nie hätte sie gedacht, dass ausgerechnet Frau Wiegand sich hinter sie stellen würde.

»Setzen Sie sich!«, sagte die Kindergartenleiterin und schloss die Tür.

Liane nahm Platz und wartete. Sie setzte ein kleines Lächeln auf. Fast glaubte sie schon selbst daran, ein Opfer widriger Umstände zu sein, das völlig zu Unrecht beschuldigt worden war.

»Wir wissen beide, dass der Franz die Wahrheit gesagt hat. Sie haben den Jungen in die Küche geschickt, um ein Messer zu holen.«

Liane konnte nicht glauben, was die Wiegand da sagte. »Ich …«, hob sie an, aber die Leiterin fiel ihr grob ins Wort.

»Seien Sie still. Ich halte es für das Beste, wenn wir den Arbeitsvertrag in beiderseitigem Einvernehmen lösen. Das Kindergartenjahr ist sowieso bald zu Ende und diese eine Woche werden wir auch ohne Sie auskommen.«

»Das können Sie doch nicht machen. Ich habe nichts getan!«

»Fräulein van der Berg, ich habe Sie beobachtet. Ich weiß, was Sie für Ideen haben. Jetzt haben Sie ja selbst gesehen, wohin das führen kann. Dieses Mal ist es mir noch gelungen, größeren Schaden von unserem Kindergarten abzuwenden. Allerdings werde ich dieses Risiko nicht noch einmal eingehen. Sie sind als Erzieherin völlig ungeeignet. Suchen Sie sich eine andere Arbeit, bevor noch ein Kind Schaden nimmt.«

TEIL II

So entführen sie der Mutter nach und nach alle Kinder bis auf die älteste Tochter, die die »Klägerin« genannt wird.

Liane van der Berg, Dienstag, 11. April 2017

»Halt die Fresse, du blöde Schlampe«, schrie das Kind im Video seine Mutter an und spuckte ihr ins Gesicht.

Liane schüttelte stumm den Kopf. Als das Kind die Fernbedienung auf den Boden schleuderte, drückte Liane auf Pause und wandte sich an Corinna, die wie die anderen Team-Mitglieder interessiert auf die Beamer-Leinwand sah, auch wenn sie den Film schon kannte. »Allerliebst! Aber wie schaffst du das nur immer, uns solche Kaninchen aus dem Hut zu zaubern?«, fragte sie.

»Ich hab eben 'nen großen Hut«, antwortete Corinna grinsend.

Wenn ich mich schon für eine Zynikerin halte, was ist dann bitteschön Corinna, schoss es Liane durch den Kopf, während sie die Casterin betrachtete, die top gestylt wie immer neben ihr am Konferenztisch saß, in blaugrauem Hosenanzug, mit schicker blonder Strähnchenfrisur und Gelnägeln in Nude.

»Hm«, antwortete Liane und sah wieder auf die Probeaufnahmen, die ein Filmteam mit Familie Fahlbusch gemacht hatte.

»Und die sind mit 150 Euro einverstanden?«, fragte Liane und sah nun Dennis und Sandy, den Eltern von Jeremy-Pascal, Jason-Conner, Zoey-Jade und Melvin-Kay-One dabei zu, wie sie ihren Kindern beim Einnehmen des Abendessens zusahen: pappige Weißmehlbrötchen, die sie im Stehen in sich hineinstopften.

»150 Euro für drei Wochen Drehzeit plus Stromgeld!« Corinna grinste.

»Und den Vertrag haben sie schon unterschrieben?«

Corinna klappte die Mappe auf, die vor ihr auf dem Tisch lag, und legte Liane den »Vertrag über die Mitwirkung an der TV-Serie *Die Familienretterin«* vor.

»Alles unterzeichnet. Auch die Verschwiegenheitsklausel.«

»Und habt ihr denen ein Exemplar des Vertrags ausgehändigt?«

»Für wie blöd hältst du mich?«

»Gut.« Liane lächelte zufrieden und wandte sich dann an Maurice, den Realisator der Sendung, der als Autor beim Dreh für die Regieanweisungen zuständig war.

»Okay. Die sind also gebrieft und wissen, was sie zu sagen haben?«

»Die Szenen stehen. Die Mutter steht ein bisschen auf der Leitung. Wir müssen ihr den Text halt öfters vorsprechen. Aber wir machen ja auch noch Probeaufnahmen, da kann sie üben. Das wird schon klappen, da bin ich sicher.«

Liane nickte, und als sie die Besprechung gegen Mittag beendeten, war alles unter Dach und Fach: Die Drehtermine waren festgezurrt und das Drehbuch in erster Fassung eingetütet. Einer erfolgreichen Produktion der Jubiläumssendung stand also nichts mehr im Wege.

Liane stand auf, schlüpfte in ihren Burberry-Trench und wollte sich gerade von Corinna und Maurice verabschieden, als jemand ihr von hinten auf die Schulter tippte und sagte: »Frau van der Berg. Das ist für Sie abgegeben worden.«

Überrascht wandte Liane sich um und sah Nelly, die Redaktionssekretärin, vor sich stehen, einen hübsch dekorierten, ziemlich großen Fresskorb im Arm.

»Hmm! Was haben wir denn da? Darf ich mal sehen?«, fragte Corinna und beugte sich neugierig über den Korb.

»Zieh dir die Schuhe aus, bevor du reinspringst«, sagte Maurice und grinste seine Kollegin an.

»Ach, das sind bestimmt wieder Würste …«, sagte Liane, doch Corinna hatte den Inhalt schon inspiziert.

»Nix Würste«, sagte sie mit geradezu neidischem Unterton. »Das sind total leckere Bio-Süßigkeiten von der *Gutenmühle*!«

»Ach so«, brummte Maurice. »Würste wären mir lieber.«

Mit einem vernichtenden Seitenblick auf Maurice wandte sich Liane an die beiden Frauen: »Passt mal auf: Sucht euch aus, was ihr wollt.«

»Wirklich? Das lass ich mir nicht zweimal sagen!« Corinna griff in den Korb und zog vorsichtig eine wunderhübsche, in Lindgrün und Elfenbein gehaltene Mini-Kuchenschachtel heraus. Auf einem Etikett mit gezacktem Rand stand in geschwungener Schrift *Apfel-Hirse-Torte*.

»Kann ich die haben?«, fragte sie.

Liane griff in den Korb und holte noch eine Tüte mit Plätzchen heraus. »Nimm die auch noch«, sagte sie und drückte sie Corinna in den Arm.

»Und den hier verteilt ihr am besten unter den Kollegen.« Liane hob einen zweiten, größeren Kuchen, offenbar eine Möhrentorte, aus dem Korb und stellte ihn auf Nellys Schreibtisch. »Ich krieg das alleine ja gar nicht gegessen.« Dann drückte sie Nelly noch eine Plätzchentüte in die Hand und fragte Maurice: »Letzte Chance. Willst du nicht doch etwas haben? Zum Beispiel diese leckeren Vollkornmakronen?«

»Nee, lass mal stecken, ich bin ja nicht Jesus«, sagte er, verabschiedete sich mit einem Grinsen und schlappte davon.

Als Liane fünf Minuten später den noch immer gut gefüllten Korb auf dem Rücksitz verstaute, war sie mehr als zufrieden. Wenn sie das gut hinbekamen und das Wetter am Ausstrahlungstag passte, hatten sie eine realistische Chance, die Einschaltquoten noch einmal zu toppen. Zehn Jahre *Familienretterin,* und die Sendung hatte sich noch immer nicht totgelaufen – wenn das kein Erfolg war!

Natürlich war es bei der *Familienretterin* genauso wie bei anderen Sendungen dieser Art – nicht alles war echt, ganz und gar nicht. Vielmehr galt das Motto: Erlaubt ist, was Quote bringt. Damit hatte Liane kein Problem, so tickte das Publikum nun einmal. Hauptsache, man konnte sich auf Kosten anderer amüsieren und feststellen, dass das eigene Leben immer noch weniger armselig war als das der Typen, die sich da vor laufender Kamera zum Affen machten. Selbstverständlich enthielt der Nachspann einen kurzen Hinweis darauf, dass es sich um *Scripted Reality* handelte, also um nachgestellte Szenen, aber man wusste ja, was die Zuschauer taten, wenn ihr sozialer Voyeurismus erst einmal befriedigt war: Sie nutzten die Pause, um sich mehr Chips und noch ein Bier zu holen, oder zappten weiter zum nächsten Trash-Format. Wobei die Sequenz mit dem Hinweis, dass alles gescripted war, doch nur relativ kurz zu sehen war, das musste Liane zugeben. Im Grunde musste man schon Autist mit einer Inselbegabung oder professioneller Schnell-Leser sein, um den für eine Sekunde eingeblendeten Satz überhaupt wahrzunehmen. Dabei setzte sich Lianes Sendung, was die mediale Inszenierung der Unterschicht anging, noch immer deutlich ab von den anderen Trash-Formaten. Die problembelasteten Familien wurden am Ende immerhin ins Studio eingeladen, zu einem zivilisierten Gespräch über die erfolgreiche Umsetzung von Lianes Erziehungstipps. Das war auch der Grund, warum die Sendung besonders bei der Mittelschicht besser angenommen wurde als andere Erziehungssendungen in der Vergangenheit: Den Zuschauern wurde auf die Art ein Eindruck von Seriosität vermittelt und sie konnten tatsächlich glauben, dass alles, was sie sahen, haargenau der Wirklichkeit entsprach. Indem man der Sendung den Talkrunden-Charakter eines dritten Programms verlieh, beförderte man die Probleme der Familien aus den untersten Gefilden der Asi-TV-Kiste auf eine höhere Ebene. Dass auch der Studio-Talk von A bis Z durchgescripted war, brauchte ja niemand zu wissen. Und die Verschwiegenheitsklausel, die die Teilnehmer unterzeichneten, sorgte dafür, dass es auch so blieb.

Liane war schon eine ganze Weile unterwegs, als sie merkte, dass der wenige Schlaf in der letzten Nacht seinen Tribut forderte: Sie wurde immer müder und müder. Als sie die Augen gar nicht mehr offen halten konnte, machte sie auf einem Rastplatz halt und schlief auf der Stelle ein. Eine halbe Stunde später schreckte sie hoch und warf einen Blick auf die Uhr. Schon halb vier! Mist, da musste sie sich aber wirklich beeilen.

Sie parkte den Wagen ein gutes Stück entfernt auf dem Netto-Parkplatz und lief den Rest zu Fuß. Erwartungsgemäß war die Einfahrt leer, Hortensie war also mit Juli unterwegs zum Fußballtraining. Wie schon am Vortag klingelte Liane einige Male, diesmal allerdings nur der Form halber. Als sich nach zwei Minuten immer noch nichts getan hatte, ging sie um das Haus herum nach hinten. Sicherheitshalber schaute sie in alle Fenster, und erst nachdem sie sich überzeugt hatte, dass tatsächlich niemand zu sehen war, holte sie den Ersatzschlüssel unter dem Topf mit dem vertrockneten Tannenbäumchen hervor.

Liane ging zurück zum Eingang und schloss auf. In der Küche blieb sie einen Moment lang stehen und schaute sich suchend um. Auf dem Tisch stand noch Hortensies Laptop, ein Stapel Computerausdrucke lag daneben. Im Spülbecken stapelte sich schmutziges Geschirr. Liane schüttelte missbilligend den Kopf – am liebsten hätte sie zuerst einmal abgewaschen. Doch stattdessen ging sie direkt zur Anrichte und griff nach dem Stapel Post, der an genau der gleichen Stelle wie am Vortag lag. Und da war er tatsächlich: der Umschlag mit der kühn geschwungenen blauen Schrift.

Liane klappte den Umschlag auf – er war zum Glück nicht verschlossen –, zog den Bogen Papier heraus, entfaltete ihn und sog scharf die Luft ein.

Liane, März 1976

Das Haus war bedrückend. Schon seit ihrer Ankunft gestern Abend fühlte sie diese Beklommenheit, hatte aber gedacht, mit dem Heraufziehen des neuen Tages würde sich dieses Gefühl verflüchtigen. Doch das Gegenteil war der Fall. Nun stand sie in der kalten Küche und fragte sich, wie lange sie es hier wohl aushalten würde, in einem heruntergewirtschafteten Bauernhof auf der Schwäbischen Alb. Schon jetzt sehnte sie sich nach ihrer kleinen Wohnung in der Franziskanerstraße zurück, wo Carl und sie nach ihrem Auszug aus der Kommune ein so wunderbares Leben geführt hatten. *Die Kommune.* Wenn sie daran zurückdachte, standen ihr die Haare zu Berge. Dass ausgerechnet sie mit so einem Haufen schwachköpfiger Weltverbesserer zusammengelebt hatte! Aber ein Gutes hatte die Zeit immerhin gehabt: Diese Typen waren der lebendige Beweis dafür, dass überall nur mit Wasser gekocht wurde. Ohne die Erfahrung mit dem Endlosgequatsche hätte Liane wahrscheinlich nie das Gefühl bekommen, dass sie selbst auch das Zeug zum Studieren hatte. Und inzwischen war sie fast fertig mit ihrem Psychologiestudium und schrieb an ihrer Diplomarbeit. Wenn sie die erst abgegeben hatte, würde sie in Tübingen eine dreijährige Ausbildung in Kinder- und Jugendlichen-Psychotherapie anhängen und dann ihren Traum von einer eigenen Praxis verwirklichen.

Carl schlief noch. Er hatte gestern Abend lange mit seiner Mutter zusammengesessen und geredet und war erst spät hoch zu ihr ins Bett gekommen. Liane hatte selbst eine ganze Weile nicht einschlafen können, zu dick und zu klamm war das Federbett und die Sprungfedern der Matratze ächzten bei der kleinsten Bewegung. Über Stunden waren die Stimmen der beiden in Lianes Bewusstsein gebrandet, und als sie schließlich auf die Uhr gesehen hatte, war es schon nach eins gewesen. Worüber sie wohl so lange gesprochen hatten? Ein bisschen hatte Liane sich gewundert. Die Frau wirkte eigentlich nicht besonders redselig. Aber vielleicht lag das ja auch an Liane, vielleicht wollte die Frau nur nicht mit *ihr* reden. Oder in ihrem Beisein.

Die Frau. Liane musste beginnen, von ihr als von Carls Mutter zu denken. Oder wenigstens als Benigna. Was für ein eigenartiger Name: Benigna, die Gütige. Dabei war der Blick, den sie Liane zur Begrüßung zugeworfen hatte, alles andere als gütig gewesen. Und die Worte, die sie an Liane gerichtet hatte – die einzigen im Übrigen –, waren es auch nicht. »So«, hatte sie gesagt und Liane noch nicht einmal die Hand gereicht. »Du kommscht also von da obe' …« Das *da oben* hatte sie so ausgesprochen, als handelte es sich dabei um das Paradies der Unheiligen, und es hatte nur noch gefehlt, dass sie sich bei Lianes Anblick bekreuzigte. Dabei trug Liane extra ihre langweiligsten Klamotten, die für Behördengänge. Die Haare, die ihr inzwischen fast bis zur Taille reichten, hatte sie im Nacken zu einem Gouvernantenknoten geschlungen und auf ihren Kajalstift ganz verzichtet. Und doch hatte der Blick der Alten sie förmlich durchbohrt. Aber vielleicht hatte Carl recht und sie bildete sich das alles nur ein? Die Wortkargkeit der Frau ließ sich allzu leicht als Ablehnung interpretieren. Nicht jeder klönte eben gleich munter drauflos. Nicht jeder hatte ein Talent für Schnack wie Lianes Eltern, denen die Meinung anderer ausgesprochen wichtig war und die sich deshalb unentwegt damit beschäftigten, die intakte Fassade aufrechtzuerhalten. Vielleicht sprach es daher sogar eher *für* Benigna, dass sie schwieg, wenn sie nichts zu sagen hatte?

Liane trat ans Küchenfenster und sah hinaus. Der Ausblick brachte sie auch nicht dazu, die Welt in einem freundlicheren Licht zu sehen: mit Schneeresten bedeckte Äcker, ein Feldweg und am

Horizont die kleine Landstraße, über die sie gekommen waren, aber nirgends ein einziger Baum in Sicht. Wie deprimierend das alles hier ist, dachte sie. Als ob die Menschen Angst hätten, die Bäume könnten ihnen etwas wegnehmen. Liane schlang sich die Strickjacke dichter um den Leib und drehte sich um. Wenigstens lag hinterm Haus ein Waldstück, da konnte man ein bisschen spazieren gehen. Himmel, war das kalt in dieser Bude! Sicher würde man es ihr nicht übel nehmen, wenn sie schon einmal die Heizung hochdrehte. Doch ein Blick durchs Zimmer zeigte, dass es hier gar keinen Heizkörper gab. Unschlüssig blieb Liane stehen und dachte wieder an ihre schöne Münchner Wohnung mit der Zentralheizung, die sie nach Herzenslust regulieren konnte. Dort würde sie sich jetzt ihre obligatorische Kanne Kaffee kochen, bevor sie sich an den Schreibtisch beim Fenster setzte, um dann den ganzen Tag an ihrer Diplomarbeit zu schreiben. Mittags würde sie eine kleine Pause machen, sich etwas kochen oder zusammen mit Carl in der Kantine der Klinik essen und sich anschließend eine halbe Stunde hinlegen. Und wenn sie ausgeruht wäre, würde sie weiterschreiben. Doch die Wohnung gab es nicht mehr, sie hatten sie aufgegeben, um hierherzukommen, in diese Einöde, wo Carl am Reutlinger Krankenhaus eine Stelle als Assistenzarzt in der Chirurgie angenommen hatte.

Liane war zunächst dagegen gewesen. *Warum machst du deinen Facharzt nicht in München, da gibt es doch genug Kliniken?*, hatte sie gefragt. Aber er war in Sorge wegen seiner Mutter und wollte in ihrer Nähe sein. Seit sie im vergangenen Jahr einen zweiten Herzinfarkt erlitten hatte, war er alle zwei Wochen zu ihr gefahren und hatte sich – ganz der vorbildliche Sohn – rührend um sie gekümmert. Da hatte Liane auch nicht lange protestiert, sondern sich ins Unvermeidliche geschickt, denn eines war ihr klar: Sie würde ihn verlieren, wenn sie in München blieb. Ihre Diplomarbeit konnte sie auch hier zu Ende schreiben. Und gleich im Anschluss würde sie ja dann nach Tübingen gehen. Außerdem konnte es doch nicht allzu schwierig sein, hier eine passende Wohnung zu finden, vielleicht sogar ein kleines Häuschen. So trostlos, wie die Gegend war, herrschte doch sicher eine rasante Landflucht. Und erst der Dialekt! Liane brauchte geradezu Untertitel, um den zu verstehen!

Unwirsch wandte sie sich vom Fenster ab. Wenigstens den Wunsch nach Kaffee konnte sie sich ja wohl erfüllen. Dazu müsste sie allerdings zuerst diesen Herd in Gang kriegen. Aber warum sollte sie es nicht versuchen? Von Carl und seiner Mutter war noch immer nichts zu hören, wer weiß, wie lange die noch schlafen würden. Ja, dachte sie, sie würde den Ofen anheizen, Kaffee kochen und den Frühstückstisch decken. Vielleicht bliebe ihr sogar noch ein wenig Zeit, die erste Tasse Kaffee ganz allein zu genießen.

Ihr Blick fiel auf den Korb mit Brennholz, der neben dem Herd stand. Dann mal los, dachte sie. Sicher war das auch nicht viel anders, als den Kanonenofen zu Hause in Lühe zu beheizen. Sie öffnete die oberste Klappe, rüttelte am Rost, so dass die Asche in den Aschenkasten fiel, zog die Schublade heraus und stellte fest, dass kaum Asche darin war. Sie stopfte ein wenig zerknülltes Zeitungspapier zum Anfeuern in den Ofen, tat ein bisschen Reisig darauf und drapierte ein paar Holzscheite darüber. Dann hielt sie ein Streichholz ans Papier, und als dieses hell aufloderte, schloss sie die Klappe. Danach blieb sie noch kurz vor dem Ofen stehen, um zu sehen, ob das Feuer auch sicher brannte. Doch statt des erwarteten Knisterns drang plötzlich Qualm aus dem Herd. Ach herrje, dachte Liane, ich habe vergessen, die Luftklappe zu öffnen. Schnell legte sie den Schieber um und öffnete auch noch die Fenster, lüftete durch und unternahm einen zweiten Anlauf, den Ofen anzuheizen, was ihr diesmal auch gelang. Als das Feuer schließlich prasselte, füllte sie Wasser in einen Topf und machte sich daran, den Tisch zu decken, Brot zu schneiden und den Kaffee aufzubrühen. Wie ein Kind freute sie sich über den Kaffeeduft, der die Küche erfüllte, und über die behagliche Wärme, die der alte Holzherd bald abstrahlte. Vielleicht würde sich Benigna ihr gegenüber etwas wohlwollender zeigen, wenn sie merkte, dass Liane durchaus zupacken konnte. Sie lauschte nach oben, und als alles nach wie vor still war, schenkte sie sich eine Tasse Kaffee ein, stellte sich wieder ans Fenster und trank in kleinen Schlucken.

Noch immer staunte sie ein bisschen, dass sie tatsächlich hier war, wo Carl die ersten achtzehn Jahre seines Lebens verbracht hatte. Dabei hätte sie dieses Haus, diese ganze Gegend niemals mit ihm in Verbindung gebracht. Es war viel zu ländlich, viel zu weit ab vom Schuss. Sie hatte ein ganz anderes Bild von ihm und dem Ort gehabt, an dem er aufgewachsen war. Aber sie selbst stammte ja auch aus der tiefsten Provinz. Und das Landleben hatte auch Vorteile; zumindest wenn man irgendwann einmal eine Familie gründen wollte. Und das hatte Carl wirklich vor, wie ihr gestern Abend überraschend klar geworden war. Da hatte sie nämlich durch die geschlossene Tür gehört, wie sich Carls Mutter nach seinen *Absichten* Liane gegenüber erkundigt hatte. Als daraufhin das Wort *Familie* gefallen war, hatte sie prompt nach ihrem Alter gefragt. Achtundzwanzig, hatte Carl geantwortet, woraufhin die Alte allen Ernstes missbilligend mit der Zunge geschnalzt und gemeint hatte, ein *Frauenzimmer* werde mit zunehmendem Alter ja auch nicht *gebärfreudiger*.

Um ein Haar hätte Lianes Ärger über diese Unverschämtheit ihr die Freude an der Erkenntnis verdorben, die alles andere überstrahlte: Sie war wirklich und wahrhaftig am Ziel. Sie hatte ihn, er wollte sie auch, und er dachte über eine gemeinsame Zukunft nach, mit allen Konsequenzen! Oh, was für ein Triumph. Liane konnte nicht verhindern, dass sich ein seliges Lächeln auf ihrem Gesicht ausbreitete. Nein, diesen Sieg würde sie sich von nichts und niemandem vermiesen lassen, nicht von einer miesepetrigen Alten und auch nicht von der Aussicht, die nächsten Wochen mit ihr unter einem Dach verbringen zu müssen. Sie würde Carls Frau werden, die Mutter seiner Kinder, und nichts und niemand konnte ihn ihr dann noch wegnehmen – auch keine dahergelaufene Schwester oder Schwesternschülerin oder sonst ein Frollein, das ihm schöne Augen machte!

Denn dieser Gefahr war sich Liane durchaus bewusst, und das nicht erst, seit sie Carl vor nicht allzu langer Zeit einmal von der Arbeit abgeholt hatte und er mit dieser bildhübschen Blondine, einer gewissen Roswitha, auf dem Parkplatz herumgestanden hatte – anscheinend eine alte Schulfreundin, die gerade *zufällig* in München gewesen war und ihm *eben mal* einen Besuch in der Klinik abgestattet hatte. Wie sie ihn angehimmelt hatte! Und weil Liane um derartige Bedrohungen wusste, hatte sie auch auf die Stelle als Dozentin an der Pflegeschule in Nymphenburg verzichtet, die sie nach der Diplomarbeit in Aussicht gehabt hätte. Auch hier fände sich etwas Adäquates und dann würde sie ihre eigene Praxis aufmachen und, ja, ein oder zwei Kinder bekommen und eine moderne berufstätige Mutter sein.

Liane schenkte sich noch einmal Kaffee nach und sah sich mit Bedacht in der Küche um. Sie betrachtete die Töpfe und Pfannen, die über dem Ungetüm von Holzherd hingen, den Resopaltisch und die unsäglichen Prilblumen auf den Kacheln hinter dem Spülstein. In der Ecke, auf einem schmalen Arbeitstisch, stand die Nähmaschine, an der Benigna bei ihrer Ankunft gesessen und genäht hatte. »I bin jetzt seit 25 Jahr' im Trikot«, hatte sie zu Liane gesagt, die sich Hilfe suchend nach Carl umgesehen hatte. Später hatte er ihr erklärt, dass seine Mutter nach dem frühen Tod des Vaters den Hof nicht mehr alleine hatte bewirtschaften können, dann aber das große Glück gehabt hatte, in der Albstädter Textilfabrik eine Stelle zu bekommen. Seit Jahren verdiente sie nun ihr Geld, indem sie zu Hause Nähaufträge abarbeitete. Lianes Blick wanderte weiter zu der Eckbank, über der ein Kreuz mit dem leidenden Jesus hing.

»Setz dich doch schon mal in den Herrgottswinkel«, hatte Carl zu ihr gesagt, und auf einmal war Liane klar geworden, dass sie so gut wie nichts über seine Kindheit und Jugend wusste. Sie fragte sich, wie es wohl gewesen sein mochte, hier groß zu werden, in dieser Kargheit, mit nur einem Elternteil. Sicher, auch bei Liane zu Hause war es nicht üppig gewesen, aber im Vergleich zu Carl hatte sie es doch leichter gehabt.

Sie trank den letzten Schluck und ging nach oben, wusch sich, zog sich an und setzte sich zu Carl auf die Bettkante. Eine Weile blieb sie einfach so sitzen und betrachtete ihn. Die leicht geöffneten Lippen, wie er kaum merklich atmete. Oh, wenn es doch nur sie und ihn gäbe, dachte sie in dem Moment sehnsüchtig. Wenn die Welt außen vor bliebe und sie sicher sein könnte, dass er für immer ihr gehören würde! Die Sehnsucht danach war so verzehrend, dass sie fast schmerzte. Plötzlich fiel ihr die Zeit in der Kommune wieder ein und ihre Angst, ihn an Kathi zu verlieren. Oh, wie sie gelitten hatte in diesen Monaten. Solch eine Ungewissheit wollte sie nie wieder durchleben. Carl war die zweite Hälfte ihres Ganzen, und seitdem sie wusste, dass er das auch so sah, war ihr Leben perfekt. Nie zuvor hatte sie einen Menschen so sehr geliebt. Sie liebte sein Gesicht, seine Stimme, sein blondes Haar, die schmalen und zugleich kräftigen Hände, seine Art, sich zu bewegen. Und seinen Blick, diesen leicht amüsierten Ausdruck in seinen grauen Augen, das Lächeln, das oft nur zu erahnen war, kaum mehr als ein Kräuseln der Mundwinkel. *Affenliebe* hatte Katharina ihr damals bei einer dieser bescheuerten Analysesitzungen in der Kommune vorgeworfen. Aber wie das mit Katharina ausgegangen war, das wusste man ja. Und außer Carl und ihr war kein Pärchen aus der Kommunenzeit mehr zusammen. So viel zum Mythos der freien Liebe, dachte Liane grimmig. Niemals mehr würde sie sich auf so einen Unsinn einlassen, das hatte sie gelernt.

Carl bewegte den Kopf. Blinzelte.

»He, du«, flüsterte sie zärtlich und küsste sein Gesicht, seinen Hals, die Schultern.

Er verzog das Gesicht zu einem Lächeln. »He.«

»Frühstück ist fertig.«

Er lächelte noch breiter, mit geschlossenen Augen, zog sie zu sich her, schob seine Hände unter ihren Pullover.

In dem Moment hörten sie einen Schrei aus der Küche. Einen kurzen Moment lang sahen sie sich an, dann fuhren beide hoch, Liane rannte sofort los, Carl griff nach seiner Hose, stieg hastig hinein und folgte ihr.

Schon auf der Treppe roch es nach Rauch, der immer dichter wurde, je weiter sie nach unten kamen. Als sie die Küche betraten, war die Luft dick vor Qualm. Benigna hustete und machte sich an den beiden Fensterbrettern zu schaffen, räumte die Töpfe mit den Kräutern zur Seite und riss die Fenster auf. Carl öffnete die Haustür, stellte ein paar Schuhe davor, damit sie nicht wieder zuschlug, und rannte zurück in die Küche, wo seine Mutter vornübergebeugt dastand und keuchte: »Die Klappe!«, woraufhin Carl zum Herd lief und dort herumhantierte. »Kruzifix!«, rief er und fuhr dann im breitesten Dialekt fort, »wieso ischt denn die Klapp noch zu!«

Statt zu antworten, hustete Benigna noch dramatischer; Liane hörte, wie sie keuchend nach Luft rang. Warum geht sie denn nicht nach draußen, dachte Liane und wollte Benigna schon am Arm fassen und aus dem Haus führen, doch Carl kam ihr zuvor. Und so liefen alle drei im Gänsemarsch hintereinander auf den Hof, wo Benigna sich auf einen Milchbehälter stützte und sich die Seele aus dem Leib hustete.

Liane ging zu ihr, legte ihr die Hand auf die Schulter.

»Ruhig atmen!«, sagte sie freundlich und fragte schließlich, als das Husten langsam abebbte: »Geht's wieder?«

Da fuhr die Frau wie von der Tarantel gestochen auf und zischte: »Ob's wieder goht, fragsch du mich! Fast hätt ich eine Rauchvergiftung bekommen wegen dir, weil du dich in meiner Küch' zu schaffen g'macht hascht!«

Liane war verwirrt. Was warf die Frau ihr denn da vor? Sie überlegte fieberhaft, kam aber auf nichts.

»Beruhig dich doch, Mutter«, sagte da Carl, der immer noch mit nacktem Oberkörper dastand. »Die Liane hat's doch nur gut g'meint.«

»Wenn man was nicht kann, soll man d'Finger davon lassen – oder zuerscht fragen!«

»Aber … was hab ich denn falsch gemacht?«, fragte Liane.

Benigna bekam einen neuerlichen Hustenanfall und so antwortete Carl stattdessen: »Du hast vergessen, die Abzugsklappe zu öffnen.«

»Die hab ich geöffnet!«, rief Liane empört. »Da bin ich mir ganz sicher.«

Carl schwieg und sah Liane nur an. Benigna hustete jetzt wieder stärker, wobei sie sich tief hinabbeugte und von einem regelrechten Krampf geschüttelt wurde.

»Mutter!«, sagte Carl, »du musst ruhig atmen!«

Aber Benigna hob bloß die Hand und hustete, wobei ihr die Tränen aus den Augen traten.

Liane zögerte, sie wusste nicht recht, was sie tun sollte. Der Frau ging es offenbar ziemlich schlecht und das tat ihr leid. Dennoch wusste sie mit Sicherheit, dass sie die Klappe am Abzugsrohr geöffnet hatte. Blieb die Frage, wer die Klappe wieder zugemacht hatte. Allerdings schien das nicht der rechte Zeitpunkt zu sein, um eine Diskussion vom Zaun zu brechen.

Carl, der inzwischen erbärmlich frieren musste, legte den Arm um seine Mutter und sagte: »Komm, lass uns wieder reingehen.«

Benigna hakte sich bei Carl unter, der sie langsam, Schrittchen für Schrittchen, zurück zum Haus führte. In der Stube bugsierte er sie aufs Sofa, legte ihr die Beine hoch und breitete eine Decke über sie. Liane stand herum und fühlte sich nutzlos; nutzlos und widersinnigerweise auch schuldig. Was war da nur geschehen mit diesem Herd? Sie war sich doch so sicher, die Klappe geöffnet zu haben. War es möglich, dass sie die Klappe am Ende, bevor sie den Raum verlassen hatte, doch wieder zugeschoben hatte?

Während Liane noch rätselte, sagte Carl: »So, ich mach jetzt Feuer hier im Kachelofen und dann bring ich dir einen schönen Tee, der wird dir guttun.«

Carl lief nach oben, wo er sich rasch anzog, und machte sich dann an der Feuerstelle zu schaffen. Unbehaglich trat Liane von einem Fuß auf den anderen. Und da fing sie Benignas Blick auf: Ein zufriedenes Lächeln lag auf ihrem Gesicht und einen Moment lang verschlug es Liane den Atem. Irritiert verließ sie die Stube und fragte sich noch Stunden später, ob das wirklich sein konnte: dass Benigna die Klappe selbst geschlossen hatte.

Annamaria, Juli 1986

Annamaria steht ein wenig abseits. Mit Stella, ihrer winzigen Tochter, im Arm lehnt sie am Stamm einer alten Buche und schließt für einen Moment die Augen, um die Sonne zu genießen, die in schrägen Strahlen durch das Blätterdach fällt.

Noch immer kann sie es kaum fassen, obwohl es inzwischen schon eine ganze Weile her ist: Vor drei Monaten hat die Glückliche Familie sie aufgenommen; und vor einem Monat hat sie ihre Tochter bekommen, die winzige Stella, ihren Augenstern. Ja, es ist wie ein Wunder, ein bisschen so, als hätte Scotty aus Raumschiff Enterprise sie aus der Hölle ins Paradies gebeamt. Auch wenn sie an die Geburt zurückdenkt, ist alles ein Wunder: Sie war nicht allein, Liane hat ihr beigestanden, und das, obwohl sie so unglaublich viel zu tun hat und vor lauter Arbeit nie weiß, wo ihr der Kopf steht.

Und nachdem Annamaria die Abiprüfungen gemacht hatte, hat Liane sie sogar gedrängt, auch noch den Führerschein abzuschließen. »Das ist das A und O für eine Frau heutzutage. Du willst doch später nicht von irgendeinem Kerl abhängig sein.« Ja, sie hat Liane viel zu verdanken. Und weil das so ist und Liane sie vor allem davor bewahrt hat, noch einmal ins Heim zu müssen, setzt Annamaria jetzt alles daran, Liane etwas zurückzugeben. Denn eines ist Annamaria in den vergangenen drei Monaten klar geworden: Liane braucht sie wirklich.

»Ich bin so dankbar dafür, dass du jetzt bei uns bist«, hat Liane ihr schon nach einer Woche gesagt. Das hat noch nie jemand zu ihr gesagt und Annamaria war einen Moment lang sprachlos, vor Ungläubigkeit und vor Rührung.

Übermütiges Kindergekreische lässt sie aufblinzeln. Sie tritt aus dem Sonnenfleck und lässt den Blick über den Halbkreis von Besuchern schweifen – Eltern und Großeltern, alle sind sie gekommen, um an der Einweihungsfeier für den neuen Rosenauer Waldkindergarten teilzunehmen. Nun scharen sie sich um Liane und lauschen ihrer Begrüßungsrede. Dazwischen wimmelt es von kleinen Kindern, sodass Annamaria ihre liebe Mühe hat, die fast zweijährige Hortensie – Lianes Jüngste – im Auge zu behalten. Wie schnell dieses Kind ist, es wuselt hierhin und dorthin, ist immer im Laufschritt unterwegs, auf seinen stämmigen Beinchen. Zum Glück trägt Hortensie ihr Fliegenpilzkleid, das rote mit den weißen Punkten, darum ist sie zu Annamarias Erleichterung doch nicht allzu schwer zu entdecken. Sie fühlt sich verantwortlich, obwohl Liane ihr vorhin noch gesagt hatte, sie solle sich entspannen, alles sei in bester Ordnung und den Kindern könne hier im Wald wirklich nichts passieren.

Für einen Moment löst Annamaria ihren Blick vom roten Pilzkleid und blinzelt hinauf in die Baumkronen, in das flirrend grüne Buchenlaub und in die schrägen Lichtstrahlen, die aussehen, als seien sie die Finger Gottes. Sie schließt die Augen. Schon lange hat sie nicht mehr an Gott gedacht, aber in diesem Moment fällt er ihr wieder ein. Vielleicht gibt es ihn ja doch.

Was für eine geniale Idee so ein Waldkindergarten doch ist! Annamaria schlägt die Augen wieder auf. Sie beobachtet Hortensie, die mit ihrem dicken Windelpo unter dem Kleid in die Hocke gegangen ist, um einen Tannenzapfen genauer zu untersuchen. Das Kind sieht wirklich ulkig aus, denkt sie. Sie hat Hortensie draußen im Freien noch nie ohne ihre grünen Froschgummistiefel gesehen, selbst jetzt nicht, bei dieser Wärme. Annamaria findet es großartig, dass Liane die Kinder ganz allein entscheiden lässt, was sie anziehen wollen. Auch wenn sie wie Hortensie die abenteuerlichsten Kombinationen wählen.

Annamarias Blick gleitet zurück zu Liane, die gerade sagt: »… den natürlichen Drang der Kinder, sich zu bewegen. In dieser Umgebung lernen die Kinder den Jahreskreislauf in seiner reinsten Form kennen. Jeden Tag aufs Neue haben sie hier die Möglichkeit, ihre eigene Schöpferkraft durch nicht vorgegebenes Spielmaterial zu entdecken. Sie erleben die Natur in ihrer Stille, aber auch als Klangraum, das Wetter in seiner Vielseitigkeit. Und nicht zuletzt stärken sie dabei ihr Immunsystem.«

Wie selbstsicher Liane ist, wie entspannt sie dasteht und in die Runde blickt. Sie hält ihre Ansprache fast im Plauderton und ohne Vorlage, mit dieser tiefen, rauchigen Stimme. Und das, obwohl hier kaum ein Kind aus Rosenau dabei ist und ihr so viel Widerstand entgegengebracht wurde. Nein, die Rosenauer wollten diesen Waldkindergarten nicht. Dafür bringen die Leute ihre Kinder aus dem ganzen Umland, sogar aus Reutlingen kommen sie!

»… geht mein Dank an die Sponsoren, aber auch an Sie, liebe Eltern, denn ohne Ihr Engagement wäre dieser Kindergarten nicht entstanden.«

Annamaria kann den Blick nicht von Lianes Gesicht lösen, von diesem heiter-energischen Ausdruck, dem breiten Mund, den intelligenten, wachen Augen, denen nichts zu entgehen scheint. Und wie sie spricht, so ganz anders als die Leute hier, so klar und deutlich, fast wie eine Fernsehansagerin. Das liegt sicher daran, dass sie aus Norddeuschland kommt. Annamaria wundert sich, wie sie das alles schafft: fünf Kinder, ein Haus, die Praxis, Bücherschreiben und »nebenbei« noch einen Kindergarten ins Leben rufen.

Da läuft ein kleines, vielleicht dreijähriges Mädchen in den leeren Kreis, der sich zwischen Liane und ihren Zuhörern gebildet hat. Das Mädchen redet laut, viel lauter als die anderen Kinder, es schreit fast und schlägt klappernd mit einer Blechschaufel auf einem Eimer herum.

Annamaria ärgert sich. Wo sind denn die Eltern, warum passen sie nicht besser auf ihr Kind auf? Annamaria würde gerne etwas tun, sie ist sich aber nicht sicher, was. Das Klappern wird immer lauter. Warum kommt die Mutter nicht? Als Annamaria schon drauf und dran ist, das Kind von dort wegzuziehen, lacht Liane plötzlich auf, unterbricht ihre Rede, entschuldigt sich bei ihrem Publikum, geht zu dem Mädchen und kniet sich neben ihm hin. Sie spricht ganz freundlich mit der Kleinen, erklärt ihr etwas, nimmt ihr dann kurzerhand die Schaufel und den Eimer weg und kehrt zurück zu der Stelle, wo sie bis eben noch gestanden hat. Dann spricht sie weiter, als wäre nichts geschehen. Das Kind steht immer noch am selben Fleck, anscheinend ganz perplex, jedenfalls betrachtet es Liane mit offenem Mund.

Annamaria ist ebenfalls perplex. So etwas hat sie noch nicht erlebt. Dass jemand ohne großes Federlesen und ohne sich selbst aufzuregen reagiert. Annamaria ist völlig hingerissen. So will sie es auch einmal machen. So will sie auch sein. Und bei *dieser* Frau haben Stella und sie ein neues Zuhause gefunden.

Das kleine Mädchen zockelt davon und Annamarias Blick kehrt zurück zu Hortensie. Oder dorthin, wo Hortensie bis eben noch gehockt hat. Wo ist sie denn hin, fragt sich Annamaria, weit kann sie wohl nicht sein. Sie lässt den Blick über die Gruppen und Grüppchen schweifen, doch Hortensie ist nirgends zu sehen.

Annamaria spürt Unruhe in sich aufsteigen. Auch wenn Liane gesagt hat, sie könne die Kinder heute unbesorgt springen lassen, wäre es ihr entschieden lieber, sie hätte Hortensie weiter im Blick. Noch einmal schaut sie suchend in die Runde und geht dann los, Stella fest an sich gepresst. Wahrscheinlich ist Hortensie am Räuberplatz oder auf dem Moossofa oder vielleicht auch beim Waldxylophon, davon war sie doch vorhin nicht wegzubekommen. Annamaria bahnt sich ihren Weg zwischen Bäumen und Kindern hindurch, doch nirgends ist ein Mädchen im roten Kleid zu sehen. Annamaria wird es ganz heiß. Jetzt mal ruhig Blut, denkt sie und streichelt Stellas Köpfchen wie zur Beschwörung. Immerhin hat Liane selbst ja auch keinen Druck und sie ist die Mutter. Nirgends ist man sicherer als im Wald, hat Liane gerade vorhin noch zu ihr gesagt.

Doch Annamaria kann sich einfach nicht entspannen. Was vielleicht daran liegt, dass sie schon einmal alles verloren hat, Mutter, Vater, Zuhause. Oder auch nur daran, dass sie bestimmte Geschichten einfach nicht mehr aus ihrem Kopf herausbekommt. So wie diese Zeitungsmeldung von dem kleinen Mädchen, das im Herbst beim Pilzesuchen in eine Doline gestürzt war. *Die Schwäbische Alb ist durchlöchert wie ein Schweizer Käse. Quasi überall kann man in eine Felsöffnung geraten,* hatte es in dem Artikel geheißen. So wie dieses Kind, das nur noch tot geborgen werden konnte.

Annamaria geht immer schneller, so schnell sie eben kann mit Stella auf dem Arm, sucht noch einmal alle Stationen ab. Das T-Shirt klebt ihr am Leib, sie schwitzt und ihr Blick gleitet jetzt hektisch zwischen den Bäumen umher. Immer größer wird der Kreis, den sie geht. Und da, auf einmal, sieht Annamaria etwas Helles hinter dem Balancierstamm hervorblitzen, aber nur kurz, dann verschwindet es wieder. War das nicht Hortensies blonder Haarschopf? Annamaria rennt los, den Blick auf den Baumstamm geheftet, Laub raschelt unter ihren Füßen und Zweige knacken laut. Da tauchen plötzlich zwei Kinderköpfe hinter dem Baumstamm auf: Hortensie und Gesine, die ihr mit riesigen Augen entgegenblicken. Annamaria stolpert fast vor lauter Erleichterung: Das Kind lebt, ist nicht in eine Doline gefallen, es sitzt hier hinter einem Baumstamm und spielt. Oder was tut es da?

Erst als Annamaria die beiden erreicht hat, bemerkt sie den schuldbewussten Blick, mit dem sie zu ihr hochschauen.

»Na, ihr zwei, was macht ihr denn so?«, fragt sie betont locker und tut einen großen Schritt über den Baumstamm hinweg, legt Stella auf dem Boden ab und blickt dann zwischen Hortensie und Gesine hin und her. Hortensie hat beide Händchen zu Fäusten geballt und Gesine hält eine Hand hinter den Rücken. »Was habt ihr da?«, fragt sie, auf einmal ein wenig misstrauisch. Haben die beiden etwa gezündelt? »Zeigt mal bitte eure Hände her!«

Gesine und Hortensie starren sie weiter schweigend an und Annamaria ist sich jetzt sicher, dass sie die beiden bei etwas Verbotenem erwischt hat. Streng wiederholt sie: »Ich will jetzt sofort eure Hände sehen!«

Hortensie steht noch immer so da wie eben, die Händchen zu Fäusten verkrampft. In Gesines Gesicht beginnt es zu zucken, weinerlich streckt sie die rechte Hand nach vorne.

Annamaria ist verwirrt. Auf Gesines ausgestreckter Hand ist nur Silberpapier zu sehen. »Aber ... Das ist doch nur ...«, hebt sie an und nimmt dann Hortensies Händchen. Die Fäuste öffnen sich von selbst, doch alles, was Annamaria sieht, sind braun verschmierte Handflächen. Sie riecht daran.

»Schokolade?«, fragt sie und sieht verwirrt von einer zur anderen. »Deswegen braucht ihr euch doch wirklich nicht zu verstecken, ihr Kindsköpfe!«

Die Tochter begibt sich jetzt mit zu den Nachtfräulein und weint, indem die Mutter klagt, dass ihr alle Kinder bis auf dies eine genommen seien.

Liane van der Berg, Dienstag, 11. April 2017

Liane wusste nicht, wie lange sie so dagestanden und auf das Papier in ihren Händen gestarrt hatte. Erst als sie draußen vor dem Bahnwärterhäuschen einen Wagen vorfahren hörte, löste sich ihre Betäubung. Wieso war Hortensie denn schon zurück? Hastig faltete sie das Papier zusammen, schob es wieder in den Umschlag und legte den Brief zurück. Sie lief in die kleine Toilette, wo sie das Fenster aufriss, auf den Klodeckel stieg und von dort auf die Fensterbank kletterte, dann sprang sie hinaus auf die Wiese. Sie tat den Schlüssel unter den Topf zurück und konnte gerade noch im Gebüsch hinterm Haus verschwinden, als sie auch schon hörte, wie das Toilettenfenster geschlossen wurde. Hortensie mochte sich wundern, dass sie das Fenster offen gelassen hatte. Vielleicht aber auch nicht, sie war schon immer eine Schusselliese gewesen. Eine Weile blieb Liane einfach, wo sie war, und wartete ab, bis ihr Atem sich beruhigt hatte. Erst dann kam die Angst.

Wieder sah sie die schreckliche Zeichnung vor sich, das Kind, in dessen Bauch ein Messer steckte. Und dann der Text dazu: *Was das bedeutet, möchtest du wissen? Frag deine Mutter. Sie weiß, was gemeint ist. Aber natürlich weißt du selbst ja am besten, wozu sie fähig ist. Was sie dir angetan hat.*

Wie in Trance drehte Liane sich um und ging an der Bahnlinie entlang zurück zu ihrem Wagen. Ihre Bewegungen waren unsicher, ihre Knie fühlten sich weich an, wie Butter, so als würde sie jeden Moment zusammensacken.

Irgendwie schaffte sie es schließlich doch zu ihrem Wagen auf dem Netto-Parkplatz, wo sie sich hinters Steuer setzte und eine halbe Ewigkeit lang einfach so sitzen blieb. Irgendwann klopfte dann ein Mann an die Scheibe und fragte sie, ob sie vorhabe, noch mal irgendwann auszuparken. Die Benutzung dieses Platzes sei ja wohl nur für Kunden vorgesehen. Liane begriff erst gar nicht, was er wollte, denn sie konnte an nichts anderes denken als an die Zeichnung. Wer zur Hölle wusste, was damals im städtischen Kindergarten in München geschehen war? Sowohl die Zeichnung als auch der Brief an Matthias mussten von jemandem stammen, der sie gut kannte, gut gekannt hatte, und mit den Kritzeleien im *Stern* war es genauso. Als es ein zweites Mal am Fenster klopfte, noch energischer, schreckte sie auf und betrachtete den Mann, der immer noch dastand und sie anglotzte. Sie startete den Motor, ließ die Scheibe herunter, funkelte ihn böse an und raunzte: »Sind Sie hier der Blockwart, oder was?« Dann fuhr sie mit quietschenden Reifen davon, wobei sie fast ein Schild mitgenommen hätte.

Die ganze Rückfahrt zum Hellsternhof über grübelte sie, wer sie so sehr hasste, dass er all diese Botschaften verbreitete. Und was die Person überhaupt bezweckte. Obwohl das eigentlich auf der Hand lag. Da will mich jemand fertigmachen, dachte sie. Jemand will mich am Boden sehen. Aber wer konnte das sein? Plötzlich schoss ihr ein Gedanke durch den Sinn, wie ein Stromschlag. Carl. Nur sein Name, nur dieses eine Wort. Carl. Der einzige Mensch auf der Welt, der sie so gut kannte. Nur *er* wusste von der Sache im Kindergarten damals. Aber wusste er auch von K.? Wenn K. wirklich für Katharina stand, dann konnte er es nicht wissen! Es sei denn, er hatte herausgefunden, was sie damals getan hatte, mit dem Heroin, war das möglich? Unwillig schüttelte sie den Kopf.

Doch sie wurde den Gedanken nicht mehr los. Etwas Unheimliches ging vor sich, etwas, das sie nicht begriff. Aber sie musste es begreifen, so schnell wie möglich, um ihrer eigenen Sicherheit willen. Jemand wollte ihr Böses und sie musste handeln.

Was kommt als Nächstes, fragte sie sich aufgewühlt, während sie den Blinker setzte und von der Landstraße in den Zufahrtsweg zum Hellsternhof abbog. Dabei geriet sie aufs Bankett und fuhr fast in den Graben. Sie lenkte gegen, bremste scharf. Ich muss mich beruhigen, dachte sie und kroch im Schneckentempo den Berg hinauf. Sie parkte direkt vor der Haustür, ließ den Motor aber noch eine Weile laufen und schaute sich misstrauisch um. Der Abendwind strich durch das weiße Gewölk der Schlehenhecke und bewegte sanft die zartrosa Blüten der Magnolie. Doch zum ersten Mal überhaupt wusste sie die Stille nicht zu würdigen. Im Gegenteil, sie wäre froh gewesen, jetzt die Bauarbeiter hierzuhaben, ihre ungeschlachten Rufe zu hören und sie mit ihren Stiefeln über Gerüst und Dach turnen zu sehen. Alles wäre besser, als ganz allein hier draußen zu sein, in dieser Frühlingsidylle.

Liane, Frühsommer 1976

Liane kauerte in der Wanne, hielt den Brausekopf und ließ das lauwarme Wasser über ihre Schultern rinnen. Sie schwitzte noch immer. Überhaupt hörte das Schwitzen in diesem Sommer einfach nicht auf. Aus dem Kofferradio drang *You Sexy Thing* von Hot Chocolate und Liane summte ein bisschen mit, obwohl ihr eigentlich gar nicht nach Summen zumute war. Oh, wie tat ihr der Rücken weh! Sie hätte bei der Gartenarbeit in die Hocke gehen sollen, statt stundenlang vornübergebeugt dazustehen. Dieses verdammte Unkraut, davon hatte die Alte wirklich reichlich. Was musste sie den ganzen Mist auch selbst anbauen, Kohl und Tomaten und

Stangenbohnen. Wenn sie nicht mehr konnte, sollte sie das Zeug doch im Supermarkt kaufen wie alle anderen auch.

Liane stellte das Wasser ab, griff nach der Seife und der Wurzelbürste und bearbeitete ihre Fuß- und Fingernägel. Der Dreck hatte sich mittlerweile in alle Poren gesetzt, und egal wie sehr sie schrubbte, ihre Fingernägel bekam sie gar nicht mehr richtig sauber. Sie presste die Lippen aufeinander. Lange würde sie sich das nicht mehr gefallen lassen. Sie stellte das Wasser wieder an und spülte den braunen Schaum von Händen und Füßen. Da setzte schon wieder das Klopfen ein und Liane hörte Benigna durch die geschlossene Badtür zetern: »… nicht so viel Wasser …«

Sie streckte die Hand aus, tastete nach dem Kofferradio und drehte Hot Chocolate lauter. Das kleine Radio knarzte und dröhnte, für eine derartige Lautstärke war es nicht gebaut, aber das störte Liane nicht. Hauptsache, der Lärm übertönte das Klopfen. Doch das steigerte sich bald zu einem Hämmern. Du bist zwar zuckerkrank und hast es am Herz, aber dafür reicht deine Energie, dachte Liane grimmig. Und auch wenn es darum geht, hinter mir herzuspionieren und in meinen Sachen zu wühlen. Dann bist du auf einmal zupackend wie ein Blockwart.

Noch immer konnte sie es nicht fassen, dass sie Benigna neulich dabei erwischt hatte, wie sie in ihrer Post herumgeschnüffelt hatte. Natürlich hatte sie hinterher so getan, als habe sie sich im Umschlag geirrt und versehentlich nach Lianes Briefen gegriffen. »Warum liegt dein Sach' auch ständig hier im Hausgang herum?«, hatte Benigna gegiftet, statt sich zu entschuldigen, und Liane hatte wie immer gute Miene gemacht. Am nächsten Tag hatte sie es dann aber doch wissen wollen und Benigna eine Falle gestellt. Sie hatte all ihre Sachen, ihre persönlichen Unterlagen, ja sogar ihre Leibwäsche präpariert und ihre Lindt-Pralinen abgezählt und auf die Art herausgefunden, dass Benigna tatsächlich überall herumgestöbert hatte. Im ersten Moment war Liane so außer sich gewesen, dass sie aus dem Haus gestürmt und eine Stunde lang in brütender Hitze im Wald herumgelaufen war, um sich irgendwie abzureagieren. Fieberhaft überlegte sie, wie sie Carl verklickern könnte, dass seine Mutter in ihren Sachen wühlte und ihre Lindt-Pralinen stibitzte. Doch dann war ihr noch etwas viel Gravierenderes eingefallen. Vielleicht hatte Benigna auch in ihrem Tagebuch gelesen, das sie – zusammen mit den älteren Jahrgängen – in der Kommode in ihrem Schlafzimmer eingeschlossen hatte. Was, wenn Benigna einen Zweitschlüssel besaß und in dem Schrank gestöbert hatte? Und bei der Gelegenheit womöglich in *allen* Tagebüchern herumgeschnüffelt hatte? Bei dem Gedanken daran, was Benigna in dem Fall alles erfahren könnte, war eine derartige Panik in Liane hochgestiegen, dass sie kurz überlegt hatte, ob es nicht klüger wäre, sämtliche Tagebücher zu vernichten. Aber das Tagebuchschreiben gehörte inzwischen zu ihr – es war zu einer Art Überdruckventil geworden, das es ihr erlaubte, Dampf abzulassen und all die Gedanken und Gefühle herauszuschreien, die sie sonst verstecken musste. Das, was sie nach außen zeigte, war meist himmelweit von dem entfernt, was sie empfand, so dass sie mehr und mehr den Eindruck hatte, nur in den Tagebüchern wirklich bei sich sein zu können. Außerdem hatte sie über viele Jahre hinweg ihre Fortschritte und Erfolge genau verzeichnet – und was man so akribisch niedergeschrieben hatte, kippte man doch nicht einfach auf den Müll.

Auf dem Rückweg vom Wald hatte sie jeden Augenblick damit gerechnet, von einem Hitzschlag niedergestreckt zu werden, so gnadenlos brannte die Sonne ihr auf Kopf und Schultern. Doch als sie schließlich wieder beim Hof ankam, hatte sie eine Entscheidung gefällt: Sie würde Carl nichts von der Wühlerei seiner Mutter erzählen. Das Risiko, dass die Alte, um sich selbst zu verteidigen, alles ausplaudern würde, was sie gelesen hatte, war einfach zu groß. Außerdem war Carl, was sein Mütterchen betraf, sowieso auf beiden Augen blind. Das Schlimmste, was er ihr zutraute, war ein bisschen Ruppigkeit. Na ja, *ihn* liebte und vergötterte sie ja auch, hatte für ihn alles auf sich genommen, Hauptsache, *der Bub* konnte studieren. Selbst wenn Carl Liane geglaubt hätte, wäre von ihm nichts anderes gekommen als ein lasches: »Du musst der Mame das nachsehen.« Das war sein Standardspruch, wenn er nach einer Zwölf-Stunden-Schicht wieder zu Hause aufkreuzte und sie ihm berichtete, was *die Mame* ihr an diesem Tag alles aufgebrummt hatte. »Sie muss sich erst damit abfinden, dass sie nicht mehr so viel kann wie früher. Und wenn wir ihr ein bisschen zur Hand gehen …«

Wir, hätte Liane ihn dann jedes Mal am liebsten angeschrien, *was heißt hier WIR?* Wenn in dieser Bruchbude einer was tat, dann ja wohl sie. Und dabei lief ihr die Zeit für ihre Diplomarbeit davon, denn selbst wenn sie mal keine *Spächtele* für den Herd machte oder Gießkannen schleppte oder Kirschen *brockte*, saß sie vor ihren Unterlagen und konnte sich nicht konzentrieren, weil die Alte ständig neue Wünsche hatte. *Bring mir dies! Bring mir das!* Wenn sie noch einmal das Wort *Becel* hörte! Oder *Magerquark*. Und dann das ständige Berechnen der Broteinheiten. Es war gerade so, als hätte die Alte sich vorgenommen, Liane kleinzukriegen.

Aber bald würde das anders werden, denn endlich hatte Liane Carl dazu gebracht, ihr das alte Fahrrad zu reparieren. Und so würde sie später in den Ort fahren und sich dort eine Wohnung ansehen, die sie vorgestern im Anzeigenteil des *Alb-Boten* gesehen hatte. »Mit wem telefonierscht du?«, hatte die Alte dann auch prompt gefragt, als Liane bei dem Vermieter angerufen hatte, um sich nach der Wohnung zu erkundigen. »Ich treff mich mit jemandem, der mir vielleicht Material für meine Diplomarbeit geben kann.« Was durchaus der Wahrheit entsprach, denn nach der Wohnungsbesichtigung würde sie sich noch mit Herrn Reinhardt, einem pensionierten Lehrer und Hobbyhistoriker, treffen – ein Kontakt, den Carl ihr vermittelt hatte.

Sie ließ das lauwarme Wasser noch ein paar Minuten laufen, bis der Boiler leer war und es nur noch kalt kam. Endlich fühlte sie sich etwas erfrischt. Nachdem sie sich abgetrocknet und angezogen hatte, schloss sie die Badtür auf, ging in ihr und Carls Schlafzimmer und setzte sich an den kleinen, wackeligen Tisch. Wann immer sie ein bisschen Zeit erübrigen konnte, saß sie dort und schrieb an ihrer Diplomarbeit oder versuchte es zumindest. Gegenstand ihrer Untersuchung war *Die Psychologie des Kinderspiels heute und gestern,* ein Thema, auf das sie sich mit Begeisterung gestürzt hatte. Doch inzwischen »arbeitete« sie schon viel zu lange daran. Vor vier Monaten, als sie hierhergekommen waren, hatte sich Liane eingeredet, die ländliche Umgebung und die Abgeschiedenheit würden ihr und ihrer Arbeit guttun. Auch hatte sie gehofft, durch Gespräche mit den *Ureinwohnern* – zu denen ja auch Benigna gehörte – einen guten Überblick über historische Kinderspiele aus der Gegend zu erhalten. Sie hoffte auf originelle Informationen, die sie als Grundlage für ihre Analyse verwenden würde. Insgeheim hatte sie sich ausgemalt, mit einem Stift in der Hand bei ihrer Schwiegermutter in spe zu sitzen, zu lauschen und alles niederzuschreiben, was die zum Besten gab. Aber Benigna kannte gar keine Kinderspiele oder wollte keine kennen, und erst als Carl sich einschaltete, wurde sie etwas weniger einsilbig, auch wenn von Auskunftsfreudigkeit noch immer keine Rede sein konnte. Trotzdem erfuhr Liane durch Benigna zumindest von *einem* höchst ungewöhnlichen und eigenartigen Spiel, das Liane seitdem schon viel Kopfzerbrechen gekostet hatte. Ihr wollte einfach nicht klar werden, in welche Kategorie es denn nun gehörte. Zudem war Benigna nicht recht in der Lage gewesen, den Ablauf und Sinn des Spiels nachvollziehbar zu schildern. Selbst der Name war rätselhaft und auch ein wenig unheimlich, es hieß *das Nachtfräuleinspiel.* Carl meinte, es müsse wohl etwas mit der gleichnamigen Narrenzunft zu tun haben, aber mehr hatte er ihr auch nicht sagen können. Und da der verfluchte Hof so abgelegen war, hatte Liane bisher nicht die Möglichkeit gehabt, andere Leute zu fragen. Wie sollte sie ohne Auto von hier wegkommen?

Das Mittagessen verlief wie immer in dumpfem Schweigen. In den ersten Tagen nach ihrer Ankunft hatte Liane sich noch darum bemüht, das Eis zu brechen. Sie hatte immer wieder Fragen gestellt und sich interessiert gezeigt. Doch Carls Mutter hatte stets einsilbig oder gar nicht geantwortet, so dass Liane ihre Versuche bald eingestellt hatte. Dann eben nicht, hatte sie sich irgendwann gedacht und stattdessen ihren eigenen Gedanken nachgehangen.

Das war aber nur so lange halbwegs gut gegangen, bis die Alte angefangen hatte, sie für immer neue Aufgaben heranzuziehen. Inzwischen war Liane so weit, dass sie Carls Mutter noch nicht einmal mehr ansehen konnte, ohne dass ihr die Galle überkochte. Dabei musste sie vor Carl trotzdem so tun, als wäre sie weiterhin an einem guten Verhältnis interessiert, als hätte sie Verständnis und würde der Alten ihr Verhalten nachsehen. Weil die es ja immer so schwer gehabt hatte und nun mit ihrem Herz und ihrer Diabetes alles noch schlimmer geworden war. Die Hoffnung, Carl könnte bereit sein, irgendwann nach München zurückzukehren, hatte Liane längst aufgegeben. Gestern Abend allerdings hatte sie ihm klargemacht, dass es so nicht weiterging. Wenn Liane hier auf der Schwäbischen Alb bleiben sollte, täte sie dies nur in einer eigenen Wohnung. Schließlich habe sie nicht jahrelang studiert, um jetzt an der Diplomarbeit zu scheitern. Sie müsse hier raus, und zwar dringend. Und dazu bräuchte sie einen fahrbaren Untersatz. Und so hatte Carl ihr gestern Abend noch das alte Rad der Mutter hergerichtet.

Es war kurz vor halb zwei, als sich Liane auf das Rad schwang. Die Sonne brannte vom Himmel und sie fühlte sich schon durchgeschwitzt, bevor sie überhaupt losfuhr. Sie war noch keine zwanzig Meter weit gekommen, als die Alte ihr hinterherrief: »Wo willscht du hin?«

Liane bremste und stellte die Füße auf den Boden. »Ins Dorf. Ich hab doch einen Termin …«

»Was für einen Termin denn? Du kannscht nicht gehen. Ich … fühl mich nicht wohl, die Hitz' …«

Liane betrachtete Benigna. Sie hatte nicht den Eindruck, dass sie schlecht beieinander war, ganz im Gegenteil. Sie wirkte fit und hellwach, ja geradezu frisch, und wie immer, wenn sie Liane ansah, funkelten ihre Augen wie schwarze Kohlen.

»Das … tut mir leid«, sagte Liane, obwohl es ihr nicht im Geringsten leidtat. »Was ist denn?«

»Ich hab mir grad das Insulin gespritzt und jetzt ist mir ganz schwummrig … Außerdem seh ich ganz schlecht.«

Liane atmete tief ein und wieder aus. Das hätte sie sich ja denken können. Kaum hatte sie das erste Mal seit Monaten etwas vor, versuchte Benigna natürlich, es zu vereiteln. Aber sie würde sich ihr Vorhaben auf keinen Fall verderben lassen. »Ich werd nicht lange fort sein. Höchstens zwei Stunden. Das müsste doch gehen.«

Die Alte funkelte sie an. »Die Fenster in der Küch' sind auch noch nicht geputzt und außerdem hast du heut' Morgen vergessen, die Johannisbeersträucher zu wässern.«

»Das mach ich morgen«, schnitt Liane ihr das Wort ab. Dann klappte sie den Fahrradständer aus und ging auf Benigna zu. Mit mühsam aufrechterhaltener Selbstbeherrschung legte sie der Alten den Arm um die Schulter und sagte betont munter: »Weißt du was? Du legst dich solange aufs Sofa. Und wenn ich wieder da bin, mach ich Abendessen für uns.«

Ohne weitere Einwände ließ sich Benigna von Liane ins Haus führen und aufs Sofa verfrachten. Liane drückte eine Taste auf dem alten Rundfunkempfänger. *Ein Bett im Kornfeld* ertönte und Liane unterdrückte den Impuls, gleich wieder auszuschalten. »Das magst du doch«, sagte sie und griff nach dem *Goldenen Blatt*, das sie vorsorglich für Benigna bereitgelegt hatte. »Die hab ich für dich gekauft. Schau mal, da ist alles über Königin Silvia drin. Ist das nicht ein schönes Bild?«

Liane interessierte sich nicht für Geschichten aus Königshäusern, aber sie wusste, dass sich Benigna, während Liane neulich die Fenster geputzt hatte, die komplette Zeremonie der Trauung des schwedischen Königs Carl Gustav und der Deutschen Silvia Sommerlath angesehen hatte. »Und hier hast du noch einen Stift für das Kreuzworträtsel«, fügte sie hinzu und legte einen Kugelschreiber neben den Joghurt und den Apfel, die sie ebenfalls für Benigna bereitgestellt hatte. »Denk dran, zwischendurch was zu essen …«, sagte sie und verabschiedete sich dann rasch. Im Davonfahren wunderte sie sich darüber, dass Benigna nicht noch weitere Einwände erhoben hatte. Merkwürdig, dachte sie. Aber vielleicht begriff sie endlich, was Liane hier alles leistete?

Die Wohnung, die Liane sich anschaute, war überraschend ansprechend, zwei Zimmer im Erdgeschoss mit einer hübschen Terrasse vor dem Esszimmer, und als sie später am Haus des pensionierten Geschichtslehrers klingelte, um sich von ihm etwas über das Nachtfräuleinspiel erzählen zu lassen, war sie so heiter und zuversichtlich wie schon lange nicht mehr. Alles würde sich zum Besten wenden, das Wohnthema, die Diplomarbeit und ihr Verhältnis zu Benigna auch. Sie war derart milde gestimmt, dass sie auf dem Rückweg, nachdem der alte Lehrer ihr jede Menge Material mitgegeben hatte, noch bei der Metzgerei vorbeifuhr, um für Benigna ihre geliebte Schwarzwurst zu kaufen. Sie würde sich bemühen, die Beziehung zu Benigna zu verbessern. Immerhin würde sie mal ihre Schwiegermutter werden und die Großmutter ihrer Kinder.

Auf dem Weg über Land genoss Liane den Fahrtwind, der die drückende Hitze ein wenig linderte. Fast beschwingt trat sie in die Pedale und ertappte sich plötzlich dabei, wie sie den alten Tammy-Wynette-Song vor sich hin trällerte. *Stand by Your Man*, sang sie lauthals und auf einmal fielen ihr Jens und Erika ein und jene Party damals in der Kommune, als Katharina sich wieder einmal an Carl herangemacht hatte. Ja, dachte sie, es hatte sich wirklich ausgezahlt, dass sie damals nicht lockergelassen hatte. Sie und Carl waren fest zusammen und nun kam auch noch Bewegung in das Wohnungsthema. Nicht mehr lange, dann würden sie umziehen und Liane hätte endlich die Ruhe, die sie für ihre Arbeit brauchte. Natürlich musste sie sich weiter um Benigna kümmern. Aber wenn sie erst mal ihre eigenen vier Wände und etwas mehr Distanz hatte, würde sie das auch besser hinbekommen.

Sie war so vertieft in ihre Gedanken, dass sie den Ambulanzwagen vor dem Eingang erst im letzten Moment bemerkte. Hektisch lehnte sie das Rad gegen die Hausmauer und lief ins Haus. »Hallo!«, rief sie laut und folgte den Stimmen, die aus der Stube kamen. Auf der Schwelle blieb sie abrupt stehen. Da waren zwei Männer. Einer von ihnen kniete neben Benigna und war dabei, ihr eine Spritze zu geben. »Benigna … Was ist passiert?«, fragte sie und merkte selbst, dass sie weniger besorgt als verärgert klang.

Der Mann, der stand, offenbar ein Sanitäter, drehte sich zu Liane um und sagte: »Frau Winterling hatte einen Schwächeanfall, wohl wegen eines massiven Unterzuckers. Zum Glück ist es ihr noch gelungen, den Notruf zu wählen, bevor sie in Ohnmacht gefallen ist.«

»Aber …« Liane war sprachlos. Sie starrte auf den Apfel und den Joghurt. Beides stand unangetastet auf dem Tisch.

»Warum hast du denn nichts gegessen?«, fragte Liane.

Der Kniende, auf dessen Rücken die Aufschrift *Notarzt* prangte, erhob sich, so dass Liane Benignas Gesicht sehen konnte. Sie sah aus wie immer, nur dass sie die Augen halb geschlossen hatte und ihre Hände schlaff auf ihrem Schoß lagen. Das durfte doch alles nicht wahr sein.

»Sie müssen sich besser um Ihre Schwiegermutter kümmern«,

sagte der Notarzt zu Liane. »Und dafür sorgen, dass sie die Zwischenmahlzeiten einhält.«

Lianes Augen weiteten sich. »Ich hab ihr die Sachen extra in Reichweite gestellt«, sagte sie betont ruhig. Sie wollte auf keinen Fall so klingen, als müsse sie sich rechtfertigen.

Der Sanitäter, ein großer, bulliger Typ, wischte sich mit dem Ärmel den Schweiß von der Stirn und brummte: »Das langt nicht«, und der Notarzt fuhr fort: »Bei der Hitze wär's tatsächlich besser, wenn jemand regelmäßig nach ihr sehen würde.«

Liane nickte nur und sah zu, wie der Notarzt seinen Koffer schloss und sich dann verabschiedete.

»Sie sollten gleich morgen mit ihr zum Arzt gehen. Das Insulin muss besser eingestellt werden.«

Er beugte sich noch einmal zu Benigna hinunter, drückte ihr den Arm und verabschiedete sich mit den aufmunternden Worten: »Ihre Schwiegertochter wird sich um alles kümmern!«

Nachdem die beiden das Haus verlassen hatten, wandte Benigna sich Liane zu und sagte: »Ich hab Hunger. Mach's Vesper!« Ihre Stimme klang so barsch wie immer. Schwäche und Mattigkeit schienen von einer Sekunde zur anderen verschwunden.

Annamaria, Juli 1986

In drei Tagen ist Brotbacktag und dafür steht Annamaria noch am selben Abend mit Liane in der Küche vor der Getreidemühle und schüttet die Roggenkörner in den Trichter, schaltet aber die Mühle noch nicht ein. Die Mühle macht einen Heidenlärm, deshalb achtet Annamaria immer darauf, die Küchentür zu schließen, bevor sie mit dem Mahlen beginnt. Hoffentlich, das denkt sie jedes Mal, wacht Stella in ihrem Stubenwagen im Wohnzimmer nicht auf. Oder, was Annamaria heute fast noch mehr beunruhigt, hoffentlich schleicht sich Gesine, die immer noch im Gang auf dem *stillen Stuhl* sitzt, nicht ins Wohnzimmer, um Stella heimlich zu wecken, gewissermaßen als Rache dafür, dass Annamaria mit Liane über die Schokolade gesprochen hat.

Wenn Annamaria das geahnt hätte! Wenn sie gewusst hätte, dass das Kind fürs Schokoladeessen bestraft wird und eine geschlagene Stunde auf einem Stuhl herumsitzen muss, dann hätte sie das Liane gegenüber niemals erwähnt. Obwohl das so ja nicht ganz stimmt. Denn Liane straft nicht. Das Wort Strafe kommt in ihrem Erziehungskosmos nicht vor. Wenn ein Kind gegen die Familienregeln verstößt, wenn es also nicht aufisst, was es sich selbst geschöpft hat, oder sich gegenüber den Geschwistern unfair verhält oder Schimpfwörter verwendet, wenn es schlägt oder die Straßenschuhe nicht am Eingang auszieht oder den Garten leer pflückt oder was es sonst noch so gibt, dann werden ihm die *Konsequenzen seines Handelns* aufgezeigt. Und das heißt meistens, dass es auf den *stillen Stuhl* muss. Ein bisschen wundert sich Annamaria, wie die Kinder da jedes Mal so lammfromm sitzen bleiben und *nachdenken*. Und genau deshalb ist Annamaria jetzt auch besorgt: Sie hat Angst, Gesine könnte dabei auf dumme Gedanken kommen, so wie neulich, als sie Stella im ganzen Haus herumgeschleppt hat, treppauf, treppab. Annamaria hat da immer ein bisschen Sorge. Aus irgendeinem Grund scheint sich Gesine besonders für Stella zu interessieren, vielleicht hält sie sie für so etwas wie eine Babypuppe. Dabei ist Gesine erst sieben und Stella gerade mal vier Wochen alt – alles an ihr ist noch ganz weich und nachgiebig. Immer wieder stellt sich Annamaria vor, wie Gesine versucht, Stella zum Laufen zu bewegen, dabei kann sie noch nicht einmal alleine sitzen.

Nachdem Annamaria den Roggen gemahlen hat, steht sie erst mal wieder ganz still da und lauscht. Liane hantiert derweil am Wasserhahn und Annamaria will sich nichts anmerken lassen. Liane soll nicht mitkriegen, dass Annamaria am liebsten schon wieder nach Stella sehen würde, um sich zu vergewissern, dass es ihr gut geht. In dieser Hinsicht hat Liane konsequente Ansichten. Die Kinder müssen lernen, auch mal mit sich selbst zurechtzukommen und Frustration auszuhalten, so hat Liane es ihr erklärt, damit sie die Chance haben, sich auf die eigene Kraft zu besinnen und zu starken, selbstständigen Menschen heranzuwachsen. Darum ist es wichtig, dass man nicht gleich jedes Mal rennt, wenn das Kind schreit.

Annamaria stellt die Schüssel mit dem Roggenmehl auf den großen Tisch in der Mitte. Diese Küche ist wirklich schön, sie will alles daransetzen, später auch einmal so eine Küche zu haben. Wie aus einem englischen Landhaus.

»So«, sagt Liane da, »bisher haben wir das immer zusammen gemacht. Aber ab dem nächsten Mal solltest du es allein übernehmen. Ich werde bald öfters weg sein, auf Lese- und Vortragsreise, du weißt ja, dass mein neues Buch bald herauskommt … Das traust du dir doch zu?«

Also beobachtet Annamaria heute besonders konzentriert, wie Liane nach dem Wasserkrug greift und das warme Wasser in die große Schüssel füllt. Sie gibt den Honig dazu und rührt, bis er sich aufgelöst hat, dann schüttet sie das Mehl hinein und verrührt alles zu einem glatten Teig. Sie deckt die Schüssel ab und stellt sie hinter den Kachelofen, einen Grundofen, der auch jetzt im Sommer einmal am Tag beheizt wird.

»Der Teig muss nun drei Tage gehen und jeden Morgen und jeden Abend gut durchgerührt werden, verstanden?«

Annamaria nickt. In dem Moment geht die Küchentür auf und Matthias kommt herein, und da hört Annamaria Stellas Weinen aus dem Nebenzimmer. Hat Gesine etwa …

Angstvoll verlässt Annamaria die Küche, läuft vorbei an Gesine, die immer noch auf dem *stillen Stuhl* sitzt und sie mit undurchdringlichem Blick anschaut. Annamaria öffnet die Tür zum Wohnzimmer, wo der Stubenwagen steht. Als sie den Raum betritt, sieht sie Stella abgedeckt in ihrem Stubenwagen liegen. Sie ist ganz rot im Gesicht, wie lange sie wohl schon schreit? Annamaria nimmt Stella aus dem Wagen und spricht besänftigend auf sie ein. Aber Stella ist völlig außer sich, lässt sich kaum beruhigen und Annamaria fragt sich, warum sie so schreit.

Nach einer Weile ebbt das Geschrei ab und Annamaria geht nach oben ins Bad, um nachzusehen, ob Stella vielleicht etwas in der Windel hat. Aber kaum macht sie Anstalten, die Kleine auf dem Wickeltisch abzulegen, brandet das Schreien wieder auf und Annamaria muss sie wieder hochnehmen. Schließlich will sie nicht schuld sein, wenn Hortensie wieder aufwacht, deren Zimmer direkt neben dem Bad liegt. Hortensie, das vorbildliche Kind, das anstandslos um sieben Uhr abends ins Bett geht, um selig bis zum nächsten Morgen durchzuschlummern. Sicherlich hat Liane recht und Stellas Schlafprobleme liegen nur an ihr, Annamaria, weil sie einfach nicht konsequent genug ist. Zum Glück befindet sich das Zimmer von Annamaria und Stella ganz oben unter dem Dach, und wenn Stella dort schreit, ist das unten hoffentlich nicht so laut zu hören. Wobei Annamaria, das muss sie zugeben, die Kleine trotzdem jede Nacht, kaum dass sie weint, in den Arm nimmt und hält, so lange, bis sie wieder eingeschlafen ist. Annamaria bringt es einfach nicht übers Herz, sie schreien zu lassen!

Auch jetzt beim Wickeln geht das noch ein paarmal so hin und her, bis Annamaria Stella den Strampler aufknöpft und herunterzieht, mit einer Hand und etwas umständlich, und seitlich in die Windel hineinpliert. Da ist nichts, also trägt Annamaria die Kleine wieder die Treppe hinunter ins Wohnzimmer. Vielleicht hat sie ja schon wieder Hunger? Möglicherweise wird sie allein durch das Stillen nicht mehr satt, überlegt Annamaria nicht zum ersten Mal. Sie hat diese unterschwellige Sorge, die Kleine bekäme nicht genug Nahrung. Obwohl Liane sie da immer beruhigt und ihr erklärt, dass sich die Milchproduktion grundsätzlich an den Bedarf des Kindes anpasst und dass man das Kind in diesen Übergangsphasen nur öfters anlegen muss. Überhaupt sollte man das Kind mindestens ein Jahr lang voll stillen. Das schreibt Liane auch in ihrem Stillbuch, sie erklärt es dort so gut und plausibel, dass Annamaria diese Ratschläge auch noch im Schlaf aufsagen könnte, so sehr haben sie sich eingebrannt. Genauso wie Lianes Geringschätzung Ärzten gegenüber. Von denen hält sie nämlich überhaupt nichts, dabei ist ihr Mann doch auch einer. Alles, was die Kinder haben, behandelt sie selbst, mit Salbei und Bienenwachsauflagen und Kohlwickeln.

Sicher ist es ein Wachstumsschub, redet sich Annamaria gut zu. Sie setzt sich in den Sessel am Fenster, schiebt ihr Sweatshirt hoch und legt das Kind an die Brust. Und in der Tat beginnt Stella auch gleich zu trinken. Wie eine Ausgehungerte saugt sie und stößt zwischendurch – vor lauter Ungeduld oder bekommt sie nicht genug? – immer wieder mit dem Kopf gegen die Brust. Wie ein kleines Zicklein, denkt Annamaria und merkt, wie die Milch einschießt. Es schmerzt ein bisschen, aber für Annamaria ist das ein beruhigender Schmerz. Er steht dafür, dass ihr Kind satt werden wird. Dieses Mal. Sie lehnt den Kopf zurück. Irgendwann werde ich auch so ein Haus haben, so eine Familie, denkt sie. Zuerst muss ich natürlich studieren gehen. Allerdings bliebe sie im Moment am liebsten für immer hier, inmitten dieses bunten Kindertreibens. Schon jetzt hat sie das Gefühl, Teil der Familie zu sein. Genau danach hat sie sich ihr ganzes Leben lang gesehnt, nach einem Zuhause, nach *ihrem* Platz in einer glücklichen Familie.

Annamaria schließt die Augen und auch Stella scheint einzuschlafen, denn ihr Köpfchen liegt jetzt schwer auf ihrem Arm. Annamaria seufzt. Wieder nur so wenig getrunken. In einer Stunde wird sie wieder wach werden und erneut trinken wollen. Ein Lufthauch lässt Annamaria die Augen öffnen. Sie sieht Carl, der in der Tür steht und zu ihr herübersieht. Hastig zieht Annamaria ihr Sweatshirt herunter und rutscht auf dem Sessel nach vorne. Vorsichtig und ein wenig umständlich steht sie auf, die Kleine in ihrem Arm soll auf keinen Fall aufwachen.

»Ich … Sie hatte schon wieder Hunger, ich hab sie angelegt.«

Er kommt auf sie zu und lächelt.

»Klar, kein Problem. Ich hätte anklopfen sollen … aber ich konnte ja nicht wissen, dass du hier drin bist.«

»Entschuldigung«, stammelt Annamaria und will an ihm vorbeigehen, als er sich zu Stella vorbeugt.

»Ein wunderhübsches Kind«, sagt er und betrachtet Stella aufmerksam. Dann blickt er auf und sieht Annamaria direkt ins Gesicht. »So schön wie seine Mutter!«

Annamaria weiß nicht, wie sie reagieren soll. Sie wird rot, über und über, alle sind so nett hier, so liebenswürdig, Liane und Carl haben immer ein freundliches Wort für sie. Verunsichert lächelt sie zu ihm hoch. In dem Moment hört sie ein Geräusch an der Tür. Beide drehen sich um und da steht Liane, mit dem Gemüsemesser in der Hand.

»Hallo, Schatz«, sagt Carl liebevoll und Annamaria fühlt eine eigenartige Mischung aus Erleichterung und schlechtem Gewissen. Erleichterung darüber, dass sie Zeit hat, sich zu berappeln, und dass Carl ihre Unsicherheit nicht mehr sehen kann. Ein schlechtes Gewissen deshalb, weil sie hier herumtrödelt, während Liane in der Küche alle Hände voll zu tun hat.

»Du bist schon da? Wie kommt's? Ich dachte, du hast eine Besprechung mit den neuen Krankenhausträgern?«, fragt Liane und sieht Carl aufmerksam an.

»Die Besprechung wurde abgesagt. Eine Erkältungswelle, mitten im Sommer.« Er geht auf sie zu und küsst sie auf den Mund. Annamaria sieht weg.

»Kein Wunder bei dem, was die Leute so alles in sich hineinstopfen«, sagt Liane. »Da hat das Immunsystem ja keine Chance.«

Liane wendet sich ab, will gehen, da dreht sie sich noch einmal zu Annamaria um und sagt: »Ich glaube, es ist besser, wenn du die Kleine in Zukunft in deinem Zimmer anlegst. Da habt ihr mehr Ruhe.«

In der folgenden Nacht holen die Nachtfräulein auch noch das letzte Kind.

Liane van der Berg, Mittwoch, 12. April 2017

Zu ihrer eigenen Überraschung versank Liane fast sofort in einem tiefen und traumlosen Schlaf, wahrscheinlich hatten die Ereignisse der letzten Tage sie einfach niedergerungen. Als sie am nächsten Tag erwachte, war sie in einigermaßen guter Verfassung und stieg gleich in ihre Sportkleidung, um sich nach der gestrigen Hockerei im Auto noch ein bisschen Bewegung zu verschaffen, zumal sie ja heute gleich wieder los nach München musste. Ihr Gesicht mochte das einer Fünfzigjährigen sein, aber ihre Wirbelsäule erinnerte sie doch an ihr wahres Alter. Wenn sie sich nicht diszipliniert an ihr Dreisäulenprogramm hielt – Yoga, Dauerlauf und Clean Eating –, bekam sie Rückenschmerzen und unangenehme Muskelverspannungen.

Es war noch dämmrig, als sie ein paar Dehnübungen absolvierte und dann direkt vom Hof loslief (sie weigerte sich, das, was sie tat, *joggen* zu nennen). Sie war überraschend gut in Form heute, und während sie die frische, würzige Waldluft einatmete, kehrte langsam so etwas wie Zuversicht in ihre Gedanken zurück. Spontan beschloss sie, die große Runde bis zum Motzenweiher zu laufen. Dort besaßen sie und Carl eine Hütte auf einem kleinen Waldstück, das zusammen mit dem Weiher zum Hellsternhof gehörte.

Es dauerte nicht lange, bis Liane in einen gleichmäßigen Laufrhythmus verfiel und über den bevorstehenden Tag nachzudenken begann. Nachher würde Matthias vorbeikommen und sie zum Bahnhof fahren, wo sie in den Zug nach München steigen würde, um Carl mit seinem Porsche abzuholen, und dann wäre sie hier zumindest wieder in Gesellschaft. Natürlich hätte sie auch Matthias oder Hortensie bitten können, ihren Vater in München abzuholen. Aber nach dem gestrigen Brief, dieser scheußlichen Zeichnung, die sich wie eine Tätowierung in ihr Gehirn eingeätzt hatte, war sie mehr als froh, irgendetwas zu tun zu haben, das sie von hier wegführte. Außerdem hatte sie keine Lust, Fragen nach Carl zu beantworten, noch nicht einmal die ihrer Kinder, nicht in ihrer jetzigen Verfassung. Zumindest bei Hortensie bestünde dann die Gefahr, dass sie es herumerzählen würde, und das wäre wirklich das Letzte, war Liane brauchte: Gerüchte über den betrunkenen Mann der Familienretterin, der mitten in der Nacht von der Polizei aufgegriffen worden war.

Zwanzig Minuten später bog Liane vom Hauptweg auf den Pfad zum Motzenweiher ab. Die Luft war würzig, fast erdig, und der Waldboden federte unter ihren Schritten, als sie den Weiher umrundete und an der kleinen Hütte vorbei den Rückweg antrat. Als ihr Blick im Vorbeilaufen das Fenster streifte, war da plötzlich ein Bild, eine Erinnerung an längst vergessene Zeiten. Wann war das gewesen, Mitte der Achtziger? Als sie noch jung genug gewesen war, um die Blicke der Männer auf sich zu ziehen. Obwohl sie im Grunde immer nur den einen gewollt hatte, immer nur Carl. Aber sie hatte natürlich auch ihren Stolz gehabt, und so war es eben dazu gekommen. Ja, er hatte sie gewissermaßen dazu getrieben, das konnte man wohl behaupten.

Mit einem Mal war ihr Gleichmut dahin, ihre Laune auf dem Nullpunkt. Fast wäre sie über eine Wurzel gestolpert, als sie sich fragte: Was, wenn Carl wieder einen, nun ja, *Rückfall* gehabt hatte? Wenn er sie nach all den Jahren wieder betrog? Denn was zur Hölle trieb dieser Mann sonst morgens um drei auf Münchens Straßen? Zwar hatte er am Telefon behauptet, noch mit einigen Fliegenfischerkollegen in einer Bar gewesen zu sein. Aber warf das nicht die Frage auf, was für eine Art von »Bar« das gewesen war? Natürlich wollte sie ihn nicht vorschnell verdächtigen, aber mit jedem Schritt, den sie tat, kehrte sie im Geiste tiefer in ihre Vergangenheit zurück und konnte am Ende an nichts anderes mehr denken als daran, was dieser Mann ihr schon alles zugemutet hatte. Aber sie war ja selbst schuld daran. Sie hätte es wissen müssen, schon damals in der Kommune hätte sie kapieren können, dass alles immer so weitergehen würde. Auch wenn sie eine Zeit lang, nach der Nacht mit Johannes und Carls Reaktion darauf, durchaus die Hoffnung gehabt hatte, Carl würde sich ein für alle Mal ändern.

Der Himmel war wolkenschwer, als sie den Wald hinter sich ließ und den Weg durch die alte Streuobstwiese auf das Haus zulief. Wie schon gestern Abend leuchteten die Schlehen im diffusen Licht des Morgens und verströmten einen zarten Mandelduft. Als sie sich dem Haus näherte, fiel ihr Blick auf den Graben, den die Gasleute ausgehoben hatten und der ihres Erachtens immer noch nicht weitergebuddelt worden war. Anscheinend würde sie nachhaken müssen, wann die Herrschaften ihre Arbeit denn fortzusetzen gedachten. Sie war schon fast an der Baugrube vorbeigelaufen, als sie am Rand ihres Gesichtsfelds etwas Weißes entdeckte.

Abrupt machte sie halt und sah ungläubig hinunter auf das, was sich ihr da bot: Dort in der Grube lag eine Frau, eine alte Frau mit weißen Haaren, die jemand bis zur Brust mit einem weißen Laken zugedeckt hatte.

Später erinnerte sich Liane nur noch an die Panik, die sie in diesem Moment überrollte und die sie losrennen ließ, an der Schlehenhecke vorbei bis zum Haus. Als sie Matthias' Nummer wählte, hatte sie Mühe, die Tasten zu treffen, so sehr zitterten ihre Finger.

Während der nächsten halben Stunde bis zu Matthias' Eintreffen hatte sie nur einen Gedanken: Ihr Leben war zu einem einzigen Albtraum geworden.

Liane, Sommer 1976

»Ich kann nicht ausziehen, nicht jetzt, wo es der Mutter so schlecht geht.«

Genau diese Worte hatte sie erwartet. Genau vor diesen Worten hatte sie sich gefürchtet. Sie sagte nichts darauf. Sie musste sich zusammenreißen, durfte jetzt keinen Fehler machen. Also setzte sie eine besorgte und verständnisvolle Miene auf. »Natürlich nicht«, murmelte sie und presste die Lippen aufeinander.

»Aber ich versteh natürlich, dass du deine Diplomarbeit beenden musst. Und dass das hier schwierig ist. Wenn du also wieder nach München gehen möchtest, will ich dir nicht im Weg stehen.«

Liane stutzte. Das waren ja ganz neue Töne. Ein Bild erschien auf ihrer Netzhaut, die blonde Roswitha, die Liane schon ein paarmal in Carls Dunstkreis gesehen hatte; das eine Mal in München, auf dem Parkplatz der Klinik, als sie *zufällig* in der Gegend gewesen war, und dann bei diesem unseligen Narrenverein, dieser Ansammlung von Tölpeln, zu der Carl sie geschleppt hatte, kaum dass sie hierher gezogen waren.

»… hat sich die Rosi bereit erklärt, sich so lange um die Mutter zu kümmern …«

»Wie bitte?« Mit einem Ruck hob Liane den Kopf und sah ihn an. Wollte er sie etwa loswerden, um ungestört ein kleines Techtelmechtel mit diesem Vereinshäsle anzufangen? Und so entschied Liane in dieser Sekunde, dass sie auf gar keinen Fall weggehen würde. Nein, dachte sie, sie würde hier durchhalten. Die Gefahr, dass diese Rosi sich in ihrer Abwesenheit an Carl heranmachte, war einfach zu groß. Andererseits war die Idee, jemand anderes könnte sich zumindest stundenweise um den alten Drachen kümmern, durchaus erwägenswert. Dann könnte sie sich endlich auf ihre Diplomarbeit konzentrieren und steckte auch nicht mehr dauernd in dieser Einöde fest.

Sie legte ihm die Hand auf die Schulter. »Ich werde dich … euch … hier auf keinen Fall im Stich lassen. Das kommt gar nicht infrage«, sagte sie in liebevollem Tonfall. »Aber du hast recht. Die Mutter braucht mehr Betreuung, die ich alleine ihr im Moment leider nicht geben kann.« Dann kam ihr ein Gedanke und sie fügte rasch hinzu: »Außerdem muss ich jetzt wirklich ab und zu nach München. Mich mit meinem Professor treffen und Sachen in der Unibibliothek recherchieren. Da wär's tatsächlich gut, wenn jemand bei der Mutter wär.« Sie zog ihn an sich, küsste ihn und lächelte ihm dann tröstend zu. »Wir schaffen das schon.«

»Hallo, ich bin die Roswitha.«

Es dauerte keine Woche, bis sie vor der Tür stand, in Jeans, die wie eine Wurstpelle saßen, und einem Oberteil, bei dem man keinerlei Fantasie mehr brauchte, um sich vorzustellen, was diese Frau sonst noch zu bieten hatte. Fast noch mehr störte Liane allerdings Roswithas Röntgenblick: Sie musterte alles, Lianes Frisur, ihre Kleidung, die gesamte Küche, um dann übertrieben freundlich ihre Hilfe *beim Aufräumen* anzubieten.

Liane ging nicht darauf ein und sagte stattdessen: »Frau Winterling ist oben. Ich bring Sie kurz hinauf und muss dann gleich weg.« Sie würde einen Teufel tun und diese Person duzen. Sie hatte nicht vor, sich mit einer Dorfschönheit zu verbrüdern.

Liane merkte wohl, wie *die Roswitha* sie erwartungsfroh ansah, so als würde sie noch auf eine Zusatzinformation warten. Doch Liane schenkte ihr nur ein strahlendes Zähnefletschen und verließ ohne ein weiteres Wort die Küche, um sie nach oben zu führen. Sie wollte so rasch wie möglich hier raus und nach München fahren, zu einer Besprechung mit ihrem Professor, dem sie gewaltig um den Bart gehen musste, um noch eine Fristverlängerung für die Abgabe ihrer Diplomarbeit zu erwirken.

»So, Benigna, schau, da ist Frau Stengele, die leistet dir von nun an Gesellschaft, wenn ich nicht da bin.«

Benigna warf Liane einen hasserfüllten Blick zu und schnappte: »Ich brauch niemand.«

»Oh doch«, widersprach Liane und erwiderte den stechenden Blick der Alten mit einem so eisernen Lächeln, dass es ihr in den Mundwinkeln wehtat. Sie war sich inzwischen sicher, dass Benigna neulich mit Absicht nichts gegessen hatte, um sie, Liane, in ein schlechtes Licht zu rücken und die Lage zuzuspitzen. Sie will mich fertigmachen, dachte Liane, sie weiß, wie sehr ich Carl liebe und zu welchen Zugeständnissen ich bereit bin.

Auch wusste Liane seit ein paar Tagen definitiv, dass Benigna nicht nur in ihren Sachen schnüffelte, sondern auch regelmäßig in ihrem Tagebuch las. Oh, ich durchschaue dich, du altes Biest, dachte sie, und ihr Lächeln wurde noch ein wenig breiter, als sie fortfuhr: »Wir wollen ja auf keinen Fall, dass sich so etwas wie letzte Woche noch einmal wiederholt. Du hast mir da wirklich einen *Riesenschrecken* eingejagt!«

Sie tätschelte der Alten die Hand und überließ Benigna dann *der Roswitha*, deren Gesichtsausdruck nun nicht mehr ganz so froh war. Wahrscheinlich dämmert ihr gerade, was beziehungsweise wen sie sich da aufgehalst hat, dachte Liane mit grimmiger Zufriedenheit. Auf der Schwelle drehte sie sich noch einmal um und winkte den beiden Frauen zu. »Ich pack noch meine Sachen und bin dann weg. Übermorgen Abend komm ich wieder …« Und an die Roswitha gewandt, sagte sie: »Dann löse ich Sie ab. Sie warten ja so lange, bis ich wieder da bin.«

Liane lief in ihr Zimmer. Sie schloss die Tür mit Nachdruck, holte rasch das gelbseidene Tagebuch aus dem angeblichen Versteck und setzte sich an den wackeligen Schreibtisch. Sie war gespannt, ob ihr Plan aufgehen würde. So wie sie die Alte einschätzte, würde alles genau so ablaufen, wie sie es sich ausgedacht hatte. Eilig beschrieb sie drei Seiten mit genau den Worten, die sie sich in den letzten Tagen so sorgfältig ausgedacht hatte, legte den Füller zur Seite und tat das Buch zurück in sein altes »Versteck« in der Kommode – dorthin, wo Benigna es auf jeden Fall finden würde. Die älteren Tagebücher hatte sie inzwischen ganz oben auf dem Schrank hinter ihrem Koffer verstaut. Oh, das würde ein Spaß werden, eine kleine Revanche dafür, wie die Alte sie herumgescheucht hatte, monatelang. Schade war nur, dass sie ihr Gesicht nicht würde sehen können, wenn ihr klar wurde, dass sie einer Lüge aufgesessen war. Liane wurde ganz warm bei der Vorstellung. Ach, das Leben hatte doch auch schöne Seiten. Und dazu hatte sie jetzt auch noch drei Tage frei. Drei volle Tage, an denen kein Fenster zu putzen wäre, kein Hof zu kehren, kein Gemüse zu wässern, kein Unkraut zu jäten. Die Gartenarbeit verabscheute sie am meisten, was auch mit der gnadenlosen Hitze in diesem Sommer zusammenhing. Schon jetzt sprachen die Zeitungen von Europas großer Dürre und die Alte ließ Liane zweimal am Tag den Gemüsegarten wässern.

Ein Blick auf die Uhr zeigte ihr, dass sie spät dran war. Eilig packte sie ihre Tasche, schrieb noch einen Zettel für Carl mit der Telefonnummer ihrer Studienfreundin, bei der sie die Tage unterkäme, und schloss dann das Fenster. Auf der Treppe nach unten hörte sie Benignas Gekeife und freute sich umso mehr auf die bevorstehenden drei Tage. Sie lief zur Scheune, holte das Rad heraus, klemmte die Tasche auf den Gepäckträger und fuhr zufrieden den Feldweg entlang in Richtung Bahnhof.

Liane warf noch einen prüfenden Blick in den Spiegel, verließ dann die Toilettenräume der Ludwig-Maximilians-Universität und ging den Korridor entlang in Richtung Ausgang. Das hatte sie jedenfalls geschafft, dachte sie lächelnd, stemmte die Eingangstür auf und trat auf den Bürgersteig hinaus. Sie blieb einen Moment stehen und blinzelte gegen das grelle Sonnenlicht an, bis sich ihre Augen an die Helligkeit gewöhnt hatten. Dann schulterte sie ihre Handtasche und setzte sich in Bewegung.

Das Treffen mit ihrem Professor war ein voller Erfolg gewesen. Anfangs hatten sie ein wenig Startschwierigkeiten gehabt, aber letztlich war alles so gekommen, wie Liane es geplant gehabt hatte. Sie hatte sich große Mühe mit der Auswahl ihrer Kleidung gegeben – oder sollte sie sagen ihres Kleidchens? Aus jahrelanger Erfahrung wusste sie, dass Professor Oberländer ganz versessen auf lange Beine war, und damit konnte sie ja nun wirklich dienen. Schade nur, dass sie so sparsam mit der Augenschminke hatte umgehen müssen. Sie hatte ja geplant, vor ihm zu weinen, und da ein verlaufener Lidstrich die Attraktivität nicht gerade steigerte, hatte sie ganz darauf verzichtet. Außerdem passte ein dezent geschminktes Gesicht sowieso viel besser zur Rolle der hilfsbedürftigen Maid, die von einem weißen Ritter namens Oberländer gerettet werden wollte. Oh, wie hatte sie es ausgekostet, ihm in aller Ausführlichkeit ihr Leid zu klagen, wobei sie genau darauf geachtet hatte, dass er stets einen guten Ausblick auf ihre Beine genoss. Natürlich hatte sie hier und da ein wenig dicker aufgetragen, aber insgesamt entsprach die Schilderung ihrer derzeitigen Lebensumstände – und die daraus resultierenden Schwierigkeiten bei der Datenbeschaffung – durchaus der Wahrheit. Die Fummelei am Ende war ein wenig unangenehm gewesen, aber letztendlich hatte sie dadurch erreicht, was sie wollte: sein Zugeständnis, ihre Abgabefrist noch einmal zu verlängern. Überdies ließ sich daraus eine nette kleine Anekdote spinnen, die sie Carl bei passender Gelegenheit präsentieren würde. So konnte sie ihn ein klein wenig reizen und ihm auf die schelmische Art zeigen, dass sie noch andere Eisen im Feuer hatte. Er war sich ihrer ohnehin schon viel zu sicher.

Es war schon dunkel, als Liane und Helga, die Studienkollegin, bei der Liane übernachtete, ihr spätes Abendessen beendeten. »Lass mich abwaschen«, sagte Liane und fing an, den Tisch abzudecken. Helga, die Hausarbeit jeglicher Art verabscheute, nahm das Angebot dankend an und verließ die Küche, um sich für die Nacht fertig zu machen, bevor eine ihrer Mitbewohnerinnen wieder stundenlang das Bad blockieren würde. Irgendwann klingelte das Telefon und Liane war schon auf dem Weg, um den Hörer abzunehmen, als sie merkte, dass Helga ihr zuvorgekommen war. Kurz darauf steckte Helga den Kopf durch die Küchentür. Mit hochgezogenen Augenbrauen und schiefem Lächeln sagte sie: »Da ist Carl am Telefon. Er hält's wohl nur schwer ohne dich aus.«

Liane griff nach dem Geschirrtuch, trocknete sich die Hände ab und nahm den Hörer entgegen.

»Hallo, mein Liebster«, sagte sie aufgeräumt. »Wie geht es dir?«

Doch statt einer gut gelaunten Antwort hörte sie nur ein ersticktes Schluchzen und die Worte: »Es ist was Schreckliches passiert.« Dann wieder Schweigen.

Liane umklammerte den Hörer fester. »Was denn?«, rief sie und merkte selbst, wie schrill ihre Stimme klang. »Nun sag schon, was los ist!« Sie sah Helga wieder aus dem Bad kommen. In ein Handtuch gewickelt blieb sie stehen und schaute Liane mit großen Augen an.

»Die Mutter ist tot«, sagte Carl und seine Stimme war nurmehr ein Flüstern.

»Was?« Liane sackte auf den Stuhl neben dem Telefontischchen. Eine dunkle Ahnung stieg in ihr auf.

»Aber wie konnte das denn passieren? Die Roswitha Stengele war doch bei ihr.«

Es dauerte eine Minute, bis Carl antworten konnte: »Ich …«, hob er an und schluchzte dann wieder auf. Seine Worte waren nur schwer zu verstehen. »… hätte eigentlich um sechs zu Hause sein sollen … noch einen Notfall reingekriegt … angerufen, um die Roswitha zu fragen, ob sie länger bleiben kann, was sie auch bejaht hat. Aber dann … ich weiß auch nicht, warum die Mutter das getan hat. Jedenfalls hat sie die Rosi wohl einfach weggeschickt … gegen sieben muss das gewesen sein. Die Rosi hat gesagt, dass die Mutter müde war und ins Bett wollte. Sie hat sie dann angeblich auch noch nach oben gebracht, ach, ich weiß auch nicht, was ich glauben soll …«

Liane schluckte. »Was meinst du damit … was du glauben sollst?«

»Die Mutter ist nicht in ihrem Bett gestorben.«

»Nicht? Aber wo dann … oh Gott, ist sie etwa die Treppe runtergefallen?«

»Als ich gegen halb acht nach Hause kam, war sie nicht in ihrem Zimmer und das Nachthemd lag auf dem Bett. Zuerst dachte ich, sie sei hinten im Garten, das Gemüse wässern. Aber da war sie nicht. Also hab ich angenommen, dass sie zum Weiher wollte, um sich dort eine Weile auf die Bank zu setzen. Das war ja immer ihr Lieblingsplatz. Aber dort war sie auch nicht.«

Das blümerante Gefühl in Lianes Magengegend wurde stärker. »Wo hast du sie gefunden?«, fragte Liane leise, und noch bevor Carl antwortete, wusste sie es bereits.

»Im Wald«, krächzte er. »Unter dem Marterl im Hundersinger Wald.«

Das konnte ja wohl nicht wahr sein! Nur diesen einen Satz dachte Liane, immer wieder. Und dann schoss ihr auf einmal ein anderer Gedanke durch den Sinn. Die Alte hatte das Tagebuch doch hoffentlich wieder in sein Versteck gepackt. Eine ganze Weile brachte sie kein Wort heraus, bis sie sich endlich zu fragen getraute: »Aber was hat sie denn da gewollt?« Mit angehaltenem Atem wartete sie auf die Antwort.

»Ich weiß es nicht«, flüsterte Carl und fing wieder zu weinen an.

Und auch Liane weinte nun, so erleichtert war sie. Offensichtlich hatte er das gefälschte Tagebuch nicht gefunden.

»Ich komme mit dem nächsten Zug«, sagte sie rasch und legte den Hörer auf die Gabel.

Sie bestieg den Zug um 3.24 Uhr nach Reutlingen. Das Abteil war, wie um diese Uhrzeit zu erwarten, leer, und während sie durch die Nacht fuhr und ihr Spiegelbild in der Fensterscheibe betrachtete, versuchte sie sich darüber klar zu werden, was sie nun eigentlich empfand. Schuldgefühle? Scham? Oder gar Reue darüber, die Alte in den Wald geschickt zu haben? Sie ließ den Blick über ihr Gesicht gleiten, betrachtete kritisch ihre makellosen Züge. Nein, dachte sie, ich empfinde nichts von alldem, die Alte hat es nicht besser verdient. Sie war gehässig und gemein zu mir, vom ersten Tag an, und hat sich nur aus einem einzigen Grund in den Wald geschleppt, nämlich um mir Schaden zuzufügen. Was konnte Liane dafür, dass Benigna ein gemeines Luder gewesen war? Sie hatte mit der Aktion ja nur herausfinden wollen, wie weit Benigna gehen würde. Und ihr natürlich einen kleinen Denkzettel verpassen wollen. Sie hatte doch nicht ahnen können, dass sie gleich zusammenbrechen und sterben würde. Na ja, die falschen Andeutungen, die Liane in ihrem Tagebuch gemacht hatte bezüglich eines *Verbrechens*, das sie, Liane, angeblich begangen hatte, waren für Benigna eben einfach zu verlockend gewesen. Wobei Liane zwischendurch schon mal gedacht hatte, dass das doch alles ein bisschen dick aufgetragen war. In ihrem Tagebuch hatte sie behauptet, sie habe die *Beweise für ihre schreckliche Schuld* hinter dem Marterl im Hundersinger Wald vergraben. Diese *Beweise* hatte Benigna sehen wollen. Tja, dachte Liane, die alten Sprichwörter hatten es tatsächlich in sich. Wie man in den Wald hineinrief, so schallte es eben heraus.

Natürlich tat es Liane in der Seele weh, dass Carl so leiden musste. Aber er würde darüber hinwegkommen, und ohne das Gift, das die Alte dauernd versprüht hatte, würde ihrer beider Leben sehr viel angenehmer werden. Außerdem hatte das Ganze noch einen erfreulichen Nebeneffekt, von dem sie gar nicht zu träumen gewagt hatte: Die Roswitha war bei Carl jetzt jedenfalls unten durch. Mit großer Befriedigung hatte Liane den misstrauischen Unterton in seiner Stimme gehört, als er ihr am Telefon von Rosis verfrühtem Weggang berichtet hatte, und natürlich würde sie, Liane, ihn in dieser Richtung bestärken. Die Rosi mit ihren knallengen Jeans und dem üppigen Dekolleté konnte ihr bei Carl jedenfalls nicht mehr gefährlich werden.

Liane sah auf die Uhr. Nicht mehr lange und sie wäre am Ziel. Sie griff nach ihrer Tasche, holte das Parfüm heraus, *Diorissimo,* das Carl ihr zu Weihnachten geschenkt hatte, und tupfte sich je einen Tropfen hinter die Ohrläppchen. Ein paar Minuten später bremste der Zug und fuhr in den Reutlinger Bahnhof ein. Liane legte die Hände über die Augen und ging ganz nah an die Scheibe, um auf den Bahnsteig sehen zu können. Da stand er ja schon, ihr über alles geliebter Carl! Wie traurig er aussah, ganz blass wirkte er. Aber nun war ja sie da. Sie würde sich gut um ihn kümmern und alles organisieren, die Beerdigung, den Leichenschmaus. Und dann würde sie darauf drängen, sehr subtil natürlich, dieses schreckliche Haus so bald wie möglich zu verkaufen. Sie stand auf und warf einen letzten prüfenden Blick in die Scheibe, kniff sich rechts und links in die Wangen, strich das Blüschen zurecht, das sie kurz vorher noch auf dem Klo angezogen hatte, und nahm ihre Tasche. Ja, dachte sie und lächelte leise, während sie zum Ausgang ging. Ein neues, großartiges, wunderbares Leben würde für sie beide nun beginnen.

Annamaria, Juli 1986

Liane ist eine schöne Frau, denkt Annamaria und beobachtet, wie die Visagistin eine Locke, die sich immer wieder selbstständig macht, mit Haarspray bändigt. Sie wundert sich, wie heiter und unglaublich harmonisch das Ganze in diesem Moment wirkt: Liane, die lachend und langbeinig in einem Leiterwagen sitzt, umringt von ihren Kindern, die ihn schieben oder ziehen, zumindest tun sie so als ob. Man merkt kein bisschen, dass an diesem Nachmittag noch ganz anderes gebändigt werden musste als Lianes Locken! Erschöpft sinkt Annamaria auf den Gartenstuhl. Das soll jetzt aber wirklich das letzte Foto sein.

Wieder einmal staunt Annamaria über Lianes Durchhaltevermögen. Wie echt ihr Lachen wirkt, und das nach diesen Szenen! Noch vor ein paar Minuten war die Stimmung alles andere als heiter und der Fotograf hatte größte Mühe, überhaupt irgendein verwertbares Bild hinzubekommen: Hortensie hat ständig geheult, Rubens Blick auf allen Bildern Gewitterstimmung signalisiert und Gesine war permanent beleidigt und wollte partout nicht mit aufs Foto, weil ihr Geigenunterricht wegen des Fototermins ausgefallen ist. Liane hat ewig auf die drei eingeredet, um gut Wetter zu machen. Erst jetzt, ganz am Schluss, nachdem Hortensie sich endlich beruhigt und Liane Ruben und Gesine beiseitegenommen hat, herrscht so etwas wie Waffenstillstand. Annamaria hätte zu gern gewusst, was Liane den beiden versprochen hat. Einen Dinkelkeks? Vielleicht hat sie sie aber auch nur an den stillen Stuhl erinnert. Oder an den Nachdenkraum. Die Aussicht auf den Nachdenkraum hat bisher immer Wunder gewirkt. Wobei sich Annamaria nach wie vor wundert, dass die Kinder sich da einfach so dran halten. In einem Raum zu hocken, ohne ständig herauszukommen und zu nörgeln. Das ist schon eine geniale Sache, denkt Annamaria. Die Kinder so ruhig und so konsequent zu erziehen, ohne herumbrüllen zu müssen oder ihnen gar einen Klaps zu geben. Genau darum geht es auch in Lianes neuem Buch *Halten aus Liebe – Liebe aushalten: Wie man schwierige Kinder erzieht.* Liane schreibt darin, dass man diesen Kindern – zumal in einem Zeitalter des fehlenden Körperkontakts – die notwendige Liebe und körperliche Nähe gewähren muss, den *Rück-Halt*, den sie brauchen, um zu selbstbewussten, starken Menschen heranzuwachsen. Aus dem Grund ist jetzt auch der Fotograf da: Er macht für so eine Zeitschrift, *Eltern heute*, ein paar Fotos von Liane und ihren Kindern.

Annamaria nimmt einen Schluck Kefir, dann steht sie auf und nimmt Stella auf den Arm, die bis eben noch auf einer großen Decke unter dem Rosenbusch gelegen hat, wie immer mit ihrem geliebten Holzschwein im Mund. Hoffentlich schläft sie heute Nacht durch, denkt Annamaria. Sie ist fix und fertig nach diesem Tag. Schon um fünf Uhr früh ist sie aufgestanden, um das Haus in Ordnung zu bringen. Noch bevor die Kinder wach waren, hat sie in Windeseile aufgeräumt und gesaugt und gewischt, und als die Kinder dann am Frühstückstisch saßen, war schon alles für sie bereit, der Tisch gedeckt, das Frischkornmüsli zubereitet, die Vesperpakete gepackt. »Du bist so ein Goldschatz«, hat Liane zu ihr gesagt und sie kurz gedrückt. Annamaria hat sich gefreut, dass sie Liane eine Hilfe sein kann.

»Da bin ich wohl zu früh gekommen?«, hört Annamaria Carls Stimme hinter sich.

»Es ist gleich überstanden. Jedenfalls sagt das der Fotograf seit ungefähr zwei Stunden.«

Carl zieht sich einen Stuhl heran und lässt sich neben Annamaria nieder. Beide betrachten das Spektakel. Dann sagt Carl: »Die perfekte Mutter inmitten ihrer Kinderschar. Ist das nicht ein schöner Anblick?«

Annamaria wirft ihm einen Seitenblick zu. Fast könnte man denken, er meint das ironisch. Aber sein Gesicht ist ernst.

Da wendet er sich plötzlich Stella zu.

»Und du?«, sagt er lächelnd, »wie verkraftest *du* das hier alles?« Er sieht die Kleine aufmerksam an.

»Sie hat den halben Tag verschlafen«, antwortet Annamaria mit einem unsicheren Lachen. Irgendwie macht Carl sie immer ein bisschen nervös. Was sicher daran liegt, dass er einfach unglaublich gut aussieht.

Eine Stunde später ist der Fotograf mit seinem Team abgefahren. Annamaria sitzt, Stella im Arm, mit Liane und Carl im Garten unter der blühenden Linde. Liane hat ein Tablett mit Kefir und Kombucha auf den Tisch gestellt, zur Feier des Tages auch ein paar Dinkelplätzchen. Sie ist bester Laune, und sie und Carl necken sich ständig. Die Kinder haben Besuch von ein paar Freunden aus dem Ort und rennen durch die Gegend, spielen *Versteckeles* und *Fangeles* und *Kaiser, welche Fahne weht heute*. Der Duft der Lindenblüten ist betörend, und wenn Annamaria einen Wunsch frei hätte, wäre ganz klar, was sie will: dass dieser Augenblick ewig dauern möge.

Eine Weile unterhalten sie sich, dann kommt Matthias zu ihnen an den Tisch und setzt sich auf den letzten freien Stuhl.

»Na, du«, sagt Carl, »alles klar?«

»Hm«, nuschelt Matthias und weicht dem Blick seines Vaters aus.

»Was machen denn die anderen?«, fragt Liane.

»Ach, dieses doofe Spiel«, antwortet er, »das ich nicht mag.«

»Welches denn?«, fragt Carl.

»Das mit den Nachtfräulein.«

Und da ist sie, die Faust im Magen. Völlig unverhofft hat sie sie erwischt, volle Breitseite. Schon lange hat sie nicht mehr daran denken müssen.

Derweil reden die anderen weiter und Annamaria ist froh, dass ihr gerade niemand Beachtung schenkt. »Das ist doch ein schönes altes Spiel«, hört sie Liane sagen. »Warum magst du es denn nicht?«

Und plötzlich denkt Annamaria, dass dieses Spiel nicht hierher gehört, nicht in den Garten der Glücklichen Familie. Die Nachtfräulein haben hier nichts verloren. Am liebsten möchte sie das laut sagen, auch zur Verteidigung von Matthias. Doch sie sagt es nicht, sagt gar nichts und kämpft stattdessen gegen die Erinnerungen, gegen das Dunkle, das von innen hochsteigt. Einen Moment lang schließt Annamaria die Augen, atmet ein und wieder aus. Wie von weit her hört sie Carls Stimme: »Was ist mit dir? Ist dir nicht gut?«

Annamaria lässt die Augen geschlossen. Ihr ist tatsächlich schlecht. Bestimmt ist sie bleich wie Quark.

»Ich … ich glaube, ich habe heute zu wenig gegessen. Das wird es sein.«

Sie spürt Carls Hand an ihrem Puls.

Fasnet. Das Nachtfräulein. Die Angst. Diese unglaubliche Angst.

»Ihr Puls rast«, sagt er und Liane beugt sich über sie und sagt: »Komm, gib mir mal die Kleine.«

Annamaria schlägt die Augen auf. Liane sieht sie an, ihr Blick ist ganz dunkel vor Sorge. Sie nimmt ihr Stella ab und setzt sie auf die Krabbeldecke. Annamaria lässt es geschehen.

Carl sagt: »Konzentrier dich aufs Atmen. Ganz ruhig. Ein und wieder aus. Ein und wieder aus. Ja, so ist es gut.«

Wieder schließt Annamaria die Augen. Tut, was er sagt. Atmet. Atmet. Und spürt, wie sie schließlich ruhiger wird.

»Willst du uns nicht sagen, was mit dir los ist?«, fragt Liane nach ein paar Minuten. »Vielleicht können wir dir ja helfen.«

Ihre Stimme klingt so ruhig. So unerschütterlich. Und in dem Moment beschließt sie, es ihnen zu sagen. Ihnen zu sagen, was ihr passiert ist.

»Ich …«, hebt Annamaria an und will gerade zu erzählen beginnen. Doch da taucht wie aus dem Nichts Lilo auf und springt ihrem Vater auf den Schoß.

»Wir haben Durst!«, ruft sie und dann kommen auch die anderen Kinder, stehen um den Tisch herum und machen Anstalten, nach dem Krug zu greifen.

»Na, na, na, mal langsam«, sagt Liane und beginnt Kefir in die Gläser zu schütten.

Damit ist der Moment vorüber, und ehe Annamaria noch weiter darüber nachdenken kann, was das eben war, was sie da um ein Haar getan hätte, sagt Carl: »Du solltest dich ein bisschen hinlegen. Versuch doch, etwas Schlaf zu bekommen.«

»Und ich kümmere mich um Stella.« Liane hilft ihr auf und drückt ihr liebevoll den Arm.

Annamaria ist so gerührt – Carl will sie sogar in ihr Zimmer begleiten, was Annamaria aber abwehrt. »Es geht schon«, sagt sie und schleppt sich nach oben, fällt erschöpft aufs Bett. Das Letzte, was sie fühlt, bevor sie einschläft, ist Dankbarkeit. Dankbarkeit, dass sie hier sein darf bei diesen Menschen, die es so gut mit ihr meinen.

Die Mutter kommt wieder, klagt und fragt:
»Habt ihr meine Kinder nicht gesehn?«

Liane van der Berg, Mittwoch, 12. April 2017

Es war eine Puppe, eine Schaufensterpuppe mit einer grauen Perücke. Jemand hatte sie dort in die Grube gelegt, mit einem weißen Laken zugedeckt und ihr eine Schachtel Lindt-Pralinen auf die Brust gelegt. Auf der Schachtel klebte ein herzförmiger Zettel, auf dem geschrieben stand: »Lass dir's schmecken, Benigna!«

Matthias, der in Lianes Küchenschrank nach Beruhigungstees gekramt hatte, goss Liane eine Tasse Lavendelblütentee auf.

»Hier, Mama, trink das mal.«

Liane, deren Herzschlag noch immer etwas von einem galoppierenden Gaul an sich hatte, konnte keinen klaren Gedanken fassen. Wie ein Kehrreim ging ihr immer wieder die eine Frage im Kopf herum: Wer wusste, was sie getan hatte? Denn dass die Puppe eine Anspielung auf Carls Mutter war, die Liane – wie sollte man sagen? – in den Wald geschickt hatte, war das Einzige, was in diesem Moment sicher war.

»… solltest vielleicht die Polizei rufen.«

»Hm?« Liane tauchte an die Oberfläche ihres Gedankenstrudels.

Wie betäubt schüttelte sie den Kopf. »Um was zu sagen?«, fragte sie und sah Matthias über den Tisch hinweg an. Er wirkte besorgt, aber hatte sein Blick nicht auch etwas Bohrendes?

»Dass dir jemand einen sehr plumpen Streich gespielt hat. Vielleicht steht das ja auch in Verbindung mit dem anonymen Schreiben, das ich bekommen habe, hast du daran mal gedacht?«

Mit zitternden Händen zog Liane die Tasse ein Stück näher zu sich heran, nahm sie hoch, verschüttete den Tee und stellte die Tasse mit einem Schwappen wieder ab. Sie war nicht mehr Herrin ihres Körpers.

Matthias stand auf, holte einen Lappen. Während er die Lache wegwischte, fragte er ruhig, ohne sie dabei aus den Augen zu lassen: »Benigna, so hieß doch Papas Mutter?«

Liane nickte. Sie durfte sich jetzt nichts anmerken lassen.

»Dann war das auf jeden Fall jemand aus der Gegend, jemand, der dich und Papa kennt. Aber wohl jemand Älteres. Wann ist die Oma noch mal gestorben?«

Liane versuchte sich zu konzentrieren. Wann war das gewesen? Kurz nachdem sie auf die Alb gezogen waren, in dem Jahr, als Liane ihre Diplomarbeit geschrieben und ihre Ausbildung zur Psychotherapeutin begonnen hatte.

»1976«, sagte sie nach einer Weile. »Aber jetzt lass gut sein, Matthias.«

»Mama!«, sagte er eindringlich, »du solltest das wirklich ernst nehmen. So etwas tut doch kein normaler Mensch. Da will dir jemand richtig Angst machen!«

Liane blickte auf. Einerseits fand sie es gut, dass Matthias so besorgt um sie war. Seit Jahrzehnten waren sie sich nicht mehr so nah gewesen. Dennoch begann sie schon zu bereuen, dass sie ihn angerufen hatte. Denn – das hatte sie in der über sie hereinbrechenden Panik natürlich nicht bedacht – er würde natürlich Carl davon erzählen. Und das war nun wirklich das Letzte, was Liane gebrauchen konnte: dass Carl anfing, über seine Mutter und die Umstände nachzudenken, unter denen sie damals gestorben war. Wieder spürte Liane, wie ihr Herzschlag sich beschleunigte. Wer wusste, dass Benigna damals im Wald an einer Hypoglykämie gestorben war? Doch wohl nur Carl? Und natürlich noch Roswitha, die sich um sie gekümmert hatte. Aber wenn sie sich dreißig Jahre nicht gemuckt hatte, wieso sollte sie das jetzt tun?

Liane atmete tief ein und wieder aus. Sie musste ihre flatternden Gedanken beruhigen, musste sich zusammenreißen und Matthias davon überzeugen, dass sie die Lage unter Kontrolle hatte und wusste, was zu tun war.

Doch da hörte sie ihn plötzlich fragen: »Wo ist Papa eigentlich?«

»Ach … der ist immer noch in München. Auf dieser Anglermesse.«

»Ich dachte, die war gestern zu Ende.«

»Ja, aber … äh … Papa wollte noch eine Nacht länger bleiben. Deswegen sollst du mich ja zum Zug bringen. Ich fahr zu ihm nach München. Dann machen wir uns dort einen schönen Tag, gehen essen, in eine Ausstellung …« Sie räusperte sich und unternahm noch einen Versuch, Tee zu trinken, was ihr diesmal besser gelang. Entschieden leerte sie die ganze Tasse und stellte sie mit Nachdruck ab. Jetzt wird es langsam unübersichtlich, schoss es Liane durch den Kopf. Sie würde bald einen Lügenkalender führen müssen, in dem sie dokumentierte, was sie wem wann gesagt hatte. Aber wahrscheinlich bin ich da nicht die Einzige, dachte sie und musste auf einmal wieder an Carl denken, der morgens um drei betrunken durch die Stadt gefahren war. War er wirklich nur mit ein paar Kumpels in einer Bar gewesen? Und dann war da noch Hortensie, die einen Brief mit blauer Schrift auf ihrer Anrichte liegen hatte, einen Brief mit einer erschreckenden Zeichnung. Als Liane vorgestern bei ihr zum Fenster hereingesehen hatte, hatte sie ihren Laptop überraschend hastig zugeklappt und diesen Gesichtsausdruck gehabt, der zu sagen schien: *Ich habe nichts zu verbergen.* So hatte sie als Kind immer geschaut, wenn Liane sie auf frischer Tat ertappt hatte.

Als Matthias sie eine Stunde später zum Zug brachte und die

beiden sich auf dem Bahnhofsvorplatz verabschiedeten, sagte er eindringlich: »Mama! Du musst dir da helfen lassen. Geh zur Polizei …«

Liane, die inzwischen wieder vollkommen gefasst war, hatte alles andere als das im Sinn. Das würde ihr gerade noch fehlen: neugierige Polizisten, die ihre Nase in jeden Winkel ihres Lebens steckten! Dennoch hielt sie es für klüger, ihn in dem Glauben zu lassen, und nickte zustimmend.

»Vielleicht hast du recht, ich hab ja während der Zugfahrt Zeit, in Ruhe darüber nachzudenken.« Sie wollte sich gerade von ihm abwenden, als er sagte: »Ruf mich an, wenn ihr wieder da seid. Ich komm vorbei und wir reden noch mal drüber, wenn Papa auch dabei ist.«

Das wurde ja immer komplizierter. Wie kam sie da bloß wieder heraus? Oh, hätte sie ihn doch nicht angerufen! Sie schulterte ihre Tasche, sah Matthias fest in die Augen und sagte dann: »Du, ich denke, wir sollten Papa vorerst nicht damit behelligen. Ich wollte es dir eigentlich gar nicht sagen, aber er hat wieder diese Herzrhythmusstörungen.«

»Meine Güte«, rief Matthias. »Ihr seid die schlimmsten Geheimniskrämer, die ich kenne …«

Liane ignorierte die Bemerkung und legte Matthias die Hand auf den Arm. »Lassen wir ihn damit also erst mal in Ruhe, hm?«

Matthias nickte, wenn auch widerwillig, wie Liane sehr wohl bemerkte. »Na gut«, sagte er. »Aber du versprichst mir, dass du in dieser Sache etwas unternimmst!«

Als Liane endlich im Zug saß, klangen ihr Matthias' Worte noch nach. Ja, dachte sie, in einem hatte ihr Sohn wohl recht: Sie musste etwas unternehmen. Wobei das natürlich nicht bedeuten konnte, die Polizei einzuschalten. Aber woher sollte Matthias das wissen?

Liane schraubte den Deckel ihrer Thermoskanne auf und goss sich von dem Lavendelblütentee ein. Etwas unternehmen, dachte sie, aber was? Was konnte sie schon tun, wo sie noch nicht einmal wusste, wer ihr da Böses wollte? Sie nahm einen Schluck Tee, während draußen rosa blühende Kirschbäume und gelbe Narzissen vorbeiflogen.

Genau das war ihr Problem: Sie bewegte sich wie in einer Dunkelkammer und konnte ihren Feind nicht sehen. Also wäre doch der erste Schritt, ihn aus der Anonymität herauszuholen, das wurde ihr mit jedem Kilometer, den sie fuhr, immer klarer. Sie musste in Erfahrung bringen, wer das war. Aber wie sollte sie das anfangen? Sie konnte sich ja schlecht wochenlang auf die Lauer legen in der Hoffnung, den Übeltäter irgendwann einmal dabei zu ertappen, wie er eine weitere Schaufensterpuppe aufhängte, diesmal vielleicht an einem Baum? Nein, diese Möglichkeit schied aus. In den nächsten Wochen gab es zu viele Termine, morgen der Vortrag an der Waldorfschule und dann stand ja auch schon bald der Dreh bei den Fahlbuschs an. Da war sie zwei Wochen lang fast rund um die Uhr eingespannt. Auch konnte sie sonst niemanden ins Vertrauen ziehen, jedenfalls niemanden aus ihrer Familie, denn so viel glaubte Liane begriffen zu haben: Dieser Person ging es darum, Lianes *Inner Circle* zu zerstören, ihr soziales Netz zu sprengen. Dieser Jemand wollte sie sozial vernichten.

Wenn sie sich also weder Carl noch ihren Kindern anvertrauen konnte und auch nicht der Polizei, die Angelegenheit andererseits aber auch nicht alleine klären konnte, welche Möglichkeiten hatte sie dann noch? Plötzlich kam ihr ein Gedanke. War das nicht ein typischer Fall für einen Privatermittler? Sie hatte zwar keine Erfahrung mit solchen Leuten, aber je länger sie darüber nachdachte, desto plausibler erschien ihr dieser Weg. Ja, dachte Liane und beschloss, sich gleich nach ihrer Rückkehr nach einem Privatdetektiv umzuschauen.

Sie lehnte sich zurück und lenkte den Blick aus dem Fenster, betrachtete die vorbeihuschenden Forsythienbüsche, die im Nieselregen leuchteten, und spürte mit einem Mal, wie ihre Zuversicht zurückkehrte. So hilflos bin ich gar nicht. Wer auch immer mir da übel mitspielt, soll sich warm anziehen. Ich werde mir Hilfe suchen. Und wenn ich weiß, wer dahintersteckt, werde ich zum Gegenschlag ausholen. Und dann gnade ihm Gott.

Liane, Oktober 1982

Auch wenn Ruben die ganze Zeit leise vor sich hin quengelte, war Liane von dem Anblick derart überwältigt, dass sie die Tränen nur schwer zurückhalten konnte: Das Anwesen war ihr in Stein gebauter Traum eines Familienhauses. Es lag auf einer Anhöhe, die so sanft und licht war, dass man an diesem Nebeltag den Eindruck hatte, ein Schiff würde durch die Wogen segeln. Doch wo sie den hübschen Metallzaun mit den gewundenen Verzierungen sah, deutete Carl nur auf das neu zu deckende Dach, um gleich darauf mit gerunzelter Stirn auf die Fachwerkstruktur zu blicken. Liane dagegen sah ihre Kinder – die drei, die bereits da waren, und die, die sie noch zu bekommen gedachte – über die Wiese tollen, johlend, barfuß, außer Atem und mit geröteten Wangen. Genau so, wie Kinder ihrer Meinung nach aufwachsen sollten, in der Natur, mit viel frischer Luft und viel Bewegung.

Als das Jammern zu schrillem Gekreische anschwoll, holte sie Ruben aus dem Kinderwagen und stellte ihn auf die Wiese. Das Gekreische verstummte in dem Moment, als der Kleine festen Boden unter den Füßen spürte. Ein paar Sekunden hielt er sich so, auf wackligen Beinchen, bevor er das Gleichgewicht verlor und auf seinen windelbepackten Hintern plumpste, woraufhin das Gnarren von Neuem begann. Liane rief Gesine und Matthias. Sie wusste, beim Anblick der Zwillinge würde er sich schnell wieder beruhigen.

An Carl gewandt, sagte sie einschmeichelnd: »Kein Auto weit und breit. Hier können sie laufen, ohne dass ihnen Gefahr droht.« Liane warf ihrem Mann einen raschen Seitenblick zu. Carl stand mit hochgezogenen Schultern da, die Hände in den Hosentaschen vergraben, und blickte missmutig drein. Begeisterung sah jedenfalls anders aus. Wie sollte sie es angehen? Zu viel Enthusiasmus von ihrer Seite würde seine Haltung, dass er diese olle Bruchbude auf keinen Fall wollte, nur noch verfestigen.

»Da hätten wir gleich das Haus der Mutter behalten können«, sagte er vorwurfsvoll. »Aber du wolltest ja unbedingt nach Reutlingen!«

Ja, das wollte ich, dachte Liane und erinnerte sich daran, wie froh sie damals gewesen war, als sie es endlich geschafft hatten, das Haus von Carls Mutter zu verkaufen, und in die Reutlinger Dreizimmerwohnung gezogen waren. Allerdings wäre es nicht sehr hilfreich, das vor Carl zuzugeben, und so machte Liane stattdessen ein betretenes Gesicht. Ein bisschen Zerknirschtheit konnte an dieser Stelle nicht schaden. Sie senkte den Kopf und presste die Lippen aufeinander.

»Was ist?«, fragte er.

Kleinlaut sagte sie: »Ich sehe ja selbst, dass das ein Fehler war.« Sie blinzelte heftig, so als kämpfte sie gegen die Tränen an, schlang dann die Arme um seinen Hals und blickte ihn mit großen, glänzenden Augen an. »Ich war so kurzsichtig! Wenn ich das gewusst hätte … ich meine, das mit den Kindern … aber alles, woran ich damals gedacht habe, war …« Sie brach ab, schluckte schwer. Dann schmiegte sie sich eng an ihn, ließ ihre Schultern ein bisschen beben und flüsterte: »Es ging dir doch so schlecht damals, wegen der Mutter. Ich dachte einfach, der Hausverkauf sei der beste Weg für dich, um über ihren Tod hinwegzukommen.«

In der Tat hatte sie sich nach Benignas Tod große Sorgen um Carl gemacht. Immer stiller war er geworden, immer zurückgezogener. Und obwohl er mit ihr nicht darüber hatte reden wollen, so wusste sie doch, dass er sich insgeheim die Schuld für den Tod der Mutter gab. Mit Beharrlichkeit und Fingerspitzengefühl war es ihr nach und nach aber gelungen, ihn davon zu überzeugen, dass er versuchen musste, alles hinter sich zu lassen. Und der erste Schritt in diese Richtung wäre, das Haus mit seinen traurigen Erinnerungen loszuwerden.

An seinen Hals geschmiegt flüsterte sie: »Es war ein Fehler herzukommen. Es tut mir leid.« Dann richtete sie sich auf, warf ihm ein tapferes Lächeln zu. »Ich will dich zu nichts überreden. Ich dachte nur … es wäre das Richtige für uns. Komm, lass uns wieder gehen.« Sie drehte sich zu den Zwillingen um, die inzwischen unbeholfene Purzelbäume quer über die Wiese schlugen. »Wer will fliegen?«, rief sie. Dann fing sie zuerst Matthias und danach Gesine auf und wirbelte sie in der Luft herum. »Und jetzt hopp ins Auto. Wir müssen los.«

»Nein, nein«, riefen die Kinder. »Wir wollen hierbleiben.«

Liane schüttelte den Kopf. »Das geht nicht. Wir müssen noch zwei andere Häuser anschauen.«

Matthias lief davon und Gesine ließ sich dort, wo sie stand, auf den Boden plumpsen. Liane seufzte, ging zu ihr hin und hob sie auf. Doch Gesine fing an zu strampeln. »Pflaumen«, rief sie. »Ich will Pflaumen pflücken.«

Da schaltete sich Carl ein. »Na ja«, sagte er, »wo wir schon einmal hier sind, können wir uns das Haus genauso gut anschauen.«

»Sicher?«, fragte Liane, und als sie sah, dass Carl nickte, stellte sie Gesine wieder auf den Boden.

»Na schön«, sagte sie, »wir pflücken ein paar Pflaumen. Aber nur, wenn ihr jetzt brav seid und euch zuerst mit uns das Haus von innen anschaut.« Sie nahm Ruben auf den Arm und ging mit ihm an dem alten Bauerngarten vorbei in Richtung Haustür. »Weißt du, was ich grad gedacht hab?«, fragte sie und deutete mit dem

Kinn nach rechts. »Ich weiß, es ist albern, aber … Hier könntest du dein eigenes Gemüse anbauen, so wie die Mutter das gemacht hat … das wolltest du doch schon immer.«

Liane verlagerte Ruben auf ihre Hüfte, zog den Schlüssel, den ihr der Makler gegeben hatte, mit einer Hand aus der Tasche und schloss die Haustür auf. Während sie von einem Raum zum nächsten gingen, kam Liane noch ein Gedanke. Wie nebenbei ließ sie ein paar Bemerkungen fallen, sprach von *der kleinen Hütte am Motzenweiher*, die ja putzigerweise mitverkauft wurde, und von der *Scheune,* in der die Erben des verstorbenen Eigentümers, der früher dort Motorräder restauriert hatte, einfach *den ganzen Krempel* lassen wollten, was ja wohl ein *Unding* sei, und dann erwähnte sie, aber auch nur flüchtig, ihren Praxisraum in Reutlingen und dass sie schon versuchen sollten, ein Haus mit einer Einliegerwohnung zu finden, in der sie dann ihre Klienten empfangen könnte. Dadurch würden sie ja Geld sparen für Miete und auch für Fahrtkosten, denn immerhin fuhr Liane täglich eine Viertelstunde zur Arbeit hin und wieder zurück. Vielleicht bestünde dann sogar die Möglichkeit, sich ein Au-pair ins Haus zu holen, was sicher viel billiger käme als die Tagesmutter, die Liane jetzt in Anspruch nahm. »Und weißt du, was ich noch gedacht habe«, sagte Liane und drehte sich zu ihm um. Sie setzte Ruben auf den Boden, tat einen Schritt auf Carl zu und legte ihm die Arme um den Hals. »So ein Au-pair bietet uns noch ganz andere Möglichkeiten. Zum Beispiel hätten wir wieder mehr Zeit für uns.« Ganz langsam näherte sie sich seinem Mund und gab ihm einen langen Kuss. Und wie auf ein Stichwort, als führte jemand im Hintergrund Regie, hörte sie Gesine jammern: »Ich will hoch, nimm mich auf den Arm.« Und als Nächstes spürte sie, wie Matthias an ihrer Hand zu zerren begann, stumm und beharrlich, wie es seine Art war. Liane seufzte und trat einen Schritt zurück.

»Genau das meine ich«, sagte sie. Sie hob Gesine hoch und gab sie Carl auf den Arm, danach setzte sie sich Matthias auf die Hüfte. Überaus zufrieden bemerkte sie den Ausdruck in Carls Augen. Es begann in ihm zu arbeiten, das war offensichtlich. Als sein Blick später auf den alten Grundofen in der Stube fiel – genau so einen hatte die Mutter auf ihrem Hof gehabt, nur deutlich kleiner –, begann sein Widerstand zu bröckeln. Und als sie dann quer über die alte Obstbaumwiese liefen und die Kinder sich die Bäuche mit Pflaumen füllten, bis ihnen der süße Saft übers Kinn lief und sie vor Begeisterung lachten, war die Sache für Carl entschieden: Sie würden jeden Pfennig zusammenkratzen und einen Kredit aufnehmen und außerdem sparen, was immer sie sparen konnten, um diesen Traum hier Wirklichkeit werden zu lassen. Viel später setzten sie sich unter einen Apfelbaum und sprachen davon, wie diese Kinder und die, die noch kommen sollten, hier herumtollen, auf Bäume klettern, Verstecken spielen, Rad schlagen würden, eben all das, was Kinder in ihrer Kindheit tun sollten.

Annamaria, Juli 1986

In dieser Nacht hört Annamaria ihn das erste Mal. Sie ist so müde, dass sie zunächst nicht begreift, wer das ist. Jedenfalls nicht Stella, das weiß sie gleich. Sie setzt sich auf. Lauscht. Schon vermutet sie, sich getäuscht zu haben, vielleicht hat sie ja schlecht geträumt. Aber da ist es wieder, lauter diesmal. Und dann versteht Annamaria, dass das Schreien aus einem Zimmer unter ihr kommt.

Sie schlägt die Bettdecke zurück, läuft auf den Korridor. Das Haus ist in tiefes Schweigen gehüllt. Außer ihr scheint niemand etwas gehört zu haben. Vorsichtig öffnet sie Matthias' Zimmertür und sieht hinein.

Im Lichtschein der Gangbeleuchtung sieht Annamaria ihn im Bett sitzen. Er sitzt sehr aufrecht und starrt mit schreckgeweiteten Augen vor sich hin.

»Matthias?«, sagt Annamaria vorsichtig. Doch der Junge reagiert nicht. Er scheint gar nicht zu bemerken, dass sie da ist. Annamaria geht auf ihn zu. Doch kurz bevor sie ihn erreicht, schreit er wieder auf. Gleich darauf stammelt er etwas vor sich hin. Oder ist es mehr ein Lallen? Seine Stimme klingt jedenfalls ganz anders als sonst, kaum ein Wort ist verständlich, nur hin und wieder glaubt sie »Licht« herauszuhören und einmal, völlig verzweifelt und ganz deutlich: »Nicht dunkel machen!« Da knipst Annamaria das Deckenlicht an und setzt sich zu ihm auf die Bettkante. Sie nimmt seine Hände in ihre und sagt: »He, Kleiner, das Licht ist an, siehst du? Ich hab's angemacht.«

Annamaria bemerkt, dass der Junge schweißgebadet ist. Im Zimmer ist es viel zu warm, findet sie. Sie geht zum Fenster, will es öffnen, um die frische Nachtluft hereinzulassen.

»Nicht aufmachen!«, ruft Matthias da. Er klingt panisch.

Annamaria lässt die Hand sinken und dreht sich zu ihm um. »Aber warum denn nicht? Hier ist so stickige Luft ... Kein Wunder, dass du schlecht schläfst!«

Aber Matthias schweigt. Er liegt nur da und sieht sie an. Annamaria setzt sich zu ihm auf die Bettkante. Sie betrachtet Matthias mitfühlend.

»Hast du schlimm geträumt?«, fragt sie, und als er zaghaft nickt, fährt sie fort: »Weißt du, Matthias, von so etwas darf man sich nicht unterkriegen lassen. Auch wenn es schwer ist. Nichts davon gibt es wirklich!«

Doch in Matthias' Augen steht immer noch die Angst. Annamaria verstummt und überlegt, was sie sonst noch sagen könnte, damit dieser furchtbare Ausdruck aus seinen Augen verschwindet. Da kommt Annamaria ein Gedanke.

»Ich träume auch manchmal von ... schrecklichen Gestalten.«

Jetzt horcht Matthias auf. Er sieht sie unverwandt an, wartet darauf, dass sie weiterspricht.

»Ja«, sagt sie und beginnt zu erzählen. Sie erzählt ihm von ihrem eigenen, sich immer wiederholenden Albtraum.

»Manchmal habe ich schon vor dem Einschlafen Angst. Aber dann sage ich mir, dass das … Nachtfräulein mich nicht finden wird. Weil ich ich ja nicht im Ried bin, sondern *hier*, bei *euch,* und mir bei euch nichts passieren kann.« Sie streichelt Matthias über den Kopf. »Und außerdem«, fügt sie rasch hinzu, »sage ich mir dann immer und immer wieder, dass es ja nur ein böser Traum ist. Nichts als ein Traum. Und der hat nichts mit dem wirklichen Leben zu tun.«

Matthias hört aufmerksam zu. Er scheint ihre Worte genau abzuwägen und zu überlegen, ob sie in seinem Fall auch helfen könnten. Eine halbe Ewigkeit sitzt Annamaria einfach so da, und als sich nichts ändert an seinem ängstlichen Blick, beginnt sie erst zu summen und dann zu singen, und plötzlich wird ihr bewusst, dass ihr da ganz fremde Worte über die Lippen kommen. Sie singt in einer Sprache, die sie längst vergessen geglaubt hatte. *Tu sei una stella e lei la luna e tua culla il paradiso.* Und plötzlich sieht sie ihre Mutter vor sich, wie sie damals an ihrem Bett gesessen und ihr das Wiegenlied vorgesungen hat. *La Ninna Nanna,* so hat sie es genannt. Annamaria ist erschüttert von dieser Erinnerung, singt aber einfach weiter, und als das Lied endet, beginnt sie von vorn. Am Ende weiß sie nicht, wie lange sie bei Matthias am Bett gesessen hat, sie merkt nur, wie er ganz ruhig wird, wie seine Anspannung weicht und seine Lider schwer werden und ihm die Augen schließlich zufallen.

Leise steht Annamaria auf und öffnet das Fenster. Als die Luft im Raum schön frisch ist, schließt sie es wieder. Sie ist schon an der Tür und will gerade das Licht ausknipsen, als Matthias sagt: »Nicht dunkel machen.«

Annamaria lässt das Licht brennen und geht zurück in ihr Zimmer, wirft einen Blick in den Stubenwagen auf das schlafende

Baby, ihr Baby. Mit einem leisen Seufzen wendet sie sich ab und bleibt ein wenig auf der Bettkante sitzen, den Blick weiterhin auf Stella gerichtet, auf das entspannte Gesichtchen, den traumseligen Ausdruck.

Noch lange liegt sie wach und denkt über das Wiegenlied nach und über die Albträume. Darüber, dass jeder irgendetwas hat, das ihn umtreibt. Selbst so ein sonniges Gemüt wie der kleine Matthias, ihr Lieblingskind hier im Haus der Glücklichen Familie.

Sie dreht sich zum Fenster und lauscht auf die Regentropfen, die jetzt in einem unregelmäßigen Rhythmus auf die Scheibe tippen. Sie zieht sich die Decke bis zum Kinn. Ich habe dem Jungen nicht die Wahrheit gesagt, denkt sie. Denn ihr Albtraum vergeht nicht. Das Nachtfräulein findet sie, immer noch, nach so vielen Monaten. Sie trägt es in sich wie das Wiegenlied. Und wahrscheinlich wird sie es immer in sich tragen.

Am nächsten Morgen steht Annamaria wie üblich früh in der Küche und reibt die Äpfel fürs Frischkornmüsli. Aber heute ist sie wie gerädert, die letzte Nacht sitzt ihr noch in den Knochen – der Albtraum von Matthias, seine Angst vor dem Nachtfräulein, ihre eigene Angst, die Erinnerungen. Aber auch die Melodie des Wiegenlieds ist noch da, klingt in ihrem Kopf weiter wie ein Echo, während sie das Korn unter die Äpfel mischt.

»Was ist das für eine Melodie?«, fragt Liane und öffnet den Geschirrschrank.

Annamaria erschrickt. Hat sie laut gesungen? »Ein altes Wiegenlied aus Italien«, antwortet sie stockend und sieht zum Fenster hinaus, betrachtet das Laub und die grünen Spalierbirnen vor dem Küchenfenster, die nass vom Regen im Wind auf und nieder schwanken.

»Wunderschön«, sagt Liane, während sie die hübschen bunten Steingutschüsseln auf den Esszimmertisch stellt.

Von oben ist Geschrei zu hören: Hortensie, die »Pitzleid, Pitzleid« ruft. Wahrscheinlich hat Gesine, die ihrer Schwester beim Anziehen helfen soll, ihr das rote Pilzkleid verweigert.

»Nimm einen mehr, die sind so klein«, sagt Liane mit einem Blick in die Schüssel und legt Annamaria noch einen Apfel hin. Eilig verlässt sie die Küche, um nach oben zu gehen.

Annamaria tut wie geheißen und gibt dann Nüsse, Rosinen, Vanille, ein bisschen Sahne und frisch gepressten Zitronensaft hinzu.

»Wo ist denn nur der Zimt?«, murmelt sie vor sich hin, während sie vor dem Gewürzschrank steht.

Da kommt Matthias in die Küche. Annamaria greift, als sie den angebrochenen Zimt nicht findet, nach dem neuen Döschen, stellt ihn auf den Tisch und geht dann zu Matthias, der sich auf seinen Platz setzt.

»Hallo, mein Lieber. Hast du noch gut geschlafen?«, fragt Annamaria und streichelt ihm über den Kopf.

»Ja«, sagt er und sieht Annamaria ernst an.

»Das freut mich aber«, sagt Annamaria. »Kein böses Nachtfräulein mehr.«

»Wo waren böse Nachtfräulein?«, fragt Liane, die mit Hortensie auf dem Arm die Küche betritt.

»Matthias hatte letzte Nacht einen schlimmen Traum«, sagt Annamaria.

Liane setzt Hortensie in ihren Stuhl. »Ach, wieder mal der Nachtschreck. Den hat er öfters.«

Da sagt Matthias: »Annamaria hat mir vorgesungen. Sie träumt auch manchmal schlecht. Vom Nachtfräulein.«

Liane sieht auf und scheint etwas sagen zu wollen, doch da haben schon die anderen Kinder den Raum betreten, zusammen mit Carl, der, noch ganz verschlafen, direkt die Kaffeemaschine ansteuert. Liane wirft ihm einen missbilligenden Blick zu. Annamaria weiß, dass Liane, wie sie sich ausdrückt, *am liebsten mit dem Wagen drüberfahren würde.* Sie kennt die Gespräche zwischen den beiden, die sich in kleinen Varianten dauernd wiederholen.

Dieses Nervengift. Warum kannst du dir das nicht abgewöhnen?

Weil ich Arzt in einer Klinik bin.

Das Bier, das sich Carl jeden Abend genehmigt, stört Liane komischerweise nicht.

»Worum geht's?«, fragt Carl mit vom Schlaf schwerer Stimme und nimmt einen Schluck Kaffee.

»Annamaria hat schlecht geträumt«, antwortet Liane.

»Schlimme Träume hat doch jeder mal«, murmelt Carl jetzt und nimmt einen Schluck Kaffee.

»Ich nicht«, widerspricht Liane und gibt Hortensie den Löffel in die Hand. »Was für ein Traum ist das denn?«

»Nichts weiter«, wiegelt Annamaria ab. Es ist ihr unangenehm, ausgerechnet damit im Mittelpunkt zu stehen.

»Ein Nachtfräuleintraum«, sagt Matthias. »Sie ist im Ried und ein Nachtfräulein überfällt sie.«

Jetzt sehen Liane und Carl sie an. Carl sagt grinsend: »Dabei sind die ganz harmlos.«

»Ja«, schaltet sich jetzt auch Gesine in das Gespräch ein. »Die Nachtfräulein sind harmlos.« Dann macht sie eine geheimnisvolle Geste und raunt: »'s wird nur das Hündle sein ...«

Liane verzieht das Gesicht. »Lass das, Gesine! Du siehst doch, dass Annamaria dabei unbehaglich ist. Und ich kann sie gut verstehen. Diese schrecklichen Holzmasken, die sind doch gespenstisch, und das Spiel irgendwie auch.«

Dann lässt Liane sich über die alemannische Fasnacht aus. Annamaria ist wie versteinert und gleichzeitig froh, dass Liane von ihrer Anfangszeit hier auf der Schwäbischen Alb erzählt, davon, dass sie sich damals, als sie hierher gezogen war, erst an diese Masken hat gewöhnen müssen.

»Bei meinem ersten Narrenumzug habe ich mich zu Tode erschreckt«, sagt sie lachend und sieht Annamaria an. »Aber du bist ja ganz blass. Geht es dir nicht gut?«

Alle sehen sie an. Alle bis auf Hortensie, die in ihrem Brei herumpatscht.

Annamaria ringt sich ein Lächeln ab. »Ich habe wenig geschlafen«, sagt sie, weil ihr nichts Besseres einfällt.

»Das nächste Mal gehe *ich*, wenn er aufwacht.«

Annamaria nickt.

»Man könnte ihm doch ein Nachtlicht ins Zimmer tun«, sagt sie.

Liane blickt auf. »Davon halte ich nichts. Da tritt ein Gewöhnungseffekt ein, der krankhaft werden kann. Nachts ist es nun einmal dunkel, so hat die Natur es eingerichtet. Irgendwann kann so ein Kind dann nur noch bei Licht schlafen.«

Daran hat Annamaria gar nicht gedacht. Aber es klingt einleuchtend.

»Ich will ein Nachtlicht haben«, sagt Matthias da plötzlich.

»Unsinn!«, sagt Liane und lacht jetzt. »Du hast doch gehört, was ich dir gerade erklärt habe.«

Matthias sieht von Liane zu Annamaria. Dann schlägt er die Augen nieder.

Die Nachtfräulein winken abweisend und sagen: »Nicht da! Nicht da!«

Liane van der Berg, Mittwoch, 12. April 2017

Eigentlich sollte sie auf direktem Wege zu Carl ins Hotel fahren, ihn und seinen Wagen abholen, um so schnell wie möglich zurück in Rosenau zu sein. Doch als die U-Bahn in den Odeonsplatz einfuhr, kam ihr spontan die Idee, den Rest der Strecke zu Fuß zu gehen.

Es regnete immer noch, als sie die Treppe aus der U-Bahn-Station ins Freie stieg, ein feiner Niesel, der sich wie ein Schleier auf ihr Gesicht legte. Aber das störte sie nicht, ganz im Gegenteil. Der Regen beruhigte sie, hüllte sie ein in einen Kokon der Erinnerungen. Hier hat alles begonnen, dachte sie, während sie die Türkenstraße entlangging und an der Ecke zur Schellingstraße stehen blieb. Sie blickte die Straße hinunter. Irgendwo dort hatten Carl und sie sich getroffen, damals, vor der kleinen Schusterwerkstatt. Wie lange war das nun her? Sie rechnete nach, bald fünfzig Jahre? Guter Gott, wann bin ich so alt geworden?, schoss es ihr durch den Kopf. Ohne die Schönheits-OPs würde auch sie längst zu den Unsichtbaren gehören, zu den alten Frauen, die niemand mehr wahrnahm. Oder war das vielleicht schon der Fall? Liane fühlte Ärger in sich aufsteigen. Sie würde doch wohl nicht noch eine Altersdepression entwickeln, ach du liebe Zeit! Eine Weile blieb sie so stehen und starrte in die Richtung, wo früher die Schusterei gewesen war.

Eigentlich musste sie geradeaus, die Türkenstraße entlang weitergehen, doch mit einem Mal überkam sie der dringende Wunsch, den Ort aufzusuchen, wo sie und Carl sich kennengelernt hatten, wie zur Vergewisserung, dass es diese Vergangenheit tatsächlich gegeben hatte, dass sie real war und vielleicht irgendwo noch immer existierte. Sicher, sie hatten sich auseinandergelebt, Carl und sie, das war ihr längst bewusst geworden. Langsam und unmerklich waren sie auseinandergedriftet wie Kontinente, und nun war die Distanz unüberbrückbar. Jetzt, wo sie darüber nachdachte, wurde Liane schmerzhaft bewusst, dass nicht sie von ihm abgerückt war, sondern er von ihr. Sie setzte sich in Bewegung, lief in Richtung der Schusterei, und obwohl sie natürlich wusste, dass die Werkstatt längst nicht mehr existieren würde, versetzte es ihr doch einen Stich, als sie in das minimalistisch dekorierte Schaufenster eines Schuhgeschäfts der Luxusklasse blickte. Immerhin, die Schuhe waren geblieben.

Mit einem Mal überfiel sie eine so heftige Sehnsucht nach dem Gestern, nach Unbeschwertheit und Frieden, dass sie kreuz und quer durch Schwabing zu laufen begann, vorbei an ihrer alten Arbeitsstätte, dem Kindergarten, wo jetzt ein Architekturbüro untergebracht war, und am ehemaligen Kinderladen, in dem sich inzwischen ein Toto-Lotto-Geschäft befand, bis sie schließlich vor dem Haus zum Stehen kam, in dem sie mit Carl und den anderen Kommunarden gewohnt hatte. Wo war die Zeit nur hin, fragte sie sich wieder.

Als sie endlich – viel zu spät – in dem hübschen kleinen Boutique-Hotel eintraf, in dem Carl untergebracht war, hatte sie einen Entschluss gefasst: Sie würde Carl überreden, noch eine Nacht länger zu bleiben und ein bisschen Zeit miteinander zu verbringen. Schließlich war ihr Vortrag an der Waldorfschule erst am nächsten Abend. Da reichte es ja völlig, wenn sie morgen nach dem Mittagessen von München aufbrachen. Dass sie es nach den Ereignissen der letzten Tage ohnehin nicht gerade eilig hatte, nach Hause zurückzukehren, spielte natürlich auch eine Rolle. Ja, sie wäre froh, einmal eine Weile nicht darüber nachdenken zu müssen, was wohl als Nächstes geschehen würde. Doch als sie an die Zimmertür klopfte, klang das »Herein« alles andere als einladend, und schon mit dem ersten Blick auf Carls Miene begriff sie, dass seine Stimmung auf dem Nullpunkt war.

»Hallo, Liebster«, sagte sie und küsste ihn zur Begrüßung auf die Wange.

»Ich weiß wirklich nicht, wie ich ohne Führerschein auskommen soll«, sagte er statt einer Begrüßung. »Und jetzt muss ich dich auch noch da hineinziehen.«

»Das macht doch nichts«, antwortete sie und strich ihm zärtlich über das noch immer volle Haar. Aufmunternd fügte sie hinzu: »Und irgendwann bekommst du ihn ja wohl zurück.«

Er nickte, sah aber weiterhin zerknirscht aus, was Liane dazu veranlasste, ihm gleich ihren Vorschlag zu unterbreiten.

»Weißt du, was ich mir überlegt habe: Lass uns doch noch eine Nacht hierbleiben. Wir sind schon so lange nicht mehr zusammen unterwegs gewesen. Lass uns schön essen gehen und nachher vielleicht noch in eine Ausstellung gehen oder auch nur einen Spaziergang machen, was hältst du davon?«

»Wenn du Zeit dafür hast.«

Carl wirkte skeptisch, was sie einerseits verletzte, andererseits aber ihren Vorsatz festigte, etwas für ihre Ehe zu tun. Seitdem er im letzten Jahr in Rente gegangen war, war sein Selbstwertgefühl Lianes Eindruck nach immer mehr in sich zusammengesackt. Zwar versuchte er die Lücke, die durch den Wegfall seiner Berufstätigkeit entstanden war, durch allerlei Hobbys wie Fliegenfischen und Golf und Tennis zu füllen, aber das schien ihm nicht sonderlich gut zu gelingen.

Liane hingegen hatte keine Hobbys, noch nie gehabt. Und so

wie es aussah, würde sie auch nie welche haben. Sie nahm das Leben einfach zu ernst und wollte keine Minute ihrer kostbaren Lebenszeit auf Dinge wie Tennis oder Seidenmalerei oder – Gott bewahre – Makrameearbeiten verschwenden. Außerdem war der Großteil ihrer Zeit ohnehin immer dafür draufgegangen, alles richtig zu machen. Wenn man seine Aufgaben so ernst nahm wie sie die Kindererziehung damals, dann blieb tatsächlich keine Minute übrig für irgendwelche Kinkerlitzchen. Na ja, sie hatte Yoga praktiziert und tat es immer noch, aber das war kein Hobby, sondern pure Notwendigkeit, um diesen ganzen Wahnsinn überhaupt zu überleben. Was für einen Tagesablauf sie in diesen Jahren gehabt hatte! Eine Lehrerin der Waldorfschule, wo sie sich ebenfalls bis zum Umfallen engagiert hatte, hatte ihr einmal gesagt, sie könne es von der Aufgabenfülle her wohl mit jedem hochrangingen Politiker oder Vorstandschef aufnehmen. Innerlich hatte sie der Frau recht gegeben, aber nur lässig abgewinkt, wie um zu signalisieren, dass sie bei Weitem noch nicht ausgelastet sei. Dabei war ihre Arbeit für sie irgendwann sogar zu einem Rettungsanker geworden. All die Jahre hatte ihr Hauptaugenmerk zwar auf den Belangen ihrer Familie geruht und sie hatte die entsprechenden Aufgaben mit einer unvergleichlichen Inbrunst erledigt. Aber gleichzeitig hatte sie dafür gesorgt, dass ihr gesamtes Umfeld – die anderen Kindergartenmütter, die Lehrer und die Eltern an der Waldorfschule – dies sehr wohl mitbekamen. Und es hatte kaum einen Bereich im Leben ihrer Kinder gegeben, zu dem sie nicht eine explizite Vorstellung entwickelt hatte. Von der Stillzeit über die richtige Ernährung bis hin zur Auswahl der Spielzeuge und der Kleidung hatte sie es sich niemals leicht gemacht und sich diesen Fragen mit Leib und Seele hingegeben. Sie hatte jedes ihrer fünf Kinder ein Jahr lang voll gestillt, hatte allen über Jahre hinweg vorgelesen, mit ihnen Buden gebaut, sich mit ihnen verkleidet. Sie hatte angefangen, selbst Brot zu backen. Sie hatte mit ihnen Webstühle hergestellt, gefilzt und gemalt. Ihre Berufstätigkeit war in diesen ersten Jahren in eine winzige Nische gerückt, und so grenzte es an ein Wunder, dass sie es überhaupt geschafft hatte, von dort wieder hinauszufinden.

Erst als sie wirklich am Rande eines Nervenzusammenbruchs gewesen war, hatte sie sich endlich dazu durchgerungen, ein Au-pair-Mädchen ins Haus zu holen. Dank des Au-pairs hatte sie wieder anfangen können zu praktizieren. Wenigstens an drei Vormittagen in der Woche therapierte sie bindungsgestörte Kinder. Wie aufgeregt sie damals gewesen war, als sie eines Tages auf diese neue Methode aus den USA gestoßen war. Sie hatte sich wie eine Pionierin gefühlt und es kaum erwarten können, den Kindern gute Nacht zu sagen – das Vorlesen übernahm inzwischen auch das Au-pair –, um wieder in ihrer Praxis nebenan zu verschwinden, wo sie noch drei, vier Stunden – so lange, bis ihr die Augendeckel zufielen – an ihrem Schreibtisch saß und sich mit der Arbeit der amerikanischen Kollegin beschäftigte. Diese Kollegin, eine gewisse Dr. Martha Welch, betrieb in den USA ein Zentrum für die Behandlung von bindungsgestörten Kindern mit der von ihr entwickelten Festhaltetherapie.

»Sollen wir hier rein?«

Lianes Blick folgte Carls ausgestrecktem Zeigefinger, der auf ein libanesisches Restaurant zeigte.

Liane war überrascht über sein Entgegenkommen. Seitdem sie sich bemühte, nur noch »reine« Nahrung zu sich zu nehmen, hatten sich alle gemeinsamen Unternehmungen, die mit Essen zu tun hatten, zu regelrechten Pulverfässern entwickelt. Und ausgerechnet hier, mitten in Bayern, wo er die tollsten Rostbratwürstl, die tollsten Haxen und das tollste Böfflamott bekommen konnte, war er bereit, mit ihr in ein libanesisches Restaurant zu gehen. Das sprach doch dafür, dass auch er sich um ihre Beziehung bemühte. Oder gab es einen anderen Grund für sein Entgegenkommen? Hatte es möglicherweise mit seiner nächtlichen Irrfahrt zu tun? Liane warf ihm einen misstrauischen Seitenblick zu, konnte in seiner Miene aber keine Eilfertigkeit, keinen auffälligen Willen zur Wiedergutmachung entdecken. Auch wenn es nichts schaden konnte, später einmal nachzuhaken, war sie fürs Erste doch beruhigt. Vielleicht hatte er sich in den letzten Tagen auch einfach nur satt gegessen an all dem Fleisch. Sie schenkte ihm ein liebevolles Lächeln, und als sie wenig später auf der Speisekarte einen Villa Antinori entdeckte – den Wein, mit dem sie damals den Einzug im Hellsternhof begossen hatten –, nahm sie dies als ein weiteres gutes Omen.

Neben dem Villa Antinori bestellten sie ein buntes Durcheinander an gemischten Vorspeisen mit Hummus, Falafel, Labneh, Fatajer und Kibbe, und Liane bemerkte mit Zufriedenheit, wie sich Carl nach und nach entspannte. Die Gelegenheit war gut, ihm ein bisschen auf den Zahn zu fühlen.

»Du hast mir noch gar nicht erzählt, wie das passiert ist mit dem Führerschein.«

»Ach je, ja …«, sagte er und lächelte zerknirscht. »Ich habe den typischen Anfängerfehler gemacht und bin zu langsam gefahren. Dadurch sind sie auf mich aufmerksam geworden.«

»Und wo haben sie dich angehalten?« Liane versuchte die Frage wie nebenbei klingen zu lassen, sie wollte die gute Stimmung nicht durch eine Verhöratmosphäre vergiften. Daher griff sie jetzt lässig nach der Flasche und schenkte ihnen beiden Wein nach. Dabei beobachtete sie Carl. Der wirkte weder nervös noch in die Enge getrieben. Stattdessen lächelte er leicht und sagte leise: »Am Rosenheimer Platz. Na ja, ich war mit dem Steffen und dem Thomas noch im Augustinerkeller, dann hab ich die beiden in ihr Hotel gebracht und auf dem Rückweg hab ich mich dummerweise verfahren …«

»In welchem Hotel waren sie denn untergebracht?«

Carl verzog das Gesicht. »Ach, in so einer Klitsche hinterm Hauptbahnhof.«

Liane traute ihren Ohren nicht. Diesen Bären wollte er ihr aufbinden? Und ehe sie sich's versah, kippte sie ihre guten Vorsätze über Bord, warf ihm einen bohrenden Blick zu und fragte: »Und was hast du dann am Rosenheimer Platz gemacht?«

Verdutzt sah Carl sie an.

»Wie meinst du das?«

»Der Augustinerkeller und der Hauptbahnhof sind ja nicht so wahnsinnig weit voneinander entfernt. Und dein Hotel ist in Schwabing.«

Da schien er zu begreifen, worauf sie hinauswollte.

»Na ja …«, begann er und lief rot an. Hatte sie ihn tatsächlich ertappt? Unverwandt sah sie ihn an. Sie musste sich zusammennehmen, nicht mit den Fingern auf den Tisch zu trommeln.

Da hörte sie ihn sagen: »Es ist mir peinlich, das zuzugeben … aber als ich am Hotel ankam, da … ach, ich weiß auch nicht … hat mich so ein Anflug von Sentimentalität gepackt und ich wollte unbedingt ein paar Orte von früher sehen … das Haus, in dem die Kommune war, und dann auch noch das in der Franziskanerstraße, wo wir damals gewohnt haben. Eine Dummheit, ich weiß.«

Liane sah ihn veblüfft an. Das war ein völlig anderes Geständnis als das, was sie erwartet hatte. Auf einmal überrollte sie eine Woge der Emotionalität und riss sie mit sich fort. Also liebte er sie doch noch. Und das war seine Art, ihr das zu zeigen. Unvermittelt beugte sie sich zu ihm vor, bis ihre Lippen fast seine berührten, und flüsterte: »Lass uns zusammen wegfahren. Ich lass den Dreh sausen!«

Verdattert sah Carl sie an.

»Wie bitte?«

»Ja«, hauchte sie, »ich meine es ernst. Ich … verschieb das einfach … ich sage, ich bin krank oder …«

»Liane!«, sagte er fast schon konsterniert und holte sie damit in die Realität zurück. »Ist alles in Ordnung mit dir?«

Natürlich ging das nicht, natürlich konnte sie den Dreh nicht absagen. Sie ließ ein kleines, nervöses Lachen hören und meinte dann, schon wieder gefasst: »Entschuldige, das war ein ziemlich missglückter Scherz. Aber ich … ich fühle mich einfach wahnsinnig überarbeitet. Ich könnte wirklich einen Wellness-Urlaub gebrauchen, eine Ayurveda-Kur in Goa, so was in der Art.«

Über den Tisch hinweg griff Carl nach ihrer Hand und drückte sie. »Dann lass uns das doch buchen für die Zeit nach deinem Dreh. Ich bin dabei! Ein Vorteil, wenn man in Rente ist. Du weißt, wie ich das deutsche Aprilwetter hasse.«

Gerührt lächelte Liane ihn an. »Ja«, sagte sie.

Als Carl aufstand, um zur Toilette zu gehen, sah sie ihm hinterher, in einer Mischung aus Weinseligkeit und Dankbarkeit. Und mit einem Mal hatte sie das sichere Gefühl, dass alles wieder gut werden würde.

In dem Moment signalisierte ihr iPhone, dass eine Nachricht eingegangen war. Liane tippte den Code ein und öffnete die SMS. Irritiert blickte sie auf das Foto, das jemand ihr da geschickt hatte. Sie versuchte zu begreifen, was sie da sah. Sie hielt das Smartphone etwas weiter von sich weg und runzelte die Stirn.

»Was hast du denn da bekommen?«, fragte eine Stimme an ihrem Ohr und sie fuhr zusammen.

»Hast du mich erschreckt!«, sagte sie mit einem nervösen Lachen und starrte weiter auf das Display, während Carl ihr gegenüber wieder Platz nahm.

Mit Daumen und Zeigefinger vergrößerte sie einzelne Ausschnitte. Und endlich dämmerte es ihr: Das waren Patientenakten aus ihrer eigenen Praxis, fächerartig übereinandergelegt, so dass man die Namen lesen konnte: *Tischler, Rossberg, Meidlinger, Baur, Kessler.*

Wie von fern hörte sie Carls Stimme: »Was ist mit dir?«, fragte er. »Du bist ja ganz blass.«

Liane, Oktober 1985

Erst langsam dämmerte Liane, was sie getan hatte. Was hatte sie bloß geritten, sich gleich für drei Dienste einzutragen? Das konnte ja wohl nicht wahr sein! Und was noch viel schlimmer war: Nun musste sie nicht nur die von ihr hochgelobten Hagebuttensterne, Backpflaumenmakronen und Basler Brunsli selbst herstellen, sondern auch noch die Apfel-Hirse-Torte und die Rübli-Torte! Wie in einem Rausch hatte sie mit diesen wohlklingenden Namen um sich geworfen, die sie allesamt aus der Bäckerei der Gutenmühle in Echazaue kannte. Doch in Wirklichkeit hatte sie in ihrem ganzen Leben noch kein Plätzchen auf ein Blech gelegt. Ach was, dachte Liane. Ich backe seit Jahren mein eigenes Brot. Da werde ich so ein paar lumpige Weihnachtskekse ja wohl auch noch hinbekommen.

»Warum hast du dir das überhaupt alles aufgehalst?«, fragte Carl neben ihr. Sie wandte sich ihm zu, wie er, mal wieder vollkommen tiefenentspannt, am Lenkrad saß und den Wagen die dunkle Landstraße entlangsteuerte.

Sie waren auf dem Rückweg von der Waldorfschule, wo eine Besprechung der Adventsmarkt-Gruppe stattgefunden hatte, deren Sprecherin Liane war. Die Gruppe bestand aus Elternvertretern aller Klassen sowie einem Vertreter des Lehrerkollegiums und sie traf sich viermal im Jahr, um den, wie Carl es nannte, *Wächst-mir-Moos-aus-den-Sandalen*-Adventsmarkt zu organisieren. Es war das zweite Treffen nach den Sommerferien gewesen und die Vorbereitungen gingen in die heiße Phase. Carl, dessen Euphorie sich in Grenzen hielt, war in diesem Jahr mit zwei anderen Vätern fürs Aussägen von Holzengeln und *anderem Unrat* zuständig und er hatte sich außerdem bereit erklärt, die Nachmittagsschicht am Glühweinstand zu übernehmen.

Carls Frage war nicht unberechtigt, fand Liane, doch es fiel ihr schwer zu sagen, warum sie das getan hatte. Sie konnte wohl nicht anders. Dieser Perfektionswahn fing bei der Arbeit in ihrer Praxis an und steigerte sich noch bei ihrer Familie. Für deren Gesundheit gab sie alles, das war ihr Mikro- und Makrokosmos. Schon seitdem die Zwillinge auf der Welt waren, beschäftigte sie sich eingehend mit Ernährungsfragen und war damals zum Glück auf das Buch von Dr. Bruker aufmerksam geworden. Seitdem führte sie in ihrer Familie eine konsequente Vollwerternährung durch: morgens Frischkornbrei, dann viel Rohkost, Obst und Gemüse. Kein Weißmehl, kein Zucker und keine Milch, denn die verschleimte den Darm. Natürlich war diese Art zu essen mit beträchtlichem Aufwand verbunden. Aber das war es ihr wert. Und seitdem sie Carl gegenüber erwähnt hatte, dass der Diabetes seiner Mutter durch ihre Fehlernährung entstanden sei und sie Lianes Meinung nach noch leben könnte, wenn sie nicht jahrzehntelang so einen Mist in sich hineingestopft hätte, hatte sie auch Carls Unterstützung. Und dann half ihr seit einem Dreivierteljahr ja auch Nancy, das englische Au-pair mit dem Überbiss, die mit dem Essen alles genau so machte, wie Liane es ihr gezeigt hatte. Und der Erfolg gab ihr recht: Die Kinder waren so gut wie nie mehr krank, sie selbst war leistungsfähiger denn je und meisterte den Spagat zwischen Beruf und Familie mit Bravour. Das alles hatte sie nur der Vollwertkost zu verdanken. Entsprechend wichtig war es ihr, dass alle ihre Vorgaben genau einhielten. Na ja, sie selbst genehmigte sich hin und wieder eine Ausnahme, hier und dort ein Stückchen Schokolade und auch das Glas Wein am Abend ließ sie sich nicht vermiesen. Aber sie konnte mit ihrer Freiheit schließlich auch umgehen. Im Gegensatz zu den Kindern, da artete alles gleich aus. Kinder hatten einfach kein Maß. Und Carl, das musste sie leider sagen, auch nicht. Deswegen war es gut, wenn sie auch ein Auge auf ihn hatte.

Der heutige Abend war eigentlich ganz gut verlaufen – bis zu dem Zeitpunkt, als Liane vorgeschlagen hatte, doch in diesem Jahr nur Vollwertplätzchen und Vollkornkuchen anzubieten. Die meisten Eltern hatten zustimmend genickt, aber Letitia Rupp-Hefele hatte sich vehement dagegen ausgesprochen. Die *Primaballerina*, wie Carl sie halb belustigt, halb bewundernd nannte. Bis zum Ende des letzten Schuljahrs war sie selbst Sprecherin der Adventsmarkt-Gruppe gewesen, doch Liane, die sich im September ebenfalls zur Wahl hatte aufstellen lassen, hatte sie aus dem Amt gedrängt. Nun machte sie ihr, wo immer es ging, das Leben schwer. Man solle doch bitteschön mal die Kirche im Dorf lassen, hatte sie getönt und dabei ganz reizend gelächelt. Dann hatte sie Lianes Einstellung als *lustfeindlich* angeprangert und dabei auch noch Carl beifallheischend angesehen, was Liane besonders empörte. Ein großer Teil der Anwesenden hatte daraufhin zustimmend genickt, während die Eltern, die es sich mit Liane nicht verscherzen wollten, verdruckst in sich hineingegrinst hatten.

Was war daraufhin für eine Debatte entstanden! Von Gesundheitsterrorismus und Ernährungsfaschismus hatte Letitia gesprochen, von einer Atmosphäre wie in einem Arbeitslager, wo Vollkornapostel ihre Mitmenschen mit der Verbotspeitsche dazu zwingen, auf Kosten der Lebensqualität länger zu leben. Es hatte eine ganze Weile gedauert, aber irgendwann war Liane zu Höchstform aufgelaufen. Mit einem überlegenen Lächeln ließ sie sich über einen Mangel an Gesundheitsbildung aus und wies darauf hin, dass die meisten Krankheiten heutzutage leider Zivilisationskrankheiten seien, was sie als Arztfrau ja jeden Tag miterlebe (was nicht stimmte, aber das brauchte keiner zu wissen). Mit dieser Einsicht umzugehen erfordere aber selbstverständlich ein Mindestmaß an Allgemeinbildung und auch Aufgeschlossenheit, und natürlich sei vor allem Disziplin notwendig. Somit würden leider viele Menschen nicht deshalb krank, weil sie das Schicksal treffe, sondern weil sie sich den lieben langen Tag mit allem erdenklichen Schrott anfüllten, angefangen von Industriezucker und Auszugsmehl bis hin zu wertlosen Fetten und Alkohol.

Die Diskussion war noch eine Weile hin- und hergegangen. Ein paar der Mütter hatten ins Feld geführt, dass sie grundsätzlich schon für die gesunde Variante seien, aber leider keine Erfahrung mit der Herstellung von Vollwertgebäck hätten. Diesen Einwand hatte Liane mit einem großmütigen Lächeln quittiert und im Handumdrehen aus der Welt geschafft, indem sie anbot, Rezepte zu kopieren und zu verteilen. In der Tat hatte sie vor Jahren in der Gutenmühle ein kleines, aber feines alternatives Rezeptbüchlein erstanden, auch wenn sie aus Zeitmangel noch keines der Rezepte selbst ausprobiert hatte. Als das Thema dann zur Abstimmung gelangte, hatte sich die Vollkornfraktion mit großer Überlegenheit durchgesetzt.

»Warum ich mir das aufgehalst habe?«, wiederholte Liane Carls Frage mit latenter Aggressivität. »Das könnte ich ja wohl zurückgeben. Warum hast ausgerechnet du dich zum Standdienst eingetragen, und dann noch mit dieser Ziege?«

»Mit welcher Ziege?«

»Du weißt genau, wen ich meine.«

»Du meinst die Letitia?«

»Wen denn sonst!«

»Ach, die ist mit mir zusammen am Stand? Da hab ich gar nicht drauf geachtet.«

Tu doch nicht so, dachte Liane, sagte aber nichts. Sie wusste sehr wohl, dass Carl die Aufmerksamkeit der bildhübschen Letitia genoss, die zu Lianes Ärger auch noch ganze zehn Jahre jünger war als sie. Überhaupt genoss Carl die Aufmerksamkeit aller attraktiven Frauen, das war schon immer so gewesen und würde sich wohl auch nie ändern. Eines allerdings war neu, dachte sie, während sie von der Seite sein immer noch markantes Profil betrachtete: Er machte jetzt keinen Hehl mehr daraus, sondern kokettierte vor ihr geradezu damit. Welche Schwesternschülerin ihm etwas zu lange Blicke zuwarf, welche Patientin nur zu bereitwillig die Hüllen fallen ließ und so weiter und so fort. Fast hätte man glauben können, er stecke bereits mitten in einer Midlife-Crisis und müsse sich und irgendwie auch ihr beweisen, dass er noch immer im Rennen war. Lianes Eindruck nach genoss er es mitunter sogar, dass Nancy, dieser Hamster, ihn anhimmelte! Na ja, solange das Ganze nur dazu diente, seiner Eitelkeit zu schmeicheln, konnte Liane damit leben.

»Ich finde sie eigentlich ganz in Ordnung«, hörte sie ihn jetzt sagen, doch statt zu antworten, brummte sie nur. Sie war inzwischen zu müde, um ihm sein Ego aufzupolieren. *Ja, ja, sie hat es auf dich abgesehen, blabla.* Liane würde die Trulla natürlich im Auge behalten, so viel war klar. Sie beobachtete schon seit Längerem, wie sich Letitia – was war das überhaupt für ein Name? – immer wieder an Carl heranmachte. Bei jedem Treffen setzte sie sich neben ihn und auch in der Pause wich sie nicht von seiner Seite, ließ ihre perlweißen Zähne sehen und legte beim Lachen ständig den Kopf in den Nacken. Und als Liane heute gegen Ende des Elterntreffens die Listen für die Dienste wieder in Empfang genommen hatte, war ihr sofort aufgefallen, dass sich Letitia zur gleichen Zeit am gleichen Stand eingetragen hatte wie Carl.

Als sie am Hellsternhof ankamen, lag das Haus in kompletter Dunkelheit.

»Alle schon im Bett«, konstatierte Carl und beugte sich zu ihr hinüber, küsste sie und fing an, ihren Mantel aufzuknöpfen. Liane seufzte innerlich. Sie war todmüde und hatte gehofft, gleich schlafen zu können.

Sie fasste nach seinen Händen, die sich bereits unter ihre Bluse schoben. »Lass uns reingehen«, flüsterte sie und bemühte sich dabei um einen verführerischen Tonfall. Er war so empfindlich geworden und interpretierte jedes Zögern ihrerseits gleich als persönliche Ablehnung.

Aber er ignorierte sie, packte stattdessen fester zu. Liane sog scharf die Luft ein. »Du tust mir weh«, flüsterte sie, wusste jedoch im gleichen Moment, dass das die falsche Reaktion war. Und in der Tat griff er nun in ihr Haar und bog ihren Kopf fast gewaltsam in den Nacken.

»Ich dachte, das gefällt dir«, raunte er.

Schließlich gelang es Liane doch, ihn ins Haus zu bugsieren und davon zu überzeugen, vorher noch eine Flasche Wein zu köpfen. Für sie war das mittlerweile die einzige Möglichkeit, sich zu entspannen. Doch als sie später im Bett lag, Carl auf ihr, schwirrte Liane noch immer der Kopf. Sie konnte einfach nicht aufhören, an die nächsten vier Wochen zu denken: die Termine in der Praxis, die Restarbeiten an ihrem Manuskript über die Festhaltetherapie, die Organisation des Adventsmarkts. Wie sollte sie das alles bloß schaffen? Und dazu hatte sie sich jetzt auch noch das vorweihnachtliche Plätzchen- und Kuchenbacken ans Bein gebunden, nur um vor den anderen Müttern – und vor dieser Ziege – als die perfekte Frau dazustehen. Na ja, dachte sie, das mit dem Backen konnte sie vielleicht an Nancy delegieren, die Kleine würde das schon hinkriegen. Als Carl fertig war und zu schnarchen begann, lag sie noch lange wach. Wenn ich wenigstens in den Nächten meine Ruhe hätte, dachte sie. Aber daran war im Moment nicht zu denken, Carl war fordernder denn je und oft auch noch heftiger als früher. Und tatsächlich wagte Liane nicht, sich ihm zu verweigern. Zum einen passte das nicht zu ihrem Selbstbild, denn auch in dieser Hinsicht wollte sie natürlich perfekt sein. Und zum anderen wusste sie um Carls wackelige Seelenlage und wie gefährlich ihr das werden konnte: Wenn er die Bestätigung, noch immer der tollste Hecht im Teich zu sein, bei ihr nicht bekam, würde er sie sich woanders holen.

Annamaria, November 1986

Der Herbstwind streicht ums Haus, es knackt und knarzt in jedem Winkel, doch Annamaria fühlt sich so richtig geborgen. Wie gemütlich es hier ist, denkt sie, besonders jetzt, zum beginnenden Advent, wo überall im Haus Engel aus Tannenzapfen hängen und Strohsterne und Ketten aus rotbackigen Äpfeln. Annamaria heizt inzwischen jeden Tag den Kachelofen an, der so eine behagliche Wärme erzeugt, dass man gar nicht mehr vor die Tür gehen mag. Da ist sie mehr als froh, ihre Studienpläne um ein Jahr verschoben zu haben. Dieses eine Jahr will sie noch sorglos sein und sich lieber hier um alles kümmern, zumal das auch heißt, Tag und Nacht mit ihrer kleinen Stella zusammen zu sein. Aber diese Entscheidung hat nicht nur mit ihr und Stella zu tun gehabt, sondern auch damit, dass sie zum ersten Mal im Leben das Gefühl hat, gebraucht zu werden. Diese Kinder hier brauchen sie wirklich, denn Liane ist inzwischen immer mehr unterwegs, so dass Annamaria mitunter den ganzen Laden alleine schmeißt: sechs Kinder, Vollwertkost nach Dr. Bruker, Aufräumen, Saubermachen, Waschen, Bügeln. Lianes neues Buch über die Festhaltetherapie, das vor vier Monaten in die Buchhandlungen gekommen ist, steht seitdem ständig auf der Bestsellerliste. Es muss wirklich gut sein, denkt Annamaria, denn in der Einleitung hat sie gelesen: »Und so bedeutet Festhalten nichts anderes, als einen Ertrinkenden aus tiefster Verzweiflung zu erretten und ihm durch Halten das Urvertrauen zurückzugeben, das er verloren hat. Dieses Halten ist nichts anderes als reine Liebe, mit der wir sagen: Ich bin da und ich bleibe da, ich lasse dich nicht fallen, egal wie laut du schreist, so lange, bis deine Wut einer tiefen Zufriedenheit weicht – dem Wissen, dass das Halten Zuflucht und sicherer Hafen ist.« Das klingt schön, nach Zuwendung und Geborgenheit. Die hätte sie als kleines Mädchen gut gebrauchen können, als erst ihr Vater ging und dann auch noch die Mutter.

Aber irgendwie ist Annamaria auch stolz darauf, was sie im Leben schon alles alleine gemeistert hat. Vielleicht kriegt sie deshalb jetzt alles so gut hin. Seltsamerweise gibt ihr die schiere Aufgabenfülle in diesem Haus ein Gefühl von Sicherheit und Zuversicht. Wenn sie das hier alles schafft, wird sie in einem Jahr, wenn sie als alleinerziehende Mutter zum Studieren geht, auch alles hinkriegen.

Wieder mahlt Annamaria Getreide, aber diesmal muss sie auf kein schlafendes Kind Rücksicht nehmen. Lianes Kinder sind hellwach und rennen herum, und Stella, die inzwischen schon fünf Monate alt ist, hängt im Tragetuch vor ihrer Brust. So ist sie ihr ganz nah und gleichzeitig hat Annamaria beide Hände frei für all die Verrichtungen, die nötig sind, um den Sauerteig für drei Laib Brot zuzubereiten. Sie holt die Hefe aus dem Kühlschrank, füllt lauwarmes Wasser in den Krug und öffnet die Schranktür, um den Honigeimer vom obersten Regalbrett in der Speisekammer herunterzuholen. Aber das geht nicht, er klebt fest. Stella in ihrem Tragetuch regt sich, stemmt sich gegen das Tuch.

Unter Schwierigkeiten gelingt es Annamaria schließlich, den festgeklebten Eimer zu lösen. Schon beim Herunterheben stellt sie fest, dass er leicht ist. Verdächtig leicht. Irritiert löst sie den klebrigen Deckel und sieht hinein. Das letzte Mal war er noch halb voll, jetzt ist nichts mehr drin. Jemand hat sich nach Herzenslust daran bedient. Annamaria glaubt auch schon zu wissen, wer das war.

Sie macht auf dem Absatz kehrt und marschiert ins Wohnzimmer, wo Gesine und Ruben am großen Tisch sitzen und eine Krippe aus Moos basteln, während Matthias an seiner Kinderwerkbank herumwirtschaftet. Die drei blicken auf, als sie den Raum betritt.

Annamaria hält ihnen den leeren Honigeimer hin. »Wer war das?«

Matthias sieht Annamaria mit schreckgeweiteten Augen an, Ruben scheint gar nicht richtig zu verstehen, um was es geht, und Gesine fragt: »Was meinst du?« Dieses Kind würde problemlos jeden Lügendetektortest beim FBI bestehen, schießt es Annamaria durch den Kopf, so groß und unschuldig blicken Gesines porzellanblaue Puppenaugen.

»Derjenige, der das war, wird es jetzt sagen!«

Dabei blickt sie vor allem Gesine fest in die Augen. Seit neulich weiß Annamaria, dass Gesine es faustdick hinter den Ohren hat. Da hat sie nämlich eine ganze Schüssel Bananenquark vertilgt, den Annamaria als besonderen Nachtisch für Lilos Geburtstag vorbereitet hatte, heimlich und ganz allein. Bei dieser Gelegenheit hat sich Annamaria von Gesines schauspielerischem Talent beinahe blenden lassen. Dumm war nur, dass Gesine dann übel geworden ist und sie den ganzen Quark auf den Stubenboden gekotzt hat.

Auch dass sich jemand am Honigtopf bedient, kommt beileibe nicht das erste Mal vor. Alle diese Kinder wittern Süßes wie Termiten ein neu gebautes Blockhaus. Das liegt natürlich an dem strikten Süßigkeitenverbot in Lianes Haus. Nur hin und wieder bekommen die Kinder einen Vollkornkuchen oder einen Pudding, der mit Carob und Vollrohrzucker zubereitet wird. Und manchmal eben auch einen Fruchtquark.

»Du weißt, dass das Konsequenzen haben wird«, sagt Annamaria erbost und hört dem Protestgeheul gar nicht richtig zu. Vielmehr fragt sie sich, wo sie jetzt den Honig für den Sauerteig hernehmen soll. Denn es ist nach sechs und alle Läden sind geschlossen, so dass Annamaria keinen mehr kaufen kann. Wobei das sowieso kaum möglich gewesen wäre – es ist kein Auto da und die Strecke mit sechs Kindern hin und wieder zurück zu gehen, das wäre ja der reinste Auszug aus Ägypten.

Annamaria wird unbehaglich zumute, ein ganzer Film läuft vor ihrem geistigen Auge ab: Wenn sie jetzt den Teig nicht macht, dann haben sie in drei Tagen kein Brot. Annamaria müsste die vierzig Kilometer zur Vollwertbäckerei der Gutenmühle fahren, was aber nicht geht, denn Liane hat einen Vortrag und braucht den Wagen. Und zu einem Bäcker in Rosenau zu gehen ist in diesem Haus streng verboten. *Du glaubst nicht, was Auszugsmehl für eine verheerende Wirkung auf diese kleinen Kinderkörper hat*, hört Annamaria im Geiste Lianes Stimme. Das kommt also auf gar keinen Fall infrage. Wobei sich Annamaria gerade fragt, was es für einen Kinderkörper bedeutet, wenn er ein halbes Pfund Honig auf einmal verdauen muss. Aber das ist jetzt nicht ihr Problem. Während Gesine und Matthias sie immer noch mit großen Augen anschauen, kommt Annamaria ein Gedanke. Das wäre eine Lösung!

Sie holt den Schlüssel aus dem Dielenschrank und läuft nach unten, in den Vorratskeller, macht sich ganz lang und tastet das *verbotene Fach* ab. Sie ist ein ganzes Stück kleiner als Liane und reicht kaum so weit. Doch da ist sie ja, die Geldkassette, Gott sei Dank! Annamaria holt sie herunter, schließt die Kassette auf und holt die Packung heraus: den raffinierten Zucker, der in diesem Haus ausschließlich für das Ansetzen des Kombucha und die Gärung des Kefirs verwendet wird. *Leider*, so hatte Liane ihr erzählt, *bin ich damit gescheitert, den Kombucha und den Kefir mit Honig zu füttern, den wollen sie einfach nicht.* Aber Liane bewahrt *das Teufelszeug* kindersicher auf, damit das Termitenüberfallkommando keine Chance wittert. Wobei es nach Annamarias Ansicht nur eine Frage der Zeit ist, bis Gesine die Sache mit der Geldkassette spitzkriegt. Annamaria hat dieses Kind schon mit so allerhand geklauten Sachen erwischt, erst neulich wieder mit Carls goldenen Manschettenknöpfen und auch mit einer von Lianes Broschen. Nicht einmal das Tagebuch ihrer Mutter war sicher vor ihr. Annamaria hätte gute Lust gehabt, es Liane ganz offen wiederzugeben, aber das hat sie dann doch nicht gemacht. Stattdessen hat sie Gesine angehalten, es unter ihrer Aufsicht dorthin zurückzutun, von wo sie es genommen hatte. Annamaria hat sich über den Ort sehr gewundert: im Schrank, hinter der Bettwäsche.

Annamaria nimmt ein wenig Zucker aus der Packung, verstaut diese wieder in der Kassette und geht dann zurück in die Küche. Natürlich darf Liane nie erfahren, dass Annamaria den verpönten weißen Zucker für ihr Vollwertbrot verwendet. Aber einmal und in der Not muss das eben sein. Außerdem dient der Zucker ja nur dazu, die Hefe anzukurbeln. Allerdings hat Annamaria keine Ahnung, wie viel sie nehmen soll. Das Brotrezept stammt ja aus dem Vollwertbackbuch und gibt nur die Menge für Honig an. Einen Moment lang ist sie ratlos, dann schüttet sie zur Sicherheit noch ein bisschen mehr Zucker hinterher.

»Was machst du da?«, hört sie eine Stimme hinter sich. Als sie sich umdreht, steht da Gesine mit ihrer Geige in der Hand und pliert in die Schüssel. »Aber das *darfst* du nicht!«

Annamaria muss sich zwingen, ruhig zu bleiben. »Das müsste ich ja eigentlich auch nicht!«, sagt sie streng, während sie den Zucker im warmen Wasser auflöst und dann das Mehl unterrührt. »Aber du hast ja den ganzen Honig aufgegessen!«

Gesine sieht zu ihr hoch. »Ich war das nicht!«, beharrt sie, und wenn Annamaria es nicht besser wüsste, würde sie jetzt bestimmt unsicher werden. Sie wendet sich wieder der Schüssel zu.

Plötzlich sagt Gesine: »Matthias war's!«, und sieht Annamaria gespannt an. »Muss er jetzt in den Nachdenkraum?«

Annamaria betrachtet Gesine, ihren wie immer ungerührten und zugleich engelsreinen Gesichtsausdruck, der durch die Geige in ihrer Hand noch unterstrichen wird. Dieses Kind ist wirklich durchtrieben, denkt sie und muss an sich halten, dieser kleinen Petze nicht ordentlich Bescheid zu stoßen. Mit einer Ruhe in der Stimme, über die sie selbst staunt, sagt sie: »Bei mir muss keiner irgendwohin. Ich will nur, dass ihr euch an die Regeln haltet.«

Dann kommt ihr plötzlich ein Gedanke.

»Was ist das eigentlich mit eurem Nachdenkraum? In welches Zimmer geht man da?«

Täuscht Annamaria sich oder verdunkelt sich Gesines Blick?

»Lalala«, singt das Kind, statt zu antworten. Überraschend kleinlaut, wie Annamaria findet. Und dann klemmt Gesine sich die Geige unter den Arm und zieht ihr Fadenspiel aus der Rocktasche ihres blau-orange gemusterten Samtrocks. Mit flinken Fingern beginnt sie den Hexenbesen zu weben.

»Morgens früh um sechs«, singt sie und schlingt den Faden um ihre Finger.

»Wo ist der Nachdenkraum, Gesine?«, hakt Annamaria noch einmal nach.

Aber Gesine tänzelt zur Tür. »Kommt die alte Hex«, sagt sie und schlüpft hinaus.

Dann geht die Mutter fort und wird eine Hexe.

Liane van der Berg, Mittwoch, 12. April 2017

Liane hielt das Smartphone immer noch umklammert, sie konnte den Blick nicht vom Display lösen.

»Willst du mir nicht sagen, was los ist?«

Schnell schloss Liane das Foto. Kein Zweifel, diese Namen waren ihr allzu vertraut.

»Ach, Ärger mit der Produktionsfirma. Es geht um die Familie, die wir gecastet haben …«, log sie, schaltete das iPhone aus und steckte es weg. »Aber das soll mich heute nicht interessieren. Jetzt bin ich hier, mit dir, und wir machen uns einen schönen Nachmittag.«

Doch als sie später durchs Lenbachhaus schlenderten, hatte Liane ihre liebe Mühe, sich auf die Bilder des Blauen Reiters einzulassen, und die Neue Sachlichkeit, die sie eigentlich sehr mochte, ließ in ihr heute ein Unbehagen aufsteigen – sie empfand nahezu jedes Bild als eine diffuse Bedrohung. Auch ertappte sie sich dabei, dass sie die anderen Museumsbesucher misstrauisch beäugte und sich fragte, ob einer von ihnen sie möglicherweise beobachtete.

Den Rest des Abends konnte sie sich nur mit Mühe auf das Gespräch mit Carl konzentrieren, und als sie am nächsten Morgen zurückfuhren, spürte sie seine Enttäuschung, war aber nicht in der Lage, darauf einzugehen. Ein Wirrwarr aus Emotionen erfüllte ihr

Inneres – allerhand abstrakte Ängste, die Vergangenheit, Gegenwart und Zukunft betreffend, vor allem aber eine abgrundtiefe Verlorenheit, wie sie sie nie für möglich gehalten hätte. Sie, die immer ihren Weg gegangen war, ohne nach links und rechts zu schauen, schwankte plötzlich bei jedem Schritt und hatte das Gefühl, auf Watte zu treten. Während sie mit dem dösenden Carl neben ihr auf dem Beifahrersitz die Autobahn entlangfuhr und mit nervösen Händen das Lenkrad immer neu umklammerte, war sie von einer fiebrigen Unruhe getrieben. Von nirgendwoher kommend, nach nirgendwohin unterwegs. Sie musste an *Dr. Kimble auf der Flucht* denken, jene Serie, die sie früher so gern angeschaut hatte, mit wohligem Grausen und gemütlich in Frau Niethammers Sessel sitzend. Genauso musste er sich gefühlt haben, dieser Richard Kimble: Es gab niemanden, dem er vertrauen konnte, und keinen Ort, an dem er sicher war. Ihr Zuhause war kein Zuhause mehr, doch jeder andere Ort bot ihr ebenso wenig Sicherheit, denn egal wo sie sich aufhielt, die Botschaften erreichten sie doch.

Als sie beim Hellsternhof aus dem Wagen stiegen, gab es immerhin zwei positive Neuigkeiten: Zum einen waren die Bauleute gerade dabei, das Grabensystem, das sie gebuddelt hatten, wieder zuzuschaufeln. Zum anderen schienen die Dachdecker ihre Aufgabe beendet zu haben, ihr Transporter war jedenfalls nirgends mehr zu sehen.

»Ich geh mal schauen, was die inzwischen so fabriziert haben«, sagte Carl.

Liane nickte abwesend und sah ihm kurz hinterher. Wenigstens hatte sie die Schaufensterpuppe gestern noch aus dem Weg geräumt. Rasch holte sie ihre Tasche aus dem Fond und ließ das Garagentor herunter. Schnurstracks ging sie auf die Haustür zu. Sie wollte so schnell wie möglich in ihre Praxis, um der Sache mit den Patientenakten auf den Grund zu gehen.

Sie war gerade dabei, die Haustür aufzuschließen, als sie eine laute Stimme hörte, war das etwa Carl? Neugierig, aber nach den Erfahrungen der letzten Tage auch ein wenig furchtsam, stellte sie die Tasche ab und ging zurück auf den Hof, von wo aus sie Carl mit dem glotzenden Gipser sprechen sah. Carl gestikulierte wild, woraufhin der Mann die Schultern zuckte, den Kopf schüttelte und davonging. Sichtlich verärgert kam Carl auf sie zu. Worum mochte es da wohl gegangen sein? Gab es etwa wieder eine Überraschung für sie?

»Stell dir vor, die laden ihren Privatmüll in unserem Container ab.«

»Tatsächlich?« Liane krampfte ängstlich die Finger um ihren Schlüsselbund.

»Ja, da hat doch tatsächlich einer eine alte Schaufensterpuppe deponiert. Unglaublich!«

Liane schluckte und brachte nur ein lahmes »Oh« heraus. Wie hätte sie auch ahnen sollen, dass Carl ausgerechnet jetzt zum Baustellenkontrolleur mutieren würde, wo er sich bisher keinen Deut um all das geschert hatte. Hilflos musste sie zusehen, wie Carl sich weiter in Rage redete.

»Und dann versteht der Kerl kaum ein Wort Deutsch, das ist unglaublich, diese ganzen Leiharbeiter heutzutage. Ich werd gleich mal Matthias anrufen, soll *er* sich mit denen rumärgern!«

Lianes Gesicht begann zu brennen. Entsetzt sah sie zu, wie Carl sein Smartphone zückte und Matthias' Nummer suchte. Kurz bevor er auf Wählen drückte, fasste Liane ihn am Arm.

»Lass das mal. Ich muss dir was erzählen.«

Perplex hob Carl den Kopf und sah sie fragend an.

»Nicht hier«, sagte Liane und ging voran ins Haus, um Zeit zu gewinnen. Was sollte sie erzählen, wie viel konnte sie preisgeben, ohne sich in Schwierigkeiten zu bringen? Jedenfalls war das Risiko, dass Matthias sich irgendwie verplapperte, einfach zu groß. Er war noch nie gut darin gewesen, Dinge für sich zu behalten.

Sie stellte die Tasche ab, steuerte das Waschbecken in der Küche an und begann, sich die Hände einzuseifen. Währenddessen spürte sie Carls Blick auf ihrem Rücken. Am Waschbecken stehend, drehte sie sich um, griff nach einem Handtuch und trocknete sich die Hände ab.

»Es ist so«, hob sie an. »Jemand hat einen dummen Scherz gemacht und uns diese Puppe in die Baugrube gelegt. Ich hab sie gestern Morgen entdeckt und erst mal einen Riesenschrecken bekommen. Dann habe ich Matthias angerufen.«

»Was? Aber warum hast du mir das nicht erzählt?«

Liane trat näher an ihn heran, umarmte ihn. »Du hast grad den ganzen Ärger mit dem Führerschein erlebt. Da wollte ich dich ehrlich gesagt mit diesem Mist verschonen.«

Carl sah sie aufmerksam an. Fieberhaft überlegte sie, was von dem Ganzen sie erzählen musste, um sich später nicht in Widersprüche zu verwickeln. Denn sicher würde die Angelegenheit beim nächsten Treffen mit Matthias nun doch zur Sprache kommen. Andererseits war sie jetzt einfach nicht in der Verfassung, ihm das mit der Pralinenschachtel und – schlimmer noch – dem Zettel zu erzählen. Denn dass ihn das mitnehmen würde, das wusste sie. Noch allzu gut erinnerte sie sich an die Zeit nach Benignas Tod. Seine Schuldgefühle hatten Carl damals in eine regelrechte Depression gestürzt. Nein, dachte sie, sie würde es darauf ankommen lassen und ihm nichts weiter erzählen.

»Na ja«, sagte sie und schüttelte den Kopf, als würde sie noch immer über den Unfug nachdenken, den ein paar Halbstarke da veranstaltet hatten. »Jedenfalls hat Matthias den Bauarbeitern wohl gesagt, sie sollen die Puppe in den Container werfen.« Dann wandte sie sich ab und verließ die Küche.

»Ich verstehe immer noch nicht, warum du es mir nicht erzählt hast.«

Liane, die schon an der Tür war, drehte sich noch einmal zu ihm um. Ungeduldig sagte sie: »Nun häng das doch nicht so hoch … Ich hab dir doch gesagt, dass ich dich damit nicht belämmern wollte.«

Einen Moment lang sah er sie an, so als würde er ihre Worte auf ihren Wahrheitsgehalt hin prüfen. Dann zuckte er die Achseln und sagte seufzend: »Entschuldige, ich bin einfach gereizt. Dieser Mist mit dem Führerschein …«

Liane legte ihm die Hand auf den Oberarm.

»Das versteh ich doch.«

Sie sah ihm hinterher, wie er die Treppe nach oben ging, drehte sich dann um und trat noch einmal aus dem Haus. Der Glotzer stand da, vor dem Container, und sah zu ihr herüber. Was zur Hölle hatte der Kerl eigentlich immer zu gaffen?

Liane, November 1985

Auf den ersten Blick wirkte das Ganze wie *Weihnachten in Bullerbü.* Denn wie die Kinder von Bullerbü waren Matthias, Gesine, Ruben und Lilo mit Mehl bestäubt, und auch Lianes Küche sah aus, als wäre vor Kurzem eine Teigbombe explodiert. Der einzige Unterschied zu Bullerbü war der, dass auf den Blechen *ihrer Kinder* statt der adretten Ausstechschweine formlose Klumpen lagen, die keinerlei Ähnlichkeit mit den wohlgestalten Sternen auf den Fotos des hübschen Vollwertbackbüchleins aufwiesen. Wenigstens hatte sie die Fotos für die Schulzeitung gleich zu Beginn gemacht. *Backen für Weihnachten* würde der Untertitel lauten, und zu sehen wären dann lachende blonde Kinder vor der Kulisse einer dekorativen Landhausküche.

In Wirklichkeit war von Anfang an der Wurm drin gewesen, angefangen bei Nancys Magenbeschwerden, die gleich nach dem Frühstück zutage getreten waren, so dass Liane die Schweinerei jetzt ganz alleine an der Backe hatte. Matthias und Gesine, beide inzwischen sechseinhalb Jahre alt, waren sich des Ernstes ihrer Aufgabe durchaus bewusst gewesen – sie hatten sich immerhin bemüht, ein paar Plätzchen auszustechen, auch wenn sie recht bald das Interesse verloren. Der einzige Beitrag, den der vierjährige Ruben und die dreijährige Lilo geleistet hatten, war der, unentwegt mit ihren heißen Händen auf dem Teig herumzupatschen, bis diese aussahen wie eingecremt. Und Hortensie, gerade mal zwei und mit bisher vollkommen zuckerfreier Kindheit, war so überwältigt von der ungewohnten Süße, dass es ihr nur darum ging, sich so viel Teig wie möglich einzuverleiben.

Den Blick auf Hortensie gerichtet, sank Liane auf den Küchenstuhl. Inzwischen war es halb neun und sie war fix und fertig. Seit fünf Uhr in der Früh war sie auf den Beinen und hatte zunächst zwei Stunden damit verplempert, nach diesem blöden Rezeptbuch zu fahnden – nachdem sie es für die anderen Mütter kopiert hatte, war es irgendwie verschwunden. Anschließend hatte sie unter Hochdruck an ihrem Manuskript gearbeitet. Danach war sie in ihre Praxis gehetzt, um zwei Patienten zu behandeln, bindungsgestörte Kinder, die sie seit gut einem Jahr betreute. Dann hatte sie auch noch das Mittagessen gekocht, der bresthaften Nancy ein Teechen ans Bett gebracht, aufgeräumt und gleich danach etliche Telefonate wegen der Standdeko des Adventsbasars geführt. Seit sechs Uhr am Abend war Liane schließlich damit beschäftigt gewesen, fünf verschiedene Sorten Teig anzurühren – und jetzt war das einzige Ergebnis, dass die Küche genau wie die Kinder eine Generalreinigung brauchte. Sie warf einen letzten verzweifelten Blick auf die Bleche. Was auch immer das sein sollte – dieses Zeug konnte sie jedenfalls nicht verwenden. Jetzt hoffte sie nur, dass wenigstens der Möhrenkuchen etwas taugte, nachdem sie ihn beim Elternabend dermaßen gepriesen hatte. Besser, sie brachte es gleich hinter sich und probierte ein Stück, denn wohlweislich hatte sie nicht die Springform verwendet oder wie das Ding hieß, sondern einen Blechkuchen gebacken, so dass sie wenigstens die Möglichkeit hatte, ihn vorher zu probieren.

Sie stemmte sich hoch, holte das Blech aus dem Ofen, schnitt sofort ein Stück heraus und tat es auf einen Teller. Wenigstens schien er durch zu sein.

»Kuchen, Kuchen«, quakte Hortensie und Liane warf ihr einen verärgerten Blick zu. Hatte dieser Gierschlund nicht schon genug Süßes in sich hineingestopft? Ohne auf das Nölen einzugehen, brach sie eine Ecke ab und schob sie sich in den Mund.

Wieder sackte sie auf den Stuhl, diesmal aus purer Resignation. Dieser Kuchen schmeckte einfach beschissen, so als würde man auf Sägespänen herumkauen. Kein Vergleich mit dem wunderbar saftigen, nach Vanille duftenden Möhrenkuchen aus der Gutenmühle. Liane spürte, wie ihre Verzweiflung zur Panik anwuchs. Nein, dachte sie, dieses kittartige Zeug konnte sie niemandem vorsetzen, schon gar nicht einer Letitia Rupp-Hefele. Mit einer wütenden Geste schob sie den Teller von sich. Was sollte sie nur tun? Eine Nachtschicht einlegen und von vorne beginnen? Aber hatte sie dafür überhaupt noch genügend Zutaten?

Sie sprang auf und begann die Küche nach Dinkel und Vollrohrzucker abzusuchen. Sie war so in ihre Suche vertieft, dass sie das Geräusch gar nicht richtig wahrnahm. Erst als Gesine schrie: »Der Kuchen, der Kuchen!«, fuhr Liane herum und sah gerade noch, wie Lilo ihren gesamten Mageninhalt auf das Blech mit dem Möhrenkuchen erbrach.

»Nein!«, rief Liane und zog das Blech weg, doch es war zu spät. Dieser Kuchen war nicht mehr zu retten.

Einen Augenblick lang verharrte Liane wie unter einer Glasglocke. All das hier war Wahnsinn, ihr ganzes Leben war Wahnsinn: diese vielen Kinder, ihr Beruf, ihre Ehe mit einem Mann, der auf gewalttätigen Sex stand, die Bücher, die sie schrieb, die Tätigkeit als Sprecherin der Elterngruppe, diese beschissene Backerei. Was wollte sie sich eigentlich noch alles ans Bein binden!

Und da kam Leben in sie. Sie griff nach dem Blech mit der Kotze, schleuderte es auf den Boden, dass es nur so schepperte. »Raus«, schrie sie, »raus hier, ins Bett mit euch! Und wagt es nicht, mir noch mal unter die Augen zu kommen!«

Im ersten Moment waren die Kinder wie versteinert. Mit schreckgeweiteten Augen sahen sie ihre Mutter an und konnten es nicht begreifen. Matthias reagierte als Erster. Schnell zerrte er Hortensie aus ihrem Hochstuhl und stellte sie vor die Tür, um kurz darauf Lilo und Ruben aus ihrer Erstarrung zu lösen und sie ebenfalls aus der Küche zu bugsieren. Als Letztes zupfte er an Gesines Arm, die immer noch auf der Bank saß, ihm dann aber eilig folgte.

In dieser Nacht tat Liane kein Auge zu. Bis weit nach Mitternacht hatte sie noch versucht, aus den kümmerlichen Restvorräten so etwas wie Weihnachtsplätzchen zu backen, doch ihre Bemühungen, aus dem Teig etwas Erkennbares zu formen, waren kaum erfolgreicher gewesen als die der Kinder. Direkt im Anschluss an ihre Mühen wischte und putzte sie die Küche, und als sie schließlich um halb zwei ins Bett sank, war sie zu erschöpft, um einzuschlafen. Sie hörte Carl vom Spätdienst zurückkehren, und als er eine Viertelstunde später das Schlafzimmer betrat, musste sie sich ziemlich darauf konzentrieren, die Atmung einer Schlafenden zu simulieren. Die ganze Zeit über konnte sie nur an die bevorstehende Katastrophe denken, an den Moment, wenn sie den anderen Waldorfeltern würde sagen müssen, dass sie nichts vorzuweisen hatte, keinen Kuchen, keinen Krümel von einem Keks.

Doch gegen vier Uhr in der Früh – Carl war längst eingeschlafen und unterhielt sie mit einer abwechslungsreichen Geräuschkulisse aus Grunzen und Pfeifen – kam Liane ein Gedanke. Sie fuhr hoch und starrte an die Wand, aufrecht im Bett sitzend, und wog ihre

Möglichkeiten ab. Ja, dachte sie, und eine Welle der Erleichterung durchströmte ihren Körper, das könnte funktionieren. Sie schlug die Decke zurück, stand auf und rannte in die Küche. Wo hatte sie das Ding nur hingelegt? Erst nachdem sie alles abgesucht hatte, fiel ihr ein, dass sie das Rezeptbüchlein vor lauter Wut zusammengeknüllt und zusammen mit den missglückten und vollgekotzten Backwaren in die Mülltonne geworfen hatte. So stieg sie barfuß in ihre Gummistiefel, knipste die Außenbeleuchtung an und lief hinaus, um es zu holen.

Sie ging gar nicht erst ins Bett zurück. Stattdessen duschte sie erst heiß und dann sehr kalt, schminkte sich besonders sorgfältig und kochte sich eine Kanne starken Kaffee. Gegen sechs Uhr rief sie bei der Bäckerei der Gutenmühle an und reservierte sich einen ganzen Möhrenkuchen, die Apfel-Hirse-Torte sowie alle Plätzchen, die vorrätig waren, und fuhr dann, noch bevor das erste Kind wach war, die vierzig Kilometer nach Echazaue, wo sie die erworbenen Schätze in ihrem Kofferraum verstaute und dann den nächsten Wanderparkplatz ansteuerte. Sie verfrachtete die beiden Kuchen auf ihre eigenen Tortenplatten, hüllte sie vorsichtig in Alufolie und öffnete dann die Kekspackungen. Behutsam befüllte sie die transparenten Gebäcktüten mit Hagebuttensternen, Backpflaumenmakronen und Basler Brunsli und umwand sie dann mit den hübschen rot-weiß karierten Geschenkbändchen, an denen die von den Kindern gemalten Etiketten hingen. Die Rechnung über 249 Mark sowie die Kuchen- und Kekspackungen mit dem Logo der Gutenmühle zerriss sie in kleine Fetzen und stopfte den Müll tief in den Abfallbehälter des Wanderparkplatzes.

Als sie zu Hause ankam, saßen alle Kinder – bis auf Hortensie, die wahrscheinlich noch im Bett war – schon am Frühstückstisch, während Nancy das Frischkornmüsli auf die Schüsselchen verteilte.

»Mama, Mama!«, rief Ruben, als sie im Türrahmen stehen blieb, und Gesine fragte: »Wo warst du, Mama?« Matthias sagte gar nichts, sah sie nur an.

»Guten Morgen, ihr Lieben«, sagte Liane und ließ sich mit einem erschöpften Seufzen auf einen Stuhl fallen. Dann sagte sie mit sorgenvoller Miene: »Ach, ihr könnt euch nicht denken, was für eine Nacht ich hatte. Zuerst habe ich ja noch ein bisschen gebacken und dann sauber gemacht. Und gerade als ich ins Bett gehen wollte, hat das Telefon geklingelt und die verzweifelte Mutter eines meiner kleinen Patienten war dran ... ihr wisst schon, die zu mir zur Festhaltetherapie kommen. Der Junge war so außer sich, dass sie nicht mehr mit ihm fertigwurde. Da musste ich natürlich hinfahren.«

»Und die Plätzchen?«, fragte Gesine und sah für ihre Verhältnisse doch recht besorgt aus.

»Alles schon fertig«, antwortete Liane beschwichtigend und tätschelte Gesine den Kopf. »Ich hab sie sogar schon in Tütchen gepackt und die hübschen Etiketten drangehängt, die ihr gebastelt habt.«

»Es tut uns leid, Mama!«, sagte Matthias nach einer Weile. »Dass du das alles alleine machen musstest. Weil unsere Kekse nichts geworden sind.«

»Ach, Kleiner«, antwortete Liane sanft, stand auf und umarmte ihn liebevoll. »Dazu sind Mütter doch da.«

Annamaria, November 1986

Am Samstag ist Backtag. Liane lobt den Sauerteig, den Annamaria angesetzt hat. Diesmal ist er ganz besonders gut aufgegangen. Annamaria ist stolz, am liebsten würde sie Liane verraten, was sie getan hat, das mit dem Zucker. Aber dann müsste sie ja auch erzählen, warum kein Honig mehr da gewesen ist, und das will sie auf keinen Fall.

Nach dem Backen versucht Annamaria, die Kinder zum Aufräumen ihrer Zimmer anzuhalten, vor allem Matthias. Sie möchte einfach nicht, dass er wieder bis spät in die Nacht in seinem Zimmer sitzt, mitten im Chaos und ohne Abendessen, bis er schließlich vor lauter Erschöpfung auf dem Holzboden einschläft. *Eine natürliche Konsequenz seiner Verweigerungshaltung, die er zu spüren bekommen muss, um daraus für später zu lernen,* so hat Liane Annamaria das erklärt. Und so steht es auch in ihrem Buch *Jedes Kind kann Ordnung lernen.*

Annamaria ist sich da nicht so sicher. Sie hat zwar keine Ahnung von dem ganzen Erziehungskrempel, kennt das Thema aber von sich selbst: Wenn der Berg, über den sie muss, zu groß wird, setzt sie sich lieber hin und geht gar nicht mehr weiter, keinen einzigen Schritt. Weil sie da ja eh nie drüberkommt. Und da hat sie gemerkt, dass es ihr hilft, wenn sie die Aufgabe in kleine Portionen oder eben Schrittchen unterteilt. Noch besser ist es natürlich, wenn einen jemand an der Hand nimmt und ein Stück weit begleitet. So wie vor langer Zeit der Markus, als er ihr all diese Bücher zum Lesen gegeben und sie mit ihr durchgesprochen hat. Alleine hätte sie die Eins in Deutsch jedenfalls nie geschafft.

Stella ist wie immer auch dabei, diesmal aber nicht in der Bauchtrage. Annamaria hat den zusammenklappbaren Laufstall in einer Ecke von Matthias' Zimmer aufgestellt und sie mit ihrem Holzschwein dort hineingelegt. Nur zur Sicherheit. Denn in Matthias' Zimmer liegen so viele Kleinteile herum, dass man allein damit schon eine Kiste füllen könnte. Die Sorge, dass Liane hereinkommen und sie hier sehen könnte, hat sie nicht, denn Liane ist ja an ihrem Schreibtisch.

Matthias hockt mitten in einem unglaublichen Durcheinander von Holzbausteinen, Ostheimer-Tieren, Büchern, Stockmar-Wachsmalfarben und anderem Kram. Er sitzt vornübergebeugt, mit rundem Rücken, resigniert und gleichzeitig trotzig. Mit diesem

Jungen, denkt Annamaria, wird Liane noch so einiges erleben. Sie weiß auch nicht, warum sie das denkt, vielleicht weil Matthias auf eine andere Art trotzig ist als die anderen, auf eine unauffällige, ruhige Art. Manchmal hat sie den Eindruck, er lässt Liane einfach reden, denkt sich seinen Teil und tut dann einfach doch, was er will.

»Matthias? Ich hab einen Plan. Wie wär's, wenn wir uns zuerst nur um die Bauklötze kümmern? So, schau …«

Annamaria holt die Kiste und beginnt die Klötze hineinzuwerfen. Aber Matthias reagiert nicht, lässt sich nicht zum Mitmachen bewegen. Nach einer Weile hält sie beim Aufsammeln inne.

»Bist du wegen irgendetwas traurig?«, fragt sie unvermittelt.

Matthias starrt weiter vor sich hin.

»Hast du wieder einen Albtraum gehabt?«

Er sagt immer noch nichts, bohrt nur mit einem Holztier im Boden herum.

»He«, sagt sie, »erzähl es mir doch einfach. Vielleicht kann ich dir helfen?«

Da bricht es aus ihm heraus: »Das mit dem Honigtopf …«

Annamaria wirft die Klötze, die sie in der Hand hält, in die Kiste und sieht ihn an. »Ja?«

»Das war nicht Gesine. Ich war das.«

Annamaria ist baff. Baff, aber auch ein bisschen gerührt. Sie hat nicht mehr damit gerechnet, die Angelegenheit aufklären zu können. Eigentlich hatte sie Gesine doch für eine Weile auf den stillen Stuhl setzen wollen. Aber weil sie sich letztendlich nicht sicher war oder vielleicht auch nur deshalb, weil sie zu viel zu tun hatte, um die Sache weiterzuverfolgen, hat sie es gelassen. Vielleicht war da auch noch ein anderes Gefühl, das sie jetzt manchmal beschleicht: dass es irgendwie nicht in Ordnung ist, die Kinder für ihre Lust auf Süßes zu bestrafen. Wenn sie doch nie etwas bekommen.

Sie lächelt Matthias zu, streicht ihm über den Kopf und sagt: »Ich bin froh, dass du's mir gesagt hast.«

Langsam hebt Matthias den Blick und schaut sie an.

»Muss ich jetzt in den Nachdenkraum?«

Annamaria atmet tief ein und wieder aus. Dann schüttelt sie langsam den Kopf. Aus irgendeinem Grund hat sie einen dicken Kloß im Hals.

»Nein«, sagt sie. »Du musst nicht in den Nachdenkraum. Und jetzt räumen wir auf.«

Alle schlafen, auch Stella. Nun hat Annamaria endlich etwas Zeit für sich. Liane ist schon wieder weg, ein weiterer Buchtermin. Carl ist auch unterwegs, auf einem Ärztekongress in München, von dem aus er vorhin angerufen und gesagt hat, sie soll Liane ausrichten, er müsse noch eine Nacht länger bleiben.

Annamaria öffnet den Kühlschrank. Sie hat nicht viel gegessen vorhin, beim Abendessen ist sie immer viel zu beschäftigt damit, Brote zu schmieren und Gemüse aufzuschneiden und Stella zu füttern, die ja inzwischen nicht mehr voll gestillt wird. Annamaria hat ein schlechtes Gewissen deswegen, denn Liane hält ja nichts davon, so früh schon zuzufüttern, noch vor Ablauf der ersten sechs Monate. Aber Annamaria hat einfach Angst, dass die Kleine sonst nicht satt wird.

Sie nimmt sich Butter heraus, sieht, dass noch ein Rest Grünkernpaste da ist, und nimmt auch die heraus. Sie steckt zwei Scheiben Brot in den Toaster, drückt den Hebel herunter und geht zur Fensterbank, wo der dreistöckige Keimapparat steht. Diese neue Ernährungsweise gefällt ihr, sie ist Liane dankbar für all die Dinge, die sie in den letzten Monaten kennengelernt hat. Die vielen neuen Rezepte und auch die grundsätzlichen Ernährungsregeln. Zum Beispiel dass man den Salat oder die Rohkost immer vor der eigentlichen Mahlzeit zu sich nimmt. Ihr selbst fällt es überhaupt nicht schwer, auf Zucker und Weißmehlprodukte zu verzichten. Wobei ja auch nichts da ist, was sie in Versuchung führen könnte, denkt sie, als das Brot im Toaster nach oben springt. Dieser Haushalt hier ist wirklich clean. Für die Kinder ist Lianes eiserne Konsequenz manchmal ganz schön schwierig, deshalb versuchen sie die Regeln bei jeder Gelegenheit zu umgehen. Annamaria weiß von Matthias, dass Gesine ihr Taschengeld beim Schulbäcker in Brezeln und Seelen anlegt und das mitgebrachte Vollkornvesper meistens auf dem Pausenhof entsorgt. Und in Matthias' Anoraktasche findet sie jedes Mal, wenn er den Nachmittag bei einem Freund verbracht hat, Unmengen von Bonbonpapier und Marsriegelverpackungen. Das alles ahnt Liane nicht. Manchmal überlegt Annamaria, ob sie es ihr nicht doch mal sagen soll, schließlich ist das alles zum Besten der Kinder. Aber sie will nicht dafür verantwortlich sein, dass eines der Kinder wieder in den Nachdenkraum muss. Kaum zu fassen, wie viel Angst sie davor haben, das jagt einem ja selbst schon Angst ein! Außerdem schmeißt sie, Annamaria, im Augenblick diesen ganzen Laden hier alleine, da ist sie auf die Mithilfe der Kinder angewiesen. Ein Druckmittelchen gegen die lieben Kleinen in der Hand zu haben ist dafür manchmal ganz nützlich. Denn eines ist klar: Mehr als alles andere fürchten sie sich davor, bei ihrer Mutter in Ungnade zu fallen, obwohl Annamaria noch nicht verstanden hat, warum das so ist.

Sei's drum, denkt Annamaria. Sie bestreicht die Brote erst mit Butter, dann mit Grünkernpaste und legt obendrauf noch eine dicke Schicht Alfalfa-Keimlinge. Damit macht sie es sich vor dem Fernseher bequem. Sie freut sich, als sie sieht, dass eine Wiederholung von *Derrick* kommt. Ihr gefällt es, wie der eulenhafte Inspektor die Verdächtigen durch seine dicke Brille hindurch so ruhig anlugt und sie durch seine Reglosigkeit und seinen Röntgenblick zum Reden bringt.

Von Zeit zu Zeit stellt Annamaria den Fernseher ganz leise und lauscht nach oben. Einmal glaubt sie, Stella weinen zu hören, läuft rasch hoch, immer zwei Stufen auf einmal. Aber sie hat sich getäuscht, ihr Baby schläft entspannt, und nach einem Blick in die restlichen Kinderzimmer weiß sie, dass auch die anderen schlafen. Das einzige Geräusch ist jetzt der Regen, der draußen niedergeht, und hin und wieder ein Zweig des Birnenspaliers, den der Wind gegen die Scheibe ticken lässt.

Der Film ist fast zu Ende, Derrick und Harry Klein steigen gerade in ihren BMW, um den Täter zu stellen, als Annamaria ein Geräusch in der Diele hört. Sie fährt herum, hört einen Moment auf zu kauen und lauscht. Die Haustür klappt zu, dann klappert ein Bügel. Als sie dann auch noch das vertraute Rasseln des Schlüssels hört, der in die kleine Tonschale geworfen wird, entspannt sie sich.

Nach einer Weile öffnet sich die Tür und Liane rauscht herein. Ja, sie rauscht, man kann es nicht anders sagen, es ist wie ein Auftritt. Auf den allerersten Blick sieht Annamaria, dass etwas geschehen sein muss, etwas Großartiges, Wunderbares. Wie schön sie aussieht, denkt Annamaria wieder, in ihrem grauen Kostüm mit den wilden rotblonden Haaren, die ihr über die Schultern wallen, und, ja, sie strahlt, es ist, als sei sie in Licht getaucht, in Licht und in Luft, denn sie bringt einen Schwall frische Regenluft mit. Sie trägt immer noch ihre hochhackigen Stiefel, was ungewöhnlich ist, da die Straßenschuhe sonst *unbedingt* in der Diele bleiben müssen. Sogar für Besucher gilt diese Regel. Da sieht Annamaria, dass Liane etwas hinter ihrem Rücken versteckt hält, das sie jetzt hervorholt, eine Sektflasche.

»Ist Carl da?«, fragt sie zur Begrüßung und Annamaria tut es leid, das verneinen zu müssen.

»Er hat angerufen. Ich soll dir ausrichten, dass er noch eine Nacht länger in München bleiben muss.«

»Aber …« Ein Ausdruck von Verwirrung huscht über Lianes Gesicht, vielleicht auch Enttäuschung? Doch die ist sofort wieder verschwunden, als sie aufgekratzt ruft: »Dann feiern wir eben zu zweit!«

Ihre Schritte knallen auf dem Parkett, als sie den Vitrinenschrank neben der Esszimmertür ansteuert, tack, tack, tack, und mit zwei Sektkelchen in der Hand zurückkommt. Mit ein paar geübten Handgriffen lässt sie den Korken knallen, gießt ein und reicht Annamaria einen der beiden Kelche. *Veuve Clicquot* steht auf der Flasche und Annamaria begreift, dass es Champagner ist.

»Also, meine Liebe«, hebt Liane wie zu einer Rede an, »ich werde im Fernsehen auftreten!«

Annamaria bleibt buchstäblich der Mund offen stehen. Sie wusste ja, dass das hier ein besonderes Haus ist mit besonderen Menschen und dass Liane mit ihren Büchern ziemlich bekannt ist. Aber das Fernsehen!

»Ja«, jauchzt Liane, »ich habe eine Einladung, in vier Wochen soll ich in *Talk am Abend* über Erziehungsthemen diskutieren. Das wird den Verkauf meiner Bücher noch mal zusätzlich ankurbeln.«

Liane hält ihr Glas in die Höhe, schüttelt das Haar und sagt: »Also auf die Sendung!«

Annamaria hat Liane noch nie so ausgelassen gesehen, ihre sprudelnde Freude ist ansteckend und so reckt Annamaria ihr Glas ebenfalls ganz in die Höhe. Einen Moment lang stehen beide da wie Christopher Reeve in *Superman*, dann stoßen sie an und Annamaria sieht zu, wie Liane das Glas an die Lippen setzt und in einem Zug leert. Erst dann nimmt Annamaria selbst einen Schluck, den ersten Schluck Champagner ihres Lebens.

Liane lässt sich aufs Sofa fallen, streift die Stiefel ab und sinkt zurück.

»Ich kann dir sagen, ich war noch nie so glücklich wie heute!«, seufzt sie. Annamaria kann sie nur ansehen und sich für sie freuen, aber gleichzeitig wundert sie sich auch ein bisschen. Eine Sendung im Fernsehen kann doch – so toll das auch ist – nie mehr wert sein als der Hochzeitstag. Oder die Geburt eines Kindes. Zumindest für sie ist es so gewesen, trotz der Umstände, trotz allem, was zuvor war. Der Moment, in dem ihr kleiner Stern auf die Welt kam, war so unglaublich, das Gefühl so grenzenlos und einmalig, dass nichts anderes dies jemals überflügeln könnte.

»... beeindruckt von meinem Buch ... immer mehr Problemkinder ... suchen Halt bei der Erziehung ... Gewissheit in den wichtigen Fragen, die ihre Kinder betreffen ... dem Zubettgehen, dem Essen, dem Erziehen an sich ...«

Annamaria hängt an Lianes Lippen. Sie fühlt sich geehrt, dass Liane mit *ihr* anstößt, mit *ihr* darüber spricht, mit *ihr* diesen wichtigen, wichtigsten Moment ihres Lebens begeht.

Liane beugt sich vor, schenkt erst Annamaria, dann sich selbst Champagner nach. Wieder stoßen sie an, ihre Blicke begegnen sich. Das hat Liane alles allein geschafft, denkt Annamaria plötzlich staunend.

Aus dem Nichts heraus, nur durch eigene Kraft. Und da wird ihr das erste Mal klar, was man wirklich schaffen kann, wenn man sein Ziel verfolgt, mit Disziplin und Beharrlichkeit, und dass auch sie es schaffen kann. Studieren und ein Kind großziehen und ihrem Kind – und natürlich auch sich selbst – ein gutes Leben bereiten. Und in diesem neu erwachten Bewusstsein ruft sie spontan: »Ich will Medizin studieren.«

Liane, die gerade ihr Glas an die Lippen führt, hält inne. Einen Augenblick scheint sie nicht zu wissen, was sie anfangen soll mit diesem Satz, der wie ein Fremdkörper in den Abend dringt, in diesen, ihren Erfolg. Annamaria erschrickt, hätte sie doch nur den Mund gehalten, das war nicht der rechte Moment. Doch dann klärt sich Lianes Gesicht und sie sagt: »Aber natürlich sollst du mal studieren. Du *musst* studieren!« Und dann hebt sie erneut ihr Glas und hält es Annamaria hin und lacht so breit, dass man ihre weißen Zähne blitzen sieht: »Auf uns!«, ruft sie. »Auf uns Frauen. Die wir unser Leben selbst gestalten. Aus eigener Kraft.«

Sie stoßen an, noch einmal, heller klingt das Kristall diesmal, klarer, glockenrein. Annamaria und Liane sehen sich an und plötzlich stellt Liane ihr Glas ab, schlägt die Beine unter und schaut Annamaria direkt ins Gesicht, offen und direkt. Sie sieht dabei so schön aus, so lebendig, dass Annamaria in dem Moment weiß: Lianes Fernsehauftritt wird einschlagen wie eine Bombe. Sie wird einschlagen und bekannt werden, weil Liane so ist, wie sie ist. Mit einem Mal hat Annamaria Tränen in den Augen. Warum, das ist ihr selbst nicht ganz klar, vielleicht ist es ja nur so eine Art Champagnerseligkeit, vielleicht aber etwas anderes. Der brennende Wunsch, auch so zu sein, so klar, so geradlinig, so stark.

»Was ist mit dir?«, fragt Liane.

Annamaria kann nicht antworten. Sie ist blockiert von diesem dicken Kloß, der in ihrer Kehle steckt und das Sprechen unmöglich macht. Annamaria schließt die Augen, sie muss sich zusammenreißen, was ist denn nur plötzlich mit ihr los? Sie spürt Lianes Hand, die ihr das Glas abnimmt und ihr den Arm um die Schultern legt. »Willst du mir nicht endlich einmal alles erzählen?«

Und obwohl das im Moment gar nicht ihr Thema ist, obwohl sie daran gar nicht gedacht hat, bricht es aus ihr heraus, einfach alles, und sie erzählt. Erst die Geschichte mit Markus und dass er verheiratet war und wie sie sich in ihm getäuscht hat, und dann kommt sie zu jenem Gumpigen Donnerstag und sie erzählt Liane auch das. Sie lässt nichts aus, erzählt alles, die ganze scheußliche Geschichte, vom Nachtfräuleinspiel im Ried, von ihrer Verabredung mit dem Markus und von dem Nachtfräulein, das sie stattdessen traf. Und was das mit ihr gemacht hat. Annamaria kann sich nicht bremsen, der Damm ist gebrochen. Sie erzählt auch von der Hedi und ihrem Verrat, von ihrem Versuch, allein zu überleben, von der Polizei, davon, wie sie Anzeige erstattet hat, sich aber letztlich doch nicht hundert Prozent sicher war, dass es der Cornelius gewesen ist; sie erzählt vom Funken und ihrem Versuch, sich Klarheit zu verschaffen und diesem Schwein gleichzeitig Angst zu machen. Als sie alles, wirklich alles erzählt hat und nichts mehr in ihr ist, ist es still im Raum. Wieder legt Liane ihren Arm um Annamarias Schultern und streichelt ihren Rücken. Endlich, endlich ist es heraus. Annamaria fühlt sich leergespült, müde, sie ist erschöpft, aber auf gute Art, merkwürdigerweise hat sie das Gefühl, eine Beichte abgelegt zu haben, und nun wartet sie auf die Absolution.

»Das ist … unfassbar.« Liane atmet tief durch. »Was dieses … Ungeheuer dir angetan hat.«

Lianes Stimme klingt rau, ganz anders als noch zuvor, und mit einem Mal wird Annamaria klar, dass sie es geschafft hat, Liane diesen Abend zu ruinieren und ihre überschäumende Freude mit einem Handstreich wegzuwischen. Sie will etwas sagen, eine Entschuldigung formulieren, doch Liane sagt nur: »Sch…«, ganz sanft und leise und so freundlich, wie noch nie jemand mit ihr gesprochen hat, jedenfalls nicht in den letzten Jahren.

Und es ist diese Zärtlichkeit in Lianes Stimme und Annamarias schlechtes Gewissen und die Erinnerung an all das, was sie in den letzten Monaten verdrängt hat – all das zusammen treibt ihr die Tränen in die Augen. Und als sie einmal angefangen hat zu weinen, kann sie nicht mehr aufhören, und so weint sie und weint und schluchzt. Liane sitzt nur da und hält sie im Arm. Irgendwann steht sie auf und kommt mit einer Packung Tempos zurück. Sie gibt Annamaria ein Papiertaschentuch, wartet, bis sie sich das Gesicht abgewischt und die Nase geputzt hat. Dann sagt sie: »Und die Polizei hat dir nicht geglaubt?« Lianes Stimme klingt ganz schwer vor Mitgefühl. Oder ist es Resignation? Annamaria kann es nicht sagen. Sie ist innerlich ganz mürbe, mürbe von den Erinnerungen, aber auch davon, dass da endlich jemand ist, der ihr glaubt. Jemand, der nicht infrage stellt, was sie erzählt.

Wie ferngesteuert sagt Annamaria nun: »Ich hab zu lang gewartet, bis ich Anzeige erstattet habe. Und dann hab ich ihn ja auch nicht gesehen, nicht ohne die Maske, meine ich.«

Liane drückt ihre Schulter. Annamaria hört, wie sie tief ein- und wieder ausatmet. Dann sagt sie plötzlich: »Und wenn ich mit dir zu einem Anwalt gehe?«

Annamaria spürt, wie ihr schon wieder die Tränen kommen. Vor Rührung und Dankbarkeit. Doch gleichzeitig spürt sie einen Widerstand in sich wie eine Trennwand, die sich hochschiebt. Sie schüttelt den Kopf.

»Nein«, sagt sie. »Ich möchte das alles hinter mir lassen.«

»Aber vielleicht erinnerst du dich ja an etwas. Ein wichtiges Detail, das du den Polizisten nicht gesagt hast. Weil es dir nicht wichtig vorgekommen ist. Ein guter Rechtsanwalt …«

Annamaria schließt die Augen. Liane zuliebe versucht sie, noch einmal an das Ungeheuerliche zu denken. Aber sie will im Grunde nicht mehr. Sie ist zu müde.

»Ich … erinnere mich sonst an nichts. Außerdem hat er mir Alkohol eingeflößt.« Langsam schüttelt sie den Kopf und sackt dann zurück in die Sofakissen. Doch plötzlich blitzt da doch etwas auf.

»Er hatte einen Ring!«

»Du meinst einen Ehering?«

»Nein … das war kein Ehering, das war so ein dickes Ding, wie nennt man die noch … so ein Herrenring.«

»Siegelring?«

»Ja«, ruft Annamaria, nun wieder wach. »Blau und mit so einem Muster drauf, ich glaube, das war eine Schlange.«

»Weißt du das genau?«

Liane ist vom Sofa gerutscht und kniet jetzt vor ihr, sieht sie eindringlich an.

»Ja. Das weiß ich genau«, sagt Annamaria schlicht und schluckt.

Und dann ist alles wieder da, es ist, als wäre ein Schleier weggezogen worden, alles erscheint ihr jetzt überdeutlich. Und plötzlich ist sie ganz aufgeregt. Aufgeregt deshalb, weil sie den Eindruck hat, dass es vielleicht doch Hoffnung gibt. Hoffnung, dieses Schwein dranzukriegen. Und tatsächlich hört sie Liane sagen: »Das hast du der Polizei aber noch nicht gesagt, oder?«

Annamaria schüttelt den Kopf.

»Also, ich kann mir vorstellen, dass das doch ein wichtiges Indiz ist«, sagt Liane und klingt fast so aufgeregt, wie Annamaria sich fühlt. Und dann sagt sie plötzlich ganz entschieden: »Ich kenne da einen Rechtsanwalt. Den werde ich mal anrufen. Vielleicht kann man da ja doch noch irgendwas machen.«

Sie drückt Annamarias Hand und dann sitzen sie noch eine Weile so da. Es ist das erste Mal, seitdem das Ungeheuerliche geschehen ist, dass Annamaria sich verstanden fühlt, dass da endlich jemand ist, der ihr zuhört, der sie versteht. Der sie nicht verurteilt.

Indessen stellt sich die alte Urschel zwischen ihre beiden Töchter.

Liane van der Berg, Gründonnerstag, 13. April 2017

Am Eingang der Praxis hing immer noch das Messingschild. *Liane van der Berg, Praxis für Kinder- und Jugendlichen-Psychotherapie.* Es war schon etwas angelaufen, doch hatte Liane sich bisher nicht von ihm trennen können, obwohl sie schon lange keine Patienten mehr behandelte. Das hatte sie einfach nicht mehr geschafft, als sich die *Familienretterin* als ein derartiger Erfolg herausgestellt hatte.

Liane öffnete die Eingangstür und betrat die Praxis mit zögernden Schritten. Halb erwartete sie, alles verwüstet vorzufinden, doch als sie durch die Zwischentür trat und das Licht einschaltete, war alles so, wie sie es zuletzt verlassen hatte: die Matten auf dem Boden, ihr Schreibtisch leer bis auf den Zettelkasten und den silbernen Becher, den sie als Stiftebox verwendete. Selbst der Geruch war altvertraut, ließ an Papier denken, aber auch daran, dass hier schon länger nicht mehr gelüftet worden war.

Sie ging zum Aktenschrank und zog die Schublade mit den Patientenakten heraus. Sie brauchte das Foto auf ihrem Smartphone nicht noch einmal anzusehen. Sie erinnerte sich auch so an die Namen der Patienten, nach denen sie jetzt suchte: Robert Tischler, Petra Rossberg und Kurti Meidlinger, die sie aufgrund einer ausgeprägten autistischen Störung behandelt hatte. Und dann die beiden bindungsgestörten Mädchen Sabine Baur und Judith Kessler.

Langsam und aufmerksam ging sie die Aktendeckel im Hängeschrank einen nach dem anderen durch. Als sie beim letzten angelangt war, schüttelte sie ungläubig den Kopf und begann wieder von vorne. Aber nach dem zweiten Durchgang gab es keinen Zweifel mehr: Alle fünf Patientenakten fehlten. Auch wenn nichts auf einen Einbruch hinwies – es war jemand hier gewesen und hatte sie bestohlen. Dieselbe Person, die in ihr Haus eingedrungen war, besaß offensichtlich auch einen Schlüssel für die Praxis. Aber woher? Und was wollte derjenige mit den alten Patientenakten? Sie zog ihr Smartphone heraus und öffnete doch noch einmal das Bild, vergewisserte sich, dass sie die Namen richtig in Erinnerung hatte. Alles Kinder, die bei ihr mit der Festhaltetherapie behandelt worden waren. Wenigstens eines, worin sie sich sicher war. Andererseits war das auch keine besonders große Erkenntnis, denn sie hatte sich ziemlich bald nach Beginn ihrer Selbstständigkeit auf diese Therapieform spezialisiert. »Aber das ist doch schon über dreißig Jahre her«, murmelte sie vor sich hin. »Warum jetzt?« Wenn sich derjenige, der hier eingedrungen war, an der Festhaltetherapie störte, war er ein wenig spät dran. Immerhin war es schon zehn Jahre her, dass sie die letzten Patienten behandelt hatte. Natürlich geriet die Methode damit nicht zum ersten Mal in die Kritik. Im Laufe der Jahre hatten sich ständig irgendwelche dahergelaufenen Journalisten über diese Therapieform hergemacht und sie in polemischen Artikeln verunglimpft. Besonders einer – Jasper Benzinger hatte er geheißen – hatte sich regelrecht auf sie fixiert. Doch seit sie nicht mehr praktizierte, hatte sie nie mehr von ihm gehört. Konnte *er* hinter dem Aktenklau stecken? War er aus irgendeinem Grund, den sie noch nicht verstand, nach all den Jahren zurückgekehrt, um zum ultimativen Schlag auszuholen? Er hatte sie damals sogar vor Gericht zerren wollen, indem er Strafanzeige gegen sie erstattete.

Je länger sie darüber nachdachte, desto plausibler erschien ihr die Vermutung. Denn auch die anderen Attacken waren ihm durchaus zuzutrauen: die Briefe, der vollgekritzelte Stern, die Anrufe, die Puppe. Ja, dachte sie und wunderte sich, warum ihr das nicht schon viel früher eingefallen war: Als Journalist besaß der Mann das nötige Handwerkszeug, er wusste, wie man recherchierte, und sicher wäre es ein Leichtes für ihn gewesen, Informationen aus allen Zeiten ihres Lebens zusammenzutragen. Und dass ihre Schwiegermutter an einer Hypoglykämie gestorben war, war kein Geheimnis; jeder, der hartnäckig genug herumfragte, konnte das in Erfahrung bringen. Ach, und selbst der Brief an Matthias ergäbe dann einen Sinn: Denn vielleicht stand das *K.* einfach für Kessler, einen der Festhaltepatienten!

Erleichtert lehnte sie sich in ihrem Bürostuhl zurück. Wenn das dieser Gestörte war, dann war ja alles halb so wild. Gegen den war sie schon früher angekommen. Was in der letzten Zeit passiert war, mochte unangenehm, teils auch verstörend gewesen sein, aber nun, wo sich endlich abzeichnete, auf wessen Konto diese Vorfälle gingen, verloren sie ihren Schrecken. Ja, dachte sie, so ist es wohl: Weil er damals nichts gegen mich ausrichten konnte, versucht er jetzt erneut sein Glück. Wahrscheinlich war er auf den Artikel im *Stern* gestoßen – da sie auf dem Cover prangte, war das ja weiß Gott nicht schwer – und so auf den Gedanken verfallen, ihr endgültig den Garaus zu machen.

Liane schob die Schublade wieder zu und erhob sich. Wie gut, dass ihr das eingefallen war, bevor sie einen Privatdetektiv beauftragt hatte. Mit diesem Journalisten würde sie schon alleine fertigwerden, und sie war weiß Gott nicht scharf darauf, noch eine Person in ihre innersten Angelegenheiten einzuweihen.

Zurück im Haus war sie auf einmal geradezu guter Dinge. Sie trällerte ein Liedchen, während sie für sie beide ein leichtes Mittagessen – einen bunten Salat mit Tofu – zubereitete. Während des Essens registrierte sie Carls verwunderten Blick, der sich noch steigerte, als sie am Ende der Mahlzeit meinte, er solle es sich doch auf dem Sofa bequem machen und sich ein wenig ausruhen. Sie werde derweil die Küche aufräumen und ihm dann einen schönen Kaffee kochen.

Sie trällerte immer noch, während sie die Kaffeebohnen mahlte, das Pulver in die dänische Cafetière gab und mit nicht mehr ganz kochendem Wasser aufgoss. Für sich selbst bereitete sie eine kleine Kanne grünen Bio-Darjeeling zu, stellte einen weißen Porzellanbecher für Carl und für sich selbst eine Teetasse aus weißem Knochenporzellan dazu und entschied dann, zur Feier des Tages ein paar von den leckeren Keksen aus dem Geschenkkorb dazuzulegen.

Immer noch mit einem entspannten Lächeln auf den Lippen stellte sie das Tablett auf den Sofatisch aus Olivesche – ein Designerstück aus Italien – und setzte sich zu ihm aufs Sofa.

»Hm«, sagte er, griff nach einem Keks und steckte ihn sich in den Mund.

Sie tat es ihm nach und so mampften sie eine Weile in einträchtigem Schweigen vor sich hin. Bis Carl auf einmal sagte: »Die hast du schon lange nicht mehr gekauft. Früher hatten wir die öfters.«

Liane nickte, rührte den Kaffee in der Glaskanne um und drückte den Stempel nach unten.

»Immer in der Adventszeit. Ich wusste gar nicht, dass es die Kekse das ganze Jahr über gibt.«

»Ja. Aber diese hab ich geschenkt bekommen.« Liane streckte die Hand nach dem Becher aus, schenkte Carl Kaffee ein und reichte ihm den Becher.

»Einmal hast du sie sogar selbst gebacken«, sagte Carl und nahm sich noch ein Plätzchen.

Liane schüttelte den Kopf. »I wo! Ich hab doch mein Lebtag kein richtiges Plätzchen zustande gekriegt.«

»Aber klar doch«, beharrte er. »Für den Basar in der Waldorfschule, weißt du das denn nicht mehr!«

Mit einem Mal fiel es ihr wieder ein. Wie hatte sie das nur vergessen können! Jenes einzigartig katastrophale Backerlebnis, das sie am Ende über zweihundert Mark gekostet hatte. Aber das wusste Carl natürlich nicht, denn diese Niederlage hatte sie wohlweislich für sich behalten.

Sie winkte ab. »Ach, das war doch nicht der Rede wert … dieses eine Mal.« Das war nun wirklich keine Erinnerung, die sie unbedingt weiter auswalzen wollte. Doch Carl schien gerade in nostalgischer Stimmung zu sein.

»Jetzt mal keine falsche Bescheidenheit. Ich weiß noch, wie die Kinder sich nach dem Basar auf die Reste von dem Kuchen gestürzt haben. Na ja«, jetzt lachte er, »das lag natürlich auch ein bisschen daran, weil du mit den Süßigkeiten immer so … konsequent warst. Ich erinnere mich jedenfalls noch sehr gut an diese leckere Möhrentorte. Vielleicht weil das immer mein Lieblingskuchen war.«

Liane, die gerade den letzten Schluck Tee nahm, hielt mitten in der Bewegung inne. Sie hatte das Gefühl, dass etwas nicht stimmte, dass sie etwas übersah.

»Das weißt du ja noch ziemlich genau«, murmelte sie abwesend, um den gedanklichen Faden, den sie gerade aufgenommen hatte, nicht zu verlieren. Etwas war nicht in Ordnung, etwas mit diesen Keksen, mit dem Geschenkkorb von der Gutenmühle.

Und dann wusste sie es.

Die Apfel-Hirse-Torte. Die Rübli-Torte. Die Hagebuttensterne. Die Backpflaumenmakronen. Das alles war in dem Geschenkkorb gewesen, der in der Firma für sie abgegeben worden war: exakt die Gebäckstücke, die sie damals, vor über dreißig Jahren, für den Waldorf-Basar gekauft und als ihre eigenen ausgegeben hatte.

Sie fühlte Übelkeit in sich aufsteigen. Übelkeit und Angst. Hatte da jemand etwas in die Kekse gemischt? »Ich glaub, mir wird schlecht«, sagte sie und sprang auf. Sie rannte aus dem Zimmer und schaffte es gerade noch bis zur Toilette, bevor sie sich übergab.

Liane, November 1985

Liane war in Hochstimmung. Noch einmal schritt sie die einzelnen Stände ab. Ja, alles war genau so, wie sie es geplant hatte: bunt und lebendig, aber eben auch geordnet, die perfekte Waldorfkulisse. Es war eine geniale Idee gewesen, jedes Häuschen unter ein Motto zu stellen, und so gab es in diesem Jahr ein mit Lebkuchenherzen verziertes Hexenhaus, in dem man Plätzchen, Kränze und Gestecke kaufen konnte, ein mit Moos und Zweigen versehenes Wurzelkinderhaus, das kleine Wichtel, Elfen und Pilze aus Filz anbot, und dann noch ein Himmelshaus, wo Holz- und Filzengel und Sterne und Monde in allen erdenklichen Materialien von der Decke baumelten. Auch Kerzenständer, Fensterbilder, Lichterketten und Windlichter gab es dort, alle mit Sternen und Engeln versehen.

»Overkill in Filz«, raunte Carl ihr im Vorbeigehen zu, was Liane mit einem ebenso halblauten, aber nur halb scherzhaften »Klappe!« quittierte. Sie würde sich die Freude über ihren Erfolg nicht vermiesen lassen. Auch ihre Bücher waren bestens platziert – Heidi Haushofer, eine ihrer Getreuen, war für den Bücherstand zuständig und hatte, ohne dass sich Liane eigens darum hätte kümmern müssen, die von ihr zur Verfügung gestellten Exemplare ihrer Erziehungsratgeber gut sichtbar aufgebaut. Selbstverständlich stünde Liane, sollte es erwünscht sein, später für eine kleine Signierrunde zur Verfügung.

Sie warf einen letzten Blick in die Runde und ging dann auf die Eingangstüren zu, vor denen schon eine ganze Traube Besucher stand und darauf wartete, dass der Weihnachtsmarkt endlich eröffnet wurde. Liane schloss die Türen auf und kehrte zu ihrem Stand zurück, dem mit den Plätzchen.

Zwei Stunden später sah die Welt schon nicht mehr so rosig aus. Das Wechselgeld am Himmelshaus war ausgegangen, so dass Liane zwischendurch zur Bank hatte hetzen müssen, um Münzen zu besorgen. Als Nächstes stellte man fest, dass der Glühwein aus ökologischem Anbau bereits zur Neige ging, und wieder setzte sich Liane ins Auto und fuhr – ganz unökologisch – zum nächsten Aldi, um Wein und Saft fürs Nachmischen zu kaufen. Und dann spielte auch noch die Elektrik des Hauses verrückt. Zuerst hatten die Waffelbäcker ihre Probleme auf die Waffelteigherstellerinnen und deren *schlechten Teig* geschoben, bis eine pfiffige Mutter bemerkte, dass der Teig in den Waffeleisen deswegen so klitschig war, weil sie gar nicht mehr funktionierten. Am Ende mussten vier der sechs Waffeleisen vom Netz genommen werden, was zur Folge hatte, dass sich die Schlange am Waffelstand bis zu den Türen erstreckte und die Waffelbäcker entsprechend gestresst waren. Als der Hausmeister, ein unerfahrener junger Mann, der erst seit vier Monaten an der Schule war, das Problem mithilfe eines Notstromaggregats endlich lösen konnte, war bereits früher Nachmittag. Liane steuerte den Kuchenstand an, um wenigstens etwas in den Magen zu bekommen. Auf dem Weg dorthin wankte sie mehr, als sie ging: Die schlaflose Nacht, der viele Kaffee so früh am Morgen, die Fahrt nach Echazaue, all das hatte ihr zugesetzt.

Mit einem Stück »ihres« Möhrenkuchens ließ sie sich abgekämpft auf einen Stuhl sinken. Sie hatte kaum die erste Gabel im Mund, als eine Stimme neben ihr sagte: »Ganz schön was los, hm?«

Liane hob den Kopf und sah in die blitzeblauen Augen von Letitia Rupp-Hefele.

»Darf ich mich zu dir setzen?«, fragte sie und wartete höflich auf Lianes Antwort. Die hat mir gerade noch gefehlt, dachte Liane und nickte ungeschickt, weil sie gerade den Mund voll hatte. Unauffällig wischte sie sich unter den Augen entlang. Sicher sah sie verheerend aus, nach diesem Hin- und Hergerenne den ganzen Vormittag. Nicht so Letitia. Sie stand da, frisch geföhnt wie Farrah Fawcett und mit einem ebenso strahlenden Lächeln, einen Becher Glühwein in der Hand.

»Du«, hob Letitia an und schüttelte ihre Mähne nach hinten. »Ich wollte dir nur zu deiner Idee mit der Standdeko gratulieren. Das ist ja wirklich süß geworden.«

Liane wusste nicht recht, was sie von diesem Lob halten sollte, und so nickte sie nur und schob sich ein weiteres Stück Kuchen in den Mund.

»Ich sehe, du isst deinen eigenen Kuchen«, sagte Letitia lächelnd. »Das ist sehr weise. Denn der ist mit Abstand der beste hier!«

»Ich finde, es gibt viele tolle Kuchen heute.« Liane würde den Teufel tun und sich zu einem Eigenlob hinreißen lassen. Sie wusste ja, was für eine Tratsche Letitia war.

»Und man kann sogar ein signiertes Exemplar deiner Bücher kaufen. Eine schöööne Idee!«

»Ach, weißt du, jeder tut das, was er kann. Das ist keine große Sache.« Liane legte die Gabel auf den Teller.

»Nee, also weißt du, ich seh das anders … was du hier alles geleistet hast … die Ideen für die Standdeko, die ganzen Plätzchen, die Kuchen … die sind so toll, man könnte denken, du machst das beruflich!«

Liane blickte auf. War das nicht ein bisschen zu viel des Guten? Der Ausdruck auf Letitias Gesicht verriet nichts. Immer noch das gleiche strahlende Lächeln. Aber hatte ihr Blick nicht etwas Lauerndes?

Und da fuhr sie auch schon fort: »Also mach dir nichts draus, wenn das mit dem Glühwein nicht so hingehauen hat. Wir hatten letztes Jahr das gleiche Problem.«

»Wie bitte? Aber … warum hast du denn bei der Besprechung nichts gesagt?«

Letitia lehnte sich zurück, nahm einen Schluck von ihrem Glühwein und entgegnete vollkommen entspannt: »Was hätte ich denn sagen sollen? Nachdem die Vollkornfraktion mich plattgemacht hat, wollte ich mich da nicht auch noch aus dem Fenster lehnen.« Sie lachte auf. »Nichts für ungut. Aber ich war wirklich der Meinung, ihr hättet alles im Griff. Na ja, und dann die Sache mit der Stromversorgung.«

Liane saß da wie vom Donner gerührt. Entgeistert sah sie Letitias zufriedene Miene. Sie hatte es die ganze Zeit gewusst und keinen Ton gesagt.

»Aber ja«, entgegnete Letitia gut gelaunt und trank ihren Becher leer. »Dieses Problem hatten wir schon früher … Ich hab's Carl und den anderen grad erzählt. Letztes und vorletztes Jahr hat ja alles gut geklappt. Aber jetzt …«, sie sah Liane mitleidig an, »ist ja ein neuer Hausmeister da, und der wusste natürlich nicht, dass man gleich das zusätzliche Aggregat verwenden muss. Eigentlich sollte man meinen, der alte Hausmeister hätte ihn bei der Übergabe in alles eingeweiht. Aber das war wohl ein bisschen zu optimistisch gedacht.« Sie schüttelte tadelnd den Kopf. Dann erhob sie sich, warf noch einmal ihr Haar in den Nacken und sagte abschließend: »Also, mach dir nichts draus, wenn ein paar böse Zungen sagen, du hast es nicht im Griff. Ich lege bei allen ein gutes Wort für dich ein. Und was deine Kuchen und Plätzchen angeht: Die sind wirklich erste Sahne. Die schmecken ganz genauso gut wie die von der Gutenmühle.«

Sie lächelte Liane ein letztes Mal zu, griff nach ihrem Becher und stolzierte davon.

Den Rest des Nachmittags verbrachte Liane am Bücherstand, von wo aus sie den Glühweinausschank gut im Blick hatte. Mit zunehmender Missbilligung stellte sie fest, dass die Stimmug dort immer ausgelassener wurde, je mehr Eltern sich nach Ende ihres Standdiensts dort zusammenfanden. Was hatten die eigentlich ständig zu lachen, fragte sich Liane, und je mehr Zeit verging, desto größer und umfassender wurde ihr Ärger. Über sich selbst, darüber, all diese unsinnigen Aufgaben an sich gerissen zu haben; über das Geld, das sie für dieses verdammte Gebäck bezahlt hatte; über den Mangel an Anerkennung für ihren Einsatz. Darüber, dass alle da drüben herumstanden und feierten, obwohl sie doch so viel weniger geleistet hatten als sie. Sie ärgerte sich über die Mütter, die sie kritisiert oder hinter ihrem Rücken über sie gelästert hatten; über Letitia, dieses hinterhältige Biest mit ihren fiesen Andeutungen, die jetzt auch noch mit Carl herumschäkerte und immer wieder Kontrollblicke in ihre Richtung schickte, ob sie, Liane, das auch ja mitbekam; sie ägerte sich über Carl, der nicht zu begreifen schien, dass Letitia ihn nur deswegen so anschwärmte, weil sie es Liane so richtig zeigen wollte. Und sie ärgerte sich, weil Carl nicht daran dachte, dass sie vielleicht *auch* gern einen Becher Glühwein gehabt hätte, während sie sich hier am Büchertisch die Beine in den Bauch stand. Am meisten aber ärgerte sie sich darüber, dass erst zwei von ihren zwanzig Büchern verkauft worden waren und bisher niemand sie um ein Autogramm gebeten hatte.

Es dauerte eine weitere Dreiviertelstunde, bis wenigstens Heidi an sie dachte und ihr einen Punsch an den Stand brachte – zu Lianes Ärger natürlich einen alkoholfreien. »Hier«, sagte sie und drückte Liane den Becher in die Hand. »Jetzt hast du es ja bald geschafft.« Doch statt bei ihr stehen zu bleiben, machte sie gleich wieder kehrt und ging zurück zu der Gruppe weinseliger Eltern, die in diesem Moment in schallendes Gelächter ausbrach. Noch nicht einmal Sandalen-Heidi mit der Zopffrisur wollte hier bei ihr herumstehen. Missgelaunt senkte Liane den Blick und tat so, als müsste sie die Bücher neu sortieren. Immer mal wieder nippte sie an ihrem Punsch und beschloss, sich später zu Hause eine ganze Kanne *richtigen* Glühwein zu gönnen. Diese Aussicht hob ihre Stimmung ein wenig, und als sie den letzten Schluck Punsch nahm, kam ihr ein guter Gedanke: Sie könnte beim Verkauf ihrer Bücher doch ein wenig nachhelfen. Und so räumte sie die Bücher nach und nach ab und verstaute sie unauffällig ganz unten in dem Karton, den sie wieder mit nach Hause nehmen würde.

»Welche dieser literarischen Kostbarkeiten können Sie denn empfehlen?«

Liane rappelte sich auf und drehte sich zu dem Mann um, der an ihren Stand getreten war. Er war groß und breitschultrig, mit braunen Haaren und braunen Augen. Einen Augenblick lang lächelte er sie schweigend an. Dann erkannte sie in ihm einen der weniger engagierten Väter – sie hatte ihn bisher nur bei einem einzigen Elternabend gesehen.

»Nun«, sagte sie gedehnt und ließ ihren Blick über den Büchertisch schweifen. »Welche Richtung interessiert Sie denn?«

»Vielleicht eines von Ihren Büchern?«, entgegnete er und sah sie strahlend an. Liane hätte sich in den Hintern beißen mögen. Wäre sie mit dem Wegpacken nur nicht so voreilig gewesen. Bedauernd schüttelte sie den Kopf.

»Den Wunsch kann ich Ihnen leider nicht erfüllen. Die sind alle verkauft.«

»Was mich nicht wundert«, sagte er mit warmer Stimme. »Wenn man schon mal die Chance auf ein Autogramm hat.«

Liane machte eine wegwerfende Handbewegung. »Sie schmeicheln mir«, gab sie bescheiden zurück.

»Ganz und gar nicht. Und das wissen Sie auch.«

Liane sah zu ihm auf. Er sieht wirklich gut aus, dachte sie, legte den Kopf leicht schief und fragte: »Sie haben doch auch ein Kind in der zweiten, nicht wahr?«

»Ja, die Nele.«

Dunkel erinnerte sich Liane an den Namen und daran, dass Gesine *die nölende Nele* hasste.

»Also sind *Sie* Herr Gerlach, das ist ja nett!«

»Sagen Sie doch Alexander zu mir.«

»Dann bin ich Liane.«

»Ich weiß.« Wieder dieser Blick. Was für schöne Augen er hat, dachte Liane und fühlte sich mit einem Mal so gut wie schon lange nicht mehr.

Alexander Gerlach grinste verschmitzt und fragte: »Wie wäre es, wenn ich Sie … dich … zu einem Glühwein einlade?«

Liane erwiderte das Lächeln. »Das wäre sehr schön.«

Sie sah ihm hinterher und bemerkte aus dem Augenwinkel, dass jemand von drüben sie beobachtete. Sie wandte den Kopf zur Seite und begegnete Carls Blick, der sich in ihren bohrte. Na so was, dachte sie. Manches ändert sich eben nie.

Annamaria, Dezember 1986

Schon wieder sitzt Annamaria mit Matthias zusammen, um ihm beim Aufräumen zu helfen. Das Thema gleicht einer unendlichen Geschichte, für Matthias ist es das täglich Brot – und damit auch für sie. Liane will nun mal, dass die Kinder lernen, Verantwortung für die *Gestaltung ihres eigenen Umfelds* zu übernehmen. Als die beiden beim Einsammeln der Ostheimer-Tiere angekommen sind, beschließt Annamaria, noch rasch nach draußen zu gehen, um Stellas Sachen, die sie am Morgen gewaschen hat, von der Leine zu nehmen. Sie wirft einen Blick auf Matthias, der konzentriert Tiere aufsammelt, und auf Stella, die – wieder einmal den Kopf ihres Schweins im Mund – dasitzt und die Härte ihres Gaumens erprobt. Dann erhebt sie sich unauffällig und verlässt das Zimmer. Sie geht nach unten und kommt gerade an Lianes und Carls

Schlafzimmer vorbei, als sie Liane sagen hört: »… wie du nur so beschissen dumm sein konntest!« Überrascht bleibt Annamaria stehen. Lianes Stimme steht in krassem Gegensatz zu diesen Worten, sie klingt so gelassen und ruhig wie immer.

Und da hört sie Carl lachen. Also kein Streit, nur ein etwas schräger Scherz von Liane? Doch als er nun spricht, klingt seine Stimme eigenartig. Erstickt. Eher so, als habe er eben geweint und nicht gelacht.

»… und hab dich da mit ihm in der Hütte gesehen. Wie ihr's getrieben habt … rot gesehen … mich angemacht …«

Annamaria spitzt die Ohren, versteht aber nur Bruchstücke. Plötzlich hört sie Liane zischen: »… mich und meine Arbeit … meinen Ruf als Therapeutin …«

»… bin ja nicht doof … Oberarztposten …« Carls Stimme klingt jetzt wieder fest. Fest, aber auch ein bisschen gereizt. So als wolle er das Thema endlich abhaken. »Sag mir einfach, was ich tun soll.«

»… dir ist doch selbst klar … Unsinn nun aufgeben …alles in Gefahr …«

Die beiden reden weiter, jetzt aber so gedämpft, dass Annamaria nichts mehr versteht. Sie sollte weggehen, aber sie ist wie gebannt, bleibt wie festgewachsen dort stehen. Dann schnappt sie auf einmal wieder ein paar Satzfetzen auf.

»… sind wir doch jetzt quitt … ein bisschen über die Stränge geschlagen … hast es mit ihm in der Hütte … mir doch nichts bedeutet hat …« Sein Tonfall ist eindringlich, fast beschwörend.

Annamaria versteht nicht, was Liane daraufhin sagt. Dann hört sie ein Knallen – ein Sektkorken, der herausschießt? Und da begreift Annamaria. Sie will den Gedanken erst gar nicht zulassen, aber es muss so sein: Sie haben einander betrogen. Sie sind fremdgegangen. Alle beide.

Und in dem Moment steigt etwas hoch in Annamaria, etwas Bitteres, ein Gefühl, unglaublich enttäuscht worden zu sein, getäuscht von ihm, Carl, diesem miesen Betrüger. Und auch von Liane, die es mit irgendeinem Typen in einer Hütte getrieben haben soll. Wie können sie noch weiter unter einem Dach miteinander leben, nach diesen Worten, nach diesem Verrat? Und wie kann Liane sich in dieser Situation Sorgen um ihren *Ruf* machen?

Eine Weile lang ist es still, Annamaria hört es rascheln, dann klirrt ein Glas und sie will schon weitergehen, ehe man sie hier noch beim Lauschen erwischt. Da sagt Carl: »… nur dich liebe … Du hast mich verhext … nie von dir loskommen.«

Liane lacht jetzt, ein kehliges, träges Lachen, das fast wie ein Gurren klingt: »Ist das so?«

Darauf folgt ein Ächzen, gerade so, als hätte sich jemand aufs Bett geworfen, ein ersticktes Keuchen, Bettzeuggeraschel, dann Liane, die stöhnt. »Nein.«

Annamaria löst sich aus ihrer Erstarrung, zumindest äußerlich, und setzt ihren Weg nach unten fort. Innerlich ist sie wie betäubt. Sie kann nicht glauben, was sie da gerade mitangehört hat. Wobei es nicht nur um das *Was* geht, sondern fast noch mehr um das *Wie*. Diese beiden Stimmen waren die Stimmen von Fremden. Das war nicht der Carl, der immer so ironisch-neckend mit seiner Frau spricht. Und Liane? Wo war das Warme, Lustige? Dieser vertraute Ton, wenn sie ihn bittet, doch rasch nach den Kindern zu sehen oder den Müll rauszubringen. Es war, als habe der Regisseur das falsche Drehbuch erwischt. Oder als wäre gerade Spielpause und Annamaria hätte einen Blick hinter die Kulissen getan.

Im Wäschekeller faltet sie Stellas kleine Strampelhosen und Pulloverchen, und als sie wieder nach oben geht und diesmal am Elternschlafzimmer vorbeikommt, summt sie leise vor sich hin, nur zur Sicherheit. Und doch kann sie nicht verhindern, dass das rhythmische Quietschen an ihr Ohr dringt. Am liebsten würde sie das Gehörte aus ihrem Kopf herausziehen, bevor sie wieder zu Matthias und Stella hineingeht, aber es ist jetzt nun mal drin, darum bleibt sie noch kurz vor der Kinderzimmertür stehen. Und das ist der Moment, in dem Annamaria klar wird, dass Liane und Carl ganz anders sind, als sie gedacht hat. Dass sie zwei Gesichter haben, so wie alle Menschen, wie die Hedi, wie der Markus.

Zu ihrer Überraschung ist Matthias schon fast mit dem Aufräumen fertig. Nur ein paar Bücher und Hefte liegen noch auf seinem Schreibtisch, also macht er sich daran, seine Schulsachen in den Ranzen zu packen. Annamaria hebt Stella aus dem Laufstall und klappt ihn zusammen. Sie will gerade das Zimmer verlassen, mit Stella auf dem Arm und dem Laufstall in der anderen Hand, als Matthias einen Schrei ausstößt.

»Mein Epochenheft!«

Annamaria geht zu Matthias, der dasteht und auf das Heft starrt. Das Heft sieht ziemlich malträtiert aus, teilweise zerknittert, und überdies hat jemand einen riesigen Kürbiskopf hineingekritzelt.

»Das war Gesine«, ruft er jetzt und ist schon zur Tür hinaus. Annamaria stellt den Laufstall ab und folgt ihm schnell, aber nicht schnell genug, denn aus Gesines Zimmer ist bereits lautes Gekreische zu hören. Als Annamaria das Zimmer betritt, wälzen sich beide Kinder am Boden, Matthias' Hand in Gesines Haaren, ihre Hand in seinem Gesicht. Annamaria setzt Stella auf dem Boden ab und trennt die beiden mit einem energischen »Schluss jetzt!«.

»Der ist ein dummes Schwein!«, schreit Gesine da. In dem Moment hört Annamaria Lianes Stimme hinter sich.

»Was ist denn hier los?«, fragt sie in strengem Ton. Ein paar Sekunden später betritt Carl, nur mit einer Schlafanzughose bekleidet, das Kinderzimmer. Annamaria wendet den Blick ab.

»Die hat mein Epochenheft kaputt gemacht«, schluchzt Matthias und zeigt auf das misshandelte Heft, das auf dem Boden neben der Tür liegt.

Sehr langsam hebt Liane das Heft auf, wirft einen Blick hinein.

»Stimmt das, Gesine?«, fragt sie und fixiert Gesine.

Gesine starrt nur trotzig vor sich hin, mit vorgeschobenem Kinn.

Jetzt kniet Liane sich nieder, so dass sie auf Augenhöhe mit Gesine ist.

»Warst du das?«, wiederholt Liane so ruhig und gleichmütig, dass Annamaria sich fragt, ob sie sich die Szene im Schlafzimmer nur eingebildet hat.

Gesine antwortet nicht. Liane wartet noch ein Weilchen, den Blick fest auf ihre Tochter gerichtet. Als sie nach mehreren Minuten immer noch nicht geantwortet hat, legt Liane ihre Hände auf Gesines Oberarme. Annamaria sieht, dass Lianes Morgenmantel aufklafft. Merkt sie das denn nicht?

»Du weißt, dass du etwas Unrechtes getan hast. Wir wünschen uns, dass du etwas dazu sagst.«

Annamaria wirft einen flüchtigen Blick auf Carl, der einfach nur dasteht, von einem Bein aufs andere tritt und insgesamt so aussieht, als würde ihn das Ganze hier nicht besonders interessieren. Da bemerkt sie die roten Kratzer auf seinem Oberkörper. Frische Kratzer von Fingernägeln, denkt sie. Also hat sie das vorhin nicht nur geträumt. Außerdem fällt Annamaria jetzt auf, wie akzentuiert Liane spricht. Ist sie etwa angetrunken? Annamaria wird immer unbehaglicher zumute.

»Wenn du uns nichts zu sagen hast, ist es wohl das Beste, wenn du in den Nachdenkraum gehst und in Ruhe überlegst, was du falsch gemacht hast.«

Da kommt Leben in Gesine. »Nein, da will ich nicht hin!«, ruft sie und reißt sich los. »Und außerdem darf man das Heft gar nicht mit nach Hause nehmen!«

Als Liane sie daraufhin bei der Hand nimmt, ziemlich energisch, wie Annamaria findet, und sie aus dem Zimmer führen will, reißt Gesine sich los und zeigt auf einmal auf Annamaria: »*Die* soll dahin! Ich hab gesehen, wie sie Zucker in unser Brot getan hat!«

Annamaria glaubt nicht richtig zu hören. Im ersten Moment weiß sie gar nicht, was sie sagen soll. Auch ist sie vollkommen überrascht davon, dass das Kind sich überhaupt daran erinnert. Dann aber fällt ihr ein, dass sie, wenn sie das mit dem Zucker rechtfertigen will, Liane den Grund dafür verraten muss. Und das bedeutet, ihr von Matthias' Griff in den Honigtopf zu erzählen, was sie auf gar keinen Fall tun wird. Und so antwortet sie, blitzschnell und mit einem beruhigenden Augenblinzeln in Matthias' Richtung: »Mir ist der Honigtopf umgekippt und es war schon Abend und ich musste doch den Sauerteig machen ... sonst hätten wir kein Brot backen können. Und da hab ich mich an den Zucker erinnert. Ich mein, du hast ja selbst gesagt, dass der Teig so gut gegangen ist diesmal!« Annamaria spricht ganz freundlich und legt eine beinah kindliche Note in ihre Stimme. Ihre Augen sind groß und rund und jetzt lächelt sie Liane ganz zutraulich an. Doch die verzieht keine Miene. Und da wird Annamaria klar, dass Liane das ganz und gar nicht als Kavaliersdelikt betrachten wird. Sie hätte das besser nicht gesagt.

»Du hast Zucker in den Teig getan?«

Liane hebt endlich zu sprechen an, sehr konzentriert, sehr norddeutsch. Wenn Annamaria die Szene im Schlafzimmer vorhin nicht mitangehört hätte, würde ihr die Veränderung in Lianes Ton vielleicht gar nicht so auffallen. Aber nun sieht sie sie aufmerksam an und hat jetzt keinen Zweifel mehr: Liane ist betrunken. Diese besondere Klarheit, diese bemühte Konzentration kennt sie von früher. Von Sibylle.

Als Liane einen Schritt auf sie zumacht, riecht Annamaria den Alkohol in Lianes Atem und spürt eine leise Übelkeit in sich aufsteigen. Wie von Ferne hört sie Liane sagen: »Du kennst doch die Regeln, insbesondere die Ernährungsregeln in diesem Haus. Und ich habe dir ausführlich erklärt, wie schädlich sich Zucker auf den Organismus auswirkt, besonders den kindlichen. Und trotzdem hattest du nichts Besseres zu tun, als uns allen dieses Gift unterzumischen? Ist dir eigentlich klar, wie …«

Alle hören gebannt – oder angespannt – zu, wie Liane zu einem kleinen Vortrag über Ernährung ansetzt. Annamaria sieht zu Gesine hin, die erleichtert wirkt. Dankbar und erleichtert, die Aufmerksamkeit von der eigenen Person und den eigenen Schandtaten abgelenkt zu haben. Am Ende, als Liane mit ihrem Vortrag fertig ist, sagt Carl: »Dann hätten wir das ja auch geklärt, nicht wahr?«

Annamaria entgeht nicht der leicht gereizte Tonfall und der ungeduldige Seitenblick, den er seiner Frau zuwirft.

Als alle anderen den Raum verlassen haben, sagt Matthias wie zu sich selbst: »Und was ist jetzt mit meinem Epochenheft?«

Annamaria, die mit Stella auf der Hüfte an der Tür steht, ist übel. Zum ersten Mal überhaupt tun ihr die Kinder richtig leid. Dieser ganze Quatsch da eben! Sie bleibt stehen, setzt die Kleine ab und hebt das Heft auf, das auf dem Boden liegt. Sie schlägt es auf.

»Hm«, sagt sie und blättert darin herum. »Da hat Gesine ja ganze Arbeit geleistet.« Sie reicht Matthias das Heft, und als sie seinen verzweifelten Blick registriert, sagt sie kurz entschlossen: »Weißt du was, ich komm morgen einfach mit dir in die Schule und sprech mit deinem Lehrer. Sollen wir es so machen?«

Am Abend, als Annamaria im Bett liegt, muss sie plötzlich wieder an das denken, was sie vorhin erfahren hat. Dass Carl und Liane einander betrogen haben. Warum erschüttert sie das nur so sehr? Es fühlt sich fast an, als sei *sie* betrogen worden, als hätten die beiden sie, Annamaria, hintergangen. Wahrscheinlich liegt das daran, dass diese Erkenntnis sie so aus heiterem Himmel erwischt hat. Für sie ist diese Ehe, diese Familie wie ein Rettungsanker gewesen. Zu wissen, dass es so etwas wirklich geben konnte, hat sie getröstet, und aus dieser Gewissheit hat sie die Hoffnung abgeleitet, dass es das auch für sie irgendwann einmal geben würde: Liebe, Treue, eine Familie, Geborgenheit, Sicherheit. *Heilheit.* Und jetzt haben ein paar Sätze, hinter einer Schlafzimmertür gesprochen, das alles zerstört. Nichts hier ist heil. Carl ist wie alle Männer ein Schwein und Liane nicht besser als er.

Annamaria wird übel bei der Vorstellung, was sich danach zwischen den beiden abgespielt haben muss. Das Ächzen und Stöhnen und Lianes seltsames »Nein«. Was für ein Spielchen haben die da getrieben? Kurz denkt sie an die roten Striemen auf Carls Oberkörper, verdrängt den Gedanken aber sofort wieder. Die beiden sind jedenfalls schon reichlich angeknüllt gewesen, als sie von den Kindern gestört wurden, darum ging Lianes Monolog auch so ziemlich am Thema vorbei. Denn wieso sonst sollte sich Liane in so einer Situation über Ernährung auslassen statt über die Themen, die gerade anstanden: das verkritzelte Epochenheft, Gesines Petzerei und dass sie ihren Bruder als *dummes Schwein* bezeichnet hat? Und dann fällt Annamaria noch etwas anderes ein: Liane hat doch gesagt, sie müsste dringend an einer wichtigen Sache arbeiten. Stattdessen trinkt sie im Schlafzimmer Sekt und überlässt »den Rest« im Haus mal wieder ihr. Na ja, denkt Annamaria, immerhin tragen die beiden ihre komischen Konflikte nicht vor den Kindern aus, das kennt sie aus ihren Pflegefamilien ganz anders. Jedenfalls bereut sie es zutiefst, vor der Schlafzimmertür stehen geblieben zu sein. Hätte sie das doch nur nicht mitbekommen. So etwas hat nichts verloren im Haus der Glücklichen Familie. Annamaria dreht sich auf die andere Seite und muss jetzt an die Kinder denken, an Matthias, diesen empfindsamen Jungen mit seinen Albträumen; an Gesine mit ihren reglosen Puppenaugen; an den fröhlichen Ruben, der ständig in Bewegung ist; an Lilo, die immer malt oder bastelt. Und an Hortensie, das lustige kleine Mädchen, das sich mittlerweile nur noch von Annamaria wickeln lässt. Und in dieser Minute fasst sie einen Beschluss: Solange sie hier ist, wird sie alles tun, damit es diesen Kindern gut geht. Ob es Liane gefällt oder nicht.

*Sie sagt zu den gestohlenen Kindern:
»Kommt, Kinder, wir wollen spazieren gehn!«*

Liane van der Berg, Gründonnerstag, 13. April 2017

Sie hing über der Kloschüssel, und als sie eine erste Ladung aus sich herausgekotzt hatte, Rucola, Tomatenstücke, Tofu und die unseligen Hagebuttensterne, richtete sie sich mühsam auf und wartete auf Nachschub. Sie hörte, wie hinter ihr die Badtür aufging und Carl hereinkam: »Was ist denn los mit dir?«

»Wonach sieht es für dich aus?«, presste sie hervor und bereute im selben Moment ihre barsche Art. Was, wenn die Kekse tatsächlich vergiftet waren und sie beide womöglich starben?

»Tut mir leid«, stöhnte sie, »aber wie du siehst, ist mir schlecht.«

»Kann ich was für dich tun?«, fragte er noch und Liane sagte: »Mich allein lassen. Das ist nichts, wofür ich Publikum brauche.«

Die Tür wurde geschlossen und Liane verharrte über der Schüssel. Als nur noch Galle kam, drückte sie die Spülung und hangelte sich zum Waschbecken.

Ein Blick in den Spiegel zeigte eine mitgenommene alte Frau mit weinerlichem Gesichtsausdruck, wirrem Haar und geröteten, tränenden Augen. Definitiv nicht das Bild, das sie von sich haben wollte.

Doch sie hatte allen Grund zum Heulen, denn die geradezu beruhigende Gewissheit, dass all die Attacken der vergangenen Tage auf Jasper Benzingers Konto gehen mussten, war gründlich erschüttert. Die Person, die dahintersteckte, musste sie weit besser kennen, es musste jemand sein, der quasi jeden ihrer Schritte aus nächster Nähe mitverfolgt hatte. Es war fast so, als könnte diese Person in ihren Kopf sehen.

Sie löste den Blick von der alten Frau im Spiegel, beugte sich vor, stellte den Hahn an und ließ sich Wasser erst in den Mund laufen, dann übers ganze Gesicht.

Nun stand sie also doch wieder am Anfang mit ihren Mutmaßungen.

Sie griff nach der Zahnbürste, drückte extra viel Zahnpasta darauf und begann sich energisch die Zähne zu putzen. Wieder kam die Angst in ihr hoch, die Plätzchen könnten vergiftet gewesen sein, aber dann hätte ja auch Carl inzwischen etwas merken müssen. Oder wirkte so ein Gift unterschiedlich schnell? Sie wurde ja noch irre, wenn das so weiterging.

Und dann fiel ihr der Vortrag an der Waldorfschule ein. Sie stöhnte auf. Ausgerechnet heute Abend! Wie sollte sie das in dieser Verfassung nur schaffen? Konnte sie vielleicht absagen?

Liane hängte das Handtuch wieder auf den Haken. Dann klappte sie den Toilettendeckel herunter und setzte sich darauf. So saß sie da, an die zehn Minuten, und wartete, ob der Brechreiz wohl zurückkehren würde. Als er ausblieb, stand sie auf und verließ das Bad.

Im Wohnzimmer blickte Carl von seiner Golf-Zeitschrift auf.

»Und?«, fragte er, »wie geht es dir?«

»Mittelprächtig«, sagte sie matt und ließ sich aufs Sofa sinken. »Und dir?«

»Mir?«, fragte er erstaunt.

»Na ja … es könnte ja am Essen gelegen haben.«

Er schüttelte den Kopf. »Mir geht's gut«, antwortete er. »Aber du weißt ja, ich habe sowieso einen Kuhmagen. Soll ich dir einen Kamillentee kochen?«

»Das wär lieb.«

Während sie Carl hinterhersah, wie er in der Küche verschwand, spürte sie auf einmal eine so überwältigende Müdigkeit, dass sie in diesem Moment am liebsten in eine Höhle gekrochen und dort geblieben wäre, für die nächsten Tage, ach was, die nächsten Wochen. Sie wollte nichts müssen, nichts zu tun haben außer zu schlafen. Aber das wird mir nicht vergönnt sein, dachte sie. Um den Privatdetektiv käme sie nun doch nicht herum. Gleich morgen würde sie im Internet nach einem suchen. Sie hörte Carl in der Küche klappern, vernahm das Rauschen des Wasserkochers, dann wieder Stille. Sie schloss die Augen und nickte ein. Als Carl sie sanft an der Schulter berührte, zuckte sie zusammen.

»Leg dich doch hin und schlaf eine Runde«, schlug er vor. Sie nickte und ließ sich aufs Sofa sinken.

Ihr letzter Gedanke vor dem Einschlafen war, dass sie auf keinen Fall einknicken würde vor dieser miesen kleinen Ratte, die sie so heimtückisch aus dem Hinterhalt angriff. Sie würde den Vortrag heute Abend natürlich halten, denn wenn sie jetzt die Segel strich, könnte sie sie vielleicht nie wieder hissen. Im Wegdämmern spürte sie, wie Carl eine Decke über sie breitete, und dankte dem Universum dafür, dass sie ja immer noch ihn hatte.

Liane, Dezember 1985

Unwirsch knallte Liane Nancys Zimmertür zu. Das war ja wohl klar, dass der Hamster ausgerechnet heute mal wieder krank sein musste. Eilig lief sie die Treppe hinunter, um die Kinder, die bereits in der Diele standen und warteten, selbst in Schule und Kindergarten zu verfrachten. Gesine und Matthias stritten sich wie jeden Morgen darum, wer vorne sitzen durfte, was Ruben nicht davon abhielt, ebenfalls seinen Anspruch auf den Vordersitz anzumelden.

Lilo hatte schon ihre robusten Lederstiefel mit der Profilsohle und dem Dreck vom Vortag an den Füßen und wanderte sorglos zwischen Küche und Wohnzimmer hin und her, während Hortensie sich das Pausenbrot der Zwillinge schmecken ließ.

Grob nahm sie Hortensie das angebissene Brot aus der Hand und steckte es zurück in Matthias' Ranzen: »Pass nächstes Mal besser darauf auf!«, sagte sie gefährlich leise, woraufhin ihr Sohn sie erschrocken ansah.

Die Fahrt in den Rosenauer Kindergarten, wo sich ein mürrischer Ruben sofort grußlos in die Bauecke verzog und eine schreiende und strampelnde Lilo an die Erzieherin übergeben wurde, war schnell erledigt. Zeit und Nerven kostete dagegen die Szene, die Liane draußen vor dem Kindergarten erwartete: Gesine stand vor der offenen Beifahrertür und versuchte, Matthias vom Sitz zu zerren, weil sie fand, es sei ihr gutes Recht, jetzt auch einmal vorne zu sitzen. Nach einigem Hin und Her gelang es Liane, den Streit zu schlichten, indem sie Gesine den Platz für den nächsten Tag versprach. Danach fuhr sie viel zu schnell vom Parkplatz, weil ihr nach einem Blick auf die Uhr klar wurde, dass sie in spätestens einer Stunde in ihrer Praxis sein musste – ein Aufnahmegespräch für einen neuen Patienten stand an, ein besonders schwieriges Kind mit Asperger-Syndrom.

»Iiiihh!«

Ein Kreischen vom Rücksitz ließ sie ruckartig auf die Bremse treten. Liane fuhr herum: »Was ist denn los?«

»Ihh«, schrie Gesine noch einmal und hielt sich theatralisch die Nase zu. »Die stinkt! Die hat Kacka gemacht. Ich will nicht neben der sitzen!«

Liane, die einen Moment brauchte, um den Schreck über den Schrei und ihre eigene Vollbremsung zu verarbeiten, atmete tief ein und wieder aus und sagte: »Erstens ist die Verdauung deiner Schwester kein Grund, so loszuschreien. Zweitens ist das gefährlich. Stell dir mal vor, da wäre jemand hinter mir gewesen. Der wär uns draufgefahren.«

In dem Moment zog der Geruch nach vorne. Matthias machte eine Grimasse und kurbelte die Scheibe herunter. »Ach, herrje«, murmelte Liane und drehte sich zu Hortensie um, die ganz rot im Gesicht war und offenbar just in diesem Moment noch einmal nachlud.

Liane warf einen raschen Blick auf die Uhr. Das war's dann wohl mit dem Asperger-Kind, dachte sie und verfluchte nicht zum ersten Mal den labilen Gesundheitszustand ihres Au-pairs. Und wieso konnte Carl nicht auch mal was von der Kinderarbeit übernehmen? Er redete sich ja immer mit dem Schichtdienst in diesem chronisch unterbesetzten Krankenhaus heraus. Warum machte er nicht endlich eine eigene Praxis auf? So schwer konnte das doch nicht sein! Sie schaltete in den Rückwärtsgang und sagte mühsam beherrscht: »Wir fahren noch mal kurz heim. Windeln wechseln.«

»Aber das geht nicht«, protestierte Matthias, »dann kommen wir zu spät in die Schule!«

»Ich schreib euch eine Entschuldigung!«

Zum Glück war sie noch nicht auf die Umgehungsstraße eingebogen für die halbstündige Fahrt zur Waldorfschule. Nach einem Blick in den Rückspiegel vollführte Liane kurz entschlossen ein widerrechtliches Wendemanöver und fuhr zurück zum Hellsternhof, noch schneller als zuvor. Sie parkte den Wagen vor der Haustür und sagte an Gesine gewandt: »Du kannst im Auto sitzen bleiben. Es dauert nicht lange.«

Matthias würde sowieso nicht aussteigen. Er wollte schließlich nicht riskieren, seinen Sitzplatz in der ersten Reihe zu verlieren.

Liane hob Hortensie aus dem Wagen, wobei sie darauf achtete, das Kind möglichst ausgestreckt von sich wegzuhalten. Vor der Haustür streifte sie sich die Schuhe ab – nachdem sie Lilos Dreckspur vorhin noch rasch weggewischt hatte, wollte sie weiteren Schmutz vermeiden – und eilte barfuß die Treppe hoch, während Hortensie begeistert über das flotte Tempo mit den Ärmchen wedelte. »Sch…«, flüsterte Liane vorsorglich, »Papa schläft!« Im ersten Stock öffnete sie möglichst geräuschlos die Badtür. Das Schlafzimmer lag nebenan und Carl war erst vor einer Stunde vom Dienst im Krankenhaus zurückgekehrt.

Sie stellte Hortensie in die Badewanne, zog sie aus und duschte sie mit geübten Handgriffen ab. Immer wieder hatte Liane Mühe, Hortensies Redelust zu dämpfen. »Watta, watta«, plapperte sie vor sich hin. Als das Kind zwei Minuten später mit einer frischen Windel auf dem Wickeltisch lag und Liane ihm die Samthose von Oilily zuknöpfte, bemerkte sie einen gelblichen Fleck vorne auf ihrer Bluse. Sie stellte Hortensie auf dem Fliesenboden ab und begutachtete das Schlamassel. Ihr Versuch, den Fleck mit Wasser und Seife zu entfernen, funktionierte nicht richtig, vor allem aber hatte sie keine Lust, eine Stunde mit nasser Bluse im Auto zu sitzen. Also musste sie wohl oder übel zu Carl ins Schlafzimmer, um sich ein frisches Oberteil aus dem Schrank zu holen. Sie ging in die Hocke und sagte: »Du wartest kurz hier, Mama kommt gleich wieder«, dann huschte sie zur Schlafzimmertür.

Schon bevor sie die Hand auf die Klinke gelegt hatte, hörte sie das Geräusch. War das ein Stöhnen? Später hätte sie gar nicht mehr sagen können, was genau ihr in diesen Sekunden durch den Kopf ging. Am wahrscheinlichsten war wohl der Gedanke, dass sie sich verhört hatte oder dass Carl einen Albtraum hatte und sich im Schlaf hin- und herwälzte. Sie zögerte nur kurz, bevor sie die Tür öffnete.

Und da sah sie ihn: Carls nackten Hintern, der sich zwischen einem Paar kurzer Beine rhythmisch auf und ab bewegte. Diese Beine, begriff Liane, gehörten dem englischen Au-pair. In dem Moment hörte sie ein raues Stimmchen, das begeistert jauchzte. Lianes Blick wanderte nach unten. Dort stand Hortensie, kompakt und energisch wie immer. Sie blickte hoch zu Liane, zeigte dann auf ihren Vater und rief erfreut: »Papa Popo!«

Annamaria, Januar 1987

Weihnachten ist vorüber und Liane ist noch immer viel unterwegs. Klar, dass sie bei alldem nicht auch noch die Zeit gefunden hat, diesen Rechtsanwalt zu kontaktieren. Was Annamaria im Grunde ganz recht ist. Sie will das Ganze eigentlich nur noch vergessen. Und deshalb hat sie Liane auch nicht mehr daran erinnert. Jedenfalls hält sich Liane, wenn sie da ist, fast ausschließlich in ihrer Praxis auf, denn das Buch und die Vortragsreisen haben ihr viele neue Patienten gebracht. Es gibt jetzt sogar eine Warteliste von Eltern, die sich von Liane Hilfe für ihre Kinder erhoffen. Liane ist nämlich die erste Therapeutin in Deutschland, die die Festhaltetherapie, eine Methode aus den USA, auch hier anbietet. Aber heute, das hat sie Annamaria eben beim Frühstück gesagt, will sie ausschließlich für die Familie da sein, vor allem für Hortensie.

»Annamaria, kannst du die Küche alleine aufräumen, ich wickel schon mal Hortensie. Komm, mein Schatz!«, ruft sie über das Lärmen der anderen Kinder hinweg und breitet die Arme aus. Aber Hortensie läuft vor ihr weg. Sie will sich nicht wickeln lassen, nicht von Liane. Deshalb klammert sie sich jetzt an Annamarias Bein wie ein Ertrinkender an ein Stück Treibholz.

»Ich mach beides«, lacht Annamaria und tätschelt Hortensie den Kopf. Das Kind ist in letzter Zeit sehr anhänglich geworden. Seit Liane so viel unterwegs ist, weicht sie nicht mehr von Annamarias Seite.

Da kommt Liane und nimmt die Kleine einfach hoch. Hortensie schreit und wehrt sich, doch Liane klemmt das zappelnde und tretende Kind unter ihren Arm und geht mit ihm aus der Küche. Annamaria ist nicht ganz wohl bei dem Anblick, aber sie weiß nicht recht, wie sie sich verhalten soll. Am liebsten würde sie hinterhergehen und Hortensie trösten. Aber dann schüttelt sie den Kopf über ihre eigenen Gedanken und fährt fort mit dem Abwasch. Ein bisschen tut Liane ihr auch leid. Seit sie in ihrer Praxis so viel zu tun hat und so oft auf Vortragstour ist, haben sich die Kinder daran gewöhnt, dass jetzt Annamaria von frühmorgens bis zum Zubettgehen für sie da ist. Manchmal hat Annamaria schon Bedenken, dass sie sich zu wenig um Stella kümmert. Andererseits scheint Stella es zu genießen, dass immer Trubel um sie her herrscht. Jedenfalls wirkt sie die meiste Zeit sehr zufrieden. Das liegt wahrscheinlich daran, dass sie sich inmitten des ganzen Familientrubels insgesamt doch gut aufgehoben und geborgen fühlt.

Als Annamaria die letzte Schüssel abtrocknet, hört sie von oben nichts mehr. Gott sei Dank, denkt sie, die Kleine hat sich endlich beruhigt. Auch die Streithähne in der Diele geben jetzt endlich Ruhe und machen sich bereit für Schule und Kindergarten. Vielleicht haben sie aber den Kriegsschauplatz auch nur nach draußen verlagert, denkt Annamaria, hängt das Geschirrtuch zum Trocknen auf und wirft einen kurzen Kontrollblick aus dem Fenster. Auf dem Hof belagern die vier Geschwister die Beifahrertür, im Wettbewerb um den begehrtesten Platz im Wagen. Annamaria geht ins Wohnzimmer, zu Stella, die im Laufstall geschlafen hat und jetzt gerade aufwacht. Das passt ja gut, denkt Annamaria. Dann kann ich sie ja auch noch rasch wickeln, bevor ich die Kinder in die Schule und den Waldkindergarten bringe.

Sie nimmt Stella auf den Arm und geht mit ihr die Treppe hoch, wobei sie leise vor sich hin summt. Auf einmal bricht sie ab. Was ist das für ein Geräusch? Weint da jemand? Abrupt bleibt sie stehen und lauscht einen Augenblick. Ja, denkt sie, das hört sich an wie ein unterdrücktes Schluchzen oder vielmehr ein Wimmern. Dann wird ihr klar, dass das Geräusch aus dem Bad kommt. Plötzlich hört sie noch etwas anderes, ein Murmeln? Ein unangenehmes Gefühl beschleicht Annamaria, sie nimmt Stella auf die andere Hüfte und will schon am Bad vorbei in ihr Zimmer gehen, als das Wimmern zu einem eindeutigen Weinen wird. Kurz entschlossen drückt sie die Klinke der Badezimmertür nach unten und öffnet sie.

Der Anblick, der sich ihr bietet, ist so befremdlich, dass Annamaria nicht gleich versteht, was sie da sieht. Da ist Liane, die mit dem Oberkörper auf dem Wickeltisch liegt. Erst als sie genau hinsieht, wird Annamaria klar, dass sie auf Hortensie, auf ihrem eigenen Kind liegt. Sie liegt auf Hortensie und hält sie mit beiden Armen fest umklammert.

»Was tust du da?«, ruft Annamaria erschrocken aus, woraufhin Liane hochfährt und ihr einen Blick über die Schulter zuwirft, wie ihn Annamaria noch nie gesehen hat; ihre Augen sind ganz starr und hart. Kurz löst sich ihr Klammergriff und Hortensie schlägt aus, tritt, schluchzt, versucht verzweifelt, sich zu befreien. Doch Liane ringt sie erneut nieder und redet weiter auf sie ein, fast als würde sie eine Beschwörungsformel murmeln. Nur dass sich Hortensie nicht beschwören lässt. Sie ist völlig außer sich, sie schreit und weint, die Rotze läuft ihr aus der Nase, der Sabber aus dem Mund. Ihre Augen sind weit aufgerissen und man braucht kein Hellseher zu sein, um zu erkennen, dass dieses Kind Todesangst hat.

»Liane«, hebt Annamaria zaghaft an. »Liane, Hortensie hat Angst …«

Aber Liane spricht unbeirrt weiter, und dann wendet sie sich, ohne aufzublicken, ruhig und fast heiter an Annamaria. »Ich erkläre es dir später!« Dann murmelt sie wieder »nun, nun, nun«, leidenschaftslos und gelassen wie eine Mutter, die ein Kind tröstet, das sich das Knie aufgeschlagen hat.

Annamaria möchte begreifen, was sie hier sieht, was da geschieht mit diesem Kind, mit dieser Frau, die sie bis vor Kurzem noch zu kennen geglaubt hat. Lianes Stimme klingt so abgeklärt wie immer, als sei das, was sie hier tut, *normal*, als habe Annamaria sie nicht in einer Situation erwischt, die sich kaum anders deuten lässt, als dass Liane ihre eigene Tochter misshandelt. Der Anblick entsetzt Annamaria. Sie wirft einen letzten Blick auf die Frau, die mit aller Gewalt ihr Kind festhält, es niederringt mit der eigenen Körperkraft, dem eigenen Blick, der eigenen Stimme. Dann verlässt sie das Bad, schließt die Tür hinter sich. Atmet tief ein und aus, fühlt sich auf einmal zittrig auf den Beinen. Am liebsten würde sie sich in Luft auflösen oder die Zeit zurückdrehen, die Szene ungeschehen machen. Sie drückt ihr Gesicht in Stellas daunenweiches Babyhaar, küsst sie und geht dann wieder nach unten. Sie zieht Stella an und verlässt mit ihr das Haus. Matthias und Gesine stehen nach wie vor neben dem Wagen und streiten noch immer, wer vorne sitzen darf. Lilo und Ruben graben mit ihren Händchen im Kies. Alles ist wie immer, denkt Annamaria. Alles ist wie immer und doch vollkommen anders.

Die ganze Fahrt über kann sie an nichts anderes denken als an Liane. Als sie zum Hellsternhof zurückkommt, betritt sie das Haus mit angehaltenem Atem. Sie fürchtet sich vor der Begegnung mit Liane. Doch als sie Liane im Wohnzimmer stehen und telefonieren sieht, winkt diese ihr ganz offen und freundlich zu und signalisiert ihr mit einer Geste und einer Grimasse, dass sie gleich kommen werde. Annamaria ist trotzdem übel. Das, was sie gesehen hat, hat sich tief in sie eingegraben.

Hortensie sitzt auf dem Parkettboden und schmeißt Bauklötze durch die Gegend. Annamaria zieht Stella Jacke und Schuhe aus und setzt sie außer Wurfweite von Hortensies Klötzen ebenfalls auf den Boden. Sie drückt ihrer Tochter eine Rassel in die Hand und holt dann das Bügelbrett aus dem Schrank, die Wäsche aus dem Keller. Sie will gerade das Bügeleisen einstecken, als Liane den Hörer auflegt und auf sie zukommt.

»Du hast vorhin ja so erschrocken ausgesehen!«, sagt Liane und schaut sie ganz besorgt an.

Annamaria kann es nicht fassen. Zögernd erwidert sie: »Ja, ich … du hast …« Sie bringt den Satz noch nicht einmal über die Lippen. Und das ist auch gar nicht nötig, denn Liane fällt ihr ins Wort: »Du dachtest, ich würde Hortensie wehtun?« Abwartend sieht sie Annamaria an.

»Na ja …«, erwidert diese, immer noch befangen, aber auch ein klein wenig erleichtert, weil Liane das Thema von selbst anspricht.

Liane zieht den Stecker des Bügeleisens und geht hinüber zum Sofa, setzt sich, klopft auffordernd auf den Platz neben sich und lächelt Annamaria freundlich an.

Annamaria zögert kurz, bevor sie der Aufforderung folgt und neben Liane Platz nimmt.

»Annamaria«, beginnt Liane, wendet sich ihr zu und macht es sich im Lotussitz bequem. Ganz offen und direkt sieht sie Annamaria in die Augen. »Du weißt, dass ich Psychotherapeutin bin.«

Annamaria nickt langsam. Abwartend. Worauf will Liane hinaus?

»Hast du schon einmal von *Bonding* oder vielleicht von *Attachment Parenting* gehört?«

Annamaria schüttelt den Kopf.

»Das dachte ich mir«, sagt sie und seufzt. »Das ist auch nicht schlimm. Denn das haben natürlich die wenigsten.« Dann atmet sie tief ein und aus, so als mache sie sich bereit für einen längeren Vortrag. Und so ist es auch. Sie beginnt zu sprechen, vom Urvertrauen des Kindes, von Bindungsstörungen zwischen Kind und Bezugsperson, von der Natur des Menschen, der in Konfliktsituationen zu Angriff oder Flucht neigt. Immer weiter redet sie, verwendet Begriffe, die Annamaria nicht richtig versteht, *affektive Dynamik* und *Ambivalenzsituation* und *Attachment*, und erklärt dann, dass dieses fehlende Urvertrauen, diese Bindungsstörung, durch Augen- oder Körperkontakt beseitigt werden kann. Immer wieder verwendet sie ein Wort, *Bonding*, spricht von *Halt gebendem therapeutischem Setting*, und als Annamaria immer ratloser aus der Wäsche schaut, spricht Liane langsamer und akzentuierter und beendet ihren Vortrag mit den folgenden Worten: »Die Methode basiert also auf dem willentlichen Festhalten und Umarmen des Kindes auch gegen seinen inneren und äußeren Widerstand! Nur so kann das gestörte Urvertrauen des Kindes zu seiner nächsten Bezugsperson wiederhergestellt werden.«

Liane schweigt nun. Sie wartet, lächelt Annamaria nachsichtig an. Diese weiß nicht recht, was sie jetzt sagen soll. Sie ist immer noch skeptisch, kann ihre Skepsis aber nicht begründen. Das Einzige, was ihr zu sagen einfällt, ist: »Ich … es hat so … schrecklich ausgesehen, wie du sie festgehalten hast.« Als Liane immer noch schweigt, fügt sie erklärend hinzu: »Ich hatte den Eindruck, Hortensie hat Angst.«

Liane nickt verständnisvoll. »Deine Reaktion ist vollkommen normal und nachvollziehbar.« Kurz drückt sie Annamarias Hand: »So geht es den meisten, die das erste Mal mit Bonding konfrontiert sind. Was glaubst du, was ich in meiner Praxis schon alles erlebt habe!«

»Du meinst … du verwendest das in deiner *Praxis*?« Annamaria sieht Liane ungläubig an.

»Aber ja!«, antwortet Liane. »Die Festhaltetherapie kommt aus den USA und ich bin dabei, sie hier in Deutschland zu etablieren. Die Methode ist sehr erfolgversprechend bei bindungsgestörten und autistischen Kindern und wird inzwischen auch bei kindlichen Entwicklungsstörungen angewendet.«

Annamaria will einwenden, dass Hortensie in ihren Augen doch keine Entwicklungsstörung hat, doch da fährt Liane bereits mit ernster Miene fort. »Es ist so: Durch das Umarmen des Kindes auch über seinen Widerstand hinaus kehrt man zum Ursprungskonflikt zurück und nutzt ihn als therapeutische Situation. Dabei werden körpereigene Opiate ausgeschüttet und es findet eine Art biochemischer und neurophysiologischer Umbau statt. Das Kind erfährt schließlich die Geborgenheit, die dem Bedürfnis des Menschen nach Bindung und Liebe entspricht.«

»Du meinst ...« Annamaria versucht, die soeben gehörten Informationen in eine Reihenfolge zu bringen, das Ganze für sich zu ordnen. »Du willst also sagen, du hast Hortensie nur festgehalten, um ihr zu helfen?« Annamaria ist verwirrt, verwirrt und gegen ihren Willen beeindruckt. Was Liane da eben gesagt hat, klingt wirklich plausibel.

Liane beugt sich vor und drückt noch einmal Annamarias Hand. Dabei lächelt sie Annamaria so warmherzig an, dass auch ihre letzten Zweifel verschwinden. Und auf einmal weiß sie gar nicht mehr, was sie vorhin eigentlich hatte. Hortensie war ja in letzter Zeit manchmal wirklich recht schwierig. Mit ein bisschen Abstand betrachtet klingt das alles doch sehr vernünftig.

»Da bin ich aber froh, dass wir das jetzt geklärt haben«, sagt Liane und steht auf. Annamaria sieht ihr hinterher, wie sie aus dem Raum geht. Dann wandert ihr Blick zu Stella und bleibt an Hortensie haften. Die Kleine ist ganz vertieft in ihr Spiel mit den Bauklötzen. Sie plappert vor sich hin und sieht so zufrieden aus, dass Annamaria über sich selbst den Kopf schüttelt. Sie steht auf, geht zum Bügelbrett zurück, drückt den Stecker in die Dose und holt eine von Lianes Blusen aus dem Wäschekorb. Nachdenklich fährt sie mit dem Bügeleisen hin und her. Es ist doch alles gut, denkt sie.

Während die Kinder der anderen folgen, kommt die rechte Mutter zurück und zupft ein Kind am Rock.

Liane van der Berg, Gründonnerstag, 13. April 2017

Wie viele es wohl waren, an die zweihundertfünfzig? Jedenfalls war alles bis auf den letzten Platz besetzt. Aber es würde schon alles glattgehen. Schließlich, versicherte sich Liane, hatte sie ja mehr als genug Erfahrung mit solchen Events. Sie stieg aufs Podium, schraubte den Deckel von der Flasche mit dem stillen Mineralwasser, schenkte sich das Glas voll und nahm einen Schluck. Ihr Mund war wie ausgedörrt. Das kannte sie sonst gar nicht, allenfalls von ihren Anfängen, als sie noch keine so routinierte Rednerin gewesen war. Aber dazwischen lag ein halbes Leben. Wieso war sie also jetzt so aufgeregt, trotz dreißig Jahren Kameraerfahrung?

Lag das an den Hyänen im Publikum, wie der inzwischen dunkelmähnigen und zugegebenermaßen noch immer sehr attraktiven Letitia, die Liane aus der ersten Reihe ein selbstgefälliges Lächeln zuwarf? Dieser Frau hatte Liane schon vor dreißig Jahren die Pest an den Hals gewünscht, als sie ihr den Job als Sprecherin dieser lächerlichen Bastelgruppe weggeschnappt hatte. Lächerlich war allerdings auch, wie sie sich bei der Vereinbarung dieses Termins sozusagen selbst auf den Leim gegangen war. Sie hatte sich den Vortrag ja nur ans Bein gebunden, weil sie geglaubt hatte, ihrer Enkelin einen Schulplatz besorgen zu müssen. Die frohe Kunde, dass die Familienretterin nicht wusste, was ihre eigene Tochter trieb, hatte inzwischen bestimmt schon die Runde gemacht. Liane nahm das Mikro – von einem Ansteckmikro hatten diese technischen Blindgänger hier natürlich noch nichts gehört –, stellte sich an den Rand der Bühne und ließ ihren Blick souverän übers Publikum schweifen. Das Herz schlug ihr bis zum Hals, das war ärgerlich, aber sie wusste ja, wo der Hase langlief, und würde das lästige Herzklopfen so lange ignorieren, bis es von selber verschwand.

Carl, der neben Letitia in der ersten Reihe saß (natürlich hatte sie sich, kaum dass sie ihn zu Gesicht bekam, sofort auf ihn gestürzt, »*Caaarl!*«), nickte ihr aufmunternd zu. Das verwirrte Liane mehr, als dass es ihr half. War ihre Unsicherheit denn so offensichtlich? Aber vielleicht war dieses Nicken letztlich nur der Erinnerung an ihren Brechanfall geschuldet. Also eine Art Mitleidsnicken: *Ach ja, die arme alte Liane, die ihr abgedroschenes Programm runterreißt wie ein abgehalfterter Barpianist.* Aber Schluss jetzt, sie musste aufhören, sich selbst fertigzumachen.

Sie atmete bewusst tief durch und zwang sich, den Blick über die Reihen wandern zu lassen. Sie kannte kaum mehr jemanden hier, vielleicht eine Handvoll Großeltern, die zu ihrer Zeit Eltern gewesen waren. Dann begann sie zu reden, wobei sie sich bemühte, gleich zu Beginn möglichst laut und aus dem Bauch heraus zu sprechen. Wie immer sprang sie auf der Stelle ins Thema, was ihr, das wusste sie aus Erfahrung, sofort die volle Aufmerksamkeit garantierte.

»Folgende Situation: Ein Familientreffen, ein runder Geburtstag oder ein anderes Fest, bei dem vier Generationen zusammenkommen – Großeltern, neunzig Jahre alt, Eltern Mitte sechzig, Enkelkinder zwischen dreißig und vierzig, Urenkel zwischen vier und fünfzehn.« Sie verstummte, legte bewusst eine Pause ein, um Spannung aufzubauen – ein Trick, der ihr gewöhnlich keine Mühe bereitete, den sie heute aber kaum aushielt. Stattdessen wanderte ihr Blick jetzt wieder nervös durch die Reihen von Zuhörern.

»Am Abend, nach der Feier, die Großeltern sind schon zu Bett gegangen, sitzen die anderen noch zusammen, es werden Erinnerungen ausgetauscht, eine allgemeine Weißt-du-noch-Stimmung entsteht. Und irgendwann ist man beim Thema Kindheit und Strafen angelangt. Der Austausch wird immer lebhafter. Ein Sohn erinnert sich, wie der Vater ihn als Kind mit einem Kleiderbügel verdroschen hat. Die Tochter weiß noch, wie ihr die Mutter in der Grundschulzeit wegen einer Vier im Diktat den Hintern versohlte.«

Liane merkte, wie im Publikum eine Veränderung vor sich ging. Man hätte jetzt die berühmte Stecknadel fallen hören können. Sie hatten angebissen, das war deutlich zu spüren, und auch in ihr selbst vollzog sich eine Veränderung, sie fühlte sich nun sicherer. Und was sollte auch schon passieren, sie war ja unter Menschen. Solange sie auf der Bühne stand, solange sie Menschen um sich hatte, konnte ihr nichts geschehen.

»Da fällt dem ältesten Enkel ein, wie sein Vater ihm einmal eine ›geschallert‹ hat, als er ohne Helm Fahrrad gefahren ist. Der andere erinnert sich daran, wie seine Mutter zur Strafe sein Lieblingsspielzeug, eine Carrera-Rennbahn, einfach an ein anderes Kind aus der Verwandtschaft verschenkt hat und ihn, als er protestierte, vor allen anderen bloßstellte: Dein Cousin hat die Bahn mehr verdient als du, schließlich stellt er sich in der Schule nicht so dumm an. Und die Urenkel? Was machen die derweil? Die beiden ältesten, zwei Cousins, die sich selten sehen, hängen mürrisch, jeder für sich, über ihrem Smartphone, und die drei jüngsten rennen außer Rand und Band um die Erwachsenen herum. Dabei ist es schon bald Mitternacht und die Eltern haben mehrmals vergeblich versucht, die Kinder ins Bett zu bekommen. – Warum ich Ihnen all das erzähle?«

Wieder eine Kunstpause, ein langer Blick ins Publikum.

»Es geht mir darum, eine Art Bestandsaufnahme zu machen anhand dreier Fragestellungen: Wo kommen wir her? Wo stehen wir im Moment? Und wo wollen wir hin? Die ersten beiden Fragen sind schnell zu beantworten: Wir kommen aus dem Reich der körperlichen und seelischen Züchtigung, aus einer Zeit, in der Gewalt gegen Kinder zum guten Ton gehörte. Wo wir im Moment stehen? Nun ja, ich würde mal sagen, von stehen kann kaum die Rede sein. Wir taumeln wohl eher zwischen absoluter Permissivität und Wohlstandsverwahrlosung. Wenden wir uns also der dritten Frage zu – dieser und anderen damit verbundenen Fragen werden wir heute Abend nachgehen: Wo wollen wir eigentlich hin? Was sind überhaupt unsere Erziehungsziele? Wie erreichen wir sie? Und vor allem: Wie erreichen wir unsere Kinder?«

Liane ging auf der Bühne hin und her, sie fühlte sich gut, hatte ihre volle Souveränität wiedererlangt. Sie sprach über die Notwendigkeit, mithilfe der richtigen Kommunikation einen Mittelweg zu finden zwischen einem elterlichen Totalitätsanspruch auf der einen Seite und der Grenzenlosigkeit der antiautoritären Erziehung auf der anderen Seite und darüber, dass als Folge der 68er-Zeit heute oftmals ein falsch verstandenes familiäres Demokratiedenken vorherrsche.

»Wozu das führt, zeige ich Ihnen jetzt anhand von einigen Beispielen aus meiner Praxis, aus denen ich dann die Dos and Don'ts der gewaltfreien Kommunikation ableiten werde.«

Auf dem Weg zu ihrem Laptop warf sie einen raschen Blick zu Carl, der sie nun nicht mehr so ansah, als sei sie ein Fall für die Caritas. Vielmehr war sein Ausdruck nun voller Achtung, während Letitia inzwischen reichlich säuerlich aus der Wäsche guckte. Mit einem lässigen Mouseklick startete sie das erste Video ihrer PowerPoint-Präsentation, eine Szene aus der *Familienretterin.*

Auf der großen Leinwand hinter ihr erschien der elfjährige Mike, der in einem unglaublichen Chaos von Kleidern, Spielsachen und Schulzeug herumsaß und auf seinem Smartphone herumdaddelte, während seine Mutter ihm die Frage stellte, warum sein Zimmer *schon wieder so ein Saustall sei* und ob er nicht *endlich mal aufräumen* wolle.

Unvermittelt stoppte Liane den Film.

»Glauben Sie, dass diese Frau Erfolg haben wird?«, fragte sie ans Publikum gewandt, woraufhin einige Eltern sofort den Kopf schüttelten, manche nervös kicherten und wieder andere erstarrten, wohl wegen der plötzlich umgekehrten Aufmerksamkeitsverhältnisse.

»Was denken Sie?«, fragte Liane eine Frau in der ersten Reihe, die aussah wie Mutter Erde in Person.

Die Frau wurde rot und brachte gerade noch ein »Nein« heraus.

Liane ließ den Film weiterlaufen, doch urplötzlich änderte sich der Ton. Einen Augenblick lang war er ganz weg, dann knallte es irgendwie und es folgte das Schreien eines Kindes. Liane fuhr herum. Auf der Leinwand lief, für alle sichtbar, eine Filmaufzeichnung aus Lianes Praxis, die nicht für die Öffentlichkeit gedacht war: Zu sehen waren drei Personen, eine junge Frau, ein etwa vierjähriges Mädchen – und Liane. Die Frau hielt das Mädchen fest oder versuchte es zumindest, doch das Kind, das völlig außer sich war, schrie und strampelte, und die Frau hatte ihre liebe Mühe, es unter Kontrolle zu halten. Liane sah sich selbst, hörte sich selbst reden, wie sie die Frau anhielt, sich auf das Kind zu legen und es mit der eigenen Körperkraft niederzuringen.

Wie um alles in der Welt war diese Aufzeichnung einer Festhaltetherapie-Sitzung in ihre PowerPoint-Präsentation hineingeraten? Sie hatte die Präsentation doch vor ihrer Fahrt nach München extra noch einmal durchgesehen.

Hektisch klickte Liane auf Pause, doch die Datei ließ sich nicht anhalten und, wie sie zu ihrem Entsetzen gleich darauf feststellte, auch nicht schließen. Vollkommen fahrig versuchte sie es immer wieder, bis sie endlich auf die Idee kam, die Aus-Taste an ihrem Laptop zu drücken. Dann erst war Stille.

Liane, Dezember 1985

»Behandelt ihr die Bauchschmerzen?«

Noch Stunden später wunderte sich Liane über ihre eigenen Worte. Wie hatte sie bei diesem Anblick so ruhig reagieren können, wie hatte sie überhaupt etwas über die Lippen gebracht? Im Nachhinein war sie verblüfft über den Gedankencocktail, der ihr in dem Moment durch den Kopf waberte. Vor allem wunderte sie sich darüber, dass sich Carl ausgerechnet den Hamster für einen Seitensprung ausgesucht hatte. Wahrscheinlich hatte ihn einfach ihre Jungfräulichkeit gereizt. Nancy hatte mit Sicherheit noch keinerlei sexuelle Erfahrung gehabt, bevor Carl sich ihrer angenommen hatte – die Kleine war Mitglied der Zeugen Jehovas, die Geschlechtsverkehr vor der Ehe kategorisch ablehnten. Was ja auch einer der Gründe gewesen war, warum Liane sich für den Hamster in seinen altmodischen Röcken und formlosen Blusen entschieden hatte. Allerdings war ihr der missionarische Eifer des Mädchens und ihre Weigerung, Weihnachten und Ostern und sogar Geburtstage zu feiern, mit der Zeit immer mehr auf den Wecker gegangen.

Jedenfalls schaffte es Liane, *nicht* auszurasten und das bigotte Flittchen *nicht* an den Haaren zu packen und aus dem Bett zu zerren, ihrem Ehebett. Stattdessen stand sie ein paar Schrecksekunden lang völlig reglos da und starrte in die panischen Augen ihres Mannes. Dann sagte sie, immer noch erstaunlich ruhig, aber so akzentuiert, dass klar wurde, wie ernst es ihr war: »Ich werde eine Stunde unterwegs sein. Wenn ich zurück bin, ist sie verschwunden.«

Was in dieser Stunde in Liane vorging, erschien ihr im Nachhinein als erfolgreich durchgeführte Selbstreflexion, vor allem aber als ein Triumph des Hausverstandes. Während sie durch den trüben Morgen fuhr, tauchte zunächst ein einziges Bild immer wieder vor ihren Augen auf: die nackte Rückansicht ihres Mannes. Sicher hatte sie schon hin und wieder die Befürchtung gehabt, Carl könne mit einem Seitensprung seine überschüssige sexuelle Energie abbauen. Und natürlich war ihr als aufgeklärter Frau und Psychologin klar, dass sie ihm in dieser für sie anstrengenden Lebensphase zu wenig, nun ja, derartige Zuwendung gab. Trotzdem verletzte und überraschte sie sein Verhalten, denn hatten sie nicht noch vor ein paar Tagen miteinander geschlafen? Plötzlich musste Liane an all die Allgemeinplätze, an Filme, Bücher, Sprüche denken, bei denen es darum ging, dass sich ein verheirateter Mann in der Midlife-Crisis mit einem jungen Ding vergnügte. Bis dahin hatte sie solche Darstellungen als Klischee abgetan – Filmemacher und Autoren mochten solche Stoffe eben, weil sie als Story immer wieder gut funktionierten. Aber im echten Leben, in *ihrem* Leben, gab es dafür keinen Raum! Und doch war passiert, was sie für völlig ausgeschlossen gehalten hatte. Sie war das Opfer eines Klischees geworden, an das sie noch nicht einmal glaubte. Am meisten jedoch brachte sie der Gedanke in Harnisch, dass ein Mann, der mit *ihr* verheiratet war, überhaupt das *Bedürfnis* nach einer anderen Frau verspürte. Auch deshalb war dieses Vorkommnis für sie einfach unfassbar: Carl hatte eine andere *ihr* vorgezogen. Und diese andere war ausgerechnet der Hamster gewesen.

»Warum lachst du, Mama?« Matthias neben ihr sah sie verunsichert an.

Einen Moment lang war Liane verwirrt, hatte sie laut gelacht? Hoffentlich nur das. Es war schon vorgekommen, dass sie beim Nachdenken laut gesprochen oder auch mal vor sich hin geschimpft hatte.

»Ich hab nur an etwas denken müssen …«

»An was denn?«

»Ach, nur dass man selbst von einer Sache überzeugt sein kann, die in Wirklichkeit aber ganz anders ist. Das kann schon komisch sein.«

»So wie neulich, als ich dachte, der Max wäre sauer auf mich, dabei hatte er nur Zahnweh!«

»Ja, genau so etwas meine ich«, sagte Liane, wandte sich wieder der Straße zu und umklammerte das Lenkrad noch etwas fester.

Natürlich hatte sie bemerkt, wie der Hamster Carl angehimmelt hatte. Aber sie wäre doch nie im Traum darauf gekommen, dass Carl, ihr Carl, der attraktive, intelligente Arzt, den Hamster als Frau überhaupt wahrgenommen hatte.

»Mama, du fährst so schnell!«

Lianes Blick huschte kurz zum Tacho, der über 130 zeigte. Zu schnell für diese Straße, dachte sie und ging vom Gas. Erst jetzt bemerkte sie, in welchem Tempo die Landschaft, das Ried, an ihr vorbeiflog und dass das Schilf die Farbe von gebleichten Knochen hatte.

»Entschuldige.«

Was sollte sie jetzt tun?

Noch mehr Schilf glitt vorüber, dann blattlose Bäume, vom Dauerregen der letzten Tage überschwemmte bräunliche Wiesen, vereinzelte Höfe, mit Eternitplatten verunzierte Arme-Leute-Häuser. Was für eine gottverdammte Tristesse, dachte sie zum ersten Mal seit Jahren. Außer dem Hof, ihrem geliebten, wunderschönen Familienhaus, gab es eigentlich keinen Grund, hier zu sein, am Arsch der Welt! Und in diesem Moment bedauerte sie es zum ersten Mal überhaupt, hierhergekommen zu sein, den Hof gekauft zu haben, ihr Heim, das doch nur glückliche Menschen unter seinem Dach versammeln sollte. So hatten sie es damals jedenfalls geplant, Carl selbst hatte es zu ihr gesagt an jenem ersten Tag unter dem Dach des neuen Heims, während er sie im Arm hielt.

Überhaupt gehörte jene erste Nacht auf dem Hellsternhof zu den glücklichsten in ihrem ganzen Leben. Die Zwillinge und auch Ruben schliefen, nachdem sie zuvor auf ihren strammen Beinchen durch die vielen Räume gestapft waren, treppauf, treppab, jedes

Zimmer ein eigener Abenteuerspielplatz. Und Carl und sie saßen in der Stube auf dem Boden, gegen den riesigen alten Kachelofen gelehnt, jeder mit einem Pappbecher voll Chianti Classico – einem erlesenen Villa Antinori, den sie sich extra für diesen Zweck gekauft hatten –, und lauschten dem Regen und dem Wind, der die Fensterläden zum Klappern brachte. Schon am Nachmittag hatte Carl den Grundofen beheizt, der die Wärme nur behutsam entwickelte, dann aber für viele Stunden hielt. Und so saßen sie nun nackt da, ein paar Decken und Kissen um sich herum, und sprachen über die Kinder und über sich und wie sie das Haus einrichten würden. Wie glücklich sie an jenem Abend gewesen waren, davongetragen von jener wunderbaren Vorstellung eines Lebens, das wie ein endloser Traum vor ihnen lag.

Und nun war alles kaputt.

Ein einziger Moment, ein einziges Bild hatte gereicht, um Lianes Leben in Stücke zu zerschlagen.

»Mama?«, fragte eine zaghafte Stimme vom Beifahrersitz, »weinst du?«

Sie wischte sich ungeduldig über die Augen. »Ich habe Zahnweh«, antwortete sie, weil ihr nichts Besseres einfiel. Da begegnete sie im Rückspiegel dem aufmerksamen Blick von Gesine.

»Hast du etwa heimlich Süßigkeiten gegessen?«, fragte Gesine, mehr neugierig als mitfühlend.

Liane verzog das Gesicht. »Nein, nein, natürlich nicht. Aber früher hab ich das, weißt du, und für manches ist es dann eben zu spät. Deswegen müsst ihr schon jetzt gut auf das achten, was ihr esst. Dann passiert euch das später nicht.«

Matthias sah betreten geradeaus – ob er etwas ahnte? –, doch Gesine nickte brav und sagte: »Dann musst du ja zu einem Zahnarzt, oder? Vielleicht kann der alles wieder heil machen?«

Liane konnte nur nicken. Alles wieder heil machen. Sie krallte die Hände noch fester ums Lenkrad. Und plötzlich musste sie daran denken, was sie alles getan hatte – erst um ihn zu bekommen, dann um ihn zu halten. Und dennoch schien das nie genug gewesen zu sein. Tränen des Selbstmitleids brannten in ihren Augen. Aber damit war jetzt Schluss, sie blinzelte heftig dagegen an. Viel wichtiger war doch die Frage, was sie jetzt tun sollte. Wie sollte sie reagieren? Ihm mit Scheidung drohen? Vielleicht eine Auszeit verlangen? Ohne sie würde er untergehen, davon war sie überzeugt. Vielleicht würde die Generalprobe für ein Leben allein ihm ja den Kopf zurechtrücken, ein für alle Mal. Andererseits hatte sie keine Lust, ihre schmutzige Wäsche vor den Augen aller zu waschen. Mit Grausen stellte sie sich vor, wie die anderen Mütter – die im Kindergarten und erst recht die in der Waldorfschule – sich das Maul über sie zerreißen würden. *Habt ihr euch getrennt? Oh, das tut mir aber leid.* Nein, dachte sie, sie würde nicht die alleinerziehende Mutter von fünf Kindern geben, nicht einmal auf Zeit. Das wäre ihr die Lektion für Carl nicht wert. Es würde ohne eine richtige Trennung gehen müssen. Die Drohung allein musste genügen. Vielleicht reichte es ja schon aus, ihm den gepackten Koffer in die Diele zu stellen. Zur Not würde sie ihn diskret ein paar Tage im Hotel schmoren lassen. Einen Versuch wäre das jedenfalls wert. Und für die kleine Schlampe hatte sie auch schon eine Idee.

An der Schule angekommen, kostete es Liane all ihre Selbstbeherrschung, ihre Kinder ins Klassenzimmer zu begleiten. Zum Glück begegnete sie niemandem, keinem Lehrer, auch keiner anderen Mutter, die sie garantiert nach den Fortschritten in der Waldkindergartensache gefragt hätte. Der gewundene Korridor des Schulgebäudes lag still da, so dass Liane einzig dem Klassenlehrer Herrn Baumhofer eine kurze Erklärung für das Zuspätkommen ihrer Kinder geben musste.

Als sie aus der Stadt herausfuhr, bog Liane nicht auf die Umgehungsstraße, sondern in die Alte Landstraße ein, die sich schmal und kurvenreich durch Felder und Wäldchen schlängelte und auf der man mindestens zehn Minuten länger unterwegs war. Auf keinen Fall wollte sie noch einmal dem Hamster begegnen. Sie hoffte einfach, dass Carl so viel Energie und Anstand aufbrächte, das Mädchen bis zu ihrer Rückkehr aus dem Haus geschafft zu haben. Nach einer Weile fühlte Liane gar nichts mehr. Eine eigentümliche Gleichgültigkeit hatte sie erfasst; es war, als führe sie durch Watte. Für sie gab es in diesem Moment nichts anderes zu tun, als mit den Händen auf dem Lenkrad den Biegungen des Sträßchens zu folgen.

Als sie und Hortensie genau eineinhalb Stunden später in die Einfahrt bogen, war der MG verschwunden und im Haus war alles still. Liane wusste nicht, wie er es angestellt hatte, aber Nancys Zimmer unter dem Dach war leer, ihre Sachen und sie selbst verschwunden. Wahrscheinlich hatte Carl sie mit dem MG zum Bahnhof gefahren. Kurz fragte sie sich, wie er den überdimensionalen Koffer des Hamsters in dem kleinen Wagen verstaut haben mochte. Vielleicht hatte er ihr ja auch einfach ein Taxi gerufen. Jedenfalls erinnerte beim Betreten des Dachzimmers nichts mehr an das englische Au-pair – außer einem faden, leicht süßlichen Geruch, den Liane sogleich beseitigte, indem sie beide Dachfenster aufriss und für den Rest des Tages offen stehen ließ. Später entdeckte sie als einziges Überbleibsel noch eine Zahnbürste, die sie noch am selben Tag zum Schrubben der Waschbeckenabläufe verwendete. Den Kindern erklärte sie später, Nancy habe ganz dringend nach Hause zurückkehren müssen, ihre Mutter sei krank. Und in nächster Zeit würde sie daher ihr Vater in den Kindergarten und in die Schule bringen. Die Kinder waren traurig über Nancys Weggang, Ruben und Lilo weinten sogar. Nur Gesine reagierte gefasst wie immer. Sie warf Liane einen distanzierten Blick zu und sagte: »Ich bin froh, dass sie weg ist. Die hat Papa immer so komisch angeguckt.«

Als die Kinder im Bett waren, schrieb Liane einen Beschwerdebrief an die Au-pair-Agentur, in dem sie das verkommene und abstoßende Verhalten dieser jungen Frau ausführlich beschrieb. Den gleichen Brief, natürlich übersetzt, schickte sie an die *Jehova's Witnesses* in Bristol, Nancys Heimatgemeinde, und bat darum, dieses Schreiben im Königreichssaal laut zu verlesen. Zwar glaubte sie nicht, dass man diesem Wunsch Folge leisten würde. Trotzdem konnte sie wohl davon ausgehen, dass die Zeugen Jehovas, die jede Form von Zügellosigkeit und vor allem den Geschlechtsverkehr vor der Ehe dezidiert ablehnten, der Angelegenheit nachgehen würden. Erst recht, wenn es um Sex mit wechselnden verheirateten Partnern ging, wie Liane schrieb.

Annamaria, Februar 1987

An einem ungemütlichen Tag Mitte Februar ist es dann so weit: Liane tritt im Fernsehen auf. Live. Alle bis auf Carl – der ist noch im Krankenhaus oder sonst wo – sitzen vor dem Fernseher. Annamaria holt noch einmal einen Korb Holz und legt ein paar Scheite in den Kachelofen. Es knackt und schnalzt. Was für eine wunderbare Wärme, denkt Annamaria und stapelt die restlichen Scheite unter dem Ofen auf.

»Es fängt an, es fängt an!«, ruft Matthias ihr vom Sofa her zu. Er hält Hortensie auf dem Schoß und versucht zu verhindern, dass sie sich die Arme blutig kratzt. Seit einiger Zeit hat sie ganz schuppige Haut bekommen, Neurodermitis, sagt Carl. Er hat eine Cortisonsalbe aus dem Krankenhaus mitgebracht, mit der Annamaria sie eincremen soll. Liane lehnt das aber strikt ab. Sie hält nichts von Cortison, so wie sie insgesamt nichts von der Schulmedizin hält, nichts von Antibiotika, nichts von Impfungen, und Cortison findet sie am schlimmsten. Aber Liane ist so viel unterwegs, dass Annamaria jetzt oft selbst entscheidet, was sie für richtig hält. Also schnappt sie sich jetzt Hortensie, geht mit ihr nach oben und cremt ihre Arme ein. Sie kann einfach nicht mitansehen, wie der kleine Wichtel sich die Arme blutig kratzt.

Als Letztes geht Annamaria von Fenster zu Fenster und schließt die Läden. So, denkt sie, jetzt ist alles bereit. Sie wirft einen Blick auf die Kinder, die dicht nebeneinander auf dem Sofa sitzen wie die Hühner auf der Stange und friedlich sind wie selten. Aber das ist ja auch ein großer Moment: Gleich werden sie ihre Mutter im Fernsehen sehen. Außerdem ist es das allererste Mal, dass die Kinder nach dem Sandmännchen noch ferngucken dürfen.

»Mama, da ist Mama!«, rufen die Kinder, alle bis auf Hortensie, aufgeregt durcheinander.

Annamaria eilt herbei und setzt sich auf den Teppich vor das Sofa. Sofort klettert Matthias herunter, gibt ihr Stella auf den Schoß und hockt sich neben sie. Und dann schauen sie. Es herrscht eine große Eintracht unter den Geschwistern, keines der Kinder sagt etwas, alle starren auf den Bildschirm, auf ihre Mutter, diese schöne rotblonde Frau, die mit drei anderen Gästen im Studio sitzt. Sie trägt ein blaues Kleid, genau in der Farbe ihrer Augen, was das Weiß ihrer Zähne noch weißer wirken lässt. Mit ihrer warmen, ein bisschen rauen Stimme spricht sie über ihr Buch, über die Festhaltetherapie, über das sogenannte Trotzalter, das vielen Eltern Probleme bereitet. Annamaria ist ganz Ohr, sie ist fasziniert, wie souverän Liane vor der Kamera sitzt, vor den Augen dieser ganzen Menschen, vor den Augen aller! Doch plötzlich sieht sie wieder dieses andere Gesicht vor sich, diese andere Liane. Die, die neulich ihre Tochter mit aller Gewalt festgehalten hat.

Da hört sie, wie die Haustür geht, dann folgt der vertraute Klang des Schlüsselbunds in der Schale und kurz darauf ertönen Schritte, die in die Küche gehen. Wenig später kommt Carl ins Wohnzimmer, mit langen Schritten und einer Bierflasche in der Hand. Die Kinder reagieren nicht, sie sind ganz auf ihre Mutter im Fernsehen fixiert.

Carl lächelt Annamaria zu, legt verschwörerisch einen Finger an die Lippen und setzt sich neben ihr auf den Teppich. Auf die Ellenbogen gestützt, heftet er den Blick auf den Fernseher, wo seine Frau gerade darüber spricht, warum der Begriff *Trotzalter* ihrer Ansicht nach nicht angemessen ist. Sie begründet das damit, dass Kinder in dieser notwendigen Phase der frühkindlichen Entwicklung beginnen, sich aus der totalen Abhängigkeit von ihren Eltern zu lösen und erste Schritte in die Selbstständigkeit zu tun. Annamaria glaubt, neben sich ein leises Schnauben zu hören. Sie wendet den Kopf und sieht Carl, dem ein schiefes Grinsen im Gesicht steht. Er sieht gut aus, denkt Annamaria. Mit seiner leicht gebogenen Nase, dem kräftigen Kinn und dem dichten blonden, wie windzerzausten Haar. Ein bisschen wie ein Abenteurer, ein Bergsteiger oder ein Segler. Und plötzlich erinnert sie sich daran, wie sie vor einem Jahr Zeitungen ausgetragen hat und dieses Haus nur von draußen kannte. Die Glückliche Familie, so hat sie sie damals genannt, und eine Weile danach auch noch. Bis sie erfahren musste, dass Carl und Liane auch ein anderes Gesicht haben.

Sie atmet tief durch und denkt, dass sie das im Grunde ja gar nichts angeht, was zwei Eheleute so miteinander treiben, und wendet sich wieder dem Bildschirm zu. Gerade spricht Liane vom Selbstvertrauen der Kinder und dass Eltern und Erzieher es fördern sollen. Dass man Kindern ruhig etwas zutrauen soll.

Annamaria hört gebannt zu. Trotz allem ist es immer noch so, dass sie jedes Mal etwas lernt, wenn Liane erzählt. Das sind oft ganz neue Gedanken, die sie so noch nie gehört hat.

»Wer hilft, der bekommt Selbstvertrauen. Wer Hilfe in Anspruch nimmt oder nehmen muss, den kostet es Selbstvertrauen, so ist das Gesetz. Daher sollten Eltern es sich zur Regel machen, niemals etwas für das Kind zu tun, was es nicht auch selbst tun könnte.«

Ausgerechnet jetzt fängt Stella an zu zappeln und sich aus ihrer Umarmung herauszuwinden. Annamaria seufzt, setzt Stella auf den

Boden, steht eilig auf und geht in die Küche. Sie will der Kleinen eine Möhre holen, dann gibt sie vielleicht noch eine Weile Ruhe.

Sie öffnet den riesenhaften Kühlschrank, geht ans Gemüsefach und holt schnell eine Karotte heraus. Da betritt hinter ihr jemand die Küche. Ein flüchtiger Blick über die Schulter verrät ihr, dass es Carl ist, die leere Bierflasche in der Hand.

»Na, wie findest du's?«, fragt er, noch immer mit diesem amüsierten Ausdruck.

Annamaria wird ein bisschen rot, wie immer, wenn sie mit ihm allein ist oder er sie direkt anspricht. Seit sie die Episode im Schlafzimmer mitgehört hat, ist ihr das Alleinsein mit ihm immer etwas unangenehm, sie weiß auch nicht, warum. Sie nimmt ein Messer aus der Besteckschublade und beginnt die Möhre zu schaben. Hinter sich hört sie das Klirren von Flaschen in der Kühlschranktür, das Zischen des Kronkorkens beim Öffnen der Bierflasche, Schluckgeräusche.

Noch eins, denkt sie flüchtig, und hört ihn kurz darauf sagen: »Diese begnadete Regel hat sie mal ihren Job gekostet.«

Annamaria hält inne. Was meint er damit, wovon spricht er überhaupt? Sie wirft ihm einen scheuen Seitenblick zu, beobachtet, wie er erneut einen tiefen Zug aus der Flasche nimmt.

»Jaaa«, sagt er gedehnt. »Das glaubt man nicht, wenn man sie jetzt so reden hört. Aber so war's.«

Annamaria dreht den Wasserhahn auf, spült die Möhrenreste weg. Ihr ist unbehaglich zumute. Sie empfindet es als unpassend, in Lianes Abwesenheit über sie zu sprechen. Ob das mit dem Streit zu tun hat, den die beiden vorgestern Abend hatten? Sie weiß nicht, worum es da ging, sie hat kein Wort verstanden, nur sein Schreien und ihren schneidenden Tonfall mitgekriegt. Aber warum sagt er so was? Ist er etwa angetrunken? Das kann wohl kaum sein von dem bisschen Bier, gerade mal eineinhalb Flaschen. Vielleicht hat er schon vorher was getrunken? Und dann fällt ihr ein, dass ja

Mittwoch ist und dass er da, wenn es sein Dienstplan erlaubt, oft zum Stammtisch im Ochsen geht.

»Auf Liane«, hört sie ihn da sagen und merkt erst, als sie zu ihm hinübersieht, dass er ihr ein Bier hinhält. Als sie den Kopf schüttelt, sagt er ein wenig ironisch: »Ach nein, du bevorzugst ja Champagner.«

Annamaria sieht ihn überrascht an. Eigentlich sollte es sie nicht verblüffen, dass Liane ihm erzählt hat, wie sie beide ein bisschen gefeiert haben. Aber aus seinem Mund klingt das irgendwie … sie weiß auch nicht. Außerdem wundert sie sich, warum plötzlich alle mit ihr anstoßen wollen. Allerdings ist ihr schon vor einiger Zeit klar geworden, dass die Erwachsenen in diesem Haus gerne ab und zu ein Gläschen trinken, Vollwertkost hin oder her. Wobei ab und zu eine Untertreibung ist, nach der Altglassammlung unten in der Garage zu urteilen, die Carl in regelmäßigen Abständen mit einem Hammer zerdeppert, damit er sie in den Mülleimer bekommt. Aber das ist ja normal, dass Erwachsene Alkohol trinken, es gehört dazu, sie kennt es nicht anders. Solange es nur nicht ausartet wie bei Sibylle.

Annamaria weiß nicht recht, was sie tun soll. Sie will ihn nicht vor den Kopf stoßen – und das täte sie doch, wenn sie jetzt einfach die Küche verließe. Um Zeit zu gewinnen, geht sie wieder zum Spülbecken und dreht den Hahn auf, spült vermeintlichen Dreck weg. Hinter ihr klappert es wieder in der Kühlschranktür, wieder zischt es. Das nächste Bierchen.

Annamaria greift mit gesenktem Kopf nach dem Schwamm und beginnt das Spülbecken zu bearbeiten.

»Auf meine Frau, unser aller Übermutter, die es geschafft hat!«, sagt Carl jetzt und Annamaria muss sich wohl oder übel umdrehen. Da steht er und hält ihr ein Glas mit einer sprudelnden Flüssigkeit hin. Wahrscheinlich der Piccolo, der bis eben noch im Kühlschrank stand. Zögernd nimmt sie das Glas.

»Auf Liane!«, sagt sie und dann stoßen sie an.

Er grinst und sie zwingt sich zu einem Lächeln. Was ist auch schon dabei, denkt sie. Sie nimmt einen Schluck und leert das Glas dann ganz. Und auf einmal ist ihr nicht mehr ganz so unwohl zumute.

»Ja«, sagt sie, »Liane hat es geschafft!« Und dann sagt sie das Nächstbeste, das ihr einfällt: »Ich möchte auch mal so weit kommen wie sie!«

Verdutzt sieht Carl sie an. Dann lacht er plötzlich auf. »Na, da musst du dich aber ranhalten!«

War das ein Scherz? Auf einmal fällt ihr dieser eigenartige Satz ein, den er vorhin gesagt hat, etwas von Liane und einem Job, den sie verloren hat. War das nicht so? Und weil sie jetzt lockerer ist und sich in seiner Gegenwart nicht mehr ganz so gehemmt fühlt, fragt sie ihn prompt: »Was hast du vorhin damit gemeint? Dass Liane einen Job verloren hat, wegen einer Regel?«

Carl nimmt noch einen tiefen Zug aus der Flasche und wischt sich mit dem Handrücken über den Mund.

»Tja … das ist schon eine ganze Weile her … in München war das. Bevor sie dann studiert hat.« Er grinst in sich hinein. Und auf einmal ist Annamarias Unbehagen wieder da. Sie weiß nicht mehr, ob sie das, was gleich kommt, wirklich hören will. Aber Carl erzählt schon weiter.

»Nach der Mittleren Reife hat Liane eine Ausbildung zur Kindergärtnerin gemacht, in einem Waldorfkindergarten. Sie war noch ganz jung. Aber sie hatte schon damals ihre Theorien. Die, ich sag mal so, vielleicht noch ein bisschen über Rudolf Steiners Ideen hinausgingen!« Er lächelt. Aber es ist kein nettes Lächeln. »Warst du schon mal in einem Waldorfkindergarten?«

Als Annamaria den Kopf schüttelt, fährt er fort. »Na ja, im Prinzip ist es so wie in den Schulen. Sicherheit verleihende Rituale; das Kind benötigt eine funktionsfreie Umgebung, die noch nicht vom

Kulturprozess ergriffen ist; man muss Vertrauen in das Kind setzen, damit es sich selbst etwas zutraut, solche Sachen. Jedenfalls war Liane der Meinung, dass man Kinder alles machen lassen soll, was sie selbst hinkriegen. Und bei ihrer ersten Stelle nach der Ausbildung, in einem ziemlich konservativen städtischen Kindergarten, hat sie versucht, das auch so umzusetzen. Bei einem Sommerfest im Kindergarten ist dann etwas passiert.«

Annamaria hört jetzt aufmerksam zu. Der Anflug von schlechtem Gewissen ist verschwunden. Sie will die Story jetzt unbedingt zu Ende hören.

»Liane war am Kuchenstand, der total unterbesetzt war. Tja, und getreu der Devise, Kindern etwas zuzutrauen, kam sie auf die hirnrissige Idee, einen Vierjährigen loszuschicken, dass er ihr ein Brotmesser aus der Kindergartenküche bringen soll.«

Annamaria saugt scharf die Luft ein und Carl verzieht das Gesicht.

»Das war auch meine Reaktion. Gesunder Menschenverstand, wo bist du? Aber es kommt noch schlimmer. Der Junge ist gestolpert und hat sich schwer verletzt.«

Annamaria schlägt sich die Hand vor den Mund.

»Daraufhin wurde Liane entlassen. Sie kann noch froh sein, dass es nicht schlimmer kam, finde ich. Der Kindergarten hat die ganze Sache vertuscht. Die Leiterin hatte wohl Angst, dass die Angelegenheit Kreise ziehen könnte … Jedenfalls wurde der Zwischenfall totgeschwiegen, es hieß, der kleine Junge hätte das Messer einfach so genommen. Und weil bei solchen Veranstaltungen die Eltern die Aufsichtspflicht haben, hat sich die Mutter wunderbar als Sündenbock geeignet.«

Annamaria kann ihn nur ansehen. Zu viel geht ihr in diesem Moment durch den Kopf. Abwesend sieht sie zu, wie Carl ihr noch einmal nachschenkt, wie er ihr das Sektglas in die Hand gibt, nach seiner Bierflasche greift und mit einem Klacken an ihr Glas stößt.

Aus dem Wohnzimmer dringt eine aufgeregte Kinderstimme: Hortensie, die immer wieder »Mama, Mama!« ruft.

»Auf die Übermutter«, sagt Carl und lächelt schief, doch Annamaria reagiert nicht. Da dreht sich Carl um und geht zurück ins Wohnzimmer.

Annamaria folgt ihm und vergisst fast die Möhre, wegen der sie eigentlich gekommen ist. Wie ferngesteuert setzt sie sich, nimmt Stella wieder auf den Schoß und richtet den Blick auf den Bildschirm, wo Liane gerade erklärt, dass Kinder nicht durch Unterweisung lernen, sondern durch eigenes Erforschen.

Annamaria betrachtet Lianes klares Gesicht. Gedankenverloren hält sie Stella die Möhre hin, die sofort danach greift und sie zum Mund führt. Matthias lacht und sagt: »Gierschlund!« Annamaria wendet sich wieder dem Bildschirm zu, hebt ihr Glas und trinkt es in einem Zug leer.

Weil sie aber hexen kann, so spüren das alle Kinder zugleich und sagen zur Urschel: »Ach, Mutter, mich zupft jemand am Rock!«

Liane van der Berg, Gründonnerstag, 13. April 2017

Hinterher konnte Liane nicht mehr sagen, wie sie es von dieser Bühne, aus dieser Aula, aus dieser Schule geschafft hatte. Erst langsam erinnerte sie sich wieder an ihren Versuch, Haltung zu bewahren. Ein paar Worte hatte sie noch über die Festhaltetherapie gefunden und sich bemüht, diese Szene – die auf Außenstehende zugegebenermaßen grauenhaft wirken musste – irgendwie zurechtzurücken. Doch der Anblick des kleinen Mädchens da in dem Film, die nackte Angst in seinen Augen in dem Moment, als sich die Mutter mit ihrem ganzen Gewicht auf seine mageren Ärmchen und Beinchen gelegt hatte, hatte Lianes stammelnde Erklärungen von Liebe und Halten hohl und verlogen klingen lassen.

Und dann hatte eine Mutter gerufen: »Das ist ja entsetzlich, was Sie da machen!«

»Körperverletzung! Das melde ich dem Kinderschutzbund!«, hatte ein Vater geblökt und ein anderer hatte sogar damit gedroht, sie anzuzeigen.

Das war der Moment gewesen, da Carl zu ihr auf die Bühne gekommen war, sich kurz entschlossen ihren Laptop unter den Arm geklemmt hatte und sie ohne ein weiteres Wort aus dem Saal bugsiert hatte, unter den empörten Rufen der Waldorfianer.

»Die verstehen das nicht«, sagte Carl nun und setzte sich zu ihr auf die Bettkante. »Das darfst du ihnen nicht verübeln. Laien oder … Eltern von normalen Kindern können das nicht begreifen.« Im Versuch, sie irgendwie zu trösten, fuhr er fort: »Und was soll's auch, du hast doch mit denen im Grunde gar nichts mehr zu tun. Irgendwann regen die sich schon wieder ab. Du weißt doch, wie das läuft. Dann finden sie ein neues Opfer, über das sie sich aufregen können.«

Doch seine Worte erreichten sie nicht. In Lianes Bewusstsein war nur Platz für einen einzigen Gedanken: Sie war erledigt, ein für alle Mal gebrandmarkt. Sie sollten von hier wegziehen, das Haus verkaufen, woanders einen Neuanfang machen. Mit glasigem Blick starrte sie vor sich hin, gefangen in einem Mikrokosmos des Grauens, in dem nur eines Gültigkeit hatte – ihre soziale Hinrichtung, die vor den Augen aller stattgefunden hatte.

Die Ostertage verbrachte Liane im Bett, bei zugezogenen Vorhängen, während draußen die Frühlingssonne schien. Als Carl ihr das Telefon brachte und erklärte, Gesine sei am Apparat, sie mache sich Sorgen um sie, weigerte sie sich, dranzugehen. Und sie war kaum in der Lage, etwas zu essen, konnte nur Wasser und trockenes Brot zu sich nehmen, fast als wollte sie Buße tun. Ansonsten grübelte sie.

Carl unternahm noch einen zweiten Versuch, mit ihr über den Vorfall zu sprechen, doch Liane wiegelte ab. Er konnte ihr sowieso nicht helfen, denn dafür hätte sie ihm auch von allem anderen berichten müssen, und das kam absolut nicht infrage. Und so schob sie alles auf ihre eigene Schusseligkeit und behauptete, sich beim Einfügen der Videodatei einfach verklickt zu haben.

Erst am Ostermontag konnte sie wieder einigermaßen klar denken. Inzwischen hatte sie begriffen, dass der anonyme Briefeschreiber und Rotstiftkorrektor, auf dessen Konto auch dieser perfide Anschlag mit Sicherheit ging, erst dann Ruhe geben würde, wenn er ihr Leben in Stücke gehackt hatte. Es war höchste Zeit, sich zu wehren.

Sie duschte kalt, warf dann alle Grundsätze über Bord und kochte sich eine Tasse Kaffee, klappte den Laptop auf und gab *Privatermittler* ins Suchfenster ein.

Der Detektiv, ein gewisser Frank Ziegler, hatte sie am Telefon zunächst abwimmeln wollen. So kurzfristig sei ein Treffen nicht möglich. Und noch dazu an Ostern. Erst als Liane ihm den doppelten Tagessatz bot, ließ er sich umstimmen.

Der Mann, der ihr nun die Tür öffnete, war einen Kopf kleiner als Liane, dabei aber durchtrainiert und drahtig. Er hatte einen wachen Blick und einen festen Händedruck. Liane war sich sicher, mit ihm – und dem doppelten Honorar – die richtige Entscheidung getroffen zu haben. Sie musste der Sache nun endlich auf den Grund gehen.

»Dann erzählen Sie mal«, forderte er Liane ohne weitere Begrüßungsfloskeln auf.

Und Liane begann zu erzählen. Anfangs bemühte sie sich noch, die Reihenfolge der Ereignisse zu wahren, doch im Laufe ihres Berichts gelang ihr das immer weniger.

Die ganze Zeit über machte Frank Ziegler sich Notizen, in einer eigenartigen Mischung aus Stichworten und Steno, und stellte immer wieder Zwischenfragen. In konzentrischen Kreisen näherte er sich dabei dem Kern des Ganzen, was Liane einerseits erleichterte, weil es von einer schnellen Auffassungsgabe zeugte, sie andererseits aber auch ängstigte, da sie nicht die geringste Lust hatte, vor einem Wildfremden einen kompletten Seelenstriptease hinzulegen.

»Lassen sie mich die Fakten zusammenfassen«, sagte er, nachdem sie verstummt war, und lieferte ihr dann einen beängstigend klarsichtigen Überblick über ihr eigenes Elend.

»Die Person weiß, wo Sie wohnen. Die Person weiß, wo Matthias und Hortensie wohnen. Die Person weiß, wo Sie arbeiten, und hat dort ein Geschenk für Sie abgegeben, das darauf schließen lässt, dass sie Ihre persönlichen Vorlieben kennt, soll heißen Gebäck von der Gutenmühle?«

Mit einem Blick vergewisserte er sich, dass er den Namen richtig in Erinnerung hatte. Dann fuhr er fort: »Die Person verfügt über Schlüssel zu Ihrem Haus und zu Ihrer Praxis. Wie sie sich diese Schlüssel beschaffen konnte, ist im Moment noch unklar. Die Person weiß persönliche Dinge aus Ihrer Vergangenheit: Die Puppe im Garten ist Ihrer Meinung nach eine Anspielung auf den Tod Ihrer Schwiegermutter und – korrigieren Sie mich, wenn ich etwas Falsches sage – *K.* steht entweder für eine Familie Kessler, deren Sohn bei Ihnen in Therapie war, oder für eine gewisse Katharina, die Sie zuletzt Ende der Sechzigerjahre gesehen haben. Die Person kennt Ihre Mobilfunknummer. Die Person ist in Ihr Haus eingedrungen und hat eine kommentierte Ausgabe des *Stern* auf Ihrem Nachttisch hinterlassen, wobei diese Kommentare ebenfalls bestätigen, dass die Person Sie entweder seit Jahren kennt oder stalkt. Die Person ist in Ihre Praxis eingedrungen, hat Patientenakten fotografiert und sie dann entwendet. Weiterhin hat sich die Person Zugriff zu Ihrem Laptop verschafft, sie kennt also auch Ihr Passwort?« Er sah Liane fragend an.

Die stockte kurz und gab dann ein wenig kleinlaut zu: »Na ja, das ist nicht schwer zu knacken, es ist mein Geburtstag.«

»Autsch«, sagte Ziegler und verzog kurz das Gesicht. »Sie wissen, dass das nicht besonders clever war. Sie sollten das so schnell wie möglich ändern.« Als Liane folgsam nickte, nickte auch er, nahm seinen Stift wieder auf und fragte mit aufmerksamem Blick: »Eines verstehe ich nicht, was die Anspielungen auf K. und Ihre Schwiegermutter angeht: Womit will die Person Sie denn da überhaupt unter Druck setzen? Sie haben sich doch nichts zu Schulden kommen lassen?«

Liane schlug die Augen nieder. Dieser Mann, dachte sie, war nicht auf den Kopf gefallen. Hoffentlich war das Licht im Raum funzelig genug, dass man ihr die Lüge nicht ansah. »Ich weiß es auch nicht«, krächzte sie, räusperte sich und wiederholte den Satz mit mehr Nachdruck.

Er nickte, schob aber sofort die nächste Frage nach: »Und was ist mit den Briefen an Ihre beiden Kinder? Wobei sollen Sie gelogen haben? Und was sollen Sie Ihrer Tochter denn *angetan* haben?« Wieder dieser Blick, der inzwischen nicht mehr nur aufmerksam, sondern geradezu durchdringend war.

Liane stockte fast der Atem. »Ich wüsste es wirklich nicht. Ich habe bei der Erziehung immer mein Bestes gegeben.« Liane bemühte sich, noch ein wenig mehr in sich zusammenzusacken – ganz das zu Unrecht beschuldigte, tapfere kleine Mütterchen.

»Und diese Patienten auf dem Foto, wie hießen die?«

Liane nannte ihm die Namen. Ziegler notierte sie, blickte einen Moment lang fast versonnen auf seine Aufzeichnungen und fragte dann: »Und was ist das für eine Therapie, diese Festhaltesache?«

Liane erklärte ihm das Konzept und er nickte wieder, doch was er dann sagte, klang eher verhalten.

»Und das ist legal? Ich meine, für mich hört sich das … sagen wir mal so, ein bisschen … übergriffig an. Ich wüsste nicht, ob es mir gefiele, wenn mich ein doppelt so starker Typ sechs Stunden lang unter den Arm klemmt.«

Liane verzog das Gesicht und betrachtete den kleinen Mann mit dem dünnen blonden Haar und dem Spiddelbart. Am liebsten hätte sie ihm eine entsprechende Antwort verpasst, aber da leider *sie* es war, die Hilfe von *ihm* erwartete, verkniff sie es sich und räumte sogar ein: »Auf den ersten Blick mag das durchaus so wirken. Aber ich versichere Ihnen, dass diese Methode schon sehr vielen Menschen geholfen hat.«

Er schien sich das durch den Kopf gehen zu lassen. »Na ja«, sagte er dann, »ich muss mich ja auch nicht von Ihnen behandeln lassen. Zurück zur Sache. Nach allem, was Sie mir hier erzählt haben, glaube ich auf gar keinen Fall, dass es sich hier um einen x-beliebigen Stalker handelt, der durch Ihre Arbeit beim Fernsehen oder als Autorin auf Sie aufmerksam geworden ist. Dafür ist zu viel Insiderwissen dabei. Meiner Überzeugung nach muss es sich um jemanden aus Ihrem unmittelbaren Umfeld handeln.« Er legte den Kugelschreiber weg. »Möglicherweise sogar um ein Familienmitglied. Können Sie sich vorstellen, dass sich jemand aus Ihrer Familie an Ihnen rächen will? Ihr Mann oder eines Ihrer Kinder?«

Liane stieß die Luft aus. »Wie bitte?«

»Ich kann mir gut vorstellen, dass dieser Gedanke erst mal fremd für Sie ist. Aber ich habe schon einige Fälle in der Richtung auf dem Tisch gehabt. Erst letztes Jahr einen Mann, der seine wohlhabende Frau vorzeitig beerben wollte, indem er die Bremsen an ihrem Fahrzeug manipuliert hatte. Davor hat er sie überall als Nervenwrack hingestellt.«

»Aber«, stammelte Liane, »ich bin nicht reich. Alles, was wir besitzen, besitzen wir gemeinsam.«

»Ich bitte Sie nur, alle Möglichkeiten in Betracht zu ziehen. So etwas kommt immer wieder vor. Denken Sie noch einmal in Ruhe nach, wer davon profitiert, wenn Ihnen etwas zustößt.«

Liane, Winter 1985/1986

In den darauffolgenden Wochen leistete Carl Abbitte. Er hatte Urlaub genommen, einen ganzen Monat lang, und übernahm in dieser Zeit Nancys Aufgaben oder versuchte es zumindest. Und Liane nutzte die Zeit, um endlich ihr Manuskript über die Festhaltetherapie zu beenden, eine Vortragsreihe zu starten und mit Neles Vater ins Bett zu gehen.

Wann immer es möglich war, traf sie sich mit Alexander in der Hütte am Motzenweiher, einem kleinen, modrigen Waldsee, den sie damals zusammen mit dem Hellsternhof erworben hatten. Anfangs hatte Carl vorgehabt, die Hütte *für Abenteuer mit den Kindern* zu nutzen, und sie deshalb mit einem Kanonenofen und einem rustikalen Matratzenlager ausgestattet, aber das war, bevor ihm schon der ganz normale Familienalltag als Abenteuer reichte.

Liane aber genoss nun jede Minute dort. Von jeher hatte sie den Wald geliebt, seine Einsamkeit und das Geheimnis, das ihn umgab. Doch sich mit ihrem Liebhaber dort zu treffen, das war eine Steigerung, die ihresgleichen suchte. Der leise Nervenkitzel, wenn sie noch vor Alexander dort ankam und aus dem Wagen stieg und um sie her nur Laubrascheln und das Knacken der Äste zu hören war. Mit einem Mal erschien ihr alles wie in einem Rausch. Die Tage waren klarer, die Farben krasser, ihr ganzes Leben kontrastreicher. Und zum ersten Mal staunte sie über sich selbst – darüber, wie wenig sie sich bisher offenbar gekannt hatte. Während sie sich mit Alexander auf der Matratze wälzte, fragte sie sich, warum sie nicht schon viel früher von der Frucht des Verbotenen gekostet hatte. Dabei ging es ihr nicht nur um schnöden Sex, ganz und gar nicht, auch wenn Alexander ein erfahrener Liebhaber war, der – ganz anders als Carl – nimmermüde darauf achtete, auch *ihre* Bedürfnisse zu befriedigen. Nein, worin sie förmlich badete, wonach sie mit der Zeit süchtig wurde, das war seine Bewunderung, die sich bisweilen zu einer regelrechten Euphorie steigerte. Sie sei die schönste Frau der Welt und klug dazu; noch nie habe er eine Frau wie sie kennengelernt; er denke Tag und Nacht an sie. Wie ein Schwamm saugte sie seine Komplimente auf. Und sie liebte auch das Spielchen, das Alexander und sie trieben, wenn er zweimal die Woche auf den Hellsternhof gefahren kam, um seine Tochter abzuholen – Nele war nämlich jetzt regelmäßig zum Spielen bei Gesine, auch wenn die das nur widerwillig hinnahm. Bei diesen Gelegenheiten bohrte sich sein Blick in ihren und Liane spürte, wie er in Flammen stand. Nach Jahren der seelischen Brache war ihre Genugtuung und die schiere Freude über ihre Macht so groß, dass sie mehr als einmal versucht gewesen war, Carl davon zu erzählen, nur um seinen zornigen Blick und die rasende Eifersucht darin auszukosten. Ja, es stimmte: Rache war süß. Und auch ohne es ihm zu sagen, genoss sie jede Sekunde mit Alexander in dem Bewusstsein, Carl zu hintergehen.

Leider ging Carls Urlaub viel zu schnell zu Ende, und als er Ende Januar wieder zur Arbeit musste, sah sich Liane gezwungen, die Dienste einer teuren Tagesmutter in Anspruch zu nehmen. Diese unsägliche Frau stopfte Hortensie mit allem möglichen Mist voll, so dass die Kleine immer öfter Probleme beim Essen machte. So schlug sie Liane den Löffel aus der Hand, wenn sie ihr morgens den Frischkornbrei gab, und verlangte stattdessen »Beezel, Beezel«, was Liane nicht als den Ruf nach Diätmargarine interpretierte, sondern nach den in ihrem Haus verpönten Weißmehlbrezeln. Doch eine andere Tagesmutter gab es nicht, und da Liane auch weiterhin vormittags praktizieren wollte, musste sie die Frau und ihre Dummheit fürs Erste in Kauf nehmen.

Bei der Suche nach einem neuen Au-pair kam Liane einfach nicht weiter. Zwar überschlug sich die Agentur darin, ihr immer neue Kandidatinnen vorzuschlagen, doch fielen die meisten schon aufgrund ihres Bewerbungsfotos durch das Raster: zu hübsch, zu keck, zu dämlich. Und so forderte Liane immer neue Bewerbungen an, von denen trotzdem keine ihre Erwartungen erfüllte.

Es war an einem Abend im Februar, als Liane die Druckfahnen ihres Buches durchsah oder es jedenfalls versuchte. Schon zum dritten Mal hörte sie die stampfenden Schritte von Matthias die Treppe hochkommen. Entnervt blickte sie auf. Es klang, als würde der Junge einen Materialermüdungstest durchführen, um herauszufinden, beim wievielten Mal das Holz der Treppenstufen unter ihm nachgäbe. Liane seufzte resigniert. Diese Wochen seit dem Ende von Carls Urlaub gehörten zu den aufreibendsten in ihrem Leben. Inzwischen bedauerte sie ihre überstürzte Reaktion, Nancy auf der Stelle aus dem Haus befördern zu lassen. Warum hatte sie sich bloß so von ihren Gefühlen leiten lassen? Sie hätte sie noch ein bisschen länger dabehalten und ihr extra viel Arbeit aufbrummen sollen, zumindest so lange, bis sie ein neues Au-pair gefunden hatte – eines, das so unattraktiv war, dass noch nicht einmal Carl in Versuchung geriet. Stattdessen saß sie jetzt todmüde und abgekämpft über ihrer Arbeit und hätte schreien mögen, als die Tür aufging und schon wieder Matthias dastand, mit einem entschuldigenden Lächeln im Gesicht.

Liane gab sich Mühe, zurückzulächeln, auch wenn sie ihn am liebsten auf der Stelle weggeschickt hätte, um zu ihrem Text zurückzukehren. Heute Abend spürte Liane den Druck fast körperlich, und wenn nicht bald Ruhe im Haus einkehrte, würde sie sich für diese verdammten Fahnenkorrekturen wieder die Nacht um die Ohren schlagen müssen. Das alles hier kam ihr wie im Bauerntheater vor: Tür auf, Tür zu, Tür auf, Tür zu – genau wie bei diesem grässlichen Stück der Rosenauer Laienbühne, zu dem Carl sie vor einer Weile geschleppt hatte. Als sie noch eine Kinderbetreuung gehabt hatten.

Liane atmete tief durch und betrachtete ihren ältesten Sohn. Matthias war mit seinen sieben Jahren ein einfühlsamer Junge und wusste sehr wohl, wie wenig willkommen ihr die Unterbrechung war. So stand er nun in der Tür und flüsterte. Mit überdeutlichen Lippenbewegungen formte er die Worte und war dabei kaum zu hören, so als würde die Störung dadurch weniger gewichtig.

»Kann ich zum Einschlafen meine Jim-Knopf-Kassette hören?«

»Ja«, sagte sie streng, »aber leise, damit Hortensie nicht aufwacht.« Dann wandte sie sich wieder ihren Druckfahnen zu. Doch Matthias blieb stehen.

»Ist noch was?«, fragte sie, ihre Ungeduld nur notdürftig unterdrückend.

»Dann brauche ich meinen Kassettenrekorder. Gesine will ihn mir aber nicht zurückgeben.«

»Ihr wisst, dass ihr das untereinander ausmachen müsst. Ihr seid jetzt alt genug, um solche Konflikte selbst beizulegen.«

Liane hatte nie viel davon gehalten, Kindern gegenüber eine Art Infantilsprache zu verwenden. Matthias begriff genau, was sie meinte, und die Tür des Bauerntheaters schloss sich sofort. Liane vertiefte sich wieder in ihre Ausführungen über das Lösen von Bindungsstörungen bei Kindern durch Halten. Vielleicht hätte sie zuerst ein Buch über die Ruhe im Haus ab 19 Uhr schreiben sollen! Wie zur Bestätigung dieser Idee schwang die Tür erneut auf. Diesmal war es Gesine.

»Ich möchte auch Kassette hören«, jammerte sie.

»Einigt euch«, sagte Liane kurz angebunden und wandte sich wieder den Fahnen zu.

So ging das jetzt schon seit zwei Wochen. Jedes Mal, wenn sie versuchte, auch nur ansatzweise zu arbeiten, ging die Tür auf und irgendjemand wollte etwas von ihr. Wieso war Carl eigentlich nicht in der Lage, da unten für Ruhe zu sorgen! Wo er doch jetzt wenigstens physisch präsent war. Wahrscheinlich lag er wieder schlafend vor dem Fernseher und bekam nichts von dem mit, was um ihn herum geschah. Sein anfänglicher Eifer, aus Reue und Verlustangst geboren, hatte inzwischen deutlich nachgelassen. Er war jetzt wieder einzig und allein *der Arzt*. Und sie, sie war seit Wochen, nämlich genau seit er wieder in die Klinik ging, mit nichts anderem beschäftigt als damit, mit allen Bällen gleichzeitig zu jonglieren wie ein Zirkusclown: Kinder herumfahren, Patienten empfangen, kochen, waschen, aufräumen, putzen. Und nur deshalb war sie auch mit der Fahnenkorrektur so ins Hintertreffen geraten – schließlich kam sie immer erst nachts zum Lesen. Wie oft hatte sie sich in den letzten Tagen bei dem Wunsch ertappt, Carl die Kinder ins Krankenhaus zu fahren, sie im Ärztezimmer abzustellen und ihm viel Spaß bei der Arbeit zu wünschen. Wenn *er* unter diesen Bedingungen Patienten behandeln müsste! Aber *ihr* konnte man das ja zumuten. Sie konnte Psychotherapeutin sein, Bücher überarbeiten *und* gleichzeitig fünf Kinder hüten und kochen und putzen und waschen und nebenher noch diverse Säcke voller Flöhe hüten.

»Es hat dich ja keiner gebeten, dir das alles ans Bein zu binden!«, hatte er gestern sogar zu sagen gewagt. Sie hätte ihm am liebsten ins Gesicht geschlagen.

Liane hörte ein Geräusch. Sie fuhr herum und sah, dass Gesine immer noch in der Tür stand. Und hinter ihr tauchte auch schon Matthias auf. Mühsam beherrscht sagte sie: »Jetzt ist Schluss. Ich habe euch oft genug gesagt, ihr sollt euch einigen. Nun müsst ihr über euer Verhalten nachdenken. Ihr setzt euch jetzt sofort auf den stillen Stuhl und bleibt dort so lange, bis ich euch rufe!«

Unverzüglich machten die beiden auf dem Absatz kehrt und Liane atmete ein paarmal tief durch, um sich zu beruhigen. Das wirkt doch immer wieder Wunder, dachte sie und wandte sich wieder der Druckfahne zu.

Wo war sie noch gleich gewesen? Ach ja, bei dem Wunsch des Kindes, während der Festhaltetherapie zur Toilette zu gehen. Und dass man diesem Wunsch unter keinen Umständen nachgeben dürfe, da es sich um einen Fluchtversuch handeln könnte. Sie stellte den Satz um, nahm eine kleine Streichung vor. Ja, so würde es gehen. Sie blätterte um und begann, sich in das nächste Kapitel einzulesen, als sie von unten schon wieder lautes Gezanke hörte. Liane spürte, wie sich ihr Körper verkrampfte. Wo verdammt noch mal war Carl? Der Mann, der diese vielen Kinder doch so sehr gewollt hatte! Alles, alles hatte sie ihm gegeben, hatte ständig um seine Bedürfnisse herumgewirtschaftet, immer in der Angst, ihn vielleicht wieder teilen zu müssen oder sogar ganz zu verlieren. Aber seit Hortensie auf der Welt war, nein, eigentlich schon seit Lilo, hatte er sich mehr und mehr aus der Erziehung herausgehalten, eigentlich aus allen Familienangelegenheiten. Inzwischen kam er nur noch zu den Elternabenden in der Waldorfschule mit. Und da konnte sie sich ja denken, warum. Lianes Empörung drohte übermächtig zu werden. Sie spürte, wie ihr Herz vor Zorn schneller schlug. Es war unglaublich. Und das nach allem, was dieser Mann sich geleistet hatte. Eigentlich müsste er tagtäglich zu Kreuze kriechen und sie um Vergebung bitten. Stattdessen lag er jetzt wahrscheinlich wieder tiefenentspannt auf dem Sofa und hatte bereits das fünfte oder sechste Bierchen intus.

Eine Weile lang saß sie einfach so da und versuchte, mithilfe der Bauchatmung wieder etwas ruhiger zu werden. Sie verschränkte die Arme hinter dem Kopf, so wie es ihre Yogalehrerin ihr gezeigt hatte. Ein und aus, ein und aus. Sie würde wieder ganz ruhig werden. Ein und aus. Morgen musste sie die Druckfahne mit den Korrekturen in die Post geben, sonst käme die Sendung nicht rechtzeitig im Verlag an. Ein und aus. Also den nächsten Satz. Lies einfach weiter, motivierte sie sich selbst. Noch zwanzig Seiten, dann hast du es geschafft.

Auf einmal dröhnte es durch die Decke. *I like Chopin* von Gazebo, Gesines Lieblingslied, war so laut aufgedreht, dass sie hier in ihrem Arbeitszimmer ein Stockwerk darüber jedes Wort verstand. Nun war es bloß noch eine Frage von Sekunden, bis Hortensie aufwachen und losbrüllen würde. Da jetzt eh schon alles egal war, riss sie die Tür auf, schrie »Leiser« und ließ sich wieder auf ihren Schreibtischstuhl plumpsen.

Plötzlich hörte sie unten einen Knall. Dann Geschrei, Geheule, das sich steigerte und begleitet wurde von polternden Schritten auf der Treppe. Liane fasste sich an den Kopf und umklammerte ihren Schädel mit den Fingern, damit er nicht explodierte. Inzwischen war das Geschrei, das eben noch gedämpft zu hören gewesen war, zu einem ohrenbetäubenden Gekreische geworden. Ganz langsam löste Liane die Hände von ihrem Kopf und drehte sich um: Da stand Gesine. Mit ihren sieben Jahren hielt sie die zappelnde Hortensie fest umklammert.

»Die is aufgewacht«, sagte sie mit beifallheischendem Blick.

Dicht dahinter schrie Matthias: »Die Gesine hat meine Kassette kaputt gemacht!«, und hielt anklagend die Jim-Knopf-Kassette hoch, aus der etwa fünf Zentimeter Band heraushingen.

Liane starrte erst Gesine, dann Matthias an. Es vergingen ein paar Sekunden, in denen sie nur atmete. Dann sagte sie beängstigend ruhig: »Hatte ich euch nicht gesagt, dass ihr NACHDENKEN sollt?«

Matthias zeterte unbeirrt weiter, Hortensie schrie und zappelte nach wie vor. Auch Gesine wollte, was die Aufmerksamkeit ihrer Mutter anging, nicht ins Hintertreffen geraten und forderte kühl: »Es ist UNSER Kassettenrekorder, ICH darf genauso hören wie der. Und ICH will jetzt Gazebo hören.«

Spätestens da wurde Liane klar, dass die Methode des stillen Stuhls diesmal vollständig versagt hatte. Mit zwei Schritten trat sie auf Gesine zu, riss ihr Hortensie aus dem Arm und sagte mit zusammengepressten Lippen: »Kommt mit!« Dann stürmte sie allen voran die Treppe hinunter ins Wohnzimmer, wo Carl – wie Liane es vorhergesehen hatte – bei laufendem Fernseher auf dem Sofa lag und schnarchte. Grob rüttelte sie ihn wach, setzte ihm mit so viel Schwung das Kind auf den Bauch, dass er nach Luft japste, und ging dann zur Wohnzimmertür, wo Gesine und Matthias stehen geblieben waren. »So«, sagte sie mit eiserner Freundlichkeit, nahm die beiden Kinder fest an die Hand und zerrte sie hinter sich her, die Kellertreppe hinunter. »Was machst du, Mama?«, fragte Matthias weinerlich und versuchte sich loszureißen, doch Lianes Hand umschloss die seine wie ein Schraubstock. »Schalt das Licht an«, befahl Liane Gesine, die sofort gehorchte.

Im Keller angekommen, machte Liane Halt und sah dann von einem Kind zum anderen. Äußerlich ganz ruhig, aber mit einem gefährlichen Glanz in den Augen sagte sie: »Da ihr auf dem stillen Stuhl nicht nachdenken wolltet, werdet ihr es jetzt hier in einem *Nachdenkraum* tun.«

Sie öffnete erst die Tür zum Waschkeller, führte Gesine hinein und verschloss die Tür hinter sich, dann sperrte sie Matthias in den Keller mit dem Gerümpel. »Nicht da rein, nicht zu der …!«, hauchte er, doch seine Stimme versagte gleich wieder. Liane entgegnete nichts. Die Zeit des Gutzuredens war vorbei. Nun war Handeln angesagt. Matthias unternahm einen letzten verzweifelten Versuch, sich an ihr festzuklammern, doch Liane pflückte ihn ab wie eine reife Beere, stieß ihn von sich und verschloss auch diese Tür. Matthias schrie wie am Spieß und auch aus Gesines Heizungskeller drang Gebrüll, wenngleich ihres eher einem Wutgeheul glich.

Euch werde ich helfen, dachte Liane, mich hier bis aufs Blut zu reizen.

Zu guter Letzt öffnete sie das Türchen vom Sicherungskasten und drehte die Sicherungen für den Keller heraus. Die Dunkelheit würde diesen Kindern ihr Mütchen schon kühlen.

Annamaria, Gumpiger Donnerstag, 26. Februar 1987

»Ich will da nicht hin!«, ruft Matthias so verzweifelt, dass es Annamaria in der Seele wehtut.

»Ich will ja auch nicht«, sagt sie beklommen, »aber alle deine Geschwister wollen und du kannst nicht alleine hierbleiben.« Annamaria hat selbst ein mulmiges Gefühl und will nicht zum Narrensprung mit anschließendem Umzug. Wenigstens wird von ihr nicht erwartet, dass sie mit den Kindern zum Nachtfräuleinspiel ins Ried geht. Annamaria wundert sich ohnehin, dass Liane so auf diesem Umzug besteht. Sie weiß doch, was Annamaria vor genau einem Jahr erlebt hat. Wieso schickt sie sie ausgerechnet heute auf die Fasnet?

»Du bist ein Schisshase, ein Schisshase!«, ruft Gesine vom anderen Ende des Wohnzimmers her.

»Aber warum kann ich nicht hierbleiben?«, wendet Matthias sich wieder an Annamaria. »Mama ist doch gleich nebenan.«

»Ja, aber sie hat nachher mit den Handwerkern zu tun und kann nicht auf dich aufpassen.«

»Sie muss ja auch nicht auf mich aufpassen. Papa ist doch auch da.«

»Ich weiß, ich weiß«, sagt Annamaria. Sie will nicht noch einmal nachfragen, denn sie hat das Gefühl, dass sich Lianes Verhalten ihr gegenüber verändert hat. Es kommt ihr vor, als würde Liane sie beobachten, jeden ihrer Schritte. Dabei wäre es ihr noch aus einem anderen Grund sehr recht, wenn Matthias dabliebe: Dann könnte sie nämlich auch Stella hierlassen. Sie ist ein bisschen in Sorge wegen eines hartnäckigen Hustens, der einfach nicht besser werden will. Und sicher ist das Warten in der Kälte da nicht unbedingt gut. So warm kann sie die Kleine gar nicht anziehen. Aber Liane hat da eine dezidierte Meinung, wie sie es nennt, und von der weicht sie keinen Millimeter ab: Es gibt für sie kein schlechtes Wetter, sondern nur unpassende Kleidung. Kann Annamaria es da wagen, sich schon wieder Lianes Unmut zuzuziehen? Den ganzen Tag über wirkt sie schon wie angefasst. Doch dann greift Matthias plötzlich nach ihrer Hand und Annamaria fängt seinen verzweifelten Blick auf. Er ist den Tränen nah. Und so beschließt sie spontan: »Ich rede noch mal mit ihr, in Ordnung?«

Annamaria geht aus dem Haus und läuft den von einer uralten Buchsbaumhecke gesäumten Plattenweg entlang, der direkt zum Nebengebäude führt. Dort ist Lianes Praxis untergebracht, die zu

Annamarias Verwunderung schon wieder renoviert worden ist. Obwohl doch alles tipptopp war und eigentlich vorher viel schöner. Liane hat die hübschen Sprossenfenster rausreißen und zumauern lassen. Stattdessen gibt es jetzt schießschartenartige Öffnungen, die so hoch liegen, dass kein Mensch, außer er ist ein Riese oder geht auf Stelzen, aus diesem Fenster hinausschauen kann. Aber das soll so sein, hat Liane ihr erklärt, wegen der Privatsphäre der Patienten.

Noch etwas hat Liane austauschen lassen: die alte Tür mit den Schnitzereien. Dabei hat sie die doch vor Kurzem erst aufarbeiten lassen. Warum hat sie jetzt stattdessen dieses Monsterding, wo sie doch sonst so großen Wert darauf legt, dass das ganze Haus im Stil der Zeit bleibt? Annamaria macht vor der neuen, modernen Tür Halt. Sie steht einen Spalt breit auf. Jemand redet laut, das muss Carl sein. Aber warum klingt er so wütend?

»… haben wir uns damit total übernommen!«

»Du redest Unsinn. Bei mir läuft es so gut wie noch nie. Die Patienten rennen mir die Bude ein, das Buch ist ein Renner und jetzt habe ich sogar eine eigene Sendung!«

»Trotzdem wäre es mir lieber gewesen, wenn wir das Geld zuerst gehabt hätten, bevor wir es ausgeben.«

»Aber verstehst du denn nicht: Ich brauche diesen Schallschutz!«

»Hättest du ihnen das Ganze nicht einfach erklären können?«

»Das kann man niemandem erklären. Einem Laien nicht. Und Kindern schon gar nicht. Wenn da stundenlanges Schreien zu hören ist, wollen die doch wissen, was da los ist!«

Annamaria stutzt. Was kann man nicht erklären, worum geht es hier überhaupt?

Plötzlich hört sie hinter sich ein Geräusch. Sie dreht sich um und da steht Gesine vor ihr, in ihrem ungeliebten Baumkostüm. *Die Nele darf Prinzessin sein, ich will auch eine sein,* hat das Kind wochenlang gebettelt. Aber in diesem Haus werden nun mal keine *dümmlichen Klischees* bedient.

»Was machst du hier?«, fragt Gesine und beäugt Annamaria mit braun geschminktem Gesicht. Der Kontrast zu ihren leuchtend blauen Augen ist eigenartig und lässt ihren Blick noch ausdrucksloser, noch rätselhafter wirken. Ob sie begreift, dass ich gelauscht habe?, fragt sich Annamaria. Und es womöglich Liane erzählt?

Annamaria beschließt, diese Frage zu ignorieren. Sie klopft energisch an die offene Tür, ruft »Hallo!« und betritt den Gang. Die Räumlichkeiten kommen ihr irgendwie enger vor, als sie sie in Erinnerung hat. Und da begreift sie: Man hat die Wände und Decken verkleidet. Und außerdem einen Teppichboden verlegt, was Annamaria noch mehr erstaunt als alles andere. Hat Liane nicht einen ungeheuerlichen Ekel vor Teppichböden?

Als sie den Behandlungsraum betritt, sehen Carl und Liane ihr entgegen. Ihre Gesichter sind rot vor Zorn.

»Entschuldigt, dass ich störe. Aber Matthias will partout nicht mit zum Umzug. Vielleicht kann er ja doch hierbleiben?«

»Ich will, dass Papa mit uns zum Umzug geht!«, sagt da Gesine von hinten und läuft zu ihrem Vater. »Bitte, bitte! Und du sollst die …«

Da schneidet Liane ihr grob das Wort ab. »Jetzt reicht es aber! Ich habe hier so viel zu tun, dass ich nicht weiß, wo mir der Kopf steht. Der eine will dies, der andere will das, ihr geht jetzt alle zusammen zum Umzug, und damit basta!« Sie packt Gesine an der Schulter und führt sie nach draußen. Annamaria folgt den beiden. Sie ist ein wenig überrascht über Lianes heftige Reaktion. Bisher hat sie immer geglaubt, Liane hätte es auf *sie* abgesehen. Aber wahrscheinlich ist sie einfach insgesamt ziemlich angespannt. Was ja auch kein Wunder ist, wie Annamaria findet, sie selbst wäre bei dem Arbeitspensum längst verrückt geworden.

An Annamaria gewandt, sagt Liane, jetzt schon wieder etwas freundlicher: »Ihr geht jetzt bitte alle zusammen zum Umzug.«

»Komm, Gesine«, sagt Annamaria und streckt die Hand aus, die

Gesine zu ihrem Erstaunen gleich ergreift, und sie lässt sich auch anstandslos von ihr davonführen.

»Tut mir leid!«, sagt Annamaria über die Schulter hinweg zu Liane.

Als sie zurück ins Haus kommt, rasen ein als Laubfrosch verkleideter Ruben und eine Mutter-Erde-Lilo wie die Irren durchs Wohnzimmer. Matthias sitzt als Einstein bei Stella und Hortensie auf dem Boden, inmitten des Bauklötze-Chaos, und sieht ihr mit hoffnungsvollem Blick entgegen. Annamaria geht direkt auf ihn zu, kniet sich hin, atmet tief durch und sagt mit einer Munterkeit, die sie nicht empfindet: »Ich habe eine Idee. Wir konzentrieren uns ganz aufs Bonbonsammeln, du und ich. Und weißt du was …« Sie beugt sich zu ihm vor und flüstert ihm ins Ohr: »Du bekommst alles, was *ich* sammle, auch noch.«

Matthias nickt resigniert.

Auf dem Weg in die Stadt kommt sie sich vor wie ein Zirkusdompteur, mit den bunten Kreaturen um sich herum, die es zu bändigen gilt. Die Kinder sind außer Rand und Band, was bestimmt auch mit den Leckereien zusammenhängt, die sie zu bekommen hoffen. Zum einen sind da die Verzehrbons für die Rosenweckle, die jedes Kind vom Narrenverein geschenkt bekommen hat. Und dann natürlich die Jagd nach den Süßigkeiten, die die Narren beim Umzug von ihren Wagen aus in die Menge werfen werden. Und wäre Matthias nicht so furchtbar unglücklich, würde es Annamaria vielleicht gelingen, ihr eigenes Unbehagen beiseitezuschieben. Aber beim Anblick des Jungen, wie er mit hängenden Schultern den Bürgersteig entlangschleicht, verstärkt sich ihre Beklommenheit und sie würde am liebsten auf der Stelle umkehren, unter irgendeinem Vorwand. Als sie von Weitem die Trommeln des Fanfarenzugs hört, kann sie sich nicht mehr wehren gegen die Angst, die unerbittlich in ihr hochsteigt, ihre Handflächen feucht werden lässt und ihre Kehle eng. Zum Glück hat sie sich bis zur Unkenntlichkeit kostümiert, als Hexe, mit einer Pappnase im Gesicht und die Haare zu einem wirren Etwas toupiert. Dennoch muss sie sich immer wieder selbst beruhigen. Niemand wird ihr heute etwas tun, schließlich ist sie mit den Kindern da. Unentwegt wiederholt sie die Worte in ihrem Kopf: Ich bin nicht allein, mir wird nichts passieren. Die Narren werden mich nicht mitnehmen, ich hab ja Kinder dabei.

In der Klosterstraße finden sie noch eine freie Stelle, an der sie alle Platz haben. Annamaria stellt die Kinder so auf, dass sie so viel wie möglich sehen und natürlich auch sammeln können: den Kinderwagen mit Hortensie und Stella in die Mitte, Ruben und Lilo links und rechts daneben und außen stehen Gesine und Matthias. Sie selbst achtet darauf, dicht neben dem Jungen zu bleiben, als Schutzschild gewissermaßen, auch wenn sie natürlich nicht gerade groß ist und gegen die Narren nicht viel ausrichten kann.

»Habt ihr alle eure Beutel parat?«, fragt Annamaria, aber es ist mehr eine Pro-Forma-Frage, denn das muss man ihnen nicht sagen, deshalb sind sie ja gekommen, wegen der Bonbons. Und dann geht es auch schon los. Den Auftakt machen die Ehinger Narren, danach kommen gleich die Lauratalgeister. Annamaria merkt, wie ihr Herz schneller schlägt, doch sie ignoriert es mit aller Macht. Und da werden auch schon die ersten Süßigkeiten geworfen, ein Regen an Bonbons geht nieder. Plötzlich laufen alle durcheinander und bücken sich und versuchen, so viele Bonbons wie möglich zu ergattern. »Ich hab vier Bonbons!«, ruft Gesine aufgeregt. »Ich hab zwei!«, ruft Ruben. Lilo hat gar keine Zeit, irgendetwas zu rufen. Ein wenig langsamer als die anderen patscht sie mit ihren ungeschickten Händchen auf den Boden, aber die Bonbons sind immer schon weg, wenn sie kommt, und so gibt Annamaria ihr ein paar von ihren Bonbons und drückt Hortensie, damit sie im Wagen sitzen bleibt, einen Lolli in die Hand. Matthias sagt gar nichts. Schweigend sammelt er die Bonbons, danach steht er sofort wieder so aufrecht und steif wie ein Zinnsoldat da und beobachtet zaghaft das Treiben um sich herum. Dann kommen die Waldweible, die noch freigiebiger sind, so dass die Kinder hin- und herspringen, um all die Schätze zu bergen. Eines der Waldweible bleibt vor dem Kinderwagen stehen, zieht zwei Bonbons aus seinem Beutel, legt den Kopf schief und nähert sich Hortensie und Stella mit einem Gurren. Die Waldweible haben ein freundliches Gesicht, trotzdem sind die beiden Kleinen starr vor Schreck, als ihnen das Weible neckisch mit einem Fuchsschwanz im Gesicht herumwedelt. Dann drückt es ihnen die Bonbons in die Hand und verschwindet.

Häs und Lumpenkapellen und Fanfarenzüge ziehen an ihnen vorüber, Narrenrufe erklingen: »Wetterhexa!« – »Hexawetter«, »Henkerhaus!« – »Lass d'Narre raus!« Wer die richtige Antwort nicht weiß, dem werden die Haare verstrubbelt oder er bekommt Konfetti in den Kragen; manchmal wird einem auch mit der Streckschere der Hut geklaut. Immer mehr Bonbons regnen herab und so verliert auch Matthias langsam seine Scheu. Selbst Annamaria lässt sich von der Begeisterung der Kleinen ein wenig anstecken und findet beinahe Gefallen daran, sich auf die Bonbons zu stürzen und so viele wie möglich zu ergattern. Nur wenn die Hästräger mit ihren Netzen und ihren fahrenden Hexenhäusern kommen, um vorzugsweise junge Mädchen einzufangen und mitzunehmen, spürt Annamaria, wie ihr ganz bange wird. Wenn die Augen hinter den starren Holzmasken sie ins Visier nehmen, muss sie all ihre Kraft aufbieten, um nicht einfach auf und davon zu rennen.

Nach über einer Stunde wird Stella quengelig. Annamaria hat den Eindruck, dass ihr Husten schlimmer geworden ist. Die Rosenauer Masken sind zum Glück bis jetzt noch nicht aufgetaucht. Erst wundert sich Annamaria darüber, aber dann fällt ihr wieder ein, dass die Gastgeber ja ganz am Schluss gehen. Sie unternimmt einen halbherzigen Versuch, die Kinder zum Gehen zu bewegen, aber außer Matthias wollen natürlich alle bis zum Schluss bleiben.

Sie bitten und betteln, und da will Annamaria ihnen den Spaß nicht verderben. Sie sagt sich, dass sie das schon durchstehen wird, vielleicht wird es ihr sogar guttun, sich dem Anblick der Nachtfräulein noch einmal auszusetzen, damit sie ihr Trauma ein für alle Mal überwindet.

Und dann hört sie die ersten Takte von *Noi, noi, s isch nix passiert* und die Spieler der Lumpenkapelle Rosenau tauchen auf. Schneller als ihr lieb ist, sind sie da. Schrill klingen die Trompeten und Posaunen, und die Trommeln donnern so laut, dass Annamaria sich beeilt, die ganze Kinderbande ein Stück weit nach hinten zu bugsieren. »D'Linseweible!«, rufen die ersten Rosenauer Narren, während sie den Leuten mit dem Besen zwischen die Füße gehen, und von überall her tönt die Antwort: »No' a Scheitle!« Kurz darauf folgen die Donaugriebler mit ihrem Ruf: »Der Griebler isch weg!«, und die ausgelassenen Rosenauer schreien zurück: »Jetzt hosch de Dreck!« Holzratschen knattern laut und Schellenstäbe klingeln.

Und dann tauchen sie auf, die Nachtfräulein mit ihren dunklen Gewändern und den unheimlichen Höckern am Hinterkopf. Und beim Anblick der bleichen, zu einem ewigen Lächeln erstarrten Frauengesichter ist die Angst auf einmal wieder da und auch die Ohnmacht. Annamaria will fortlaufen, aber sie ist wie festgewachsen, kann sich nicht von der Stelle rühren und nimmt hilflos wahr, wie die Gestalten in ihren weiten Gewändern auf sie zugleiten, und da wird auch schon ein Netz über sie geworfen und zwei Nachtfräulein führen sie davon. Annamaria ist wie gelähmt. Aber ich hab doch die Kinder dabei, denkt sie noch, und schon verschwindet sie in einem Meer aus Gewändern, einem Meer aus Nachtfräulein, die sie zu ihrem Wagen bringen. In dem Moment löst sich ihre Erstarrung und sie beginnt sich zu wehren, sie greift in das Netz, will es von sich herunterziehen, und als sie sich endlich befreit hat, beginnt sie auf die Nachtfräulein einzuschlagen, sie schlägt und schreit und kreischt, kann gar nicht mehr aufhören zu kreischen.

»Isch ja gut, isch ja gut, Mädle!«, hört sie eine dumpfe Stimme, und eine andere sagt: »Die spinnt ja!« Und dann ist da plötzlich die Stimme von Matthias, ängstlich und dünn. »Lasst sie in Ruhe!«, ruft er und auf einmal ist alles vorbei. Sie steht wieder am Straßenrand und Matthias hält ihre Hand. Die Kinder, Ruben und Lilo und Gesine, sehen sie mit großen Augen an. Überhaupt sehen alle Leute sie an, sie sehen sie an und schütteln den Kopf. »Id ganz dicht«, hört Annamaria jemanden sagen; drei braunhaarige Mädchen stecken die Köpfe zusammen und brechen in Gelächter aus.

»Komm, Annamaria«, sagt Matthias, »wir gehen nach Hause.« Er drückt ihr Lilo in die eine Hand, Ruben in die andere, nimmt den Kinderwagen und schiebt ihn vor sich her, wobei er sich immer wieder zu Annamaria umdreht, so als sei er der Erwachsene und sie das Kind.

So trotten sie davon, Annamaria mit Lilo und Ruben an der Hand, davor Matthias mit dem Kinderwagen und den beiden Kleinen darin und vorne an der Spitze Gesine, die forsch ausschreitet und sich nicht ein einziges Mal umblickt. Da fragt Lilo: »Warum hast du so geschrien?«

Annamaria schluckt trocken und antwortet dann: »Ich hatte Angst vor den Masken.«

»Ich hab auch Angst vor den Masken«, antwortet Lilo und sieht zu ihr hoch.

Ruben drückt ihre Hand und erklärt ihr ganz ernst: »Du brauchst keine Angst vor den Nachtfräulein zu haben. Das sind alles nur ganz normale Leute unter den Kostümen.«

Nach einer Weile hat Annamaria sich wieder im Griff. Ihr Ausbruch von vorhin ist ihr jetzt peinlich. Wie hat sie sich da nur so hineinsteigern können? Hoffentlich erzählen die Kinder Liane nichts davon, denkt sie, bedankt sich bei Matthias und schiebt den Kinderwagen das letzte Stück den Hügel hinauf. Kurz vor dem Hellsternhof bemerkt Annamaria, dass Gesine immer langsamer wird, sich zurückfallen lässt. Als Annamaria sich wieder nach ihr umdreht, ist sie mit dem Rücken zu ihr stehen geblieben und scheint an irgendetwas herumzuwirtschaften. Annamaria drückt die Bremse am Kinderwagen, geht das Stück zurück zu Gesine. Als sie fragt: »Was ist?«, fährt Gesine herum und sieht Annamaria mit schreckgeweiteten Augen an.

»Was machst du denn?«, fragt Annamaria weiter und betrachtet Gesine aufmerksam. Warum wirkt das Kind so schuldbewusst? Als hätte ich sie auf frischer Tat bei Gott weiß was ertappt.

Annamaria geht zu Gesine, deren Hand noch in ihrem Beutel steckt, zieht sie heraus, sieht aber nur die kleine Faust, die sich um die Bonbons schließt. Verständnislos fragt sie: »Was machst du mit deinen Bonbons?«

Gesine sieht Annamaria abschätzend an. Nach kurzem Herumgedruckse gesteht sie: »Ich tu meine Süßigkeiten in die Taschen verteilen.«

»Aber warum denn? Lass sie doch im Beutel.«

»Ich hab sie lieber in den Taschen«, sagt Gesine und lässt Annamaria nicht aus den Augen, während sie ihre Bonbons in sämtliche Taschen ihrer Kleidung stopft. Am Ende hebt sie den Kostümrock und stopft sich sogar welche in die Strumpfhose. Sie hört erst auf, als nur noch wenige Bonbons im Beutel sind.

»Na ja, dann mach, wie du denkst«, sagt sie und geht zurück zum Kinderwagen. Sie schiebt ihn vorbei an den Schlehensträuchern und freut sich einmal mehr an den unzähligen Märzenbechern und Schneeglöckchen, die links und rechts des Weges stehen. Auf einmal überkommt sie eine überwältigende Sehnsucht nach dem Frühling, nach Sonne und Wärme, und nicht zum ersten Mal in diesem langen, nicht enden wollenden Winter fragt sie sich, wie es jetzt wohl da unten in Italien sein mag, dort, wo ihre Familie herkommt.

Vor der Haustür nimmt sie Stella aus dem Wagen und sieht zu, wie Hortensie herausklettert. Kaum steht die Kleine auf zwei Beinen, greift sie mit einer Hand in ihren Beutel und stopft sich ein Bonbon in ihre noch vollen Backen. Ruben und Lilo haben ihre Süßigkeiten auf der Treppe ausgebreitet und wetteifern, wer mehr ergattert hat. Annamaria muss grinsen. Diese Kinder sind wahrhaft versessen auf Süßes.

In dem Moment geht die Haustür auf und Liane kommt heraus.

»So«, ruft sie, offenbar wieder besser gelaunt als zuvor. »Da seid ihr ja wieder!«

Ruben und Lilo sehen erschrocken auf und beginnen eilig, die mitgebrachten Schätze auffällig unauffällig wieder verschwinden zu lassen.

»Hattet ihr einen guten Platz?« Liane geht schnurstracks zu Ruben und Lilo und nimmt ihnen die Beutel aus der Hand.

»So, ihr Lieben, ich verwalte das für euch. Ihr wisst ja, was für ein Gift das ist. Für eure Zähne und eure kleinen Körper.«

»Nein!«, ruft Lilo. »Nicht wegnehmen!«

Aber Liane beachtet sie gar nicht; ihr Blick liegt missbilligend auf Hortensie, die schmatzend und mit dicken Backen die Treppe hochstapft. Kaum ist sie oben angekommen, greift Liane auch nach ihren Süßigkeiten. Aber Hortensie lässt sie sich nicht so ohne Weiteres wegnehmen. Sie schreit, hält ihre Schätze fest umklammert und versucht immer noch an den Beutel zu kommen, nachdem Liane ihn ihr schon entrissen hat. Als ihr das nicht gelingt, weil er zu hoch hängt, beginnt sie, mit ihren Patschehänden auf Lianes Beine einzuschlagen.

Liane ignoriert die auf sie eindreschende Tochter und fragt stattdessen gut gelaunt: »Wie war der Umzug? Waren viele Zünfte da?«

Annamaria ist zu verblüfft, um zu antworten. Sie ist mit ihren Gedanken bei den Kindern, sie tun ihr leid. Gerade haben sie sich noch so über ihre Beute gefreut! Sie überlegt gerade, ob sie Liane nicht bitten soll, heute mal eine Ausnahme zu machen, als Gesine sagt: »Annamaria hatte Angst!« Dann geht sie an ihr vorbei die Treppe hoch, gibt Liane unaufgefordert den Beutel mit den Süßigkeiten und schlüpft an ihr vorbei ins Haus. Das also war der Sinn der Umverteilungsaktion, dämmert es Annamaria, und während sie sich fragt, wo denn eigentlich Matthias abgeblieben ist, spürt sie plötzlich, dass Liane sie aufmerksam betrachtet.»Du hattest also Angst?«

Annamaria weicht Lianes Blick aus, indem sie sich über den Wagen beugt und Stellas Gurt löst.

»Na ja«, murmelt sie über die Schulter. »Seit der Geschichte letztes Jahr …« Sie nimmt Stella aus dem Wagen und geht die Treppe hoch, Liane entgegen, die immer noch mit der wild auf sie einschlagenden Hortensie dasteht. Annamaria fühlt sich unwohl. Sie wünschte, Liane hätte den Kindern nicht alles weggenommen; sie wünschte, Liane würde sie nicht so ansehen, so wach, so forschend. Sie bereut es inzwischen, Liane überhaupt von der Sache im Ried erzählt zu haben. Auf gar keinen Fall will sie den Eindruck erwecken, überfordert oder gar psychisch labil zu sein. Am Ende vertraut Liane ihr nicht mehr. Das mit den Süßigkeiten scheint Annamaria jedenfalls verbockt zu haben. Allerdings hätte sie sich ja auch denken können, dass in diesem Haus nicht mal an Fasnet Süßigkeitenvorräte angelegt werden dürfen.

»Wo ist denn Matthias?«, fragt Liane da.

Annamaria will nicht zugeben, dass sie ihn aus den Augen verloren hat, also antwortet sie: »Der muss wohl gleich auf sein Zimmer gegangen sein.«

Lianes Blick ruht noch einen Moment lang auf ihr. Dann wendet sie sich ab und geht zurück ins Haus.

Die Urschel sagt: »Es wird nur ein Hündle sein.«

Liane van der Berg, Ostermontag, 17. April 2017

Als sie zum Hellsternhof zurückkehrte, war es schon dunkel. Zu ihrer Verblüffung stand Carls Porsche nicht mehr in der Garage. War er etwa ohne Führerschein unterwegs? Im ersten Moment war sie irritiert. Wie konnte er nur solch ein Risiko eingehen? Doch dann überwog ihre Müdigkeit, gepaart mit einer eigenartigen Erleichterung. Sollte er doch machen, was er wollte, er war schließlich erwachsen. So brauchte sie schon mal nicht zu erklären, wo sie so lange gesteckt hatte, und außerdem konnte sie in Ruhe über die ungeheuerlichen Andeutungen des Detektivs nachdenken. *Möglicherweise sogar ein Familienmitglied.* Wie nüchtern und undramatisch Frank Ziegler diesen Verdacht geäußert hatte!

Sie ließ das elektrische Garagentor wieder zufahren, ging quer über den Hof auf den Eingang zu und bemerkte dabei, dass der Container mit dem Bauschutt abgeholt worden war. Doch so wichtig es ihr vorher gewesen war, dass diese Bauarbeiter endlich von ihrem Grund und Boden verschwanden und wieder Stille einkehrte – jetzt war sie fast ein wenig erschrocken, denn Stille bedeutete eben auch Einsamkeit. Die Ruhe, die für sie in all den Jahren immer ein Genuss gewesen war, hatte eine Kehrseite, die ihr erst jetzt bewusst wurde: Wenn sie hier um Hilfe riefe, würde niemand sie hören. Und auch das überlaute Knirschen des Kieses unter ihren

Schritten war ihr bisher nie aufgefallen. Wieder musste sie an das denken, was Frank Ziegler gesagt hatte. Was, wenn der Feind tatsächlich gar nicht irgendwo da draußen lauerte, sondern hier drinnen, in ihrem geliebten Zuhause, mitten in ihrem Leben?

Sie blieb abrupt stehen, betrachtete die Fassade im Licht der Hoflaterne. Einen Moment lang war sie froh, dass das Gerüst nun auch bald herunterkäme, denn dann konnte nachts immerhin keiner mehr einfach so in ihr Schlafzimmerfenster einsteigen. Aber dann fiel ihr wieder ein, dass ihr Feind ja sowieso im Besitz aller Schlüssel war. Und falls er wirklich »von innen« kam, würde nicht einmal das Auswechseln der Schlösser etwas bringen.

Im Haus ging sie auf direktem Wege in die Küche, wo sie sich ein großes Glas Chevalier de Bayard einschenkte – ihr war jetzt nach etwas Lieblichem, Wärmendem zumute. Noch im Stehen nahm sie einen großen Schluck, dann lief sie rasch nach oben, stellte das Badewasser an, gab großzügig von dem Weleda-Lavendelzusatz hinein und tauchte wenig später in das viel zu heiße Wasser. Eine Weile gelang es ihr tatsächlich, sich zu entspannen, was sicher mit dem Wein zu tun hatte, doch als das Glas leer war, kehrte die Unruhe zurück und die Grübeleien begannen von vorne. Und mit einem Mal hatte sie das Gefühl, die Hitze nicht länger zu ertragen. Sie schoss aus dem Wasser, das auf den Badezimmerboden schwappte, kam schwankend zum Stehen und konnte nur noch an eines denken: dass Herr Ziegler ihr am Schluss sogar geraten hatte, Carls Sachen unter die Lupe zu nehmen.

Sie griff nach ihrem Badetuch und stieg aus der Wanne, trocknete sich grob ab und streifte hastig ihr Nachthemd über. Dann rannte sie nach unten, warf einen schnellen Blick aus dem Fenster und lauschte noch einmal, ehe sie zurück ins Schlafzimmer lief. Wenn ich etwas zu verstecken hätte, wo würde ich es hintun? Als sie auf nichts kam, fing sie an, seinen Schrank zu durchsuchen, die Kommode mit seiner Wäsche, schaute sogar unter der Matratze nach und lief dann schnurstracks nach unten, wo sie die Suche in seinem Arbeitszimmer fortsetzte. Mit Befremden bemerkte sie die Unordnung auf seinem Schreibtisch, wo Zettel, Briefe, Stifte, Zigarren und anderer Krimskrams wild durcheinanderlagen. Wann hatte er bloß angefangen, so schlampig zu sein? Danach machte sie sich an den alten Bauernschrank, in dem er seine Fotoausrüstung, jede Menge alte Diakästen und, wie sie entsetzt feststellte, auch allerhand kaputtes Zeugs aufbewahrte: die zerbrochene Lomonosov-Kanne, Bilderrahmen mit kaputtem Glas, einen Lampenschirm mit Riss und einen mit verbogenem Gestell und noch viel mehr Gerümpel. Anscheinend hatte er diese Sachen über Jahre hier gelagert, um sie eines Tages zu reparieren. Er hatte schon immer die Tendenz gehabt, alles aufzubewahren, doch früher hatte entweder Liane das Zeug konsequent hinter seinem Rücken entsorgt oder er hatte dann und wann doch noch mal etwas repariert gekriegt. Doch seit er in Rente gegangen war, schien er dafür überhaupt keine Zeit mehr zu haben.

Wenn sie es recht bedachte, war er sowieso kaum mehr zu Hause, jedenfalls nicht, wenn *sie* da war. Das hatte sie in der Vergangenheit auch nicht weiter gestört, im Gegenteil, die meiste Zeit genoss sie es geradezu, wenn nicht ständig jemand durchs Haus turnte. Jedenfalls war Carl unentwegt auf dem Golfplatz oder beim Tennisspielen oder beim Angeln oder sonst wo. Und mit einem Mal wurde Liane klar, dass sie kaum mehr Zeit miteinander verbrachten. Klar erzählte er hin und wieder von einem *Match gegen Steffen,* das er gewonnen hatte. Oder er beklagte sich darüber, dass *die Fische nicht anbissen.* Doch wie wahrscheinlich war es, dass einer zum Angeln ging, aber auch wirklich *niemals* einen Fisch mit nach Hause brachte? Im Grunde konnte Carl sich überall herumtreiben.

Liane sackte auf den Stuhl. Sie war ihre eigenen Gedanken und Gefühle so leid. So viele Jahre waren sie nun schon ein Paar, so alt waren sie zusammen geworden. Bald wurde sie siebzig und konnte sich immer noch nicht sicher sein, ob ihr jahrelanger Weggefährte es nicht mit anderen Frauen trieb. Und nun saß sie auch noch hier, kramte in seinen Sachen und suchte nach Beweisen dafür, dass er sie ruinieren wollte.

Liane, Februar/März 1986

Mitte Februar war Liane mit den Nerven komplett am Ende, was nicht nur daran lag, dass das Haus inzwischen permanent so aussah, als habe Ronald Reagan persönlich eine Pershing-II-Rakete auf den Hellsternhof abgeschossen. Sie war sich inzwischen sicher, dass Carl sie wieder betrog und es in dieser Fasnet so richtig hatte krachen lassen. Nicht genug, dass er Urlaub genommen hatte, um tagelang mit seinen Kumpels herumzuziehen – am Faschingsdienstag, besonders aber am Gumpigen hatte er dermaßen stark nach einem süßlichen Frauenparfüm gerochen, dass sie ihn am liebsten im Motzenweiher ertränkt hätte.

Um nicht von Ressentiments zerfressen zu werden, schrieb Liane all das in ihrem Tagebuch auf. Vor allem aber traf sie sich, so oft es ging, mit Alexander und überließ Carl, wenn er denn mal pünktlich Dienstschluss hatte, zu Hause den Kindern und seinem Schicksal. Mal gab sie vor, einen Vortrag in Reutlingen zu besuchen, ein anderes Mal traf sie sich angeblich mit einer Bekannten oder musste sich *ganz dringend* um einen ihrer kleinen Patienten kümmern. Kam er erst spät aus dem Krankenhaus, wartete sie immerhin, bis er nach seinen Bierchen auf dem Sofa eingeschlafen war, bevor sie sich aus dem Haus schlich.

Im März sah Liane dann überhaupt kein Land mehr. Die Kinder wechselten sich ab mit Brechdurchfall und Husten, wodurch Liane gezwungen war, alle Termine in der Praxis abzusagen. Zudem hatte die Agentur ihre Versuche eingestellt, Liane ein Au-pair zu vermitteln.

Der Anruf des Polizisten erreichte sie am Karfreitag Ende März, auf dem Höhepunkt einer innerfamiliären Windpockenepidemie, der sämtliche Kinder zum Opfer gefallen waren.

Er habe da ein Mädchen auf der Wache sitzen, sagte der Polizist. Aus schwierigen Verhältnissen. Ob sie die Möglichkeit sähe, kurz einmal herüberzukommen? Liane, die dies als willkommene Abwechslung von der häuslichen Windpockenpest betrachtete, drückte Carl den Topf mit Kamillentee in die Hand und überließ es ihm, den Kindern die Wickel aufzulegen. Nachdem sie sich noch kurz frisch gemacht und ein dezentes Make-up aufgelegt hatte, stieg sie so gut gelaunt wie schon lange nicht mehr in Carls MG und fuhr auf direktem Wege zur Polizei.

Schon beim ersten Blick auf die Kleine regte sich ein Gedanke in Lianes Hinterkopf, der im Verlauf des Gesprächs nach und nach Gestalt annahm. Das Mädchen, eine Waise italienischer Abstammung, die in der Vergangenheit bei verschiedenen Pflegefamilien gelebt hatte, hieß Annamaria und war schwanger. Sie hatte gedroht, sich umzubringen, wenn man sie wieder in ein Heim steckte. Während Polizeihauptmeister Biermann seiner Sorge Ausdruck verlieh, das Mädchen könne ernst machen mit dieser Drohung, spähte Liane durch die Scheibe und betrachtete das raspelkurz geschnittene Haar, die schmalen Handgelenke, den Babybauch, der sich unter ihrem Pullover abzeichnete. Und den hoffnungsvollen Blick, der nun dem ihren begegnete. Versuchen könnte ich es ja mal, dachte Liane. Die Kleine sieht so aus, als wäre sie zu einigen Zugeständnissen bereit.

»Ich dachte, Sie wüssten eventuell eine Pflegefamilie, die bereit wäre, sie zu nehmen«, sagte Polizeihauptmeister Biermann.

Liane seufzte schwer und schüttelte dann bedauernd den Kopf. »Da weiß ich leider niemanden … ich meine, ein schwangeres Mädchen! Sie wissen doch, wie die Leute sind.« Sie berührte den Polizeihauptmeister am Arm. »Aber ich werde jetzt mal mit ihr reden. So schlimm sind die Heime heutzutage doch gar nicht mehr.«

Im Gespräch stellte sich heraus, dass das Mädchen bereit war, vollen Einsatz zu leisten. Mit fiebrigem Blick beteuerte sie, sie werde, egal wo man sie hinstecke, so viel mithelfen, wie sie nur könne. Sie wolle *alles* tun, was man ihr auftrage, und außerdem werde sie ja im Juli schon achtzehn und dann würden sie und ihr Baby ohnehin allein zurechtkommen.

Liane, die sich einiges auf ihre Menschenkenntnis einbildete, erkannte ihre Chance. Natürlich würde das Mädchen bis zum Abitur weiter die Schule besuchen müssen und dann später durch die Geburt ein, zwei Wochen ausfallen. Aber selbst mit diesem Ballast wäre sie für Liane noch ein Gewinn und würde bestimmt alles tun, um bleiben zu dürfen. Und was die Niederkunft anging: Warum sollte eine gesunde junge Frau nicht gleich wieder einsatzbereit sein? Sie selbst war schließlich zwei, drei Tage nach jeder Hausgeburt wieder voll auf dem Damm gewesen. Und wenn es gar nicht funktionierte, würde das Mädchen eben kurzfristig wieder gehen müssen. Außerdem konnte sie sicher sein, dass Carl diesmal seine Finger bei sich behalten würde. Ihrer Erinnerung nach hatte er während ihrer Schwangerschaften immer einen konsequenten Sicherheitsabstand gehalten, zumindest ab dem Zeitpunkt, als der Bauch sichtbar wurde. Außerdem stand er nicht auf Haare, die so aussahen, als habe man ihnen gerade eine Lauskur verpasst.

Am Ende verzog Liane sorgenvoll das Gesicht und tat noch ein bisschen so, als würde sie mit sich ringen. Dann nahm sie die Hand des Mädchens und verkündete mit einem so menschenfreundlichen Ausdruck, dass ihr beinahe selbst die Tränen kamen: »Weißt du was? Zufälligerweise suchen wir gerade ein Au-pair-Mädchen. Wenn du das möchtest und bereit bist, mitanzupacken, kannst du gerne zu uns kommen.« Und mit einem schiefen Lächeln fügte sie hinzu: »Aber nur, wenn du die Windpocken schon gehabt hast.«

Eine Viertelstunde später, nachdem sie alle Einzelheiten besprochen hatten, fuhr Liane Annamaria zum Bahnwärterhäusle, wo das Mädchen bisher gelebt hatte, und ließ sie ihre wenigen Habseligkeiten packen. Als sie die Auffahrt zum Hellsternhof hochfuhren, erzählte das Mädchen mit einer Stimme, die vor lauter Rührung ganz belegt klang, sie habe hier in der Gegend die Zeitungen ausgetragen, auch bei ihnen, und sich jedes Mal, wenn sie hierherkam, vorgestellt, wie es wohl wäre, in so einem Haus zu wohnen. »Ein Traum«, fügte sie schlicht hinzu.

Liane nickte verständnisvoll und bremste dann derart energisch ab, dass der Kies nur so spritzte.

»Und jetzt bist du hier«, sagte sie gut gelaunt. »Dein Traum ist also in Erfüllung gegangen.«

Schwungvoll hievte sie das Gepäck des Mädchens aus dem Kofferraum und trug es zur Eingangstür, neben der links und rechts je eine kleine, mit bunten Ostereiern behängte Trauerbirke stand.

»Wie hübsch«, sagte Annamaria und strich liebevoll über ein blaugrünes Ei.

Liane stellte den Koffer ab. Noch bevor sie den Schlüssel ins Schloss stecken konnte, ging die Tür auf. Alle fünf Kinder standen da und blickten neugierig von ihrer Mutter zu dem Mädchen.

»Was ist mit deinen Haaren?«, fragte Gesine und starrte Annamaria unverwandt an.

»Jemand hat mir Kaugummi hineingeklebt«, antwortete das Mädchen. »Da musste ich sie abschneiden.«

In dem Moment tauchte Carl auf der Türschwelle auf und blieb wie vom Donner gerührt stehen. Vollkommen entgeistert blickte er zwischen Liane und dem Mädchen hin und her. Tja, dachte Liane und sah ihn triumphierend an. Am liebsten hätte sie ihm zugerufen, er könne den Mund jetzt wieder zumachen, aber dann meinte sie nur aufgeräumt: »Das ist Annamaria, unser neues italienisches Au-pair-Mädchen.«

Annamaria, Gumpiger Donnerstag, 26. Februar 1987

An diesem Abend kommt Matthias nicht zum Essen.

»Er denkt über das nach, was er falsch gemacht hat«, sagt Liane und verteilt die Sellerierohkost in die Schüsseln.

Annamaria ist gerade dabei, Hortensie in den Hochstuhl zu verfrachten, und hält überrascht inne. Was wohl geschehen ist?

»Du meinst, er ist im Nachdenkraum?«, fragt sie zaghaft und blickt auf. Und in dem Moment wird ihr klar, dass sie noch immer nicht genau weiß, welcher Raum das eigentlich sein soll. Carls Arbeitszimmer, das neben der Diele?

Nun will sie aber Klarheit. Darum bietet sie freundlich an: »Soll ich ihm sein Essen ins Arbeitszimmer bringen … dort ist doch der Nachdenkraum, nicht wahr? Er hat bestimmt Hunger … Mittags hat er ja nicht viel gegessen.«

»Das wird nicht nötig sein«, antwortet Liane leichthin. »Außerdem weiß er unser Essen dann morgen wieder besser zu schätzen.«

Annamaria hält Hortensie einen Löffel Rohkost hin und will gerade fragen, was Matthias denn getan hat, da wendet sich Liane ihr zu und sagt: »Wir müssen uns nachher unterhalten.«

Die ganze Mahlzeit über muss Annamaria abwechselnd an Matthias denken und daran, was Liane wohl mit ihr besprechen möchte.

Nach dem Essen sagt Liane: »Du kannst den Abwasch nachher machen. Kommst du bitte mit?«

Sie geht voran in die Stube, setzt sich in den Sessel und weist Annamaria den Platz gegenüber zu. Wenn sie sonst etwas mit ihr bereden wollte, hat Liane sich immer neben sie gesetzt, wie eine gute Freundin. Aber jetzt ist ihr Gesicht ernst.

Dann folgt ein Vortrag über die Schädlichkeit von raffiniertem Zucker und Auszugsmehlen, über vermehrte Insulinbildung und das Suchtpotenzial von Zucker. Annamaria, die all das schon so oft gehört hat, rechtfertigt sich stockend und erklärt, sie sei davon ausgegangen, dass man an einem solchen Tag doch einmal eine Ausnahme machen könne, wie überhaupt an Festtagen. Zu ihrer Überraschung weist Liane sie brüsk zurecht: »Du kennst die Regeln in diesem Haus. Ich erwarte von dir, dass du sie befolgst. Sonst müsste ich mich nach jemand anderem umsehen.«

Annamaria weiß gar nicht, wie ihr geschieht. Wie vom Donner gerührt bleibt sie sitzen, während Liane den Raum bereits verlassen hat.

In dieser Nacht liegt Annamaria lange wach. Nicht nur deshalb, weil Stella so viel hustet – sie holt die Kleine immer wieder aus dem Stubenwagen und trägt sie so lange herum, bis sie wieder einnickt. Nein, es sind auch ihre Gedanken, die sich im Kreis drehen und sie nicht einschlafen lassen. Immer wieder denkt sie an Liane. Sie kann nicht verstehen, was sich verändert hat. Sicher, sie hat sich über Lianes Wunsch hinweggesetzt und die Kinder Süßigkeiten essen lassen. Aber wozu sollte sie denn überhaupt mit ihnen zum Umzug gehen, wenn sie den ganzen Süßkram gar nicht haben sollten?

Der Wind drückt gegen das Fenster und lässt es ächzen. Annamaria wirft sich schwitzend hin und her. Am liebsten würde sie kurz durchlüften, lässt es aber bleiben wegen Stella und ihrem Husten. Auf einmal hört sie ein Geräusch. Was ist das? Sie hebt den Kopf und hält einen Moment lang den Atem an. Ein Motorengeräusch? Rasch schlägt sie die Decke zurück, steht auf und läuft zum Fenster. Und tatsächlich sieht sie, wie der Volvo aus der Garage fährt und dann langsam die Auffahrt hinunter verschwindet.

Ist das Liane, die da mitten in der Nacht wegfährt? Ob etwas passiert ist? Im ersten Moment ist sie besorgt, würde am liebsten nach unten laufen und nachsehen, ob Liane eventuell einen Zettel geschrieben hat. Denn es kann ja nur Liane sein, die in dem Wagen sitzt. Oder doch Carl, der zu einem Notfall muss? Aber Carl ist doch eigentlich beim Nachtdienst im Krankenhaus, oder? Annamaria sieht den roten Rücklichtern nach, bis sie verschwinden. Ist ja auch egal, denkt sie, ich darf mich nicht in alles so reinsteigern. Und was Lianes Industriezuckerpredigt heute angeht, so hatte sie bestimmt nur schlechte Laune wie oft in letzter Zeit. Wahrscheinlich ist sie einfach überarbeitet. Annamaria will sich gerade wieder hinlegen, da hört sie den Schrei. Und weiß gleich, dass das nur Matthias sein kann, der wieder einen Albtraum hat.

Sie läuft nach unten in sein Zimmer, wo sie sofort alle Lampen anknipst, weil Festbeleuchtung ihrer Erfahrung nach die beste und schnellste Methode ist, um Matthias ein Gefühl der Sicherheit zu geben. Und tatsächlich sitzt er wie die letzten Male aufrecht im Bett, die Augen weit aufgerissen. Er stammelt etwas, das Annamaria kaum versteht, das sich aber wie *Keller* anhört. Schnell läuft sie zu ihm, setzt sich auf die Bettkante und nimmt ihn in den Arm, hält ihn ganz fest und sagt: »He, Matthias, ich bin jetzt hier, dir kann nichts mehr passieren.« Immer wieder dieselben Worte. Es dauert Minuten, bis sich sein Atem normalisiert und er sich in ihrer Umarmung entspannt. Schließlich hat er sich so weit beruhigt, dass sie ein wenig von ihm abrückt, ihm über den Kopf streicht und fragt: »Hattest du wieder einen Albtraum?«

Matthias reagiert nicht, starrt nur vor sich hin.

»Du hast schon länger nicht mehr schlecht geträumt«, sagt sie vorsichtig. »Hat der Traum vielleicht was mit dem Umzug zu tun, mit den Masken?«

Matthias bleibt weiter still. Und plötzlich kommt Annamaria ein Gedanke. Sie betrachtet ihn aufmerksam, überlegt, ob sie die

Frage stellen soll. Vielleicht täuscht sie sich ja auch. Nicht dass er das dann Liane erzählt und ein falscher Eindruck entsteht. Aber dann spricht sie es doch laut aus: »Oder liegt es daran, dass du ohne Abendessen in den Nachdenkraum musstest?«

Matthias schweigt beharrlich.

Annamaria versucht es mit einem Scherz. »Es gab Sellerierohkost und Rosenkohl«, sagt sie und verzieht das Gesicht zu einer lustigen Grimasse. »Du hast also nicht besonders viel verpasst.«

Aber Matthias reagiert noch immer nicht, sein Blick bleibt starr. Doch plötzlich bricht es aus ihm heraus: »Mama hat mich erwischt, wie ich die Süßigkeiten versteckt habe. Und dann musste ich in den Nachdenkraum. In den richtigen.«

Seine letzten Worte verebben in einem Flüstern.

Annamaria glaubt, nicht richtig verstanden zu haben. »Wie meinst du das, in den *richtigen*?«

»Den im Keller.«

Im ersten Moment begreift Annamaria gar nicht, was er da sagt. Erst langsam dämmert es ihr.

»Du meinst, du warst gar nicht in dem Raum neben der Diele?«

Er schüttelt den Kopf.

»Stattdessen warst du *im Keller*?« Annamaria kann nicht verhindern, dass die letzten beiden Worte schrill klingen.

»Ja«, antwortet er leise und blickt auf seine Hände, die auf der Bettdecke liegen. »Denn dort können wir gründlich darüber nachdenken, was wir falsch gemacht haben, sagt Mama. Und das geht am besten, wenn es ganz still ist. Und ganz dunkel.«

Annamaria zieht scharf die Luft ein. Sie will nicht glauben, was sie da gerade hört. Und doch weiß sie, dass es wahr ist. Sie schaut Matthias an, sein kleines Gesicht, die gesenkten Lider. Wie verletzlich er aussieht, denkt sie und spürt auf einmal eine Enge in ihrem Brustkorb. Sie möchte etwas erwidern, den kleinen Jungen vor ihr trösten, irgendetwas tun, das ihm hilft. Das, was er da gerade gesagt hat, darf einfach nicht wahr sein. Aber Annamaria bekommt kein Wort heraus.

Wohl eine Ewigkeit sitzen die beiden so da, bis Annamaria schließlich sagt: »Ich werde mit deiner Mutter reden. Das kann sie nicht machen, euch im Keller einsperren.«

Jetzt kommt Leben in Matthias: »Nein!«, ruft er, »das darfst du nicht tun. Dann schickt sie dich weg. So wie Nancy. Das Mädchen, das vor dir da war. Und dann sind wir wieder ganz allein mit ihr.«

Alsdann wird aber die alte Urschel mit ihren beiden Nachtfräulein ebenfalls in einem Augenblick gezupft, worauf sie sich umsehen.

Liane van der Berg, Ostermontag, 17. April 2017

Liane wurde vom Klingeln ihres iPhones irgendwo im Haus aufgeschreckt. Wer kann das sein, fragte sie sich ängstlich, löschte rasch das Licht in Carls Arbeitszimmer und lief hinüber ins Wohnzimmer, wo sie das Smartphone auf der Anrichte fand. Sie wollte gerade danach greifen, als sie innehielt. Sollte sie den Anruf überhaupt entgegennehmen? Was, wenn es wieder »die Person« war, wie Herr Ziegler so konsequent gesagt hatte? Und so wich sie zurück, ohne auch nur einen Blick aufs Display zu werfen. Sie würde da jetzt nicht rangehen, nicht solange sie alleine im Haus war. Und auf einmal war da eine Stimme in ihrem Ohr, die ihr zuflüsterte: *Was, wenn am Ende doch Carl »die Person« ist? Denn wenn du mal genau überlegst, sind die Botschaften immer gekommen, wenn er nicht da war.* Ja, dachte sie, sogar die SMS in München habe ich in dem Moment bekommen, als er gerade auf der Toilette war. Das Klingeln verstummte. Und war es nicht Carl, der davon profitierte, wenn ihr irgendetwas zustoßen würde? Was war das neulich noch mal für ein Schreiben gewesen, diese Post von der Allianz? Wenn sie sich recht erinnerte, war da von einem »außerordentlich angeforderten Kontoauszug« die Rede gewesen. Was, wenn es Carl gar nicht um die Baukosten gegangen war? Vielleicht hatte er ja klären wollen, wie hoch die Versicherungssumme im Falle ihres Todes wäre.

Wieder fing es an zu klingeln, doch sie ignorierte es. Je länger sie nachdachte, desto einleuchtender schien ihr der Verdacht. Niemand sonst hatte schließlich so viele Informationen über ihr Leben parat! Langsam näherte sie sich dem iPhone, als handele es sich um eine Schwarze Mamba. Sie plierte auf das Display, es war wie ein Zwang, dem sie nicht ausweichen konnte. Unbekannter Anrufer. Na warte, dachte sie, presste grimmig die Lippen aufeinander und nahm den Anruf an. Wie erwartet blieb es stumm, im Hintergrund glaubte sie Fahrgeräusche wahrzunehmen. Carl, es musste Carl sein!

»Das hast du dir schön ausgedacht. Denkst, du kannst mich fertigmachen!«

»Liane?«, sagte da jemand, und mit leichter Verzögerung erkannte Liane Maurice, den Realisator ihrer Sendung. »Alles in Ordnung bei dir?«

Liane schoss das Blut ins Gesicht. Ach, du meine Güte, dachte sie und rettete sich aus der Situation, indem sie ein Lachen simulierte und sagte: »Ach, du bist es, sorry ... Ich hab da eine Wette laufen mit Carl.«

»Oh ... na ja ... dann bin ich ja erleichtert. Das hat sich verdammt ernst angehört gerade.«

»Halb so wild. Aber wieso rufst du mit unterdrückter Nummer an?«, fragte sie vorwurfsvoll.

Ganz kurz blieb es still. Dann sagte er, ebenso vorwurfsvoll: »Berufsethos, meine Liebe, das weißt du doch. Sonst würde die Hälfte der Teilnehmer, die ich erreichen will, nicht abnehmen.«

Erst jetzt erinnerte sich Liane wieder. »Ach ja«, sagte sie etwas lahm und rückte ihm dann, gewissermaßen um das Kräfteverhältnis zwischen ihnen wiederherzustellen, den Kopf zurecht: »Trotzdem bitte ich dich, die Anrufkennung zu aktivieren, wenn du *mich* sprechen willst. Also, was kann ich für dich tun?«

Sie merkte, wie er zögerte. Doch dann hörte sie ihn sagen: »Na ja, ich wollte mit dir noch mal über den Dreh nächsten Montag sprechen. Als Kameramann hab ich nun leider doch nicht den Tommy bekommen.«

Liane entspannte sich etwas. Was machte das schon aus! Sie hatte andere Probleme. »Ist egal, solange es nicht der Holzer ist.«

»Nee«, antwortete Maurice und Liane sah sein breites Grinsen vor sich.

»Dann ist es ja gut«, antwortete sie und versuchte sich zu konzentrieren. Sie musste sich zusammenreißen. Welcher Punkt war bei der letzten Besprechung noch offen gewesen? Zum Glück fiel es ihr wieder ein.

»Hast du das mit der Autoszene abgecheckt? Ist die Schrottkarre fahrtüchtig?«

»Ist sie.«

»Gut. Dann starten wir also nächsten Montag um neun in Cannstatt?« Liane hatte alle Mühe, ihre Gedanken beisammenzuhalten. Hatte sie nicht noch irgendetwas fragen wollen?

»Ja«, antwortete Maurice.

»Okay. Bis dann. Tschüss!«

»Willst du denn die Adresse gar nicht haben?«

»Äh … doch, klar. Also schickst du sie mir bitte noch?« Zu dumm, dachte Liane. Der muss mich ja langsam für verkalkt halten.

»Ist wirklich alles in Ordnung bei dir?«

»Warum fragst du das denn dauernd? Also noch einmal für die Kameras: JA!«

Die nächste Stunde tigerte Liane unruhig im Haus hin und her, befüllte die Waschmaschine, räumte die Spülmaschine aus, nur um etwas zu tun zu haben. Es regnete und ein starker Wind war aufgekommen, der um das Gerüst herumstrich und das Gebälk des alten Hauses ächzen ließ. Ein paarmal hatte sie Carl zu erreichen versucht, war aber immer nur auf seiner Mobilbox gelandet. Ihre Wut auf ihn, auch der Verdacht, den sie vorhin gehegt hatte, waren inzwischen wieder verflogen und hatten einer sich steigernden Sorge Platz gemacht. Was, wenn er einen Unfall gehabt hatte? Oder einen Herzinfarkt hinterm Steuer?

Sie rief Hortensie an und Matthias, aber die beiden hatten auch nichts von ihm gehört. Zu allem Überfluss klang Hortensie kein bisschen verständnisvoll und Liane hatte mehr denn je den Eindruck, dass irgendetwas mit ihr los war, was sie nicht durchschaute. Ob das an dem Brief mit dieser grässlichen Zeichnung lag? Auf einmal musste sie wieder an Herrn Ziegler denken, an seinen durchdringenden Blick bei der Frage, was sie ihrer Tochter denn angetan habe. Warf Hortensie ihr etwa allen Ernstes immer noch vor, dass sie damals nach den neuesten psychologischen Erkenntnissen vorgegangen war? Sie hatte diesem Kind nichts als Halt und Liebe gegeben und Gott allein wusste, wie schwierig Hortensie gewesen war, grundsätzlich gegen den Strich gebürstet. Liane hatte sich nichts, aber auch gar nichts vorzuwerfen. Kein einziges Mal hatte sie die Hand gegen ihre Kinder erhoben und sie war so gut wie nie laut geworden. Auch Schimpfworte hatte sie nicht verwendet, sie wusste schließlich, wie verheerend sich Beschimpfungen auf so eine Kinderseele auswirkten. Sie hatte selbst viele Jahre gebraucht, um die Altlasten ihrer eigenen Kindheit abzulegen. Was hatte sie sich von ihren Eltern nicht alles anhören müssen – *Dösbaddel* und *dummes Balg* waren noch die netteren Bezeichnungen gewesen. Deshalb hatte sie sich geschworen, sich niemals zu so etwas hinreißen zu lassen. Und daran hatte sie sich auch gehalten. Die Kinder konnten ihr wirklich dankbar sein, auch und gerade Hortensie.

Resigniert stellte sie fest, dass sie in Gedanken schon wieder in die Vergangenheit abgedriftet war. Das würde jetzt wohl so bleiben, bis sie in dieser unseligen Angelegenheit endlich Klarheit hatte. Sie sollte sich wirklich mal am Riemen reißen. Dies war schließlich nicht die erste Krise in ihrem Leben, die sie zu meistern hatte.

Sie sah auf die Uhr. Kurz nach elf. Die Waschmaschine ist jetzt sicher durchgelaufen, dachte sie und ging hinunter in den Keller.

Sie öffnete die Stahltür zum Waschraum, die wie immer fürchterlich quietschte, holte die Wäsche aus der Maschine, befüllte den Trockner und war gerade dabei, eine Bluse auf einen Bügel zu hängen, als sie ein Geräusch hörte, das sich wie ein Klicken anhörte. Oder wie ein Schlüssel, der im Schloss herumgedreht wurde.

Liane lief zur Tür, drückte die Klinke herunter. Die Tür war zu. Jemand hatte von außen abgeschlossen. Und dann ging das Licht aus.

Liane, April bis November 1986

Mit Annamaria hatte Liane einen Glücksgriff getan, so viel war klar, und sie gratulierte sich im Stillen, die Situation und auch das Mädchen richtig eingeschätzt zu haben. Wie sie selbst war Annamaria von einer Zähigkeit, die ihresgleichen suchte, und deshalb auch schon zwei Tage nach der Niederkunft einer winzigen Tochter mit nur fünf Pfund endlich voll einsatzbereit. Alles, was sie bisher daran gehindert hatte, hier hundert Prozent zu geben – das Abi, die Führerscheinprüfung und eben die Schwangerschaft –, lag nun ein für alle Mal hinter ihr.

Ja, Annamaria war anstellig und arbeitsam und, was das Beste war, sie schien vom ersten Tag an gut mit den Kindern auszukommen. Auch war sie die Erste, die Lianes Ernährungsregeln konsequent und ohne jedes Hinterfragen umsetzte. So war Liane zuversichtlich, dass die Kinder, während sie selbst auf Buchtour ging, in guten Händen wären. Dass sie das alles gut bewältigen würde, hatte Annamaria ja schon bewiesen, als Liane neben ihrer Praxis auch noch die Sache mit dem Waldkindergarten hatte stemmen müssen. Die Einrichtung des Waldkindergartens war eine Herausforderung gewesen, aber wenn sie wollte, dass wenigstens Hortensie, ihr jüngstes Kind, nicht in diesen Hinterwäldlerkindergarten in Rosenau gehen musste, gab es keine andere Möglichkeit. Dort herrschten katastrophale Ernährungsgewohnheiten; jeden Tag feierte ein anderes Kind seinen Geburtstag mit irgendwelchem Süßkram.

Nur eines gab es an Annamaria, was Liane unangenehm berührte, und das war ihre zunehmende Attraktivität. Jetzt, wo sie nach der Geburt keine Ente auf zwei Beinen mehr war und auch ihr Haar nicht mehr an das eines Sträflings erinnerte, zeigte sich, wie hübsch sie war, geradezu eine kleine Schönheit. Carl bekam immer wieder Stielaugen und legte es Lianes Meinung nach geradezu darauf an, immer *rein zufällig* die Stube zu betreten, wenn das Mädel beim Stillen war. Außerdem spielte er sich neuerdings bei jeder Gelegenheit als Retter auf, so wie neulich an dem Tag des Fototermins für *Eltern heute*. Da hatte Annamaria so etwas wie einen Schwächeanfall gehabt und der gute Onkel Doktor hatte ihr nicht nur den Puls gefühlt, sondern sogar angeboten, sie nach oben auf ihr Zimmer zu bringen. Zähneknirschend hatte Liane das Spielchen mitgespielt und auch ein bisschen Besorgnis gezeigt. Immerhin hatte das Mädchen bisher gut gearbeitet und Liane war natürlich auf sie angewiesen, wenn sie selbst in den nächsten Wochen und Monaten ihr berufliches Programm durchziehen wollte. Das neue Buch über die Festhaltetherapie hatte ihr zusammen mit einigen Artikeln in Zeitschriften viel Aufmerksamkeit beschert, und in der Folge war sie von etlichen Schulen und Kindergärten eingeladen worden, ihr Konzept dort vorzustellen. Auch vor Therapieanfragen konnte sie sich kaum retten. Es war erschütternd zu sehen, wie viele Eltern mit ihrem Nachwuchs überhaupt nicht zurechtkamen.

Eines allerdings ärgerte Liane trotz all dieser Erfolge: In Kollegenkreisen hatte ihr das Buch nicht die Anerkennung gebracht, auf die sie gehofft hatte, ganz im Gegenteil. Es war noch keine sechs Wochen in den Buchhandlungen gewesen, als der erste Artikel in *Psychotherapie heute* erschien, in dem eine Kollegin die Überlegung anstellte, ob das Verfahren nicht vielmehr der Misshandlung Schutzbefohlener Vorschub leiste. Etwaige Wirkungen seien wohl eher mit den Folgen des Stockholm-Syndroms vergleichbar. Auch einen kritischen Anruf von Dr. Kranz, einem angesehenen Kollegen aus Tübingen, musste sie über sich ergehen lassen. Doch Liane ließ sich durch all das nicht beirren. Sie hielt weiter ihre Vorträge, beriet Eltern, lud sie zu Gesprächen in ihre Praxis ein. Und eines Tages wurde ihr Einsatz auf ganz überraschende Weise belohnt.

Der Brief lag da, als sie von einem Treffen mit Alexander in der Waldhütte zurückkehrte. Aus dem Wohnzimmer drangen Fernsehgeräusche, nach der Grabesstimme zu urteilen lief gerade *Derrick.* Missmutig pfefferte sie ihren Schlüsselbund in die Schale und griff nach dem Umschlag. Ihre schlechte Laune lag nicht nur an der Jahreszeit mit Dunkelheit und Dauerregen, sondern vor allem an Alexander. Er hatte begonnen, sie zu langweilen. Zu langweilen und zu nerven. Immer häufiger klagte er, es könne so nicht weitergehen, sie müsse sich endlich entscheiden, für oder gegen ihn. Hätte sie sich nicht so sehr geärgert, dann hätte Liane am liebsten laut gelacht über seine Naivität und diesen Kinderglauben an die große Liebe. Wenn das so weiterging, müsste sie die Sache mit ihm beenden. Noch ein Baby an der Backe, das war das Allerletzte, was sie im Leben brauchte.

Ein Blick auf den Absender zeigte, dass der Brief vom SWR kam, was sie im ersten Moment an Fernsehgebühren denken ließ. Doch nachdem sie das Schreiben erst aus dem Umschlag gezogen hatte, schnappte sie überrascht nach Luft. Man lud sie ein, als Gast in *Talk am Abend* aufzutreten. Das Thema war *Erziehung heute – wie kann sie gelingen?*

Das waren ja grandiose Aussichten! Sie würde im Fernsehen auftreten – nicht auszudenken, was das für ihre Bücher bedeutete und auch für ihre Praxis. Die ganzen Nieselprieme von Kollegen würden grün werden vor Neid und die kapriziöse Letitia bekäme einen Tobsuchtsanfall.

Mit einem Mal war sie euphorisch. Wenn das kein Grund zum Feiern war! Rasch lief sie in den Keller, um eine Flasche aus ihrem Veuve-Cliquot-Vorrat zu holen, den sie für ihre Treffen mit Alexander angelegt hatte, wohlweislich versteckt hinter den alten Dachpfannen.

Dann rauschte sie ins Wohnzimmer in der Überzeugung, dort ihren Mann vor dem Fernseher vorzufinden. Zu ihrer Verblüffung war es dann aber Annamaria, die ihr entgegensah, den Blick voller Bewunderung.

»Ist Carl da?«, fragte Liane. Als sie von seiner Abwesenheit erfuhr, war sie eher verwirrt als enttäuscht. Kurz fragte sie sich, ob er tatsächlich bei diesem Ärztekongress in München war, schob die Frage aber gleich wieder beiseite. Soll er doch bleiben, wo der Pfeffer wächst, dachte sie und ließ gut gelaunt den Korken knallen.

Nach dem ersten Glas geriet Liane nicht nur in Champagnerlaune, sondern auch in Plauderstimmung und begann zu erzählen, von ihrer letzten Vortragsreise, der Festhaltetherapie, aber auch von den Eltern heutzutage, die immer orientierungsloser wurden und sich immer weniger auf ihren gesunden Menschenverstand verließen. Die Kleine war eine gute Zuhörerin, und so holte Liane immer weiter aus und schenkte nach, und plötzlich wurde ihr klar, wie großartig dieser Moment war, vielleicht der beste in ihrem ganzen bisherigen Leben. Ich habe es geschafft, dachte sie, immer wieder diesen einen Satz. Die Verwandlung ist vollzogen, aus der unsicheren Provinzkindergärtnerin, die den Mund nicht aufgekriegt hat, ist eine eloquente Akademikerin geworden. Oh, am liebsten wäre sie in die Nacht hinausgefahren und mit dem MG über die Landstraße gerast, um den Rausch noch stärker zu spüren. Da hörte sie Annamaria sagen: »Ich will Medizin studieren.«

Wo kam dieser seltsame Satz plötzlich her? Irritiert wandte Liane sich der Kleinen zu. Sie betrachtete Annamaria, ihr kurzes Haar, das sich gerade wieder zu locken begann, die vollen Lippen, die dunklen Augen und darüber die Augenbrauen, ein Gesicht wie gemalt. Mit einem Mal kam ihr der Gedanke, dass die Kleine wie ein Gegenstück zu ihr wirkte. Wo sie groß war, war Annamaria klein, wo sie hell war, war Annamaria dunkel. Und obwohl Liane in mehr oder weniger normalen Verhältnissen aufgewachsen war, gehörte eine gewisse Raffinesse, ja Listigkeit seit jeher zu ihr, wohingegen die Kleine sich trotz ihrer Heimvergangenheit und Pflegekindkarriere eine geradezu rührende Arglosigkeit bewahrt hatte. Dennoch hatten sie eines gemeinsam, wie Liane in diesem Moment klar wurde, nämlich ihre Hartnäckigkeit. Und so war es durchaus denkbar, dass dieses halbe Kind es im Leben noch schaffen würde, trotz des Babys und trotz der widrigen familiären Umstände.

»Aber natürlich sollst du mal studieren. Du *musst* studieren!«, sagte Liane und hob ihr Glas und rief: »Auf uns! Auf uns Frauen. Die wir unser Leben selbst gestalten. Aus eigener Kraft.«

Doch nachdem sie das letzte Glas getrunken hatten, bemerkte Liane plötzlich eine Veränderung in Annamaria. Die Kleine starrte sie mit Tränen in den Augen an.

»Was ist mit dir?«, fragte Liane.

Und da brach es aus Annamaria heraus. Und sie erzählte Liane ihre ganze abscheuliche Geschichte: wie sie von einem Lehrer schwanger geworden war, wie sie sich am Gumpigen Donnerstag als Madonna verkleidet hatte, mit Netzstrümpfen und Minirock, wie sie gehofft hatte, diesen Lehrer beim Nachtfräuleinspiel im Ried zu treffen, und wie sie dort stattdessen von einem Mann aus der Narrenzunft vergewaltigt worden war.

Liane hörte der Kleinen mit wachsendem Befremden zu. Dieses Früchtchen hier, das ihr gerade noch besonders arglos vorgekommen war, hatte sich also an ihren verheirateten Lehrer herangemacht! Auch dass sie – vermutlich aufgetakelt wie Christiane F. auf dem Babystrich – nicht begriffen hatte, welche Wirkung so eine Kleidung auf einen betrunkenen Hästräger haben konnte, irritierte Liane. Sie war kurz davor, dem Mädel geradeheraus zu sagen, sie brauche sich da eigentlich nicht zu wundern. Doch das verkniff sie sich und klopfte Annamaria, die inzwischen Rotz und Wasser heulte, den Rücken. Auch gelang es ihr, sich ein paar mitfühlende Kommentare abzuringen. Als sich die Kleine wieder gefasst hatte und weitersprechen konnte, hörte Liane allerdings nur noch mit halbem Ohr zu. Stattdessen begann sie zu grübeln, was diese Offenbarung nun eigentlich *für sie* bedeutete, für sie und für Carl, denn unter keinen Umständen wollte sie ihren Mann noch einmal mit einem Kindermädchen im Ehebett erwischen. Sie war so fixiert auf diesen Gedanken, dass sie nicht gleich verstand, was Annamaria da alles erzählte – von einer Anzeige bei der Polizei und vom Alkohol, den der Mann ihr eingeflößt hatte.

»Und die Polizei hat dir nicht geglaubt?«, fragte sie und bemühte sich um Mitgefühl in der Stimme, musste aber an sich halten, nicht mit den Augen zu rollen, als das Mädel ihr erzählte, dass sie zu spät Anzeige erstattet hatte. Ein wenig abwesend drückte Liane ihr die Schulter. Wie sollte man auf so viel Dummheit reagieren? Sie seufzte tief, und als sie Annamarias waidwunden Blick sah, murmelte sie der Form halber etwas von einem Anwalt.

Halbherzig stellte sie noch ein paar Fragen und war gerade im Begriff aufzustehen – sie wollte jetzt wirklich nur noch ihre Ruhe –, als die Kleine etwas sagte, das sie aufhorchen ließ.

Sie rutschte vom Sofa, kniete sich vor das Mädel auf den Boden und legte ihre Hände auf Annamarias Oberarme. Das durfte ja wohl nicht wahr sein.

»Weißt du das genau?«, fragte sie atemlos und wusste, noch bevor die Antwort kam, wen sie sich da ins Haus geholt hatte.

Annamaria, Freitag, 27. Februar 1987

Gleich am nächsten Morgen will Annamaria mit Liane über den Vorfall mit dem Keller sprechen, aber dann hört sich Stellas Husten so schlimm an, dass sie die Sache erst mal vergisst. Weil Fasnet ist und die Kinder frei haben, muss sie sie wenigstens nicht zur Schule bringen, Stella kann also in ihrem Bettchen bleiben. Andererseits, das wird ihr erst später klar, hätte sie sonst direkt bei einem Kinderarzt vorbeifahren können, damit der einen Blick auf sie wirft. Vielleicht kann sie das ja trotzdem tun.

»Aber deshalb musst du doch nicht gleich zum Arzt!«

Lianes Ton ist schneidend, als Annamaria sie wenig später um den Wagen bittet. Das hätte sich Annamaria ja denken können, dass Liane nichts von der Idee hält, mit Stella zum Arzt zu gehen. Nicht wegen eines lächerlichen Hustens.

»Pass mal auf«, sagt Liane und legt Annamaria die Hand auf die Schulter. »Du willst doch auch nicht, dass man sie mit Antibiotika vollpumpt. Du gibst ihr jetzt von dem Zwiebel-Honig. Und du wirst sehen, morgen ist es schon besser.«

Annamaria will noch etwas sagen, will vorschlagen, ob nicht wenigstens Carl mal einen Blick auf Stella werfen kann. Aber sie traut sich nicht, nach ihm zu fragen, denn sie hat ohnehin den Eindruck, dass Liane sie in Carls Anwesenheit neuerdings ganz genau beobachtet.

Und so gibt Annamaria der Kleinen an diesem Tag etliche Male einen Teelöffel von dem selbst gemachten Hustensaft.

Aber der Husten wird nicht besser und nach einer durchwachten Nacht blickt Annamaria auf das Gesichtchen ihrer Tochter, die erhitzt wirkt und inzwischen ganz merkwürdig atmet, ganz schnell und flach, was ihre kleinen Nasenflügel bei jedem Atemzug zum Beben bringt. Annamaria spürt die Angst in sich hochkriechen. Was soll sie nur tun? Wenn wenigstens Carl da wäre, aber der ist schon früh weggefahren. Und der nächste Kinderarzt ist in Reutlingen, das hat sie in den Gelben Seiten nachgeschlagen. Aber selbst wenn sie irgendwie dorthin käme, nützt das nichts, denn am Samstag hat der Arzt ja keine Sprechstunde. Außerdem kann sie hier nicht weg, Liane hat nämlich heute – das hat sie ihr gestern Abend gesagt – den ganzen Tag über Patienten. Seit die Praxisräume umgebaut worden sind, behandelt sie von Donnerstag bis Samstag fast ununterbrochen. Oft kommt sie noch nicht einmal zum Mittagessen herüber. Was soll Annamaria bloß tun?

Als sie nach unten in die Küche geht, ist Liane tatsächlich schon drüben in der Praxis. Die Kinder sind noch in ihren Betten oder spielen in ihren Zimmern. Jedenfalls ist es ganz still im Haus, zu still für Annamarias Empfinden. Wie ein Automat holt sie die Schüssel für den Frischkornbrei aus der Schublade, reibt die Äpfel und sieht dabei immer wieder in den Stubenwagen, den sie neben sich stehen hat. Sie hat Stella den Kopf hochgebettet und hofft, dass es so für sie angenehmer ist. Aber sie atmet weiter so eigenartig und bei jedem Atemzug blähen sich ihre kleinen Nasenflügel auf.

Den ganzen Morgen rennt Annamaria unruhig hin und her, zwischen Putzarbeit und Stubenwagen. Am späten Vormittag hält sie es nicht mehr aus. Sie muss mit Annamaria zum Arzt, heute noch, am besten jetzt sofort. Sie wird Liane um das Auto bitten und dann mit der Kleinen zum Krankenhaus fahren.

Sie läuft aus dem Haus, hinüber zur Praxis, und klopft. Ein kalter Februarwind fährt durch die Maschen ihres Pullovers. Als niemand aufmacht, klopft sie erneut und lauscht dann angestrengt. Aus der Praxis ist nichts zu hören, kein Laut. Aber dass Liane dort ist, weiß sie sicher, denn oben hinter den Schießschartenfenstern ist Licht zu sehen. Und wo sollte Liane auch sonst sein? Also klopft sie lauter und donnert schließlich mit der Faust gegen die Tür.

Da geht die Tür auf. »Was ist denn?«, zischt Liane und funkelt sie an.

»Stella geht es immer schlechter. Ich …« Und da hört sie das Schreien aus dem Praxisraum, das von erstickten Schluchzern unterbrochene Schreien eines verzweifelten Kindes. Erschrocken sieht sie Liane an, deren Gesichtsausdruck schon wieder ganz der alte ist, entspannt und gleichmütig. Annamaria kann nicht mehr an sich halten. Sie drängt Liane beiseite, läuft die paar Schritte bis zum Ende des Korridors, reißt die wattierte Tür auf und bleibt abrupt stehen.

Auf einer Matte liegt ein etwa vierjähriger Junge und wird von einer Frau auf den Boden gedrückt. Zwischen Schreien und Schluchzen versucht er aufzubegehren, sich der Frau zu entwinden, die mit ihrem ganzen Körpergewicht auf ihm liegt. »Mama, Mama, neeein!«, kreischt er, doch die Frau ist unbeirrbar. Sie redet auf das Kind ein, ununterbrochen.

»Was machen Sie mit dem Kind!«, ruft Annamaria, doch da fasst Liane sie von hinten an der Schulter und versucht, sie aus dem Raum zu ziehen.

»Annamaria!«, sagt Liane jetzt streng. »Du kannst doch nicht einfach in eine Therapiesitzung platzen.« An die Frau gewandt, die mit gerötetem Gesicht zu ihnen hersieht und dabei immer noch auf dem Kind liegt, sagt sie: »Entschuldigen Sie vielmals!«

Und dann befördert sie Annamaria mit sanftem Druck hinaus.

»Bist du von Sinnen!«, sagt Liane gepresst, als sie die Tür hinter sich zugezogen hat. »Wir sind gerade mitten in einer …«

Doch Annamaria lässt sich jetzt nicht mehr beirren. »Und was für eine Therapie soll das sein? Kleine Kinder mit Gewalt festhalten, du bist ja irre!«

Liane antwortet nicht. Sie sieht Annamaria nur an, schweigend. Und in dem Moment begreift Annamaria, dass sie einen Riesenfehler begangen hat.

»Du wolltest etwas von mir?«, fragt Liane nun kühl.

Annamaria weiß im ersten Moment gar nicht mehr, warum sie überhaupt gekommen ist, zu deutlich steht ihr noch das Bild des Kindes und der Frau vor Augen. Doch dann erinnert sie sich. Etwas kleinlaut hebt sie an: »Es ist wegen Stella. Ich ... sie ... Kann ich das Auto haben? Ich möchte mit ihr ins Krankenhaus fahren.«

»Beruhige dich erst mal«, sagt Liane da kurz angebunden. »Ich komme nachher rüber und sehe nach ihr.«

Und dann schiebt sie Annamaria nach draußen und schließt geräuschlos die dicke Tür.

Einen Augenblick lang steht Annamaria einfach so da. Sie kann nicht fassen, was sie eben gesehen hat. Sie begreift auch nicht, wie Liane auf ihre Angst um Stella reagiert hat. Da wird ihr eines klar: Einer Frau, die Kindern so etwas antut, kann sie nicht vertrauen, nicht, wenn es um das Leben eines Kindes geht. Um das Leben *ihres* Kindes.

Im Haus treibt sie die Kinder an. »Schnell, schnell, in zwanzig Minuten fährt der Bus!« Sie schreibt Liane einen Zettel, dann laufen sie aus dem Haus und schaffen es gerade noch rechtzeitig.

Die Ärztin in der Notaufnahme macht ein ernstes Gesicht. »Sie hätten schon viel früher kommen müssen!«, raunzt sie Annamaria an. »Ihre Tochter hat eine beidseitige Lungenentzündung!«

»Aber ... sie wird doch wieder gesund?« Annamaria hört selbst, wie zittrig ihre Stimme klingt. Das alles kann ja wohl nicht wahr sein.

»Wir werden sie auf jeden Fall hierbehalten. Sind das etwa alles Ihre Kinder?«

Annamaria will anworten, doch Gesine kommt ihr zuvor. »Natürlich nicht«, sagt sie, »das ist nur unsere Hausangestellte!« Dann baut sie sich vor der Ärztin auf und sagt: »Mein Papa ist hier der Oberarzt!«

»So?«, fragt die Ärztin reichlich unbeeindruckt. »Aber es gibt hier mehrere Oberärzte. Wie heißt er denn?«

Gesine sagt seinen Namen und platzt dabei fast vor Stolz.

Da wendet sich die Ärztin an Annamaria, sieht sie aufmerksam an und fragt: »Aber hat sich Herr Dr. Winterling die Kleine denn nicht angeschaut?«

Annamaria schüttelt den Kopf. Gerne hätte sie der Frau erklärt, dass er dazu gar keine Gelegenheit hatte und dass seine Frau das sowieso zu verhindern gewusst hätte – schließlich ist sie in diesem Haushalt die einzige Autoritätsperson, was die Kinder betrifft und ganz besonders deren Gesundheit. Aber das kann sie nicht im Beisein der Kinder tun.

Die Ärztin streckt ihr die Hand hin. »Sie können hier im Krankenhaus warten, wie es sich weiterentwickelt. Ihre Tochter ist bei uns jedenfalls in guten Händen.«

Annamaria nickt. Die Ärztin nickt ebenfalls. Dann fragt sie:

»Soll ich Herrn Dr. Winterling Bescheid sagen?« Sie wirft einen Blick auf die Kinder. »Es wäre wohl das Beste, wenn Sie das kurz mit ihm besprechen? Ich werde versuchen, ihn zu erreichen; Sie können dort drüben Platz nehmen.«

Annamaria nickt stumm und sinkt im Wartebereich ermattet auf einen Stuhl. Die Kinder stürzen sich sofort auf die Spielecke. Nur Matthias setzt sich neben Annamaria. Nach einer Weile nimmt er ihre Hand und sagt: »Stella wird wieder gesund. Das weiß ich.«

Annamaria erwidert seinen Blick. Sie kann nur nicken. Ein dicker Kloß sitzt in ihrem Hals. Was hat sie nur getan? Wie konnte sie Liane nur so lange vertrauen?

Sie warten etwa eine Stunde. »Wann kommt Papa denn endlich?«, fragt Matthias und auch die anderen werden langsam ungeduldig. Doch nach einer weiteren halben Stunde drückt nicht etwa

Carl die große Glastür auf, sondern Liane. Eine Krankenschwester im Schlepptau steuert sie auf Annamaria zu und sagt mit aufeinandergepressten Lippen: »Was fällt dir ein, ohne mein Wissen mit meinen Kindern unterwegs zu sein!«

Annamaria steht auf und tritt ihr entgegen. »Meine Tochter ist schwer krank. Sie hat eine beidseitige Lungenentzündung.«

»Ja, eben!«, ruft Liane. »Wie kannst du da mit der Kleinen im Bus herumfahren, unverantwortlich ist das! Ich sagte dir doch, du solltest warten, ich wollte euch doch fahren!«

Annamaria staunt, wie überzeugend Liane klingt in ihrer selbstgerechten Empörung. Und dann wird ihr klar, dass diese Frau eine gottbegnadete Lügnerin ist.

Aufgebracht ruft sie: »Du hast nur gesagt, dass du keine Zeit hast und später nach ihr *sehen* wolltest!«

Annamaria bemerkt den Blick, den Liane mit der Schwester wechselt. Dann schüttelt sie wie traurig den Kopf und sagt in gedämpftem Ton, aber so deutlich, dass die Schwester es auf jeden Fall mitbekommt: »Ich habe dich nicht vor dem Erziehungsheim bewahrt, damit du Lügen über mich und meine Familie verbreitest!«

Annamaria kann einfach nicht glauben, was hier gerade geschieht. Mit welcher Selbstverständlichkeit Liane die Wahrheit ins Gegenteil verkehrt. Annamarias Augen wandern zu der Schwester, die ihrem Blick jedoch ausweicht. Die Frau glaubt Liane, wird Annamaria klar. Sie hört Liane seufzen, resigniert und gleichzeitig mildtätig, so als werde ihre Geduld auf eine harte Probe gestellt – ein Seufzen, das selbst Annamaria überzeugt hätte, wüsste sie nicht, dass alles genau andersherum ist. Annamaria muss an sich halten, um nicht laut loszubrüllen. *Du verdammte Lügnerin, du Heuchlerin*, möchte sie schreien. Aber sie tut nichts von alledem. Sie steht nur da und sieht zu, wie Liane Hortensie in den Kinderwagen hebt, wie sie Lilo an der Hand nimmt und sich zum Gehen anschickt.

»Möchtest du mit uns nach Hause fahren?«, fragt Liane mit einem so tapferen kleinen Lächeln, dass Annamaria ihr am liebsten ins Gesicht schlagen würde.

Sie schüttelt den Kopf. »Ich bleibe bei meiner Tochter«, sagt sie.

»Natürlich«, antwortet Liane, die Verständige. Dann entschuldigt sie sich für die Umstände und bedankt sich ausgiebig bei der Schwester, die immer noch dasteht und nicht recht weiß, ob sie bleiben oder gehen soll. »Ich weiß ja, wie überlastet Sie alle hier sind.«

»Aber gerne doch«, sagt die Schwester und geht rasch davon.

Annamaria sieht Liane hinterher, wie sie mit der ganzen Kinderschar auf die Tür zusteuert. Bevor auch Matthias ihr folgt, sucht er noch einmal Annamarias Blick. Wie verstört der arme Kerl aussieht, denkt sie, und es gelingt ihr, sich ein Lächeln abzuringen und ihm zuzunicken.

Die Urschel fragt die Frau, was sie wolle? Sie antwortet: Ob sie nicht mit spazieren gehen dürfe?

Liane van der Berg, Ostermontag, 17. April 2017

Stunden später hörte sie jemanden ihren Namen rufen.

Sie musste eingeschlafen sein, irgendwann, die Angst hatte sie erschöpft.

»Hier bin ich«, schrie sie aus vollem Halse, panisch und so laut, dass ihr die Kehle wehtat. »Hier unten im Waschkeller. Hilfe, Hilfe!«

Wenig später schwang die Tür mit einem Quietschen auf und Carl rief: »Was machst du denn hier!«

Liane, die inzwischen aufgestanden war, musste die Augen bedecken, so geblendet war sie von der Helligkeit der Neonröhre im Gang. Eine Weile stand sie so da und blinzelte. Dann ließ sie den Arm sinken.

»Was glaubst du wohl?«, fauchte sie völlig außer sich und sah, wie er zurückzuckte und einen Schritt nach hinten tat.

»Na ja, du stehst hier und rufst um Hilfe!«

»Ja, denkst du denn, ich mach das zu meinem Vergnügen! Jemand hat mich eingeschlossen!«

»Aber die Tür war auf, meine Liebe.«

Ungläubig sah sie ihn an. Dann ging sie ohne ein weiteres Wort an Carl vorbei, die Treppe hoch nach oben. In der Küche blieb sie stehen, mitten im Raum, und atmete einfach nur, ein und aus, ein und aus. Ihre Hände zitterten so stark, dass sie sie auf die Arbeitsplatte presste. Hinter ihr betrat Carl den Raum, aber sie drehte sich nicht um, atmete einfach weiter.

»Liane«, sagte er und fasste sie sanft an der Schulter. »Willst du mir nicht endlich erzählen, was mit dir los ist?«

Ein Feuerwerk an Gedanken explodierte in ihrem Kopf. Die abgeschlossene Tür. Das Licht, das ausgegangen war. Und wie sie vollkommen starr vor Angst geglaubt hatte, ihr letztes Stündlein habe geschlagen. Eine Ewigkeit lang hatte sie einfach nur dagestanden, mitten im Raum, und nicht gewagt, sich zu rühren. Gelauscht hatte sie, so angestrengt, wie sie noch nie gelauscht hatte, und bei jedem noch so winzigen Geräusch hatte sie sich gefragt, was das sein mochte. Ein Ächzen? Schritte auf der Treppe? Jemand, der hinter ihr in dieser tintenschwarzen Finsternis stand und atmete? Irgendwann hatte sie es gewagt, die Hand auszustrecken, immer damit rechnend, etwas Schreckliches, Grauenerregendes zu berühren, das den sicheren Tod bedeutete. Doch da war nichts gewesen außer der betonkalten Wand, an der sie sich entlangtastete bis zur Stahltür, wo sie wieder all ihren Mut zusammennehmen musste, bis sie es wagte, die Klinke herunterzudrücken. Aber die Tür war verschlossen gewesen, das wusste sie sicher. Also musste er doch lügen.

Es kostete sie Überwindung, sich umzudrehen und ihn anzusehen.

Er sah aus wie immer, routiniert ironisch, mit diesem leisen Lächeln auf den Lippen, das sie bisher immer für den Ausdruck seiner Liebe zu ihr gehalten hatte. Dabei war dieser Gesichtsausdruck längst zur Maske geworden, wie sie in diesem Moment erkannte. Einer Maske, die er gar nicht mehr überzustreifen brauchte, denn sie war mit ihm verwachsen.

Ihre Augen huschten durch die Küche, blieben an der Wanduhr hängen. Es war nach drei.

»Wo warst du die ganze Zeit?«

Er stieß die Luft aus, strich sich über die Stirn.

»Ach, in der Klinik. Da war ein schwerer Unfall auf der B28 und Elsässer hat mich kurzfristig angerufen und gefragt, ob ich einspringen kann. Mann, ich kann dir sagen, das war schrecklich.«

Liane starrte ihn an. Sie hatte langsam, aber sicher das Gefühl, irre zu werden. Sagte er die Wahrheit? Er musste die Wahrheit sagen, denn so etwas konnte sie schließlich ohne Weiteres überprüfen.

Sie sah ihm zu, wie er zum Wasserhahn ging, ihn aufdrehte und sich Hände und Gesicht wusch.

Ihre Gedanken drehten sich in immer größerer Geschwindigkeit und sie wusste, dass sie sie stoppen musste, wenn sie bis morgen früh wenigstens noch etwas Schlaf finden wollte.

»Hast du eine Schlaftablette für mich?«

»Wie bitte?« Er ließ das Küchenhandtuch sinken und sah sie an, als spräche sie Farsi.

»Du hast ganz richtig gehört. Ich brauche eine Schlaftablette.«

»Liane!« Er schmiss das Handtuch weg, ging auf sie zu, nahm sie in den Arm und sah ihr fest in die Augen. »Du hast in deinem Leben noch nie irgendwelche Tabletten genommen. Du meidest Tabletten wie der Teufel das Weihwasser. Willst du mir nicht endlich sagen, was mit dir los ist?«

Sie sah ihn an und schluckte trocken. »Es ist nichts«, sagte sie, »ich bin einfach überarbeitet. Die Jubiläumssendung, der Druck mit den Einschaltquoten … Ich brauche dringend eine Pause.«

Liane, Dezember 1986

Die ganze nächste Woche konnte Liane an nichts anderes mehr denken als an das, was sie von Annamaria erfahren hatte. In höchster innerer Anspannung sah sie die Tage vorüberziehen und fühlte sich dabei, als habe jemand sie an den Startlöchern festgekettet. Aber sie durfte jetzt keinen Fehler machen. Es war in jedem Fall besser, ein paar Tage lang zu überlegen, was jetzt zu tun war: Sollte sie das Mädchen auf der Stelle von hier fort und ins Heim bringen? Oder würde diese abrupte Aktion sie erst recht auf Carls Spur bringen? Nach eineinhalb Wochen war Liane zu dem Schluss gekommen, dass es klüger war, die Sache in Ruhe einzufädeln, so dass sie auch für Annamaria nachvollziehbar und plausibel wäre. Eines aber musste sie so bald wie möglich erledigen: das Gespräch mit Carl. Sie musste ihn einerseits warnen, ihm andererseits aber auch einen so großen Schrecken einjagen, dass er ein für alle Male die Augen – und die Finger – von dem Mädchen ließe.

Die Gelegenheit dazu ergab sich an einem Abend, als Carl überraschend aufgeräumt aus dem Krankenhaus kam und zu ihr sagte: »Wir haben was zu feiern. Stell schon mal zwei Flaschen Sekt kalt.«

Liane, die es in den vergangenen Tagen übermenschliche Kräfte gekostet hatte, ihm *nicht* ins Gesicht zu schlagen, bat ihn mit einem schmallippigen Lächeln, das doch bitte selbst zu erledigen, wenn er denn schon meine, etwas zu feiern zu haben. Woraufhin er sie verdutzt, aber auch ein bisschen verletzt ansah und sich auf den Weg in den Keller machte.

Als sie später ins Schlafzimmer kam, bemerkte sie auf den ersten Blick, dass er sich geduscht und umgezogen und das Rasierwasser aufgetragen hatte, von dem er wusste, dass sie es ganz besonders mochte. Auf dem Toilettentisch hatte er zwei kristallene Champagnerschalen und den Sektkühler bereitgestellt und auch ein paar Kerzen.

»Nanu, das muss ja wirklich etwas Besonderes sein.« Auch wenn seine frohe Botschaft wohl kaum mit der Überraschung würde mithalten können, die sie für ihn bereithielt, wurde Liane nun doch ein wenig neugierig. Trotzdem sagte sie: »Ich werd mich nur noch rasch duschen.«

Als sie aus dem Bad kam, hatte er die Kerzen angezündet und vor dem Sektkühler Aufstellung genommen. Nun begann er mit einer Art Ansprache, der Liane eine Weile ungeduldig folgte. Als sie das Gerede nicht mehr aushielt, unterbrach sie ihn: »Carl! Komm zum Punkt!«

»Ich habe den Oberarztposten bekommen.«

Für einen Augenblick verschlug es ihr tatsächlich die Sprache und sie spürte, wie diese lang ersehnte Erfolgsmeldung sie doch etwas versöhnlicher stimmte. Sie betrachtete ihn und fand, dass er noch immer sehr gut aussah, trotz seines täglichen Bierkonsums. Doch dann fiel ihr wieder ein, was er getan hatte und was sie seit Annamarias Offenbarung mit sich herumtrug. Und so schob sie ihre spontane Begeisterung beiseite und fragte leise, aber schneidend: »Und wann wolltest du mir sagen, dass du *dieses* kleine Flittchen auch gebumst hast?«

Voll unterdrückter Wut beobachtete sie ihn, registrierte die Verwirrung auf seinem Gesicht, als er stockend fragte: »Wovon sprichst du? Ich weiß nicht, was du meinst.«

»Gumpiger Donnerstag«, antwortete sie eisig. »Das Nachtfräuleinspiel.«

Sie sah, wie er blass wurde.

Liane ließ ihn nicht aus den Augen. Als sie weitersprach, staunte sie fast über sich selbst, über ihren heiter-ironischen Ton. Als habe sie durch Zufall erfahren, dass er für Modern Talking schwärmte. »Ich frage mich wirklich, wie du nur so beschissen dumm sein konntest!«

Jetzt wandte er sich ab, drehte ihr den Rücken zu, und plötzlich begannen seine Schultern zu beben. Ein komischer Laut drang aus seiner Kehle und im ersten Moment dachte sie tatsächlich, er würde lachen, doch dann schluchzte er auf.

»Ich weiß, dass du was mit Alexander Gerlach hast«, brach es aus ihm heraus. Er drehte sich wieder zu ihr und starrte sie an. »Ich hatte es schon länger vermutet, aber an dem Tag … ich hab mitgekriegt, wie du telefoniert und dich mit ihm in der Waldhütte verabredet hast. Und da bin ich hingefahren und hab dich da mit ihm in der Hütte gesehen. Wie ihr's getrieben habt.« Die letzten Worte spuckte er förmlich aus. »Da hab ich rot gesehen … Und am nächsten Tag ist mir dann dieses Mädchen im Ried begegnet, aber … du hättest sie sehen sollen, die hatte es regelrecht darauf angelegt. Die hat mich angemacht, mir einen Klaps auf den Po gegeben und mir die Flasche aus der Hand genommen!«

Liane erwiderte seinen Blick. Eigentlich hätte sie entsetzt sein müssen. Über dieses Geständnis, über die Tatsache, dass er sich zu so etwas hatte hinreißen lassen. Aber alles, was sie fühlte, war eine Mischung aus tiefster Satisfaktion und – ja – Lust. So viele Jahre hatte sie damit zugebracht, hinter ihm herzuschnüffeln, hatte es ertragen müssen, wenn seine Augen wieder auf Reisen gingen, hatte an sich gezweifelt, an ihrer Attraktivität und ihrer Fähigkeit, ihm das zu geben, was er offensichtlich brauchte. Und nun war *er* es gewesen, der hinter *ihr* hergeschnüffelt hatte. Er war ihr sogar in den Wald gefolgt. Und er hatte gesehen, was sie mit Alexander getan hatte. Oh, wie gut das tat! Sich vorzustellen, wie er da am Fenster gestanden und das empfunden hatte, was sie schon so oft durchgemacht hatte. Diese ohnmächtige Wut, den Schmerz, die nagenden Selbstzweifel. In diesem Moment wurde ihr klar, dass sie jetzt auf Augenhöhe waren. Vielleicht hatten sie die Rollen sogar vertauscht und *sie* hatte jetzt Macht über *ihn*.

Aber natürlich durfte sie sich nicht das Geringste anmerken lassen. Sie unterdrückte ihren Jubel und sagte mit einer Stimme wie aus dem Eisschrank: »Dir ist bewusst, dass du dadurch auch mich und meine Arbeit gefährdest. Meinen Ruf als Therapeutin.«

»Natürlich ist mir das klar, ich bin ja nicht doof! Und mir selbst würde es ja noch viel mehr schaden, wenn da irgendwas hochkocht. Jetzt, wo ich endlich den Oberarztposten habe.«

Liane betrachtete ihn, wie er dort vor ihr stand, zwischen Schuldgefühlen und trotziger Verteidigung. Sie senkte die Stimme und sagte in ihrem schönsten Psychologinnenton: »Das genügt aber nicht.« Mehr erst mal nicht, nur diesen einen Satz.

»Wie meinst du das?«

Sie wartete noch eine Weile, sah ihn nur eindringlich an, so lange, bis er fast schon ein wenig gereizt forderte: »Sag mir einfach, was ich tun soll!«

»Na, dir muss doch selbst klar sein, dass du diesen Unsinn jetzt wirklich aufgeben musst.« Sie tat einen Schritt auf ihn zu, fasste ihn an beiden Armen und fügte eindringlich hinzu: »Du bringst sonst alles in Gefahr.«

Eine Weile lang sagte er gar nichts und Liane dachte schon, sie wäre zu weit gegangen. Schließlich wusste sie nur zu gut, wie viel ihm diese alberne Fasnet bedeutete. Und wie gern er sie als Deckmäntelchen für seine Frauengeschichten nutzte!

Schließlich sagte er leise: »Du weißt, dass die Mutter mir das Häs genäht hat. Dass ich auch deshalb an der Narrenzunft hänge.«

Liane hielt seinem Blick stand. »Ja, das weiß ich«, sagte sie eindringlich. »Aber jetzt ist es Zeit.«

Und endlich nickte er.

Sie hielt den Atem an, konnte ihren Triumph kaum fassen. Sie hatte nicht erwartet, dass er wirklich darauf eingehen würde. Endlich hatte diese Narretei mit dem alljährlichen Freibrief fürs Fremdgehen ein Ende.

Äußerlich kühl, doch innerlich hochzufrieden fragte sie: »Ich hoffe, du hast die Sachen gut versteckt! Nicht dass die Kleine sie noch findet … beim Wäschewegräumen oder so.«

Als er ein zweites Mal nickte, wollte sie sich schon abwenden. Doch er hielt sie fest, sah ihr in die Augen und sagte beschwörend: »Dann sind wir doch jetzt quitt, oder? Ich hab ein bisschen über die Stränge geschlagen und du hast es mit ihm in der Hütte getrieben. Ich für meinen Teil kann sagen, dass es mir nichts bedeutet hat, das nicht und das mit Nancy auch nicht … nichts davon hat mir je etwas bedeutet.«

Die fiebrige Hoffnung in seiner Stimme war Balsam für ihre Seele. Oh, wie sie es genoss, ihn so zu sehen, reuevoll, flehend. Dies war wahrlich ein Moment zum Feiern. Obwohl das eigentliche Problem – das Mädchen in ihrem Haus – ja immer noch existierte. Aber darüber würde sie sich morgen Gedanken machen, jetzt wollte sie den Moment genießen und sich ganz hineingeben in das berauschende Gefühl ihrer Macht.

»Dann lass uns jetzt anstoßen«, sagte sie leise und legte ein verführerisches Timbre in ihre Stimme. Sie wartete, bis er seine Hände langsam von ihr löste und sich umwandte, um die Flasche aus dem Sektkühler zu nehmen und zu entkorken. Ich liebe ihn noch immer, dachte sie plötzlich, auch wenn das doch irgendwie krank war, dass man jemanden so lieben konnte, der einen schon so oft gedemütigt hatte und immer wieder aufs Neue demütigte. Sie betrachtete seinen Rücken, seine jetzt wieder sicheren Bewegungen, sein blondes, wie immer irgendwie windzerzaustes Haar. Sie streckte die Hand nach dem Glas aus, das er ihr reichte. Herausfordernd sah sie ihn an.

»Auf uns«, sagte Carl, während sie sich zuprosteten und anstießen. Dann nahm er ihr das Glas aus der Hand, zog sie an sich und sagte: »Du weißt, dass ich nur dich liebe. Du hast mich verhext und ich werde nie von dir loskommen.«

»Ist das so?«, fragte Liane und sah zu ihm hoch und fühlte sich auf einmal zurückversetzt in eine längst vergessen geglaubte Zeit.

Er drängte sich an sie und versuchte sie zu küssen. Sie wehrte sich, drehte den Kopf weg, tat so, als wollte sie nicht, als wollte sie ihn nicht, nicht jetzt. Sie spürte seine wachsende Erregung, wie er fester zupackte und sie aufs Bett drückte. Ein bisschen werde ich mich noch wehren, dachte sie, grub ihre Fingernägel in seinen Rücken und hörte, wie er scharf die Luft einsog. Sie triumphierte innerlich. Nach all den Jahren hatte sie endlich die Bestätigung, dass er ganz ihr gehörte.

Annamaria, Samstag, 28. Februar 1987

In dieser Nacht lernt Annamaria die Hölle von innen kennen. »Der Zustand Ihrer Tochter ist ernst«, sagt der Bereitschaftsarzt und erklärt ihr die weitere Vorgehensweise. Dann sitzt Annamaria an Stellas Bett, Stunde um Stunde, und sieht auf das kleine Gesicht mit dem Schlauch in der Nase, auf die geschlossenen Lider, den stummen Mund. Selbst als sie aufsteht, um auf die Toilette zu gehen, hört sie in ihrem Kopf noch das Sch…sch… des Beatmungsgeräts.

In diesen Stunden steckt sie in sich fest und fragt sich immer wieder, wie sie sich nur so hat täuschen können, in dieser Frau, in diesem Gebilde, das sie bei sich einst *die Glückliche Familie* genannt hat, damals, als sie noch Zeitungen ausgetragen hat und nur ein Zaungast war. Als sie noch nicht gewusst hat, was sie jetzt weiß: dass diese Frau ihre Kinder mit Rohkost und Frischkornbrei terrorisiert; dass sie für Gewaltfreiheit in der Erziehung eintritt und ihre eigenen Kinder im Keller einsperrt; dass sie unter dem Deckmantel der Psychotherapie auch fremde Kinder quält. Und dann noch das, was Carl erzählt hat – wie ein Kindergartenkind beinahe gestorben wäre nur durch Lianes abwegige Erziehungsvorstellungen. Oh, diese Frau ist durch und durch schlecht. Sie lügt anderen ins Gesicht, ohne mit der Wimper zu zucken, und empfindet nicht die geringste Reue. Diese Frau hält sich für unfehlbar – und das wird ihre kleine Stella vielleicht das Leben kosten.

Annamaria vergräbt das Gesicht in den Händen. Sie kann nicht mehr an sich halten und weint jetzt hemmungslos. Nie zuvor war sie so verzweifelt. Ich halt das nicht mehr aus, denkt sie, ich kann nicht mehr. Und dann beginnt sie zu beten, *Vater unser im Himmel*, die Worte kommen wie von selbst über ihre Lippen. Als sie zum *Amen* kommt, beginnt sie wieder von vorne. Die Angst durch Worte vertreiben, schießt es ihr durch den Sinn. Wenn nichts mehr bleibt, gibt es nur noch das Beten. *Vater unser im Himmel.*

Nach zwei Tagen geschieht das Wunder.

»Ihre Tochter hat es geschafft. Sie ist über den Berg«, sagt die Ärztin, nachdem sie Stella untersucht hat. Und während Annamaria vom anderen Ende des Raumes her beobachtet, wie die Schwester das Beatmungsgerät abstellt und den Schlauch entfernt, möchte Annamaria die beiden am liebsten umarmen und jubeln und ihnen und Gott danken. Doch sie bekommt kein Wort heraus, wie zugeschnürt ist ihre Kehle vor überbordender Freude und vor Ergriffenheit. Stella wird leben, ihre Tochter wird leben, sie wird leben und Annamaria wird sie aufwachsen sehen, sie wird all das erleben, was eine Mutter mit ihrem Kind erlebt.

»Sie sollten nach Hause fahren und eine Runde schlafen«, sagt da die Ärztin.

Annamaria lässt sich wieder auf den Stuhl sinken. »Gehen Sie nur«, sagt jetzt auch die Schwester. »Wir passen inzwischen gut auf die Kleine auf.«

Annamaria sieht von einer zur anderen. Und da erst merkt sie, wie unglaublich müde sie ist. Sie kann sich kaum noch auf den Beinen halten. Trotzdem ist sie unschlüssig. Ihr Blick wandert zu Stella, doch dann erkennt sie, wie ruhig sie atmet und wie entspannt sie aussieht, also nickt sie, unter dem Blick der beiden Frauen.

»Ja, gut«, sagt sie, »dann werde ich mal nach Hause fahren.«

»Sollen wir jemanden anrufen, vielleicht Frau van der Berg, damit sie Sie holen kommt?«

Annamaria schüttelt den Kopf. Das ist das Letzte, was sie jetzt will. »Nicht nötig«, antwortet sie. »Ich fahr mit dem Bus.«

Und während erst Geschäfte und Parkplätze und später Felder und Bäume an ihr vorüberziehen, fragt sie sich zum ersten Mal seit Tagen, was jetzt werden soll. Und wie Liane sie wohl empfangen wird.

Es regnet, als sie aus dem Bus steigt. Klatschnass hängen die bunten Faschingswimpel quer über der Straße, werden ab und zu von einer Böe erfasst. Annamaria schlingt sich den Schal um den Hals und zieht sich die Kapuze ihres Parkas tief in die Stirn. Wie immer sind auf den Straßen Rosenaus nur wenig Leute unterwegs, und während sie den Weg hinauf zum Hellsternhof einschlägt, wird ihr ganz bang zumute. Wird Liane sie gleich rausschmeißen oder darf sie noch so lange hier wohnen, bis sie für Stella und sich eine neue Bleibe gefunden hat? Denn auf dem Hellsternhof kann sie nicht bleiben, so viel ist klar. Aber wo soll sie dann hin? Sie muss sich eine Arbeit suchen oder besser noch einen Ausbildungsplatz. Ja, denkt sie, dann soll es eben so sein. Gleich morgen werde ich Bewerbungen schreiben, und wenn ich etwas bekomme, muss Stella halt zu einer Tagesmutter, irgendwie werde ich das schon schaffen.

Als Annamaria den Hof überquert, ist weder Carls noch Lianes Wagen zu sehen. Was aber nichts zu sagen hat, die Autos können ja auch in der zur Garage umgebauten Scheune geparkt sein.

Die Tannen vor dem Haus rauschen, als Annamaria den Schlüssel ins Schloss steckt. Nie zuvor ist ihr aufgefallen, wie unheimlich dieses Rauschen ist, gerade so, als gäbe es außer diesen Tannen und ihr nun nichts und niemanden mehr auf der Welt. Und was sie zuvor romantisch gefunden hat, macht ihr in diesem Moment einfach nur Angst. Wie still es hier ist, denkt sie, während sie möglichst geräuschlos die Haustür aufdrückt, einen Moment innehält und lauscht. Sie fragt sich, wo alle nur stecken, es sind doch Ferien, doch da fällt ihr ein, dass die Kinder wahrscheinlich bei einer Tagesmutter untergebracht sind. Liane hat ja keine Zeit für die Familie, sie ist sicher drüben in der Praxis und traumatisiert kleine

Kinder. Mit aufs Äußerste geschärften Sinnen schleicht Annamaria durch die Diele.

Im Bad zieht sie ihre nassen Sachen aus, hängt alles zum Trocknen über die Badewanne und rubbelt sich die Haare mit dem Handtuch trocken. In ihrem Zimmer zieht sie sich trockene Kleider an, eine Jogginghose und einen dicken Pullover, und lässt sich aufs Bett sinken. So bleibt sie eine Weile sitzen, sieht sich um.

Plötzlich klopft es an der Tür. Annamaria fährt hoch, als habe sie etwas Verbotenes getan.

»Herein«, sagt sie und merkt selbst, wie zaghaft ihre Stimme klingt, zaghaft und dünn.

Die Tür geht auf und Liane kommt herein, ein breites Lächeln auf dem Gesicht.

»Wie schön, dass du wieder da bist«, ruft sie und nimmt Annamaria in den Arm wie eine verlorene Tochter. »Wir sind alle so froh, dass es Stella wieder gut geht.«

Annamaria ist vollkommen perplex. Mit allem hat sie gerechnet, aber nicht mit so einem Empfang. Hat sie die Szene im Krankenhaus vielleicht nur geträumt, sich in ihrer Angst um Stella irgendwas zusammengereimt? Ihre Verwirrung dauert noch einen Moment an. Doch dann fällt ihr alles wieder ein: Matthias, der Keller, Hortensie, die Festhaltetherapie, das schreiende Kind in Lianes Praxis. Nein, sie wird sich nicht wieder einlullen lassen von freundlichen Gesten und wohlgesetzten Worten. Aber wenn das das Stück ist, das hier aufgeführt werden soll, wird sie zum Schein darauf eingehen. So lange, bis sie hier wegkann.

Liane löst die Umarmung und sieht Annamaria jetzt direkt ins Gesicht.

»Komm runter«, sagt sie fröhlich, »ich koche uns jetzt erst mal einen schönen Tee. Und wir reden ein bisschen. Wir haben ja noch ein Stündchen Zeit, bevor du die Kinder von der Tagesmutter abholen musst.«

Die Urschel erlaubt ihr das und nun geht sie zu ihren Kindern.

Liane van der Berg, Montag, 24. April 2017

»Aber ich will mein' Sohn nich' hau'n.«

Sandy Fahlbusch, eine übergewichtige Dreißigjährige in Leoparden-Leggings und mit Topfhaarschnitt, sah Liane mit leicht debilem Gesichtsausdruck an.

Liane lächelte verbindlich. »Sie sollen ihn ja auch nicht richtig schlagen. Nur so ein kleiner Klaps für die Kamera. Damit wir das hinterher im Studio besprechen können, dass das so nicht richtig war.«

»Aber dann denken doch alle, dass ich meine Kinder hau. Und das will ich nich.«

Energisch schüttelte Liane den Kopf und legte Sandy eine Hand auf die Schulter. »Aber i wo«, sagte sie und ließ ein sonniges Lachen hören, in das Markus, der Kameramann, gleich mit einstimmte. »Die Leute wissen doch, dass das hier alles nur beispielhaft ist. Sie sind jetzt Darstellerin in einem Film!«

»Sie meinen, wie Schauspieler?«, fragte die Frau ungläubig, was sie noch weniger helle aussehen ließ. »Aber da sind doch unsere Namen in dem Film.«

»Das schon«, sagte Liane. »Aber wir drehen hier eine Erziehungssendung, um den Leuten zu helfen. Um ihnen zu zeigen, was falsch ist und was richtig. Und damit das auch was wird, drehen wir natürlich nicht einfach so drauflos. Sondern es gibt ein Drehbuch, und an das müssen wir uns halten.«

Das schien die Frau zu begreifen, jedenfalls erhob sie jetzt keine Einwände mehr. »Sehr schön«, sagte Liane deshalb munter, »dann können wir die Szene jetzt also abdrehen.«

Nun ging Liane in die Hocke, um auch Melvin-Kay-One auf Spur zu bringen. Doch während sie dem Jungen mit den raspelkurzen Haaren, in dessen Nacken ein hellblond gefärbtes Zöpfchen baumelte, seine Rolle zu erklären begann, rief jemand ihr ins Ohr: »Ich will auch gehau'n sein!«

Liane zuckte zusammen und sah in die dick bebrillten Augen von Jeremy-Pascal, dem wohl unattraktivsten Jungen der Welt.

»Im Moment kann nur einer gehauen werden«, sagte Liane freundlich, aber entschieden. »Du kannst dich später mit deinen Geschwistern streiten. Da brauchen wir dann auch wieder jemanden, der gehauen wird.«

Als sie die Szene im Kasten hatten, sagte Maurice nach einem Blick auf die Uhr: »Okay, eine geht noch vor der Mittagspause.«

Liane prüfte das Skript. »Eigentlich kommt nur die mit dem Tanzen infrage, oder?«

»Ja, lass uns die nehmen. Das mit dem Auto passt jetzt nicht, und am Nachmittag ist vielleicht auch das Wetter besser.«

»Und die Musik für die Tanzszene, die haben wir parat?«

»Da liegen ein paar CDs im Wohnzimmer auf dem Regal. Die kann man nehmen.«

»Ich dachte, CDs sind out bei der jüngeren Generation.«

»Bei denen offenbar nicht.«

»Okay«, sagte Liane. »Habt ihr sie dafür schon gebrieft?«

»Nicht allzu deutlich.« Maurice grinste verschlagen und fügte hinzu: »Wir wollen uns ja hinterher nicht nachsagen lassen, wir hätten sie beeinflusst. Das soll schon lieber der Profi-Manipulator machen.«

Liane verzog das Gesicht. Sie war heute nur mit halber Kraft dabei, was sicher mit der ungewohnten Einnahme von Schlaftabletten zu tun hatte, die sie seit einer Woche jeden Abend nahm. Und mit all dem, was ihr im Kopf herumschwirrte. Im Grunde wartete sie seit nun fast einer Woche stündlich auf Herrn Zieglers Anruf. Währenddessen schwankte sie zwischen der Spekulation, dass keine Nachrichten gute Nachrichten waren, und der vernichtenden Annahme, dass Herr Ziegler immer mehr Schreckliches zusammentrug – vor allem Dinge aus ihrer Vergangenheit, die besser unentdeckt blieben. So hatte ihr Unterbewusstsein sie in den letzten Nächten trotz der Tabletten durch grauenhafte Albträume gejagt, die alle auf die gleiche Weise endeten: mit ihrem Tod.

»Liane?« Sie fuhr herum und blickte in die wachen Augen von Maurice. »Alles in Ordnung? Du wirkst heute irgendwie …«

»Unkonzentriert? Kann schon sein, ich hatte ein paar beschissene Nächte. Aber ich krieg das schon hin.«

Sie straffte die Schultern und machte sich auf den Weg ins spärlich möblierte Wohnzimmer, wo Dennis Fahlbusch mit Zoey-Jade und Jason-Conner vor einem 65-Zoll-Fernseher saß. Jason-Conner nuckelte mal wieder an einer Fanta, während die Kleine an einem trockenen Brötchen nagte. Liane musste an sich halten, den Kindern das Zeug nicht aus den Händen zu reißen. Ganz ruhig, dachte sie, du bist hier nicht als Ernährungspapst. Du tust nur deine Arbeit.

»Hey, Dennis!«, sagte sie mit so viel Wärme in der Stimme, wie sie für den dumpfbackigen jungen Vater mit den Steckern im Ohr aufbrachte. Fehlt nur noch einer in der Lippe, dachte sie. Dann kann er in Afrika mit ums Stammesfeuer tanzen.

»Seid ihr müüde?«, fragte sie und warf den Kleinen ein freundliches Lächeln zu. Als die beiden sie ignorierten, fuhr sie, wieder an Dennis gewandt, fort: »Wir wollen vor dem Mittagessen noch eine Szene mit euch drehen. Seid ihr bereit?«

Dennis fiel es sichtlich schwer, seinen Blick vom Bildschirm zu lösen. Liane belohnte ihn für die Mühe mit einem Lob: »Ihr habt das bisher ganz grooooßartig gemacht. Ich bin so stolz auf euch! Was wir jetzt noch wollen, ist eine Beispielszene, wie sich die Kinder zur Musik bewegen. Im Casting gibt es da ja schon so was Ähnliches, da spielen die Kiddies im Kinderzimmer und bewegen sich gaaanz toll zur Musik. Weißt du noch?«

Dennis wirkte skeptisch. Offensichtlich zeigte der Monitor in seinem Inneren gerade einen White Screen. Aber am Ende nickte er doch noch.

»Klasse!«, jubelte Liane. »Und genau so eine wollen wir jetzt nachstellen. Haben die Kinder denn eine Lieblingsmusik?«

Wieder dieses Glotzen, als stünde er auf einer Weide. Jetzt mach schon, dachte Liane, sonst erwürg ich dich heute noch. Hinter Dennis stand Maurice, der Liane das Daumen-hoch-Zeichen machte.

Liane biss sich auf die Lippen, um sich ein Grinsen zu verkneifen. »Oder habt ihr, du und die Sandy, eine starke CD, die sich da eignen würde? Es darf auch was Fetziges sein …«

Er zuckte die Achseln. »Könnt schon sein«, brummte er, stand auf und ging an das dürftig bestückte Regal, holte einen Stapel CDs und legte sie auf den Wohnzimmertisch.

»Hm … weiß nich …«, nuschelte er, während Liane die CDs durchsah. Rammstein, K.I.Z., Bushido, Kay One. Die Bands, oder was das sonst sein mochte, sagten ihr nichts, darum hielt sie die einzelnen CD-Hüllen so, dass Maurice die Cover sehen konnte. Als sie bei Kay One angekommen war, sah sie ihn im Hintergrund eifrig nicken.

»Sollen wir die hier einlegen?«, säuselte Liane, als spräche sie mit einem begriffsstutzigen Kleinkind. Dennis' neuerliches Achselzucken nahm sie als Zustimmung. »Gut. Willst *du* das dann mal machen? Und dreh ruhig schön auf, damit die anderen Kiddies das auch hören. Sie sollen ja schließlich mittanzen, nicht wahr?«

Mit hängenden Schultern und gleichgültigem Gesichtsausdruck schlurfte Dennis zu einem Ghettoblaster, der so fett war, dass die Familie mit ihm zum Mond fliegen könnte. Kaum hatte Dennis die CD eingelegt, da dröhnte schon ein ohrenbetäubendes Gestammel aus dem dem Lautsprecher: *Ich-hab Ich-hab Ich-hab Ich-hab-Style-und-das-Geld. Ich-hab-all-das-was-den-Fotzen-so-gefällt.*

Lianes Kopf ruckte in die Höhe. Im Nu war Jason-Conner auf den Beinen und auch Jeremy-Pascal und Melvin-Kay-One (erst jetzt begriff Liane, was es mit diesem albernen Namen auf sich hatte) kamen gelaufen, alle wippten gemeinsam und stammelten mit. Selbst Dennis schien die Gesetze der Trägheit für einen Moment überwunden zu haben und schwenkte Zoey-Jade im Takt der sogenannten Musik auf und ab.

Liane ließ sich aufs Sofa plumpsen. Entgeistert sah sie von Maurice, der im Hintergrund feixend lachte, zu den beiden Kameraleuten, die das ganze Ausmaß dieser intellektuellen Katastrophe für *TV Sat* festhielten. Ja, dachte sie, die Jubiläumssendung würde ein Erfolg werden. Die Frage war nur, wie tief sie eigentlich noch sinken wollte.

In der Mittagspause ging Liane alleine durch die Straßen von Bad Cannstatt. Als sie weit genug vom Drehort entfernt war, dass keine Gefahr bestand, jemanden von der Crew zu treffen, steuerte sie einen kleinen arabischen Imbiss an und setzte sich mit dem Rücken zum Eingang. Ohne großen Appetit aß sie Falafel, und als sie beim Blick auf die Armbanduhr merkte, dass sie immer noch eine halbe Stunde Zeit totzuschlagen hatte, bestellte sie ein weiteres Glas Tee. Sie nippte gerade daran, als ihr Smartphone zu dudeln begann. Sofort versteifte sie sich, kramte geradezu panisch in ihrer Tasche herum und warf einen furchtsamen Blick auf die angezeigte Nummer.

»Van der Berg«, antwortete sie beklommen.

»Ziegler hier«, drang die Stimme des Detektivs an ihr Ohr. »Ich habe Neuigkeiten.«

Liane umklammerte das iPhone fester. »Dann lassen Sie mal hören.«

Er schien zu zögern. Jedenfalls dauerte es ein paar Sekunden, bis er antwortete: »Ich denke, wir sollten das persönlich besprechen. Können Sie noch heute zu mir ins Büro kommen?«

Liane, Mitte Februar 1987

Liane war in Hochstimmung. Vor lauter Begeisterung über diesen genialen Fernsehauftritt konnte sie sich kaum auf den Verkehr konzentrieren.

Als sie Stuttgart mit seinen vielen Ampeln und den von Schneeresten schmuddeligen Straßen endlich hinter sich gelassen hatte und auf die Autobahn bog, fuhr sie so schnell sie konnte. Sie vertraute einfach darauf, dass die Fahrbahn ausreichend gesalzen war. Die Geschwindigkeit passte zu ihr, es musste jetzt schnell gehen, alles, alles raste an ihr vorbei, Scheinwerfer, Leitplanke, Schneefelder.

Sie hatte es geschafft. Sie war auf dem Gipfel ihres Erfolges angekommen.

Zu Beginn der Sendung war sie so aufgeregt gewesen, dass sie geglaubt hatte, die Zuschauer könnten das Donnern ihres Herzschlags *sehen*. Doch dieser Zustand hatte nicht lange angehalten, und als sie schließlich an der Reihe war, fiel alles von ihr ab, das Lampenfieber, die Selbstzweifel, die Zurückhaltung, und schon während sie die ersten Sätze formulierte, war sie ganz bei sich, ganz in ihrem Element.

Und am Ende hatte die Belohnung auf sie gewartet. Der Programmchef des Senders war mit einer derart sensationellen Nachricht auf sie zugekommen, dass sie anfangs kaum ihren Ohren getraut hatte: Nachdem man sie auf diversen Vorträgen erlebt habe, sagte er, habe man sie eingeladen, um festzustellen, inwieweit sie telegen sei. Diese Prüfung habe sie ja nun mit Bravour bestanden, daher wolle er ihr heute ein Angebot machen. Und dann hatte er sie gefragt, ob sie die Moderation von *Erziehung heute* übernehmen wollte.

Sie würde ihre eigene Fernsehsendung bekommen!

Zwar handelte es sich dabei um eine Produktion des SWR, die nur in dessen Sendegebiet – also im Dritten – ausgestrahlt werden würde, aber Fernsehen war Fernsehen, und wer wusste schon, was danach noch alles kommen würde!

Als sie zwei Stunden später die Autobahn verließ, war sie mehr oder weniger allein auf der Straße. Trotzdem fuhr sie jetzt langsamer, die Euphorie war einer überwachen Konzentration gewichen, was nicht zuletzt daran lag, dass sie bei Nacht nicht mehr so gut sah wie früher. Bei den wenigen Fahrzeugen, die ihr um diese Uhrzeit noch entgegenkamen, umklammerte sie das Lenkrad fester und musste sich fast zusammennehmen, um die Spur zu halten.

Während sie über Land fuhr, vorbei an vereinzelten Höfen, durch einsame Käffer, und noch einmal den Abend Revue passieren ließ, wurde ihr klar, dass das Angebot, das man ihr heute gemacht hatte, den Beginn eines neuen Lebensabschnitts markierte. Ja, dachte sie, der Zeitpunkt ist gekommen, ein paar Entscheidungen zu treffen, angefangen mit dem Verhältnis zu Alexander Gerlach. Seit ihrer Wiedervereinigung mit Carl hatte sie kein Interesse mehr an dem Mann. Umso lästiger waren seine dauernden Anrufe und Liebeserklärungen. Die Zeit war reif, die Sache zu beenden.

Sie ging vom Gas und bog von der Landstraße ab nach Rosenau, fuhr durch die wie ausgestorben wirkende Ortsmitte und bemerkte grimmig, dass über den Straßen bereits die Faschingswimpel gespannt waren. Kurz darauf musste sie jedoch lächeln, weil ihr einfiel, dass Carl ja von nun an kein Teil des bunten Treibens mehr wäre. Und wo sie gerade in dieser Klarmacherstimmung war, nahm sie sich vor, gleich morgen ein ernstes Gespräch mit Carl zu führen, der ihr in den letzten Tagen wiederholt die Kosten für die Umbauarbeiten in ihrer Praxis vorgehalten hatte. Sie würde sich diese Einmischung ein für alle Mal verbitten. Sie kritisierte ihn ja auch nicht dafür, dass er ein Krankenhaus brauchte, um Patienten zu operieren!

Sie hatte den Ort inzwischen hinter sich gelassen und kam an der Abzweigung vorbei, die zum Waldkindergarten führte. Plötzlich musste sie an Hortensie denken, ihr *Hummelbaby*, wie sie sie bei sich immer nannte. Und auf einmal hatte sie einen dicken Kloß im Hals. Gut, dass Hortensie nach den Faschingsferien endlich in den Kindergarten gehen würde. Dann wäre sie weniger dem Einfluss von Annamaria ausgesetzt. Dass das Kind immer sofort weglief, wenn Liane zur Tür hereinkam, tat weh. Hortensie hatte angefangen, ihre Geschwister zu beißen, und Liane hatte außerdem den Verdacht, dass Annamaria mehr und mehr vom üblichen Ernährungsplan abwich und Hortensie von allen möglichen verbotenen Lebensmitteln naschen ließ – ein naheliegender Gedanke nach diesem unglaublichen Vertrauensbruch mit dem raffinierten Zucker im Sauerteig. Der Gipfel allerdings war, dass sich Hortensie inzwischen nicht einmal mehr von Liane wickeln oder füttern lassen wollte. Daher war Liane gezwungen, das außer sich geratene Kind durch liebevolles, aber konsequentes Festhalten zur Räson zu bringen. Und dann hatte sie dem pädagogisch völlig unbeleckten jungen Ding auch noch erklären müssen, dass sie ihre Tochter natürlich nicht *misshandelte,* sondern mit Liebe auf den richtigen Weg brachte. Aber sie durfte sich da nicht hineinsteigern, denn Annamarias Tage bei ihnen waren sowieso gezählt.

Noch im Dezember, gleich nachdem sie von Carls Fauxpas im Ried erfahren hatte, hatte Liane diverse Anzeigen in skandinavischen Tageszeitungen geschaltet. Allerdings gestaltete sich die Suche nach einem passenden Mädchen gar nicht so leicht, obwohl sie nicht mehr so wählerisch war wie beim letzten Mal. Aber keines der Mädchen, die auch nur halbwegs infrage kamen, war bereit gewesen, die Stelle so kurzfristig, also noch vor Weihnachten, anzutreten. Die meisten hatten sich allen Ernstes *für den kommenden Sommer* beworben, obwohl Liane in ihrer Anzeige ausdrücklich *ab sofort* geschrieben hatte. Immerhin gab es drei Mädchen, zwei aus Schweden, eines aus Dänemark, die wenigstens Anfang Mai kommen konnten; eine von denen würde es wohl werden. Aber bis dahin musste Liane wohl oder übel mit Annamaria vorliebnehmen, auch wenn es mit ihr immer schwieriger wurde.

Dabei hatte sich Lianes Angst, Annamaria könnte einen Zusammenhang zwischen Carl und dem Nachtfräulein im Ried herstellen, im Laufe der letzten Monate einfach totgelaufen. Die Narrenzunft hatte viele Mitglieder, warum sollte ihr Verdacht da ausgerechnet auf Carl fallen?

Als sie auf den Hellsternhof zufuhr, war der komplette Hof in Dunkelheit getaucht. Ich bekomme das schon alles wieder hin, dachte sie, während sie den Wagen in die Garage fuhr. Ich werde mich die nächste Zeit einfach wieder mehr einbringen. Und wenn die Arbeit mit meiner eigenen Sendung losgeht, wird Annamaria längst Geschichte sein.

Am nächsten Morgen stand Liane früh auf, damit sie ihre guten Vorsätze gleich in Angriff nehmen konnte. Gut gelaunt öffnete sie die Tür zu Hortensies Zimmer.

Die Kleine war schon wach, saß auf dem Boden und blätterte in einem Bilderbuch. Doch als sie sich umdrehte und Liane auf sie zukommen sah, schüttelte Hortensie den Kopf.

»Nein«, kreischte sie und stampfte wie wild mit den Füßen.

In dem Moment wurde Liane klar, dass Annamaria dabei war, ihr die Kinder zu stehlen. Es war höchste Zeit, das Mädchen loszuwerden.

Annamaria, Faschingsdienstag, 3. März 1987

Am Tag nach ihrer Rückkehr auf den Hellsternhof erscheint ihr alles unwirklich: Die fahle Vorfrühlingssonne über dem Garten hinter dem Haus, das leise Klingeln des Windspiels vor dem Küchenfenster. Und die Kinderstimmen, ihr fröhlich lärmendes Spiel, die Rufe, das Lachen. Zwar ist der Wind noch recht kalt, und doch ist sie kurz versucht, sich auf die Treppe zu setzen und die ersten Sonnenstrahlen des Jahres zu genießen. Aber dazu fehlt ihr die rechte Ruhe, denn seit der Szene im Krankenhaus kann sie an nichts anderes mehr denken als daran, wie sie hier wegkommen soll.

Sie geht zur hinteren Tür, um die Kinder zum Essen zu rufen. Doch die sind so in ihr Spiel vertieft, dass sie erst einmal innehält. Was spielen die Kleinen denn da bloß wieder? Mit Tüchern und alten Bettlaken, verkleiden sie sich? Kaum zu glauben, wie viele Kinder da draußen herumwuseln bei dem unerwartet schönen Wetter. Wohl um die zehn, zwölf werden es sein. Dieser Garten hier ist heute wieder mal ein Tummelplatz für halb Rosenau. Eigentlich müssen die Kinder jetzt wirklich zum Mittagessen kommen; Liane legt großen Wert darauf, dass die Zeiten auch in den Ferien eingehalten werden. Sie sollen im Rhythmus bleiben. Auch in der Waldorfschule sind sie immer im Rhythmus, man könnte meinen, dort würden die Tage mit einem Zollstock gemessen. Ausnahmen gibt es jedenfalls nicht. Aber Annamaria ist so müde. Das Essen ist gekocht, und weil gerade alle zu tun haben und niemand etwas von ihr will, beschließt sie, die Zeit zu nutzen und sich kurz auszuruhen, wenigstens für fünf Minuten, bevor der Essenswahnsinn ausbricht. Also nimmt sie sich ihren Parka und ein Kissen für unter den Po und macht es sich in der Nähe der Kinder bequem, den Rücken an das sonnenwarme Holz des kleinen Gartenschuppens gelehnt.

»Hast du meine Kindlein gesehen?«, fragt Nele, ein braunhaariges Mädchen, das immer zu Gesine zum Spielen kommt, obwohl Gesine sie gar nicht mag. Liane will aber, dass sie kommt – wahrscheinlich wegen des Vaters, der Nele immer bringt und wieder abholt. Annamaria hat beobachtet, dass Liane dann oft noch ewig herumsteht und redet und lacht und ihr Haar zurückwirft, und auch er führt sich auf wie bei einer Art Balztanz.

Ein anderes Kind – es ist in einen dunklen Umhang gehüllt und hat eine Art Maske vor dem Gesicht – ruft: »Nicht da, nicht da!«, und breitet das Bettlaken über die anderen Kinder, die hinter ihm auf dem Boden kauern.

Was machen die da, fragt Annamaria sich wieder und blinzelt gegen die Sonne an, die ihr genau ins Gesicht scheint. Wahrscheinlich spielen sie die *Gänsemagd* nach, eines der Märchen, die sie aus der Schule kennen.

Nele läuft jetzt fort, und als sie hinter dem Schuppen verschwindet, hebt das Maskenkind das Laken an und sagt beschwörend: »Kommt, Kinder, wir wollen spazieren gehen!« Dann zieht es das Laken mit einer dramatischen Geste von den kauernden Kinderrücken weg. Die Kleinen springen auf, laufen hierhin und dorthin, trällern betont unbekümmert vor sich hin.

Da kommt Nele zurück. Annamaria muss zweimal hingucken. Was hat das Kind denn da im Gesicht? Das soll wohl eine Hexennase sein, und festgemacht ist das Ding mit einem Gummiband am Hinterkopf. Annamaria setzt sich kerzengerade hin und beobachtet gebannt, wie die Hexe von einem Kind zum anderen läuft und eines nach dem anderen an der Jacke zupft, an der Hose, an den Haaren.

Annamaria muss lachen, so ulkig sieht das aus, auch das Kichern der davonsausenden Kleinen ist ansteckend.

Auf einmal schart das Maskenkind die Kleinen um sich und raunt ihnen etwas zu, das fast ganz im Gegiekse untergeht. Das Einzige, was Annamaria deutlich versteht, ist »'s Hündle!«.

Und da dämmert es Annamaria. Um Himmels willen, denkt sie, das ist doch hoffentlich nicht wieder das Nachtfräuleinspiel? All das Grässliche wird sie wohl bis an ihr Lebensende verfolgen, auch wenn sie eigentlich immer noch nicht begriffen hat, was bei diesem Spiel eigentlich vor sich geht. Beklommen beobachtet sie, wie die Hexe nun auch das Maskenkind am Gewand zieht und lauthals lamentiert: »Ich will mit spazieren gehen! Ich will mit spazieren gehen!«

Das Maskenkind nickt gravitätisch. Es hat wirklich Talent zur Pantomime – Annamaria ist sich jetzt fast sicher, dass hinter dieser Maske Gesine steckt. Wobei sie das eigentlich wundert, denn vorhin haben sich Gesine und Nele noch furchtbar gestritten und Gesine ist beleidigt abgerauscht.

Jetzt spazieren die Kinder im Garten herum, immer im Kreis. Das geht eine ganze Weile so, bis Nele mit der Hexennase anfängt, die Hände über den Köpfen der Kleinen kreisen zu lassen und etwas zu raunen. Einen Zauberspruch? Ein wirklich unheimliches Spiel, denkt Annamaria. Und nicht nur wegen dem, was ihr im Ried passiert ist, nein. Irgendwie scheint es bei dem Spiel darum zu gehen, wer die Macht über die Kinder erlangt. Sie muss an Liane denken und fragt sich, wie sie es noch länger in diesem Haus aushalten soll, selbst wenn es nur für kurze Zeit ist. Aber auch an die Kinder, die sie im Stich lässt, wenn sie geht. Einen Moment lang schließt sie die Augen, legt den Kopf in den Nacken und zwingt sich dazu, nichts zu denken, nur die Sonne auf ihrem Gesicht zu spüren und dem Gezwitscher der Vögel in der Linde zuzuhören.

Auf einmal ist wieder Gekreische zu hören. Diesmal klingt es anders, schrill und alarmiert. Erschrocken reißt Annamaria die Augen auf und fährt hoch. Was ist denn da los? Wieder blinzelt sie gegen die Helligkeit an und erkennt im ersten Moment gar nichts außer herumhuschenden Kindergestalten. Was ist denn jetzt anders als eben, fragt sie sich, warum haben sie auf einmal so viel Angst? Erst da fällt ihr Blick auf das Nachtfräulein, ein *richtiges* Nachtfräulein, das wie aus dem Nichts aufgetaucht ist. Wie schockgefrostet sitzt sie da, mit donnerndem Herzschlag, und begreift nicht, wo diese Gestalt plötzlich herkommt. Auch die Kinder scheinen es nicht zu begreifen, denn ihr Kreischen klingt panisch und sie laufen davon, so schnell sie können; zwei der Nachbarskinder setzen sich sogar auf ihr Rad und fahren eilig weg. Da kommt Leben in Annamaria. Sie rappelt sich hoch, rennt hinter dem Nachtfräulein her, unter dem, das merkt sie an der Körpergröße, natürlich doch ein Kind steckt. In wenigen Schritten hat sie es erreicht, packt es bei den Schultern und reißt ihm die Maske vom Kopf. Es ist Gesine.

»Was machst du da und woher hast du das?«, herrscht sie Gesine an.

Gesine, die einen solchen Ton von Annamaria nicht kennt, antwortet ungewohnt kleinlaut: »Ich hab's gefunden.«

»Wo?«, fragt Annamaria und muss an sich halten, Gesine nicht zu schütteln. »*Wo* hast du's gefunden?«

»Im Geräteschuppen.«

Annamaria lässt die Hände sinken.

»Hier bei uns?«, fragt sie ungläubig. »In *unserem* Geräteschuppen?«

»Ja«, antwortet Gesine, jetzt schon wieder etwas forscher. »Aber Papa braucht die Sachen ja nicht mehr.«

Annamaria ist verwirrt. Erst nach ein paar Sekunden wird ihr klar, was das Kind da sagt.

»Du meinst, die Sachen gehören deinem *Vater*?«

Gesine spürt Annamarias Unsicherheit, sie gewinnt wieder Oberwasser und nickt eigentümlich folgsam. »Die Maske und das Gewand und ...« Sie verstummt abrupt und wirft Annamaria dann einen fast verschlagenen Blick zu. »Und den Ring, den braucht er auch nicht mehr.«

»Welchen Ring denn?«

Da erst bemerkt Annamaria den Ring an Gesines Daumen. Es ist der blaue Siegelring, den sie nur ein einziges Mal gesehen hat und doch niemals mehr vergessen wird. Ganz langsam, wie in Trance, streckt sie die Hand aus, zieht Gesine den Ring vom Finger und betrachtet ihn. Die Schlange, die sich um einen Stab windet, gesäumt von Eichenlaub. Nein, es gibt keinen Zweifel, das ist der Ring, den der Mann im Ried getragen hat.

Aber kann das sein?

Und dann begreift sie, dass das ja ein Äskulapstab sein soll, das Symbol für einen Arzt. Sie hält den Ring ans Licht, dreht ihn hin und her und entdeckt schließlich die Gravur im Inneren. *Für C von L*, steht dort.

Für C von L.

In Annamarias Kopf beginnt sich alles zu drehen. Bilder, Worte, Angst, Unglauben: Das Nachtfräulein im Ried, wie es näher kommt, wie es sie festhält. Die Flasche in ihrem Mund, das Gefühl zu ertrinken, der scharfe Schmerz. Und der Ring, der blaue Ring mit der Schlange. Annamaria kneift die Augen zu und schüttelt den Kopf, langsam erst, dann immer schneller, um die Bilder zum Verschwinden zu bringen.

»Was ist mit dir?«, hört sie eine Stimme fragen und da steht Matthias mit Hortensie an der Hand.

Ohne ihn wirklich zu sehen, sagt sie fast tonlos: »Ich habe mich erschreckt. Du weißt doch, dass ich vor den Nachtfräulein Angst habe.«

Er antwortet nicht gleich. Erst nach einer Weile sagt er: »Aber jetzt musst du keine Angst mehr haben«, und streckt ihr seine Hand entgegen. »Das war ja nur Gesine unter der Maske.«

Wie ferngesteuert nickt Annamaria und wirft noch einen letzten Blick auf den Ring in ihrer Hand. Dann steckt sie ihn in ihre Hosentasche und lässt sich von Matthias zurück ins Haus führen.

Die Mutter macht da allerlei seltsame Mienen und zauberhafte Bewegungen mit den Händen, so dass es die Nachtfräulein merken.

Liane van der Berg, Montag, 24. April 2017

Eine Stunde nach Ende des Nachmittags-Drehs saß Liane in Frank Zieglers Büro in Reutlingen, erschöpft und zerfahren. Der Detektiv kam gleich zur Sache.

»Ich habe verschiedene Neuigkeiten für Sie. Zunächst einmal habe ich bei der Allianz angerufen und in Erfahrung gebracht, dass Ihr Mann tatsächlich einen Kontoauszug der Lebensversicherung angefordert hat.«

Er blätterte in irgendwelchen Papieren, sah dann wieder auf und fuhr ohne zu zögern fort: »Er hat sich außerdem nach allerhand Einzelheiten aus dem Vertrag erkundigt. Die Mitarbeiterin konnte sich allerdings nur noch an eines mit Sicherheit erinnern, nämlich an die Frage, wie schnell der Hinterbliebene im Todesfall mit der Auszahlung der Versicherungssumme rechnen könne.« Er hielt inne und fuhr dann fort: »Haben Sie dafür eine Erklärung? Vielleicht haben Sie und Ihr Mann ja in letzter Zeit mal über das Thema Absicherung gesprochen?«

Stumm schüttelte Liane den Kopf. »Haben wir nicht«, antwortete sie knapp.

»Das dachte ich mir.« Wieder blätterte er in der Akte vor sich. »Sagt Ihnen Engel & Völkers etwas?«

Liane sah ihn verdutzt an. »Nein. Sollte es?«

»Sie beide haben also nicht darüber gesprochen, Ihr Haus zu verkaufen?«

»Nein!« Völlig entgeistert sah Liane ihn an. »Wie kommen Sie denn darauf?«

»Engel & Völkers ist ein international agierendes Dienstleistungsunternehmen, hauptsächlich im Immobiliengeschäft tätig. Und so wie's aussieht, hat Ihr Mann dort den Schätzwert für eine Immobilie in Rosenau erfragt.«

»Aber … das kann nicht sein«, sagte Liane matt.

Der Detektiv presste die Lippen aufeinander und schwieg. Ein paar Sekunden, vielleicht waren es auch Minuten, war es vollkommen still im Raum, nur das Lüftergeräusch des Laptops war zu hören.

Liane atmete ein und straffte die Schultern, wie um sich zu wappnen. Dann hob sie das Kinn und fragte: »Was haben Sie noch?«

Er richtete sich auf, legte beide Hände flach auf den Tisch. »Das andere betrifft Ihre Tochter, die jüngste.«

»Hortensie.«

»Ja, Hortensie. Sie sagten, Ihre Tochter sei Autorin für Heftromane. Ich habe auch sie ein wenig abgeklopft. Wissen Sie von dem Buchvertrag, den sie geschlossen hat?«

Verächtlich stieß Liane die Luft aus. »*Buchvertrag* dürfte ja wohl kaum der passende Begriff sein für den Schund, den meine Tochter da verzapft.«

»Ach so? Na ja, jedenfalls ist sie kürzlich nach Berlin gefahren, zu einer Besprechung mit dem Verlagshaus Böhm.«

Liane stutzte. »Aber das ist doch ein Sachbuchverlag?«

»Ja. Spezialisiert auf Lebenshilfe …«

»Die hat sie ja wohl auch nötig.«

»… und auf Biografien und Autobiografien. Hortensie ist dabei, ein Buch über ihr Leben zu schreiben. Wussten Sie das?«

Liane lachte auf. »Was gibt es denn *da* zu schreiben?«

Ziegler warf wieder einen Blick in seine Papiere. »Es trägt den Titel: *Meine Kindheit. Die Wahrheit über das Leben mit einer Übermutter.*«

Liane hörte auf zu lachen. »Was? Das gibt es ja wohl nicht. Diese kleine …«

Ziegler räusperte sich. »Ich dachte, das sollten Sie wissen. Und nun komme ich zum eigentlichen Grund, warum ich Sie noch heute sprechen wollte. Ich habe Ihr Haus drei Tage lang beobachten lassen beziehungsweise es selbst beobachtet. Und gestern Nacht haben wir tatsächlich jemanden ums Haus herumschleichen sehen. Leider ist die Aufnahme nicht sehr gut. Wir können aber zumindest sicher sein, dass es sich um eine Frau handelt. Ich möchte Sie bitten, sich die Videoaufnahme anzusehen. Vielleicht erkennen Sie die Person ja?«

Ziegler tippte auf der Tastatur seines Laptops herum, löschte das Deckenlicht, so dass nur noch die Schreibtischlampe brannte, und drehte den an den Laptop angeschlossenen externen Monitor zu Liane um.

Im ersten Moment war nichts zu sehen außer einer grauen Szenerie aus Büschen und Bäumen und dahinter zwei Fenstern – die beiden Küchenfenster des Hellsternhofs, wie Liane sofort erkannte. Dann schwenkte die Kamera auf eine schlanke Person in einer Art Militärjacke und mit einer Sturmhaube auf dem Kopf. Diese Gestalt huschte ums Haus herum und bezog hinter dem Stamm der Linde Stellung, offenbar um in die Küche hineinspähen zu können. Lianes Nackenhaare stellten sich auf, als sie begriff, dass sie offenbar von dieser Person beobachtet worden war.

Wieder ein Schwanken, der Beobachter mit der Kamera setzte sich offenbar in Bewegung und schlug einen Bogen, um einen freieren Blick auf das Küchenfenster zu bekommen. Dann wurde herangezoomt und sie erblickte sich selbst, die an der Spüle herumhantierte. Guter Gott, dachte sie, das war ja wie auf einer Bühne!

»Das geht jetzt eine Weile lang so«, sagte Ziegler. »Die Person beobachtet Sie in der Küche.«

Liane schluckte. Tonlos fragte sie: »Aber wie kommen Sie darauf, dass das eine Frau ist?«

»Sehen Sie selbst«, sagte er und steuerte auf der Videostatusleiste Minute zwölf an.

Die Gestalt glitt aus dem Schatten hinter der Linde hervor und lief ums Haus herum. Einen Moment lang verlor man sie aus dem Blick, dann verschwamm das Bild wieder – offenbar lief der Kameramann ihr hinterher, bis er sie wieder eingeholt hatte und sie dabei filmte, wie sie erneut stehen blieb und zum Haus hinübersah.

»Das Folgende ist leider kein Paradestück aus dem Lehrbuch für Detektive«, sagte Ziegler und räusperte sich, als ein deutliches Knacksen aus dem Lautsprecher drang – offenbar war der Detektiv auf einen Ast getreten. Sofort sah man die Gestalt herumfahren. Sie starrte direkt in die Kamera und wollte weglaufen, blieb aber mit dem Kopf an einem Ast hängen, woraufhin die Sturmhaube verrutschte und – Liane hielt den Atem an – langes Haar zum Vorschein kam. Das Ganze dauerte nur ein paar Sekunden. Die Frau zog die Haube rasch wieder über den Kopf und verschwand in der Dunkelheit.

»Kommt sie Ihnen bekannt vor?«, fragte Ziegler und sah Liane an, deren zweifelnde Miene ihm Antwort genug war.

Ziegler ließ die Szene noch einmal ablaufen, wieder knackste der Ast, wieder fuhr die Frau herum, sah kurz in die Kamera und blieb am Ast hängen, woraufhin wieder das Haar zu sehen war. Aber auch diesmal konnte Liane keine Ähnlichkeit zu irgendeiner ihr bekannten Person entdecken.

»Leider nicht«, sagte sie, »man sieht einfach zu wenig.«

»Könnte es Ihre Tochter Hortensie sein? Mit einer Perücke vielleicht?«

Liane sah ihn entgeistert an.

»Die?«, entfuhr es ihr und sie lachte widerwillig. »Wohl kaum. Die hat Angst vor der Dunkelheit und würde schon allein bei dem Gedanken durchdrehen, nachts allein draußen herumrennen zu müssen. Außerdem würde sie sich ja wohl kaum erst eine Perücke aufsetzen und dann die Sturmhaube darüber tragen.«

Der Detektiv warf ihr einen eigenartigen Blick zu, aber das war ihr egal.

Noch einmal und noch einmal spielte Ziegler die Szene vor ihr ab.

Liane kniff die Augen zusammen und starrte auf den Bildschirm. Wer zur Hölle war das?

Liane, Donnerstag, 5. März 1987

Liane lag auf dem Bett, neben Carl, der aus vollem Herzen schnarchte, und starrte in die Dunkelheit. Ihr Herz raste. Zum ersten Mal in ihrem Leben hatte sie das Gefühl, dass ihr die Zügel entglitten.

Die letzten sieben Tage waren wie ein Stück aus dem Tollhaus gewesen. Trotzdem, sie durfte jetzt auf keinen Fall durchdrehen. Wie ein Mantra sagte sie sich immer wieder: Du hast schon ganz andere Situationen gemeistert, du wirst auch diese meistern.

Sie schloss die Augen, konzentrierte sich auf ihren Atem, auf das Heben und Senken ihrer Bauchdecke. Doch kaum hatte sie die ersten kontrollierten Atemzüge getan, als Carl neben ihr einen derartig lauten Grunzer tat, dass sie sofort aus dem Rhythmus kam und ihre Gedanken wieder losgaloppierten.

Am Gumpigen Donnerstag, es war noch nicht einmal sieben Uhr in der Früh gewesen, hatte das Telefon geklingelt. Alexander war dran gewesen und hatte dramatisch geschluchzt: Er werde sich im Motzenweiher ertränken, wenn sie nicht wieder zu ihm zurückkehrte.

Liane war der Schreck in die Glieder gefahren. Nicht wegen der Drohung selbst, sondern wegen Carl, der nebenan in der Küche hantiert hatte und auf gar keinen Fall etwas von diesem Telefonat mitbekommen sollte. Sicherheitshalber hatte sie den Telefonstecker ein bisschen aus der Wand gezogen, gerade so, dass es nicht weiter auffiel und man es zur Not auf eines der Kinder schieben konnte.

Später war sie dann tatsächlich mit Carl aneinandergeraten, aber nicht wegen Alexander, sondern mal wieder wegen des Umbaus ihrer Praxisräume. Die Auseinandersetzung war diesmal in einen massiven Streit ausgeartet, in den auch noch Annamaria hineingeplatzt war, die wieder einmal irgendetwas anders machen wollte, als sie, Liane, es angeordnet hatte. Oh, sie hatte wirklich die Nase voll von Annamarias Kinkerlitzchen! Wenn es wirklich so war, wie Carl ihr vorgerechnet hatte, musste sie ab jetzt jede Therapiestunde annehmen, die sie kriegen konnte, damit Geld in die Kasse kam, ansonsten wären sie in zwei Monaten pleite. Sie begriff immer noch nicht, wieso die Umbaumaßnahmen in der Praxis – der Schallschutz, den sie doch unbedingt brauchte – so viel teurer geworden waren als veranschlagt.

Jedenfalls hatte Liane am Ende ein Machtwort sprechen müssen – sie hatte alle ohne Ausnahme zum Narrensprung geschickt. Und während die Kinder unterwegs waren, hatte sie die Praxis geputzt. Gleich am nächsten Morgen würde nämlich schon wieder der erste Patient auf der Matte stehen. Der Kretin, der in Deutschland die vielen Schulferien erfunden hatte, gehörte eingesperrt, zusammen mit einer Horde Schulkinder!

Und dann hatte Annamaria nicht drauf geachtet – oder nicht drauf achten wollen, Liane war sich da nicht mehr so sicher –, den Kindern nach dem Umzug diesen ganzen Süßkram wieder abzunehmen, also hatten sie sich natürlich bis zum Anschlag damit vollgestopft.

Überhaupt hatte Liane den Eindruck, dass Annamaria ihr immer respektloser gegenübertrat. Sie ignorierte ihre Wünsche die Kinder betreffend und warf ihr außerdem immer wieder scheele Blicke zu. Auch sonst reagierte Annamaria seit einer Weile grundlegend anders auf Lianes Wünsche und Anordnungen. Wenn Liane ihr früher etwas erklärt oder ihr eine Aufgabe übertragen hatte, hatte Annamaria etwas gesagt wie: »Ja, das mach ich« oder »Gut, ja«. Inzwischen nahm sie Lianes Aufträge schweigend entgegen. Am Anfang hatte Liane noch gedacht, die Kleine hätte vielleicht Probleme mit den Ohren, aber mit der Zeit spürte sie immer mehr Trotz in Annamarias Haltung und ihren Blicken.

Und um das Maß vollzumachen, hatte sich, kaum dass sie das Telefon spätabends wieder eingesteckt hatte, schon wieder Alexander gemeldet. Er wolle sie »noch einmal hören«, sagte er, woraufhin Liane bei strömendem Regen in Lichtgeschwindigkeit zum Motzenweiher gerast war, um ihn davon abzuhalten, seinen Plan wahr zu machen und »ins Wasser zu gehen«.

Gleich am nächsten Tag ging das Theater weiter, als nämlich Annamaria mitten in eine ihrer Therapiesitzungen platzte, vollkommen hysterisch wegen ihrer Tochter, und Liane vor der Mutter des kleinen Anton als »irre« beschimpft hatte. Und dann hatte dieses impertinente junge Ding auch noch ohne ihre Erlaubnis mit allen Kindern den Bus zum Krankenhaus genommen und dort versucht, sie, Liane, vor dem gesamten Personal als Menschenschinderin hinzustellen. Am Ende war sie – das war doch die Höhe – einfach dort geblieben. Liane hatte also zwei Tage alleine zurechtkommen müssen, mit einem randvollen Terminkalender und fünf Kindern, die alle Faschingsferien hatten. Immerhin hatte die Tagesmutter kurzfristig einspringen können, was natürlich logistisch enorm kompliziert gewesen war und überdies eine Stange Geld gekostet hatte – Geld, das sie im Moment wirklich nicht hatten.

Als das Schnarchen neben ihr noch lauter wurde, gab Liane endgültig auf, nahm Decke und Kissen und ging ins Wohnzimmer, wo sie sich aufs Sofa bettete, den Fernseher einschaltete und versuchte, sich auf eine Wiederholung von *Dallas* zu konzentrieren.

Ja, dachte sie, während sie J. R. beim Intrigenspinnen zusah, das Mädchen war unhaltbar geworden. Es war allerhöchste Zeit, sie loszuwerden. Und vielleicht gab es dafür endlich konkrete Aussichten: Eine der beiden Schwedinnen, Tuva, hatte gestern am Telefon gesagt, sie wolle sich überlegen, ob sie nicht doch schon Anfang April kommen könnte.

Liane grübelte gerade über einen Weg nach, diese Tuva in die richtige Richtung zu lenken, da hörte sie hinter sich ein Geräusch und dann die Worte: »Aber das darfst du nicht angucken, das macht doch dumm.«

Liane fuhr herum. Da stand Gesine, barfuß und im Nachthemd.

»Da hast du natürlich recht, Liebes!« Rasch griff Liane nach der Fernbedienung und schaltete den Fernseher aus.

»Ich habe Angst«, sagte Gesine, blieb aber wie angewurzelt stehen und sah Liane undurchdringlich an.

Liane breitete die Arme aus. »Na, komm mal her, was ist denn los?«, fragte sie weich. Dieses Kind war ihr so ähnlich. Es konnte Haltung bewahren.

Gesine hüpfte auf das Sofa und kuschelte sich an Liane, die den Arm um ihre Tochter legte. »Hast du was Schlimmes geträumt?«

»Nein.«

»Hattest du mit jemandem Streit, hat dir jemand wehgetan?«

Gesine schüttelte den Kopf.

»Wovor hast du dann Angst, willst du es mir nicht erzählen?«

Liane spürte, wie es in Gesine arbeitete, und wartete einfach ab. Fast selbstvergessen streichelte sie Gesines Kopf und nach ein paar Sekunden drifteten ihre Gedanken schon wieder zu ihren eigenen Problemen. Und so erschrak sie fast, als Gesine sich plötzlich aufrichtete, Liane fest in die Augen sah und sagte: »Es ist wegen Annamaria.«

Auf einmal war Liane ganz bei der Sache. »Ach ja?«, fragte sie aufs Äußerste gespannt und fixierte Gesine. »Was gibt es denn?«

»Sie war böse zu mir.«

»Was hat sie denn gemacht, hat sie dich etwa gehauen?«

»Nein, nicht gehauen. Aber ganz fest am Arm gepackt. Dabei hab ich gar nichts Schlimmes gemacht. Ich hab mich nur verkleidet.«

»Sie hat dich einfach so am Arm gepackt, obwohl du dich nur verkleidet hast?«

»Ich wollte die Hexe sein. Aber die anderen, besonders die blöde Nele, die haben mich das nicht sein lassen. Da hab ich mich verkleidet und sie dann richtig doll erschreckt.«

»Aber das ist doch nicht so schlimm … womit hast du sie denn so doll erschreckt?«

»Mit Papas Nachtfräuleinmaske«, sagte Gesine und sah Liane nun unverwandt an, die Unschuld in Person.

Liane starrte zurück, und obwohl sie die Antwort längst kannte, fragte sie äußerlich gelassen zurück: »Woher hattest du *die* denn?«

»Aus dem Schuppen. Da hab ich auch Papas blauen Ring gefunden, und den hab ich auch angezogen. Und dann hat Annamaria ihn mir weggenommen. Und jetzt hab ich Angst, dass Papa merkt, dass der Ring nicht mehr da ist.«

Sie sah Liane fast vorwurfsvoll an, so als würde sie sich fragen, warum Liane nicht längst losgestürmt war, um das rechtmäßige Eigentum ihres Vaters zurückzufordern.

Doch Liane saß nur da und starrte ihre Tochter an, entgeistert und ohne Worte. Denn nun war eines klar: Annamaria wusste Bescheid.

Annamaria, Faschingsdienstag, 3. März 1987

In dieser Nacht kann sie an nichts anderes denken als an das Ungeheuerliche. Stundenlang kreisen ihre Gedanken um dieselbe Achse, es ist so, als säße sie auf einem Kinderkarussell und betrachtete denselben Mittelpunkt, immer von einem anderen Gefährt aus, und bei jeder Umdrehung erinnert sie sich an ein anderes Detail. Er hat es auf jeden Fall sofort gewusst, das ist ihr jetzt klar. Noch allzu deutlich sieht sie seinen Blick vor sich, als sie am Karfreitag vor einem Jahr vor der Tür stand. Seine Augen haben sich vor Entsetzen geweitet, was Annamaria damals als Reaktion darauf interpretiert hat, dass Liane da so ein kahles, asoziales Punkermädchen anschleppt. Aber der Grund für sein Erschrecken ist ein ganz anderer gewesen: Er hat sie *erkannt*.

Plötzlich fällt Annamaria der Abend ein, an dem sie Liane alles erzählt hat, vom Nachtfräuleinspiel im Ried und von der Vergewaltigung. Soweit sie sich erinnert, hat sie Liane auch von dem Ring erzählt, und das kann doch nur eines bedeuten: Liane muss es auch gewusst haben. Annamaria wird fast schwindlig von dieser Erkenntnis, vor Empörung und auch vor Zorn. Und dann dieser Abend, an dem sie das Gespräch im Schlafzimmer belauscht hat. Annamaria fährt hoch, versucht sich auf die Worte zu konzentrieren, die sie durch die Tür gehört hat. Wie schockiert sie gewesen ist, dass beide fremdgegangen sind. Aber was genau haben sie *gesagt*? Annamaria starrt in die Dunkelheit, als würde das Gespräch, wenn sie es nur genug beschwört, wie eine Feuerschrift an der Wand aufleuchten. Aber ihre Erinnerung bleibt vage, alle Details sind verdeckt von ihrem Schock über den Betrug, den die beiden aneinander begangen haben.

Irgendwann sitzt sie einfach nur so da und zittert vor Wut. Wie ein Lamm fühlt sie sich, ein Tier, das alles erduldet, mit dem man machen kann, was man will. Aber sie will kein Lamm sein, nicht mehr. Viel zu viel hat sie sich schon gefallen lassen. Doch damit ist jetzt Schluss. Sie muss etwas unternehmen, sich wehren, sich rächen. Irgendeine Möglichkeit muss es doch geben. Ja, sie will Gerechtigkeit, sie will, dass er bestraft wird für das, was er ihr angetan hat.

Aber wie soll das gehen? Sie hat nicht den geringsten Beweis. Selbst wenn sie der Polizei den Ring bringt, heißt das gar nichts. Da könnte ja jeder kommen. Außerdem wird ihr sowieso niemand glauben, noch nie hat ihr jemand geglaubt – ihr, dem Mädchen aus schwierigen Verhältnissen, dem ehemaligen Heimkind, das sich mit siebzehn hat schwängern lassen!

Doch dann ist da etwas, ein entfernter Gedanke, eine vage Erinnerung an etwas, das sie einmal gedacht hat. Nichts Anständiges war das. Aber deshalb vielleicht umso passender? Mit Anständigkeit hat sie Liane und Carl gegenüber nicht die geringste Chance, das ist ihr längst klar. Sie braucht jetzt Beweise, ganz egal wie. Und vielleicht gibt es wirklich einen Weg: Hat nicht Gesine, die Elster, einmal das Tagebuch ihrer Mutter stibitzt? Ja, denkt sie und spürt plötzlich ein Prickeln im ganzen Körper. Das wäre eine Möglichkeit! Vielleicht hat Liane alles aufgeschrieben! Vielleicht findet sie dort einen Beweis, der diesen Mann ins Gefängnis bringt! Auf einmal fühlt Annamaria sich überwach. Mit weit aufgerissenen Augen sitzt sie da, starrt vor sich hin und plötzlich kommt ihr noch ein ganz anderer Gedanke: Wer weiß, was sonst noch so in dem Tagebuch zu finden sein wird! Vielleicht gewinnt sie ja noch ganz andere Erkenntnisse, die sich irgendwie nutzen lassen.

Gleich morgen früh, wenn Liane in die Praxis geht und Carl zur Arbeit und die Kinder beim Frühstück sitzen, wird sich Annamaria das Tagebuch holen.

Doch am nächsten Tag ist Aschermittwoch und Carl blockiert das Schlafzimmer, um seinen Rausch vom Kehraus in der Zehntscheuer auszuschlafen. Und so vergeht ein weiterer Tag in Unruhe, der für Annamaria nur dadurch erträglich wird, dass sie mit den Kindern nach Reutlingen fährt und Stella im Krankenhaus besucht. Am liebsten würde sie den ganzen Tag dort verbringen, am Bett ihrer geliebten kleinen Tochter, doch dafür hat sie das Auto an diesem Tag nicht bekommen. Und so brechen sie nach einer halben Stunde wieder auf, um auf den Markt zu gehen und ins Reformhaus und später dann zur Gutenmühle, die eine halbe Stunde Fahrt entfernt liegt.

Erst am nächsten Morgen kann sie ihren Plan in die Tat umsetzen. Während die Kinder ihren Frischkornbrei löffeln, schleicht Annamaria mit wild klopfendem Herzen ins Elternschlafzimmer und langt nach hinten in Lianes Wäscheschrank, wo Gesine seinerzeit das Tagebuch herausgekramt hatte. Aber ihre Finger tasten ins Leere. Rasch holt sie einen Stuhl, stellt sich darauf und durchsucht zuerst das oberste Fach, dann den ganzen Kleiderschrank. Doch das Tagebuch ist nicht da. Also hat Liane das Versteck gewechselt.

Annamaria klettert vom Stuhl und sieht sich um. Wo könnte das Ding stecken, fragt sie sich. Und dann beginnt sie, das ganze Zimmer systematisch zu durchsuchen. Unter und hinter dem Bett, unter der Matratze, in und hinter den Kommoden. Sie pliert sogar hinter den Kleiderschrank, obwohl da eigentlich nicht genug Raum ist. Aber sie ist sich sicher, dass Liane das Ding hier irgendwo aufbewahrt. Schließlich möchte sie es doch sicher in Reichweite haben.

Annamaria will gerade den Stuhl wieder zurückstellen, als ihr einfällt, dass sie vergessen hat, *auf* dem Kleiderschrank nachzusehen. Wieder steigt sie auf den Stuhl und fingert auf dem Schrank herum, halb in der Erwartung, außer Staubflusen nichts zu finden. Doch dann ertastet sie etwas, etwas Flaches, Breites. Einen Pappkarton? Sie hievt ihn vom Schrank herunter, öffnet den Deckel. Und blickt auf eine ganze Batterie von Tagebüchern, rote, blaue, gelbe, bunte. Das hätte sie sich ja wohl denken können, dass diese Frau mit ihrer Kontrollneurose nicht erst seit Kurzem Tagebuch führt. Was da alles zusammengekommen sein muss! Annamaria blättert in einem Buch, das ganz oben gelegen hat, und sieht an den Datumsangaben, dass es das aktuelle ist. Aber nun hat die Neugierde und etwas anderes, Dunkleres sie gepackt. Wie unter Zwang nimmt sie auch die anderen Tagebücher zur Hand. Sie blättert hinein, in eines nach dem anderen, und stellt fest, dass die Aufzeichnungen bis in die späten Sechzigerjahre hineinreichen. Annamaria spürt ihr Herz wie verrückt schlagen. Und in dem Moment begreift sie, dass sie Lianes ganzes Leben in Händen hält.

Da geht unten die Haustür auf und sie hört Liane irgendetwas rufen, kurz darauf erklingen ihre Schritte auf der Treppe.

Hastig nimmt Annamaria ein paar der Bücher, steckt sie ganz unten in den Wäschekorb, den sie wohlweislich mitgenommen hat, um ihren Auftritt hier plausibel zu machen, wirft die anderen zurück in den Karton und verstaut ihn wieder oben auf dem Schrank. Dann stellt sie den Stuhl weg, öffnet den Schrank von Carl und nimmt eines von seinen gebügelten Hemden in die Hand. Als die Schlafzimmertür aufgeht, dreht sie sich zu Liane um und lächelt ganz zauberhaft.

»Hallo … Hast du etwas vergessen?«, fragt sie und räumt demonstrativ die Wäsche in die Schränke, die sie gestern Abend noch rasch gebügelt hat – nur deswegen ist sie hier, das ist doch klar.

Sie sieht wohl, dass Liane abrupt stehen bleibt und sie unwillig anschaut, tut aber so, als würde sie es nicht bemerken.

»Ja«, sagt Liane und fixiert sie noch ein paar Sekunden, geht dann aber an ihren Nachttisch und holt dort einen Zettel, auf dem sie offensichtlich etwas notiert hat, das sie jetzt braucht. Beim Hinausgehen sagt sie scharf: »Kümmer dich jetzt lieber um die Kinder. Das mit der Wäsche kannst du später erledigen. Du weißt doch, dass ich es nicht mag, wenn sie alleine frühstücken.«

Annamaria liegt schon ein keckes Widerwort auf der Zunge. Diese Frau hat ihr bald gar nichts mehr zu sagen. Aber sie schluckt es runter und entgegnet stattdessen: »Natürlich, du hast recht.« Dann eilt sie, ganz dienstbarer Geist, aus dem Raum, die Treppe hinunter in die Küche und hofft dabei, dass Liane sich nicht fragt, wieso sie den Wäschekorb mit der gebügelten Wäsche wieder mitnimmt.

Erst spät am Abend kommt sie zum Lesen. Sie liest hastig, muss alles in diesen Nachtstunden schaffen, so schnell wie möglich, bevor Liane das Fehlen der Tagebücher bemerkt. Es sind drei Bücher, die sie genommen hat, zwei aus dem vorletzten Jahr und das neue. Das, das Annamaria gesucht hat. Sie liest jetzt langsam, mit dem Finger auf den Zeilen, damit sie nur ja keine überspringt. *Was zieht sie sich auch an wie eine Hure*, steht da, *mit Minirock und Netzstrümpfen*. Annamaria schnappt nach Luft. Doch was sie dann zu lesen bekommt, übertrifft ihre schlimmsten Befürchtungen und sie muss an sich halten, nicht auf der Stelle ins Elternschlafzimmer zu rauschen, Liane an den Haaren zu packen und aus dem Bett zu zerren. Sie kann nicht fassen, was da geschrieben steht – über sie, *das kleine Flittchen, das es nicht besser verdient hat*. Und statt entsetzt zu sein über ihren Mann, über das, was er getan hat, *ärgert* sich Liane über ihn. *Sie ärgert sich*, dass er *sich nicht im Griff hat und am Ende noch ihrem Ruf als Therapeutin schaden könnte*; sie befürchtet, dass ihre Sendung platzen könnte. Annamaria stockt der Atem bei diesem Abgrund an Niedertracht.

So sitzt sie eine Weile da. Bis sie beschließt, auch noch den Rest zu lesen. Ihr Wecker tickt die Zeit. Als sie das nächste Mal aufsieht, ist es nach drei. Draußen vor dem Fenster weht der Märzwind, drückt gegen die Scheibe. Sie lässt den Blick über ihr Zimmer gleiten, die hübschen gelb-grün gemusterten Vorhänge, den Bauernschrank, den leeren Stubenwagen. Meine Tochter, denkt sie. Sie muss Stella morgen aus dem Krankenhaus holen und dann auf der

Stelle von hier verschwinden. Fort aus diesem Lügenhaus, von diesem entsetzlichen Mann, der ihr das angetan hat. Vor allem aber fort von dieser Frau.

Und in den Stunden bis zum Morgen entsteht in ihrem Kopf ein Plan. Ja, denkt sie, so könnte es funktionieren.

Nachdem sie die Kinder – seit Ende der Fasnachtsferien auch Hortensie – in Schule und Waldkindergarten gefahren hat, geht sie auf direktem Wege in ihr Zimmer und beginnt zu packen. Sie ist so müde. Die Nächte ohne Schlaf fordern ihren Tribut.

Liane ist schon früh in die Praxis gegangen. Carl wird wohl noch im Bett sein, denn er hat, wie sie gestern erfahren hat, die ganze Woche Urlaub. Jedenfalls ist im Haus nichts zu hören und so holt sie ihre Reisetasche, die eigentlich eine Sporttasche ist, unter dem Bett hervor, öffnet ihren Kleiderschrank und beginnt, ihre Sachen hineinzuräumen, aber nicht alle, denn es muss ja noch Platz für die Tagebücher bleiben. Stellas Kleider, die ja alle Liane gehören, legt sie schön säuberlich gefaltet auf den Schreibtisch.

Als sie fertig gepackt hat, schiebt sie die Tasche wieder unters Bett, geht einen Stock tiefer und lauscht. Für das, was sie jetzt noch vorhat, muss sie ins Schlafzimmer. Sie nimmt an, dass Carl immer noch schläft, und beschließt, nach unten zu gehen und erst einmal zu wischen, bevor sie mit dem Fensterputzen im Erdgeschoss beginnt. Falls Liane unerwartet hier aufkreuzt, was sie in letzter Zeit ja häufiger tut, muss alles so normal sein wie immer.

Sie putzt gerade das Arbeitszimmer, als sie Carl in der Küche herumklappern hört. Wenig später geht er die Treppe hoch, wahrscheinlich nimmt er seinen Kaffee mit nach oben und trinkt ihn, während er im Bett die Zeitung liest. Ab jetzt heißt es die Ohren aufsperren, denn danach wird er ins Bad gehen, um zu duschen.

Immer wieder lauscht Annamaria nach oben. Läuft die Dusche schon? Endlich, endlich ist es so weit: Sie hört Schritte auf dem

Dielenboden, Carl geht ins Bad und macht die Tür hinter sich zu. Kurz darauf rauscht das Wasser.

Das ist die Gelegenheit. Annamaria schlüpft aus ihren Hausschuhen und läuft nach oben. Ohne zu zögern, huscht sie ins Schlafzimmer, drückt die Tür hinter sich zu. Sie atmet ganz flach, denn es mieft, nach schalem Atem und abgestandenem Alkohol. Während sie zum Schrank geht, fällt ihr Blick auf den Weinkühler und die beiden leeren Flaschen auf dem Toilettentisch vor dem Fenster. Auf beiden Nachttischen stehen Weingläser. Haben sie also wieder gesoffen, denkt Annamaria, und es dann getrieben. Sie verzieht den Mund zu einem bitteren Lächeln. Guter Gott, wie habe ich denen nur so auf den Leim gehen können.

Sie nimmt den Stuhl, stellt ihn an den Schrank und hievt den Karton herunter. Dann holt sie die restlichen Tagebücher heraus und stopft sie in ihre Sporttasche. Sie ist gerade dabei, den leeren Karton wieder nach oben zu räumen, als sie hinter sich ein Geräusch hört. Sie fährt herum. Und da steht Carl.

Er ist nackt und nass, offenbar war er bereits unter der Dusche, als er gemerkt hat, dass er ein frisches Handtuch braucht.

»Was ...«, hebt er an und blickt zu ihr hoch, verstummt aber sofort wieder, als sein Blick auf die Tagebücher in der Sporttasche neben dem Stuhl fällt. Annamaria macht einen Schritt vom Stuhl.

Und dann versteht er. Er versteht, was Annamaria verstanden hat, das über sie und ihn und die Sache im Ried, und kommt langsam auf sie zu, völlig ungeniert und mit einem Blick, der Annamaria Angst macht. Was hat er vor? Will er ihr die Bücher wegnehmen oder will er etwa ...?

Annamaria ist wie hypnotisiert. Sie sieht ihn immer näher kommen und auf einmal ist es wie in ihren dunklen Träumen, die Angst ist übermächtig, ein schwarzes Loch. Sie spürt ihr Herz hämmern und weicht zurück, Schrittchen für Schrittchen, bis sie an einen Widerstand stößt.

Eines von den Nachtfräulein ruft aus:
»Was ist das für ein Mensch?«

Liane van der Berg, Montag, 24. April 2017

Es war dunkel, als Liane das zieglersche Büro verließ und sich auf den Heimweg machte. Es regnete, ein feiner Nieselregen, der sich wie ein Schleier auf die Windschutzscheibe legte und alles in ein Gespinst aus Feuchtigkeit wob. Das iPhone klingelte, und als sie sah, dass es Maurice war, blies sie die Backen auf und drückte den Anruf weg. Doch kaum war sie auf den Hof eingebogen, klingelte es abermals. Wieder Maurice. Was mochte er so Dringendes wollen? Möglicherweise war es wirklich wichtig und betraf den morgigen Tag. Vielleicht war eines der Fahlbusch-Kinder krank geworden und sie konnten morgen nicht drehen. Hoffen wir's, dachte sie, das verschafft mir eine Verschnaufpause.

»Van der Berg«, antwortete sie und schaltete den Motor aus.

»Endlich erreiche ich dich, mein Gott, Liane, wieso gehst du nicht ans Handy!«

»Ich hatte zu tun«, antwortete sie knapp und hätte am liebsten sofort wieder aufgelegt, doch da hörte sie Maurice sagen: »Ich schick dir jetzt mal einen Link. Den solltest du dir besser sofort ansehen.«

»Puh, Maurice!«, sagte Liane ungeduldig. »Hat das nicht bis morgen Zeit? Maurice?«

Er hatte kaum aufgelegt, als ein Pington den Eingang einer WhatsApp-Nachricht signalisierte.

Sie blickte hinüber zum erleuchteten Küchenfenster, sah Carls Silhouette und beschloss dann, es gleich hinter sich zu bringen. Sie holte ihre Lesebrille heraus und setzte sie auf. Ihr Leben war zu einer Art russischem Roulette geworden: Sie wusste nie, wann die Waffe, die man ihr an die Schläfen hielt, losgehen würde.

Sie war überrascht, als sich vor ihr auf dem kleinen Bildschirm ein YouTube-Video öffnete. *Die Familienretterin* leuchtete da in reißerischer Flammenschrift wie aus einem alten Edgar-Wallace-Streifen, und gleich darauf erschien der Untertitel *Hinter den Kulissen*. Dann flackerte es und zu sehen war nun, von oben gefilmt wie aus der Perspektive einer Überwachungskamera, der Flur einer Wohnung, Wellenspiegel aus dem Möbeldiscounter, eine Batterie Schuhe. Im Hintergrund hörte man Stimmen, Kindergekreische, ein Erwachsener, der irgendetwas brüllte. Mit einem Mal liefen Kinder ins Bild, die Liane sofort erkannte. Der erste, Jeremy-Pascal, öffnete eine Tür, die Haustür der Fahlbusch-Wohnung! Und nun sah Liane sich selbst hereinkommen, gefolgt von Maurice und den Kameraleuten. Und da begriff sie: Jemand hatte die Dreharbeiten der Dreharbeiten gefilmt und so eine Art Making-of der *Familienretterin* erstellt.

Was dann folgte, war der schlimmste Albtraum jedes Schmierenreporters. Alles war gefilmt worden, jedes Zimmer der Fahlbuschs mit versteckten Kameras ausgestattet, und nun lief hier nacheinander ab, was von der ersten Kontaktaufnahme an mit den Fahlbuschs angestellt worden war: wie Corinna sie zur Unterschrift gedrängt hatte, ohne dass sie sich den Vertrag hatten durchlesen können, wie Maurice und Markus sich im Nebenzimmer über die Namen der Kinder lustig machten, über Sandys Kleider und die *Asi-Wohnung* witzelten und sich kaputtlachten über *die dümmste Familie der Welt*. Und dann trat sie selbst auf den Plan, Liane – die Familienretterin, die eine offensichtlich geistig minderbemittelte Mutter dazu überredete, ihrem Kind eine Ohrfeige zu verpassen. Und die einen völlig vertrottelten Vater mit unglaublicher Raffinesse dazu brachte, ein *Lied* einzulegen, das an Vulgarität nicht zu überbieten war. Und sogar die Autoszene war mitgeschnitten worden: wie Maurice und sie die Fahlbusch-Eltern bearbeitet hatten, sich zu sechst in einen alten Ford Fiesta zu quetschen, obwohl die Familie normalerweise in ihrem alten Espace unterwegs war, und die Kinder unangeschnallt auf den Rücksitz zu setzen, damit sie dann später im Studio über *Verantwortungsbewusstsein* würden sprechen können. Wie hatten die das bloß gefilmt? Da musste es ja sogar eine Außenkamera gegeben haben!

Sie waren erledigt. Wenn das hier die Runde machte, waren sie erledigt. Hektisch prüfte sie, wie viele Klicks das Video schon hatte. Zweitausend, an sich nicht viel, aber trotzdem alles andere als beruhigend in Anbetracht der Tatsache, dass die Datei erst seit ein paar Stunden online sein konnte. Die Autoszene hatten sie schließlich erst am Nachmittag gedreht!

Im Video wurde der Bildschirm kurz dunkel, dann flackerte so etwas wie ein Riss auf und plötzlich erklang aus dem Off schallendes Gelächter. Als Nächstes sah man die Fahlbuschs nebeneinander auf dem Sofa sitzen. Nur dass sie auf einmal ganz anders aussahen, weder unterbelichtet noch heruntergekommen! Und dann erfolgte eine Großaufnahme von Sandy Fahlbusch, ohne Leoparden-Leggings und Topffrisur. Sie wirkte ziemlich clever, als sie sagte: »Hallo, ich heiße Ute Bernhard und bin Studentin an der Filmhochschule in Köln.« Als Nächstes schwenkte die Kamera auf Dennis, den Debilen, der jetzt gar nicht mehr debil wirkte. Er trug eine Nerd-Brille auf der Nase, grinste frech in die Kamera und verkündete: »Und ich bin Tom Czerwinski, studiere ebenfalls an der Filmhochschule in Köln und das sind …«, wieder ein Schwenk, »Justus, Paul und Adrian vom Kinder-Theaterprojekt.«

Die Kamera wanderte zurück zu Ute Bernhard, um gleich darauf das kleine Mädchen einzufangen: »Und das hier ist Anna«, und jetzt grinste auch die Frau, »die einfach meine Tochter ist.«

Im gleichen Moment klingelte das iPhone erneut. Jo Meyer, der Programmchef von *TV Sat*. Also hatte er es schon gesehen. Liane blickte auf.

Die Familienretterin war erledigt.

Sie war erledigt.

Liane, Freitag, 6. März 1987

An diesem Morgen konnte Liane sich kaum auf ihre Patienten konzentrieren und brach die Sitzung am späten Vormittag ab. Als sie schließlich um kurz nach zwölf das Haus betrat, war alles still. Carl schlief sicher noch, er hatte Urlaub, und die Kinder waren natürlich seit gestern wieder in Schule und Kindergarten. Aber wo steckte Annamaria? Liane öffnete die Küchentür und hielt überrascht inne. Nichts deutete darauf hin, dass hier gerade die Fenster geputzt wurden. Dabei konnte Annamaria doch unmöglich schon fertig sein?

»Annamaria?«, rief sie entnervt und marschierte nach unten in den Keller, doch auch in der Waschküche war das Mädchen nicht. Als Liane die Treppe in den ersten Stock hochstieg, schoss ihr eine unangenehme Erinnerung durch den Sinn: Carls nacktes Hinterteil zwischen Nancys stämmigen Beinen. Unwillig schüttelte sie den Kopf, um das Bild zu verscheuchen.

Auf dem oberen Treppenabsatz blieb sie stehen und lauschte kurz. Als sie nichts weiter hörte, öffnete sie die Tür zum Schlafzimmer. Der Anblick, der sich ihr bot, ließ sie aufschreien: Auf dem Boden vor dem Toilettentisch lag Carl, sein Kopf blutüberströmt.

Sie rannte zu ihm, eine Scherbe knirschte unter ihren Schritten, und erst da begriff sie, was hier geschehen sein musste: Jemand hatte Carl mit einer Flasche niedergeschlagen.

Sie kniete sich neben ihn, ohne auf die überall herumliegenden

Scherben zu achten, nahm sein Handgelenk und versuchte, ihm den Puls zu fühlen. Aber sosehr sie auch tastete, sie spürte einfach nichts und geriet immer mehr in Panik. Am Ende tastete sie seinen Hals ab, mit fahrigen Fingern. Da begann er sich zu regen. Er stöhnte und schlug benommen die Augen auf.

»Liebster, Carl, ich …«, flüsterte sie, doch dann versagte ihr die Stimme und sie fing an zu schluchzen, vor Erleichterung, dass er nicht tot war, aber auch weil sie nicht weiter hilflos nach einem Lebenszeichen suchen musste. »Beweg dich nicht«, sagte sie, »ich rufe den Krankenwagen!« Sie lief nach unten zum Telefon und musste drei Versuche unternehmen, bis es ihr gelang, die Wählscheibe richtig zu betätigen. Währenddessen schluchzte sie hemmungslos, ohne wirklich zu begreifen, wieso sie derart verzweifelt war, denn Carl lebte ja noch. Als sie endlich durchkam, war sie so durcheinander, dass sie zuerst gar nicht kapierte, was der Mann am anderen Ende die ganze Zeit von ihr wollte, nämlich die Adresse. Doch als sie wieder ins Schlafzimmer zurückkehrte und sich neben Carl hockte, hatte sie sich wieder so weit im Griff, dass sie eine halbwegs normale Unterhaltung führen konnte.

»Was ist passiert?«, fragte sie.

Das Sprechen fiel Carl schwer. Immer wieder machte er Pausen zwischen den Worten. »Annamaria … hab sie hier überrascht … in deinen Tagebüchern geschnüffelt.«

»Was?« Liane blieb der Mund offen stehen. Eine Weile lang saß sie einfach so da und versuchte zu begreifen, was das denn zu bedeuten hatte. Dann erst bemerkte sie den Stuhl, der vor dem Schrank stand. Sie stieg auf die Sitzfläche und langte nach oben. Doch da war nichts, kein Buch, kein Karton. Sie tastete weiter nach hinten, aber auch dort war nichts zu finden. Schwindel erfasste sie und sie musste sich am Schrank festhalten, um nicht zu schwanken.

Das Mädchen hatte ihre Tagebücher.

Langsam ließ sie sich nach unten gleiten und sank aufs Bett. Das durfte einfach nicht wahr sein. *Das Mädchen hatte ihre Tagebücher.* Kurz flammte ein heißer Zorn in ihr auf und sie warf Carl einen wütenden Blick zu. Meine Güte, schoss es ihr durch den Kopf, diesen ganzen Ärger habe ich nur dir zu verdanken! Am liebsten hätte sie ihm auf der Stelle entgegengeschleudert, was Gesine ihr erzählt hatte – nämlich dass Annamaria jetzt Bescheid wusste über ihn. Dass sie das Kostüm gesehen und den Ring an sich gebracht hatte. Wie hatte er das Zeug nur derart oberflächlich verstecken können! Er hätte alles ins Feuer werfen sollen! Oh, hätte sie doch nur nachgefragt, dann wäre das nicht passiert.

Carl ächzte, wie unter der unausgesprochenen Last ihrer Vorwürfe, und ungeduldig fragte sie sich, wann denn endlich die Sanitäter kämen. Sie musste den Kopf frei kriegen und überlegen, was jetzt zu tun war, was Annamaria vorhaben könnte. Ob sie mit den Beweisen zur Polizei wollte? Oder sie erpressen? Sie musste das Mädchen rechtzeitig stoppen.

»Weißt du noch, wann das war?«, fragte Liane barsch. »Das mit Annamaria. Wann hast du sie hier gesehen?«

Carls Lider flatterten und er öffnete verwirrt die Augen, brachte aber kein Wort heraus. »Schon gut, schon gut«, sagte sie, als ihr klar wurde, dass er gerade nicht für Fragen zur Verfügung stand, und tätschelte seine Hand.

Und plötzlich kam ihr ein Gedanke.

Das war es. Das würde sie tun!

»Ich bin gleich wieder da«, rief sie, sprang auf und war kurz darauf erneut am Telefon.

»Van der Berg hier … ja … Dr. Winterlings Frau … Ich hätte gerne Schwester Monika von der Kinderstation gesprochen.«

In knappen, aber eindrücklichen Worten erklärte sie der Schwester, dass Annamaria gerade einen psychotischen Schub erlebe, dass sie sich verfolgt fühle und vermutlich auf dem Weg zum Krankenhaus sei, um ihre Tochter zu holen. Liane legte große Ruhe und Professionalität in ihre Stimme, und es gelang ihr, Schwester Monika den Ernst der Lage zu vermitteln.

»Sie dürfen ihr das Kind also auf keinen Fall geben. Ich brauche ja nicht zu betonen, dass Sie die Veranwortung für Stellas Unversehrtheit tragen.«

Einige Minuten später erklang draußen das Martinshorn. Nachdem die Sanitäter Carl auf die Transportliege verfrachtet und in den Wagen geschoben hatten, erklärte sie den Männern, sie werde später nachkommen, woraufhin ihr der Notarzt, ein Kollege von Carl, einen verblüfften Blick zuwarf.

»Wie Sie meinen«, sagte er und zog die Augenbrauen hoch.

Liane sah sich zu einer Erklärung genötigt. »Ich muss die Polizei anrufen«, log sie, »daran habe ich vorhin gar nicht gedacht … Ich bin ganz durcheinander!«

In Wirklichkeit war sie weder besonders durcheinander noch hatte sie vor, die Polizei anzurufen, jedenfalls jetzt noch nicht. Erst musste sie abwarten, wie sich die Lage weiterentwickelte.

Als der Krankenwagen vom Hof fuhr, begab sich Liane auf direktem Wege zum Telefon, wo sie die nächsten zwei Stunden wartend verbrachte. Das hatte den Vorteil, dass sie das ganze Gespräch vorab genau durchdenken und sich eine Verhandlungstaktik zurechtlegen konnte. Es war gegen drei Uhr, als es tatsächlich klingelte.

Liane hob ab.

Stille, in der Liane den Hörer fester umklammerte. Dann die vertraute Stimme.

»Ich will meine Tochter.«

Nur das, keine Grußformel, keine Erklärung, wer am anderen Ende der Leitung war. Aber das war natürlich auch nicht nötig.

Ruhig entgegnete sie: »Wenn du mir meine Tagebücher und den Ring zurückgibst.«

Wieder Stille, dann ein tiefes, zittriges Luftholen. »Ich weiß, was Carl getan hat. Dass er der Mann im Ried war. Du hast ja alles aufgeschrieben.«

Liane schwieg. Was sollte sie auch sagen? Die Überraschte spielen? Die Zeiten waren jetzt vorbei, die Kleine war schließlich auch nicht blöde.

»Was hast du denen im Krankenhaus über mich erzählt?«

»Nur die Wahrheit. Dass du gerade eine schwierige Phase durchmachst und sehr labil bist, eine Gefährdung für dein Kind. Sie wissen ja bereits, dass du aus sehr problematischen Verhältnissen stammst. Und wenn du mir die Tagebücher nicht zurückgibst, jedes einzelne, werde ich der Polizei sagen, dass ich gesehen habe, wie du …«

Annamaria fiel ihr ins Wort. Mit sich überschlagender Stimme rief sie: »Es war Notwehr, er kam auf mich zu und ich hatte Angst …Aber ich wollte ihn doch nicht töten!«

Liane stutzte. Konnte das sein? Aber natürlich, dachte sie, als Annamaria ihn verließ, hatte er am Boden gelegen, natürlich musste sie denken, dass Carl tot war. Rasch überschlug sie ihre Möglichkeiten und kam zu dem Schluss, dass es ihr nur recht sein konnte, wenn Annamaria in dem Glauben blieb. Und so sagte sie mit Nachdruck: »Aber du hast es getan.«

Wieder war nur Stille zu hören, offensichtlich brachte Annamaria kein Wort mehr heraus, vielleicht weinte sie auch. Das bewog Liane dazu, noch tiefer in die Kerbe zu hauen. Es war gut, das Mädchen gefügig zu wissen. Das würde die Sache erleichtern. Und so schluchzte sie auf und sagte dann so traumatisiert wie möglich: »Carl mag seine Fehler gehabt haben, und wenn er dich wirklich vergewaltigt hat, war das unverzeihlich … aber was *du* getan hast …« Sie brach ab, ließ ihre Stimme sich überschlagen, bevor sie scheinbar mit letzter Kraft fortfuhr: »Ich … weiß gar nicht … warum ich nicht gleich bei der Polizei ausgesagt habe, dass du ihn umgebracht hast … Was wird jetzt aus meinen Kindern, wie soll ich ihnen sagen, dass *ihr Vater tot ist*?«

Jetzt war deutlich zu hören, wie Annamaria weinte. Eine Weile lang hörte Liane einfach nur zu. Dass die Kleine offenbar ein Nervenwrack war, befriedigte sie, denn so würde sie sich leichter führen lassen. Doch als Annamaria wieder zu sprechen begann, klang ihre Stimme überraschend gefasst. »Es war Notwehr. Und du weißt das auch. Und wenn du der Polizei sagst, dass ich ihn absichtlich getötet habe, dann werde ich alles sagen, alles, was in dem Tagebuch steht, in dem und auch in den anderen. Und falls es die Polizei nicht interessiert, dann werde ich damit zu einer Zeitung gehen oder zu deinem Sender und alles öffentlich machen.«

Liane presste die Lippen aufeinander. Die Kleine war härter im Nehmen, als sie vermutet hatte. Und raffiniert noch dazu.

»Was willst du also?«, fragte sie und hielt den Atem an.

»Ich will, dass du mir Stella aus dem Krankenhaus bringst. Noch heute. Im Gegenzug gebe ich dir deine Tagebücher zurück.«

»Die und den Ring.«

»Die und den Ring«, anwortete Annamaria nach kurzem Zögern.

Erleichtert atmete Liane aus. Damit war sie fast am Ziel, dachte sie zufrieden, ließ aber noch ein paar Sekunden verstreichen, so als ringe sie mit sich. Stattdessen überlegte sie bereits ihre nächsten Schritte. Stella aus dem Krankenhaus zu holen war sicher kein Problem. Dort wussten alle, dass Annamaria bei ihr lebte, und man würde ihr das Kind ohne Weiteres mitgeben. Und dann konnte sie auch gleich nach Carl sehen; sicher wunderte man sich dort ohnehin schon, wo Liane so lange blieb.

»Also gut«, sagte sie, als würde ihr das Einlenken furchtbar schwerfallen. »Wo bist du jetzt?«

»Das werde ich *dir* sicher nicht sagen.«

»Ja, aber wo wir die Übergabe machen sollen, das musst du mir schon sagen.«

Annamaria zögerte.

»Auf dem Krankenhausparkplatz?«, fragte Liane ungeduldig. Sie hatte es jetzt wirklich eilig. Je eher sie die Tagebücher wiederbekam, desto besser.

»Nein«, entgegnete Annamaria mit fester Stimme. »Ich komme auf den Hof. Ich will noch meine restlichen Sachen mitnehmen.«

»Gut«, sagte Liane knapp. »Dann komm um acht.«

Im Krankenhaus erfuhr sie, dass Carl lediglich ein Schädel-Hirn-Trauma ersten Grades erlitten hatte. Er lag zwar auf der Intensivstation, aber rein zur Beobachtung und wohl nur für die nächsten vierundzwanzig Stunden. Das war die gute Nachricht.

Es gab allerdings auch eine schlechte: Wegen der Art der Verletzung und auch wegen Carls Gefasel, er sei zu Hause Opfer eines Raubüberfalls geworden, hatte das Krankenhaus die Polizei verständigt, die prompt gekommen war, um Carls Zeugenaussage aufzunehmen. Immerhin war Carl geistesgegenwärtig genug gewesen, sich nicht um Kopf und Kragen zu reden. Er hatte der Polizei gegenüber angegeben, er sei von hinten niedergeschlagen worden und habe den Einbrecher folglich nicht gesehen. Was Liane aber in Alarmbereitschaft versetzte, war die Tatsache, dass die Beamten angekündigt hatten, sie würden noch heute den Tatort aufsuchen, um Spuren zu sichern.

Liane fluchte innerlich, während sie den Weg zur Kinderstation im Laufschritt zurücklegte. Dort ließ sie sich von Schwester Monika das Baby aushändigen und fuhr noch am Waldkindergarten vorbei, wo sie von einer missmutigen Erzieherin empfangen wurde. Liane speiste sie mit einem Lamento über unzuverlässige Kindermädchen ab, und als sie endlich auf dem Rückweg war, gab sie Gas wie Walter Röhrl und betete inständig, dass es ihr gelingen möge, die Polizisten so schnell wie möglich abzufertigen, damit die Übergabe »Kind gegen Tagebücher« auf keinen Fall gefährdet würde.

Annamaria, Freitag, 6. März 1987

Den Rest des Tages verbringt Annamaria im Schrebergartenhäuschen an der Bahnlinie. Es ist eisig, sie friert, aber sie kann kein Feuer anmachen. Erst mal hat sie kein Holz, aber selbst wenn sie welches fände, könnte jemand den Rauch entdecken und auf sie aufmerksam werden. Es ist besser, wenn niemand weiß, wo sie ist. Obwohl Liane ihr am Telefon gesagt hat, dass sie sie noch nicht angezeigt hat, dass noch niemand sie sucht, dass sie noch nicht zur Fahndung ausgeschrieben ist.

Zur Fahndung ausgeschrieben.

Diesen schrecklichen Begriff kennt sie aus *Aktenzeichen XY ungelöst* und er jagt ihr eine Heidenangst ein. So wie die Stimme von Eduard Zimmermann, von der sie jedes Mal Albträume bekommen hat. Mit dem Unterschied, dass das hier gar kein Traum ist. Es ist echt, und diesmal ist *sie* die Mörderin.

Mörderin.

Das Wort dröhnt in ihren Ohren. Da kann sie sich noch so oft sagen, dass sie sich nur gewehrt hat, dass sie es nicht gewollt hat. Die Tatsache bleibt, von jetzt bis an ihr Lebensende: Sie hat einen Menschen getötet. Nichts wird je wieder sein wie zuvor. Da ist es auch egal, wenn dieser Mensch, den sie erschlagen hat, ein Schwein war und es vielleicht nicht besser verdient hat. Das alles spielt keine Rolle. Das Einzige, was bleibt, unverrückbar, ist die schreckliche Schuld, die sie auf sich geladen hat und für immer mit sich herumschleppen wird. Oh Gott, oh Gott, es ist so grauenvoll.

Mit offenen und mit geschlossenen Augen sieht sie ihn vor sich, immer nur das eine Bild: wie er da auf dem Boden liegt, den Kopf voller Blut.

Plötzlich muss sie daran denken, wie sie Liane damals gesehen hat, vor nicht mal einem Jahr. Sie hat diese schöne, hochgewachsene Frau für ihre Retterin gehalten, eine Lichtgestalt ist sie gewesen.

Jetzt ist Annamaria wieder auf Liane angewiesen, nur dass die inzwischen keine Lichtgestalt mehr ist, sondern eher eine Art Teufel.

Annamaria sieht aus dem Fenster. Es dämmert schon, bald wird es dunkel sein und sie wird aufbrechen. Sie hat sich vorgenommen, eine Stunde vor der vereinbarten Zeit am Haus zu sein. Sie will sich verstecken und erst einmal die Lage sondieren. Nur um ganz sicherzugehen. Sie weiß ja jetzt, was Liane für eine ist und dass man ihr nicht trauen kann. Aber es wird schon alles gut gehen, beruhigt sie sich, wohl zum hundersten Mal. Denn es ist doch so: Genau wie Annamarias ganzes weiteres Leben mit Stella verknüpft ist, hängt Lianes Existenz von dem ab, was in diesen Tagebüchern steht.

Um Viertel nach sechs bricht sie auf. Anziehen braucht sie sich nicht, denn sie hat schon längst alles an, was sie besitzt: zwei Pullis und den Parka. Sie nimmt die Sporttasche mit den Tagebüchern, stopft noch eine alte graue Decke hinein und verlässt dann das Schrebergartenhäuschen.

Eine Viertelstunde später – inzwischen ist es dunkel geworden – erreicht sie den Hellsternhof. Sie kommt von hinten, über die Streuobstwiese. Schon von Weitem sieht sie, dass alle Fenster hell erleuchtet sind. Der Anblick versetzt ihr einen Stich, denn sie weiß, dass nichts mehr so ist, wie es war. Die Glückliche Familie gibt es nicht mehr. Es hat sie nie gegeben.

Unter der Linde macht sie Halt und betrachtet das Haus. Sie lauscht auf die Stimmen der Kinder, die durch die geschlossenen Fenster dringen. Was hat Liane ihnen erzählt? Wissen sie schon, dass ihr Vater tot ist und dass Annamaria ihn umgebracht hat? Eine ganze Weile bleibt sie so stehen, mit einem Kloß im Hals, und denkt an Matthias, diesen Bilderbuchjungen; an die kleine Hortensie, so breit wie hoch, wie sie die Treppe hochstapft, in ihren grünen Froschgummistiefeln und der rosa Strumpfhose; an Lilo mit ihren Buntstiften; an Ruben, der immer irgendwie in Bewegung ist. Und an Gesine, dieses eigenartige Kind, mit dem sie nie richtig warm wurde. Was wird aus ihnen werden, jetzt, wo ihr Vater tot ist?

Annamaria verscheucht diesen Gedanken. Das ist nicht hilfreich, sagt sie sich und zwingt sich, an das zu denken, was Carl getan hat. Und was Liane getan hat. Und dass sie für sich selbst sorgen muss, für sich und ihre Tochter, die das bestmögliche Leben haben soll. Doch auch dieser Gedanke ruft Unbehagen in Annamaria hervor. Wie kann Stella das bestmögliche Leben haben, mit einer Mörderin als Mutter? Und was, wenn Liane, kaum dass sie die Tagebücher hat, doch die Polizei ruft, wenn Annamaria gefasst wird und ins Gefängnis kommt?

Der Wind fährt durchs kahle Geäst der Linde. In der Ferne ist ein Wagen zu hören. Ansonsten Stille. Annamaria friert jetzt, trotz ihrer dicken Schicht aus Pullovern und Parka. Was daran liegt, dass die Angst tief in ihr drin sitzt. Die Angst, eingesperrt zu werden und den Rest ihres Lebens hinter Gittern verbringen zu müssen. Wie ein Tier in einem Käfig.

Aber es hilft ja alles nichts. Sie darf sich da jetzt nicht hineinsteigern. Sie hat doch einen Plan. Sie wird die Kleine nehmen und mit ihr nach Italien fahren, ganz nach Süden, dorthin, wo Annamaria glaubt, dass ihr Vater herkommt. Und dann ist es egal, ob Liane sie bei der Polizei anzeigt, ob sie *zur Fahndung ausgeschrieben ist.* Wichtig ist nur, dass sie es über die Grenze schafft, *bevor* der Fahndungsapparat der Polizei angelaufen ist. Sie hat sogar schon die Verbindung rausgesucht, den Zug um 22.51 Uhr von Reutlingen nach Ulm, von Ulm nach Friedrichshafen, mit der Fähre über den Bodensee nach Romanshorn. Dann wäre sie zumindest schon mal aus Deutschland raus. Zwar ist es von dort aus immer noch eine halbe Weltreise bis Badolato, aber doch schon ein ganzes Stück näher an Italien. Und wenn sie erst mal dort unten sind, dann wird sie einfach darauf vertrauen, dass da ein Vater ist, der ihnen hilft. Denn die Italiener besitzen schließlich Familiensinn, das weiß man ja.

Plötzlich öffnet sich ein Fenster und die Stimmen werden lauter. Sie hört Matthias, der ruft: »Ich bin jetzt dran!« Dann widerspricht Gesine: »Nein, ich!« Annamaria vermutet, dass da wieder der Streit um den Kassettenrekorder ausgetragen wird. Also wissen die Kinder noch nichts, denkt sie und fröstelt.

Nach einer Weile verliert sie jedes Zeitgefühl. Sie weiß nicht, wie lange sie hier schon herumsteht, und es ist zu dunkel, um das Zifferblatt ihrer Armbanduhr zu erkennen. Um Punkt 20.00 Uhr wird sie klingeln. Aber dafür muss sie etwas sehen. Sie beschließt, näher ans Haus zu gehen, so dass der Lichtschein aus dem Haus auf die Uhr fallen kann. Noch einmal blickt sie forschend von einem Fenster zum nächsten, löst sich dann aus dem Schatten der Linde und geht auf das Haus zu.

Da sieht sie, dass Liane nicht alleine ist. Zwei Männer sitzen bei ihr am Küchentisch, der eine mit einem Stift in der Hand. Wer ist denn das?, fragt sich Annamaria und tritt noch ein Stückchen näher heran. Und dann wird ihr klar, dass Liane sie verraten hat. Denn die beiden Männer am Tisch sind eindeutig Polizisten.

Erschrocken schnappt sie nach Luft und springt zur Seite, raus aus dem Lichtschein, der aus der Küche fällt, zurück in den Schatten der Linde. Dort bleibt sie stehen, mit hämmerndem Herzen dicht an den Baumstamm gepresst, und überlegt fieberhaft, was sie jetzt tun soll. Denn eines ist klar: Liane hat ihr eine Falle gestellt und die Polizisten sind gekommen, um sie, die Mörderin, zu schnappen. Und plötzlich kommt ihr der Gedanke, dass hier bestimmt noch mehr Polizisten auf dem Gelände sind, sicher liegen sie schon überall auf der Lauer. Sie spürt, wie die Panik in ihr immer größer wird, wie sie vor lauter Angst gar keinen klaren Gedanken mehr fassen kann. Nur den einen, dass sie nicht ins Gefängnis will, auf gar keinen Fall will sie den Rest ihres Lebens im Gefängnis verbringen. Aber sie kann ja nicht fort, nicht ohne ihre Tochter.

Nun sieht auch die Urschel sie an und sagt: »Das ist wahrlich eine Hexe!«

Liane van der Berg, Montag, 24. April 2017

Als sie die Haustür aufschloss und in die Diele trat, lag leckerer Knoblauchduft in der Luft. Unter anderen Umständen wäre ihr das Wasser im Munde zusammengelaufen, jetzt aber verspürte sie nur Übelkeit. Während sie ihren Mantel auf den Bügel hängte, hörte sie Carl in der Küche vor sich hin summen. Für einen Augenblick schloss sie die Augen, wollte sich der Illusion hingeben, dass alles wie immer war, dass sie nach einem anstrengenden Drehtag nach Hause zurückkehrte in ihr gemütliches Heim, zu ihrem Ehemann, den sie nach Jahr und Tag noch genauso liebte wie ganz am Anfang.

Sie schlüpfte in ihre Birkenstocks und betrat die Küche.

»Hallo«, sagte sie und umarmte Carl von hinten, schmiegte sich an ihn in der Hoffnung, durch diese Berührung so etwas wie Trost zu finden. Doch Carl machte sich gleich von ihr los mit den Worten: »Ich muss schnell das Baguette aus dem Ofen nehmen.«

»Ja, natürlich«, sagte sie matt, ging zum Vitrinenschrank, holte sich ein Glas und schenkte sich von dem Rioja ein, den Carl bereits entkorkt hatte.

»Wie war dein Tag?«, fragte Carl und klappte den Backofen auf. Sie schluckte und holte tief Luft. Sollte sie ihm gleich erzählen, dass sie erledigt war? Stattdessen antwortete sie nur: »Sagen wir mal so, die Menschen werden immer primitiver.« Dann ging sie zum Waschbecken, um sich die Hände einzuseifen. Den Blick aufs Fenster gerichtet, sah sie nur sich selbst, wie sie dastand, die Hände unter dem Wasserhahn.

Auf einmal erschrak sie und trocknete sich rasch die Hände ab. Dann riss sie das Fenster auf und schloss die Läden.

»Was machst du denn?«, fragte Carl überrascht. »Das machen wir doch nie.«

»Jetzt haben wir so schöne neue Fensterläden, da wollen wir sie ja auch einmal verwenden«, antwortete sie und klappte den Riegel um.

Sie spürte seinen Blick. Vielleicht sollte sie ihm doch besser gleich von dem Video erzählen. Oder ihn zuerst auf seinen Besuch bei Engel & Völkers ansprechen? Und dann war da ja auch noch die Sache mit der Frau, die durch die Fenster gespäht hatte. Aber das würde sie noch eine Weile für sich behalten. Denn sonst müsste sie ihm ja auch verraten, wer da draußen mit einer Nachtsichtkamera auf der Lauer gelegen hatte.

Carl nahm ihr die Entscheidung ab, indem er sagte: »Könntest du bitte die Teller aus der Wärmeschublade holen?«, und die Pasta ins Sieb goss.

Liane tat wie geheißen und Carl verteilte die Dinkel-Spaghetti auf den Tellern. Plötzlich sah er auf und sagte: »Ehe ich's vergesse. Dein Maurice hat angerufen … hast du dein Handy ausgeschaltet? Jedenfalls wollte er dich sprechen. Es sei dringend, hat er gesagt.«

Liane verzog gequält das Gesicht. »Er hat mich schon erreicht«, sagte sie nur und trug die Teller zum Tisch. Carl folgte ihr, in einer Hand ein Körbchen mit dem Vollkorn-Baguette, in der anderen den Topf mit der Schinken-Artischocken-Sauce.

Sie aßen schweigend. Während der gesamten Mahlzeit dachte Liane an das YouTube-Video, konnte sich aber nicht überwinden, Carl davon zu erzählen. Stattdessen beobachtete sie ihn genau, forschte in seinem Gesicht nach Hinweisen für Betrug und Verrat. Doch er wirkte wie immer, gleichmütig und nonchalant. Die Ungewissheit machte sie wahnsinnig, und als sie später zusammen die Küche aufräumten, fragte sie plötzlich ohne jeden Anlass: »Wieso warst du bei Engel und Völkers?«

Carl, der sich gerade über die Spülmaschine beugte, hielt in seiner Bewegung inne. Er richtete sich auf, ein Glas in der Hand.

»Was? Wieso fragst du mich das? Und woher weißt du das überhaupt?«

Liane musterte ihn kühl. »Ich weiß so einiges«, sagte sie vieldeutig.

»Was soll das denn heißen?« Er stellte das Glas so hart auf der Granitarbeitsfläche ab, dass es knallte. Liane zuckte zusammen, hielt seinem Blick aber stand.

»Das, was es heißt. Also, was wolltest du bei denen?«

So standen sie wohl eine Ewigkeit da und kreuzten die Klingen mit ihren Blicken. Am Ende zuckte Carl mit den Achseln.

»Ach, was soll's. Demnächst wirst du es ja sowieso erfahren. Hortensie will ihr Häuschen verkaufen und ich habe angeboten, ihr dabei zu helfen.«

»Hortensie?«, rief Liane. Das war das Letzte, was sie erwartet hatte. »Aber … wo will sie denn dann wohnen?«

Er seufzte. »Sie wird mit Juli nach Berlin ziehen. Zu Lilo und Mike.«

Liane schnappte nach Luft. Die ganze Welt um sie her hatte Geheimnisse.

»Aber wieso will sie das tun? Und warum hat sie mir nichts davon gesagt?«

»Sie hatte Angst vor deiner Reaktion.«

»Angst? Vor mir? Ich bin doch ihre Mutter!«

»Ich denke, sie will dir einfach nicht wehtun.«

»Aber ich verstehe das nicht. Was will sie denn in Berlin?« Und noch während sie sprach, dämmerte es ihr. »Hat das mit diesem unseligen Buch zu tun?«

»Mit welchem Buch?« Carl sah sie verständnislos an.

Da brach es aus ihr heraus: »Na, mit dem Enthüllungsbuch über mich! Hat dir deine feine Tochter das nicht gesagt?«

Carl wirkte völlig verdattert. »Ich weiß nichts von einem Buch.«

Einen Moment lang musterte Liane ihn. Dann drehte sie sich wortlos um, marschierte in die Diele, zog Schuhe und Mantel an, nahm ihren Autoschlüssel und raste davon.

Ein paar Minuten später fuhr sie so rasant vor dem Bahnwärterhäuschen vor, dass der Kies in alle Richtungen spritzte. Sekunden später ging das Außenlicht an und Hortensie riss die Haustür auf. Sie stand da, in einem übergroßen T-Shirt, mit aufgerissenen Augen wie das sprichwörtliche Kaninchen.

Also stimmt es, dachte Liane grimmig und stieg aus dem Wagen.

»Was ist los? Ist etwas passiert?«, rief Hortensie, als Liane auf sie zukam.

»Das würde ich doch gerne von dir hören!«, antwortete Liane und baute sich vor ihrer Tochter auf, die ein gutes Stück kleiner war als sie.

»Was meinst du, Mama?« Hortensie blinzelte zu ihr hoch.

In dem Moment ertönte Julis Stimme von der Tür her: »Oma, Oma!«, und schon lief das Kind auf sie zu, natürlich mal wieder ohne Hausschuhe.

Juli sprang Liane auf den Arm, so dass diese fast das Gleichgewicht verlor und umkippte.

»Nicht so doll, du wirfst Oma ja noch um«, sagte Hortensie und fügte hinzu: »Geh schon mal rein, Oma und ich kommen gleich nach.«

»Und zieh dir Hausschuhe an«, rief Liane ihrer Enkelin hinterher, dann wandte sie den strengen Blick sofort wieder auf ihre Tochter. »Also: Was hast du mir zu sagen?«

Hortensies Blick ruhte noch eine Weile auf der Haustür, und erst als sie sich vergewissert hatte, dass Juli wirklich ins Haus gegangen war, sagte sie leise und beschwörend: »Ich wollte es dir ja schon längst sagen. Aber ich … ich … es war immer so viel zu tun und so habe ich es immer weiter rausgeschoben.«

Liane erwiderte nichts. Sie fixierte ihre Tochter und holte dann zu einem weiteren Schlag aus: »Sprichst du jetzt von deinem Umzug nach Berlin? Oder von dem Buch, das du über mich schreibst?«

Hortensie versteifte sich. »Woher …«

»… ich das weiß?« Sie machte eine Kunstpause. »Dir sollte doch klar sein, dass ich viele Leute kenne. Hast du wirklich geglaubt, dass ich so etwas nicht erfahre? Wann hattest du vor, mir *das* zu sagen? Am Erscheinungstag?«

Hortensie holte Luft. »Hör mal. Es ist schon spät. Ich muss Juli jetzt ins Bett bringen. Lass uns morgen darüber reden.«

»Wir werden *jetzt* darüber reden. Willst du mich nicht wenigstens kurz reinbitten?«

»N… nein. Das ist keine gute Idee. Ich …«

Aber Liane ignorierte sie. Mit energischen Schritten ging sie aufs Haus zu, betrat die winzige Diele und blieb auf der Schwelle zur Küche abrupt stehen: Bis auf Herd und Spüle war der Raum komplett leer geräumt.

Sie spürte, wie hinter ihr jemand stehen blieb, und drehte sich um. Es war Hortensie, die eine hilflose Bewegung mit den Händen machte.

»Moment«, sagte Liane, »damit ich es recht verstehe: Du hattest vor, dich einfach so davonzustehlen, ohne Abschied?«

Wohl eine halbe Ewigkeit sahen sie sich an, Mutter und Tochter, bis Hortensie schließlich antwortete: »Ja.« Nur dieses eine Wort, mehr nicht, ein schlichtes Ja.

Und auf einmal schien eine Veränderung in Hortensie vor sich zu gehen. Liane bemerkte, wie ihr Blick sich verdunkelte und ihr Mund hart wurde.

Liane, der die Entrüstung fast den Atem nahm, machte einen kleinen Ausfallschritt in den Raum hinein und tat so, als müsste sie sich an der Wand abstützen.

»Und dann hast du auch noch deinen Vater für deine Zwecke eingespannt. Wolltest wohl einen Keil zwischen uns treiben. Hast du im Ernst gedacht, er erzählt mir nicht, dass er zu diesen Immobilienleuten gegangen ist?«

Hortensie stieß empört die Luft aus. »Was hat er? Ich hab ihn nicht darum gebeten. Ich werd mein Haus schon selbst verkauft kriegen!«

Liane sah, dass Hortensie Mühe zu haben schien, ruhig zu bleiben.

»Ja, ich werde nach Brandenburg gehen, und zwar morgen schon. Lilo und Mike haben dort ein großes Haus gekauft, da ziehen Juli und ich ein, zusammen mit Lars. Den kennst du noch nicht, das ist mein neuer Lebensgefährte. Er ist ein Freund von Mike, und wir haben uns letztes Jahr in Berlin kennengelernt.«

Liane traute ihren Ohren kaum. Spöttisch fragte sie: »Gehört er auch zum hehren Volk der Großtrappenretter?«

Hortensie stutzte. Doch dann lächelte sie unvermittelt. »Ja«, sagte sie, »das tut er. Und genau aus diesem Grund habe ich dir weder von ihm noch von meinem Umzug erzählt. Weil das alles ist, was du kannst: andere heruntermachen. Und, ja, es gibt Menschen da draußen, die vielleicht nicht nur aus egoistischen Motiven heraus handeln.«

»Was willst du denn damit sagen? Dass ich egoistisch bin? Ich! Die das halbe Leben damit zugebracht hat, alles für euch zu tun!«

Da fing Hortensie an zu lachen, aber es war ein unfrohes, höhnisches Lachen. »Du? Alles? Für uns? Entschuldige mal, aber das ist einfach zu komisch. Das glaubst du tatsächlich, nicht wahr? Ausgerechnet du, die schlimmste Egomanin aller Zeiten, hält sich für *Bobo, den Kinderfreund!*«

Und plötzlich war es, als sei in Hortensie ein Damm gebrochen. Sie stampfte mit dem Fuß auf wie damals als kleines Kind und brüllte Liane an: »Du hast mir meine Kindheit versaut, ist dir das eigentlich klar! Aber jetzt bin ich erwachsen, ich treffe meine eigenen Entscheidungen und du kannst mir gar nichts mehr. Und, JA, ich schreibe ein Buch über DICH und diesen Horrortrip, der meine Kindheit war, und jeder, JEDER in diesem Land soll erfahren, was du für eine Mutter warst.«

Jetzt wurde es Liane aber zu bunt. »Wie kannst du es wagen, nach allem, was ich für euch getan habe! Ich war euch eine *gute* Mutter! Ich habe niemals auch nur die Hand gegen euch erhoben. Ich habe einen Waldkindergarten gegründet, damit wenigstens ein paar von euch in einer gesunden, natürlichen Umgebung heranwachsen. Ich habe auf eure *Ernährung* geachtet! Auf pädagogisch wertvolles Spielzeug! Ich habe euch in die Waldorfschule geschickt, damit eure Talente gefördert werden, und mich in dieser Schule engagiert bis zum Umfallen.«

»Soll ich dir mal was sagen? Ich wollte gar nicht auf die Waldorfschule. Ich wollte auf eine *normale* Schule, dorthin, wo meine Freundinnen waren!«, schrie Hortensie, nun völlig außer sich. Ihre Augen funkelten wild, als sie fortfuhr: »Und soll ich dir noch was sagen? Ich habe diese Spielsachen gehasst, dieses ganze beschissene Ostheimer-Zeug, ich hätte alles gegeben für eine Barbie, EINE EINZIGE Barbie, und wenn ich noch einmal *Hess Natur* höre, dann KOTZE ich!«

Liane konnte ihre Tochter nur ansehen, so perplex war sie über deren Ausbruch. Nie zuvor hatte Hortensie es gewagt, so mit ihr zu sprechen. Überhaupt hatte noch nie jemand so mit ihr gesprochen. Das durfte sie sich nicht gefallen lassen. Sie musste Hortensie sofort Einhalt gebieten. Und so straffte sie die Schultern und sagte streng: »Genug jetzt! Du bist ja völlig außer dir. Beruhige dich erst einmal. Sonst …«

»Sonst was? Hältst du mich dann WIEDER FEST? Oder holst dir HILFE, um mich festzuhalten? Du kannst ja ein paar russische Schläger anheuern, die die Tochter ruhigstellen, wie wär das?«

»Du bist ja völlig übergeschnappt!«

»Ich bin vielleicht übergeschnappt. Aber wenn das so ist, dann habe ich das nur DIR zu verdanken. Warum, glaubst du, will ich nach Berlin? Weil es da eine Therapeutin gibt, die auf solche Fälle wie mich spezialisiert ist. Leute, die von deiner beschissenen Festhaltetherapie traumatisiert worden sind.«

Liane schüttelte langsam den Kopf.

»Das ist typisch für dich. Anderen die Schuld dafür zu geben, dass du dein Leben nicht auf die Reihe bekommst! Du hast schon immer versucht, mir das Leben so schwer wie möglich zu machen, schon als kleines Kind! Von den anderen kenne ich das gar nicht. Du warst die Einzige, die immer wieder versucht hat, mich an meine Grenzen zu bringen. Du und manchmal auch Matthias. Vielleicht solltest du dich mal mit deinen Geschwistern unterhalten. Ich habe ein äußerst gutes und enges Verhältnis zu Gesine, Lilo und auch zu Ruben.«

Jetzt sah Hortensie ihre Mutter fassungslos an. Einen Moment lang schien es ihr die Sprache verschlagen zu haben.

»Das glaubst du alles wirklich, ich fass es nicht!«

»Was soll denn das nun schon wieder heißen?«

»Dass du keine *Ahnung* hast, was mit deinen Kindern los ist.«

»Was soll mit ihnen los sein? Du bist ja nur neidisch auf den Erfolg deiner Geschwister!«

»Lilo hat eine Essstörung. Sie ist seit Jahren in Behandlung.«

Liane schüttelte den Kopf. Dann sagte sie in einem Ton, der an einen Eisschrank erinnerte: »Du wirst hier nicht schlecht über deine Schwester sprechen.«

»SCHLECHT über sie sprechen? Sag mal, hakt's bei dir?« Hortensie geriet wieder in Rage. »Sie ist KRANK, verstehst du das, deshalb ist sie so DÜNN! Und wenn wir schon dabei sind, sprechen wir doch gleich mal über Ruben. Warum, glaubst du, ist er so weit weggezogen? Warum hat er sich gleich nach dem Studium beim Auswärtigen Amt beworben?« Sie beugte sich vor und spie die Worte förmlich aus: »Weil er WEG wollte! Weil er es nicht mehr ausgehalten hat in eurer Nähe und so viele Kilometer wie möglich zwischen sich und euch bringen wollte! Weißt du eigentlich, was du uns angetan hast? Du hast uns in den Keller gesperrt! Im Dunkeln!«

Liane blinzelte kurz. Einen Moment lang blitzte die Erinnerung in ihr auf. Erst gestern Abend war sie selbst im Keller eingesperrt gewesen. Und das war in der Tat sehr unangenehm gewesen. Aber das konnte man ja wohl kaum vergleichen. Sie hatte um ihr Leben gebangt, nach alldem, was in den letzten Wochen vorgefallen war.

»Papperlapapp«, sagte sie deshalb barsch. »Du wirst mir hier kein schlechtes Gewissen einreden. Das möchte ich schon selbst von Ruben hören.«

»Ja? Na, da wirst du noch ein bisschen warten müssen. Er macht nämlich gerade einen Entzug.«

»Wie? Was … einen Entzug? Was willst du denn damit sagen?«

»Dass er alkoholabhängig ist.«

Und noch ehe Liane Gelegenheit hatte, diese Neuigkeit überhaupt in ihren Kopf zu bekommen, fuhr Hortensie fort: »Und dann ist da natürlich noch dein Schätzchen Gesine. Ihr wird nicht recht sein, dass ich dir das sage, aber wo wir schon mal beim Aufräumen sind, will ich dir das nicht vorenthalten: Dein geigendes Goldkind lebt seit fünf Jahren mit einer Frau zusammen. Aber nicht in einer Wohngemeinschaft, nein: Gesine ist lesbisch. *Und das ist auch gut so.*«

Hortensie musste kurz innehalten und sich an der Wand abstützen. Sie atmete schwer, ja, sie bebte förmlich. Doch zugleich lag ein Ausdruck von Befriedigung auf ihrem Gesicht, sie sah aus wie ein Racheengel, der seine Aufgabe erfüllt hat. Liane beobachtete, wie sie ermattet die Hand hob, sich das Haar aus der Stirn strich und schließlich sagte: »Und dass ich jetzt überhaupt in der Lage bin, dir das alles zu sagen, das habe ich sicher auch diesen Briefen zu verdanken, die ich seit ein paar Wochen immer wieder bekomme.«

Liane erstarrte. »Wovon sprichst du da? Wer hat dir denn geschrieben?«

»Ich weiß es nicht«, sagte Hortensie schlicht. »Aber da stand so viel von früher drin, von der Zeit, als ich noch ganz klein war, und was du da mit mir gemacht hast, mit diesem Festhalten. Da habe ich das erste Mal richtig begriffen, dass nicht ich es bin, mit der etwas nicht stimmt. Sondern dass DU das bist. Du bist … ich weiß auch nicht, was du bist. Aber …« Sie stockte, schien zu überlegen, was sie sagen sollte. Auf einmal hatte sie einen ganz fiebrigen Glanz in den Augen und dann brach es aus ihr heraus: »Und jetzt will ich von dir wissen, was du mit Annamaria gemacht hast!«

TEIL III

Darauf schreien ihre Kinder zumal: »Die Hexe von London! Die Hexe von London!«, und springen auseinander.

Lucia, September 2016

Es ist September in Badolato. Lucia parkt ihren Wagen, einen verbeulten roten Punto, in der Via Castello unter einer Pinie, die aber zu mickrig ist, um Schatten zu spenden. Sie kurbelt die Fenster hoch und steigt aus. Brüllende Mittagshitze schlägt ihr entgegen. Der Sommer in Badolato endet nie. Sie hat es eilig, sie muss das Ferienhaus in der Via Siena kontrollieren und die Kaffeemaschine im Corso Umberto austauschen; die Schweden haben sich beschwert, die Kaffeemaschine stottere und röchle wie ein alter Kettenraucher. *Santo cielo*, die Nordeuropäer sind anspruchsvoll. Da soll sogar die Kaffeemaschine schallgedämpft sein. Neulich haben sich gleich drei Schweden beschwert, als bei der *Sagra del Vino* nach vierundzwanzig Uhr noch Musik gespielt wurde. Dabei ist das doch das Einzige, was diesem Ort an eigener Kultur noch geblieben ist: die *sagra* im August und die *processione* in der Karwoche. Andererseits sind es nur die mietenden Feriengäste, die sich beschweren. Diejenigen, die sich hier im *borgo* ein Haus oder eine Wohnung gekauft haben, stört das nicht. Inzwischen haben sich über zwanzig Schweden, fünf Engländer und auch zwei deutsche Familien hier im Ort einen Zweitwohnsitz eingerichtet. Im Grunde haben diese Ausländer den Ort vor dem endgültigen Niedergang gerettet. Besonders die Schweden sind recht aktiv, veranstalten Yoga- und Kochkurse.

Lucia kommt an der einzigen Bar im Ort vorbei. Doch um diese Uhrzeit sind die schmutzig weißen Plastikstühle verwaist. Sie winkt Pierluigi, dem Barmann, der neben dem Eingang im Schatten sitzt und Zeitung liest.

Zuerst tauscht sie die Kaffeemaschine aus. Die Schweden sind nicht da, also schreibt sie ihnen einen Zettel, den sie auf die Maschine klebt. Hinter der Chiesa San Nicola biegt sie rechts ab. Aus einigen Häusern dringen Fernsehgeräusche, exaltierte Werbestimmen, das Stakkato eines Nachrichtensprechers. Sie hält sich in dem schmalen Schattenstreifen dicht an der Häuserwand und folgt der Via Piliero. Obwohl es bergab geht, ist ihr hellgraues Leinenkleid schon nach kürzester Zeit wieder durchgeschwitzt. Oh, sie sehnt sich nach dem November, nach angenehmen 24 Grad, kann es kaum erwarten, dass diese Hitze endlich aufhört.

Vor dem Haus in der Via Siena macht sie Halt. Die Fensterläden sind geschlossen, also ist Elena, die Putzfrau, die in all ihren Ferienhäusern sauber macht, schon da gewesen. Das ist gut, denn dann muss Lucia heute nicht noch einmal die sechs Kilometer von Badolato Marina bis hier herauffahren.

Die Häuser im *borgo* haben nur an der Vorderseite, zum Tal hin, Fenster, und wenn die verdunkelt sind, ist es in den Zimmern so schwarz wie Tinte. Also stößt Lucia als Erstes die Läden in Küche und Wohnzimmer auf, um Licht hereinzulassen. Nicht um zu kontrollieren, ob Elena gründlich geputzt hat, denn Elena putzt immer gründlich, darauf kann sie sich verlassen. Heute will Lucia eine Bestandsaufnahme machen – prüfen, ob etwas fehlt oder defekt ist, damit sie es über den Winter nachkaufen kann. In diesem Jahr werden keine Gäste mehr kommen, das weiß sie. Die Hauptsaison ist vorüber und dieses Haus ist ein Familienhaus; für ein Pärchen ist es mit seinen sechs Schlafplätzen zu groß. Und Familien kommen für eine Woche Herbstferien nicht hierher, dafür ist Badolato einfach zu weit von Mitteleuropa entfernt.

Sie geht nach unten, öffnet die Läden im mittleren Stock, dann weiter ins Erdgeschoss, wo sie auf die Terrasse hinaustritt, in den Schatten des alten Feigenbaums. Sie greift nach dem Besen, der neben der Tür steht, und beginnt die trockenen Oleanderblätter wegzufegen. Als sie fertig ist, bleibt sie stehen und schließt die Augen. Ein leiser Wind, kaum mehr als ein Hauch, streicht über ihre schweißbedeckte Haut, angenehm kühl. Die Grillen zirpen und sie atmet die Stille und den Frieden ein, den Duft des Feigenbaums, herbsüß, staubig grün. Dann schlägt sie die Augen wieder auf, ihr Blick verliert sich in der Ferne, im unendlichen Blau des Mittelmeers. Mit diesem Ausblick verbindet sie Erinnerungen, an die furchtbarste, aber auch an die schönste Zeit in ihrem Leben. Nie wird sie Gigi genug danken können. Dass er sie davor bewahrt hat, sich etwas anzutun, dass er sie da rausgeholt hat, aus dem Wasser und aus dem alten Leben. Und dass er ihr ein neues geschenkt hat, damals, als dem Anschein nach alles an ein Ende gekommen war.

Sie stellt den Besen wieder neben die Tür und geht zurück nach oben in die Küche. Trotz der Hitze lässt sie die Balkontüren offen stehen; es riecht noch immer ein wenig nach Putzmittel. Elena verwendet es allzu großzügig; der Umweltschutzgedanke liegt ihr fern, wie den meisten hier im Süden.

Lucia beginnt mit den Küchenschränken, sortiert das Geschirr durch, nimmt einen Teller mit Sprung heraus und eine Tasse mit einer Macke. Beim Durchsehen des Bestecks fällt ihr auf, dass schon wieder zwei Gabeln und drei Messer fehlen, auch die Parmesanreibe ist nicht mehr da. Da hat sich die *nette* deutsche Familie mit den drei *niedlichen* Kindern wohl den Hausrat aufgebessert, was Lucia nicht wirklich überrascht. Nachdem sie die Sachen auf ihre Liste gesetzt hat, geht sie zum Sideboard, stellt den Fernseher an und wieder aus, dann sammelt sie die alten Zeitungen und Zeitschriften ein, die die Feriengäste dagelassen haben. Auch die Bücher sieht sie durch, zwei Krimis und drei seichte Sommerromane für Frauen. Sie nimmt sich die beiden Krimis, die will sie selber lesen, und stellt die Sommerromane wieder in das Fach unter dem Fernseher.

Sie macht noch einen letzten Durchgang durchs Haus, kontrolliert noch einmal die Schränke, die Schubladen, ob einer der Feriengäste etwas vergessen hat, das man ihm nachschicken müsste. Einmal hat eine Schweizer Familie ihre Reisepässe im Schrank liegen lassen. Und in der Tat ist die eine Nachttischschublade noch voller Krempel: eine Packung deutsche Tempos, Nasenspray und eine Zeitschrift, der *Stern*, wie sie auf den zweiten Blick sieht. Den wird sie mitnehmen und heute Abend lesen. Sie freut sich immer über Zeitschriften aus Deutschland. Sie ist jetzt bald dreißig Jahre hier und stolz darauf, noch immer fließend und akzentfrei deutsch zu sprechen. Zumindest versichern ihr das die Feriengäste ziemlich oft.

Sie schaut wieder auf den *Stern* und hält jäh inne. Das kann doch nicht sein. Sie glaubt nicht richtig zu sehen und geht hinaus auf die Terrasse ins Helle. Fast eine Minute lang bleibt sie unter dem Feigenbaum stehen, während ihre Augen hin und her huschen. Von der blonden Frau auf dem Titelbild, die ganz vorne steht, zu dem Mann rechts hinter ihr, von ihr zu ihm, hin und her, immer wieder, dann über die Gesichter der Kinder, die jetzt keine Kinder mehr sind, sondern schöne, große, blonde Menschen. Am Ende wandert ihr Blick zurück zu dem Mann. Und doch will ihr Gehirn nicht akzeptieren, was die Augen ihm da zeigen. »Aber das kann nicht sein«, flüstert sie tonlos vor sich hin und ist erst dann in der Lage, den Text unter dem Bild zu lesen, wobei ihre Lippen die Worte formen, ohne dass sie sie richtig begreift.

Die Familienretterin Liane van der Berg ganz privat.

Sie muss sich abstützen, hat das Gefühl zu taumeln, wird hineingesogen in einen Strudel des Nichtbegreifens, bis das Nichtbegreifen einem Entsetzen weicht, das größer nicht sein könnte.

Mit unsicheren Bewegungen tastet sie sich an der Hauswand hinunter zum Boden. Dort bleibt sie sitzen, vornübergebeugt, und starrt auf sein Gesicht.

Er ist nicht tot. Carl ist nicht tot.

Liane van der Berg, Montag, 24. April 2017

Wie betäubt wankte Liane zum Auto und setzte sich hinters Steuer, ohne auf Hortensies absurde Frage zu reagieren. Obwohl sie sich nicht im Geringsten fahrtauglich fühlte, drückte sie sofort den Startknopf und fuhr los. Nur weg hier, weg von ihrer schrecklichen Tochter, die all diese schrecklichen Dinge gesagt hatte.

Sie musste erst einmal sortieren, was Hortensie ihr da an den Kopf geschleudert hatte, all die Hässlichkeiten über Gesine, über Ruben, über Lilo. Und dann war aus dem Nichts dieser Name gefallen: Annamaria. Wie um alles in der Welt kam Hortensie ausgerechnet auf sie, nach all den Jahren? Und was um Himmels willen sollte sie denn mit Annamaria gemacht haben! Viel eher hatte doch Annamaria ihr geschadet. Sie runzelte die Stirn, versuchte, sich den Wortlaut des Gesprächs noch einmal in Erinnerung zu rufen. Von Briefen war die Rede gewesen – also hatte es anscheinend mehr gegeben als den einen, den Liane schon kannte, und offenbar war es in den anderen Briefen irgendwie um das Mädchen gegangen. Anders war Hortensies Frage kaum zu erklären, zumal sie damals noch so klein gewesen war, dass sie ja wohl kaum genaue Erinnerungen an Annamaria haben konnte.

Liane kniff die Augen zusammen und wich einem entgegenkommenden Fahrzeug aus. »Reiß dich zusammen«, murmelte sie vor sich hin und versuchte gleichzeitig, sich an jenen Tag vor nunmehr dreißig Jahren zu erinnern, als sie das letzte Mal Kontakt zu Annamaria gehabt hatte. Diese ganze Zeit kam ihr unendlich weit weg vor, wie in einem anderen Leben, und ihr Gedächtnis schien geradezu blockiert zu sein. Wie war das bloß gewesen?

Sie hatte mit ihr telefoniert, sich für den Abend mit ihr verabredet, das wusste sie noch. Und dann war da diese furchtbare Aufregung gewesen, nachdem sie mit dem Kind aus dem Krankenhaus gekommen war. Schon Stunden vor dem Treffen hatte sie begonnen zu warten. Und dann? Es hatte geklingelt, weit vor der vereinbarten Zeit, und sie hatte sofort die Tür aufgerissen, die schreiende Stella auf dem Arm. Doch statt Annamaria standen da zwei Polizisten und hielten ihr einen Dienstausweis unter die Nase. Im ersten Moment, erinnerte sich Liane jetzt, war sie fast zu Tode erschrocken, denn irrwitzigerweise hatte sie geglaubt, die Polizisten seien *ihretwegen* gekommen – Annamaria hätte sie angezeigt, wegen Kindesentführung oder weswegen auch immer. Doch die Polizisten, die ihr den Schrecken wohl ansahen, hatten sie gleich beruhigt: »Ihrem Mann geht es gut, keine Sorge, aber wir brauchen noch Ihre Aussage.« Vor Erleichterung über dieses Missverständnis waren Liane die Knie ganz weich geworden, aber wie immer hatte sie sich recht schnell wieder im Griff gehabt und die Männer ins Haus geführt, wo sie am Küchentisch Platz nahmen und Liane noch einmal erzählte, wie sie Carl im Schlafzimmer gefunden hatte.

Doch die ganze Zeit über, das fiel ihr jetzt wieder ein, hatte sie andauernd auf die Uhr gesehen. Heilfroh war sie gewesen, als die beiden Beamten sich endlich verabschiedet hatten, zum Glück weit vor der mit Annamaria vereinbarten Zeit.

Doch Annamaria, dieses kleine Miststück, war nicht aufgetaucht.

Stundenlang hatte Liane auf sie gewartet. Hatte den Kindern das Abendessen zubereitet, sie zu Bett gebracht, das heulende Baby im Wohnzimmer in den Stubenwagen gelegt und war irgendwann vor lauter Erschöpfung auf dem Sofa eingenickt. Danach hatte sie noch tagelang auf der Lauer gelegen, hatte alle externen Termine abgesagt, um die ganze Zeit zu Hause sein zu können, mit diesem untröstlichen Kind, das sich von nichts und niemandem beruhigen ließ.

Zunächst hatte Liane angenommen, dass etwas passiert sein musste. Vielleicht hatte Annamaria ja einen Unfall gehabt. Und nach einer Weile hatte sie sie sogar als vermisst gemeldet. Als drei Wochen nach der versäumten Übergabe immer noch kein Zeichen von ihr gekommen war und auch die Bemühungen der Polizei nichts weiter ergaben, hatte sie der bitteren Wahrheit ins Auge sehen müssen: Das Mädchen war einfach abgehauen. Hatte ihr Kind alleine hier zurückgelassen und war verschwunden. Es war eben immer wieder dasselbe mit diesen Heimkindern, man konnte ihnen einfach nicht helfen. Ihre destruktiven Wahrnehmungs- und Handlungsmuster und das daraus resultierende zerrüttete Selbstbild hinderten sie daran, stabile, langfristige Bindungen einzugehen, so hatte Liane das damals gedeutet. Irgendwann war sie dann zu dem Schluss gekommen, dass das Kind, die kleine Stella, Glück im Unglück gehabt hatte. Es war mit Sicherheit viel besser für sie, nicht bei so einer unsteten und unberechenbaren Mutter aufwachsen zu müssen.

Sie hatte damals ihr Bestes getan, eine gute Pflegefamilie für die Kleine zu finden, und war letztlich froh gewesen, dass Annamaria aus ihrem Leben verschwunden war. Auch die Angst, Annamaria könnte Carl doch noch wegen der Vergewaltigung belangen wollen, war mit der Zeit verblichen. Dass jede Spur und jedes Lebenszeichen von dem Mädchen fehlte, hatte Liane das Vergessen leicht gemacht. Seit Jahrzehnten hatte sie schon nicht mehr an diese schreckliche Zeit gedacht!

Doch jetzt, nach all den Jahren, war plötzlich dieser Name wieder aufgetaucht! Annamaria. Glaubte Hortensie etwa ernsthaft, sie, Liane, habe ihr etwas angetan? Was für eine verrückte Idee! Aber auch typisch für das, was sie mit diesem Mädchen erlebt hatte, das immer nur so unschuldig getan hatte.

Liane umklammerte das Lenkrad fester.

Annamaria, diese raffinierte kleine Kinderdiebin, hatte damals um ein Haar alles an sich gerissen. Ihre eigenen Kinder waren von dieser Hexe so bezirzt worden, dass sie von ihr, der eigenen Mutter, nichts mehr hatten wissen wollen. Lilo wollte beim Vorlesen nicht mehr auf ihrem Schoß sitzen. Ruben hatte auf jeden Vorschlag von Liane mit einem Satz geantwortet: »Annamaria macht das aber anders!« Und Matthias hatte sie die meiste Zeit einfach vollkommen ignoriert. Nur Gesine, ihr Goldkind, war Annamaria nicht auf den Leim gegangen. Diese Erinnerungen taten Liane so weh, dass sie sie in die tiefste Kammer ihrer Seele gesperrt hatte. Und dann war auch noch das mit den Tagebüchern passiert!

Plötzlich kam ihr ein Gedanke.

Die Tagebücher.

Was, wenn dieses unsägliche Schlamassel, die Qualen der letzten Wochen mit den Tagebüchern zusammenhingen? Die ganze Zeit über hatte sie gerätselt, woher diese ominöse *Person* so viel über sie wissen konnte. Die Sache mit Benigna. Die Geschichte mit den Plätzchen von der Gutenmühle. Die Patienten, deren Eltern die Therapie abgebrochen hatten. Dinge, die sie nie jemandem anvertraut hatte, von denen auch niemand in ihrem engsten Kreis je erfahren hatte. Das würde alles erklären. Wer sonst sollte dahinterstecken, wenn nicht die Person, die damals ihre Tagebücher an sich genommen hatte? Aber welchen Grund sollte Annamaria haben, nach dreißig Jahren zurückzukehren und Lianes Leben in Schutt und Asche zu legen? Immerhin war sie es doch gewesen, die sich damals einfach verpisst hatte, ohne ihr Kind. Erst hatte sie noch so ein Theater um die Kleine gemacht, aber dann war ihr ein Leben allein lieber gewesen. Und Liane hatte das Kind dann am Hals gehabt und hatte sehen müssen, wie sie es unterbrachte. Und falls sich Annamaria, was schwer vorstellbar war nach all den Jahren, an Carl rächen wollte, ergab es doch keinen Sinn, über Bande zu spielen und Liane als Zielscheibe zu nehmen!

Liane näherte sich jetzt der Abzweigung, die zum Hellsternhof hinaufführte. Sie ging vom Gas, blinkte und wollte gerade abbiegen, als vom Hof her ein Wagen auf die Hauptstraße preschte, ein alter roter Fiat, so wie es aussah. Sie riss das Steuer herum, trat auf die Bremse, der X5 rutschte auf den Fiat zu, kam aber gerade noch rechtzeitig zum Stehen, ein paar Zentimeter vor der Stoßstange des Fiat. »Menschenskinder!«, rief Liane und warf die Hände hoch. Einen Moment lang standen sich die beiden Autos gegenüber, Kühlerhaube an Kühlerhaube. Im hellen Licht der Scheinwerfer sah Liane, dass die Fahrerin des Fiat von dem Beinahe-Unfall vollkommen unberührt schien. Die Frau hatte unglaublich lockige dunkle Haare, und Liane hatte das vage Gefühl, sie von irgendwoher zu kennen. Ein paar Sekunden lang musterte die Frau sie, reglos, aufmerksam und noch immer kein bisschen erschrocken.

Und dann wurde Liane klar, wer das sein musste.

Annamaria.

Entgeistert starrte sie sie an, hypnotisiert vom Blick der anderen. Dann registrierte sie, wie Annamaria den Rückwärtsgang einlegte, ruhig und ohne Hast ein Stück zurücksetzte und an ihr vorüberfuhr. Wie in Trance drehte Liane sich um, bemerkte das Länderkennzeichen, ein *I* für Italien.

Erst als die Rücklichter des Autos in der Dunkelheit verschwanden, begriff Liane voll und ganz, dass es ja vom Hellsternhof gekommen war. Was um Himmels willen hatte Annamaria dort zu suchen gehabt?

Die Hexe aber fängt ihre Kinder wieder ein und geht mit ihnen fort.

Lucia, September 2016

Dreißig Jahre. Dreißig lange Jahre, in denen sie nicht sie selbst sein durfte, nicht Annamaria De Luca.

Schwindel überfällt sie, sie hat das Gefühl, in Wasser zu stürzen, hinein in die Tiefe jahrzehntealter Erinnerungen, zu viele Bilder in zu kurzer Zeit, ein Strudel, in dem sie ertrinkt.

Ein kleines Baby, ihr Kind, das sie zurückgelassen hat in jener Nacht, in der sie floh, vor der Polizei, vor dem Gefängnis, vor dem Eingesperrtsein.

Sie sieht sich davonlaufen, über Waldwege stolpern. Die erste Nacht ohne Schlaf, noch nicht einmal in das Schrebergartenhäuschen hat sie sich getraut. Denn sie hat ja damit gerechnet, dass alle überall nach ihr suchen, dass sie ihr auflauern an all den Orten, die ihr je vertraut gewesen sind. Bis zur Bundesstraße hat sie sich durchgeschlagen, noch in derselben Nacht. Hat sich dann an eine Auffahrt gestellt und den Daumen gehoben, auch das in der erstickenden Angst, es könnte einer vorbeifahren, der sie erkennt.

Sieben Tage hat sie bis Catanzaro gebraucht, einen weiteren bis Badolato, wo sie sich einen Job in einer Bar gesucht und ein Zimmer genommen hat, in dem der Putz von den Wänden fiel. Diesen ersten Sommer hat sie damit verbracht, nicht vor Schmerz zu ersticken, nicht vor Angst zu vergehen bei jedem Schritt, der sich ihrer

Tür näherte. Und jedes Mal, wenn die Carabinieri auf die Bar zusteuerten, stand sie in einer Art Schockstarre hinter dem Tresen. Bis sie nach Monaten endlich zu glauben wagte, dass hier, im hintersten Winkel Kalabriens, niemand nach ihr suchte. Und einmal, ein einziges Mal, war sie tatsächlich so wahnsinnig gewesen, im Hellsternhof anzurufen, in der Hoffnung, im Hintergrund irgendetwas von ihrer Kleinen zu hören. Aber zu erkennen gegeben hat sie sich nicht! Wie hätte sie es auch wagen können, die Kinder anzusprechen, deren Vater sie getötet hat!

Den Herbst nach ihrer Ankunft in Badolato verbrachte sie mit der Suche nach ihrem eigenen Vater, dem Mann, der sich abgesetzt hatte, als die Dinge in Deutschland aus dem Ruder liefen. Diese Suche erschien anfangs einfach nur furchtbar schwierig, aber am Ende musste sie sich eingestehen, dass das Unterfangen vollkommen aussichtslos war. Sie hatte wohl den Namen des Ortes falsch in Erinnerung gehabt, denn der einzige Cesare De Luca, den man in Badolato kannte, war ein achtzigjähriger Rentner und Bauer, der nie auch nur einen Fuß außerhalb Italiens gesetzt hatte. Aber dann hatte sie im Winter Gigi kennengelernt, und ein Jahr nach ihrer Ankunft in Badolato war sie mit ihm zusammengezogen in das Haus, das er selbst gebaut hatte.

Gigi war ein Multitalent, ein *furbo*, einer, der schuften konnte und aus nichts alles machte. Er hatte mehrere Jahre in Deutschland gearbeitet, Schichtarbeit im Akkord, und war mit dreißigtausend Mark im Gepäck in seinen Heimatort zurückgekehrt. Dort hatte er sich in ein *stabilimento balneare*, einen Badebetrieb mit Liegestühlen und Bar, eingekauft. Die Zeit nach Saisonende, von Oktober bis Mai, verbrachte er damit, heruntergekommene Wohnungen von Arbeitsemigranten aufzukaufen und zu renovieren, um sie entweder an Touristen aus dem Norden zu vermieten oder gar zu verkaufen. Im Laufe der Jahre war daraus nicht nur ein gut gehendes Geschäft geworden, das sich auf die Vermittlung und

Restaurierung von alten Häusern spezialisiert hatte, sondern Gigi galt durch seine Arbeit auch als der Mann, der den Ort vorm Aussterben bewahrt hatte.

Erst ein Jahr nachdem die beiden zusammengezogen waren, gestand sie ihm, wer sie war und was sie getan hatte, und er jagte sie nicht davon. Stattdessen besorgte er ihr über einen Bruder im Rathaus erst falsche Papiere, dann fuhr er mit ihr nach Deutschland, wo sie gemeinsam versuchten, Stella zu finden. Zwei ganze Wochen blieben sie in Deutschland, aber weil sie wegen Carl nirgends direkt nachfragen konnten, mussten sie am Ende unverrichteter Dinge wieder zurück. Danach brauchte sie Monate, um die Düsternis wieder abzuschütteln, die sich auf der Deutschlandreise wieder über sie gelegt hatte.

Und jetzt ist Carl gar nicht tot. Sie hat das Gefühl, keine Luft mehr zu bekommen. Sie lässt sich ganz auf den Boden nieder, legt sich auf den kühlen Stein, es raschelt unter ihrem Rücken, schon wieder sind ein paar Blätter vom Oleander abgefallen, dabei hat sie doch gerade erst gefegt. So liegt sie da und kann nichts weiter tun, als atmen und sich dem Rasen ihrer Gedanken hingeben.

Ihr Telefonino klingelt. Sie lässt es klingeln.

Sie hat ihn NICHT getötet. Alles war umsonst, der Schmerz, die Flucht, die Angst, das jahrelange Versteckspiel. Der neue Name. Sie hätte niemals fliehen müssen. Sie hätte sich nicht im hintersten Winkel Kalabriens verkriechen müssen. Sie hätte Medizin studieren können, statt Buchhaltungs- und IT-Kurse zu besuchen.

Sie hätte ihr kleines Mädchen nicht aufgeben müssen.

Wieder ertönt da das Bimmeln.

Sie ist gar keine Mörderin. Sie hätte Stella nicht im Stich lassen müssen. Sie hätte ein Leben mit ihrer Tochter haben können.

Und all das ist nur geschehen oder nicht geschehen, weil Liane van der Berg sie, Annamaria, in dem Glauben gelassen hat, sie hätte ihren Mann getötet.

Wieder klingelt es. Sie richtet sich halb auf, tastet nach ihrer Tasche und kramt das Telefonino heraus, patscht auf dem Display herum.

»Mamma! Wo bist du?!«, tönt es schrill und vorwurfsvoll aus dem Hörer, und erst jetzt fällt ihr ein, dass Mattia und Paolo ja schon längst zu Hause sind und vor der verschlossenen Haustür stehen.

Zwei Söhne hat sie, schießt es ihr durch den Sinn, hier in Badolato vor der Haustür.

Und eine Tochter in Deutschland.

Liane van der Berg, Montag, 24. April 2017

Sie raste den Berg hoch. Bilder fluteten ihr Gehirn, die Erinnerung an das, was das Mädchen damals getan hatte, vermischte sich mit der bangen Frage, welcher Anblick sie nun wohl erwarten würde. Ein lichterloh brennender Hellsternhof? Carl, der wie damals blutüberströmt auf dem Schlafzimmerboden liegt, aber diesmal wirklich tot? Annamarias Furor kannte offenbar keine Grenzen.

Als sie um die Kurve fuhr, sah sie das Licht der Laterne im Hof. Überhaupt war das ganze Haus hell erleuchtet. Sie ließ ihren Blick über das Dach schweifen, auch über die Scheune. Weder Feuer noch Rauch waren zu sehen, zum Glück. Aber wo war Carls Wagen? Hatte der nicht vorhin noch hier gestanden?

Ihre Finger zitterten, als sie die Haustür aufschloss, zum zweiten Mal an diesem Abend. Doch diesmal war es still, kein Klappern drang aus der Küche, auch kein Fernsehgeräusch aus dem Wohnzimmer. Überhaupt kein Geräusch, von nirgendwoher. Von Angst überwältigt, blieb sie einen Augenblick stehen und rief dann mit schriller Stimme: »Carl? Carl!«

Stille war die einzige Antwort. In Mantel und Stiefeln lief sie in die Küche, von der Küche ins Esszimmer. »Carl!«, rief sie wieder. In der Tür zum Wohnzimmer blieb sie stehen.

Was war denn das? Ihr Blick fiel auf den Couchtisch, auf dem jede Menge Bücher lagen. Im nächsten Augenblick bemerkte sie die blaue Sporttasche, die davor auf dem Boden stand, halb geöffnet, und darin waren noch mehr Bücher und Kladden.

Das waren doch … ihre alten Tagebücher! In wenigen Schritten war Liane beim Tisch, griff nach einem Buch, blätterte darin, legte es weg, nahm das nächste. Da waren sie, all die Tagebücher, die Annamaria ihr vor dreißig Jahren gestohlen hatte.

Und dann fiel ihr Blick auf ein einzelnes Buch, ein nachtblau bezogenes chinesisches Tagebuch, das aufgeschlagen und mit dem Rücken nach oben auf der Sofalehne lag. Sie spürte Übelkeit in sich aufsteigen.

Deshalb also war Annamaria gekommen. Um *Carl* die Tagebücher zu geben! Mit zitternden Fingern griff sie danach und las: *Oh, das wird ein Spaß werden, eine kleine Revanche dafür, wie mich die Alte herumgescheucht hat, all die Monate. Schade nur, dass ich ihre gehässige Visage nicht sehen kann, wenn ihr klar wird, dass sie einer Lüge aufgesessen ist. Mir wird ganz warm bei der Vorstellung, wie ich diese hässliche alte Hexe mit meiner List durch den Wald jage, auf der Suche nach etwas, das gar nicht existiert. Und das Ganze nonchalant von München aus, ohne auch nur einen Finger krumm zu machen! Ich kann es kaum erwarten, ihr nach meiner Rückkehr ins Gesicht zu sehen. Obwohl ich mir gleichzeitig wünsche, sie würde sich dort im Wald einfach in Luft auflösen.*

Liane ließ das Buch sinken. Carl hatte das gelesen, er musste es gelesen haben.

Sie sackte auf das Sofa, das Tagebuch aufgeschlagen auf dem Schoß. Eisige Kälte stieg in ihr auf. Alles, nur das nicht, flehte sie stumm. Sie hat mir doch schon alles genommen. Die Fernsehkarriere. Mein Prestige. Den guten Ruf. Die Kinder.

»Oh Gott, oh Gott«, murmelte sie und wollte noch etwas hinzufügen, wollte IHN um Hilfe anflehen, IHN bitten, dass ER alles ungeschehen machen möge. Aber da sie in ihrem ganzen Leben noch nie gebetet hatte, wusste sie jetzt auch nicht, wie das ging. Und so blieb sie einfach sitzen, kalt und starr vor Angst.

Carl war gegangen.

Sie sah sich um, ohne wirklich etwas zu wahrzunehmen. Nicht das gemütliche graublaue Sofa, das weiße Bücherregal, das die ganze Wand bedeckte, nicht den Egg Chair von Arne Jacobsen, den sie unbedingt hatte haben wollen, nicht die Ralph-Lauren-Tapete. Denn all das war ohne Bedeutung. Carl hatte sie verlassen.

In diesen Minuten, in dieser Ewigkeit des Begreifens, zog auf einmal längst vergessen Geglaubtes an ihr vorüber. Ein Kaleidoskop der Erinnerungen, zusammengewürfelte Bilder. Sie als kleines Mädchen an der Hand ihrer Mutter, mit langen Zöpfen und in einem Dirndl, so idyllisch, aber am Abend hatte es Senge gegeben, weil sie das Dirndl mit Blaubeerfingern versaut hatte. Sie selbst als Mutter an Heiligabend, umringt von ihren blonden Kindern, die mit ihren Ostheimer-Tieren spielten. Sie waren doch glücklich gewesen, oder nicht? Erika aus der Kommune, die Tammy Wynette als reaktionäre Scheißmusik bezeichnete. *Stand by Your Man*. Nie hatte Liane sich getraut, ihr zu sagen, dass sie das Lied liebte. Liane selbst, wie sie, bebend vor Zorn, aber äußerlich vollkommen ruhig, Matthias und Gesine in den Keller brachte und das Licht löschte. Und so ging es in einem fort, immer neue, verschüttet geglaubte Bilder tauchten auf, das Gedächtnis war wie der Blautopf, dachte sie, unendlich tief.

Sie wusste nicht, wie lange sie so dagesessen hatte, als sie auf einmal Schritte hörte. Jemand kam die Treppen herunter, durchquerte die Diele und das Esszimmer. Liane schreckte hoch, sprang auf. Und da stand Carl im Türrahmen und sah sie an.

Er war noch da?

Wohl eine halbe Ewigkeit blieb er so stehen, mit diesem bohrenden Blick. Bis er sich wortlos umdrehte und ging.

Liane schaute ihm nach. In ihrem Kopf tobten die Gedanken und Angst schnürte ihr die Kehle zu.

Wie betäubt hörte sie ihn in der Küche klappern, hörte, wie er eine Schublade aufzog, eine Schranktür öffnete. Was tat er? Fing er etwa schon an, die Schränke auszuräumen, alles aufzuteilen?

Da kam er aus der Küche, vor sich ein Tablett mit Gläsern und einer Flasche Rotwein, einem Bardolino. Liane konnte ihn nur ansehen. Was sollte das? Wollte er sie verhöhnen? Abschied feiern?

Beklommen beobachtete sie, wie er mit einem Messer die Versiegelung löste, den Korkenzieher nahm, die Flasche entkorkte, zwei Gläser halb voll schenkte und sich dann neben sie aufs Sofa setzte.

»Ich glaube, wir können beide einen Schluck vertragen«, sagte er und sah sie an.

Sie erwiderte seinen Blick, wurde nicht schlau daraus.

»Ich … verstehe nicht.« Das war alles, was sie herausbrachte, bevor sie erneut in Schweigen versank.

»Dachtest du wirklich, ich wüsste das nicht? Dass *du* die Mutter in den Wald gejagt hast?«

Sie starrte ihn an. Fassungslos.

»Du wusstest davon? Die ganze Zeit über?«

»Ja«, antwortete er schlicht. »Ich hab dein Tagebuch damals bei der Mutter im Zimmer gefunden. Das andere, das gelbe, das du extra für sie geschrieben hast. Da wollte ich natürlich wissen, was dahintersteckt, und habe nach ein bisschen Suchen auch deine anderen Tagebücher gefunden. Ich hab dann alle wieder verstaut, bevor du aus München zurück warst.«

Stille senkte sich über den Raum. Bis Liane schließlich fragte: »Also wusstest du längst alles?«

»Ja«, antwortete er. »Das hat die Kleine natürlich etwas enttäuscht, als sie hier mit den ganzen Tagebüchern aufkreuzte. Sie hat sich wohl eingebildet, sie könnte hier ein kleines Erdbeben auslösen. Na ja …« Er verzog das Gesicht und grinste schief.

Liane sah ihn an. Erst ungläubig, dann zunehmend gerührt.

»Aber warum hast du nie etwas gesagt?«, fragte sie mit belegter Stimme.

Er verzog das Gesicht, zuckte die Achseln.

»Ich denke nicht, dass es einer Ehe guttut, wenn man allzu geschwätzig ist.«

Dann hob er das Glas und prostete ihr zu.

»Du willst jetzt mit mir anstoßen?«, fragte sie leise.

»Warum nicht?«, fragte er zurück.

Liane hob ihr Glas. Ja, dachte sie, warum eigentlich nicht?

Sie macht ihre Kinder nun alle zu Hexen.

Annamaria, Mai 2017

Langsam fährt sie die Ludwig-Uhland-Straße entlang. Der Regen pladdert auf die Windschutzscheibe und Annamaria blickt auf die Häuser, versucht die Hausnummern zu erkennen. Es ist ein hübsches Wohngebiet, gemütliche Doppelhäuser aus den Fünfzigerjahren, die meisten davon renoviert, manche mit viel Geschmack. Die Grundstücke sind für heutige Verhältnisse recht groß, um die siebenhundert Quadratmeter, so schätzt sie. Aber das Schönste sind die blühenden Kastanienbäume, die den Straßenrand säumen, wie sie mit ihren weißen und rosa Blütenkerzen dem Regen trotzen.

Noch einmal kontrolliert sie die Adresse, die sie auf einen Umschlag geschrieben hat, in einer so aufgeregten, krakeligen Schrift, dass sie kaum zu entziffern ist. Sie stellt den Scheibenwischer hoch, pliert noch angestrengter durch die Windschutzscheibe. Und da entdeckt sie sie, die schwarze 27, an einer Doppelhaushälfte mit roten Fensterläden und einem blühenden Weißdornstrauch im Vorgarten. Im Vorbeifahren bemerkt sie ein rotes Bobbycar vor der Eingangstreppe, ein kleines Fahrrad, das im Regen steht, mitten auf dem Plattenweg. Gummistiefel vor der Haustür. Sie spürt, wie ihr Herz zu galoppieren beginnt, es galoppiert, bis sie das Ende der Sackgasse erreicht und den Wagen gewendet hat. Und als sie zurück vor das Haus mit der 27 fährt und auf der gegenüberliegenden Straßenseite unter einem Kastanienbaum anhält, galoppiert es immer noch.

So bleibt sie sitzen, wohl eine Viertelstunde lang oder länger. Ihre Handflächen sind feucht, ihre Hände kalt. Sie ist so aufgeregt wie schon seit dreißig Jahren nicht mehr. Sie denkt an den Moment, als sie sie das letzte Mal gesehen hat, damals im Krankenhaus, in jenem anderen Leben, und kann sich gar nicht mehr an sie erinnern, nicht im Geringsten.

Da kommt ein heller Wagen herangefahren, er verringert sein Tempo. Sie stellt den Scheibenwischer an. Aber der Wagen hält zwei Häuser weiter.

Sie sollte jetzt aussteigen. Warum hockt sie hier herum, statt hinüberzugehen, zu dem Haus mit den roten Fensterläden, und zu klingeln? Noch kurz, denkt sie, ein paar Augenblicke noch.

Der Regen läuft wieder über die Scheibe, hüllt sie ein in einen Kokon der Erinnerungen. Was ist alles geschehen seit jenem Tag im September, als sie das Foto entdeckt hat auf dieser Zeitschrift, das Foto der *Glücklichen Familie*, die so glücklich dann doch nicht war? Oh, sie weiß noch, wie die Erinnerungen über ihr zusammenschwappten, wie alles plötzlich wieder da war. Auf einmal war sie wieder Annamaria, das Mädchen, das sein Kind zurückgelassen hat.

Ihr Blick sucht die Zeitung, die neben ihr auf dem Beifahrersitz liegt, es ist die Bildzeitung, die neueste Ausgabe, und auf der Titelseite prangt ein Foto von Liane. Sie hat sich verändert seit damals. Sie sieht immer noch gut aus, das ja, aber ihre Schönheit hat jetzt etwas Künstliches, etwas von einer Konserve mit unendlichem Haltbarkeitsdatum. *KANN DIE FAMILIENRETTERIN IHRE EIGENE FAMILIE RETTEN?*, steht da in protzigen Lettern. Mit leisen Tönen hat die Bildzeitung nichts am Hut.

An jenem Abend im September, nachdem die Wahrheit mit einem Paukenschlag in ihr Leben gedonnert war, hat sie die Tagebücher zur Hand genommen, hat sie aus dem hintersten Winkel des Kellers geholt und alles gelesen. Sie las die halbe Nacht über und den ganzen nächsten Tag. Gigi betrachtete sie mit Sorge und wusste nicht, ob er sie in diesem Zustand allein lassen und einfach so zur Arbeit fahren konnte. Aber sie schickte ihn fort, sie wollte lieber alleine sein. Am Ende des Tages las sie noch einmal den Artikel im *Stern*, mit bebendem Atem und wachsender Empörung, las all die dicken, fetten Lügen, die diese Frau der ganzen Welt aufgetischt hatte. Danach war kein Halten mehr gewesen. Sie hatte sich einen Rotstift geschnappt und alles kommentiert, jedes Wort dieser verlogenen Schlange, hatte es Punkt für Punkt mit dem verglichen, was sie selbst in Lianes Hause erlebt hatte, und auch mit dem, was in den Tagebüchern stand. Die ganze nächste Woche durchforstete sie das Internet und sah sich die Sendung an, alle Folgen, die YouTube hergab, und ihre Empörung wuchs, als sie mitbekam, wie ausgerechnet diese Frau sich als Erziehungsexpertin aufspielte, auf Kosten der bedauernswerten *cretini*, die sich da vor laufender Kamera zum Deppen machten.

Am Ende dieser ersten Woche nach ihrer Entdeckung hatte sie das Gefühl gehabt zu ersticken. Sie wusste nicht mehr, wie sie weiterleben sollte in dem Wissen, was diese Frau ihr angetan hatte. Und wozu sie sie getrieben hatte: ihr Kind zu verlassen, ihr hilfloses kleines Mädchen einfach alleine zurückzulassen.

Die Wochen vergingen, aber das Gefühl blieb. Sie hatte keine Freude mehr an den Dingen, an nichts mehr, nicht mehr an ihren Söhnen, nicht mehr an ihrer Arbeit. Sie konnte nicht mehr richtig schlafen. Wenn sie abends das Licht löschte, drehte sich gleich wieder das Erinnerungskarussell und sie sah das kleine Gesichtchen vor sich, wenngleich auch nur schemenhaft – Stella in ihrem Krankenhausbett. Und sich selbst an jenem letzten Abend, als sie vor dem Küchenfenster stand, im Dunkeln, als sie Liane und die beiden Polizisten gesehen hatte und vor Angst fast verrückt geworden wäre.

Eine Windböe fährt durch den Kastanienbaum, lässt Blütenblätter auf die Windschutzscheibe regnen. Sie will den Scheibenwischer betätigen, lässt es aber bleiben und betrachtet stattdessen die blassrosa Blüten.

Weitere Erinnerungen treiben heran, an Matthias mit seinen Albträumen vom Keller. Oh, wie hat der kleine Kerl ihr damals leidgetan! Umso tiefer war die Genugtuung, Liane nun selbst im Keller einzusperren. Was für ein Glück, dass es ihr gelungen war, Gianni, einen Bauarbeiter aus Gigis Firma, in den Bautrupp einzuschleusen, der den Hellsternhof renovierte. Ausgestattet mit dem Hausschlüssel, den sie nach all den Jahren immer noch gehabt hatte, war er ihr dort sehr nützlich gewesen! Auch in Lianes Praxis war er für sie gewesen. Auf einmal sieht sie das schreiende Kind wieder vor sich, das sich damals so verzweifelt gegen seine Mutter gewehrt hat. Sie darf gar nicht dran denken, wie viele Kinderseelen Liane noch gequält hat mit diesem Festhalteirrsinn. Sie hat ja nicht einmal vor ihrer eigenen Tochter, diesem lieben kleinen lustigen Mädchen haltgemacht. Annamaria schluckt. Noch immer zerreißt es ihr bei der Erinnerung das Herz, auch, weil sie selbst damals nicht eingeschritten ist. Weil sie sich vom Klang komplizierter Worte hat einlullen lassen! Wer hätte gedacht, dass Hortensie nun ein Buch über ihre Kindheit schreibt! Das hat Annamaria selbst erst aus der *Bild* erfahren. Wenn diese Zeitung erst einmal zu graben anfängt, ist eines sicher: Sie wird alles heben, was die Jauchegrube hergibt. Jedenfalls hat es genügt, der *Bild* ein paar Informationen und Fotos zuzuspielen, den Rest hat die Redaktion erledigt. Auch der Kontakt zur Filmhochschule hat sich mehr als gelohnt: Die Studenten haben die Idee zu diesem besonderen Film gerne aufgegriffen und waren begeistert über ihre Bereitschaft, sie dabei finanziell zu unterstützen. Auch zu diesem Thema hat die *Bild* natürlich etwas zu sagen: *ERSTUNKEN UND ERLOGEN*, so der nicht sehr zurückhaltende Kommentar unter dem Foto der Familie Fahlbusch. *Alles nur Fake – wie uns die Familienretterin verarscht!* Für die von der Zeitung hat es viel gebracht, sich mit Liane van der Berg auseinanderzusetzen. Und das haben sie denn auch mehr als gründlich getan. Nichts haben sie ausgelassen. *MANN IM PUFF. KINDER IM KELLER.* In diesem Tenor geht es weiter, über die Tochter, die ein Buch über ihre Kindheit schreibt, über die von Liane beschworene Partnerschaft auf Augenhöhe und so weiter und so fort.

Annamaria wirft noch einen letzten Blick auf das Foto. Das Foto der Frau, die ihr damals alles genommen hat. Das Kind und sein glucksendes Lachen, seine kleinen Ärmchen, die tapsigen Schritte und all das, was noch gekommen wäre: Geburtstage, der erste Schultag, das ganze Kinderleben. Das alles hat Liane ihr geraubt. Und dazu die Freiheit, ihren Namen, ihre Identität. Dreißig Jahre ihres Lebens. Noch einmal spürt Annamaria, wie Zorn und Bitterkeit in ihr aufwallen. Sie schluckt. Atmet ein und wieder aus. Und wischt sich schließlich mit dem Ärmel die Tränen weg. All das ist jetzt Vergangenheit. Muss endlich Vergangenheit sein. Sie hat Rache genommen, hat versucht, eine Art Gleichgewicht herzustellen, auch wenn ihr immer bewusst war, dass es ein Gleichgewicht des Unrechts war. Und doch hätte sie anders nicht weiterleben können.

Sie faltet die Zeitung zusammen und schiebt sie unter den Sitz. Dann zieht sie den Zündschlüssel ab, löst den Gurt, greift nach ihrer Jacke und steigt aus. Kurz bleibt sie stehen, der Regen hat nachgelassen, und sieht hinüber zu dem Haus mit den roten Fensterläden. Langsam überquert sie die Straße, öffnet die Gartenpforte, die ein bisschen quietscht, und steigt die drei Stufen bis zum Eingang hoch. Sie holt tief Luft. Sie klingelt, hört es läuten drinnen im Haus, dann sind da Kinderstimmen, Schritte auf einer Treppe. Die Haustür schwingt auf. Annamaria hält die Luft an, Tränen treten ihr in die Augen. Die Frau, die da steht, sieht aus wie sie, hat die gleichen dunklen Augen, die gleichen wirren Locken.

»Ja, bitte?«, fragt Stella, doch noch ehe Annamaria etwas sagen kann, weiten sich ihre Augen. Und sie begreift.

Nachwort

Wie bei meinem letzten Buch will ich auch diesmal ein paar Worte an meine Leserinnen und Leser richten – zur Entstehungsgeschichte und zum Hintergrund dieses Buches, aber auch zu Dingen, die mich während der Arbeit besonders bewegt haben und immer noch bewegen.

Nach meinem letzten, sehr ernsten Roman *Rabenfrauen* hatte ich mir eigentlich gewünscht, es beim Schreiben dieses Buches mal etwas leichter zu haben. Statt aufwendiger Recherche wollte ich einfach aus dem Vollen schöpfen, wozu ich mir eine Materie aussuchte, mit der ich mich als Mutter von vier Kindern auskennen sollte: den täglichen Erziehungswahnsinn. Doch wie das so ist bei Themen, die uns vertraut erscheinen – oft genügt schon ein etwas intensiverer Blick dahinter, um zu begreifen, was wir alles nicht wissen.

Zu diesem Buch inspirierte mich u. a. eine Zeitungsnotiz über eine schwedische Erziehungsexpertin, Anna Wahlgren, die – so die *Frankfurter Allgemeine Zeitung* – »von Eltern wie ein Guru verehrt« wurde. Anna Wahlgren, Bestsellerautorin und selbst neunfache Mutter, schöpfte in ihren Ratgebern stets aus dem Lebensalltag ihrer Familie und nutzte sie auch als Marketingstrategie, bis sie sich mit einer unerwarteten Veröffentlichung konfrontiert sah: Ihre drittälteste Tochter Felicia Feldt hatte eine Art Enthüllungsbuch geschrieben. *Felicia ist verschwunden* heißt das 187 Seiten fassende Erinnerungsbuch, das aus einer jahrelangen Psychotherapie zur Bewältigung einer Depression entstanden ist. Auch wenn Anna Wahlgren sich von meiner Figur Liane in vielem unterscheidet – sie ist zum Beispiel alles andere als eine Ernährungsfundamentalistin –, haben die beiden womöglich einiges gemeinsam: In meinen Augen sind sie tonangebende Persönlichkeiten, die in Erziehungsdingen als Autorität angesehen werden, und sie instrumentalisieren ihre Familie für berufliche Zwecke. Vor allem aber gibt es bei beiden offenbar eine Diskrepanz zwischen ihrer Selbstwahrnehmung (als Mütter) und der Fremdwahrnehmung (durch die Kinder). So schreibt Anna Wahlgren in ihren dreibändigen Memoiren: »Ich bin sehr stolz darauf, dass ich meinen Kindern genau das geben konnte, was mir gefehlt hat. Sie sind alle wunderbar, es gibt kein schwarzes Schaf unter ihnen.« Ihre Tochter Felicia Feldt hat aber gezeigt, was hinter der scheinbar so gelungenen Kulisse passiert sein könnte.

Die Darstellung der für dieses Buch frei erfundenen Fernsehserie *Die Familienretterin* orientiert sich an der von 2004 bis 2012 auf RTL ausgestrahlten Pseudo-Doku *Die Super Nanny*. Anregung für die Aufdeckungsaktion, die Liane widerfährt, war eine besonders prominente Folge von Jan Böhmermanns *Neo Magazin Royale*: Im Mai 2016 gelang es Böhmermann und seinem Team, einen Fake-Kandidaten bei der Sendung *Schwiegertochter gesucht* einzuschleusen.

Was die von Dr. med. Max Otto Bruker empfohlene und von Liane in diesem Buch so eisern praktizierte Vollwertkost angeht, so konnte ich mit dieser Ernährungsform selbst Erfahrung sammeln. Auch ich aß den empfohlenen Frischkornbrei und reichlich Gemüse, versuchte, den von Bruker für sämtliche Zivilisationserkrankungen verantwortlich gemachten Industriezucker und die schädlichen Auszugsmehle zu vermeiden, und bemühte mich insgesamt darum, alles so richtig wie möglich zu machen. Doch nach einigen Jahren stellte sich eine gewisse Abwehr gegen diese Bevormundung ein. Mein kritischer Geist erwachte und ich begann mich zu fragen, ob es wirklich der Anfang vom Ende ist, wenn man sich hin und wieder eine Brezel gönnt, oder warum zum Beispiel die Lebenserwartung der Italiener sogar etwas über dem deutschen Durchschnitt liegt, obwohl sie mit ihrem regelmäßigen Pastakonsum und

Brioche-Frühstück doch eigentlich jeden Tag den Zorn des Ernährungsgottes auf sich ziehen müssten. Dabei geht Brukers Lehre sogar noch weit über eine einfache Ernährungsberatung hinaus. In seinem Buch *Rheuma, Ursache und Heilbehandlung* schreibt er: »Alle rheumatischen Erkrankungen sind ernährungsbedingt« und empfiehlt als Allheilmittel die vitalstoffreiche Vollwertkost. Wer unter Rheuma leidet oder sich als Mediziner auf diese Erkrankungen spezialisiert hat, weiß, wie irreführend und gefährlich die Annahme ist, man könne Rheuma allein durch eine bestimmte Diät bezwingen.

Auf die Festhaltetherapie bin ich erst im Laufe der Arbeit an diesem Buch gestoßen. Als ich in einem Gespräch davon erfuhr, konnte ich es zunächst kaum glauben und musste mehrere Male nachfragen, ob ich das richtig verstanden hatte: dass es da Therapeuten und Eltern gab und gibt, die Kinder über einen längeren Zeitraum hinweg festhalten, um sie zu therapieren bzw. zu erziehen. Sicher hängt meine Betroffenheit auch damit zusammen, dass ich selbst Mutter von vier Kindern bin. Es sei mir vor diesem Hintergrund gestattet, etwas näher darauf einzugehen.

Die Festhaltetherapie wurde als Form der Psychotherapie Mitte der Siebzigerjahre von der amerikanischen Ärztin Dr. Martha Welch speziell für bindungsgestörte Kinder entwickelt und führte rasch zu Kontroversen. In dem Buch *Holding Time* machte Welch die Methode 1988 erstmals einer breiten Öffentlichkeit bekannt. Die Therapie verläuft demgemäß in drei Phasen: Auseinandersetzung (»confrontation«), Zurückweisung (»rejection«) und Auflösung der Spannung (»resolution«). Dr. Welch plädiert für das Festhalten als reguläre Erziehungsmaßnahme. »Immer dann, wenn das Kind sich schlecht benimmt, soll man es nehmen und festhalten.« Dabei soll die Reaktion des Kindes komplett ignoriert werden, egal was es sagt oder tut, auch wenn es versucht, wegzulaufen oder sich zu befreien. Das Halten soll so lange andauern, bis das

Kind seinen Widerstand aufgibt. Laut Welch kommt es nach ausgestandenem Kampf zum »wunderbarsten Blickkontakt« zwischen Mutter und Kind. Bei häufigen Wutanfällen in der Öffentlichkeit empfiehlt sie, das Kind bereits vor dem Supermarktbesuch daheim festzuhalten, um den Widerstand schon vorab zu überwinden.

Anfang der Achtzigerjahre übernahm die deutsch-tschechische Psychologin Dr. Jirina Prekop diese Theorie, und 1989 veröffentlichte sie ihr Buch *Hättest du mich festgehalten … Grundlagen und Anwendung der Festhalte-Therapie.* In ihren Publikationen und zahlreichen Vorträgen erläutert sie den Hintergrund und wirbt für eine Vorgehensweise, die sich etwa so zusammenfassen lässt:

Die Therapie basiert auf dem Festhalten des Kindes durch die Erziehungsperson, meist die Mutter. Diese soll das Kind in einer »sehr dichten Umarmung« halten, »in der es weder über seine Körperlage noch über seine Bewegungen entscheiden und in der es sich auch keinerlei Ablenkung verschaffen darf«. Bei Kindern, die körperlich zu stark sind, empfiehlt Prekop, die Mutter möge sich über das Kind knien, sich auf das Kind legen oder die Hilfe einer zweiten Person in Anspruch nehmen, um das Kind zu immobilisieren. Als weitere Möglichkeit wird die Zuhilfenahme einer Hängematte oder aber einer Decke aufgezeigt, in die der zu Haltende eng gewickelt werden soll. Während des Haltens soll die Mutter das Kind streicheln, auf es einsprechen und es dazu animieren, seine Aggressionen herauszuschreien. Auch soll das Kind »immer wieder zum Blickkontakt aufgemuntert, Nase an Nase gerieben, am ganzen Körper geküsst, gestreichelt und massiert« werden. Sogenannte »Fluchtmanöver« des Kindes sollen ignoriert werden; darunter fallen auch der Wunsch nach Essen, Trinken oder einem Gang zur Toilette. Sollte sich das Kind beruhigen, sei zuerst zu prüfen, ob tatsächlich die angestrebte Entspannung erreicht sei oder ob das Kind möglicherweise nur »einen Fluchtweg in Form von Selbststimulationen gefunden hat«, zum Beispiel indem es Laute mit den Lippen formt oder hinter dem Rücken der Mutter seine Finger beobachtet. Sollte die Mutter dies feststellen, so rät Prekop dazu, die Lage des Kindes zu ändern, das Zimmer zu verdunkeln und das Kind »mit Küssen auf den Mund an seiner oralen Stimulation« zu hindern. Die Abwehrhaltung des Kindes gegenüber dem Festhalten bezeichnet Prekop als »liebesfeindliche Tendenz«, die es zu ignorieren gelte.

Im Laufe des Festhalteprozesses sollen die kindlichen »Fluchttendenzen in Bindung, seine Ängste in Geborgenheit, sein Hass in Liebe« geordnet werden. Das Kind soll so lange festgehalten werden, bis sich alle negativen Emotionen in positive gewandelt haben und es sich entspannt. Dieser Zustand ist dann erreicht, wenn sich das Kind an die Mutter schmiegt, die Muskeln sich vollständig gelockert haben und kein Widerstand mehr spürbar ist. Der Festhalteprozess kann mehrere Stunden andauern, so lange, bis »die Liebe wieder fließt«.

In ihrem Buch empfiehlt Prekop die Festhaltetherapie für »Kinder, die zu sehr verwöhnt wurden«, also für die »kleinen Tyrannen«, aber auch für Autisten und geistig Behinderte.

Ungeachtet der Kritik aus Fachkreisen wird die Festhaltetherapie bis heute von Eltern, psychologischen Psychotherapeuten und Heilpraktikern für Psychotherapie angewandt. Der amerikanische Psychotherapeut Richard Cohen bietet die Methode in Kombination mit anderen sogar als »sexuelle Reorientierungstherapie« zur »Heilung von Homosexualität« an.

Die Verbreitung dieser in Teilen umstrittenen Therapiemethode ist eng verbunden mit dem Namen des Nobelpreisträgers Nikolaas Tinbergen, der sich in den Siebzigerjahren zusammen mit seiner Frau mit den Ursachen des frühkindlichen Autismus beschäftigte. Dabei zog er Parallelen mit der Tierwelt und kam zu dem Schluss, Autismus sei auf eine gescheiterte Kontaktaufnahme der Eltern mit ihrem Kind zurückzuführen. Durch eine Wiederherstellung der Bindung könne diese Störung geheilt werden. Tinbergens Theorie ist mittlerweile widerlegt. Heute geht man davon aus, dass Autismus neurobiologische Ursachen hat.

Bemerkenswert ist das Vokabular, mit dem für die Therapie geworben wird. Aus meiner Sicht versucht es die körperlichen und seelischen Übergriffe zu rechtfertigen und steht in krassem Widerspruch zu der Gewalt dahinter. Die missbräuchliche Verwendung des Wortes *Liebe* verschleiert, worum es sich dabei meines Erachtens handelt: um eine mögliche Misshandlung von Schutzbefohlenen. Auch andere Begriffe werden bemüht und für mein Empfinden in ihr Gegenteil verkehrt. Bei Jirina Prekop etwa ist immer wieder die Rede von »Vorbehaltlosigkeit« und »Geborgenheit«, vom »Einfühlen in den anderen und die Achtung vor seiner Persönlichkeit«.

Laut Udo Schuster von der Elterninitiative zur Hilfe gegen seelische Abhängigkeit und religiösen Extremismus vermengt Prekop wissenschaftliche Ansätze mit esoterisch-spirituellen Überzeugungen.

Meiner Ansicht nach ist es eine Sache, jemanden davon abzuhalten, sich selbst oder andere zu verletzen, und ihn deshalb festzuhalten. Aber einen Schwächeren durch die eigene körperliche Überlegenheit niederzuringen und dabei von Liebe zu sprechen, das hat etwas Zynisches an sich. Bemerkenswert in diesem Kontext ist auch die Art und Weise, in der Martha Welch in einem Interview über die Therapie spricht. Ihre Mimik und Gestik stehen in krassem Widerspruch zu der Erfahrung von Gewalt, die die Kinder in den von ihr beschriebenen Situationen womöglich erleben. Vollkommen ruhig und gewinnend spricht sie davon, wie eine Mutter ihrem Kind, nachdem es sie bei der Rückkehr von der Arbeit nicht beachtete, erst einmal eine Runde Festhalten angedeihen ließ. Beim Betrachten dieses schönen, freundlichen und entspannten Gesichts musste ich an die Redewendung »Wer schreit, hat Unrecht« denken.

Für mich als Mutter ist die Festhaltetherapie eine Rückkehr zur Schwarzen Pädagogik, verbrämt durch wohlgesetzte Worte. Dahinter verbirgt sich in meinen Augen nichts anderes als Gewalt gegenüber Schwächeren, eine Verletzung der Menschenwürde und des Rechts auf Selbstbestimmung über den eigenen Körper.

Nachdem ich im letzten Jahr erstmals von der Festhaltetherapie gehört hatte, sprach ich daraufhin mit mehreren Bekannten und Freunden über meine »Neuentdeckung«. Zu meinem großen Erstaunen war vielen der Begriff nicht fremd und ich erfuhr, dass einige von ihnen das Buch von Jirina Prekop besaßen oder besessen hatten. Manche hatten die Methode sogar praktiziert oder es zumindest einmal versucht. Ich erfuhr weiterhin, dass Frau Dr. Prekop in den Neunzigerjahren auf zahlreichen Vorträgen in Schulen, Volkshochschulen, Gemeindehäusern und kirchlichen Einrichtungen für ihre Methode geworben hatte.

Abschließend verweise ich auf die tschechische Initiative *Stop Jirina Prekop*, wo man auf YouTube – auch wenn man kein Tschechisch versteht – sehen kann, was bei der Festhaltetherapie geschieht. Auch auf der Website von *Advocates for Children in Therapy* der amerikanischen Psycholgin Jean Mercer kann man sich Ausschnitte aus der Therapie ansehen.

Meine einzige Begegnung mit Anhängern einer entschieden antiautoritären Erziehung fand in den frühen Siebzigerjahren in meinem Elternhaus statt. An einem Sonntagnachmittag, ich muss gerade acht oder neun gewesen sein, bekamen wir Besuch von einem ehemaligen Studienkollegen meines Vaters mit Frau und Sohn. Man trank Kaffee und brach dann zu einem gemeinsamen Spaziergang auf. Es dauerte keine zwei Minuten, da war der Sohn des Gehens müde, zerrte an der Hand seines Vaters, schlug mit seinen Patschehändchen auf ihn ein und artikulierte folgenden Wunsch: »Du Arschloch sollst mich tragen!« Ich erinnere mich noch an die verblüfften Blicke, die meine Eltern und ich daraufhin tauschten.

Jedenfalls ging diese Begebenheit als Running Gag in den Geschichtenfundus unserer Familie ein.

Was den im Buch genannten Akademiekindergarten in München angeht, so wurde dieser erst 1969 gegründet und nicht, wie hier dargestellt, bereits 1968. Wie lange die Kinder im Städtischen Kindergarten Mittagsschlaf halten mussten, ist nicht ganz klar, dazu gibt es in den Quellen unterschiedliche Angaben.

Fast am Ende angekommen, habe ich noch eine persönliche Bitte: Die beiden »Benignas« in meiner Verwandtschaft mögen es mir nachsehen, dass ich ihren Namen in diesem Buch für eine wenig angenehme Person verwendet habe.

Eine letzte Anmerkung soll dem Titel des Romans gelten und der Landschaft, in der er spielt. Ausgangspunkt beim Schreiben war mein Wunsch, eine Geschichte auf der Schwäbischen Alb anzusiedeln, in einer Gegend, die für mich eine eigentümlich archaische Stimmung atmet, besonders in den Wintermonaten. Um dieser Stimmung gerecht zu werden, habe ich vor der eigentlichen Schreibarbeit nach einem übergeordneten, verbindenden Motto gesucht – und es mit dem »Nachtfräuleinspiel« dann auch gefunden.

Nachweise zu allen im Nachwort zitierten Artikeln, Büchern und Web-Beiträgen finden sich im Quellenverzeichnis.

Dank

Danken möchte ich diesmal besonders Ute Jany, die mich darauf aufmerksam gemacht hat, was Extremismus *auch* bedeuten kann. Bisher war ich der Ansicht gewesen, dass Extremismus politisch oder religiös motiviert sein muss. Wie ich durch sie erfahren durfte, hat Extremismus aber die unterschiedlichsten Gesichter und ist in den verschiedensten Lebensbereichen und Weltanschauungen zu finden – auch in den Erziehungswissenschaften und der Ernährungslehre, um bei den hier thematisierten Beispielen zu bleiben. Als ehemalige Religionslehrerin beschäftigt sich Ute Jany seit vielen Jahren intensiv mit diesem Thema, tauscht sich regelmäßig mit Weltanschauungsbeauftragten, Betroffenen und Journalisten aus und gehört der vor über vierzig Jahren gegründeten Elterninitiative gegen seelische Abhängigkeit und religiösen Extremismus e. V. an.

Danken will ich auch meiner Tochter Marlene, der ich den Begriff *Familienretterin* und die erdachte Bildzeitungsschlagzeile zu verdanken habe (gerne erinnere ich mich an unseren Spaziergang, auf dem die Idee dazu entstand), sowie Margit Harmann, wie Marlene Studentin an der Pädagogischen Hochschule in Ludwigsburg, die mir freundlicherweise ihre Hausarbeit über die Waldorfpädagogik zur Verfügung gestellt hat.

Abschließend möchte ich auch wieder meiner Lektorin Beate Schäfer danken – für die inspirierende, vertrauensvolle Zusammenarbeit, bei der ich wie immer viel lernen konnte. Es ist so gut, dich an meiner Seite zu wissen.

Quellenangaben

Deutsche Kinder-Reime und Kinder-Spiele aus Schwaben. Aus dem Volksmunde gesammelt und herausgegeben von Ernst Meier. Tübingen: Ludwig Friedrich Fues 1851 (Aus diesem Band, S. 117–119, stammt der Text zum Nachtfräuleinspiel.)

Dr. med. M. O. Bruker: *Unsere Nahrung, unser Schicksal.* (Früher: *Schicksal aus der Küche)* Hopferau: Bioverlag Gesundleben 1985

Margret Dörr, Birgit Herz (Hrsg.): *»Unkulturen« in Bildung und Erziehung*. Wiesbaden: VS Verlag für Sozialwissenschaften 2010

Margit Harmann: *Waldorfpädagogik*. Hausarbeit an der PH Ludwigsburg 2017

Alice Miller: *Am Anfang war Erziehung.* Frankfurt am Main: Suhrkamp 1983

Jirina Prekop: *Hättest du mich festgehalten …* Grundlagen und Anwendung der Festhalte-Therapie. München: Kösel 1989

Hella Schlumberger, *Türkenstraße. Vorstadt und Hinterhof. Eine Chronik, erzählt*, München: Münchenverlag 1998 (Verwendet wurde der Abschnitt *Der Akademiekindergarten und das Antiautoritäre,* S. 409 ff., einsehbar unter http://protest-muenchen.sub-bavaria.de/artikel/3418)

Spiegel Spezial. Die wilden 68er. Die SPIEGEL-Serie über die Studentenrevolution. Nr. 1/1988

Katharina Wulff-Bräutigam: *Bhagwan, Che und Ich. Meine Kindheit in den 70ern.* München: Droemer 2005

Advocates for Children in Therapy
www.childrenintherapy.org/essays/overview.html
www.childrenintherapy.org/videos.html

Berliner Zeitung, 23. September 2004: *Festhaltetherapien sollen gestörten Kindern helfen. Aber womöglich haben sie üble Folgen. Im Griff der Eltern.* Von Jana Schlütter www.berliner-zeitung.de/festhaltetherapien-sollen-gestoerten-kindern-helfen-aber-womoeglich-haben-sie-ueble-folgen-im-griff-der-eltern-15461212

Christoph Bördlein, 8. Juli 2015: *Festhaltetherapie: Ein potentiell gefährliches, pseudowissenschaftliches Therapieverfahren* www.verhalten.wordpress.com/2015/07/08/die-festhaltetherapie-ein-potentiell-gefahrliches-pseudowissenschaftliches-therapieverfahren/

Frankfurter Allgemeine Zeitung, 25. Februar 2012: *Anna Wahlgren. Der Herbst der Matriarchin.* Von Sebastian Balzter und Uta Rasche
www.faz.net/aktuell/gesellschaft/anna-wahlgren-der-herbst-der-matriarchin-11662708.html

NEO MAGAZIN ROYALE-Fernsehnothilfe: *Schwiegertochter gesucht #Verafake* | Mit Jan Böhmermann – ZDFneo
www.youtube.com/watch?v=mG_Fyc-nyOs

psiram.com: *Festhaltetherapie nach Prekop* www.psiram.com/de/index.php/Festhaltetherapie_nach_Prekop

religio.de: *Festhaltetherapie nach Prekop – wirksame Hilfe oder pseudowissenschaftlich verbrämte Kindesmisshandlung?* Von Udo Schuster www.religio.de/lex/Daten/F/festhaltetherapie.html

ruhrbarone.de, 18. März 2009: *Ich würde mein Kind nie an einer Waldorfschule anmelden.* Von Stefan Laurin www.ruhrbarone.de/ich-wurde-mein-kind-nie-an-einer-waldorf-schule-anmelden%E2%80%9C/1952

STOP Jirina Prekopova Attachment Therapy www.youtube.com/watch?v=7w3lhg65HV8

tz München, 9. März 2009: *Ein Osterfest mit zwei Toten* www.tz.de/muenchen/stadt/ein-osterfest-mit-zwei-toten-62570.html

Wikiwand-Artikel zu Nikolaas Tinbergen www.wikiwand.com/de/Nikolaas_Tinbergen

zeit.de, 17. Februar 2011: *Waldorfschule. Tanzen in wallenden Kleidern. Warum ich gern zur Waldorfschule gegangen bin – und warum ich meine Kinder dort nicht angemeldet habe.* Von Julian Hans
www.zeit.de/2011/08/Waldorfschule-Selbsterfahrung

Das Nachtfräuleinspiel

Der historische Text wird hier in der Fassung wiedergegeben, wie sie in der Sammlung Deutsche Kinder-Reime und Kinder-Spiele aus Schwaben *abgedruckt wurde. Die Original-Orthographie ist beibehalten. Für die Kapitelzitate im Roman wurden die Passagen leicht bearbeitet und der heutigen Rechtschreibung angepasst.*

Eine Mutter hat viele Kinder, die schlafen. Während die Mutter abwesend ist, kommt die alte Urschel mit ihren beiden Töchtern, den Nachtfräulein, und holen drei Kinder, jede eins, und führen sie in ihre Höhle und stellen sich selbst davor und bergen sie hinter ihren ausgebreiteten Kleidern. Darauf kommt die Mutter zurück, sieht, daß ihr drei Kinder fehlen und fragt die Nachtfräulein: »Habt ihr meine Kinder nicht gesehn?« Die Nachtfräulein breiten die Arme aus und winken abwehrend, indem sie sprechen: »Nicht da! nicht da!« dann geht die Mutter wieder. Darauf holen sie abermals drei Kinder. Die Mutter kommt zurück und erkundigt sich wieder bei den Nachtfräulein nach ihren Kindern und wird, wie das erstemal, abgewiesen. So entführen sie der Mutter nach und nach alle Kinder bis auf die älteste Tochter, die die »Klägerin« genannt wird; denn sie begibt sich jetzt mit zu den Nachtfräulein und weint, indem die Mutter klagt, daß ihr alle Kinder bis auf dieß eine genommen seien. In der folgenden Nacht holen die Nachtfräulein auch noch das letzte Kind.

Die Mutter kommt wieder, klagt und fragt: »Habt ihr meine Kinder nicht gesehn?« Die Nachtfräulein winken abweisend und sagen: »Nicht da! nicht da!« Dann geht die Mutter fort und wird eine Hexe.

Indessen stellt sich die alte Urschel zwischen ihre beiden Töchter und sagt zu den gestohlenen Kindern: »Kommt Kinder, wir wollen spazieren gehn!« Während die Kinder ihr folgen, kommt die rechte Mutter zurück und zupft ein Kind am Rock; weil sie aber hexen kann, so spüren das alle Kinder zugleich und sagen zur Urschel: »Ach Mutter, mich zupft Jemand am Rock!« Die Urschel sagt: »Es wird nur ein Hündle sein.« Alsdann wird aber die alte Urschel mit ihren beiden Nachtfräulein ebenfalls in Einem Augenblick gezupft, worauf sie sich umsehen. Die Urschel fragt die Frau: was sie wolle? Sie antwortet: ob sie nicht mit spazieren gehen dürfe? Die Urschel erlaubt ihr das und nun geht sie zu ihren Kindern, macht da allerlei seltsame Mienen und zauberhafte Bewegungen mit den Händen, so daß es die Nachtfräulein merken und eine von ihnen ausruft: »Was ist das für ein Mensch?« Nun sieht auch die Urschel sie an und sagt: »das ist wahrlich eine Hexe!« Darauf schreien ihre eigene Kinder zumal: »die Hexe von London! die Hexe von London!« und springen auseinander. Die Hexe aber fängt ihre Kinder wieder ein, geht mit ihnen fort und macht sie nun alle zu Hexen.